大海风

赵德发 著

作家出版社

目录

第一章	001
第二章	012
第三章	025
第四章	039
第五章	053
第六章	065
第七章	077
第八章	091
第九章	107
第十章	120
第十一章	135
第十二章	147
第十三章	161
第十四章	175
第十五章	193
第十六章	208
第十七章	222
第十八章	238
第十九章	252
第二十章	266
第二十一章	282

第二十二章	300
第二十三章	317
第二十四章	332
第二十五章	345
第二十六章	360
第二十七章	374
第二十八章	389
第二十九章	401
第三十章	415
第三十一章	433
第三十二章	448
第三十三章	462
第三十四章	478
第三十五章	493
第三十六章	506
第三十七章	519
第三十八章	535
第三十九章	553
第四十章	571
第四十一章	584
第四十二章	602

第一章

那是邢昭衍在青岛礼贤书院度过的最后一个星期天。

腊月里难得有那样的暖和天气,南风微微,似有似无。太阳在前海之上懒洋洋走着,蹚出大片幽蓝。已经完成期末考试的邢昭衍坐在宿舍门口,一边晒太阳一边读严复翻译的《天演论》。他被赫胥黎的观点鼓动得浑身燥热,把书往自己的床上一扔,将辫子往脖子上盘了盘,向另一张床上叫道:"翟良,咱们到操场上玩去。"正躺在那儿打盹的翟良坐起来,伸着懒腰打了个呵欠,下床跟他走了。

来到操场,走近双杠,邢昭衍一跃而上。悠荡两下之后,突然来了个倒立。见他穿的过膝棉袍倒垂下来,翟良拊掌大笑:"哈哈,老鼠扒皮了,老鼠扒皮了!"邢昭衍听得懂这话,因为他属鼠。他让身体落地,瞪眼扑向翟良,使了个绊子将他摔倒,摁着他的胸脯道:"物竞天择,优胜劣汰!我现在就要把你淘汰掉,让你从这个世界上消失!"翟良躺在那里双手抱拳,做恐惧状:"学兄饶命,学兄饶命。"邢昭衍这才放开他,将棉袍脱掉,只穿单衣,又纵身跳上单杠。翻转几圈之后,玩起了他最擅长的大回环,让身体一次次甩上蓝天,呼呼生风。

"妙哉!"操场边有人鼓掌叫好。邢昭衍瞥见监督来了,一个后空翻,并腿落地,站定后与翟良一起鞠躬:"监督您好!"

来中国之后取名卫希圣、字礼贤的理查德·威廉先生,头戴红缨大帽,身穿四品朝服,微笑着走来,后面还跟着他的侍从王问道。卫礼贤先生从德国来青岛几年,办起礼贤书院,自任监督也就是校长,办学成就深得山东巡抚杨大人赏识,杨大人就向朝廷奏请封赏,皇上赏给卫先生四品顶戴。从此,卫先生每当外出参加重要活动,都要穿这身朝服,被人称作"卫大人"。邢昭衍这时看见,卫大人的那张白脸与身上的深蓝朝服形成鲜明对比,十分刺眼。邢昭衍不敢再看他的脸,只看他胸前那块方方正正的补子。补子上绣着一只黄色大雁,正随着卫大人的脚步一起一落似在飞翔。它飞得越来越近,直到在单杠旁边停住。

监督伸手拍了拍邢昭衍的肩部,用略带洋腔的汉语说:"你的身体好强壮,如果同学们都像你这样就好了。十年前,英国人在上海一家报纸上发表文章,称中国人为'东方病夫',这是你们的耻辱。咱们礼贤书院的学生要带头改变这个形象,多多参加体育活动。今天我去会见北京来胶澳总督府公干的一位官员,他说美国人发明的篮球已经传到北京、天津,很受年轻人喜欢,我打算把这种球引进青岛。"

邢昭衍大着胆子说:"好呀,我们等着打篮球!"

监督抬手推一下架在高鼻梁上的金边眼镜:"不过,在篮球引进之前,我要在你们这里引进一些东西到我的大脑里,这是我昨天晚上读"蒙学三种"决定的一件事情——我要了解清楚,在中国农村,孔子学说是怎样传承的。我到青岛城外的村庄看过私塾,发现学生读书像是歌唱。"翟良笑道:"那叫背书歌子。"王问道老师说:"就是吟诵,像唱歌那样读书。"监督将手一拍:"对,像唱歌那样读书。我还想知道,各地学童的吟诵是不是一样的腔调。"他指着邢昭衍问:"你是哪里人?"邢昭衍说:"我是海曒人。""请你唱一段《千字文》。"邢昭衍调动童年记忆,开始吟诵:"天地玄黄,宇宙洪荒。日月盈昃,辰宿列张……"监督做手势让他停下,又问翟良是哪里人,翟良说是淄川人，监督让他也吟诵几句《千字文》。监督听罢一脸兴奋，晃着脑袋说："果然有差别，果然是不同的味道。二位同学请到我家，我要把谱子记下来。"邢昭衍想起，音乐老师弹风琴的时候用谱子，上面都是一些"小蝌蚪"。

来到监督住的二层小洋楼，走进铺着地毯的客厅，邢昭衍又在监督的书桌上见到了那种谱子。他唱一句，监督就用鹅毛笔在本子上飞快地画出一些小蝌蚪。那些小蝌蚪，有的带尾巴，有的不带尾巴，都出现在由五条直线组成的条带上，像在一条小河里上蹿下跳。他画满一页，从墙上摘下一把小提琴，看着那些小蝌蚪拉动琴弓。邢昭衍听了目瞪口呆：琴声竟然跟他背书的调子一模一样！他自言自语："这琴，能学人说话呀。"王问道说："这叫模仿，是监督按照他记下来的曲谱演奏的。"

监督放下小提琴，又问邢昭衍："你懂得《千字文》的含义吧？"邢昭衍点点头："略知一二。""你讲给我听听。"邢昭衍思忖片刻说道："我讲得不一定对——天地玄黄，是说天是青黑色的，地是黄色的。宇宙洪荒，是说宇宙无边无际，无始无终。日月盈昃，是说太阳有东升西落，月亮有阴晴圆缺。辰宿列张，是说天上的星辰按各自的位置排列……"监督兴奋地在地毯上走来走去："哦，《千字文》简直就是一首优美的诗歌！你们中国人喜欢仰望星空，德国人也喜欢。我给你们讲过康德，他最敬畏的是两件东西：头上的星空，心中的道德律。他把这两件东西放在一起，就让道德变得神圣。无独有偶，你们中国的圣贤讲天理。天者，理也；理者，天也。这也是星空与道德的结合。"邢昭衍和翟良听了连连点头。

监督往壁炉里加两块木柴，让炉火更旺，而后指了指墙上贴的基督画像："你们知道，我是一个传教士，来青岛的目的是传播福音。我是一八九九年来的，六年过去了，没给一个中国人受洗，我却成了孔夫子的信徒。为什么？因为孔夫子的学说非常伟大，它完全征服了我。因此，我创办礼贤书院，聘请一些饱读诗书的中国人教授儒学经典。我知道，孔子学说在中国越来越不受重视，今年九月，皇帝还下令取消了科考，选拔人才不再看他对四书五经的理解是不是深刻。但我认为，这种传承了两千多年的东方智慧不能丢，礼贤书院还要办下去。不过，我也坦率地告诉你们，我办这书院，还有另外一个目的——你们听没听过'山东三厄'的说法？"

邢昭衍心想，我听说过，暑假回家时听靖先生讲，山东有"三厄"："胶州德人""黄河涨溢""曹州匪徒"。但他不敢说，只是笑了一笑。

卫礼贤指着他道："看来你是知道的。德国人租借青岛，中国人不高兴，把德国人与黄河水灾、曹州土匪相提并论。我想用我的努力来证明，德国人来到青岛，不是给你们带来厄运，而是带来幸运！我不只让你们这些孩子传承中国文化，还要让西方也了解中国文化。我要把一些经典翻译成德文，介绍给我的同胞们。当然，还要翻译一些好看的小说，我已经译完《三国演义》，现在正译《聊斋》——写《聊斋》的那位作家太有趣了，天知道他的脑袋里怎么装了那么多神奇故事！"

翟良说："蒲松龄先生，是我们淄川人。"

监督指着他笑起来："怪不得你的腔调很特别，原来是柳泉居士教给你的！"

他收敛笑容，摸了摸他的小胡子："当然，西方人的智慧也值得东方人学习。仅仅是一个德国，就有多少哲学家、文学家、科学家，他们的思想成果为星空增添了光亮。我准备把一些经典名著翻译给你们看，譬如康德的哲学著作，歌德的诗集。十五年前我在图宾根大学修习神学时，特别喜欢歌德的《中德四季晨昏杂咏》。他没来过中国，对中国的想象却是那么浪漫而美丽，我把它先翻译给你们。对了，我夫人也非常喜欢这些诗，让她吟诵给你们听听——美懿，请下楼!"

一声像歌唱似的"好",一串不疾不徐的脚步声,监督夫人出现在楼梯上。

邢昭衍突然觉得浑身紧张,心脏急跳。听中国老师讲,监督夫人和她丈夫一样,本来有个德国名字,却因为热爱中国,也和丈夫那样改用中国名字,叫作"卫美懿"。入学三年来,邢昭衍多次见过监督夫人,尤其是她今年年初在礼贤书院东南角建起专收女生的"美懿书院",经常走在操场东面的路上去给女生上课。但那是远观,给他留下深刻印象的是她的棕色头发和高挑身材。现在,卫美懿身穿浅绿便装,笑盈盈下楼,让他脑子里蹦出了一个词:仙女下凡。

卫美懿来到客厅中间,监督用德语向她讲了几句。她浅笑一下,蓝眼睛里闪动几下撩人的光彩,走到窗前望着外面的景色,用德语吟诵起来。邢昭衍在书院上了两年德语课,对卫美懿的朗诵似懂非懂。但从她的声音里,仿佛看到窗外花在开,鸟在叫,春光正好。此时,他更加明白了什么是诗,什么是美。

卫美懿吟诵完毕,卫礼贤带头鼓掌。他说:"还有一首诗,由我来读。我把翻译出的几篇聊斋故事寄给我的朋友、德国著名诗人黑塞先生,他对婴宁的故事特别喜欢,写了一首诗寄来,我译成了中文。"说罢,他从书桌上找出一张纸递给邢昭衍。邢昭衍看看,上面是用汉字写的一首诗:

给歌女婴宁

黄昏,泛舟在静静的河上,
粉红的金合欢正盛开,
衬着粉红的云彩。你若隐还现,
我只看清你发际的杏花浅埋。

此时，监督已经面向窗外，用汉语高声吟诵起来，抑扬顿挫，满带感情。邢昭衍读过《聊斋》上婴宁的故事，此时他恍惚看见，一个爱笑的美丽少女正在监督的声音里走来，让他心旌摇动。等监督吟毕，他红着脸道："我能把您翻译的这首诗抄下来吗？"监督将手一挥："不用抄，你拿走这份吧。"邢昭衍大喜，急忙将诗稿折叠起来，装进衣兜。

监督忽然指着窗外发出疑问："那是什么人，他喝醉酒了？"

邢昭衍看了一眼，马上认出那是他家船上的伙计小周。小周往这座小楼走时，歪歪扭扭很不踏实。他急忙解释："我家的船来了。船工刚上岸时，大多是这种走法。"卫礼贤拍拍自己的额头："明白了，他这是晕岸。我在船上久了，下来的时候也会这样。"

邢昭衍走出小楼，叫一声"小周"，小周咧着大嘴笑一笑，向他作了个揖，身上的袄裤脏得像黑铁皮。他揖罢袖手道："少东家，老大让俺来找您，让您明天跟船回家。"邢昭衍往西南方向的小港眺望一眼，仿佛看见他家的"来昌顺"正停泊在那片蓝缎子一样的港湾里。他又回头看一眼站在门口的监督："我们后天才放年假呀。"小周说："俺们刚从浏家港运来一船大米，来青岛卸货装货。昨晚在马蹄所停了一夜，老爷说，这是年前最后一次跑青岛，要把少东家捎回来。船正在小港卸大米，今晚上装货。如果您打算回家，明天一早过去。"

邢昭衍知道，如果不随"来昌顺"回家，就要在放假后花一块半大洋乘坐通往马蹄所和海州的小火轮回去。父亲不愿他这么做，说自家有船，为什么要花钱坐德国人的？你坐自己的船，可以顺便熟悉船上的事情，为以后管理自家商号做准备。邢昭衍觉得父亲言之有理，每当回家都是坐"来昌顺"回去。

他正想请假，监督说话了："邢同学，你走吧。期末考试成绩后天公布，你过完年假，正月十八回来就知道啦。"邢昭衍心中感动，向监督鞠躬致谢。

次日清晨,邢昭衍背着装了几本书和零碎物品的包袱来到小港。这个港口是德国人四年前建起的,因为太小,他们接着又在北面建大港。现在大港还没完全建成,所以小港既停轮船,也停风船,十分拥挤。

时值隆冬,小港内水汽蒙蒙。轮船烟筒高竖,风船樯桅如林。邢昭衍看到了"来昌顺"三个大字,撒腿跑过去,一上船就闻到了浓浓的香味儿。他问:"这么香!装了什么货?"纪老大嘴上叼着烟袋,用脚踩一下覆了白霜的舱盖笑道:"哄大闺女小媳妇开心的玩意儿!"小周一边整理篷帆一边说:"大闺女,不洗脸,因为没有玫瑰碱。小媳妇,不洗头,因为没有桂花油!"邢昭衍明白了,"来昌顺"从南方贩来大米,再从青岛装了化妆品回去。这几年,在马蹄所、海瞰城,有钱人家的妇女都开始用香皂洗脸,把其中的一种叫玫瑰碱;梳头则用香水,有一种叫桂花油,因为有桂花的香味儿。小周说的两句顺口溜,他去年回马蹄所过年,在街上听小孩喊过。

他问纪老大:"这船装的都是玫瑰碱?"纪老大说:"还有洋火。""日本货?""当然是日本货。你看,昨天又来了一火轮。"邢昭衍循他下巴所指,看到对面码头上停泊着一艘轮船,上面挂着膏药旗,甲板上有高高的木箱垛,每个箱子上都印着"日本国三光火柴 东顺太监制"字样。他知道,"东顺太"是烟台的火柴经销商户,在日本大阪设庄,专营日本火柴。这个牌子的火柴,礼贤书院也用。卫大人曾经在划火点灯时感叹,这么大的一个山东半岛,怎么就没有一家中国人开办的火柴厂呢?

"来昌顺"驶出小港时,邢昭衍抬头向东北方向望去,发现礼贤书院的门楼正在大鲍岛的山坡上高高挺立,似在为他送行。这个大鲍岛,是德国人划出的华人居住区,卫大人却在这里建书院,足以看出他对中国人的热忱。在书院的两年半时光,读书、娱乐的一幕一幕，此时都重现在邢昭衍的心中，像门楼上映照的晨曦一样闪着光亮。尤其是昨天下午在监督家中的见闻，更让他心潮涌动。他伸手摸摸衣兜里的诗稿《给歌女婴宁》，那四行诗立即在他脑际闪过。昨天晚上，他已将诗背得滚瓜烂熟。

纪老大在船帮上磕磕烟袋，进了他住的八义舱。邢昭衍几次随"来昌顺"来往于青岛与海疃之间，知道纪老大有这习惯：船行海上，他在八义舱里坐着抽烟，不时起身出去看看天气与海况，必要时发出指令。二老大一手掌舵，一手指着后舱说："少东家，你到我铺上睡一觉吧。今天顺风顺水，你睡上一觉就到家了。"邢昭衍点点头去了。他知道，从青岛小港到海疃为六十八海里，如果顺风，他家这种四桅风船用八九个小时便到，可谓朝发夕至。

后舱里有一个单人铺，一个大通铺。邢昭衍在单人铺上躺下，想盖二老大的被子，发现被头满是黑垢，腥臭难闻，遂将它拨弄到一边，裹紧身上的棉袍躺下。他侧身打开包袱，翻阅昨天下午到书院图书馆借到的几本书，从中选了一本《海国闻见录》捧读。这本书，他听书院的地理老师介绍过，是二百多年前一个叫陈伦炯的福建人写的。陈伦炯年轻时随父出洋多年，后来担任皇宫宿卫，曾随康熙帝狩猎关外。他当过多处水师将领，雍正八年担任台湾镇总兵时将他的见闻写成此书。书中内容虽然与地理老师讲的有些不同，画的"四海总图"也不准确，而且没画上南北美洲，但有些记录让人长见识，如过去漂洋过海用什么方法，去"东洋""南洋"各国距离分别是多少"更"。还有些记载很有趣，譬如说，"东洋记"里讲，日本人为何叫倭奴；"小西洋记"里讲，"惹鹿惹也"国的女人姿色美而毛发红，气味臭。邢昭衍想，那些女人为何气味臭呢？难道她们也下海打鱼，住这样的船舱？想到这里，他忍不住笑出声来。

舱口忽然露出一个宽宽的下巴，是小周来喊他吃饭。见邢昭衍在笑，小周问他笑什么，他晃晃手里的书本："外国女人很俊，但是很臭。"小周说："不对，我在青岛逛街的时候闻过外国女人，香得很，人家是用了玫瑰碱桂花油的！"邢昭衍放下书向他一指："你就知道玫瑰碱桂花油！"说罢起身，将胳膊架到舱门上一跃而出。

船上的饭是轮流吃的，伙舱里已经坐下了老大、二老大和管买卖的袁掌柜。邢昭衍下到舱里，伙夫给每个人盛一碗菜，放到大家围坐的小方桌上。菜是咸白鳓鱼、粉条熬萝卜丝，纪老大指着菜碗对邢昭衍说："少东家将就着吃点，晚上到家会有一大桌好菜等着你。"邢昭衍说："这菜挺好，我在家的时候每到冬天经常吃。"说罢从伙夫手上接过一个煎饼，拿起筷子吃了起来。

吃着吃着，船左摇右晃。这是常有的情景，大家都没在意。后来桌子猛然一歪，纪老大的碗一下子滑下去，菜泼了一地。他脸色大变，起身从舱口伸头看看，接着大声发令："消篷！"

几个人相跟着出舱。邢昭衍一出来，只觉得狂风扑面，冰冷的空气仿佛带刺，刺得眼珠子生疼。他急忙蹲下身，牢牢扳住船帮。船上一片忙乱，伙计们拽动各个桅杆上的"走二子"滑轮消篷。邢昭衍知道，如果不马上把篷帆降下来，强大的风力会把船给带翻。

四篷全落，船速变慢，随波逐流。过了一会儿海浪变大，船头时而高高扬起，时而跌入浪谷。但邢昭衍并不害怕，他相信纪老大。纪老大是土生土长的马蹄所人，十七岁就上船，在"恒盛"商号的五桅大船上干了二十年，从小伙计干到二老大。六年前邢昭衍的父亲请人造出这条新船，让"恒盛"的方老板给他推荐老大，方老板就让老纪过来了。老纪为人忠厚，性格沉稳，六年来带着"来昌顺"走南闯北，从没出过事儿。

风越来越猛，刮得天昏海暗。纪老大又发令：下太平篮子。在后梢的几个人立即将大铁锚抬起，放进一个竹篾编制的太平篮子推入水中。这样，铁锚在海底不会被礁石挂住，又能拖拽大船以放慢速度。然而浪越来越凶，大船一俯一仰，大摇大晃。邢昭衍抬头看见，四根桅杆时而指向东边，时而指向西边，晃动幅度很大。主桅顶端的顺风旗来回划过半个天空，在风中啪啪大响。往右晃时，他扳住的船沿几乎就要进水。小周和几个船工都用恐惧的眼神看着来回晃动的桅杆，惊叫道："哎哟这樯子！哎哟这樯子！"邢昭衍想，如果"樯子"晃得更狠，这船就会翻沉。此时，恐惧感像恶浪一样冲击着他的心房，他想，我才十八岁，可不能就这么完了！

纪老大带着歉意对邢昭衍说："少东家，叫你受惊了。我光知道今天会刮大风，没想到刮得这么猛！"他抬头看看桅杆，扭头向伙舱大喊："拿太平斧来！"伙夫立即将一把大斧头递了出来。纪老大接到手中扑向主桅，挥斧猛砍。邢昭衍明白，纪老大是要把桅杆砍倒，让船的重心降低。船上最重要的构件就是桅杆，当初他父亲请人排这船时，花大钱从南方买来四根福建杉木，做了桅杆。但是今天遇到险情，只好动用太平斧砍倒了。每条船上都有一把太平斧，不到危险时刻不会用它。邢昭衍将目光死死盯向纪老大，看他能否赶快砍倒。只见纪老大前砍两下，后砍两下，将两边都砍出一个小小的三角空缺时，力气明显减弱。邢昭衍将双手放到嘴上哈热，蹲身过去伸手道："老大，把斧头给我！"纪老大看看他，犹豫了一下，还是递过了斧头。邢昭衍起身，一手扶桅杆一手砍，前砍后砍，让缺口迅速增大。纪老大又把斧头要去，后面多砍，前面少砍。只听桅杆"咔咔"作响，顺船倒下，砸得船尾猛地一沉，船头高高撅起。好在船尾浮起时，摇晃明显减轻。纪老大抹一把脸上的海水，向邢昭衍竖起了大拇指："少东家，你是条好汉！"

风还很大，"来昌顺"随着海流颠簸前行。一个个浪头打上来，舱面上出现冰碴，湿滑难行。纪老大紧紧搂住前桅，瞅着右前方眉头紧锁。邢昭衍也向那边看去，一眼看到了朝牌山。朝牌山在马蹄所西南十里，山顶高竖，像旧时大臣上朝时拿的笏板。如果是正常航行，船到这里应该调整方向了，可是在这样的大风天里只能被动漂航。

纪老大再向前方观察一会儿,咬牙瞪眼,脸色铁青。他突然挥拳捶打一下怀中桅杆,命令小周去八义舱把洋油桶拿出来。小周飞身下舱,将一个绿漆斑驳的洋铁煤油桶递出来。纪老大递给邢昭衍:"你先拿着。"邢昭衍接到手中,觉得分量很轻,看样子是空的。那边小周又递出一个,纪老大用斧头砍断一段篷缆,穿过桶上的提梁,将它们结结实实绑在一起,并把两个桶盖全都拧紧。邢昭衍寻思,老大这是造了个求生筏呢,用得着吗?没想到,纪老大将救生筏上多出来的一段缆绳系了个死扣,让他抓住。邢昭衍抬手阻拦:"怎么把这东西给我?你们有没有?"纪老大抬脚跺了一下舱板:"有,这船就是俺们的浮子!"

纪老大向前面看一眼,突然大喊:"快给大将军二将军磕头!"说罢带头跪下。众人脸色大变,纷纷效仿。二老大一边磕头一边喊:"大将军,二将军!行行好,甭挡道——"

邢昭衍早就听爹讲过"大将军""二将军",说它们藏在马蹄所东南九里,只在潮水低、风浪大的时候出现。邢昭衍这时似乎看见,前面的海浪下,两个庞大怪物正虎视眈眈等待着"来昌顺"。他浑身发抖,连带得洋油桶碰在船帮上当当作响。

第二章

马蹄所的人一直传说,当年海边出现一种鸟,引来了邢姓始祖。那鸟十分罕见,嘴尖毛长,性情凶残,海滩上的虾蟹,岸上的庄稼,什么都吃。大多数人不认识它们,只有年纪大见识广的老人说,这是寇鸟,此鸟一来,寇贼随后,海边人要遭难了。果然,在一个风平浪静的日子,有大伙贼人从海上登陆,杀人放火,劫财而去。事后听说,贼人是"海岛鬼子",不只劫掠山东,在南方更为猖獗。洪武皇帝不堪其扰,下令在沿海筑城设防。海矙县在海云湾北部沿岸,是南北要冲、用武之地,县南设一卫,名为"安澜"。大批军队从内地调来,带着老婆孩子,到这里一边防御"海岛鬼子",一边耕种官家划拨的土地。安澜卫下设左、右、中、前、后五所,最重要的是后所,设在海矙县城东南二十里的马蹄村。据说安澜卫指挥使带他的得力干将邢准过来勘察时,问这里为何叫马蹄村,当地老百姓说,这里的地形像马蹄。指挥使与邢准策马察看,见村北、村西各有一个外宽内窄的潟湖,当地人叫作"北江""西江"。两"江"在村子西北有合拢之势,因此马蹄所很像一只踏海的马蹄。指挥使说,好,就在这里筑城,马踏倭寇!他任命邢准为千户所,率兵一千一百一十二人驻此,为安澜卫五所之首。于是,马蹄村就成了马蹄所,一圈用花岗石垒起的所城高高建立。那位邢千总英勇彪悍,接连打了几次胜仗,将几伙"海岛鬼子"打得狼狈逃跑,马蹄所遂成为名闻遢迤的海防铁蹄。

当地百姓还传说，鬼子到底是鬼子，败了也不死心。他们从海暾逃往外海时，把两个受伤将死的鬼子掀下船去，这两个家伙就变成了两块大石头，潜伏在水中，经常祸害从此经过的船只，导致船破人亡。船民畏惧他们，称两块石头为"大将军""二将军"。

若干年后，倭寇卷土重来。此时邢准已经谢世，继任的几位千总率众奋战，有胜有败。某年某月，只有几十个倭寇登岸，却从江苏杀到山东，上千人丧命，马蹄所将士吓得紧闭所门不敢出战，被老百姓骂得狗血喷头。后来有一天，海边的寇鸟突然扑棱棱飞走，再没回来，继而听说南方有一支戚家军，英勇善战，威震海疆，倭寇再不敢来犯。因为立了大功的戚家军为私募，不属卫不属所，朝廷从此不再重视卫所，原来的海防力量日渐薄弱。当朱家的天下变成满人的天下，卫所担负的主要任务竟然改为对付渔民和商人，因为皇上下令实施海禁，"片板不许出海"。据说此举是为了防范郑成功，这人占据台湾，想反清复明。老百姓说，台湾离这里有多远呀，他来得了吗？但是圣旨不能违抗，马蹄所的士兵每日出动，用刀枪逼迫商人和渔人上岸，且把船只烧毁。直到郑成功在台湾死去，他的孙子向清军投降，皇上才下旨开海。此后二百年间，马蹄所渐成渔业重镇和繁荣商埠，所城南面的海湾里经常停满船只，所城内外遍布商号。但此时马蹄所千总已被裁减，军人变成农人、渔人和商人，首任千总邢准的后代有二百多户，贫富不等，各自谋生。

邢昭衍的祖上先是种地，在种地的间隙下海打鱼，到他父亲邢泰稔这一辈，家产为三十多亩地，一条丈八船。这种船有一丈八尺长，宽约六尺，平时用于下大网，十月初一之后用于垂钓。虽然已是小康之家，但邢泰稔想让家业更大，三十多岁时又添置了一条丈八船。他见马蹄所的大船越来越多，光是四桅、五桅的"黄花船"就有二十多条，春天去吕泗洋一带打黄花鱼，别的季节跑买卖，获益颇丰，便也倾尽多年积蓄，又借了一些，请人排了一条四桅黄花船，船名叫"来昌顺"；开办了一家商号，名叫"裕丰"。商号在他家前院，西面大棚里有好几个池子，存放收购的花生米和砍成两半仅有背皮相连的"劈猪"等货物，一船船销往长江口一带，再买回南方产的木料、布匹、红白糖等等，或送往青岛，或在本地销售。邢泰稔打算多挣多攒，有生之年再添置一两条五桅船。但他身体不好，年轻时在冬天下海把腿冻坏，血管变弯变粗，让他行走艰难。所以，邢泰稔把发家的希望寄托在独生儿子邢昭衍身上，早早把他送进了私塾，希望他把书读好，能够识文解字走南闯北。

那家私塾是几户邢姓人合伙开的，请了个姓秦的秀才执教。秦秀才十分认真，整天挥着戒尺，教导弟子们刻苦读书以考取功名。邢昭衍十五岁那年，让老师赶进了海暾县学的考棚，四场考下来，名落孙山。邢泰稔让儿子接着读，儿子却不干，说我三年后莫说考不中，就是考中秀才又怎样？跟秦秀才那样，考到老了也没中举，只好当个孩子王？我听人说，青岛有洋学，你出钱让我到那里吧。邢泰稔觉得这话有理，青岛让德国人占了之后，去那里做买卖的越来越多，到那里上学能学些本事。他想起，城南四十里的陈家湾有一家远房亲戚，儿子陈务铖从日本留学回来在青岛做事，就去那里要到陈务铖的地址，写信说这件事。半个月后，马蹄所的邮差给他家送来回信。陈务铖在信中说，青岛的中等学校有好几所，有一所德国人办的礼贤书院挺好，中学为体，西学为用，不光学四书五经，还学数学物理化学。既然表弟愿意过来，我给报上名，你们等着过来考试。过了一个多月，通知果然来了，让邢昭衍于公元1903年8月26日（癸卯年七月初四）到青岛大鲍岛区礼贤书院报到，参加考试。请顺便带三十元学费，如被录取，缴费入学。邢泰稔认为儿子上洋学是光宗耀祖之事，特意到祖陵上坟，向列祖列宗禀告此事，而后让"来昌顺"专程把儿子送去。此后的两年中，每当放暑假、寒假，邢泰稔都让"来昌顺"在去青岛送货装货的时候顺便接送儿子。听儿子讲，在礼贤书院读书多，长见识，他十分高兴。

今天又是儿子回家的日子，邢泰稔一大早就起床，站到院子中间仰面看天，两个大眼袋托着两个大眼珠。天是晴的，半边淡白月亮还挂在院子东南角的树梢上。一丝风也没有，树梢一动不动。但邢泰稔根据经验判断，今天可能会刮北风。老辈人讲，"北风不吃南风的气"，南风已经刮了两天，北风怎能忍气吞声。刮北风好，"来昌顺"走得快，下午就到了。

魏总管从前院过来，请东家去用茶，邢泰稔便拖着沉重的双腿走到前院堂屋。支在屋子正中的"快壶"冒着火焰，周边的贮水筒热气腾腾，让屋里暖烘烘的。马蹄所的下海渔民喜欢在清早喝茶，喝上一肚子，再吃饱早饭，到了海上有精神有力气，所以凡是养船的人家，早上这顿茶是少不了的。不下海的富人更喜欢喝，不只在家里喝，还养活了城内一座叫"观海阁"的茶楼。因此，这里的许多商号，都经营从南方购进的各种茶叶。过去喝茶的人烧水，用一把泥壶放在火上燎，前几年从南方传来一种洋铁打造的"快壶"，生上火，投上木柴或松苓子，很快把水烧开。这时魏总管已把茶水沏好，待东家在八仙桌旁坐下，他倒上一碗捧过去，茉莉花的香味也就飘到了邢泰稔面前。他习惯性地抽动鼻子嗅一嗅，端起茶碗喝一小口，吩咐魏总管上午去西门外集市上采购荤素食材，晚上让冯嬷嬷做一桌好菜。"来昌顺"在海上跑了一年，明天到西江拴下，老大和船工们就回家过年了，今晚要犒劳一下他们，顺便也给昭衍接风。魏总管答应着，说老爷放心，我一定办好。

喝一会儿茶，商量了一些事情，邢泰稔回到后院，忽听西厢房传出小闺女石榴的哭声。这个丫头从小就爱哭，今年十四岁了还是这样。邢泰稔火冒三丈，大声吼道："一大早就哭，家里死人了？"妻子吴氏从西厢房走出来，满脸怒气，下巴沉降，让她的瘿脖子显得更粗。她蹙眉埋怨道："她爹，你说的什么话？不吉利呀！"邢泰稔想，快过年了，刚才那话真不该说。但他不愿认错，就问吴氏，石榴为什么哭。吴氏说："她说，今天她哥回来，她没好衣裳穿。"邢泰稔又火了："她哥是外人吗？还用穿好衣裳见他？"吴氏道："这不过是个借口，是想添件新衣裳过年。"邢泰稔说："一个小丫头，穿得花不楞登的干啥？家里的钱都有大用处，能随便破费？"屋里的石榴显然听到了这话，哭声更加响亮。邢泰稔指着屋门口说："石榴你真不懂事！再哭我揍死你！"这么一吓唬，石榴的哭声才变小了一点。

因为自己说错话，邢泰稔心里七上八下，更加惦记归程中的儿子和"来昌顺"。女觅汉冯嬷嬷把早饭做好，他和魏总管吃了一点，就到前院堂屋里坐着抽烟。坐一会儿，再出来看看天，试试风。坐到中午，吴氏过来让他和魏总管到后边吃饭，外面突然风声大作，天井里尘土飞扬。他到门口看看，将门板一拍："这个风，要作孽！"吴氏明白事态严重，咧嘴大哭："俺那儿呀——"邢泰稔狠狠扇她一耳光："你敢胡号？"吴氏明白自己不该这么哭，捂着嘴巴扭着小脚去了后院。

魏总管看看吴氏的背影，与邢泰稔商量："老爷，咱们去海崖看看？"邢泰稔说："去海崖中个屁用！你快到后院，把墙上挂的猪头拎上一个，咱到龙神庙上香！"魏总管应声而去，很快提来一个猪头。这是昨天从街上买来，准备大年初五"上杠"用的，现在派上了别的用场。他又从驴棚牵着那头大黑驴，让主人坐上驴背，把猪头放进驮篮，便牵驴出了家门。此时满街都是飞扬的浮尘，满城都是呜呜的风声。黑驴感受到北风的鞭策，咯噔咯噔走得飞快。

龙神庙在所城南面，有一里之遥，建在一片略向海中倾斜的裸岩上。这座龙神庙远近闻名，因为当年岳飞的部将李宝在此求过龙王。那时六十万金军南侵，其中水军在琅琊台北边的唐岛湾集结。

李宝率三千水兵北上迎击，到马蹄村靠岸过夜。就在他们支锅造饭时，有船从北面过来，是一些前来投诚的金国汉族水兵。李宝听他们讲，唐岛湾的金朝水军有战船六百艘、官兵七万人，便决定用火攻之计。他看到这里有一座海神庙，就去祭拜龙王爷，祈求他赐给南风，结果如愿以偿。他立即率兵北上，突袭金军。金国水军多是旱鸭子，在唐岛湾扎营也将战船连在一起。李宝令部下发起火攻，敌人全军覆没。他借南风一战，让南宋转危为安，因此，这里的龙王威震四海，庙中香火旺盛了千年之久。

龙神庙分前后两院，前院有大殿五间，砖壁瓦顶，高高的屋脊上装着钢叉兽头。殿门两边，有金字楹联"神灵默佑舳舻稳，圣德维持波浪平"。大殿里，东海龙王端坐中间，书童、文宗站在两边，东西两头的屋山上供着雨神、雷公、雹神、风妈、闪电娘子、巡海夜叉和两个判官。邢泰稔在庙门外下驴，蹒跚而入。魏总管把猪头摆上供桌，邢泰稔从衣兜里掏出一把铜钱投进功德箱，在龙王像前跪倒磕头。每磕一个，值殿道士将铜磬敲一下，响声悠长。磕完三下，邢泰稔小声祷告，把心里话全说出来之后，在魏总管的搀扶下艰难起身。

走出庙门，看见平时停船的前海空空荡荡，只有一道道白头浪从海上涌来。再望望西江，那里拴满了大大小小的船只，好多船上还插上用带叶竹子做的"摇钱树"，准备过年了。看到这个情景，邢泰稔愈发焦急，便爬上驴背向东而去。

如果说，马蹄所像个大马蹄子，东南端则是蹄掌丰厚之处，因为这里是海崖。为龙神庙垫底的青石盘，经过一段高低凸凹，延伸到这里突然消失，形成一道弧形悬崖，高约一丈。下面是细软沙滩，颜色金黄，任潮水来回冲刷。在这里站得高看得远，马蹄所的人如果是等船看景，大多来此。有人看见海里来船，确认是自家的了，都把一颗悬着的心放下来，欣喜地等着船只靠近。那船驶进前海，等待的人也沿水边往西走。船抛锚停下，有人便摇着舢板过去卸渔获，有人在岸边等着择鱼或者买鱼。

海崖上已经站了几个人，有一个穿着破棉袄的黑脸女人看见邢泰稔来了，眼泪汪汪道："老爷，您说来昌顺今天能回来不？"邢泰稔认出那是纪老大的老婆，安慰她道："一定能回来，平平安安回来！"

邢泰稔远观海面，从北到南，不见一只船的影子。再回头看看，日头已经平西。魏总管扬起一只大手在空气中挥动两下："风倒是小了。"

"二叔，我去叫上老大，提船到海上看看吧！"

邢泰稔转身发现，那是他的远房堂侄槐棒，在"菠菜汤"上干活，便说："好，你叫上老史赶紧去！"槐棒立即跑走。过了一会儿，从西江驶出一条船，船上有三个人，将篷张了一半。因为风大，篷帆半张也跑得飞快，转眼就过了龙神庙。到了海崖南边，掌舵的史老大腾出一只手向这边招了招，邢泰稔和魏总管也向他招招手。

看着渐行渐远的"菠菜汤"，邢泰稔再次生出后悔心情。当年父亲留下的丈八船破得不能再用，他决定另排一条，为了省钱，一天三顿让匠人喝菠菜汤吃煎饼，他们就给船起了这么个孬名。船名再孬也不能改，这是规矩，排船木匠叫它啥就是啥。因为这条"菠菜汤"，邢泰稔遭人耻笑，五年后再排第二条丈八船，他待匠人好了一些，做的菜多是眉豆炖猪肉，匠人就给那船起名"小豆角"。

"菠菜汤"向东南而去，褐色之篷仿佛是蓝海上的枯叶。魏总管说："老爷，天太冷了，咱们回家等吧。"邢泰稔点点头，爬上驴背。魏总管见纪老大的老婆还站在那里，让她也回，她说，俺不，俺就在这里等。

到家已是黄昏时分，一进门，吴氏母女俩就问船来了没有。魏总管告诉她们，老史带人出海去找了。吴氏问丈夫："冯嬷嬷已经备好菜，这会儿炒不炒？"邢泰稔沉着脸说："能吃得下去？"吴氏不敢再问，转身去了后院，石榴跟在她的身后小声说："娘，俺到门外等俺哥。"吴氏没吭声，只是伸手在她肩膀上推了一把，石榴扭着小脚急急走了。

陆续有人走进院子，有本家的长辈、平辈，还有平时与邢泰稔来往密切的商号老板。邢泰稔的哥哥邢泰秋也来了，一进门就用烟袋杆子指点着弟弟的脑门说："我劝你多少回，叫你不要排大船，老老实实在家门口下大网，旱涝保收。可你就是不听，你看，来昌顺要是出了事，就赔大了！"邢泰稔知道，因为自己排大船开商号，把只有三条丈八船的哥哥比了下去，哥哥一直嫉妒。他翻眼瞅一下哥哥，没有回话。槐棒的爹邢泰均对邢泰秋说："大哥放心，俺二哥求过龙王爷了，没事。"几个商号老板也说，纪老大跑船多年，再孬的天气也能对付，他早晚会回来。

除了纪老大的老婆，其他几个船工的亲属也先后过来，满脸焦急。魏总管忙着倒茶伺候他们，劝慰他们宽心。边喝茶边等，等到二更天，忽听街上响起一个女孩的哭声。魏总管腾地起身："石榴！"邢泰稔坐在那里浑身发颤，欲起不能："这小丫头又哭！"说话间，哭声到了门口。魏总管跑出堂屋问："石榴，你哭啥？""俺哥回来啦！昂……昂……"她索性坐到门槛上放声大哭。

屋里欢声一片，邢泰稔流着泪说："没白求龙王爷，没白求。"

邢昭衍和小周一先一后进院进屋，衣裳湿漉漉的，星星点点的冰碴让灯照出光亮。随后进来的槐棒兴奋地打着手势表功："二叔，俺到海上转着转着，就看见了大哥跟小周。靠近一瞅，他俩趴在洋油桶上，冻得话都说不出来了。要不是……"他在海上受风寒得过吊角风，嘴歪，得了个绰号"跑嘴子"，意思是嘴跑到了一边。此时他的嘴跑得更远，话也含糊不清了。邢泰稔打断他问："船呢？老纪他们呢？"小周双手抱膀浑身发抖："撞上了大将军，来昌顺一下子碎了。大伙都落了水，要不是少爷把我扯住，一起趴到洋油桶上，我也回不来了……"邢泰稔坐在那里抚膝大哭:"完了!完了!老天爷呀,龙王爷呀……"

现场一片哭声,几个船工的家属哭得更凶。吴氏对邢昭衍说:"舵儿,你快去换上衣裳,吃饭暖暖身子。"邢昭衍走到后院,母亲早已给他找出了棉衣棉裤。邢昭衍到他住的西屋里换上再去厨房,见小周身上还是一身湿漉漉的衣裳,要回去找自己的干衣服给他。小周说,不用,整天在海上跑,衣裳湿了干,干了湿,很平常的,邢昭衍只好作罢。

邢昭衍喝下一碗热乎乎的姜汤,拿起煎饼边吃边问:"小周,船上的两个洋油桶,是什么时候放上去的?"小周抻长脖子咽下一大块煎饼说:"有一年多了,那次从青岛进来一船洋油,老爷留下两桶自己用,用完了就把空桶放在院子里。纪老大见了,把它捎到了船上,问他干什么用,他不吭声。没想到,船要出事的时候,他拿出来救了咱们的命。"邢昭衍含泪道:"他本来可以留给自己的,可他……他水性好,但愿能平安回来。咱们赶紧吃完饭,去海边等他。"二人急匆匆吃罢,去前院说了这个意思,魏总管说,我也去。他从屋角拿出灯笼点上,是四面玻璃中间插蜡烛的那种。他让小周提上,三人一起往门外走去。

镰刀模样的下弦月,从东边城墙上悄然升起。风已消停,但是天地之间贮满寒冷,让他们觉得像裹冰前行。出了南门,直奔前海。正是涨潮时分,海水快到龙神庙门口,哗哗作响。他们打着灯笼,沿水边东去,脚下的沙滩明晃晃的,踩上去响声清脆,溅上来的海水竟然结冰了。

走一会儿,往北拐时,听到前面有女人在哭。几个人急忙跑去,灯光便照见了海滩上的两个人。他们一跪一蹲,跪着的是纪老大,蹲着的是他老婆,纪老大的右手还扶在那根他亲手砍倒的桅杆上。邢昭衍惊喜地喊:"老大!你回来啦?"然而老大却跪着不动,全身上下冰光闪亮，左手里还握着一块木板。邢昭衍问女人："你什么时候发现他的？"女人哭道："刚才。我走到这里，看见他跪在沙滩上，怎么叫也叫不醒……"魏总管过来看看，抚摸着纪老大那张滑溜溜的冰脸哽咽着说："你回来跪在这里，是向东家道歉吗？啊？"邢昭衍到纪老大面前跪下，撕心裂肺喊一声"老大"。小周也一同跪下，连连磕头。

魏总管说，他回去套车过来拉老纪，说罢匆匆走掉。邢昭衍试图把老大的手从桅杆上扒下来，但那只手与桅杆冻在了一起。小周趴上去看看，对女人说："嫂子，你转过脸去。"女人将脸转向大海，他解开棉裤，掏出家伙，朝那木头与手的冻结处滋了一泡尿，灯光里热气腾腾。他系上腰带，弯腰去扯，还是扯不开，扭头说："少爷，你也滋一泡。"邢昭衍看看纪老大的老婆，犹豫片刻，但还是背对着她解开了裤子。

这一下中用，纪老大的右手与桅杆终于分离。邢昭衍去捧来一捧海水，将那只手上的尿冲了冲，觉得自己的十个指头疼到了骨头里。再看纪老大，左手依然紧握木板。小周哭着说："老大这是骑着桅杆，用船板划水回来的……"他老婆说："回来了，你还攥着船板干啥？"小周试图取下，但无论如何也取不下。女人哭道："这是硬了尸了……"

魏总管坐着驴车过来，与邢昭衍和小周一起把老大抬到车上，又把那根桅杆也捎上。送到纪家，放下死尸，纪老大的两儿一女都扑上来大哭。邢昭衍站在那里流泪不止，魏总管扯他一把，示意他回家。

二人赶着驴，把桅杆拉回去，邢泰稔见了勃然大怒："老魏你真不会办事！把这档子拉回来干啥？晦气！快送到棺材铺，叫他们给老纪打一口棺材！"魏总管为难地道："打棺材，一根木头怕是不够。"邢泰稔喷着唾沫星子说："把板子解薄一点不就够了？他不好好使船,把我的家业毁了,还想要个好棺材?老辈人讲,当船老大的'不求尿金拉银,只求见景生情'。见景生情,就是遇上什么情景,立马想出办法,老纪是怎么见景生情的?嗯?"邢昭衍听不下去,反驳道:"爹,人家在危急关头把救命的洋油桶给我,这就是见景生情!我的命是他给的,咱们应该为他好好善后!"听儿子这么说,邢泰稔把手一挥:"我不管了,你们办去吧。"

第二天早上,魏总管和邢昭衍用驴车把桅杆送到北门内的"宿记"棺材铺,让他们把它用上,再添一些木料,赶快打一口棺材。宿老板已经知道"来昌顺"出事,打量着桅杆道:"天寒地冻,匠人伸不出手,你们不如买一口现成的,把樯子打个价留下。"魏总管与邢昭衍商量一下,觉得这办法可行,就让宿老板给桅杆估价。宿老板瞄了两眼:"两块钱吧。"魏总管与他还价:"我听东家说,这樯子当年是花八块大洋买来吧,上等的福杉。"宿老板摆摆手:"那我不要了,船毁了留下的,还指望卖个大价钱?"邢昭衍说:"两块就两块吧。这里最好的棺材是哪一种?多少钱?"宿老板指着一口棺材说:"那一种柏木的最好,要二十块。"邢昭衍说:"二十就二十。老魏,你付钱吧。"魏总管面现难色:"这么贵,怕到老爷那里报不下账。"邢昭衍说:"他已经说不管了,你怕什么?"魏总管便掏出十八块大洋给了宿老板。

他俩把棺材送到纪老大的宅院门口,那里已经用木棒与草苫子搭起了简易灵棚。依照马蹄所的风俗,"冷尸不进热宅",在外面死去的人不能进屋,纪老大披一身蓝布寿衣,跪在芦席上。他老婆领着三个孩子给邢昭衍和魏总管磕头,哭声凄厉。魏总管含泪对死者说:"老纪,房子来了,进去躺下吧。"然而他将纪老大推倒,纪老大还是一副跪着的姿势。想把他身体扯直,无论如何也不成,只好招呼人把他抬进了棺材。但是,把他脸朝上放进去,他的右手还举在外边。女人说:"他想跪,就叫他跪着吧。"众人又一齐下手,将他调整成跪姿。这样,他的头还露在棺材外头,盖不上盖儿。邢昭衍泪雨滂沱,拍着他的肩膀哭道:"老纪,来昌顺毁了,那是大将军使的坏,不怪你,你就躺下吧,啊?"但老纪还是不躺,还是硬邦邦地跪着,魏总管只好找来两块木板立在棺材角落,将盖儿撑起。纪老大的老爹让人扶着,过来看看儿子,说这个样子太叫人伤心,快叫他入土吧。于是,纪家就请来吹鼓手和抬棺材的"举重",当天为他出殡。邢昭衍和小周戴着孝帽,扶着纪老大的棺材,一步步送到所城西北一里之外的纪家祖陵。

往回走时,小周跟邢昭衍说,"来昌顺"没了,我还想在您家当觅汉,过了年能不能上丈八船?邢昭衍说,我回去给你问问。然而回家一问,父亲却连连摇头:"从沉船回来的人,咱们不用,用了晦气。"邢昭衍不服:"我也是从沉船上回来的呀!"父亲说:"你跟他们不一样。"第二天,邢昭衍只好去所城北边三里远的周家庄,找到小周道歉。小周说:"那我再找找别的船家,看有没有缺人的。不过,我在来昌顺上干了整整一年,工钱还没结,这事怎么办?"邢昭衍说:"我再回去问问。"回家问了,父亲却说工钱以后再结,眼下要把死人的事处理好。邢昭衍听父亲这么说,只好默默叹息。

"来昌顺"的最后一次航程载了九人,回来两个,死了一个,尚有六人不知下落。这六个人,四个是马蹄所的,两个是邻村的。槐棒又和几个人开船出海转悠了大半天,邢昭衍、小周和一些失踪者家属也到海边来回走动,但始终没有发现他们。反应最强烈的是小侯的媳妇,她刚嫁到马蹄所一年多,男人就在"来昌顺"上出了事。小媳妇发疯一般沿着海边来回跑,鞋底和裹脚布让海蛎子壳割透,一双小脚也被割伤,鲜血染红沙滩。她最终没能找到男人的尸体,昏倒在北江口,被人发现后用牛车拉回家去。

失水的第三天,魏总管又去买了六口中档棺材。邢泰稔还吩咐,给死去的人结清这一年的工钱,纪老大四十吊,其他人二十吊。魏总管便从里屋往外提钱，叮当作响，铜锈飞扬。邢昭衍知道，十吊钱差不多有九十斤，就跟父亲说，给大洋不行吗，多轻快。父亲朝他一斜眼："你懂什么？穷人家使小平钱方便。"邢昭衍想想也是，马蹄所集市上的小买卖，都用面值一文带方孔的制钱，连十文一个的铜元都很少见。把棺材和钱分别送到死者家中，家人们收拾了失踪者的衣裳放进棺材，哭哭啼啼去祖陵里埋掉，堆起衣冠冢，令人望之心酸。

随着这桩海难的广为人知，一个流言也在马蹄所、海暾城以及无数村庄快速传播：那条叫"来昌顺"的船出事，是因为装着桂花油和玫瑰碱。东海龙王的几个闺女正想洗脸梳头过大年，就刮起大海风把船掀翻，把东西抢走了。从那以后的好多年，有些船主再不敢贩卖化妆品，让海暾县许多大户人家的年轻女性添了焦虑，减了姿色。

第三章

纠缠了邢昭衍多年的晕血症，在"来昌顺"出事的第九天再一次发作。那是大年三十的早晨，邢昭衍还没起炕，母亲就过来拍门叫他，说你爹让你过去。他穿好衣服来到堂屋里间，见父亲穿着棉袄坐在被窝里说："舵儿，你给我帮帮忙。"邢昭衍问他帮什么忙，父亲说："下午应该去给老祖上年坟，可我走不动，你给我放放血。"说着把他的一条光腿伸出被窝。邢昭衍一看，恶心欲吐，他看到一条条、一团团蓝色"蚯蚓"趴在那条腿上，都像喝饱了血，胀鼓鼓的。再看父亲的脚踝和脚掌，都肿得发亮。他以前见过父亲的病腿，没想到现在病得更加厉害。他知道，以前父亲每当积血严重，都到西大街的"康润堂"让坐堂先生给放血，放血之后腿就轻松一点，今天为何不到那里去？父亲仿佛看透了他的心思，说咱们家出了大事，"来昌顺"毁了，船上的货款就值好几千。还死了七个人，给他们买棺材、发工钱，把家底掏空了。以后凡事都要省着点儿，去康润堂放血得十文钱呢。说罢挪动身体下炕，转身扶着炕沿。母亲拿一根纳鞋底用的钢针，放到油灯上烧了烧，递给儿子。

邢昭衍接过针，只觉得心跳像打鼓一般。他以前就怕见血，一见有人流血就心慌头晕。那年外地来他家商号送货的两个"车户子"不知为何打起架来，打得头破血流，他一下子晕倒在门口台阶上，把嘴唇都磕破了。在青岛读书期间，有一天他与同学到栈桥游玩，发现一个衣衫褴褛的年轻人从东边飞跑而来，后面两个德国巡捕在追，一声枪响，年轻人倒在他的面前，胸口向外冒血。他眼前发黑，赶紧抱住路边一棵树，好大一会儿才醒过神来。"你摁住一条血管，一下子攥破！"父亲在催促他，母亲端来一个黑碗蹲在旁边准备接血。邢昭衍长吸一口气，照父亲说的做，将针扎在了一条蓝蚯蚓上。父亲的腿抖动一下，复又挺直，嘴里说："拔针！"邢昭衍将针一拔，一小股殷红的鲜血就喷了出来。他觉得胃里像有几条蚯蚓蠕动，眼前像有一群黑蝴蝶乱飞，往炕沿上一趴恶心欲吐。邢泰稔回头问他怎么了，吴氏说："你忘了？舵儿晕血，小时候杀鸡都不敢看。"邢泰稔说："长大了怎么还这样？哪像个男人？快起来！"听父亲这样说，邢昭衍爬起来坐到一边，还是不敢看父亲的腿。

等到吴氏端着的碗差不多接满，邢泰稔说，行了，上药裹上吧。吴氏就把碗放到地上，从一个小瓷瓶里倒出一点乌贼骨粉，揾到针眼上止血，再抄起一条干净布绺子，把针眼紧紧裹住，缠了一圈又一圈。邢泰稔转脸看看儿子："再给我攥右腿。"儿子去桌头柜上拿起针，跪到父亲身后。因为手抖，扎了两下也没扎到血管上。邢泰稔像老驴踣蹄子一样蹬了儿子一脚："滚一边去！"邢昭衍往旁边一挪，却碰翻了那个盛血的碗。看见浓血泼了一地，他"哇"的一声，跑到门外扶墙大吐。邢泰稔说："真是个孬种！拿针来，我自己扎！"吴氏便从炕头柜上拿起另一根针，在灯头上烧一下递给他。邢泰稔低头弯腰，将自己右腿上的血管刺破，吴氏急忙端碗承接。

下午，马蹄所的一百多位邢姓男人齐聚北门外的老陵，祭奠列祖列宗。看着始祖邢准的大墓，邢昭衍想起了他当年谢世时的英武：倭寇再次到这一带骚扰，邢千总带兵迎战，身先士卒。他持一把大刀砍死七八个鬼子，却被一块石头绊倒，遭敌人反扑，被乱刀砍死。他的葬身之地，是他生前选好的，说在这里能看见海，希冀沧海波平，不再有外敌来犯。

邢家的成年男人一辈一辈上去，到大墓前磕头。邢昭衍站在"昭"字辈的几十条汉子中间，看见父亲一瘸一拐，行礼如仪，不禁对他生出敬佩之心，同时也为自己的晕血症深感自卑。他想，老祖宗当年血战海疆，我身为他的后人却不敢见血，怎么能退化成这样，活脱脱一个不肖子孙！他想起，在礼贤书院曾请教一位生物老师，问他晕血症是怎么回事，老师说，这种症状，是血管迷走神经反应过于活跃导致的，是一种进化的恐惧反射。人类对于受伤和死亡做出这种过激反应，实际上是一种本能的抗拒和躲避，如果见血见多了，晕血现象就会消失。邢昭衍想，我要见多少血才能跟正常人一样？

当他在邢准的大坟前跪倒时，在心里默默祈祷，请求老祖给他加持，让他有胆量有勇力，不要像个懦夫。

祭拜过始祖，人群分散，去给自家过世的亲人烧纸磕头。邢昭衍随父亲去了曾祖父、祖父的坟前，却听见西边有人放声大哭，哭声来自一座新坟前面的两个半大男孩。他知道，新坟里埋的是远房堂叔邢泰真，在"来昌顺"上失水的。他和父亲在这边磕了头，又去那边向死者磕头。邢泰稔起身后，掏出一把铜板给两个孩子，说是过年的压岁钱，两个孩子擦擦眼泪接到手中。离开这里时，邢泰稔伤感地对儿子说："从我记事起，邢家祖陵里已经添了十几座衣冠冢了，打鱼的人，就是这个命！"

邢昭衍搀扶着父亲慢慢走，一些族人过来安慰他们，劝他们要想得开，说你家，大船没了，还有小船有地，照样能把日子过下去。邢泰稔频频点头表示认可。回到家，他躺在炕上，喝一口老伴为他熬好的鸡汤，长叹一声："唉，老辈人说，'生来只有八合（gě）命，走遍天下不满升'，我起先不信，现在信了。我这些年拼死拼活，从牙缝里省钱，排了一条黄花船，一心想让咱家发起来，可是这船一碎，什么都完了，商号不能开了，总管也走了。往后，咱就老老实实地守业，管好两条小船、三十来亩地就行了。"邢昭衍点点头：

"爹，你说得对。看看马蹄所，穷人多的是，咱家总比他们要好。"邢泰稔说："日子能过下去，可我不中用了。你看我这腿，怎么去接海，怎么去催租子？过了年你就不要去青岛了，帮我理家吧。"

邢昭衍站在炕前愣住。他的脑际迅速闪现出礼贤书院的许多画面：上课，读书，玩耍，卫大人拉小提琴，卫美懿朗诵诗歌……他用乞求的眼光看着父亲："爹，再有半年我就毕业了……"父亲说："毕业了又怎么样？能去当个官老爷？"邢昭衍想，礼贤书院的毕业生，肯定当不上什么官，我毕业之后还是要回家。父亲又说了一句："早回是回，晚回是回，甭去了。"邢昭衍想，父命不可违，再说家里也真是需要我，就点头答应："好吧，我不去了。"

吃罢除夕饭，邢昭衍回到自己屋里，给卫礼贤先生写了一封信。他痛说海难惨事与父亲病情，表达辍学决定，并说自己的东西先寄放于学院，等以后他去青岛的时候再取。大年初三马蹄所邮政代办所开门营业，他含泪将这封信寄走。

大年初五是"上杠"的日子，船家和船工要齐聚船上祭海。邢泰稔说他走不动，让儿子过去。槐棒和另一个年轻伙计来了，每人在胳肢窝里夹了一条麻袋，说老大和伙计们已经到了船上，让他们过来背猪头。邢泰稔指着南墙说："在那里。"邢昭衍抬头看一眼木橛上挂着的猪头，为难地道："爹，两条船一个猪头，太寒碜了吧？"邢泰稔说："另一个不是已经送到龙神庙了？龙王爷有数。"他又指着墙上挂着的两根猪尾巴说："那次忘了拿猪尾巴，这回把两条都捎去，龙王爷就更有数了。"邢昭衍知道，船家上杠，有钱的都用整猪，买不起整猪就用一个猪头和一条猪尾巴代替。爹让我拿一个猪头、两根猪尾巴，这算怎么回事？

到了西江，天光微亮，许多船上都是火光闪闪，照亮了一些在船头烧纸磕头的男人。江面上，黄花船与黄花船靠在一起，丈八船和丈八船靠在一起，一行一行，高矮分明。邢昭衍望一望没有了

"来昌顺"的大船队,心中戚戚然,跟着两个伙计爬上靠水边的一条丈八船,跨越七八条,找到了"菠菜汤"和"小豆角"。

见他们来了,"菠菜汤"上的史老大磕磕烟袋说:"来,上供!"等槐棒从麻袋里倒出猪头,他咧咧嘴道:"怎么就一个?"邢昭衍满脸含羞:"俺爹本来准备了两个,来昌顺出事那天,他送到龙神庙一个……"史老大扭头对"小豆角"上的宋老大说:"听见了吗?就一个猪头,咱们合伙用吧。"宋老大沉默片刻:"合伙就合伙。"他抄起舱板上放着的大橹,架在两个船头之间。史老大看明白了,拿过这边的一条橹与其并排,架起了一个供台。史老大将猪头端放正中,槐棒把两根猪尾巴摆在猪头后面,两个船头上各有人点燃烧纸。史老大做了个手势:"少东家,你到前面,咱们磕头。"邢昭衍就走到前面,向着东南方向刚被旭日照亮的大海深深一揖,与大伙一起跪下。他在心里说:我家就剩下这两条丈八船了,请龙王爷多多关照!

往回走时,经过邻船,有人笑嘻嘻道:"看猪看了不少,没见过长两条尾巴的!"邢昭衍明白这是笑话他,顿时面红耳赤。另一人说:"这有啥稀奇,人家老大还长着两根鸭子呢!"史老大听见,将头一歪:"叫你姐看见了?"这话又引发一片笑声。邢昭衍心想,马蹄所的人,都把男人阳物叫鸭子,却管真正的鸭子叫扁嘴,真是好笑。

"二鸭子"是史老大的诨名。他年轻时经常做出奇特举动逗人发笑。有一回出海回来在船边撒尿,他不脱短裤,从这边掏出尿一些,再塞回去从另一边掏出来继续尿。有个赶海的小男孩指着他大喊:"那人有两个鸭子!"于是,小史就得了这么个诨名,当上船老大之后还是有人叫。

觅汉们回到城里,到东家吃饭。前院堂屋里,邢泰稔早让人把平时靠墙摆放的八仙桌抬到了正中,这时招呼大家:"将就一桌,挤挤坐吧。"众人落座,八仙桌周围竟然挤了十二条汉子。女觅汉冯嬷嬷用提盒送来菜肴,摆放上桌。史老大指着其中一盘说:"老冯,这些高眼鱼，你也炸得太干了，拿喷壶喷点水吧。"众人大笑，因为冯嬷嬷是麻子，史老大是跟她开玩笑。冯嬷嬷却不恼："喷喷就喷喷。"将脸悬在那个盘子上，转了两圈做喷水状，让大家的笑声更加响亮。邢昭衍虽然也忍不住笑，但他明白，这是史老大故意化解人多太挤的尴尬。

地上的火盆灰堆里，半埋着一把温酒的锡壶。邢昭衍拿过来，给大家面前的青瓷"牛眼盅"里一一倒上酒。邢泰稔连敬三盅，先说了以后由儿子帮忙理家这个意思，又拜托他们好好张网，今年多一些渔获。两个老大在家里说话也像在船上，高门大嗓。老史说，老爷放心，今年肯定会有好收成，去年六月十三，少东家已经把最好的行地抓到手了。老宋说，有了那块好行地，咱们天天都是鱼虾满舱！来，敬老爷和少东家一杯！

邢昭衍冲两个老大笑笑，端起面前的酒盅喝干，心里生出些许自豪。马蹄所和周边几个渔村，每年要通过抓阄的方式决定各个船户张网的位置，他去年已经抓到了好阄。海里有一道道海流，海流最急处鱼虾特别多，渔人就选在那种地方张网。那些地方叫"行地"，过去因为抢行地，经常起争执。大约在五十年前，马蹄所有一位姓宿的举人，在外地当官告老还乡，发现这种事情很痛心，提议让龙王爷安排行地，得到大伙赞同。于是，每年六月十三龙王爷生日这天，张大网的船家都派一位代表去龙神庙抓阄。邢昭衍家有两条船，以前都是他父亲去抓，去年他在家过暑假，父亲却让他出面，说你已经十八了，应该到大伙面前露露脸了。那天，邢昭衍换一身新衣裳，把手洗了又洗，去龙神庙交上二十文香油钱，被一个年轻道长录下名字，而后站到了船家群里。主持抓行仪式的是龙神庙方丈柏道长，他看着手里的名单一个个喊，喊到谁的名字，谁就走上去向龙王爷拜一拜，到神像前放着的柳升里摸出一根芦管。芦管里早已装了写有行地名称的纸条，一个年轻道士接过去，抽出看看，高声宣布，并记录在册。等到邢昭衍去抓，纸条上写着"老虎头"三字。在场的好多人都向邢昭衍道喜，说你手气真好，"老虎头"是马蹄所最好的行地，离岸八里，不高不矮，老辈人有言："拿了老虎头，吃喝都不愁。"他问别人，那里为什么叫老虎头，人家告诉他，到了那里往西北看，会看到一个老虎头，那是所城北面十八里的卧虎山顶。

有了好行地，还得把渔具准备好。喝酒时大家商定，正月十六如果天好，就开工纺缆。纺缆要先压草，压草最忌风刮日晒，要在无风的早晨干这活儿。到了十六这天，邢昭衍听见父亲一次次开门看天，最后一次看罢大声说："好天！好天！"邢昭衍明白，这是叫他起炕了。他刚起来解过手，两个老大带着伙计来了。他们挑的挑，抬的抬，把早已预备的稻草和芦苇搬运到龙神庙西面的大片青石上，在月光下拉着大碌碡将其压软。因为许多船家都在这一天纺缆，龙神庙周边铺满了稻草和芦苇，碌碡滚滚，号子声声。邢昭衍与槐棒同拉一个碌碡，来来回回，直到月亮落到朝牌山之后，日头从海崖头冒出来。而后，他们分为两组纺坯，有人在前面拧动草绳，有人在后面续草，蛇一样的缆坯在他们中间生成，滴溜溜转动身体。纺出一些缆坯，再用三星板等工具将三股合为一股，这就有了胳膊那么粗的缆绳，盘起来抬回去待用。纺完缆，再检查打户用的槐木桩够不够用，缺多少补多少。

完成这两件事情，邢泰稔又通知船工，三天后"杠网"，还没织好网片的务必抓紧。三十口大网，每年都有坏掉的，他早已检查过，今年需要补上六条。他年前已从南方买来"洋纱"，分给了六家，这六家都有会织网的女人，完成后付给她们工钱。这天她们让自家男人将网片送到南门外，邢泰稔亲自"杠网"。"杠网"就是将不同的网片系到网纲上，组合成一张大网，一般人学不会，好多养船的人家都花重金请外人帮忙。当年邢泰稔不愿花这钱，拿网纲网片在自家院子里操练了两天才弄明白,此后每年"杠网"都由他亲自动手。他今年虽然腿不好使,还是慢慢走到南门外,指挥儿子和几个伙计在空地上把网纲拉直,放到地上,先后喊着"小生""中生""大生""密闲""朗闲""小煞""四煞",让人把不同种类的网片递过来,他指导儿子往网纲上系。网片一一系好,纲举目张,便成为大约六丈长、四丈五尺宽的圆锥大网。经检查无错,大伙各拿一个梭子,将网片全部连接起来。六张大网,他们忙活了三天,邢泰稔最后累得走不动路,只好让儿子牵来驴把他驮回去。

最后一道工序是"血网",就是用猪血染网。不只是新网要染,旧网也要染。邢泰稔年前就从西门外邬屠子那里买来两篓猪血,这天让儿子带人从前院西大棚里取出来,连同大铁锅、大瓷缸、木桶、竹篦子,用驴车拉到了龙神庙后面。那里是"血网"的地方,有长年支起的一个个大锅台。他们把一张网放进大缸,二人合力抬起油篓将猪血倾倒其中。将大网浸泡一会儿捞出来,放到木盆里控干,而后装进木桶,将口封紧,隔一层竹箅子倒扣于锅上,烧水蒸网。将网蒸透,取出摊晒,那网已呈黑色,油汪汪,亮闪闪。晒干后网线变硬,透水性好,不长青苔,不容易腐败,而且散发腥味,入海后招鱼招虾。染完这一张,那边又将用猪血泡过的大网放进木桶抬到了锅上……"血网"的几天里,龙神庙后面烟气弥漫,腥臭难闻。好在猪血不是人血,颜色也不再是鲜红,邢昭衍才没犯晕血症,协助两个老大把所有的渔网染完晒干。

正月底,邢昭衍收到来自青岛的一封信,是翟良同学写给他的。信中对他家中发生的变故感到震惊,为不能再和他同窗共读深表遗憾。翟良还告诉他,年前的期末考试,邢昭衍的三门课都是优等。邢昭衍读了信,十分想念这位关系亲密的同学,更加怀念礼贤书院的快乐时光。但他知道,自己已经彻底告别学生时代,要作为渔家子弟从海里讨生活了。

出了正月，各个网家都要到自己的行地打户。邢家定在二月初八，因这天是小汛，潮水低，便于打桩。邢昭衍头一天就跟父亲说，他想去"老虎头"看看，父亲说，你去吧，看看咱家的行地是什么样子。说罢，父亲到自己屋里找出夹袄斗裤、油衣油裤和一双草鞋，告诉他，平时穿夹袄斗裤，雨天穿油衣油裤。邢昭衍看见，夹袄斗裤是用布块一层一层缝起来的，脏破不堪，摸一摸硬邦邦的，有五六斤重，就说，穿平时的衣服不行吗？父亲说，不行，必须穿这一身，并且要光着身子穿，不扣扣子，将夹袄束进斗裤，用一根细麻绳扎住打个活结。一旦落水，将绳扣一拉，衣裤立马被浪卷走，对逃生有利。邢昭衍点点头，再看油衣油裤和油帽子，这一身较单薄，是雨天穿的，散发着一股桐油味儿。他再指着地上的草鞋问，这也是必须穿的？父亲说，必须穿，上了船不打滑。邢昭衍就把这几样穿戴抱回自己屋里。睡到下半夜被父亲叫醒，穿夹袄斗裤时，感觉是把自己往铁筒里装，冻得浑身发抖，过了好大一会儿才用身体把衣物暖热。

来到前院，两条船的十个人都已到齐，正坐在东厢厨房里喝茶抽烟。邢昭衍知道，这些打鱼人，要准时到东家吃饭，以便准时赶上潮水出海。他们在家睡觉时，家里人要值班，晴天看星月，阴天看烧了几炷香，很不容易。他父亲当年为了省钱不请女觅汉，母亲白天晒鱼干，干杂活，夜间还要看星星，看香火，恐怕误了做早饭。有一回她实在困得不行，误了点儿，让父亲揍了一顿，后来她就在晴天的夜间坐在院中树下，把自己的头发拴一根麻绳挂在树杈上，头一耷拉就被麻绳扯醒。早来的伙计见到这个情景，给她起了个诨名"挂树杈"。母亲被人背后叫了多年"挂树杈"，直到父亲置了黄花大船，成了"东家奶奶"，这个诨名才很少被人提及。

冯嬷嬷端来一盆糊粥，提来一包煎饼，说："开饭啦，开饭啦。"她给大家盛粥时，老史又跟她开玩笑："这糊粥有点甜味，老冯是不是给咱掺了奶呀？"冯嬷嬷说："嗯，掺了，攒了一个月的，今天都捏给你喝了!"觅汉们都笑,笑时都去看冯孋孋那鼓鼓的胸脯。

邢昭衍早听母亲讲过,冯孋孋是蓬莱人,海暾县的一些打鱼的每年都去那里张大网,春去秋回,她跟马蹄所的一个青年好上了,跟着他来这里成了亲。生下两个孩子之后,男人却失水死掉了,她靠给人家当女觅汉挣钱养家。冯孋孋来他家三年了,觅汉们都爱跟她开玩笑。今天听他们这样调笑,邢昭衍觉得难为情,只好埋头吃饭,一声不吭。

大伙吃完,从厢棚里搬出木桩和打桩工具。石榴笑眯眯从后院过来,将哥哥一拽,递给他一个小布包。邢昭衍接到手里看看,里面是一个蒸熟的白面兔子。他问妹妹:"给我这个干啥?"石榴道:"咱娘说,船主每年头一回出海,如果家里有地,就揣上个面兔子。这就是说,咱不光是靠海吃海,还有兔子乱窜的山地,把心放宽一些。"邢昭衍笑了:"对,咱家有山有海。我揣上它!"

他跟着觅汉们出门,直奔前海。昨天下午,两条丈八船已经被他们从西江挪到了这里。走过一段沙滩,觅汉们分别拔锚上船。邢昭衍正犹豫该上哪一条,槐棒在"菠菜汤"上向他招手:"哥,上俺的吧。"

不只是邢昭衍家的两条,好多船都在这里,渔人都坐在船上等潮水。晨星点点,冷风飕飕,人们嘴边的烟火明明灭灭,打火镰点烟的嚓嚓声此起彼伏。东天边一点一点变白,海水一波一波靠近。终于,"菠菜汤"整个浸到了水里,史老大发令:"走!"槐棒将竹篙抄起,往沙滩上猛力一撑,喊出响亮的"撑篙号",船就动了。接着,两个人喊着"摇橹号",一齐摇动船后梢的"催腚橹"。老大则站在后舱,一手扶舵,一手扯动篷索,让篷帆慢慢升起。

邢昭衍插不上手,就站在前舱里四面观望。他看见,往海中进发的每一条船上都在桅杆上绑了"摇钱树",青青翠翠的竹叶在晨风中簌簌摇动,让蓝天衬托着十分好看。槐棒用手指点着道:"这么多摇钱树，都想发大财呀！"摇大橹的是个四十多岁的红脸汉子，小声嘟哝："船家网家才能发大财，当觅汉的混饱肚子就不错了。"他的声音虽小，还是被邢昭衍听见了。他知道，这个伙计说的是实话。打鱼这一行，老规矩就是四份分红：船作两份，网作一份，人作一份。也就是说，每天的渔获，在船上干活的人只取四分之一。这四分之一再分，老大四成，其他人六成。如果是一个"干充子"即普通渔工，每天分到手的非常有限。他们没有地，没资格揣上面兔子，只能到船上卖力气。他看看身后几个船工，心里生出怜悯。但他又想，优胜劣汰，这是自然界与人类社会的普遍规律，谁让他们没有别的本事呢？让他们上船干活，就是对他们的仁慈，不然，他们生活无着，老婆孩子很可能拿着打狗棍去要饭呢。

出日头了。它刚露出一点，就让海水淹没。再露一点，又让海水淹没。邢昭衍知道，这是船只起伏造成的错觉。仅仅是两三下，日头就变成一把金梳子，深深浅浅梳理着海涛。接着变成大金盘子，往海面上泼洒着大片黄漆。他回头望望，马蹄所尽收眼底，城内炊烟袅袅，城外青山座座，朝牌山在西南方向兀自挺立。他忽然想起，年前"来昌顺"正往大将军藏身之处漂去时，朝牌山是在正西方向的。

他向太阳升起的方向看去，虽然是一道金黄外加两大片湛蓝，但他眼前又出现了让他一辈子都忘不了的恐怖景象：北风呼啸，浪山连绵，"来昌顺"时而跃上浪尖，时而跌入浪谷。船工们磕头高喊，祈求大将军二将军别挡道。当船再一次高踞于浪尖时，邢昭衍看到，前面的浪谷里冒出一片黑黢黢的大石头。有的船工哭叫：娘呀，完啦！接着，"来昌顺"被巨浪推向那里，咚的一声，四分五裂……

邢昭衍低头闭眼，心肝剧颤。他不愿再回想那些船工落水挣扎的场面，不愿回想自己和小周趴在洋油桶上漂泊的那段时间，只想纪老大对他的救命之恩。他想，今生今世，尽我可能，一定要帮助他的家人过上好日子。

"卧虎山变啦！"槐棒指着西北方向说。邢昭衍看看那里，原来像一只卧虎的山峰，果然变得面目全非。

船继续前行，卧虎山继续变形，且越来越小。终于，它只剩下浮在海面上的小小虎头，一个老船工说："到了！"槐棒像唱歌一般大声喊："拿了老虎头，吃喝不用愁！"邢昭衍早就知道，这片海是"涨南落北"，就是涨潮时水往南流，落潮时水往北流。海流急的地方饵料丰富，鱼虾随海流游动、争抢。他再次为自己抓到"老虎头"而自豪。

史老大看看西北方向的老虎头，再看看西南方向的朝牌山，确定了所处方位，伸手一指："再往南一点。"他调整篷向，再走一段，忽然抬手打着眼罩说："怎么回事？谁先来啦？"邢昭衍看看，前面果然有一行木桩，有的木桩旁边还有一个圆鼓鼓的东西。等到靠近才看清楚，木桩一根一根，从东到西排列着，能张二十多张大网。有的木桩上还拴着一个土泥烧制的坛子，坛身上歪歪扭扭写着"宿大仓"三个字。

史老大说："我听说，大仓抓行抓了'牌边外'，怎么到这里打户？"邢昭衍也想起来，去龙神庙抓行，宿大仓抓阄后道士念出"牌边外"，有人小声议论，说那个行地不好，鱼虾少，也太高。有人还说，"抓了牌边外，坛漂、撑子一齐卖"。他说："对，我清清楚楚记得，宿大仓抓的就是'牌边外'！"

"小豆角"也来了，那一船人也是吃惊。老宋说："打户打户，等于在海上落户。大仓怎么能抢咱们的呢？"槐棒说："把他的坛子砸碎，换上咱家的！"说着就划动大橹，向前靠近。因为用力，他的嘴歪得更加严重。

大橹向后面一指："大仓来了。"

果然，三条丈八船正往这边飞快驶来，站立于最前面船头上的就是三十多岁的宿大仓。他体格魁梧，在船头上像一座铁塔。另外两条船头，也各站了两个和宿大仓体貌相似的大汉。二橹面现惧色道："哎哟，宿家五虎都来了！"邢昭衍听说，宿大仓兄弟五个，在马蹄所横行霸道。还是在邢昭衍去青岛读书之前，前海忽然漂来一条大船，搁浅在此，上面无人。几天后没有来认领的，马蹄所就有人去拆船板。一个看一个，拆船板的人越来越多，很快将船差不多拆完。就在他们扛着船板走上岸时，宿家五虎站在那里大喝："搁下！这是俺大姨家的船，看谁敢拆？"那些人做贼心虚，放下船板就走。最后，船板集了一大堆，也没见宿家亲戚来人领取。宿家五虎就用这些木料排了一条船，让他家的丈八船从两条到了三条。这条新船，马蹄所的人都叫它"干喝板"，意思是喝令别人交出船板才排出来的。

今天，宿家五虎一齐来了。宿大仓指着这边的人大声道："恁这些人，到俺的户上干啥？"邢昭衍气愤地说："怎么是你的户？你的户是'牌边外'！这个'老虎头'是我家的，我亲手抓到的！"宿大仓冷笑一下："抓到了也不算数，谁先打上户，就是谁家的！"邢昭衍说："到龙神庙抓阄，由龙王爷说了算，这是老规矩了，听说还是你家老祖宿老爷立下的，你怎么把规矩给坏了？"宿大仓将手一挥："规矩是死的，人是活的！前几天俺老祖托梦给我了，说三十年河东三十年河西，老规矩该换换啦！"槐棒指着他吼："不行，你说你老祖托梦，谁相信？你就是强梁，没抓到好的就来抢！"宿大仓将脚一跺："你说抢，我就抢，反正我不去'牌边外'！"槐棒说："你就不能抢！老虎头是俺们的！"说着，用手中的篙猛一敲，一个写着"宿大仓"的坛子就碎了。

"我日你奶奶！"宿大仓弯腰抄篙，一下子把槐棒捅到了水里。老史向他瞪眼："大仓！"立即抄起篙伸向水中，让槐棒抓住，把他拉到船上。槐棒浑身湿漉漉回到船上，又骂宿大仓是马子，是海岛鬼子，并招呼两条船上的人："动手！把狗日的赶走！不能叫他抢咱的饭碗！"宿大仓冷笑道："你说动手咱就动手，看谁打过谁！"他一招手，另外两条船也蹿了过来。邢家两条船的人急忙抄家伙招架，噼里咔嚓一片响声。邢昭衍也火了，抱起一根准备钉进海中的木桩就往宿大仓撞去。宿大仓闪身躲过，将手中竹篙捅来。邢昭衍急忙躲开，宿大仓又抡起竹篙打他。这一次没躲过，竹篙擦过他的左腮，他觉得腮帮子像被撕开，急忙抬手捂住，血从指头缝里流了出来。有人喊："少东家的脸破了！"宿家的人看见了，也都收手。老史急忙过去，用手掌将邢昭衍的腮帮摁住。邢昭衍从兜里掏出一个手绢递给老史，老史看看伤口，用手绢在邢昭衍的脸上横着捆了一道，而后吩咐手下赶紧回去。于是，"菠菜汤"和"小豆角"一齐掉头，向马蹄所的方向急驶而去。

他们听见，宿大仓抛来一句狠话："老虎头就是老子的，不要命就再来抢！"

第四章

回到马蹄所前海,两条船靠岸,邢昭衍的脸已经肿成半边发面馍馍,左眼都睁不开了。槐棒把他扶下去,向龙神庙高声喊:"龙王爷快看看,宿家五虎不听你的,夺了俺的老虎头,还打伤了俺少东家!"邢昭衍摆手道:"甭喊了。"槐棒道:"我不喊怎的?我也是喊给马蹄所的人听,让他们都知道这事!"

到了所城内西街上的康润堂,让绰号"大白辫子"的靖先生看。靖先生解开邢昭衍脸上浸了血的布条看看,说万幸,只是划了一道口子,没有划透腮帮。槐棒咬牙切齿道:"竹篙不可能把我大哥的脸划伤,他们肯定是在上面加了钉子。"老史说:"大仓是做好了准备,要去跟俺们打仗的。"靖先生感叹:"人为财死,鸟为食亡,可怜呀!"他兑一碗药水洗洗伤口,敷上药包扎一番,嘱咐邢昭衍回去甭吃海鲜、豆腐这些发物,过两天再来换药。

家里,别人早已把行地被抢的事告诉了老东家。老东家气得跺着脚连声痛骂,骂宿家兄弟不讲理,骂自家觅汉不中用。等到儿子捂着半边脸回来,他察看一下伤情更加气愤,让觅汉们明天一定把行地抢回来。宋老大吧嗒一下嘴:"宿家五兄弟,个个像老虎,咱们恐怕打不赢。"邢泰稔把眼一瞪:"甭说这泄气话!行地也是地,跟庄稼地一样是命根子,咱豁上命也得抢回来!"槐棒说:"就得抢,不抢回老虎头,咱们几家人怎么活命?不抢回老虎头,难道去宿大仓抓的'牌边外'打户?"几个人随声附和:坚决不去"牌边外",那样甭说打不着鱼,咱在马蹄所也没脸见人了!

邢昭衍想了想,开口道:"爹,宿大仓不讲理,咱们动法律行吧?我写个诉状,明天去县衙门告他们。"父亲却连连摆手:"不中不中,你以为那官司是好打的?暗地里不使钱能打赢?弄不好会倾家荡产!还是得抢,走,去找你大爷,叫他爷们明天给咱助阵!"说罢拉上儿子就走。

他大哥邢泰秋住在东街。邢泰稔一边吃力地迈步前行,一边教训儿子:"舵儿你要知道,咱是邢千总的后代,要像他一样有血性有骨气!你看你,什么熊样儿!"邢昭衍说:"爹,千总老祖面对的是倭寇,咱们面对的是马蹄所一帮打鱼的。"邢泰稔哼一下鼻子:"他们比倭寇还狠!你要知道,在海上就得狠,不管面对的是谁。'大鱼吃小鱼,小鱼吃虾子,虾子吃紫泥',谁强谁就能活,谁弱谁就毁。"

弱肉强食,优胜劣汰。邢昭衍马上想到了这两个词儿。他想,面对强抢行地的宿大仓,我成了小鱼,成了虾子,成了紫泥。难道我就是"劣",宿大仓就是"优"?赫胥黎的理论,有点可疑。

走到大爷门前,听见院里吵吵嚷嚷。从门缝里一看,只见堂兄大筐正往外走,却被他娘死死拽住:"大筐你甭去,你甭去!"大筐说:"我去二叔家看看不行吗?他们叫人家抢了行地,咱躲在家里不出面,这算什么事儿!"他娘说:"你去了,你二叔会叫你兄弟几个帮忙打仗,你打谱去送死?"邢昭衍听大娘这么说,扯扯爹的袄袖:"咱回去吧,别叫他们为难了。"爹像没听见他的话,推门而入大声道:"大筐,你是咱邢家的种!咱爷们斋伙得好好的,谁也不敢欺负!"见他来了,嫂子尴尬地放开了手。大筐挥着拳头说:"二叔,明天俺兄弟三个一齐上,帮你抢回老虎头!"

邢泰秋出来了,他用手中的烟袋杆子招一招:"他二叔,大侄子,到屋里说话。"邢泰稔父子俩便走进堂屋。二筐、三筐都在屋里，他俩叫一声"二叔"，都默默不语。邢泰稔坐下，满脸激愤："大哥，你爷们几个都在这里，不能眼看着俺爷们挨欺负吧？"邢泰秋不直接答话，却去邢昭衍跟前看看他的脸，摸了一把叹息道："哎哟，俺侄儿的牌子多好，方方正正，叫他们伤成这样！"邢昭衍明白，"牌子"是指人的面相。他瞅一眼父亲，对大爷说："大爷，我不想叫你家兄弟们也去打仗，咱们想想别的办法吧。"邢泰秋说："嗯，办法嘛，我倒是想了一个。"

他坐下抽一口烟，沉吟片刻说道："他二叔，行地让人家抢去，这是奇耻大辱，我知道你难受。可是，咱们这个时候也不能光讲血性，光想着去拼命。咱爹活着的时候，给咱俩讲过韩信的故事'胯下之辱'，你还记得吧？"邢泰稔将眼一翻："咱能跟韩信那样，忍辱苟活？钻宿大仓的裤裆，就能当上大人物？"邢泰秋说："当大人物，咱兄弟俩是没戏了，他们兄弟几个还年轻，说不定能行。"邢泰稔看看儿子侄子，又去瞅大哥："说吧，你有什么办法？"邢泰秋再抽一口烟："退避三舍。宿家五虎凶猛得很，跟他们硬碰硬，会出大乱子。咱们要相信，路不平，旁人踩，早晚有人会收拾他们。东海那么大，光是老虎头有鱼？不见得。再说，海流并不固定，有时候会挪地方。我早就看准，在我抓的'小行'东边二里远，有一道新流，你去张网，估计不孬。"邢泰稔低头想了想，长叹一声："唉，便宜宿家五个杂碎了！"邢泰秋说："就这样吧，明天我带你的两个老大去看看。"

第二天，邢泰秋早早来到前海，与老史和老宋一起上了"小豆角"。中午回来，一起到哥哥家吃饭。两个老大都和东家说，看那里的海流，还算可以，明天去打户吧。邢泰秋说，他给那个行地起了个名，叫"小加行"。邢泰稔无奈地摇摇头："我明白，丢了老虎头，只能在你的'小行'外头加上一行了。"

第三天上午，邢昭衍的姐姐和姐夫来了。姐姐柿子五年前嫁到海瞰城西五里铺，是一家开粉坊的，每次走娘家都带一些粉皮、粉条。这次过来，姐夫于嘉年又从驴背上的驮篮里搬下两大包。进了家门，石榴往姐姐身上一扑，大放悲声。柿子搂着妹妹，与爹娘打过招呼，看着弟弟的伤脸流泪："咱家真是祸不单行，年前大船失水，年后你又叫人家打伤……"邢昭衍苦笑一下："姐，没事。"姐夫于嘉年说："还没事呢。宿大仓打伤了你，还往你头上甩屎盆子。你知道他在外边怎么说？"邢昭衍问："怎么说？""昨天马蹄所有个开店的去我家进粉皮，他说你叫宿大仓打伤了。宿大仓在马蹄所大街上跟人讲，咱家大年初五上杠，两条船用一个猪头，他把你的半边脸打伤，是替龙王爷出气，是替天行道。"邢泰稔立即暴跳如雷，瞪眼跺脚："我日他祖奶奶，我去杀了他！"柿子埋怨丈夫："你这张嘴真贱！跟咱爹说这些干啥？"

这时，邢泰稔已经从里屋拎出一把大砍刀。于嘉年急忙把他抱住："爹你消消气，可不能这样！"邢昭衍从爹手上夺过刀，恶狠狠道："爹，我去替天行道！我把恶人杀了！"说罢就往外走。母亲和柿子扑上去，结结实实抱住他。石榴抢下刀哭喊："哥，哥你疯啦？"邢泰稔被女婿抱住，挣扎着说："憋死我了！憋死我了！哎哟，腿要胀破了，快给我放放血，快！"吴氏说："放血放血，快给你爹放血！"她找来钢针点上灯，把针烧好，往女婿手里递。邢泰稔却抬手拦住："别，就叫舵儿给我攮！"邢昭衍接过针，哇的一声，跪倒在父亲跟前大哭，全家人都流泪不止。

邢昭衍哭过一阵，擦干眼泪，撩起了父亲的一条裤腿。他稳稳神，吁一口气，将针攮在了一条血管上，随即一拔。血流喷出，母亲用碗接着。奇怪的是，邢昭衍这次没晕，跪在那里一直看着，直到母亲拿来布绺子把父亲腿上的流血之处裹起。而后，他又将父亲的另一条腿也放了血。

柿子石榴姐妹俩坐在旁边一直看着，父亲的腿在流血，她们的脸上在流泪。柿子说："爹，你这样经常放血，把血放干了怎么办？"父亲说："放干了就死！能在树下为树，不在人下为人，我实在是活够了！"柿子说："你在人下为人，憋屈是憋屈，可俺姐弟三个还是有爹的孩子，你要是没有了呢？"邢泰稔老泪纵横，摆着手道："甭说了甭说了！我不死，我活着给你们三个当爹！柿子她娘，你叫冯孃孃杀鸡炖汤，给我补补！"

吃罢午饭，邢昭衍的姐姐和姐夫刚走，小周来了。他说，听说少东家让人家打伤了，过来看看。他从包里掏出七八个鸡蛋放到桌上，说是他娘养鸡攒下的。邢昭衍道过谢，问他找到活儿了没有，小周说："没有，大船小船都不要，我成了臭狗屎。我在马蹄所活不下去，只好闯关东了。"邢昭衍吃了一惊，问他要去关东哪里。小周说："前几年咱们这里有去奉天府鲅鱼圈打鱼的，听说那里鱼多人少，我打算找他们去。"邢昭衍点点头："也好。"

小周嗫嚅片刻，瞅着邢泰稔道："老爷，闯东北得坐火轮船，要买船票，你能不能把去年的工钱给我？"邢泰稔长叹一声："唉，小周呀，不是我不想给你，是我家山穷水尽了。大船毁了，小船没有了行地，你说我到哪里弄钱去？你的工钱我记在账上，你先找别人借一借，等我有钱了再给你。"小周现出苦相："我到哪里借呀？听说闯关东的路费要十多块大洋呀。"邢泰稔挥手做驱赶状："借借看，借借看。"小周只好走了。

邢昭衍跟出去，到门外小声说："小周，我帮你借，你跟我快走！"说罢，大步流星往西门走去，小周加快脚步跟在后头。走出西门，小周问他要去哪里，邢昭衍这才告诉他，姐姐姐夫刚从他家走了一会儿，追上他们，向他们借钱。小周说，对，你姐家开粉坊，是个有钱的主儿。

沿着去海暾城的大路，他们追出六七里路，才看见了坐在驴背上的姐姐和跟在驴腚上的姐夫。邢昭衍边跑边喊，两口子勒驴停脚，惊慌地问弟弟出了什么事情。邢昭衍带着小周追上，擦一把额头的汗水，说小周要去闯东北，去年的工钱还没支，总共十五块钱，让姐夫先支给他。姐夫摆摆手："不中不中，你家欠的工钱，凭什么叫我支给他？"邢昭衍说："算我借你的，我以后还给你。"姐姐说："嘉年，咱兄弟追到这里，累成这样，咱就借给他吧。"于嘉年看一眼妻子，对小舅子说："我听你姐的。你俩回去吧，明天小周到我家拿。"小周笑逐颜开，千恩万谢。

姐姐姐夫继续前行，邢昭衍和小周掉头回返。前面，是西江末端与东江末端相距最近之处。南边二里之外，东边二里之外，都是明晃晃的水面，更能显出马蹄所一带的马蹄形状。小周边走边看，忽然抖着宽下巴哭了。邢昭衍问："不舍得离开老家，是吧？"小周点点头："嗯。"邢昭衍说："听说东北的钱好挣，你混好了再回来。"小周又点点头："嗯。"

来到一个岔路口，往北不远就是坐落在岭坡上的周家庄。小周停下脚跟邢昭衍说，他明天到五里铺拿到钱，过些日子动身。邢昭衍问他怎么走，他说在马蹄所坐小火轮，再到青岛转船去大连。邢昭衍叹息一声，握着他的手说："我就不送你了，祝你一路平安。"小周哽咽着道："少东家，我的命是你给的。年前失水，要不是你拉我一把，我早就喂鱼了。往后你如果还想用我，我在天边也会跑回来帮你！"邢昭衍心中感动，点点头说："好，我记着了。"

进了所城，邢昭衍想到脸上的伤该换药了，就径直去了康润堂。康润堂的店面有两间屋大小，前面是柜台，靠墙是药橱，密密麻麻的药匣子上用白漆写了药名。靖先生正往一个抽屉里装药材，大白辫子在他身后左右甩动。邢昭衍叫一声"先生"，先生走出柜台，去墙边脸盆里洗洗手，揭开他脸上的包扎布看。看后说，伤口已经长好，说罢拿来一面镜子让他自己看。邢昭衍看到，伤口果然结痂，在左腮上斜斜的，像一枚二寸长的钉螺。他顿时觉得，这枚钉螺扎进了他的心脏,让他疼痛难忍。

靖先生却瞅着他的脸笑了:"哈哈,一提。"邢昭衍问他:"一提?什么意思?""你这道伤疤,像永字八法的一提。"邢昭衍再看镜中,那个钉螺果然像楷书的一提,摇头道:"难看极了。"靖先生却将他的肩膀一拍:"不,古人讲,祸福相依。你脸上多了这一提,可不得了。"邢昭衍摸一摸伤处,诧异地看着他:"怎么个不得了?"靖先生说:"就是不得了。你读书写字多年,应该知道书圣王羲之的永字八法。千千万万个字,其实只有八个笔画,可谓大道至简:点为侧、横为勒、竖为弩、钩为跃、提为策、撇为掠、短撇为啄、捺为磔。提为策,策是什么?是策马时所用的鞭子,有上扬之势。这说明,你的命势好得很哪!"邢昭衍笑道:"您是安慰我。"靖先生捻着白胡子笑微微道:"说得准不准,咱们走着瞧。我这会儿脑壳灵光,想起一个雅号,正合你用。""什么雅号?""邢一提。"邢昭衍苦笑:"你给我起诨名?"靖先生哈哈大笑:"雅号也好,诨名也好,我就看你这人值得一提。好啦,过来,我给你换药。"

换上药,再度包好,靖先生让他两天后再来换一回。

两天后再去,刚走近康润堂,就见靖先生指着他对街上几个小孩子说什么。孩子们看着他大叫:"邢一提!邢一提!"邢昭衍很吃惊,向他们喝道:"不准这么叫我!"小孩子跑了,跑出不远站下,还是看着他喊"邢一提"。见靖先生袖手倚门站着,他埋怨道:"先生把他们都教坏了。"靖先生一笑:"让他们都知道你邢一提,多好呀。"

换了这次药,邢昭衍的伤就好了,但父母不让他出门,让他在家休养,免得伤口复发。他除了去吃饭,多数时间都是躺在自己住的西堂屋里看书。床头柜上有几本林琴南翻译的小说,如《巴黎茶花女遗事》《鲁滨孙漂流记》等等,是他以前从青岛带回来的,但他现在心烦意乱不想再看。倒是那只面兔子,出海那天曾经揣在怀里的玩意儿,让他一次次拿到手里端详。这个兔子胖乎乎,憨乎乎,用胭脂点成的两只红眼睛盯着他,像要跟他说话。邢昭衍想,兔子你要说什么呢?说我家有地,让我宽心?但是,总共三十来亩地,每年收的租粮有限,要想挣钱,还是要从海里捞。

想了又想,他不甘心将老虎头拱手相让,就写了一张状子,陈述行地被抢之经过,控诉宿大仓之霸道,请求县长大人主持公道。第三天,他对父母说上街逛逛,出门后却走出所城,直奔西北。

二十里地走完,到了县城东关。看着城门上"望碧"两个大字,他想起了"淹了碧川县,建了海暾城"这个传说。老辈人说,过去海里有个碧川县,一马平川,是个富足之地。但那里的人心渐渐变坏,老天爷听说了,就装作一个要饭的到那里私访。他到这家,这家不给他吃的;到那家,那家也不给他吃的。再到一家,女主人正在厨房里烙油饼,院里院外都香喷喷的。他开口讨要,女主人却撵他走。老天爷说,你不是刚烙了油饼吗?给我一块吧。女人说,那油饼呀,就是给俺小孩垫腚也不给你!老天爷恼了,命令东海龙王发大水,把碧川县淹掉。碧川县的人纷纷逃走,来到一个高处驻足,后来重建一座城池,取名海暾,意思是新县城像海上朝阳,红红火火。之所以把新城东门命名为"望碧",就是提醒人们反思从前作为。海暾成为新县之后,多数人洗心革面成为善人,少数人还是冥顽不化继续作恶。邢昭衍想,抢我行地把我打伤的宿家五虎,就是这一类人的后代。

县城有一道东西大街,县衙门在街北,门口有两个石狮子,还有两个衙役持枪站岗。邢昭衍走到那里跟衙役说,他要来打官司。一个衙役说,我带你见刑名师爷,就和他去了院里一间东厢房。瘦成骨架子的师爷接过诉状,粗略看看,抬头问道:"你家大人怎么不来?"邢昭衍说:"我父亲腿不好,走不动。"师爷说:"看你这样子,像是读过书的。"邢昭衍说:"是,读过。"师爷说:"那就好。我告诉你,这状子可以递交知县大人,但你要交转呈费。"邢昭衍问他交多少,师爷说:"名世孔方。"邢昭衍不懂,表情茫然。师爷笑了笑:"小子,记不记得孟子曰,五百年必有王者兴……"邢昭衍立即接续:"其间必有名世者。"师爷翻眼瞅他:"明白了吧?""不明白。"师爷举起破芭蕉扇一样的手掌晃着:"跟你明说了吧,孔方五百。"邢昭衍说:"半吊?太多了吧?"师爷拿起面前的黄铜镇纸敲着桌子说:"这个数码,其实不多。想一想吧,如果拿回那个'老虎头',你家天天要收多少渔获?这官司要是找别人,非收你孟津一会不可。"邢昭衍问:"那是多少?"师爷哼了一声:"没念过史书?周武王在孟津大会八百诸侯。""哦,八百。"邢昭衍这才明白,衙门里的人收钱索贿,是有一套暗语的,心里便生出一股怒气。师爷看看他的神色,扬起有一绺黄胡子的下巴道:"你嫌多,那就少一点,一诗。"邢昭衍懂了,冷笑着背诵起《论语》中的句子:"诗三百,一言以蔽之,曰:思无邪。"师爷说:"你小子聪明,三百。"邢昭衍满腔愤怒,转身就走。刑名师爷问:"怎么走啦?老虎头不要啦?"邢昭衍说:"不要啦!"

走在街上,他站到街对面的树荫下,回身看着县衙门口挂的"明镜高悬"牌匾想,怪不得爹说不能打官司,看来真的打不起。仅仅是给师爷的转呈费就要几百文,状子如果到了县太爷手里,还不知道要多少呢。他万万想不到,自己从小就在私塾里背诵的四书五经,被德国人卫礼贤先生极力推崇的东方学说,县衙的刑名师爷竟然断章取句,成为索贿的暗语!

邢昭衍又想,师爷是看我是个念过书的,才这样跟我讲。如果他面对的是个土财主,或者是目不识丁的普通人,他肯定不用这一套言辞。但是无论是谁去找他,都免不了雁过拔毛,不同的只是拔多拔少而已。算了,回去吧,"老虎头"丢了就丢了,好在还有"小加行"。

回到家,他惦记着自家的两条丈八船,每天都陪觅汉吃饭,听他们讲渔事进展。听他们说,已经打完木桩,挂上大网,拴上坛子,三天后开始起网。他说，到那天我也去。父亲急忙制止，说你脸上的伤刚好，肉太嫩，不经风。邢昭衍说，那我不去，我去接海。父亲说，咱俩一块去。

头一次起网这天，潮水来得早，觅汉们四更出海，早晨回来。邢泰稔骑着驴，天刚亮就与儿子出了门。只见南门外通往前海的路上有许多人匆匆前行，或推车或挑筐。路边不时有鱼贩子对邢泰稔笑脸相迎，问能不能把今天的渔获卖给他。邢泰稔端坐驴背矜持作答：给不给，要看你价钱出得多少。鱼贩子纷纷表态：一定少不了，一定少不了。邢泰稔说：来了船现看吧。鱼贩子有的退而却步，有两个一直跟到海边。

龙神庙前有许多接海的人，或坐或站，边说话边等待。天是阴的，风从东南而来，海腥味儿十分浓烈。邢昭衍知道，随着天气转暖，海中生灵开始了一年一度的大洄游。好多鱼都从南方往北走，到这海云湾里产卵，把子孙后代撒在这里继续北上。而在此时，海云湾里已经张起了无数大网等着它们，其中有我家的三十张。今天第一次起网，不知收获几何？

他将热切的目光投向东方，发现海上有了回归的渔船。大爷也来了，邢昭衍问他，咱们的几条快回来了吧？大爷却说，咱两家的行地高，这个时候不会回来。邢昭衍向海上看去，发现没有日头照耀因而呈蓝灰色的海，仿佛像一堵墙立在那里，这才明白渔民为什么把海上的远近说成高矮。

矮处的船越来越大，到前海停下，抛锚卸鱼。有的船因为东风太大，没控制好篷和舵，竟然直冲海崖北边去了，惹得大家哄笑，船主痛骂。邢昭衍知道，船如果跑偏，要雇一些人用纤绳拉到这里，既费工钱又丢人。

有三条船齐头并进回来，前桅上都插了一面三角红旗，在海面上十分醒目。有人惊讶地指着："快看，那几条船插重旗了！"邢昭衍对此做法迷惑不解。他前些年见过，去南洋打黄花的四桅、五桅大船，如果是满载而归，主桅上要插红旗，早早告诉岸上好消息，让家里多多安排人接海。但是，丈八船从没有人插过重旗，因为船小，即使满舱也没有多少分量。

"大仓这个狗杂种，他是故意气我呀！"邢泰稔在旁边切齿怒骂。

邢昭衍看清楚了，那真是宿家的船，宿大仓站在中间的船头，得意扬扬。他摸一下左腮上的伤疤，满腔热血都往头上撞，大声道："抢了我家的老虎头，还敢这样显摆？宿大仓你真够狂的！"

那些接海的看看这父子俩，再看看宿家的船，有摇头的，却没有作声的。

邢泰秋拍拍邢昭衍的肩膀："侄子，忍得一时气，免得百日忧。让他显摆去吧，你就把他看成是一只蟹子。蟹子横行霸道，可是遇上八爪鱼就完了。八爪鱼软不拉耷，可它会以柔克刚，八条爪子把蟹子一捆，就把它吃了。侄子，你就悄悄地长本事，当那八爪鱼……"

邢昭衍急促喘息，却没答话。他想，章鱼的样子叫人厌恶，我如果是八爪鱼，还是在鱼鳖虾蟹这个群体里挣扎求生。我要像大爷说的那样悄悄长本事，却不能当八爪鱼，要当个堂堂正正的人，远离宿大仓这样的宵小之辈！

再看宿家兄弟，他的眼神里充满了鄙夷。

"菠菜汤"和"小豆角"终于来了。让邢昭衍奇怪的是，别人的船回来，船工们都很兴奋，喊着号子干活，但他家这两条船却没有多少动静，船工们干活也不太起劲。邢昭衍忍不住向他们喊："咋样？"槐棒回答："不咋样！"

邢泰秋和邢泰稔兄弟俩面面相觑，各自叹气。

等了一会儿，两条船都卸了鱼，觅汉们用大筐抬到青石板上堆成两堆。邢昭衍看到，渔获有牙鲆、黄鲫鱼、八爪鱼、蟹子，以及一些烂泥似的毛虾和小杂鱼。有一只八爪鱼还活着，依然缠着一个蟹子不放，让他感到可悲可叹。一些鱼贩子和看热闹的人围了过来，还有"叼海"的小男孩从人缝里蹲身伸手，抓起一条鱼就跑。邢泰稔气得大骂："协恁娘，我的渔获这么少，你还来叼！"

按照规矩，船、网、船主、雇工各分四分之一。两个老大抄起锨，把各自船上的渔获分成四堆，然后问老东家分得咋样，邢泰稔阴沉着脸说："就这样吧！"有几个鱼贩子和他讨价还价，最后敲定，"菠菜汤"的四堆，每堆三百二十文；"小豆角"的四堆，每堆三百四十文。

鱼贩子付钱用铜板，邢泰稔不要，打鱼人也不要，吵吵嚷嚷。邢泰稔捏着一个铜板愤愤地道："这么一点铜，就值十文，谁信？连公家都不信。我去年到镇上交地亩税，一个铜板只算八文，吃大亏了！你愿买这鱼，就拿带窟窿的！"鱼贩子只好从背褡里掏出"孔方兄"与他们算账，而后招呼现场打零工的人给他择鱼，分门别类装筐。

两条船的伙计们各分那三百来文，老大分四成，几个伙计分六成。槐棒从史老大手里接过一把铜钱，在手里捻动着说："要饭的磕倒——穷屌着地啦！这点钱，只能买一斤秫秫！"

觅汉们回到东家家吃饭，吃完歇息一会儿，过午再次出海。傍晚回来，还是收获不多。

三月十四这天，四更时分，觅汉们到东家家吃饭。槐棒来后跟邢泰稔父子说，他明天不干了，让东家今天找人顶上。邢泰稔问："你嫌挣得少？"槐棒说："嗯，就这样一天挣几个小钱，我这辈子甭想娶媳子了。"邢泰稔说："今天渔获少一点，说不定过几天就多了。"槐棒说："我看了，这个新行地有流，可是不急也不宽；网网都有鱼，可是不会太多。我真是不想再干了。"邢昭衍问："你打算干啥？"槐棒说："闯东北。我听说小周要走，跟他一块儿。"邢昭衍点点头："也好，你俩相互有个照应。"

槐棒吃饭去了，邢泰稔拍着八仙桌发火："都是姓宿的强梁鬼，让咱们打不着鱼，留不住人！人家都知道咱的行地不咋样，谁还会来咱家当觅汉？"邢昭衍说："爹，找找看吧，如果今天找不到人，明天我上'菠菜汤'。"邢泰稔眯缝起一双老眼瞅着儿子："你顶上？你是少东家，不怕人家笑话你？"邢昭衍说："谁爱笑话谁笑话，我不怕。"邢泰稔将手一拍："好，不经风浪不懂海，不张大网不懂鱼，你也多长一些见识！"

十五这天凌晨，槐棒果然没来。邢昭衍已经做好准备，穿着夹袄斗裤吃过饭，跟着觅汉们出门。开船时，一轮圆月还在西天上挂着，把船上照得明晃晃的，船过海崖，舱面却变得暗淡。邢昭衍回头看看，见西边来了大片乌云，携雷带闪。要下雨了，还能出海吗？但他知道，这不能问。在岸上，大家可以和老大随便说话甚至开玩笑，一到海上，必须规规矩矩听从老大指挥，他说怎样就怎样，即使老大的亲爹在船上，也要听儿子的。他见史老大将篷消了一半，依然让船前行，便明白了老大的判定：这雨不影响他们出海起网。

突然，涛声中有了另一种声音，哗哗大响，由西而来。一道闪电，接通天海，似乎照亮了整个宇宙。与此同时，哐的一声巨响，震得船与人猛一哆嗦。老大指着邢昭衍大喊："少东家快进前舱！"邢昭衍便乖乖地进舱，且把舱盖子盖上。他在里面蹲下，只听雨点子打得船板啪啪响，雨水从舱盖缝里滴落，淋在他的身上。这不可怕，可怕的是，船开始剧烈摇晃。他想起年前在"来昌顺"上的经历，心中惊慌，转念又想，既然遇上风雨，就听天由命吧。

仅仅是一会儿，雷声隆隆远去，雨打舱盖的声音变弱。邢昭衍想，这是一场"过路雨"，怪不得老大不在乎。再等一会儿，竟然有几缕明亮的月光照进船舱。他将舱盖移开，将头露出，便看见了悬在马蹄所城上方的月亮。十五的月亮又圆又亮，竟然把所城内外的缕缕炊烟都照得清清楚楚。

一个小伙计突然看着东方惊叫："啊呀！"邢昭衍一扭头，便看见了让他一辈子也忘不了的画面：东天乌黑，却挂了白白的一道大弯，大弯的两头与海相接，中间却高达万仞。它像白天见过的彩虹，却没有七彩，只有朦朦胧胧的淡白。他抬手指着那个大白弯问："那是什么？"老大马上对他厉声呵斥："是月绛，不能指！"邢昭衍缩手问："为什么不能指？"史老大没好气地道："不能指就是不能指！"他掌着舵把，面对月绛抽烟，烟袋锅里的火光急促明灭。

邢昭衍想起小时候听私塾先生讲过，"绛"是方言，雨后出现在天上的那个七彩巨弓叫"虹"，那么，我现在看到的应该是月虹了。再想到老大的气恼，他明白了：月虹不是吉祥之物。再一端详，哦呀，那不就是挂在天上的一匹孝布吗？是谁死了？谁为谁戴孝？看着想着，他胸腔中充满怵意。更让他害怕的是，这条船直直地驶向那匹孝布，好像要从它下面钻过去，但走了一大会儿，孝布还是远在天边。好在，东方的云墙渐渐变薄，月虹越来越淡，最后消失在曙光之中。

"菠菜汤"在前，"小豆角"在后，绕过别人家的一处处行地，最后来到了"小加行"。邢昭衍看见，几十根木桩排成一长溜，每两个木桩之间都拴了用作浮子的泥坛，坛子上写着"邢泰稔"三字。在木桩和坛子一边，则有一个个黑乎乎的网角浮出。老大消篷后，指挥众人"拎海"：由大橹一人驱动船只靠近网囊，篙手出篙钩起网绠，顺手抓住，而后与别人一起拽到船上。一人扯开网囊尾部的捆绳活结，几人全力抬起网囊，将渔获倒进大篮，重新扎紧网囊尾部丢进海里。这一连串动作，几个人配合默契，在几分钟之内完成。拎完一个网，再去拎另一个。把十五张网全部拎完，也没把两个大篮装满。大橹摇头叹息："唉，今天更不咋样。"二橹说："也许是因为月绛。"

邢昭衍心里咯噔一下：难道渔获不多，是我用手指了月虹的缘故？但他马上又否认了这个猜想，认为渔获少的原因，还是行地不好。但月虹的影子依然存留心间，让他的心像拴了铅块，异常沉重。他想，我一辈子都不要再见月虹，它太吓人了。

第五章

出海十来天，邢昭衍成了一个地地道道的打鱼郎。他顶替槐棒担任"菠菜汤"这条船的篙手，很快明确了自己的职责，干活认真扎实。他膂力过人，一篙下去，能把船撑出老远。还跟别人学会了渔工常用的一些号子，每当撑篙，把号子喊得高亢嘹亮。有一次出海时又喊，岸上有人笑话他：这个少东家，叫宿大仓一篙砸成了邢一提，也砸成了傻瓜蛋，丢了老虎头，他一点不知愁！这话传到邢昭衍耳朵里，他苦笑着摇头，心想：我怎么能不知愁呢？只是没有办法而已。已经在"小加行"打下户了，不去那里又去哪里？尽管每天渔获不多，总能卖一些钱，养活十户人家。

"小加行"并不总是荒芜之地，也有丰收之时。有几天海里过对虾，因为太多，几乎所有的海流都被它们占据，每一潮都让"小加行"的三十张大网装得满满当当。拎海时因为太重，不能一次提起，必须"腰杠"：用篙将网囊分作几段，提起一段敞开，再提起一段敞开。开完一网，邢昭衍在船板上顿着牙篙兴奋地向"小豆角"那边喊："我这边腰了三杠！你们呢？"那边的篙手回应："腰了两杠！"两条船上笑声不断，闪着青光的对虾在大篮里在舱板上活蹦乱跳。一个伙计捡两个大的提起，掂量着说："对虾对虾，一斤一对。这两个就是！"

起完所有的网回去，马蹄所的前海边已经堆起了一座座虾山，无论是渔家还是商家，人人脸上都是笑容。有人卖完了渔获还去龙神庙里还愿，特意献上一对半斤重的大虾，感谢龙王爷的慷慨赏赐。

捕几天对虾，到了潮水低、海流慢的小汛，各个船家便把大网摘下，拉回来晾晒。前海边到南门外所有的空场，都铺开了腥乎乎的大网。人们踏在网上，或者摘海草与杂物，或者拿着梭子补网。补网是渔人必须掌握的手艺，邢昭衍打算跟着老大学会，但他听明白了，也看明白了，动起手来却觉得梭子不听使唤，屡屡出错，要么补得不平展，要么网眼不相称。邢泰稔向他挥手道："算了，这活儿你不行，到一边歇着去。"邢昭衍只好扔掉梭子，到一边坐着。

把网摘净晒干，叠起来放进舱里，等到大汛出海，就迎来了一茬黄鲫鱼。这种不足一拃长、体薄如火镰的小鱼，是人们每年享受一次的美味。用油炸了或煎了，配上香椿芽卷煎饼，那种浓浓的香味飘荡在马蹄所的每一条街巷，就连人们见面说话，都能从对方的气息中闻到。与此同时，鱼贩子用肩挑，用小车推，昼夜不停地将黄鲫鱼运到西部山区，运到几座县城。尽管那些鱼已经红了眼睛，有了些许异味，还是能给无数人解馋。他们吃完抹着嘴心满意足：哎，吃上今年的海鲜了！仿佛完成了一个仪式。

黄鲫鱼北上，声势也是十分浩大，邢家的两条船，每次出海都能打回两三千斤。邢泰稔接海时不全卖掉，让儿子提回几斤给家人和觅汉们吃。他嘱咐冯嬷嬷，好东西不可多用，每人每顿分两条就行了。冯嬷嬷遵命，却故意多放油，将鱼炸透，把鱼骨头炸酥，这样大家吃起来特别香，放进煎饼用力一卷，鱼骨粉碎，可以全部下肚。邢泰稔发现了，训斥冯嬷嬷不该这么炸，这样香是香，鲜味儿没有了。冯嬷嬷只好改炸为煎，少放油，两面煎，吃的时候要把鱼刺剔除，不然会卡嗓子。即使这样，大家也很高兴，毕竟有两条黄鲫鱼进肚了。

这天午后，是一天中第二次出海的时候。大家出了门，邢昭衍像往常一样走到头里。这是两个老大的意思，觉得少东家亲自带大伙出海，他们脸上有光。邢昭衍也不推辞，每天都是扛着他用的那根竹篙，大步流星走到前面。他们沿着南北大街往南门走，走过一个街口，前面是一处破败的宅院，靠街的夯土院墙塌出一个倒三角豁口。邢昭衍平时走到这里并不在意，匆匆而过，但今天他突然看到，豁口里露出一个姑娘的脸。姑娘笑吟吟地瞅他，头顶则是大片盛开的杏花，让蓝天衬托得格外好看。

"呸！"宋老大啐了一口，倒头回返。其他人也"呸呸"连声，跟他回去，史老大还扯了邢昭衍一下。邢昭衍想起从小就听大人讲的渔家忌讳，出海碰上女人是倒霉的事，要回到家里重新出门。他想，这个忌讳有点儿荒唐。但他不好公开抵制，只好随大伙往回走，走几步扭头去看，墙豁口里已经没有了那个姑娘，心中怅然若失。回到家，大伙只在院子里停留片刻，接着再次出门。没想到，那个姑娘还是在墙豁口露脸，还是瞅着邢昭衍微笑。呸呸呸！觅汉们再次回转。邢昭衍却迈不动腿，就站在那里看她。他看见那张杏仁模样的小脸白里透红，眼神里荡漾着大海里才有的波光，头发上还落了几片浅红色的杏花。"我只看清你发际的杏花浅埋"。他想起黑塞的那句诗，心脏腾腾急跳。尽管卫礼贤送他的诗稿已经在去年失水时泡碎，但全部诗句已经深深印在他的心底。

"少东家，走哇！"听见老史喊他，他才不情愿地转身走了。

往回走时他想起来，这是"小嫩肩"的闺女。"小嫩肩"叫于江久，十几岁就卖苦力，给商号扛大包，扛劈猪，累得早早驼背。这一带的人管驼背叫"龟腰"，也叫"嫩肩"，后者是一种婉转的说法，于江久便有了个诨名"小嫩肩"。"小嫩肩"的肩却不嫩，邢昭衍亲眼见过，他从小舢板上往黄花船上扛劈猪，别人一次扛一只，他扛两只。可是卖苦力挣不了大钱，他到了三十多岁才娶来一个寡妇，有两个小丫头跟着，大的叫梭子，小的叫篅子，都是用织网工具起名。姐妹俩小的时候经常上街，邢昭衍与她们认识，曾在一起玩耍，还赶过海。有一种赶海方式是拉鸡毛翎子网，就是把一张小网张在退潮后残留的水沟上，两个人扯一条插着一根根鸡翎的绳子在沟两边跑，将小鱼往网里赶。有一回邢昭衍和一群孩子也这样赶海，他和梭子一同扯着五颜六色的绳子跑，一边跑一边大呼小叫，把那些小鱼吓得乖乖往网里钻。后来，这姐妹俩大了，不能出门了，没想到梭子如今已经长成了大姑娘，而且这么俊秀。他听老史说过，梭子姐妹俩会织网，织得又快又好，好多船家都送去网线让她们织，织完付给工钱。

进了自家院门，父亲正一脸怒气向冯嬷嬷说："养女不教如养猪！你快找小嫩肩他老婆问问，养了个什么样的贱丫头？再站在那里挡路，我带着伙计们去揍死她！"冯嬷嬷点点头："老爷放心，我一定把你的话带到！"说罢仰起一张麻脸急急出门。老史冲她的后背说："你快去快回，潮水不等人，俺得赶紧出海！"一个小伙计说："要不，咱转东门出去？"邢泰稔向他瞪眼："放屁！叫一个小贱丫头逼得改道，这算什么事儿？"

冯嬷嬷很快回来，站在门口招手："行了行了，梭子躲起来了，你们快走！"就在大伙往外走的时候，冯嬷嬷却把邢昭衍扯到门旁，向他挤挤眼："少东家，梭子看中了你，要给你当媳子，你寻思怎么办吧。"邢昭衍听了这话，觉得又有了在礼贤书院玩单杠"大回环"的感觉：身体腾空而起，心情愉悦无比。不同的是，他这次腾空是在杏花纷飞的背景之下。他走到"小嫩肩"墙外，里面只有杏花不见梭子，心像被谁猛拽了一下，似乎要飞跃那个墙豁口，到杏花树下游荡。

这一次出海，邢昭衍将船撑出去，完成职责，就坐到舱板上回望所城。隔着城墙仿佛看见，梭子笑靥如花，依旧站在杏树下。再看看城西南的朝牌山，他的心却忽悠一沉。朝牌山后有个村子叫樊家沟，樊家沟有一个财主叫樊祚盛，三年前有人做媒，与他家定了亲，从此他就成了有媳妇的人。定亲这事沿袭祖祖辈辈的做法，从来都是父母之命、媒妁之言，他不能有自己的主张。他只听说，媳妇是樊祚盛的小闺女，叫四妮，与他同岁。至于长了什么模样，媒人说，大高个子，平头正脸，跟少东家是珠联璧合。到底是什么样的"珠"，什么样的"璧"，只能等到新婚之夜揭开新娘的蒙头红才能知道，因而媳妇在他心里没有半点儿影像。邢昭衍去青岛上学，见街上有些青年男女成双成对亲亲热热，也曾暗中羡慕，但转念一想，我是有媳妇的人了，可不能红这个眼，便把爱美之心深深藏起。不承想，今天午后遇见梭子，他的心又乱了。

晚上这顿饭，觅汉是回家吃的。邢昭衍与家人坐到一起时，母亲看看他，又看看父亲，欲言又止。邢昭衍知道，母亲这是提醒父亲说什么事儿。果然，父亲用筷子敲了一下碗沿说："舵儿，我跟你娘商议了，年底给你办喜事。"石榴笑着拍手："真好！今年过年，俺就陪俺嫂子过啦！"邢昭衍不说话，冲她瞪一下眼。父亲把眼瞪得更大："你瞪什么眼？我跟你说，咱是正经人家，可不能弄出狗腥猫臊的事儿！"这话让邢昭衍深受刺激："谁弄狗腥猫臊的事儿了？"父亲哼一下鼻子，指着南大街的方向说："今天出海，出了两趟都叫梭子挡住，这是怎么回事？"石榴说："哥，你可不能叫梭子勾引去！那个穷屄，一心想攀咱家的高枝！"邢昭衍指着她皱眉道："石榴你真是粗俗，这样的话你也说得出来！"石榴立马哭了："俺粗俗，梭子不粗俗！她大白天站在墙豁里看男人，还跟冯嬷嬷说要给你当媳子，她是块好货？"邢昭衍更加生气，放下筷子就走。去了西堂屋往床上一躺，呼哧呼哧急喘。

在江湖里打鱼，是三天打鱼两天晒网；在海里张大网，则是八天打鱼七天晒网。又到了小汛，各个船家晒网补网，邢昭衍因为不会补网，便去摘网上的海草。摘完了，两个老大都让他回家歇着，他便起身走了。进了南门,走到梭子家的墙东,见那棵杏树已经长满了翠绿的叶子,枝头挂了许多纽扣大的青杏。他忍不住走到墙豁口往里看,见杏树干上拴了一根网绳,连着一块席子那么大的网片,网片末端正坐着梭子。梭子看见了她,立即起身走到豁口笑盈盈道:"你来啦?俺在这里天天等你!俺娘跟俺妹妹怕晒,都在屋里织网,俺天天在院里,就为了能见到你!"邢昭衍听她这么说,心中激动,嘴里却说:"等我干啥?还是老老实实织网吧。我听说,你织网手艺挺好。"梭子说:"好不好的,反正来订网的好多,一年到头闲不着。哎,你想不想跟我学?"邢昭衍说:"想呀。"梭子伸手道:"进来,我教你!"邢昭衍不假思索,抓住那只小手,腾的一下蹦到墙豁口上,接着跳进院里。他看见,梭子的娘和妹妹在堂屋里露头看看他,接着缩了回去。

梭子拿过一个小板凳,让邢昭衍坐在她身边,便让他闻到了一股桂花香味儿。他想,这个梭子,梳头是用了桂花油的,便抬眼看她的头发。只见梭子的头发乌黑油亮,往后是一条大辫子,往前是齐刷刷的刘海。刘海覆盖在她那白生生饱鼓鼓的额头上,额头上有一些被人们叫作"劲疙瘩"的小豆豆。梭子笑着向她也斜一下眼:"看什么看,咱俩一样,都长了劲疙瘩。"说着左手拿筹,右手操梭,让那网片飞速地生长出一个个扣儿。邢昭衍看得眼花缭乱,说:"你不是要教我吗?教吧。"梭子一笑:"你一个大男人,学这个干啥?这是女人的活儿。"听她这么说,邢昭衍只好坐在一边呆看。

梭子手上结网,眼却看他:"舵儿哥,你脸上的劲疙瘩没有我多。"邢昭衍好奇地问:"你长这么多干啥?""干啥?攒劲。攒劲帮你发家。"邢昭衍吃惊地看着她:"你帮我发家?"梭子抿着嘴唇点点头:"嗯。你不知道,俺本来是想帮俺爹发家的。俺跟他说,你扛大包挣钱,俺跟妹妹织大网挣钱,咱们攒了钱排一条船。黄花船、丈八船排不起,排一条钓钩船也好。可是俺爹不争气,有了钱就去买酒喝,院墙塌了,就连请匠人修理的钱都拿不出来。正好,有了这个墙豁口,俺能看到你……""看我干啥?""看你长成了大男人。你还记得咱俩小时候拉鸡毛翎子网的事吧?"邢昭衍点点头:"记得。"梭子说:"那时候我就想,我要给你织大网,叫你出海逮大鱼。"邢昭衍笑了笑:"有意思。"梭子摇头道:"现在想想,又没意思了。""为什么没意思?"梭子停下手,眼珠定定地看着他:"男人就得干大事。你不应该这样整天去张网,应该再排大船,去打黄花,去做买卖。"邢昭衍说:"可是我没有钱呀,来昌顺出事,家里元气大伤……"梭子说:"元气伤了,还可以补回来。舵儿哥,你要了我吧,我到你家拼上命织网,给你挣钱!"听她这么说,邢昭衍只觉得一股热浪在心底涌起,直逼眼窝。在他变得朦胧的视野里,梭子额头的劲疙瘩,成了一颗颗金豆子。

一只小手哆哆嗦嗦,到了他的腮上,摸他的那道伤痕。邢昭衍闭着眼问:"你摸它干啥?"梭子说:"你看,这一道杠,多像一条大船,翘着头在海里,好看,真好看……"邢昭衍享受着她的抚摸,心想,我脸上的这一道,靖先生说是永字八法的一提,梭子说是海里的一条大船,都把疤说成花了。

"舵儿!"母亲的喊声突然响起。他转脸一看,只见母亲和妹妹正趴在东墙豁口上,两张脸上布满了愤怒。母亲又说:"你到这里干啥?"邢昭衍红着脸道:"我,我跟梭子学织网……"石榴说:"跟谁学不好?偏偏跟这个穷鬼学?也不怕叫穷气扑着!"梭子低下头小声说:"你走吧,想来再来。"邢昭衍便起身去了豁口,一下子跳了出去。吴氏拍着豁口气急败坏:"俺那娘哎,这个墙头你可爬熟了呀!爬墙头是二流子干的事,你知道不?"

回到家中,父亲对他的训斥更为严厉:"舵儿你十年长八岁,越长越倒缩!我叫你上学为了啥?为了知书达礼。可你上了这么多年,竟然学会了爬墙头,要是叫你丈人家知道了还了得?还不跟咱退婚?"邢昭衍说:"退就退。"邢泰稔暴跳如雷:"舵儿你作死!人家是樊家沟最有钱的主儿,也是最讲仁义的好人,年前咱家出了这么大的事,人家还是照样跟咱做亲戚。你今天倒好,想认小嫩肩作丈人?你到前海湾看看他,大包压在龟腰上,像个人吗?"邢昭衍说:"我是找媳妇,又不是找丈人。"邢泰稔气坏了,抡起铜袋锅梆梆敲击儿子的脑壳:"你这里边装上猪屎了!"邢昭衍觉得疼,起身逃窜。父亲在他身后大声道:"晒网这几天,你甭出门,就在家里待着!"

邢昭衍跑到自己的屋里,回身将门闩死。他躺到床上,甩甩脑袋,将爹娘灌给他的满耳朵训诫全部甩掉,只留下梭子向他说的话。你要了我吧,你要了我吧。梭子的一声声央求,让他心潮涌动无法平息。要你!要你!邢昭衍下定决心,想当面向梭子承诺。他将被子当成梭子,紧紧抱在身前。梭子仿佛就在怀里,额头的劲疙瘩熠熠生辉。

晚上,母亲过来喊他吃饭,他一声不吭。母亲走后,他依然抱紧被筒。他觉得,自己周身发火,马上要把被子点燃,把床铺点燃。他只好将被子推到一边,光着膀子坐起,让门缝里钻进来的冷风给自己降温。

早晨觉得饿,母亲再来喊他,他便去了厨房。父母耳提面命,还是让他回心转意,他只是埋头吃饭不作回应。父亲举筷子要敲打他的脑壳,母亲急忙用筷子拦住。父亲歇一下手再敲,母亲再用筷子将他的筷子拨走。邢昭衍想到京剧里的武打花架子,忍不住喷饭。石榴问:"哥你笑啥?"邢昭衍说:"一出好戏!"把碗一放就走,撇下了莫名其妙面面相觑的父母和妹妹。

三天后再出海,是在半夜。邢昭衍和觅汉们早早吃饭出门,途经梭子家的院墙豁口,见里面黑咕隆咚,只有几间破屋趴在那里。他想,梭子这会儿在睡觉,不知睡在哪间屋里?

到了前海,觅汉们有的坐在沙滩上,有的坐到船上,吸烟聊天等待潮水。邢昭衍听见，梭子又在他耳边说话了："男人就得干大事。你不应该这样整天去张网，应该排大船，去打黄花，去做买卖。"邢昭衍看着星光下辽阔无垠的大海，心中像涨起了大潮，汹涌澎湃。

等了一会儿，老史惊讶地道："咦，潮水怎么还不上来？"老宋说："好像遇上鬼潮了。"邢昭衍问："什么是鬼潮？"老史说："就是潮水该来不来，船出不了海。""还有这种事？"老史说："有，但是不多，我打了半辈子鱼，只碰上两回。"

再等一会儿，潮水还在两丈之外，潮头虽然伸缩不停，却不前进一步，就让那么多船在沙滩上安坐。渔人们惊诧，猜疑，最后一致得出结论：今天真是遇上鬼潮没法出海了，回家歇着，中午再来。

渔人们纷纷离开，各回自家。邢昭衍也跟着他们走，走进所城，街上黑咕隆咚。走到梭子家墙外，他看看身前身后不见人影，也听不见别人的脚步声。"你想来就来"，梭子在耳边跟他说话了。于是，他扶住墙头轻轻一跃，到了院里。院里还是一片黑，他瞪大眼睛察看一番，才模模糊糊看见了那棵杏树。

奇怪的是，此时那树一棵变成了两棵，有一棵在动，很快到了他的跟前。当桂花香味扑面而来时，他知道是谁了，便把她猛地搂在怀中。梭子也把他搂紧，低声一笑，跳跃着道："哎哟哎哟，真把你等来了！"又说："走，到屋里去！"说罢牵着邢昭衍的手走向西堂屋。推门往里进，邢昭衍的头被门楣碰了一下，意识到这屋太矮，于是弓起腰往里钻。梭子把邢昭衍牵到炕边，牵到炕上。二人躺倒后，各自伸出一只手，像摸鱼一样去了对方身上。接着，互相扯除对方衣物，变成一对滑溜溜的大鱼叠加在一起。

不知不觉，窗户亮了。"姐，俺得去烧火办饭了。"邢昭衍这才发现，他和梭子不知什么时候并排躺在了炕边，里面还有个十六岁的篓子。他裹紧被子说："不好意思，不好意思。"篓子却没有不好意思，她穿着白布小衫从容坐起，穿上棉袄棉裤，站起身来大幅度迈腿，跨过二人下炕。笤子出门后，邢昭衍看着门外的明亮天光说："真是欢娱嫌夜短呀，我该回家了。"梭子抱着他扭了扭身子："正好笤子走了，就剩下咱俩了。"邢昭衍想想也是，便又将她抱紧。他闭上眼睛晃动身躯，感觉满天都是杏花飞扬。

后来，杏花飞扬的背景变成了红的，睁眼看见，一缕阳光从门缝里射进来，打在他俩脸上。他瞅着满脸飞红的梭子，依依不舍道："我这回真该走了。"梭子一笑："你走，得把我带上。"邢昭衍面现难色："我怎么能带你？"梭子用不容商量的语气道："我今天就出门子，跟着你走！"邢昭衍瞠目结舌，不知所措。梭子却起身梳头，且拿一瓶桂花油倒在手掌上一点儿，在头发上连抹带揉。邢昭衍见她动了真的，心想，我今天的事做大了，要出天大的乱子了。但转念一想，我跟梭子已经成了夫妻，怎能把她撇下？在礼贤书院经常听老师讲自由，讲自主，我今天就自主一回！

他穿好衣服，梭子也找一件大红棉袄穿上，而后梳头。奇怪的是，她梳好了大辫子之后却盘在脑后，像已婚女人的发髻。她拿着梳子走到邢昭衍身后："来，我给你梳。"她将邢昭衍那条乱糟糟的辫子拆开，边梳边说："昭衍哥你信不信？我做梦都想给你梳头，今天总算圆了梦！"邢昭衍低头捂脸，眼窝火烫。

给邢昭衍编好辫子，梭子开门出去，端来一盘水让他洗脸。邢昭衍洗完，梭子又洗，洗完还拿出蛤蜊油，抹到邢昭衍和她自己的脸上。收拾停当，她牵着邢昭衍的手走出去，到堂屋门口叫一声爹，又叫一声娘。"小嫩肩"和老婆开门出来，后面还跟着笤子。邢昭衍满面羞容，叫一声舅，又叫一声妗子，因为邢于两家多年前有一桩婚姻，论辈分该这么叫。"小嫩肩"把腰努力直起一点，看着邢昭衍问："外甥，不，少东家，你这是要领着梭子走呀？"邢昭衍点点头："嗯。""小嫩肩"说："你俩就这么不声不响地走，算什么事儿？咱是正经人家，闺女不能跟着人家私奔，得放一挂鞭，叫庄邻知道。正好家里还有一挂，是过年买来，留着到龙王爷生日那天放的，叫碌碡现在放了它。"说罢转身进屋，拿出一盘土黄色的鞭炮。拆开捆线，找一根竹竿挑起来，插进院子中间的石磨眼里，冲屋里喊："碌碡，出来放鞭！"梭子的弟弟碌碡揉搓着让眼屎糊起的眼睛，冲邢昭衍一笑："得叫你姐夫了是吧？"邢昭衍红着脸不吭声。碌碡从磨眼里拔出挂着鞭的竹竿，他爹把嘴上的烟袋猛吸两口，让暗火变旺，抓过鞭炮末梢的药捻子点着，猛地闪开。院里立马有了一团蓝烟，连声巨响。在邢昭衍听来，这声音惊天动地。

碌碡高举着鞭炮去了门口，他爹向梭子一挥手："嫁出去的闺女泼出去的水，走吧！"

梭子笑容灿烂走到门外，回身向爹娘跪下。邢昭衍见状，也随她跪倒，郑重其事地与梭子一起向二老磕头。他起身后发现，已有好多人站在街上观看。他额头上涔涔冒汗，知道自己今天做了一件轰动整个马蹄所的大事。然而，开弓没有回头箭，他只好硬着头皮往家走，梭子在他身后亦步亦趋。一大群人跟着他俩，有好事者高喊："邢家的少东家娶媳妇啦！小嫩肩的闺女出门子啦！"还有人飞跑到邢家报信。

邢昭衍来到家门口，父母与妹妹早已站在门前严阵以待。邢泰稔指着儿子痛骂："伤风败俗的东西！遇上鬼潮，你就把鬼领回来啦？快滚，赶紧滚，邢家没有你这样的孬种！"石榴蹿到梭子面前，指点着她咬牙切齿："你这个穷屄，骚屄！你把俺哥给毁啦！"说着伸手去梭子脸上狠狠一抓，梭子脸上立现几条血痕。吴氏也扑上来，抡起巴掌打梭子耳光。邢昭衍急忙将梭子扯到自己身后："娘，石榴，你们别这样。"吴氏指着梭子道："反正不能让她进门，舵儿，你赶紧把她撵走！"梭子躲在邢昭衍身后，死死将他抱住："我不走，我不走，我死也死在您家！"邢昭衍紧紧握住扣在他心口窝的那双小手,把心一横:"好,不叫进门,我俩就走了!"说罢转身,拉着梭子的手就走。吴氏急忙追上问:"舵儿舵儿,你要去哪里?"邢昭衍说:"闯关东去!"邢泰稔呆立片刻,急忙向旁边的冯嬷嬷低声交代几句,接着转身进门。

  冯嬷嬷扬脸颠胸,急急追上邢昭衍小声道:"少东家别走,老爷不管了。你跟梭子在这里等着,我去买鞭,放了鞭你们再进门!"而后她抬手戳了戳梭子额头:"梭子,成少奶奶啦,你真是长了天胆!"梭子露出白牙,粲然一笑。

第六章

邢昭衍把梭子领回家的第三天,樊家人兴师问罪。

那天一早,家在朝牌山后王家官庄的媒汉王花嘴就来报讯,这等于下了战书。王花嘴眼看自己说成的亲事黄了,媒人应得的酬谢礼物也拿不到,觉得吃了大亏。他报过讯数落邢泰稔,说你教子不严,惹出祸端,等着他们来砸吧。邢泰稔向他赔礼道歉,送他一块大洋,让他务必把樊家人拦在半路,不让他们过来。王花嘴说,这种事能拦得住?樊祚盛的宝贝闺女叫别人顶了,不来闹上一通,他的老脸往哪里搁?你等着吧,不闹出人命就算烧了高香。邢泰稔说,老王,麻烦你在这里坐着,到时候给我们两家通融通融。王花嘴说,俗话说,新娘子上了床,媒人晾一旁。你家也有新娘子上床了,我这媒人当到头了,该滚蛋啦。说罢起身,一溜烟跑了。

邢泰稔气得浑身发抖,去后院大声道:"毁啦毁啦,等着叫人家砸死吧!"吴氏扭着小脚从堂屋里走出来埋怨:"又说死,又说死!你这张老嘴可怎么办!"跟在娘身后的石榴也拿眼瞪爹,表示不满。听说樊家要来人闹仗,吴氏将手一拍:"哎哟,多亏舵儿出海了,要是在家里,还不叫他们揍扁?"石榴哭着蹿到西堂屋门口,跺着三寸金莲,指着里边大骂:"你个骚黄子,都是你惹来的祸!你去死,你去死!"梭子走出来微微一笑:"爹,娘,是我惹来的祸。我的命不值钱,老樊家想要咱家一条人命,我就给他。如果我叫人家砸死了,等到您儿出海回来跟他说，我跟他做了三天夫妻，死也值了。"听她这么说，邢泰稔老两口都不知说什么好了。邢泰稔摆摆手道："这些话不要提，谅他们也不敢闹出人命。趁着他们还没来，赶紧把值钱的东西藏起来，只留下锅碗瓢盆给他们砸！"

日上三竿，老樊家的人果然来了。五十来岁的樊祚盛骑着一头大黑驴，后面跟了二十多条精壮汉子和大群看热闹的人。来到邢家门口，樊祚盛并不下驴，就在驴背上挺直腰杆高声喊叫："老邢！出来！"活像过去打仗时叫阵的将帅。邢泰稔的腿本来不好，此时故意让石榴扶着，做出行走艰难的样子，到院门口强笑着拱手："仁兄驾到，请进寒舍一坐。"樊祚盛冷笑一下："什么寒舍？我看是个牲口圈！我给你送草料来了！"一个黑脸小伙立即挎着篮子上前，将那些铡碎的地瓜秧撒在门口。邢泰稔明白，这是对他的严重污辱，仅次于往门板上抹屎。他按捺不住，刚想发作，梭子从院子里出来，扑通一声跪在了驴子前面："樊大老爷，您甭拿俺公爹出气了，千错万错都是我的错！是我勾引了邢昭衍，我是看他太好，就下手抢了。对不起您，对不起您家小姐！您想要我的命就要，千刀万剐我也领受！"梭子的这一跪，出乎樊祚盛意料，他看着梭子一时语塞。这时，他胯下的大黑驴竟然低下头来，去嗅梭子的头发，嗅上片刻，抬头向天昂昂大叫，引发满街笑声。樊祚盛觉得场面尴尬，遂挥手发令："给我进去砸！把牲口圈砸个稀烂！"

转眼间，邢家大院乱成一团，噼里啪嚓，各种破碎声响起。响过一阵，老樊家的人气昂昂走了。邢泰稔清点一下，被砸坏的东西计有铁锅一口，瓷缸两口，瓦盆五个，陶碗九只。他长舒一口气："砸就砸了，算是给老樊放放血，消消气！"

邢昭衍出海回来，听母亲讲了事情的经过，低头叹气："唉，都怪我，让两家人蒙羞。我要是在家，该当面向樊老爷谢罪的。"母亲说："多亏梭子有胆量，敢露脸认错，不然，还不知道樊家人会闹到什么地步。行了,事情过去了,咱们安心过日子吧。"

邢昭衍回到自己屋里,见梭子还在结网,就把她手中的梭子筹子夺下,结结实实将她抱住:"媳妇,谢谢你。"梭子亲他一口,扑哧一笑:"要谢得谢那头大黑驴,要不是它闻我头发,跟满街人说我香,樊老爷还不知道要怎么折腾咱家。"邢昭衍笑道:"我也学学那驴。"说罢去闻梭子头发,仰脸龇牙欲叫。梭子急忙捂他的嘴:"不怕叫咱爹咱娘听着?"

这件事过去,邢家的日子像退潮之后的海湾,平平静静波澜不惊。梭子成了全家最忙的人,每天除了织网,就帮婆婆做家务,帮冯嬷嬷做饭。家里有一群觅汉吃饭,需要每天烙煎饼,往常都是吴氏与冯嬷嬷早早起来套驴拉磨,吴氏添磨,冯嬷嬷支起鏊子烙,梭子进门后,都是由梭子添磨。守着一大盆泡好的地瓜干或秫秫米,驴转三匝,她往磨眼里添一勺,从四更天忙到五更天才磨完。听着呜噜呜噜的磨声,吴氏躺在屋里发感慨:"老头子你说说,咱要是把樊家四小姐娶过来,她能替我添磨?"邢泰稔说:"不可能的,你还得好好伺候她。"

更让老两口感动的是,梭子织网,每当订户送来工钱,都是交给婆婆,自己不留一个铜板。婆婆说,这是你挣的,自己留着吧。梭子说,爹当家,就得给他。吴氏把钱给了老当家的,老当家的喜得直捋胡子。他对老伴说,你叫石榴跟她嫂嫂学学,学会了一块儿挣钱。吴氏把这话说给石榴听,石榴竟然吧嗒吧嗒掉泪:"俺爹真狠心,他想叫俺跟着打鱼的?俺不学那下贱手艺。"邢泰稔知道了石榴的想法,摇摇头道:"看来她不想在海边找婆家了,她姐找了一家开粉坊的,给她找开油坊的?"吴氏说:"俺可不想叫她早早出门子,她才十五,过两年再说。"

石榴不想学织网,迷恋绣花。她向哥哥要书夹花线,哥哥随手给了她一本林琴南翻译的《伊索寓言》。石榴不识字,只在书页里夹了各种颜色的丝线，用来绣鞋头，绣帽子，绣枕头，绣衣服。绣好了自己穿戴出来，在院子里来回走动，问别人好看不好看。家里几个人以及冯嬷嬷都说好看，她得意地扬着小脸道："女的就得会绣花，织网算什么本事？"梭子听了笑道："俺没本事，俺妹妹才有本事。"邢昭衍听不下去，反驳道："绣花是个本事，可是不能挣钱。"石榴立马撒泼大哭，说哥哥跟梭子一个心眼儿，合伙欺负她。梭子不吭声，回到自己屋里继续织网，石榴抓住哥哥的衣领问，到底是梭子好还是她好，邢昭衍说，都好都好。石榴追问，说都好不行，得说哪个最好！邢昭衍只好说，石榴最好，石榴最好。石榴这才收住眼泪。

又到了小汛，邢昭衍和大伙一起去行地摘回大网，又晒又补。恰巧遇上晴天，网上也没有多少窟窿，只用三天就晒好补好。两个老大说，往后四天不用来了。一个伙计向东北方向一指："明天没事，我拉笒去。"另外几个伙计也说要去。邢昭衍眺望一下，见所城东门外一里远的海滩上竖着一根高竿，顶端挂一个竹篮。他知道，这是笒头下告示，明天拉笒，谁愿去就去。他说："我也去。"老史笑了："你一个少东家去拉笒，不叫人家笑话？"邢昭衍说："我就是一个打鱼的，张大网是打鱼，拉笒也是打鱼。"

回家跟梭子说了，梭子用疼惜的目光看着他道："过几天还要出海，你不在家歇几天？"邢昭衍说："不用，看你整天干活，有空就织网，我闲不住。我去拉笒，还能挣点工钱。"梭子抿嘴笑道："听说拉笒的都光腚，你也敢脱光？"邢昭衍说："入乡随俗，他们光腚我也光腚。""不怕叫人家看见？""看见怕什么，都是男的。""那也不行，你那宝贝，只能叫我看。"邢昭衍笑着摸一把梭子那对鼓胀的乳房："中，咱俩只给对方看。我是逗你玩的，打死我，我也不敢光腚呀！"

第二天一早，邢昭衍穿一条短裤一双草鞋，光着膀子出东门去笮场。那里有一个绰号"厉大拉"的笮头，伙同几个人置办了船和网，搭起笮棚，长年在这里拉笮。邢昭衍小时候经常和伙伴们来看，看到那些大人光着腚甩着家伙，很是崇拜。回到所里玩时，就喊起了在男孩群里传唱了不知多少年的童谣："大屌神，二屌神，咱到东海拨拉人！拨拉完了赶紧跑，甭叫大鱼咬着屌！"今天邢昭衍来到笮场，看到那些男人有的已经脱光，想起那首童谣，不由得暗自发笑。

看到别人手上都有绺子，他到笮屋门口向厉大拉要。厉大拉看看他，脸上满是惊讶："邢家少爷也来了？你能吃得下这苦？"邢昭衍笑道："放心，不会给你偷懒磨滑。"厉大拉便发给了他，抬手向南面指了一下："你去拉南坛吧。"邢昭衍便向南面走去。他看看领到手的绺子，是一条麻线车襻对折而成，末端拴一根细麻绳，绳梢系一根三寸多长的细木棍。绺子呈棕黑色，油亮发滑，是让拉笮者的汗水浸出来的。

还有一些人从所城方向往这里走，厉大拉摆手高喊："甭来啦，八十个绺子发完啦！"那些没领到绺子的人很失望，有的转身回去，有的坐到沙滩上发呆。

正是涨潮时分，邢昭衍踩着伸伸缩缩的浪舌走出两百多步，走向南边那群拉笮汉。有人指着他说："哎呀，邢一提也来了！"有人笑道："邢一提，不值一提！"但是当他走近，没有一个人吭声，都扭头往海上看。邢昭衍知道，这些人都是马蹄所这一带的穷汉，以打零工为生，对他这样的富家子弟心怀嫉妒。他便往沙滩上一坐，望着大海一声不响。

这时，本来拴在岸边的一条小船解缆出发，上面载了两个人和大堆渔网。北边一里之外，也有一条小船同时开动。两条船一边走一边撒绠绳，渐行渐远。

有人突然指着海里喊："看，烂船钉！烂船钉！都跟着云彩跑！"

邢昭衍看看，天上白云朵朵，海上片片阴影。云朵没下雨，阴影里却是雨点儿密布。他小时候就知道，烂船钉喜欢阴凉，会聚成大群追着云影跑，而鲅鱼喜欢吃烂船钉，就追着烂船钉跑。烂船钉群起逃命，在水面上连蹦带跳，像雨点儿一样唰唰作响，这是海上一景。他到礼贤书院上生物课才知道，"烂船钉"学名鳀鱼，也叫沙丁鱼，是西方人起的名字，因为最初在意大利萨丁尼亚捕获。海云湾渔民叫它烂船钉，因为它长得像船钉，出水就死，很快烂掉。

南边的小船此时开始撒网，一边撒一边向北边的小船靠拢。终于靠到一处，坛绳与笔网被接在一起，一个小头头大声道："下水！"众人纷纷起身。那些穿短裤的人迅速脱掉，用布条做的腰带绑到脑袋上，这样既防晒也防备短裤被海水打湿。

邢昭衍没脱，带着绦子直接下水。坛绳两边很快站满了人，都在看海里的两条船。突然，船上有人高举桲棍，往天上戳了三下，这边的把头大喊："开拉！"大家将绦子套在肩上，回头将绦子梢儿往坛绳上猛一甩，让小木棍别在绳子上，接着弓腰使劲。四十条汉子此时成了一串蚂蚱，邢昭衍是其中的一个，唯一的区别是他没有光腚。把头喊起了号子："嗨呀！嗨呀！鱼儿来！鱼儿来！"他喊一声，众人和一声，一声一步，一步一声。邢昭衍不熟悉这种拉笔号子，没有跟上，把头又喊："喊哪！喊哪！不喊号的，哑巴驴呀！"邢昭衍脸一红，也大声喊。他学别人的样子，蹬腿弓腰，脑袋几乎顶在前面那人的屁股上。有好几次，前面那人使劲的时候放屁，直接崩到他的脸上，他只好把脸扭向一边。他看见，北边一里之外，也有这么一串蚂蚱，都在弓腰拉网。看看被网起来的水面上，已经有鱼虾乱蹦试图求生了。

邢昭衍想，拉笔这种古老的捕鱼方式，最能体现人类与大海的关系：一方用力索取，一方极不甘愿，一根几乎要崩断的坛绳，便代表了二者的紧张关系。

一步一步，终于到了水边。邢昭衍像别人那样，解下绦子返回水中，走到蚂蚱串的最后边，再把绦子甩上坛绳继续用力。一个年轻小伙往回走时，那话儿左右甩动十分活跃，一个正拉筐的中年汉子伸手摸了一把："福囤，你这没用过的家伙，也敢这么甩晃？怎不学学人家，用裤衩子藏起来？"福囤说："藏起来干啥？我就一条裤衩子，叫海水泡烂了穿什么？"邢昭衍听出了人家对他的讽刺，也明白了他们光屁股的另一用意，心想，我跟他们格格不入，这个活儿我真是没法干。

他转移视线，扭头向南。此时太阳已经到了东南天，把海照出了明晃晃的一大片。在摇曳不停的光影里，有许多妇女孩子在赶海，有的捞小虾，有的扒蛤蜊。一个中年女人与一个七八岁的男孩让他觉得眼熟，仔细看看，便认出那是纪老大的妻儿。他发现，女人撅腚弓腰用铁铲挖蛤蜊的地方，正是纪老大在失水之后抱着桅杆回来，全身裹冰死难之处。他想，纪老大的老婆难道忘了这事？不，不会忘的。她带孩子到这里，是不是想让丈夫的亡魂看到，身为寡妇多么艰难？是不是还想让丈夫看到，她没有改嫁，还在马蹄所艰难生存，要把孩子拉扯长大？

看着，想着，邢昭衍泪流不止。泪水混着汗水，成串成串落入水中。

大筐网被八十条汉子拉到岸边，带着一个个浮子向筐屋靠近。这一网收获颇丰，有许多鱼在其中狂跳，还有大量灰白色的海蜇蠕动不止。厉大拉发令："把海蜇抱出去扔了！"一些人走下去，将海蜇一个个抱起，扔到网外。邢昭衍进去抱起一个，觉得有五六十斤重，捧在手上软不拉耷像一坨凉粉。向网后一扔，忽然觉得两只胳膊像刀割一样疼痛。他知道，这是让它蜇了。被蜇伤了也得干，邢昭衍抱了一个又一个，直累得腰酸臂疼。剔除海蜇后，网里只剩下了活蹦乱跳的鱼，而且多是一尺多长、两三斤重的鲅鱼。厉大拉很兴奋，指挥大伙将网拉到沙滩上，捡鱼装篮。

此时从天上来了"叼海"的：许多海鸥上下翻飞，兴奋地叫着，争先恐后俯冲下来抢鱼。从两边海滩上也来了"短竿"的：一些光腚男孩跑来，频频伸手往网里抓，往篮子里拿。厉大拉从脚下抓几条烂船钉扔去打发他们："给！拿着，拿了快走！"邢昭衍看见，纪老大的儿子小串子，不接厉大拉扔来的小鱼，只在篮子旁边转悠。突然，他抓过一条大鱼转身就走，接着甩动两只胳膊，扭动结结实实的光腚。厉大拉指着他道："你看这孩子多刁，跟空着手一样，其实把鱼叼在嘴上了！"一个把头说："我去抢回来！"厉大拉摆摆手："算啦算啦。寡妇娘们，怪可怜的。"

邢昭衍看着小串子，见他走到娘的身边一弯腰，将鱼放到了篮子里，不由得暗暗叹气。

收拾完了渔获，竿头发工钱了，每人十二文。有个年轻小伙领到钱，从头上扯下裤衩子穿到身上，一边往所城跑一边说："我得赶紧去买两个烧饼！早晨没吃饭，饿毁了！"邢昭衍看看手中铸有"光绪通宝"四字的小平钱想，十二文钱只能买四个烧饼，仅够两个人吃。看来，靠拉竿不可能养活一家人。

邢昭衍穿着湿漉漉的短裤往回走，感觉很不舒服。低头看看，湿布裹身，也不雅观。他就沿着海边往北走，走到无人处坐下，捧一些被太阳晒热的干沙撒到短裤上吸收水分，然后起身拍打干净。短裤还没干透，他就继续往北走，一直走到北江。这里也是个潟湖，江口宽约一里，水边长满芦苇、蒲草之类。此时海水退到最低处，江内现出大片泥滩，有许多妇女与孩子来此赶海。再往北望，海边是一个个村庄，村西是一座座山峦。再往东北看，山海相依，渐入空渺。他知道，空渺之中有青岛，有礼贤书院。

他有些伤感地想，给了我许多快乐的读书生活，现在只留存在空渺的记忆之中了。翟良和那些同学，快参加毕业考试了吧？而我邢昭衍，已经成为打鱼郎，混成了"邢一提"。他摸一摸腮上那道伤痕，摇了摇头。

短裤干透，他转身回去。这里有条回城的近路，是经过邢家祖陵旁边到北门。看着邢千总那个高高的坟墓，想象他挥舞大刀斩杀倭寇的场景，邢昭衍更是羞愧无比：与始祖相比，我真是个窝囊废呀！于是，他弓腰抱膀，狼狈回城。

到了家里，梭子发现了他胳膊上红肿的蜇伤，立马去端来一盆水。她放上一块明矾用手搅动，待明矾化了，用这水给他洗。她心疼地说："咱往后不去了吧？"邢昭衍说："不去了，那个钱我没法挣。"

来了大汛再出海，邢昭衍遇见一个奇人。那天他和觅汉们上了船等潮水，忽然听见船舱里有人咳嗽，就问是谁。有个秃顶中年人从里面钻出来，穿一件破烂长衫，面容憔悴，脑后拖一条蓬乱的小细辫子，胳膊上还挎了一个蓝布包袱。众人很吃惊，问他是干什么的，为什么要上这船，那人说，他是个读书人，打算乘桴浮于海。史老大问："什么浮？什么海？"邢昭衍说："孔子说过一句话，'道不行，乘桴浮于海'，意思是，他主张的圣贤之道如果行不通了，就坐着木筏去海里寻找新的地方。我问问这人，是怎么回事。"

经询问得知，这人来自沂山脚下，姓齐，今年四十整。他从小就想考取功名，可是考了二十多年也没考上生员，算是个老童生。他不罢休，继续在家苦读，觉得今年熬到火候了，能够金榜题名了，就去县学报考。到那里才得知，朝廷去年已经废除科考，把天下读书人的出路给堵死了。他哭哭啼啼回家，整天郁闷难捱。他想不通，光明无比的圣人之道，怎么说不行就不行了呢？想起圣人说的"道不行，乘桴浮于海"，就背着一包煎饼出门，风餐露宿来到海边。

说完这些，老童生向渔人们拱手道："求求你们，把我带上！"伙计们听了都笑，说俺去海上，不会走远，起了网拿了渔获还要回来。老童生说："反正我要浮于海！反正我要浮于海！"史老大说："你愿去就去，看你能撑得住？"

潮水上来，渔船离岸。到了海上，老童生很兴奋，瞪大两眼看着四周赞叹："大哉！蓝哉！大哉！蓝哉！"赞叹一会儿，他声音渐小，脸上现出痛苦模样。老史嘱咐邢昭衍："你攥着他的手，别叫他蹽到水里去。"突然，老童生往船帮上一趴，呃呃大吐，把邢昭衍熏得扭过头捂着鼻子。老童生吐了一阵又一阵，最后实在没东西吐了，在船帮上耷拉着头，舌头垂得老长，舌尖上还挂着长长的黏涎。到了行地，停船起网，船的起伏幅度更大，老童生索性蜷在船板上像死人一样。

回来，邢昭衍把他背下船，放在石坡上。等到卖罢渔获，见他已经坐在那里恢复常态，就带他回家吃饭。父亲看见了，立即把儿子叫到一边责问，为啥把一个要饭的领到家里。邢昭衍说，他不是要饭的，是一个读书人。将老童生的来历向父亲讲了，父亲说，那他也是个书呆子、糊涂蛋，赏他一顿饭吃，吃完了撵他走！

吃了饭，史老大问老童生，还想浮于海不，老童生说，还想。一个小伙计嬉笑道："你出了一趟海，就吓得舌头吐出二尺长，还敢再去？"觅汉们鼓腹大笑，笑声中带着十足的轻蔑。老童生却执拗地道："反正我要去，我信孔夫子的话！"邢昭衍跟他讲，孔夫子说的道，是他的主张，并不是科举制度。孔夫子活着的春秋时期，咱们中国还没有科考这件事，是隋唐时期才有的。后来实行八股取士，误国误民，所以朝廷把它废了。今天你即使浮于海，也找不到还实行科考的国家。据我所知，离这里近的日本、朝鲜两国，都已经废除了。他最后劝老童生，赶紧回家，该干啥干啥。老童生摇着手说："我除了会背四书五经，会写八股会写诗，别的什么也不会。"邢昭衍问他家里有什么人，他说，有老爹老娘，还有两个哥哥。邢昭衍说："你没有老婆孩子？"老童生说："我发过誓，不考取功名决不成家。"宋老大指着他笑："你傻不傻呀，功名能比女人更重要？"老童生冲他翻眼："你们这些打鱼的莽汉，懂得什么！"宋老大说："俺什么也不懂,可是每天都能拿两船鱼回来,你什么都懂,混成光棍一条。"邢昭衍摆摆手,让大家不要再取笑老童生,接着让冯嬷嬷拿一包煎饼几块咸菜给他,让他回沂山老家。老童生放进包袱,拱手致谢,起身走了。

不料,第二天早上出海,老童生又出现在前海。他不再上邢昭衍的船,到别人船边磨磨蹭蹭,非要上去不可,但是谁也不理他,有的还端起篙拒他于一丈之外。眼见一条条船走了,他沿着水边踱至东面海崖,痴痴站定,观望大海。

邢昭衍起网回来,发现老童生还站在那里像根木桩,觉得这人既可怜又可悲。下午再次出海,回来时天色昏黑,老童生却不见了。上岸后向人打听,得知他去了龙神庙,邢昭衍便到那里找。一进庙门,发现老童生正手端砚台,用毛笔往院墙上写字:

乘桴浮于海
四顾皆茫茫
大道从兹灭
书生欲断肠

邢昭衍明白,老童生已经钻了牛角尖,难以劝解。看看地上的包袱,煎饼还有,他就离开这里回家了。

接下来的两天,老童生白天都在海崖上站着,晚上则去龙神庙。然而到第四天,海崖上没有了他的身影。邢昭衍去庙里找他,发现老童生正穿着深蓝道袍站在大殿里,稀疏的头发盘了起来,有点"浑欲不胜簪"的样子,就笑着问他:"哈哈,您当道士啦?"老童生瞅瞅他,面现赧容,但立刻正色道:"您到庙里来,要先给龙王爷磕头。"邢昭衍说:"明白。"随即跪到蒲团上磕了三个头。

刚起身,两鬓斑白的柏道长从殿后走出来,向他拱手:"邢家少爷慈悲。"邢昭衍急忙还礼:"方丈老爷慈悲。"柏道长指着老童生说:"贫道跟他深谈三个晚上,终于让他醒悟。他说大道从兹灭,一派胡言!你说道不行?大道依然行!你说道不在?大道依然在!老子——道德天尊讲的大道,孔子——至圣先师讲的大道,早已像甘霖一样渗透了神州土地,滋养着亿万生灵。无论世道怎么变,仁义、忠恕、慈悲、良善,这些老祖宗传下的东西不能变。科举算什么?功名算什么?如果离经叛道,即使中了状元也是德不配位,有祸殃等着他!"邢昭衍点点头:"方丈老爷,您讲得太好了。我那天想劝他,可是学养太差,没能把他说服。"他问老童生:"您不回沂山老家啦?"老童生说:"不回啦,我在这里跟着师父学道。"邢昭衍笑道:"好,我以后要称您齐道长啦。"老童生摆手道:"不敢当不敢当。"

邢昭衍又转向柏道长发问:"方丈老爷,我有一事想不明白,顺便请教您。咱们这一带张大网的船家,每年六月十三到这里抓行,由您主持。可是有人抓了孬行地,却去抢占别人的好行地,您如何评判这种事?"

柏道长抬手摸了一下他腮上的伤疤,用深沉的眼神瞅着他:"发生这种事,是让你明道悟道,愿你脸上添一划,识上增一分。你且把心放平,看他占得了一时,占得了长久?看他今天插重旗,明天还能插?天道恢恢,迟早会让你看到的。"

邢昭衍思忖片刻,深深一揖:"方丈老爷慈悲,我明白了。"

第七章

这年夏天,樊家四妮子嫁到了马蹄所陈家。这桩婚事和邢昭衍与梭子成亲一样,同样引起轰动。因为媒汉王花嘴来说媒,来传契,每一次都在街上故意向人们透露内情。他说,邢昭衍要了梭子,樊家四妮子不吃不喝哭个不停,要喝卤,要上吊,多亏娘在她身边日夜守护。闹了五六天,四妮跟娘说,她不想死了,想嫁到马蹄所去。她娘说,人家邢昭衍不要你了,你嫁给谁?四妮说,叫媒人给我找个比邢家更好的主儿,看邢昭衍后悔不后悔!她娘急忙去找王花嘴,王花嘴想了想说,嫁到马蹄所"聚福"商号陈老板家吧。他有两条黄花大船,有三个儿,二儿陈运通还没成家。樊祚盛说,我听说,那个陈老板诨名叫"大船钉",个子矮性子强,四妮过了门会不会吃亏?樊四妮却不在乎,说大船钉性子硬,我比他还硬,看谁硬过谁!王花嘴捂嘴直笑,接着来马蹄所说媒。陈老板一听女方是樊家沟樊老爷的闺女,立即答应。接下来,传小契,传大契,问口,查日子,定于六月十六办喜事。

这事让邢昭衍一家知道了,免不了议论。邢泰稔说:"樊家有钱,估计会陪送不少嫁妆。"吴氏说:"再有钱咱也不红眼。那丫头不是想叫咱舵儿后悔吗?等她过了门,见了蛤蜊眼,后悔的应该是她。"邢昭衍问:"哪个蛤蜊眼?"他娘说:"要当新郎官的陈二少爷呀,小时候害眼,坏了一个,光有白没有黑,跟扒开壳的蛤蜊一样。"邢昭衍想起来,他是见过这人的,每当"聚福"商号的大船装货卸货,他就在前海拿着账本记数,那只眼确实难看。

樊四妮过门这天,吹吹打打从西门进来,到了十字街口再往南拐。街边观者如堵,看了前面的十二个吹鼓手,看了八人抬的大花轿,再看后面的嫁妆如柜子橱子桌子椅子等等。一般人家,都是陪送"六大件""八大件",樊家小姐竟然带来十八件。更让人惊奇的是,后面有二人抬着的一个抬盒,里面摆满了面兔子,一个个煞白,点了两只红眼睛,既好看又可爱。了解底细的人就讲,这是陪送了地,一个兔子是一亩。咱们这里没有这个风俗,但是媒人王花嘴独出心裁,非要这么显摆显摆,好叫邢家人看了后悔。趁着送亲队伍在街上停步,等待喜主派人前来迎接时,有人上前数那些面兔子,一共是三十只。陪送三十亩地,这还了得?消息在人群中传开,抬盒边挤得水泄不通。一个小男孩馋涎欲滴,抓了一只就跑,别的孩子也向他学习,转眼间面兔子少了一半。抬食盒的一个小伙子去阻止,另一个却说:"怕什么,不用管。面兔子光了,地也还在。"得到他的默许,孩子们肆无忌惮,一气把面兔子抢光。旁边看景的人评价:到底是大财主,真大气!

送亲队伍经过邢昭衍门口时,石榴和冯嬷嬷都出来看。她们混在人群里跟着走,直到吹鼓手到了所城南门里面,拐向东街,才回家描述所看到的盛况。邢泰稔听后捶胸顿足:"三十亩地呀,可惜了!"吴氏也说:"有点可惜,要是咱娶了樊家闺女,多么风光!"梭子听了一声不吭,去了自己屋里。邢昭衍跟过去问:"怎么啦,不好受?"梭子冲他笑笑:"我没事,就怕你不好受。"邢昭衍说:"樊家莫说陪送三十亩,就是陪送三百亩又怎么样?地值钱还是人值钱?"梭子将头一歪:"你是说我值钱?"邢昭衍说:"当然啦,现在是一个顶两个啦。"说罢,笑嘻嘻去摸梭子的肚子。

第二年二月初九,梭子生下一个女孩,邢昭衍给她起名"杏花"。他的丈母娘和小姨子经常过来照看，尤其是小姨子篸子，对杏花喜欢得不得了，抱不够，亲不够，有时候娘回去了她也不回，跟姐姐和孩子睡在一个炕上。邢昭衍见状，只好去别的屋里睡。

等到杏花能走会跑，篸子便领着她上街玩。有一天到了街南头，向东一瞅，见一个大骨架年轻女人站在陈老板门口。篸子猜到，这就是那个樊四妮，想跟她说说话，就走了过去。樊四妮身上穿的丝绸衣裤，在阳光下闪闪发亮。她的眼睛也闪闪发亮，瞅着抱孩子走来的篸子。篸子笑着问："你是陈家二少奶奶吧？"樊四妮说："是呀，你是谁？"篸子说："我是邢昭衍的小姨子。"樊四妮立马变了脸："你是他小姨子又怎么样？你捎讯给他，就说我恨死他了！"篸子点点头："估计你会恨他。"樊四妮又说："不光恨他，还可怜他。""可怜他什么？""可怜他家大船出事，由富变穷，又叫一个小穷屁缠上，穷上加穷。"篸子恼了："不准你笑话俺姐夫，不准你骂俺姐！"樊四妮冷笑道："他们还怕笑话？怕笑话就甭偷人养汉！邢昭衍他撒泡尿照照自己吧，家里只有两条小破船，一年到头张大网，挣不了几个铜板。再看看俺家，有两条大黄花，跑南洋，挣大钱！"篸子听了将嘴一撇："俺姐夫撒泡尿，能照出自己的好牌子，你男人撒泡尿，只能照出自己的蛤蜊眼！"听了这话，樊四妮疯了，张牙舞爪向她扑来，篸子连忙跑掉。小杏花以为是姨跟她玩，在她怀里咯咯直笑。

回去之后，篸子把樊四妮的那些话学了一遍，姐姐姐夫都气得不轻。邢昭衍想，我毁了婚约，让她白等，她恨我是必然的。可是，她不能耻笑我辱骂我。他看着前海的方向用坚毅的语气道："她家有两条黄花船就了不得了？我以后置的船比他还多！"梭子说："对，咱就要有这个志气！"

邢昭衍就瞅空向父亲提议，再排一条黄花船。父亲却不答应，说他积攒半辈子才排了一条"来昌顺"，刚用了六年就粉身碎骨，咱家经不起这样的折腾了，等等再说吧。

这一等就是三年多。其间邢昭衍几次再提这事，都是碰一鼻子灰。有一次，邢昭衍央求道："爹你答应我吧，我不想一辈子张大网。宿家兄弟自从占了'老虎头'，每年六月十三再不去龙神庙抓阄，一直霸占着最好的行地，我一见他们就来气。"邢泰稔说："我一想这些杂种羔子，也气得慌，可是咱家没有钱呀。"邢昭衍表示怀疑："应该有些钱了吧。这两年我去龙神庙抓行，每年都换新行地，渔获比'小加行'多了，每天卖渔获的钱都交到你的手上。梭子过了门整天结网，除了坐月子，别的时间都没闲着，挣的工钱也都上交。另外，咱家三十八亩地的租粮，每年都能足额收上，自己吃不了就卖掉一些。你怎么老是说没有钱呢？是的，排一条大船要花费好多，但咱们算算账，还缺多少，不够再想想办法。"父亲却将手一摊："有什么办法可想？你甭再胡思乱想，老老实实张大网就对了。"

这天，邢昭衍又说这事，父亲依然说没有办法，邢昭衍说："我有个办法。"父亲问："什么办法？"邢昭衍说："卖地。"父亲大为吃惊，指着他骂："你这个败家子，竟然想到卖地？这三十八亩地，是咱家几辈人置下的家产呀！置地容易吗？要一点一点攒钱，攒了钱还遇不上卖地的。地是庄户人家的命根子，不到山穷水尽的地步，谁舍得出手？你知不知道？海边的打鱼人，哪个都想置下一些地，因为海上有风有浪，打鱼朝不保夕。你看家家祖陵，空坟埋得一座又一座；再看看海边，赶海的孤儿寡妇多么可怜。所以老祖宗传下一句话：宁上西山当驴，不上东海打鱼。如果置下地就放心多了，地是刮金板，年年有收成。每年春天，船家第一回出海，都想在怀里揣上个面兔子。你倒好，身在福中不知福，竟然想到卖地，想把咱家的面兔子扔了！哼！"

邢昭衍横了横心，说出了他深思熟虑的想法："爹，你想揣面兔子就揣下去，可我一定要排大船。咱们分家吧，你把地分给我一半。"邢泰稔立马暴跳如雷:"什么?分家?你是我的独生子,竟然要跟我分家?不行,你死了这份心吧!"邢昭衍梗着脖子道:"我就要分!不分家,又不排大船,我就天天到'菠菜汤'上当干充子,算什么呀?那些干充子伙计,一天还能分几个铜板,我干了三年,两手空空!明天我不干了!"邢泰稔见他如此决绝,咻咻直喘,沉默片刻道:"舵儿,你先别撂挑子,我跟恁娘商议一下。"

他回到后院,把这事告诉老婆和闺女,母女俩一齐掉泪。石榴哭道:"都是梭子出的坏点子!她头顶长疖子脚底淌脓,坏透了气了!爹,你叫俺哥立马休了她!"邢泰稔叹气道:"不怪你嫂子,都是你哥的主意。我知道他,心气高,不安分。"吴氏道:"你打算怎么办?""明天我领他去龙神庙相面,叫道士看看他的面相。如果命里担得,就照他说的办。"

次日下午,卖罢渔获已是黄昏,觅汉们各自回家,邢泰稔带着儿子去了龙神庙。在马蹄所一带,凡是打算"排船"也就是造船的,都要请人相面,看命里"担不担得"。柏道长是龙神庙的方丈,相术高明,找他的居多。

柏道长正在庙门西边站着看夕阳。他穿一身蓝色道袍,两条腿自膝盖以下用白布裹着。这样的"一清二白",在满天红霞的背景上格外醒目。然而,当他回身看到邢家父子走来时,却捋了一把胡子转身进庙。邢家父子走进大殿,一前一后向龙王爷磕三个头,转过神像走进后院。院中有三个道士在老槐树下坐着喝茶,其中有那位昔日的老童生、现在的齐道长。邢泰稔向他们拱手打个招呼,问方丈老爷在哪里,齐道长说:"在方丈室,我带你们去。"

后院正房是妈祖殿,妈祖殿东面是方丈室。此时屋内昏暗,没有掌灯,方丈面对神龛在蒲团上打坐。齐道长拱手道:"师父,邢家施主来找您。"方丈不回头,只是说:"找我何事?"邢泰稔向他作个揖:"方丈老爷慈悲,犬子想排大船,请您给他相相面。"说罢从怀里掏出一块墨西哥鹰洋,进屋放到神像前的供桌上:"这是卦金,请笑纳。"柏道长摇摇头:"不用相,你儿子命中无船。"邢昭衍一听急了:"您怎么知道我命中无船?"柏道长却不吭声。邢泰稔问:"您说他命中无船,是没有小船,还是大船?"柏道长说:"大小皆无。"邢昭衍两步闯进屋里,到柏道长身边气呼呼道:"怎么会呢?不可能呀!"柏道长慢悠悠说:"到时候你就知道了。"邢昭衍转身往外走,边走边说:"这是我爹跟你串通好的了,你们就是不想叫我排船。"邢泰稔一瘸一拐追出来:"舵儿你别瞎猜,我没跟他串通,我发誓!"邢昭衍说:"你们拦不住我,我非排不可!"

晚上,邢昭衍在自己屋里和梭子说这事,梭子挺着大肚子,一边结网一边说:"就是咱爹跟道士串通好了的,想叫你死了排船的心。"邢昭衍说:"我怎么能死心?你还没过门就鼓动我排大船,我能叫你失望?"梭子说:"我明白你的心思。可是,排船是件大事,应该再找别的相面先生看看。"邢昭衍说:"靖先生也会相面,我明天去找他。"女儿杏花扑到他的怀里说:"爹,我也去相面。"邢昭衍笑了:"你这么小,相面干啥?"杏花说:"相了面,擀面条吃呀。"邢昭衍笑道:"你这丫头,就知道吃。我去相的那个面,不能擀面条吃。"说罢结结实实在杏花额头亲了一口。邢昭衍太喜欢这孩子了,给孩子起名为杏花,是因为他忘不了卫礼贤翻译的那句诗,忘不了他与梭子在杏花树下的美好情景。

第二天凌晨,梭子早早去帮忙做饭。觅汉们来齐后去了厨房,邢昭衍听得清清楚楚,但他躺在床上不起。母亲来到门外叫他去吃,他说我不出海了,等会儿再吃。父亲拖着一串沉重的脚步,也来到他的窗前道:"舵儿你别闹别扭了,快起来吃饭。我再跟你说一遍,我没跟道士预先串通,如果真有那事,叫我猝死!"听父亲赌了咒,邢昭衍相信了,但他还是说:"道士胡说八道,我怎么能命中无船呢?我不信他的,我一定要排大船。"父亲在外边用烟锅在墙上梆梆敲了两下:"你呀你呀,不撞南墙不回头!"说罢离开。

觅汉们吃完饭走了,邢昭衍才起床去了厨房。里面只有冯嬷嬷和梭子在收拾碗筷,冯嬷嬷指着梭子说:"少东家,少奶奶的肚子都这么大了,我让她回去歇着她不听,伤着胎气可怎么办?你快跟老东家说说,别让她帮我了。"梭子却笑着摇头:"没事没事,孩子到我肚子里是板上钉钉,牢靠得很。杏花她爹,你坐下,我给你拿饭去。"说着就给他盛来一碗糊粥,拿来两块杂面锅贴。

邢昭衍吃完,洗脸梳头,而后穿一身崇明布裤褂,出门去了西街。立秋已过,晨风凉爽,街上有夜间落下的各种树叶,有早起挑水者洒下的一道道水渍。一些卖早饭的店铺已经开门,豆腐、豆脑、油条、馓子的香味飘满街巷。一些推车的"车户子"和赶牲口的,走了长长的夜路来到这里,把木轮车停在街边,将驴、骡或骆驼拴到树上,睡眼惺忪,打着哈欠吃饭。邢昭衍知道,他们来自西面的山区和平原,运来了鲁东南地区的各种特产。吃完饭,他们要交给商号,商号再装上大船,运往人多钱稠的南方,卖掉后再装上南方特产运回北方。这是一条物产的河流,也是一条金钱的河流。所以,凡是排船的人家,等到把船造成让它下水的时候,都叫作"下河"。他想,前几年我家"来昌顺"就在这条河流里游动,不幸的是它早早毁了,我必须再造大船,投入进去!

来到"康润堂",见靖先生正穿着白衣白裤在门前打太极拳,一条长长的白辫子随着他的动作飘飘悠悠,煞是好看。邢昭衍闻着店里飘出的中药味儿,忽然记起老辈人讲的那个"大白辫子"。

据说,当年有一群海盗,住在一个海岛上,经常趁黑夜登岸,打家劫舍。海盗头子在兄弟中排行老二,被人叫作"催命二郎"。官府上岛清剿过多次,却老是扑空,也不知海盗躲在哪里。年复一年,催命二郎积累下大量财富,也生下三个儿子。这一年,五岁的二儿子忽然得病,面色黧黑,骨瘦如柴,右肋疼痛,整天哭叫。催命二郎让人在黑夜里划着船，悄悄去陆地上请郎中诊治。请来一个，留住不放，见孩子依旧不好，再请一个。岛上羁押的郎中有五六个了，用过的药渣子也在海边撒出了一大片，孩子身体还是每况愈下。有个喽啰向他讲，马蹄所有一位郎中医术高明，绰号"大白辫子"，何不请他来看看？催命二郎立马派人请来。这位郎中有六十来岁，头发胡子都是白的，脑后拖一条白辫子，长相清奇。他来后见到孩子，望闻问切一番，摇头叹气：令郎火郁于肝，因先前用药不对，病情加剧，肝已腐烂成痈，为不治之症，鄙人无回春之力。催命二郎半天没有说话，而后命令部下与先前羁押的几位郎中齐聚大厅。他让人将儿子抱出来放在台子上，提一把快刀对郎中们讲：我儿患病半年，你们有的说病在胃，有的说病在脾，名贵药材用了个全，但我儿一直没有转机。今天大白辫子说，病在肝，且成不治之症。为了明辨是非，我现在与你们当面检验！说罢，一刀将儿子刺死，破膛开肚。把儿子的肝拿到手里，见那东西颜色焦黑，白脓外流。他说：我儿的肝果然溃烂，大白辫子高明，我让人送你回去，赠你银锭一船。另几位郎中误人不浅，我不放你们回家，去找龙王爷请罪吧！说罢，让手下将他们的头颅一一砍下，扔进大海。马蹄所的人都说，大白辫子就是靖先生的老祖。他过了五十岁也拖了一条大白辫子，医术十分高超，所城内外的十几个村，好多人都来找他看病，背后还是叫他老祖的诨名"大白辫子"。

　　正在遐想，"大白辫子"收住拳脚。邢昭衍向他鞠躬："先生早安。"先生微微一笑："一提先生来啦？有什么事情要提？"邢昭衍羞窘地咧一下嘴："我想请您相相面。""相面干啥？""我想排船。"靖先生将他的肩膀一搂："走，到店里说话。"

　　走进店里，二人隔一张桌子坐下。靖先生端起一把紫砂茶壶，衔着壶嘴喝了两口，说道："邢一提，我跟你讲，我是医生，不是相面先生。但是，医相同源，医生望闻问切，要尽量多了解病人的经历,久而久之,就从人的面相上看出一些门道。病由心生,相由心生,这都是相通的。"邢昭衍用殷切的目光瞧着他:"那您给我看看。"靖先生说:"您的面相我早就看过,非同一般,整个马蹄所找不出第二个。"邢昭衍听了这话大感意外:"先生,您……您跟我开玩笑吧?"先生摇摇头:"不,自打您从青岛回来,我就认定您不是等闲之辈。虽然从您这张方脸上,能看出性情急躁,不够沉稳,但您的眼神却露出笃定与霸气。您是到青岛读书两年多,有了一肚子学问、开阔的眼界,才有这般眼神的。"邢昭衍内心激动,脸上泛红:"谢谢先生夸奖。我肚子里哪有多少学问,再说,打鱼三年,已经把学到的那些东西忘得差不多了。您的意思是,我可以去排大船?"靖先生将手一挥:"尽管去排!您是做大事业的人,怎能整天在丈八船上耗费光阴?再者,眼下世道大变,影响到海上,您该应时而动。"邢昭衍说:"世道大变,我懂。革命党到处都是,朝廷风雨飘摇。但海上受到了什么影响?"先生再喝一口茶,指着有海的东方,一字一点:"火势日增,木消金生。"

邢昭衍不懂,眨巴着两眼问:"先生这话,是什么意思?"先生说:"船要换了,木船会越来越少,铁船会日益增多。您看那些轮船,烟囱越来越粗,烟火越来越盛……"邢昭衍说:"我明白了,您是讲了航运业的大势。不错,我在青岛看见,外国的轮船越来越多,都是用蒸汽动力,总有一天要取代以风驱动的木帆船。"靖先生说:"所以,您要看透这个海洋大势,争取早日成为轮船船主。"邢昭衍无奈地摇头:"可是,我现在连丈八船的船主都不是……"靖先生看着他,眼神炯炯:"您不是要排船吗?排一条大船,赚来大钱,就能买上轮船。"邢昭衍瞪大眼睛看着靖先生:"您是说,我可以排大船?"先生将邢昭衍放在桌面上的一只手抓住,猛地一握:"当然可以!"

告别靖先生走到街上,邢昭衍觉得热血沸腾,胸胆开张,很想找个地方大喊大叫。在所城里是不可以的,他抬头看见西南方向的朝牌山，决定到那里去。于是出西门，到了西江边上。这时潮水退去，背江的孙大腚正背一个老嬷嬷踩着稀泥过江。这个孙大腚三十多岁，长年在这里背江，背一个人要一文钱。邢昭衍当然不能叫他背，就脱掉鞋，挽挽裤腿走进泥滩。这烂泥有一尺多深，每走一步都很艰难。

费了好大工夫才过去，他薅一把草擦干净腿脚上的泥，穿上鞋向朝牌山奔去。那座山，马蹄所的人天天看到，出海的人更把它当作了地标，但真正登过山的人并不多，因为隔着西江，很不方便。再者，大多数人都忙于生计，没有那份闲情逸致。邢昭衍也没有去过，听大爷说，他年轻的时候去过一回，在山顶上看得很远。

邢昭衍沿着一条小路，穿过两个村庄，而后越过已经收了庄稼的田野来到山坡。前面是茂密的树林，多是松、槐、槲、柞之类。那些槲树，枝干斑驳，引起了他的注意。他端详一番明白了，这是被人剥了皮，拿去煮汁染篷布了。那些在海上御风的船帆，尽显赭红，都是槲树对大海的奉献。到了端午节，海边的妇女和孩子又来采槲叶包粽子，里面的米煮熟后也和篷帆同样颜色，味道奇香。邢昭衍对这种树满怀尊敬，每经过一棵都要摸一下它的伤处表示抚慰。

走出树林，见前面巨石累累，荆棘遍布，一丛丛山菊花在秋阳下展蕊散香。往上攀登，步履维艰，四肢的裸露处被酸枣刺划出道道血痕。爬着爬着，前面被高大的石壁挡住。他打量一下，见石壁呈长方形立着，便知道这就是在远处看到的"朝牌"。"朝牌"是过去大臣上朝拿着的笏板，上面可以写字记事。眼前这一块是谁用的？立在哪个皇上的面前？邢昭衍端详一番，发现"朝牌"上并没有字，只有大大小小的凹洼，长长短短的裂缝，鬼斧神工，令人费解。邢昭衍生出敬畏之心，久久瞻仰。

石壁旁边有一空当，几块大石头塞在里面。邢昭衍用力攀爬，汗流浃背。突然，凉风扑面，眼前现出青天，原来是到山顶了。

这里有一圈大大小小的石头，杂乱无章，中间却有一席之地，稍显平坦。邢昭衍坐下歇息，见石头上有摩崖石刻，或是几个字，或是一首诗，署名者有本地的历史名人，也有外地游客。看内容，多是抒发观海感受，字里行间都是赞叹。有一首七绝，是一个叫曲宏的福建举人在康熙年间写的，让他琢磨了一番：

海色
远观左海尽柔蓝
何料神奇染奥潭
似取千山栾叶萃
或溶万鲎血清涵

邢昭衍想，这位曲大人着眼于海的"柔蓝"，猜想是什么样的神奇颜料把海染成了这个样子。曲大人猜测，好像取自上千座山上的栾树叶，从中提取了蓝颜料，或者是将一万只鲎的血融在了一起。"鲎"是什么东西？它的血与大海的蓝色有什么联系？想起来了，礼贤书院的生物老师讲过，鲎是一种海洋生物，美洲有，亚洲也有，中国鲎生长在南海，样子像鳖。普通生物的血液是红色的，而鲎的血液却呈蓝色。邢昭衍当时听了觉得奇怪，就问老师这是怎么回事，老师说，可能是造物主特意设计的吧？邢昭衍心想，造物主为何这样设计呢？这与大海有什么联系？想了又想，终是不懂。

他的目光离开这首诗，走到那块"朝牌"的旁边看海。这一看，让他心醉神迷！他从小在海边长大，在青岛读书也时常看海，这几年更是整天出海捕鱼，但他从来没看到海是这样大，这样蓝。他想起庄子讲的"大块"，心想，这就是地球上的蓝色"大块"了。这里是黄海的一部分，也是太平洋的一部分。太平洋又与印度洋、大西洋、北冰洋连通，让地球的大部分都成为蓝色。

再看海岸线这边，是田野，是群山，是黄绿相间的另一个"大块"。马蹄所这只巨大的马蹄，则昭示着陆地生灵的止步之处，邢姓始祖邢准千总的止步之处。再往前走，只能靠舟船之便了。舟船，从小到大，从木头到金属，从人力船、风力船到蒸汽船，载着人类往海洋里越走越远。中国人，已经落在了后面。

优胜劣汰，海洋里的竞争也是如此。中国人必须急起直追！我邢昭衍，今生今世就做这件事情了，我的全部事业，必须浸染在这广阔无边的柔蓝之中了！

他紧紧抱住那块"朝牌"，好似向天发誓，向海发誓。

静默片刻，他觉得满腔激情撞上喉头，就开口喊起了"撑篙号"。"咳哟——""嘿哟——"声震山海，酣畅淋漓。他手中仿佛握着一根长篙，一下下使出全身力气撑动，脚下的山便成了大船，缓缓移动，驶向柔蓝……

回到家，他向父亲讲，已经找靖先生相过面，先生让他去排大船。父亲说："我也给你相了面，你是牛头马面！那个牛头，是因为生前不孝父母，死后才和马面一块给阎王当走卒的。我的话你不听，一意孤行，跟我闹着分家，你就是个不孝之子，就是个牛头！好好好，分就分罢！我去找你大爷主事，明天就分！"

他去与哥哥邢泰秋商量一番，第二天找来几个证人，把家分了。结果是：两进院子一分为二，老子住后面，儿子住前面；土地三十八亩，老子一半，儿子一半；两条丈八船归老子，老子付给儿子儿媳这几年的工钱。老子儿子均无异议，待邢泰秋写成文书，当事人与证人一一签字并摁上手印。

当天下午，邢泰稔骑驴带儿子去认地。走到马蹄所西北、卧虎山南，他指着三块地说，这些总共五亩四分八厘，说罢从怀里掏出一张发黄变色的地契给儿子，老泪纵横："这是你爷爷四十二年前置下的，他不舍得吃不舍得穿，才拿到这张地契。今天成你的了，明天成别人的了……"说罢，他蹲下身去，抚摸着地皮，捻动着土粒说，"我真是舍不得，舍不得呀……有句老话：'千年田地八百主，田是主人人是客'，我爹，我，我儿子，都是客，都是客呀……"说罢，坐在地上挥泪大哭。

邢昭衍理解爹的心情，被爹的情绪感染，也泪流满面。他蹲下身去，抚摸着爹的肩膀说："爹，咱们又不是让穷逼得卖地，是为了做更大的事业。"爹将他的手猛一推："什么事业？卖了刮金板，去买水上漂！你的胆子也太大了！我真是担心你呀，柏道长说了，你命中无船……"邢昭衍说："爹，你甭听道长的，他没给我相面，纯属信口开河。"

一个在不远处放牛的中年人急匆匆走来："这不是老东家吗？您怎么来啦？"邢泰稔抹泪道："张二镰，我不是你的东家了，我儿子才是。他也当不了几天的东家，你马上就有新的东家了。"张二镰满脸惊慌："您这是要卖地？"邢昭衍点点头："是。我们爷儿俩分家了，这地成了我的。但是我排大船，钱不够，只好卖掉。"张二镰突然跪下，向邢昭衍磕了个头："少东家，求求您，您跟下一个东家说说，叫我继续种这几块地行不？我要是没地种了，我老娘，我老婆孩子，都得饿肚子，得拿着棍子去要饭……"邢昭衍一下子呆住。他没想到，卖地这事还牵涉到一家佃户的生计，就说："好吧，我卖地的时候，把你说的这事当作一个条件。"张二镰再磕一个头，起身后千恩万谢。

转了三个村，把十九亩全部指认完毕，邢昭衍把父亲送回家，接着去康润堂向靖先生说了卖地的事情。靖先生说，好，我跟人说说，叫那些想买地的人知道这事。

当天晚上，到邢家买地的人挤满了前院堂屋。邢昭衍将保留佃户的耕种权作为条件，与他们讨价还价，最后与五户成交。第二天指认完毕，并去县衙门办理过户手续。扣除必须交的税费和衙役、师爷索要的几份钱,最后落下银圆五百一十六块。

分了家,卖完地,邢昭衍将前院正房收拾一番,打算与媳妇、孩子搬进去。但是梭子不同意,说咱们住西堂屋就行,正房还是留给你待客谈生意。邢昭衍见她如此懂事明理,心情愉悦,遂将原来魏总管住的西堂屋当作了住室。

儿子一家搬走后,邢泰稔请来几个泥瓦匠到他家扒新门。新门开在后院的东南角,门外就是南北大街。盖了青瓦覆顶的门楼,安上从木匠铺买来的大门,邢泰稔又让匠人在前后院之间垒一道墙。然而吴氏坚决反对,说两个院子不能隔开,隔开了看孙子不方便。邢泰稔看一眼儿媳妇的大肚子,没再坚持。

一个月后,梭子生下一个男孩。

第八章

邢大斧头是马蹄所最有名的排船工头,年过半百,斧头耍得溜,什么样的构件都能精准快速地砍出来。邢昭衍买来一坛子好酒抱着,上门去请他当工头。邢大斧抽动着蒜头鼻子先闻闻酒香,而后让邢昭衍给他写下生辰八字。他看后掐算一番,点头道:"中,咱爷俩的八字相合,我给你排!"邢昭衍有些吃惊:"大爷爷,你会看八字?"邢大斧头一笑:"看过算命的书,稍懂一点。你排船是大事,比盖屋起楼还重要,我得为你着想。不光你,凡是找我排船的,如果八字与我的相冲,给的工钱再多我也不接。"邢昭衍向他竖起大拇指道:"大斧头爷爷,怪不得你大名鼎鼎!"

邢大斧头带邢昭衍去了西江东岸。这里有个随潮汐盈缩的烂泥滩,泥滩之上是稍稍倾斜的大坡,长满了齐腰高的蓬蓬草,最高处还有一排破草房。邢大斧头说,这是排大船的好地方,我在这里已经排了六七条黄花船了。你这一条,现在备料,过了重阳开工,明年清明前后完工,四月就可以去南洋打黄花鱼。邢昭衍说,好,就按你说的办。邢大斧头又说,排黄花船,一半以上的木料要用福杉,就是福建产的杉木,应该到上海买,那里有个很大的木料市。邢昭衍说,那咱们去买。邢大斧头说,我打听一下,如果有去南方的船,咱俩跟着。

第二天早晨,邢大斧头去告诉邢昭衍,后天"顺达"号去上海,回头可以捎木料。邢昭衍忽然想起,"顺达"号是聚福商号的,聚福商号是陈家的,陈家二儿子陈运通则是樊四妮的丈夫,坐这船去进料合适吗?转念又想,我付给他们运费,是互惠互利的事儿,怕什么?于是答应下来,问需要准备多少钱,邢大斧头说,准备三百块大洋吧。这船来回二十多天,你把家里的事情安排一下。邢大斧头走后,他跟梭子说这事,梭子一边哄孩子睡觉一边说,你去吧,家里有杏花她奶奶,还有筹子。

到了出门的日子,邢昭衍早早去了前海。他背着一个铺盖卷儿,从外面看是一床被子,里面是一个十几斤重的钱袋子。顺达号正停在离岸半里远的水中,有两条"驳摇"小船给它上货。岸边有一堆劈猪,一些苦力正往小船上扛。他们身披麻袋片,弯下腰去,让别人将劈成两半仅靠脊背皮连在一起的无头猪抬到背上,然后一步步走进水中,扛上小船。

有个人站在水边发码子,苦力背着劈猪到他跟前,他就给那人脖子上挂一个用细绳串起的小竹片。邢昭衍站在那里看,有一只无头猪到了他的面前。他正诧异,猪脖子下面露出了他小舅子碌碡的脸,脸下挂了一串码子,相互撞击发出脆响。碌碡问:"姐夫,听说你要去南方买木料排大船?"邢昭衍说:"是。"碌碡说:"等你排出来,我跟你老丈人给你上货!"邢昭衍把眼一瞪:"有你这样说话的吗?"碌碡说:"反正你得用俺爷儿俩。你答应不答应?"邢昭衍说:"好吧,我答应。"碌碡愉快地喊一声:"好姐夫!"而后将脊梁猛然耸动一下,两扇猪肉悬空欲飞,却又马上落到他的背上,让他驮着去了水边。邢昭衍看到,他岳父小嫩肩正往另一条驳摇上扛麻袋,上身与腿弯成了直角,让他看了心里难受。

"是人不是人,都想排大船!"那个发码子的人,将手里还没发出的一些悠悠甩动,大声说出这话。说完这话一转脸,邢昭衍便看见了他脸上的那只蛤蜊眼。邢昭衍明白,陈运通这是骂我。我要了梭子没要樊四妮，就不是人了？你要了樊四妮，捡了个便宜，怎么能恨我骂我呢？你是担心我排出大船，抢了你家生意吧？商场如战场，谁强谁就行，到时候让你看看我的厉害！他在心里发狠，却一声不吭。

邢大斧头来了，也背着一个铺盖卷儿。二人坐上那条装满了劈猪的"驳摇"，让艄公摇着去了"顺达"号船边，踩着一架木梯上去。邢昭衍抬头看看，五根桅杆直插云天，气势非凡。邢大斧头喊："望天晌！望天晌！"邢昭衍早就听说"顺达"号的老大姓王，是从城南二十里的王家湾请来的，因为上眼皮耷拉下来，看什么都要仰起脸像看正午的日头一样，所以得了个绰号"望天晌"。

从天篷里走出一个黄脸少须的中年人，大幅度仰脸说话："大斧头来啦？"邢大斧头向他介绍邢昭衍，说这是邢泰稔家的孩子，要排大船，去上海进料。邢昭衍向他鞠躬道："请老大多多照顾。"望天晌看他时也仰着脸，从两道细眼缝里射出犀利的目光："大少爷甭客气，幸会！到天篷里歇着吧。"

二人走进天篷的雕花门，坐下喝茶。邢昭衍打量一下，发现里面比两间屋还大，中间放了一张八仙桌，周围一圈椅子，旁边有两个舱室。他想起自家毁了的"来昌顺"，心想，五桅船就是比四桅船排场。

邢大斧头喝下两碗茶，带着邢昭衍走出去，说这船是他前年排的，让大孙子看看他的手艺。从船尾开始，他们先进了二老大和几个船工住的后大舱，向后壁上挂的娘娘龛子拜了拜，接着上来，看做饭的伙舱、差不多装满了货的四个货舱、装沙泥用作平衡的太平舱、装水的水舱、盛木柴的二头舱、大船头和二船头住的下浪头舱、普通船工住的上浪头舱。站到船头，邢大斧头讲，这是马蹄所最大的黄花船，能载五千六百饼。邢昭衍知道，过去鲁东南一带种豆子多，榨出油来，豆饼多是运往长江口两岸，那里的人买去做肥料。

久而久之,"饼"就成了船的载重单位。一个豆饼三十六斤,五千饼大约是一百吨。邢大斧头向他讲完,满脸豪气:"大孙子,这是个大家伙吧?"邢昭衍点头道:"嗯,是个大家伙。"邢大斧头说:"你要想占第一,我给你排个能载六千饼的。"邢昭衍说:"不用,排更大的,我没有那么多钱。"

一个抱着算盘和账本的年轻人走过来,邢大斧头叫他童掌柜。童掌柜问他俩入不入伙,如果入伙就拿点伙食费。邢大斧头说,不用,我带了煎饼。邢昭衍想,还是入伙吧,让大斧头爷爷吃好。就问童掌柜交多少,童掌柜说,先交两块,多退少补。邢昭衍就从衣兜里掏出两块大洋给他。

货上齐了,望天晌下令拔锚开船。邢昭衍站在甲板上,用心观察老大和船工们的一举一动。他看见,望天晌站在天篷门口将脸高高扬起,有时下巴高过了眼睛,但他发出的每一项指令都十分精准。大船离开前海,将五个大篷全都升起,望天晌发令:"东南头!"在船尾掌舵的二老大喊一声"好",立即扳舵杆、扯篷索。跑一会儿,望天晌又喊:"调档!西南头!"二老大再喊一声"好",操纵大船往西南方向跑去。邢昭衍明白,因为逆风行走,望天晌让船走了个大大的"之"字。一个个"之"字走下来,马蹄所看不到了,朝牌山也看不到了。

走到下午,海上起雾,越来越浓。望天晌下令敲锣,一个小伙计就从上浪头舱拎出一面大铜锣,"当"地敲一声,片刻后再敲一声,接连不断。邢昭衍听见,远处也传来锣声。望天晌听了听,说不碍事,尽管走。邢昭衍站在船边看着让人分不清东西南北的弥天大雾,不由得心生恐惧,抬手抓挠辫子根儿。邢大斧头走过来扯一把他的辫子:"大孙子不用害怕,望天晌当了多年老大,从没出过事。"邢昭衍听他这样说,对望天晌心生崇敬,便到天篷里恭恭敬敬给他倒茶。看到他闲下来,问他雾天行船靠什么,望天晌微微一笑,展开双臂，伸出舌头。看着那条暗紫色的舌头，邢昭衍摇头笑道："不明白。"望天晌收回胳膊与舌头："不明白就不明白吧，你这个东家，不用知道那么多。"听他这样说，邢昭衍只好不问，恭恭敬敬给他续水。

伙夫端来四盘小菜和一盆豆腐熬白菜，望天晌让邢大斧头和邢昭衍一起吃。邢大斧头说，老大，你跟掌柜的在这里吃，我俩去伙舱。望天晌却不许，说你俩是尊贵客人，一定要在这里吃。邢昭衍说一声"恭敬不如从命"，便坐到了八仙桌旁。他看见，望天晌即使用筷子夹菜，也要仰起脸，心想老天真不公平，给了老大一双好眼，却让他用眼的时候多费劲儿。

吃着吃着，天篷里暗了下来，童掌柜将桌子上方挂着的马灯取下来，划火点亮。邢昭衍想，顺达船就是洋气，从国外传来不久的马灯也用上了。这灯真好，既挡风又明亮，等我排出大船，也用马灯。

吃过饭，童掌柜让他们去后大舱歇息，二人提着铺盖，从天篷后门去了。船尾舵楼子里面也挂起一盏马灯，马灯下面坐着掌舵的二老大。二老大指了指后大舱的舱口，他们便踩着梯子下去。邢昭衍划一根火柴照明，发现里面有一张单铺、一个大铺，此时大铺已经睡下两个伙计，他俩就到空当里躺下。身体劳累，加上船行平稳，邢昭衍很快睡熟。

后来让尿憋醒，他起身出舱，听见船头的锣声还是接连不停。老大望天晌手提马灯站在船边，看一个伙计从水里往外扯绳子。邢昭衍来到右后侧的厕所，撒完尿去老大那里看，见伙计已经扯出一个铁砣子，看看绳子向老大报告："六庹多一点。"老大"唔"一声，伸手抹一点铁砣子上沾的泥，放到嘴里尝尝，扭头向船尾的二老大喊："还是东南头！"

望天晌走进天篷，邢昭衍到舵楼子与二老大说话。他问这会儿不顶风不走"之"字了，为何还是一直往东南走？二老大手握舵把子,一边抽烟一边说,为了躲开"黄河尖"。邢昭衍问,什么是黄河尖?二老大说,以前黄河夺淮河入海,带来泥沙,六七百年以来在海里堆起了一道道沙岭,藏在水下看不见,是行船的拦路虎。有句老话讲,"宁走天边,不走黄河尖"。邢昭衍说,明白了。他又问二老大,在这大雾天里掌握方向,靠的是什么?二老大从怀里掏出一个圆圆的东西向他晃一晃。邢昭衍认得,这是罗经。他接过看看,这个罗经有防水玻璃盖,盘面有英文,是进口货。想到自家"来昌顺"的纪老大用的罗经是老祖宗传下的那种,上面有天干地支,又大又重,不禁感叹顺达船的装备精良。邢昭衍又问,老大量水尝泥,就能知道船到了哪里?二老大说,当然啦,从东北大连到福建厦门,每一段海路的深浅,海泥的滋味,老大都很清楚,等于心里装了一张海图。每到夜间和大雾天,望不见日月星辰、陆地上的山岭了,他就用这张海图。邢昭衍听了佩服不已,心想,他那双眼睛,不只是望天晌,也看透了海底的奥秘。于是感叹:"他真是老大中的老大!"

二老大自豪地道:"那当然,他是公鸡打鸣,要打完的时候生出来的。"邢昭衍不明白,二老大就给他讲,海边人家如果有男孩出生,在"勾勾喽"的鸡叫声里落草,他长大之后就会是个船老大。那只大公鸡叫出"勾勾"之后,将脖子压低、前伸,终于唱完那一声"喽",再把脖子仰起、把头抬起,如果这个时候有男孩出生,他就是船老大里拔尖的。他的表哥,恰巧生在"勾勾喽"的最后一刻。邢昭衍听了大笑,说这有道理吗?二老大认真地道:你甭管有没有道理,反正我表哥就是这样的,成了响当当的望天晌,老大中的老大。邢昭衍还是不相信这个说法,但对望天晌的敬佩是发自内心的。

说了一会儿话,邢昭衍回去睡觉,睡到早上出去看看,还是大雾迷蒙。问问二老大,还是向东南走。他想,为了躲黄河尖,真是要走天边了。一直到了晚上,老大才下令往南走。这一走,便是五天五夜,大雾始终没散。又到了早晨,望天晌向二老大喊了个"西南头",雾才慢慢变淡。等到海上一片澄明时,西面方向的天海之间出现了一道黑影。他问望天晌,那是哪里,望天晌说:"是您要去的地方呀!"接着开口唱了起来:"风萧萧,雾绕绕,破帆渔舟随浪漂。哎咳哎咳哟,哎哟,哎哟,渔歌虽好难成调……"邢昭衍听得出,他唱的是海云湾渔民喜欢唱的"满江红"小曲,因为嗓子有点破,让人听出了伤感与苍凉。

那道黑影慢慢变粗,却断开成为两截,就像卦象的阳爻变阴爻。邢大斧头走出来看看说,到长江口了。望天晌指挥手下调整篷帆,船一会儿就进去了。再走半天,到了吴淞口,驶入黄浦江。

邢昭衍感觉自己来到了一个新的天地。他在青岛见识过在胶州湾出出进进的各类船只,但是远不如这里密集。只见江中船来船往,而且有许多外国的大轮船,冒出的黑烟遮天蔽日。他乘坐的五桅大船,在马蹄所觉得是"大家伙",到了黄浦江就是"小不点"了。再看岸边,码头一个接一个,停满了大大小小的船只,或装货或卸货,或上客或下客。有一个木质码头臭气熏天,大斧头爷爷捂起了鼻子说:"这是粪码头。"邢昭衍仔细看看,码头上果然有大片粪桶,正往小船上装。再看岸上,有平房,有楼房。到了一个繁华地段,楼房高低错落,风格多样。邢大斧头指点着道,这是外滩。

再往上走,有许多货运码头,童掌柜指着其中一个,让船过去停靠。而后他率先上岸,与一个穿长衫的中年人说了几句,转身向船上喊:"老大,马上卸货!"望天晌对邢大斧头和邢昭衍说:"你俩去买木料吧,买好了回来找我。"邢大斧头答应一声,让邢昭衍把钱带好。邢昭衍早已将带来的大洋分作两份,一份装进钱褡子搭在肩头,一份装进钱袋子掖到褂襟里面。

二人下船,捡人少的空当走路。刚走上马路,便听到路边有女人喊:"北方来的哥哥!"邢昭衍扭头一看,只见一家旅店门口有两个涂脂抹粉的姑娘向他招手。他在青岛逛街时见过这类女人,便扭过头去继续走路。邢大斧头小声说："大孙子，等到买上木料，你想玩就去玩玩！"邢昭衍说："我怎么能去那种地方？"邢大斧头一笑："人不风流枉少年。我要是像你这么年幼，早就去了。"邢昭衍也笑了："大爷爷，你人老心不老，厉害！"

　　走了一会儿，只见前面木头堆积如山。邢大斧头说，木料市到了。邢昭衍走进去，觉得木料香味儿扑面而来，让他精神一振。他跟着邢大斧头四处察看，见木头有长有短，有粗有细，同一规格同一树种的放在一起，似乎应有尽有，不由得感叹上海真是个大码头，什么东西都是如此充足。邢大斧头转转悠悠，与卖家讨价还价，用六十块大洋买下了做桅杆的五根福杉，又从另一处选定用作船上其他部件的柳桉木。卖家点了点，算了算，要三百大洋。邢昭衍说我钱不够，你便宜一些，跟他一再砍价，终于以二百六成交。邢大斧头叫来几个搬运工人，用平车一趟趟拉到了木材专用码头旁边。邢昭衍去告诉望天晌，木料已经买了。望天晌说，好，明天一早过去装船。邢昭衍把二人的铺盖背来，顺便到路边商铺买了酒肉和三盏马灯。回到木材码头，他让大斧头爷爷吃饱喝足睡下，他抖擞精神，坐在木料堆上守了一夜。

　　第二天把木料装上，就往回走。船出长江口，海天俱蓝。顺达号篷帆高挂，日夜兼程。第三天傍晚，邢昭衍独自坐在木料堆上看夕阳，盘算着回去的事情，望天晌走过来，坐到他的身边。他与邢昭衍闲谈几句，仰起脸看着他问："来年你就排出大船了，找老大了没有？"邢昭衍摇摇头："还没有。"望天晌低声道："我给你干，中不中？"邢昭衍没想到他会这么说，吃惊地看着他："怎么，你不愿在陈家干啦？"望天晌点点头："不愿干了，东家大船钉把我当成个老觅汉，不给我好脸色，也不给我开足工钱。咱们这几天待在一块，我看出你这人心善，知道尊重人，我愿意到你船上。"邢昭衍惊喜地道："好呀，您这样的高明老大，我求之不得。您来我船上，工钱不会比别人少。可是,大船钉能放你?"望天晌说:"我干到年底辞工,就说家里爹娘老了没人伺候。等到来年你排出新船找我,中不中?"邢昭衍兴奋地说:"中!"望天晌的两道细眼缝里放出光亮:"一言为定?""一言为定!"望天晌嘱咐道:"你可不能走漏了风声。""您放心,这事不会有第三个人知道。"

望天晌起身在船上溜达一个来回,进了天篷。邢昭衍坐在那里,看着满天红霞心花怒放。他万万没有想到,这次上海之行,不只是采购了木料,还找到了老大。有这么出众的人当老大,真是幸运。

回到马蹄所,是第十天的半夜。因为没法卸船,就停在海里等待天亮。望天晌让伙计把船上的小舢板放下去,送邢大斧头和邢昭衍上岸。阴天无月,海上漆黑,唯有龙神庙里有灯亮着。他们以此为目标前行,终于抵达海滩。进所城后,邢昭衍与邢大斧头分手时约定,明天一早就去雇人卸木头,抬到西江边上。

邢昭衍回到家,拍两下门板,院子里响起了脚步声。等到大门打开,他进去小声叫了一声"梭子",关门后却被梭子突然抱住。邢昭衍立马冲动地亲她,梭子热烈响应,将身体紧紧贴上来。屋里有人问:"是你姐夫回来了吧?"邢昭衍这才知道怀里抱的是小姨子,急忙推开她低声道:"你怎么在这里?""俺姐叫俺跟她做伴。""你是来开门的,怎么能冒充你姐?"箩子说:"俺姐正坐月子,俺就不能替替她?"邢昭衍说:"不行,别胡闹!"说罢走向屋里。

梭子披着衣裳坐在床上,正给孩子喂奶。邢昭衍平复一下心情,端过灯去看儿子,儿子停止吸奶看爹,一双小眼睛闪闪发亮。邢昭衍心中感动,叫道:"大船。"儿子竟然冲他一笑。这一笑,让邢昭衍掉下泪来。梭子问:"你刚才叫他什么?""大船。""你给他起的名?""嗯,我在大船上来来回回十多天,心里老想着咱家也要有大船了,就给咱儿子起了这么个小名。"梭子说:"好,就叫大船!大船,大船……"她一边叫着一边亲。邢昭衍又端灯去看杏花,见杏花睡得正香，小脸红扑扑的，就俯身亲了一口。箩子在他身后说："姐夫，你累了吧，快上床睡吧。"邢昭衍问："你到哪里睡？"箩子做个鬼脸："我也在这床上呀，咱们俩又不是头一回在一块儿睡。"邢昭衍红着脸说："哪壶不开你提哪把！你们睡吧，我到后院。"

他转身出屋，去了后院。他想不打扰爹娘，直接去西堂屋，不料正房里传出了爹的问话："舵儿回来了？"邢昭衍急忙说："爹，我回来了。""办好啦？""爹，都办好了。""噢，你去睡吧。"邢昭衍便去了西堂屋。他到床上摸摸，有被子褥子铺在那里，便知道是娘给他准备的，于是脱鞋上床。

躺到被窝里，感觉箩子还在他怀里，小嘴甜甜地亲他。"人不风流枉少年"，想起邢大斧头这句话，他周身发烧，一处发硬。但他又想起了卫礼贤先生讲的星空与道德律，又谴责自己不讲道德，经不起小姨子的引诱。他想，与梭子姐妹俩同床，那是一次荒唐，如果真把姐妹俩都占了，我就是十恶不赦的混蛋了。于是收束念头，强制自己入睡。

第二天将木料卸下，运到西江东岸。邢大斧头把那里的几间破草房收拾一下，用麦穰打了个地铺。邢昭衍回家抱来铺盖，打算夜间在这里睡。邢大斧头指着他从家里带来的一支猎枪说："我在这里就行，有这杆洋炮，小蟊贼不敢过来！"邢昭衍却说："我在这里陪你。"邢大斧头把眼一瞪："大孙子，你是怕我偷木料吗？"邢昭衍说："不是，我媳妇还没出月子……"邢大斧头哈哈大笑："明白了，你小子守得住。我可不像你，当年你大奶奶头一回坐月子，我才叫她歇了三天！"

接下来的日子里，邢大斧头带两个徒弟到西边山区买本地杂木，将槐木、榆木、柏木、柳木等等买来许多。排船要用三类匠人：木匠、铁匠、艌匠。邢大斧头将所需要的匠人一个个约好，动工以后召之即来。邢昭衍一直住在这里，随时和大斧头商量事情。等到儿子满月,他让母亲张罗了一桌酒席,请几位长辈和邢大斧头吃喝一通。邢大斧头喝高了,临走时对邢昭衍嚷嚷:"大孙子,从今往后你不用看摊了,就在家里住吧!"

这天晚上,邢昭衍去西堂屋对箩子说:"他姨,谢谢你这些天过来帮忙。你姐已经满月了,你回家吧。"梭子也说:"你这些天也累坏了,回去歇歇,我再用着你,就叫你过来。"箩子点点头,鼓突着小嘴走了。

好不容易等到两个孩子都睡下,夫妻二人才亲热了一番。停歇下来,梭子问排船的事到了什么地步,邢昭衍说,料备得差不多了,过了重阳就开工,但是钱不够,估计缺一半。梭子说,哎哟,这可怎么办?邢昭衍说,我明天到咱姐家问问,跟她家借一些。

第二天,邢昭衍早早上路,去了海瞰城西五里铺。走近姐姐家院门,见门两边靠墙斜立着许多荻箔,上面晒着一张张圆溜溜的粉皮。进院一看,几个人正在西墙边的大灶旁边忙活,一个半大小子烧火,把风箱拉得又急又响,锅里的开水热气腾腾,姐夫正站在锅边下粉皮。姐姐抱着孩子站在堂屋门口,见弟弟来了喜出望外:"哎呀,他舅来啦?"姐夫住下手,瞅着小舅子笑:"你这个大船东,怎么有空到俺家呀?"邢昭衍跟他开玩笑:"跟你学学怎么做粉皮。"姐夫说:"好呀,我收下你这个徒弟。你看着,就这样,这样……"他舀一勺淀粉汤,放进被沸水浮起的铜镟子里,捏着镟子两边猛地一转,淀粉汤就均匀地跑到周边,有一些被烙熟,固定在镟子底上。有一些多余的回流到中心凹处,姐夫再转一下镟子,它们又往周边跑,但因为少,马上固定下来,成为一朵散着瓣儿的白菊花。邢昭衍由衷赞叹:"你这手艺真厉害!"姐夫说:"一行有一行的门道,就像你打鱼,学问不是更大?"说着,他用拇指指甲在镟子边上划一圈,将已经熟了的粉皮揭下,铺在了旁边的荻箔上。他对旁边一个老头说:"叔,你来替我,我去跟小孩他舅说话。"

邢昭衍跟着姐夫进屋，姐姐给他倒来一碗茶水，问他孩子长得怎么样，邢昭衍说挺好，一天比一天硬棒。姐姐又问他，船排得怎么样了，邢昭衍说，料备得差不多了，就差钱了。于嘉年瞅着小舅子说："听说天下要大乱了，你还弄这事……"邢昭衍一惊："天下大乱？谁说的？"于嘉年说："吕家山俺表姨父说的。""你表姨夫听谁说的？"于嘉年说："他昨天到县城喝朋友的喜酒，朋友是给儿子提前办喜事，说有高人指点，明年天下大乱，孩子早点娶亲为好。表姨夫回吕家山，顺路到我家说，也想赶紧给二儿子办喜事。"邢昭衍的心有点乱，因为姐夫的表姨夫就是石榴的公公，姐姐去年当媒人定下的。吕家山虽然远，石榴却愿意，说山里比海里风险小。邢昭衍问姐姐："这就是说，咱妹妹马上要出嫁啦？"姐姐说："嗯，吕家要早点娶，就答应他们吧。石榴已经十八了，不小了。"

姐姐要去做饭，邢昭衍不让，说马上回去。说罢他咂了几下牙花子，说出了来这里的目的："姐夫，我排船，钱不够，今天来跟你借一点。"姐夫低头掰了一会儿指头，吧嗒几下薄薄的嘴唇说："他舅，我还是觉得，眼看天下大乱了，你还弄这大事，真是有点儿悬。不过你既然来了，我也不能叫你空手回去，你要多少？"邢昭衍说："借我三百五百行不？"姐夫立即摆手："太多了太多了，我哪有那么多？借你二百吧，是我开了十几年粉坊才攒下，打算置几亩地的，只是没找到卖地的主儿。"邢昭衍说："好吧，那就二百，等我赚了钱，立马还你。"

姐夫起身，去里屋关上门，好半天才抱着一个沾了泥土的瓷坛子出来。他揭开盖儿，让邢昭衍数一数，邢昭衍说，不用数，你说二百就是二百，我写一张借条给你。姐夫说，自家人写什么借条。他找来一个柳条笸子，把银圆哗啦哗啦倒进去，又让媳妇拿一些小米盖上，上面再放上一捆粉条。姐姐说，你回去把这粉条给咱爹娘分一半。邢昭衍答应一声，挎起笸子向他们告辞。

回到家，他把粉条全都拿着去了后院，对父母说，是姐姐捎来的，又说了他向姐姐家借钱的事。父亲听了默不作声，母亲告诉他，今天媒人来了，说吕家要石榴过门，日子定在十月十六。邢昭衍说，我听姐夫说了他表姨父的意思，十月十六，时间挺紧，要赶快准备。他向坐在一边的石榴说："如果需要帮忙，就叫你嫂子过来。"石榴把小脸一扬："我又不用渔网作嫁妆，她能帮什么忙？"邢昭衍指着她说："石榴呀石榴，你快离开咱家了，就不能对你嫂子好一点儿？"石榴说："有你对她好就行啦！"邢昭衍嘿嘿无言，回到前院跟梭子说这事，梭子笑了："不用我帮忙更好，我更有工夫伺候咱的大船！"说罢，将儿子的脸蛋亲了又亲。

邢昭衍还是把心思放在筹钱上。他盘算了一番，决定找大爷邢泰秋试试。大爷有两条丈八船，这些年也没置地，应该有些积蓄。但他又想到，当年父亲排大船，大爷曾经极力阻止，"来昌顺"出事后他又数落弟弟，显示自己的先见之明。我要排大船，他就能借钱相助？邢昭衍觉得有点悬，但想来想去，觉得除了大爷，再没有可以借钱的亲友，就在一个早晨硬着头皮去了。

大爷见侄子来了，直接问他排船的事怎么样了。邢昭衍说："大爷，我想赶紧开工，可是缺钱。"大爷一笑："你肯定缺钱，你把地卖光，也造不出一个船壳子。"邢昭衍点点头："大爷您说得一点不假，我正为这事犯愁。"大爷说："舵儿，你不用犯愁，我帮帮你。"邢昭衍面现喜色："谢谢大爷，您能帮我多少？"大爷说："一百吊，行不行？"邢昭衍立即跪下磕一个头："谢谢大爷！"大爷说："不用谢，你答应我一件事，我就叫你三个兄弟把钱送给你。"邢昭衍起身问："大爷您说，什么事？"大爷搓了搓下巴颏，说出了他的条件："你把大船排出来，叫三筐打下手，学着做买卖，行不？"邢昭衍想，以后大船造出来，是要有一个掌柜的。三筐大名昭光，脑瓜也灵光，上过私塾，会打算盘，可以让他干，于是点头："行啊大爷，我也正想找个跟船管账的。"三筐此时从里屋走出来，满脸堆笑："谢谢三哥。"邢昭衍说："四弟不用客气，一家人不说两家话。"堂兄弟排行，邢昭衍比邢昭光大，所以叫他四弟。

回到家说这事，梭子道："大爷借钱给咱，帮了咱的大忙。可是他叫小四给咱当掌柜的，我不放心。"邢昭衍说："为什么不放心？"梭子说："他爱瞅女人。"邢昭衍嘻嘻一笑："这个年龄的青年，哪个不爱瞅女人？我不就是瞅上了你，才把你娶到家？"梭子说："你跟他不一样。"邢昭衍说："试试吧。大爷借给咱这么多钱，我能不答应他提的条件？"

当天晚上，大爷让三个儿子趁黑夜把钱送来了，一人挑两大筐铜钱。邢昭衍说："一吊钱将近九斤，一百吊将近九百斤。你们一人挑三百斤，真有劲！"大筐放下扁担豪迈地说："常年担网挑鱼，练出来了。"三筐说："三哥，你数一数吧。"邢昭衍说："不用数，不用数。"他引导这兄弟三个，把钱挑到西厢房，一串串拎起，堆放到墙角。

兄弟三个挑着空筐走后，梭子抱着儿子走进来，拎起一串说："一吊是一千，大爷家能攒这么多！"邢昭衍说："都是他们兄弟几个打鱼挣的。"梭子说："风里来雨里去，真不容易。"这时，大船突然剧烈咳嗽，邢昭衍说："这是叫铜锈呛得，你抱他出去。"梭子就抱着儿子走了。

九月初十，大船开工。邢大斧头让邢昭衍买两挂鞭放了，他带着十几个木匠开始做大件。俗语道："旱木匠靠锯、刨、凿，水木匠靠斧、锯、锛。"因为船上的构件大多有弯，斧头就成为首选工具。邢大斧头亲自砍龙骨，与一个徒弟"对斧"，一人一把斧头，面对面站着，同砍一处，一人一下。"乓、啪，乓、啪"，节奏均匀，木屑飞舞，引得许多人观看。邢昭衍看了心想，大斧头爷爷真是名不虚传。虽然造船的钱还没筹足，但他给了两个伙夫充足的菜金，嘱咐他们一定要让匠人们吃好喝好。匠人们觉得待遇不错，干活卖力，一个月后大件造齐，隆重"上墩"。忙活几天，大船的骨架组装起来，巍然矗立于江边。

石榴出嫁的日子到了。马蹄所离吕家山有五十多里，邢昭衍和父母商定，四更吃饭，五更发轿。八人抬的轿子后面，跟着邢昭衍和他大爷两位"大客"和十个压轿的男孩，再后面是小伙子们抬着的"八大件"嫁妆。走上七八里，就歇一会儿再走。穿过县城，走过五里铺，沿着去沭水县的大路再走三十里，改走小路进山。押车的孩子走得磕磕绊绊，邢昭衍的一个小堂侄嘟哝："这是什么熊路！俺二姑在海边找个婆家有多好，非要到这里跟着山杠子！"

翻过七八道山梁，越过六七道山沟，吕家山终于到了。村子坐落在一面山坡上，村前早有许多人迎候，一老一少与邢家"大客"见面。一个白脸青年自我介绍说，他是新郎的大哥，叫吕信周。吕信周与邢昭衍论年庚，原来他比邢昭衍小三岁。有人用竹竿挑着啪啪炸响的鞭炮，一步一步将送亲队伍往村里引，放了六挂鞭才引到村中有两个石狮子的大门口。邢昭衍打量一下，院子前低后高有三进，全是青砖瓦房，与周围的草房和石板房形成鲜明对比。轿子在门前落地，院里走出一个披红挂彩、与吕信周长相差不多的小白脸，到花轿前面作一个揖，转身回院。两个妇女随即将新娘子从花轿里搀扶出来，在两个妇女抛撒的麸子里缓缓过门。

新娘子入了洞房，送亲的人被安排吃饭。邢昭衍和大爷被领到前院正房入座，吕信周和他三叔以及吕家几位长辈作陪，凑成八仙之数。吕信周坐在邢昭衍邻座，端茶倒水十分热情。酒席很丰盛，四碟八碗。喝过一阵，吃过一阵，有人来把一桌菜统统端走，又送来四碟八碗，里面的菜与上一桌不重样。过了一会儿，再换一桌。吕信周告诉邢昭衍，这样的酒席叫"三大件"，每一桌都有一件好菜打头，第一是鲤鱼，第二是方肉，第三是熊掌，熊掌是闯关东的亲戚带回来的。

吕信周喝到后来白脸泛红，与邢昭衍头靠头低声说话。他说，早就知道大哥在青岛上过洋学，如今又排大船，真不简单。还说，男子汉大丈夫，来世上一遭，不能流芳百世，也要遗臭万年。你要在海上干大事，我要在山里干大事。邢昭衍问他，在山里干什么大事，吕信周颇为自信地笑了笑：我看看世道会有什么变化，然后才定下干什么。邢昭衍向他举起酒盅："祝姻弟心想事成。"吕信周与他猛烈碰盅："多谢姻兄。二十年之后再看，咱俩说不定都是大人物！"两人把酒喝掉，吕信周抹抹嘴，趴在邢昭衍耳朵上笑道："我怎么觉得，咱俩有煮酒论英雄的意思啦？"邢昭衍急忙摆手："我当不了英雄，只是想当大船东，做大买卖。"吕信周说："当大船东也了不起！姻兄，你如果需要我帮忙，尽管讲。"邢昭衍脑子里立即蹦出了借钱的念头。但他又觉得，与这位亲戚第一次见面就说借钱，实在不好。然而吕信周又将嘴伸向他的耳朵："姻兄，我手里有闲钱，你使不使？"邢昭衍心想，既然他主动说出这话，那我就不再客气，小声说："谢谢姻兄，不瞒你说，我正为钱害愁。"吕信周说："甭愁，你跟我出去一下。"

二人假装出去解手，离座走了。走到通往后院的一个门口，吕信周让他在此稍等，他快步走进去，再回来时递给他两张盖着血红大印的长方纸。邢昭衍接过一看，竟然是咸丰五年户部发行的银票，每张面值是一百两银子。他万万没想到，这种朝廷发行的纸币，他父亲从不相信也不使用的银票，在这大山深处竟然有人储存。这二百两银票，能换三百多个大洋。

吕信周拍拍他的肩膀："姻兄，你到海暾县衙西边的合盛银号兑换一下试试，如果银票是假的，您立马告到县衙！"邢昭衍紧紧握住他的手说："贤弟，你真是雪中送炭，我该怎么感谢你呀？"吕信周也握紧他的手，顿一顿说："苟富贵，勿相忘！"

第九章

若干年过去，马蹄所的许多老人都还记得那个大年夜里下的豪雨。

先是下雪。除夕这天一直下，大地变白，大海变灰。马蹄所的各姓男丁去上坟时，都是跪在一个个雪馒头面前。有人说，这么厚的雪，恐怕到正月十五也化不透。到了傍晚，雪不再下，所城内外"唰啦唰啦"，到处都是这种声音。各家自扫门前雪，为的是次日凌晨相互拜年时脚下利索。

邢昭衍扫完雪，到后院吃年夜饭。这是母亲早就告诉他的，说过年了，一家老小要在一起热闹热闹。八月十五之后海里鱼少，大网撤掉，冯嬷嬷和觅汉们各自回家，吴氏自己做饭与老伴吃。这顿年夜饭是婆媳俩一起做的，四碟八碗，有荤有素。按规矩，她们把饭菜端上桌后要躲开，让男人吃喝，等到他们酒足饭饱才轮到她们。吴氏与梭子带孩子离开后，邢泰稔与儿子开始喝酒。邢昭衍举起酒盅说："爹，因为排船，这一年我让您生气，还跟您分了家。对不起，我敬您一盅。"邢泰稔笑了笑："儿大不由爷，我也想开了。我是叫来昌顺那事吓毁了，不想再叫你担风险。既然你铁了心要排大船，那就排吧。"说罢端起酒盅，一饮而尽。邢昭衍见父亲这样说，释然开怀，接着再敬。

三盅下肚，邢泰稔说："你排起大船，就要开商号收货卖货，打算叫什么名字？"邢昭衍说："我想好了，叫'恒记'。因为《易经》

里有一句话：'天地之道，恒久而不已也。'"父亲说："这名字好，但愿你的生意做得长久兴旺。"父亲又问儿子，打算请谁当掌柜的，邢昭衍说，正在物色。父亲说："不如把老魏请回来。他在咱家七八年，账码清，没私心，还是用他为好。"邢昭衍说："中，我过了年去魏家庄看看他，问他愿不愿再来。"

邢泰稔去盘子里拿一条油煎小黄鱼，撕一块吃下，又问："舵儿，你过了年就开工，钱不够吧？"邢昭衍说："嗯，还缺不少。"邢泰稔说："来昌顺是四槅船，花了一千二百个大洋。十年下去，物料、人工都涨了价，你这条船又大，估计得两千左右。"邢昭衍笑了："爹，还是您懂，替我算得清楚，我还缺五六百。"邢泰稔大幅度挥着筷子："你爹做了一辈子买卖，心里跟明镜似的！我跟你说，缺五六百不算事儿。先把匠人的工钱欠着，完工的时候我借给你，你把账一结，船就可以下河了。"听父亲这么说，邢昭衍喜出望外："爹，你还有那么多钱？"邢泰稔一笑："船破还有三千钉。居家过日子，总得留点后手吧？"邢昭衍说："谢谢爹，我再敬您一盅！"邢泰稔再喝一盅，瞅着儿子老眼变湿："舵儿，我年纪大了，腿越来越沉，这个家早晚是你的。我不只在现钱上留了后手，在地上也留了后手。分家的时候，我为什么留下一半的地？就是给你留的。你要答应我，剩下的这些地，无论如何也不能卖！"听了这话，邢昭衍深受感动，点头道："爹，我答应您！"

这个年过得愉快，邢昭衍与媳妇当然要庆祝一番，等到孩子睡下，二人在被窝里折腾到很晚才消停。刚刚睡着，却被雷声惊醒。梭子说："大年五更，怎么会打雷呢？"邢昭衍说："我到船坞看看，别让贼趁着下雨偷木料。"说罢起身穿衣，抱着一领蓑衣走了。

刚出院门，一道闪电突然亮起，雷声随即炸响。大雨点子砸在街面上啪啪作响，洞穿街边雪堆噗噗有声。邢昭衍赶紧穿上蓑衣，往西门奔去。跑到西江东岸，听见雨声中有梆梆的响声，便知道看摊的人没有睡着。走到木料堆旁,只听邢大斧头厉声道:"谁?"他说:"大爷爷,我是昭衍。"邢大斧头提着斧头走过来说:"大孙子也来了?我也刚从家里过来,这里没事。"走近看摊的小屋,见一个年轻人正在门口用木榔头敲枣木板,声音震耳。邢大斧头说,他在这里守着,让邢昭衍回家继续睡,邢昭衍就冒雨走了。

回家睡到五更天,父亲过来把他叫醒,说该发纸敬天了。他起身看看,雨还没停,雨水已经把先前的积雪几乎全部融化。父亲说,院子里没法烧纸,到门楼下边吧。邢昭衍就在东边临街的门楼下摆了一张小桌子,放上母亲煮熟的饺子和昨晚就备好的几盘菜肴。父亲抱来一些豆秸、几卷黄表纸,亲自划火点燃。邢昭衍则把一挂鞭炮用竹竿挑着,捡一根燃着的豆秸引爆。等到鞭炮响罢,邢泰稔虔敬却又艰难地跪下磕头,邢昭衍也跟在后面效仿父亲。

发了纸,到厨房吃一碗饺子,邢昭衍便披着蓑衣去拜年。此时天色微明,雨中飘散着硝烟的味道。他先去东街大爷家,再去其他长辈那里,转来转去到了西街。见康润堂门口挂着一对大红灯笼,向里面拱手道:"给先生拜年!"靖先生走出来,说一声"互拜互拜",看着大雨念起了杜诗:"好雨知时节,当春乃发生。"邢昭衍笑道:"当春乃发生,可是咱没见过在大年五更下的,真是奇怪。"靖先生说:"还有比这更奇怪的呢。"邢昭衍问:"那是什么?""马蹄所成了马蹄岛。你到城墙上看看吧。"说着往西边城墙一指。邢昭衍吃惊地道:"是吗?我上去瞅瞅。"靖先生小声道:"小邢,有一句话正在流传,你知道不?""什么话?""马蹄变岛,龙墩要倒。"靖先生说罢,诡秘地一笑,回身进屋。

邢昭衍念叨着这话,满腹狐疑。他到了西门里面,沿着青砖砌的登城斜道上去。此时天光已亮,烟雨茫茫,西江明晃晃的,比平常宽阔了许多。他知道,每当潮水上来,西江都要涨满,但今天涨得特别厉害。他猜测,可能是大潮加大雨的缘故,上面有多条河流注入西江，恰逢涨潮，向上顶托，水不增长才怪呢。向北望一眼，发现通往县城的大路竟然没了，全是明晃晃的大水。他跑到城墙的西北角，扶着垛口看看，"哎呀"一声惊叫：西江与北江已经连接起来，让马蹄所成了一座孤岛！

"马蹄变岛，龙墩要倒。"难道真要改朝换代？邢昭衍内心一阵恐慌。他想，年前听说，天下要大乱；今天又听说，龙墩要倒。要是真的，这还了得？老百姓的日子会难过了吧？我排船是不是会有麻烦？又一想，无论怎么乱，无论谁坐天下，鱼还是要有人打，买卖还是要有人做，我行我素，不要紧的。邢昭衍安下心来，再抬头望时，见西江与北江已经分离，那条大道又从水中现出。刚才呈现的马蹄孤岛，像他做的一个梦。

邢昭衍沿着城墙向东走去。这一圈城墙，据说是在马蹄所千总邢准的指挥下修起来的，高约五丈，宽约丈五，周长四里有余。他来到东门上方，望着汹涌的大海遥想当年，千总立城头，严阵待倭寇，那是什么样的气概！然而，潮打潮回，几百年下去，马蹄所已经没有了军事意义，连四个城门也日夜大敞，无人值守了。

他转回身去，看着被一圈城墙围起来的上千户人家，看着大街小巷相互拜年的男女老少，心想，这座古老的所城，万一改朝换代，会有怎样的变化？会出什么样的人物？我邢昭衍算不算一个？如果算一个，那我应该是个大船东，拥有许多风船与轮船。

他的目光越过所城，投向西江。仿佛看见，他那条已经建成一半的大船，正昂首待发。

西江边的蓬蓬草又冒出新芽时，长九丈、宽一丈半的大船接近建成。木匠正在竖立五根桅杆，铁匠正往船上装一千多斤重的大铁锚，艌匠正在艌船。艌船这道工序最为壮观：二十多个匠人站在大船一侧，排成一行，往同一道船缝里塞入用桐油浸染的麻丝。他们左手持凿，右手持斧，以斧击凿，让麻丝塞紧船板缝儿。这活儿由一个工头带领，他敲两下："咚、咚！"众人敲三下："咚咚！咚！"反复不止，整齐响亮。声音传出好远，就连江西岸也站了一些人遥望观赏。

大船即将下河，邢昭衍乘坐他父亲的丈八船"菠菜汤"，去王家湾请来了望天晌。二人下船往船坞走时，一些认识望天晌的匠人喊了起来：望天晌！王老大！望天晌向他们摆摆手，而后走近大船，高抬下巴这看那看。有人跟他逗趣："天晌了没有？"望天晌笑道："天晌了怎么样？你请我喝酒吃肉？"

这天中午，他在邢昭衍家喝酒吃肉。邢昭衍招待他，请父亲和邢大斧头作陪。邢泰稔问望天晌，从顺达号辞工之后，在家里干啥？望天晌说："伺候爹娘，等着您儿叫我。俺爹说，就凭船上的一句话，他能让你回去当老大？说不定人家找了别人。我说，邢大公子肯定不会食言。"邢昭衍说："对，君子一言，驷马难追。咱们定下的事情，怎么能说话不算话？"邢泰稔又问望天晌，上船的人找好了没有，望天晌说，二老大已经找好了，船快下河的时候就过来。他是我姨家表弟，诨名叫"铁腕子"。邢昭衍笑了："一听这绰号，就知道他有掌舵的好功夫。"

吃过接风酒，望天晌与邢大斧头等人在工棚里吃住。他整天在船上船下转悠，有时也对几个工头提出建议。这天半夜他出去解手，刚解开裤子，突然被人用麻袋蒙住头，嘴里还被塞进了一团麻丝。有人推着他走，走了十几步，将他头上的麻袋一抽，使劲一推，他就栽到了石灰池里。那是一池生石灰，傍晚刚浇上水"拱"着，正咕咚咕咚冒热气。望天晌一头栽进石灰里，挣扎着往外爬，大喊"救命"。多亏被守夜看摊的人听见，跑过来递给他一根长杆，把他拉了出来。邢大斧头跑过来，让人提水猛浇，把他身上厚厚的白灰冲净。把望天晌扶到屋里，提过灯笼照照，发现他脸上身上都是通红的大泡。邢大斧头关切地问："疼吧？疼吧？"望天晌说："疼不是事儿，眼瞎了才是事儿。""看不见啦？"望天晌打量一下四周："看不见了，什么也看不见了。"

邢大斧头派人叫来邢昭衍，一起把望天晌送到康润堂。拍门叫起靖先生，先生看了看说，身上的烧伤好治，眼睛的烧伤不好治，王老大，看你自己的造化吧。接着，给他身上搽了烧伤药，让他回去休养。邢昭衍扶着望天晌出门后，邢昭衍说："应该到县城报案，叫捕快来查查谁是凶手。"望天晌急忙摆手："别报案，查出来又怎样？是我不仁不义。我一不该嫌弃顺达东家，来占邢家的高枝；二不该辞工时撒谎，说我爹娘有病。好了，麻烦东家把我送回去，我瞎着双眼伺候二老吧！"

邢昭衍听他说得悲戚，默默思忖片刻，拍着望天晌的肩膀说："老大，你在这里好好休养，把伤养好了，还是给我当老大。"

望天晌听了这话十分惊疑："你说什么？我成了瞎汉，怎么能行？"

邢昭衍说："你能行。年前去上海的时候我看到了，你在大雾天里能跑船，跟闭着眼睛是差不多的。你到我家住下，养好了伤，船也应该下河了。"

邢大斧头声音里满带感动："大孙子，你真是仗义！老王，听东家的，安心养伤，等我把船收拾好了，你挂帅出征！"

邢昭衍把望天晌送到家里，让他和已经请回来的魏掌柜同住西厢房。他跟梭子说了这事，梭子说，你放心，我好好伺候，叫他赶快好起来。白天，邢昭衍在外头忙忙碌碌，梭子在家一日三餐，用心做好，端给望天晌吃。杏花屡屡跟着母亲去西厢房，发现望天晌是个瞎子，就到后院告诉了爷爷奶奶。爷爷得知后，晚上把儿子叫到后院问，为什么还不把望天晌送走？邢昭衍向父亲讲了他的打算：不管望天晌的眼好不好，都叫他当老大。父亲大惊："你傻了？潮了？叫一个瞎汉当老大，他能跑船吗？出了事咋办？"邢昭衍说："他能行，爹你放心。"爹说："看他的眼治得怎么样吧，治好了用他，治不好赶紧另想办法！"邢昭衍沉默片刻，起身走了。

每隔两天，魏总管根据东家的吩咐，去请靖先生给望天晌换药。换了三次，皮肤的烧伤好了，眼睛还不行。邢昭衍问他能看见什么，望天晌说，眼前像蒙了一层白布，有光亮，可是什么也看不清楚。

这天晚上，邢昭衍回屋睡觉，梭子忽然羞答答跟他说，有一个偏方可以试试。邢昭衍问她什么偏方，梭子拍着她胀鼓鼓的乳房说："我的奶水。"邢昭衍大为惊讶："这玩意儿中用？你听谁说的？"梭子说："俺娘说的，今天她过来看孩子，听我说了望天晌的事，她说老人家传下一个偏方，奶水可以治眼伤。筹子刚出生的时候，有人找俺娘要奶水治眼，真的管用。"邢昭衍伸手摸一把梭子的胸脯："那咱们也给老大试试！"梭子拿起桌上一个温酒用的小锡壶："我已经准备好了。"说罢解开褂襟，将一个奶子对准壶口就捏。然而奶水不多，滴滴答答。梭子伸手一扳邢昭衍的脑袋："你咂一口，引引路。"邢昭衍扭头看看，两个孩子都已睡熟，就歪倒身子，含上那个红艳艳的乳头猛吸一口。他撒口时，奶水滋了他一脸，甜丝丝流入他口中。他用手抹着说："哎哟你这劲头！"梭子咬唇含笑，将乳头对准锡壶一把一把捏着，白花花的奶水直滋，滋得酒壶嗤嗤有声。奶流弱了，她又掏出另一只乳房。邢昭衍阻止她，拿起酒壶掂一掂晃一晃："够了够了，点眼用不了多少。我送给他。"梭子又拿起桌上一根早已缠好的棉花棒："叫他用这个往眼里蘸。不过，你别说是奶水，就说是眼药水。"邢昭衍亲亲她的脸："中，就这么说。"

来到西厢房，望天晌和魏总管还没睡，坐在各自的床上说话。邢昭衍说："老大，我给你配了眼药水，你躺下我给你滴上。"望天晌高兴地答应一声，仰卧在床。邢昭衍用棉棒蘸了奶水，往他眼缝里滴。两个眼睛都滴上，邢昭衍把酒壶放到桌上，把棉棒插进去，让老魏一天给他滴上几次。魏总管说，东家放心，我给他弄。

第二天晚上，梭子又往另一个锡壶捏了一些奶水。邢昭衍送到西厢房，见望天晌正躺在床上，要亲手给他滴，望天晌却连连摆头："东家，我不用，我不用。"邢昭衍说："你的眼还没好，怎么能不用呢？"望天晌将身子往里面一翻，双手捂脸哭道："东家，这是孩子的口粮呀！我就是瞎定了眼，也不能用！"魏总管也抬手抹泪："东家，老大从昨天晚上到现在，一遍遍说这事，不知淌了多少眼泪了。"邢昭衍说："我跟大船他娘，都想叫你赶快好起来。等到你的眼好了，咱们去吕四洋打黄花去！"魏总管也劝："老大，东家的一片心意，你就领了吧。再接着用，说不定又成了明眼人。"望天晌这才翻过身来，长叹一声，将捂脸的双手移开，让邢昭衍给他用"药"。

　　进入四月，马蹄所的许多四桅、五桅大船都把买卖停下，把货舱打扫干净，装上两个月的吃用，去"南洋"打"黄花"，因为打黄花鱼的收入大大超过做买卖。听见前海每天都有黄花船起航的鞭炮声传来，邢昭衍看着已经成型的大船心急如焚。邢大斧头看出他的焦虑，安慰他说，大孙子放心，咱们的船再过半个月就能下河，能赶上大半个黄花汛。

　　其实，让邢昭衍焦虑的不只是工期，还有匠人工钱的结算。按惯例，船下河的头一天，船主要把工钱全部结清。他想到父亲过年时的承诺，这天晚上就去找他讨借。

　　到了后院走进堂屋，见父亲正坐在床边泡脚。母亲见他来了，指着脚盆说："舵儿，你看看你爹的腿！"邢昭衍蹲下一看，只见父亲两腿上的青筋更粗，脚腕肿得老高。他满怀内疚，伸手抚摸着爹的腿说："我光在船坞上忙，没顾上照顾爹，对不起了。明天我陪你找靖先生看看。"父亲说："找他就是放放血，别的没有办法。"邢昭衍说："等船排出来，我带你去上海的大医院看看。"说罢，抄水为父亲洗脚。

　　父亲摸过床头的烟袋，一边装烟一边问："船快下河了吧？"邢昭衍说："快了。""还是叫望天晌当老大？""是。"父亲停止装烟，用一只手拍着床沿："他的眼还没好，你怎么还用他？胡闹呀！"邢昭衍说："我觉得他行，我亲眼见过，他在大雾天里照样行船。再说还有二老大，是他表弟，很有本事的一个舵把子。"父亲还是摆手："我不放心，一千个不放心，一万个不放心！我跟你去找道长相面，他说你命中无船，说不定就应在这件事上。"邢昭衍又来了气："别再提道长，我可不信他那鬼话。"父亲指着他吹胡子瞪眼："你这孩子，怎么就这么犟！我跟你说，我本来给你准备了钱，叫你完工的时候结账，可你非要用望天晌，我就改了主意。"邢昭衍抬头看着他："您不给我用啦？""不给了，除非我这几天死了，你把我的家底子赚受喽！"吴氏指着他恨恨地道："你又说死的话！又说！"

父亲的钱是借不出来了，邢昭衍就去跟魏总管商量怎么办。魏总管说："匠人的工钱不是给过几回了吗？剩下的先欠一欠，等到赚了钱再给他们。"邢昭衍说："这样不好吧？"魏总管说："怎么不好？你问问邢大斧头，往年排船，欠工钱的有多少？咱又不是不给，等到船下了河，打一季黄花鱼就有了。"

邢昭衍去工地见到邢大斧头，一脸羞赧，欲言又止。大斧头瞅了瞅他："你看你，跟憋着蛋的小母鸡一样，有话快说！"邢昭衍就把没钱结算的事说了。大斧头将大手一摆："不要紧，等到有钱了再说！你对望天晌那么讲义气，肯定不会坑俺这些匠人！我跟他们说说，大伙会相信你。"听他这样说，邢昭衍万分感激，当即跪下给他磕了个头。邢大斧头猛地把他扯起来："用得着这样吗？起来，咱们商量商量下河的事。"

邢大斧头说，他算过了，四月二十二下河吉利。邢昭衍说，好，就定在那天。他让邢大斧头给船起名，邢大斧头说："我早就想好了，因为你仗义，就用一个'义'字；做生意求兴旺，就用一个'兴'字……"邢昭衍喜滋滋道："哦，义兴，这名字好！"

接下来的几天里，邢昭衍派人去王家湾把二老大"铁腕子"接来,把早就物色的七个船工和一个伙夫全部叫齐,让老大带他们熟悉"义兴"号。船工中有四个是马蹄所的,其中有纪老大的大儿子小鲻鱼。去年他刚刚十六岁,找到邢昭衍,让他跟老东家说说,能不能上船帮工挣口饭吃。他和父亲说了说,父亲说,"小豆角"正好缺人,就让这孩子上了船。因为这孩子长得黑,与鲻鱼相似,就被人叫成小鲻鱼。邢昭衍发现这孩子能吃苦,和他父亲的性格相似,前几天问他愿不愿到义兴号上干,小鲻鱼立马答应了。

邢昭衍与堂弟昭光把望天晌从家里扶着过来,这位老大却不像从前那样仰着脸了,而是低着头似在看路。邢昭衍知道,他就是仰起脸,眼睛已经不中用了。

望天晌上了船,往东家专门为他定制的太师椅上一坐,拱了拱手说:"感谢东家厚爱,还用我这个老瞎汉。感谢各位伙计,能跟我一块跑船。你们等着看吧,我眼睛瞎了,还有头脑,有耳朵鼻子舌头。我看不见的,有二老大帮我。咱们一定要叫东家放心,叫这条船跑得顺利,招财进宝!"邢昭衍被他这话打动,连声向他道谢。

义兴号下水这天,几十名木匠、铁匠、艌匠联手,一大早就在船坞前面用芦苇铺起了长长的斜道,再覆上滑溜溜的一层海泥。筝头"王大拉"也应邢昭衍之约,带了八十个筝夫抬着缑绳过来。船头上,邢大斧头砍出的一对"龙眼"直瞪前方。船上,五根桅杆高高挺立,都贴了长条红纸,分别写着"大将军八面威风";"二将军前部先锋";"三将军随后听令";"四将军一路太平";"五将军马到成功"。桅杆间扯起绳子,上面挂着亲戚朋友送的旗子与贺幛,五颜六色。日头出时,正式开光,邢大斧头提着两只大红公鸡上船。他用刀杀死一只,让鸡血滴在船头的"龙眼"上,再将另一只公鸡解开绑绳,向空中一扔,让它咯咯叫着飞走。这叫"放生",意思是遇上海难可免于一死。

潮水上来,离船渐近。邢大斧头扬臂高喊:"下河——"船上顿时锣鼓齐鸣，鞭炮声声，蓝色硝烟随风飘散。八十名筕夫喊着号子发力，看热闹的人也上去帮忙，好在今天筕夫们没有光腚的，都穿了裤衩或蓑衣。在筕夫们的拉动下，义兴号一点一点离开原地，到了湿滑的海泥道上。它先是慢，后是快，邢大斧头喊一声"闪开"，大船滑行一段闯入水中，溅起大片浪花，船上船下一片欢呼。

船老大站在天篷门口发号施令，指挥手下转舵升篷，让大船缓缓去了前海。那里有大大小小的船只，正在接海和装卸货物的人们都看这条新船。宿家兄弟下海起网，回来遇上，急忙躲向一边。宿大仓满怀嫉妒，仰起脸向大船喊道："瞎汉当老大，还能望见天晌吗？"邢昭衍瞅他一眼，只当没听见，扭头远眺。

在海上转了一大圈，往回走时，望天晌让邢昭衍安排人，下午往船上装足淡水、木柴、煎饼、干菜以及腌鱼用的盐，明天一早出发。邢大斧头对邢昭衍说："大孙子，还有一件事：咱们现在去龙神庙送船。"邢昭衍问："送什么船？"邢大斧头就走进天篷，从老大住的舱房里提出一个红布包袱，放到八仙桌上郑重打开。

那是一条小船，船头上写着"义兴"二字，仅一尺来长。邢大斧头眉飞色舞地介绍，这是他让木匠纪巧手做的，小船的一寸，相当于大船的一丈，照义兴号原样仿制。邢昭衍早就知道这个习俗，大船下水后，船主会把仿造的小船送到庙里，放到妈祖娘娘面前，叫她认识这船，保佑它航行平安。他在青岛上学时，曾与同学去天后宫玩过，见过那里放着的许多船只模型。但父亲当年造"来昌顺"就没有这么做，说龙王爷什么都管，光敬他就行了。邢昭衍在排船过程中也没有这个打算，想不到邢大斧头安排木匠做了。他说："这小船做得很精致，很逼真，但是有这个必要吗？"邢大斧头用不容置疑的眼神瞅着他："很有必要，不能不办。"邢昭衍不愿再见到龙神庙方丈，说："你替我送去吧。"邢大斧头说："我怎么能替你？你是船主，必须亲手捧到娘娘面前！不过，你得揣上几个大洋，不然道士不让放。"

邢昭衍只好答应。试航结束,到前海下锚,就与邢大斧头坐舢板上岸。走进龙神庙,见五年前"乘桴浮于海"未遂的齐道长正在大殿里坐着。邢大斧头先给龙王爷磕了头,跟齐道长说明来意,齐道长就带他们去了后院。柏道长正在方丈室门口浇花,邢昭衍捧着义兴号模型向他举了举。他的意思是,你不是说我命中无船吗?看看吧,我现在有了。柏道长向他一笑,指了指妈祖殿,示意他进去。

走进殿里,见正面是妈祖娘娘坐像,样子和观音娘娘相似,端庄美丽。娘娘上方的牌匾上刻着"神昭海表"四个金色大字,两边挂着一副楹联:"世间无水不朝宗岂止黄河一派 天上有妃能降福何愁碧浪千层"。南面墙上有许多小船,两个木橛托一只,船身上分别写了船名。

看看墙上还有空着的橛子,邢昭衍把他的船放上去,到妈祖娘娘面前磕头,往供案上放两块大洋,转身出门。走到院里,柏道长向他拱手道:"施主慈悲。"邢昭衍拱手还礼:"方丈老爷慈悲。"邢大斧头向柏道长大声道:"方丈老爷,您叫娘娘认清楚义兴号,好好保佑着!"柏道长说:"放心吧!"

新船下河,照老规矩要宴请工头和亲朋。邢昭衍早就安排魏总管从西门外一家饭店请来两个厨师,让冯嬷嬷打下手,好好办一场宴席。他回到家中,见院中已经安了四张桌子,宾客已经坐满,唯独父亲不在。邢昭衍向他们拱拱手,到后院去请父亲,父亲却躺在炕上连连摆手。邢昭衍火了:"爹,你这不是故意让我难看吗?"父亲说:"是我让你难看?还是你让咱邢家难看?我这几天去接海,人家都在说你找瞎汉当老大的事,都等着看你的笑话!人家还给你改了诨名,不叫你邢一提了,叫你邢一杠,说你脸上一道杠,办事是杠杠头,太倔!"邢昭衍将脚一跺:"说我是杠杠头,我就是杠杠头!等着看我的大船平平安安挣大钱吧!"说罢,脚步咚咚回到前院。

他见人已到齐，往主位上一坐，举起酒盅说："抱歉，我爹身体不舒服，就不过来陪大伙了。来，喝酒！"众人纷纷举盅。

酒过三巡，邢昭衍又单独敬几位尊贵的人。他敬了邢大斧头，敬了望天晌，又敬靖先生。他满怀感激之情，说多亏先生去年鼓动我，我才下决心排这条船。靖先生喝下杯中酒说："邢一提，现在也有人叫你邢一杠，不管叫你什么，你都要记着，今天义兴号下水，只是你的开端。你的事业怎么讲？小老鼠拉木锨——大的在后头！"邢昭衍兴奋地道："借您吉言，昭衍必须昭衍！"

他向魏总管敬过酒，郑重地说："老魏，义兴号第一次下南洋，我要跟着。我们走后，你帮我爹接海吧，他年纪大了，我不放心。你闲下来也多留心，看咱们打完黄花做什么买卖。"魏总管说："东家放心，这两件事我一定办好。"

看到岳父坐在另一桌，邢昭衍过去敬他。小嫩肩已经喝醉了，再喝一杯女婿敬的，更显醉态，用一只手搓着紫黑色的胸脯笑："大船他爹，等你打来满船黄花鱼，我给你卸！卸完了鱼，再给你装货，装劈猪，装果子米！果子米好扛！"篓子看见了，过来要送爹回家，爹站起身，身体还呈直角像扛着一个麻袋。他将脊梁猛地一耸："果子米好扛！"篓子笑着连拖加拽，把他送走。

把重要宾客全部敬完，邢昭衍觉得酒劲上来，脚步发飘。回到自己的位子上坐下，望天晌哆嗦着双手举杯向他："东家，感谢您不嫌弃我这个老瞎汉……"刚说出这一句，双泪齐流。邢大斧头将邢昭衍的肩膀一搂："望天晌，王老大，你是遇上了好东家，我大孙子仁义！"靖先生醉醺醺地向邢昭衍竖起大拇指，高声吟诵："孔曰成仁，孟曰取义。惟其义尽，所以仁至。读圣贤书，所学何事？而今而后……"邢昭衍向他拱手："先生可不要念这些圣贤语句，我不配，我不配……"

第十章

义兴号离开马蹄所,刚走一天就遇上连阴雨,哗哗一阵,哗哗一阵,雨点子打在船板上像众人擂鼓。邢昭衍把心提到了嗓子眼里,唯恐出什么差池。望天晌却很镇定,他一直坐在天篷门口,一袋接一袋抽烟,发出一道道指令。邢昭衍观察到,这个老大虽然眼睛不中用,但他把听觉、味觉、嗅觉、触觉发挥到极致,仿佛周身长满了感官。就连天气趋势,他也能够精准预判。譬如说,他说这雨要下两天两夜,第三天凌晨,邢昭衍起来看看,果然是云收雨歇,一弯蛾眉月挂在东天。他走到船边,看着银光粼粼的海面心想:望天晌,真是老大中的老大!

他回头瞧瞧,发现望天晌也从天篷里走了出来。他担心地说:"老大,小心。"望天晌在天篷旁边站定,将脸使劲向后仰起,一只手指着北方说道:"斗柄南指,天下皆夏。我总算又看到你南指的样子了。"邢昭衍看看他指着的天空,北斗七星悬在那里,斗柄像蝎子尾巴一样高翘着。他心头一震,走近望天晌试探着问:"您看见北斗啦?""看见啦。不光看见北斗,还看见北极星,你看,它多么明,多么亮……"邢昭衍猛地抱住他的肩膀:"老大,您的眼又管用啦!"望天晌喜极而泣:"管用啦,多亏东家给我用的神药呀……临走你又给带上半壶,我一天点好几回。刚才打了个盹,一睁眼,竟然好了……"

舵楼里的二老大听见了高声喊道："伙计们，老大好啦！老大好啦！"

正在舱面值班的几个船工嗷嗷欢叫，正在睡觉的人听见了，也都出舱拍起巴掌表达喜悦。

而后，望天晌目光炯炯，指挥大船继续南行，赶赴吕四洋上一年一度的狂欢。

望天晌兴致勃勃，向邢家兄弟讲了黄花鱼的传奇故事。他说，秦始皇平定天下之前，长江口一带是吴国，吴国北边住着夷人。吴国富庶，夷人经常去抢粮抢财宝，把吴王气得不轻。有一回夷人再去抢，吴王亲自率兵出战，夷人得知吴王亲征，便坐船跑到海里，住在一个沙洲上。吴王带兵坐船去追，驻扎在另一个沙洲上。那两个沙洲，就在长江口以北、海门县以东的吕四洋。两边经常出动战船，在海上打仗，谁也打不过谁。一个月下去，海上风大浪大，吴军的粮食供应中断，都饿毁了，吴王就烧香祷告，求老天保佑。祷告完了，突然刮起东风，金黄色的大浪从远方过来，把吴军住的沙洲围住。当兵的看看，哎呀，这不是鱼吗？赶紧捞起来用锅煮。煮熟了尝尝，味道鲜美。他们吃饱了来劲了，又去跟夷人打仗。夷人那边没有这种鱼，也吃光了粮食，只好献上宝物投降。吴王不知这是什么鱼，发现鱼头里有两块白花花的小石块，就给它起名叫石首鱼。因为这鱼是金黄色，也叫它黄花鱼。

听了望天晌的讲述，邢昭衍想象一下海上涌金浪的情景，心驰神往。他小时候就知道，每年过了清明，海云湾的大船都停下买卖，将商船变成渔船，去南洋打黄花。父亲造了"来昌顺"，也想随船看看，但因为腿有病，只好把这念头放弃。现在，我终于坐着我的义兴号来了！

义兴号跑到第六天黎明，邢昭衍刚刚睡醒，只听二老大在舵楼里喊："南洋到啦！"他急忙出去，见海面上篷帆密集，似有几百只船在这一带。他惊叹道:"这么多船!"望天晌出来了,仰起脸道:"每年春天都这样,山东的,江苏的,浙江的,都来。"他从脚边摸起一根又粗又长的竹竿,走到船边插入水中,将一端放在耳朵上,边听边点头。邢昭衍问:"老大,你听什么?"老大一笑:"听房。"听房?邢昭衍想起了多年前堂兄娶媳妇,他到新房窗外偷听的荒唐经历。老大将竹竿往他这边一送:"你也听听。"邢昭衍接过来,将耳朵靠近竹竿一端,听见里面"嘎嘎嘎"一片叫声。他问:"黄花鱼会叫?"望天晌说:"这是它们忙着办好事,恣的。"邢昭衍明白了,这是黄花鱼在交配。他听望天晌讲过,黄花鱼在长江口以南、舟山群岛周边越冬,每年到了春天,它们就成群结队北上,到吕四洋交配、下子,因为这里水浅,饵料丰富。这个时候,陆地上正好楝花盛开。

邢昭衍向西边眺望,仿佛看见了紫花如云的海边美景。

一个伙计拿起篙说:"我让东家看看这鱼。"在水面上用力敲击,敲了几下,有几条鱼漂了上来,歪倒躺着,腹部金黄。他问这是怎么回事,伙计说,因为黄花鱼头上有两块石头,怕震,一震就晕。

望天晌刚吩咐大伙理网,忽然又叫掌舵的二老大去正南头。二老大说:"这儿不行吗?为什么要转洋?"望天晌不说话,向左前方指了指。邢昭衍看见,那儿有一条五桅船下了网,船身上写着"顺达"二字。二老大明白了,喊一声"正南头"扳转舵把子。

走了半天,望天晌让一个伙计量水。水砣子抛下去再提上来,他得知水深,再尝尝海泥,说冷家沙到了。他用竹竿听听水里,吩咐下网。伙计们一起动手,将用猪血煮黑了的渔网一节一节往水里放。那网是接起来的,每一条八丈长,七十条接起来是五六百丈,水面上只看见一长溜做浮子的梧桐木块。邢昭衍知道,这网放完,就在海里成为一道高两丈半、长三四里的网墙,拦在了海流上。黄花鱼撞到网上,便被卡住。

下完网吃饭，伙夫将一盆用咸鳓鱼和干萝卜缨子做的大锅菜端到天篷，邢昭衍与老大坐到八仙桌旁，邢昭光从墙角的橱子里拿出一包煎饼，三个人一起吃。邢昭衍问老大，来过多少次吕四洋了，老大说，十二回了。邢昭衍问他，咱们多长时间能打满一船？老大说，要看有没有风，不用躲风的话，四五天差不多。

夜间睡在船上，邢昭衍老是惦记网上的鱼有多少。他想，黄花鱼既漂亮又好吃，能卖上好价钱，但愿我这次过来，能大赚一笔。半夜起来解手，他还到船边扯动一下那条网纲，想感知一下网上收获如何。

次日清晨，船上早早开饭，吃完饭开始起网。伙计分别抓起上面的网纲"浮头"和下面的网纲"叶底脚"，齐声喊着号子，一下下往上拽。拽着拽着，网上就有鱼了。大船头让伙计们动手摘。邢昭衍和邢昭光见他们忙不过来，也过去帮忙。邢昭衍想把一条三四斤重的黄花鱼取下，然而鱼鳃被网卡住，鱼身子疯狂扭动，让他不知所措。小鲻鱼过来教他：一手扯住网，另一手掐鱼鳃，使猛劲往前抽。邢昭衍学会了，熟练地取下一条条鱼扔到舱板上。舱板上的鱼渐渐增多，多得没地方放网，望天晌就用一只大木锨堆到一边。网上的鱼也越来越稠，金灿灿耀人眼睛。此时拽网也更加吃力，伙计们个个大汗淋漓，汗珠子一串串往下掉，喊出的号子声嘶力竭。邢昭衍见状去帮。两手在网纲上来回倒替时，觉得手掌皮似乎要被剥去一层。

不远处有人高声喊叫，邢昭衍撒手直腰，见右后方有一条双桅船，船边站了个红脸汉子，用手掌罩在嘴边喊："老板，卖不卖鱼？"邢昭衍说："请稍等，我们商量一下！"他走到望天晌身边问："老大，咱们卖不卖？"望天晌说："以往来吕四洋，要是有人过来收，都是卖掉，不过他们给的价钱低。"邢昭衍问："到哪里能卖好价钱？"望天晌说："到上海。好多上海人喜欢尝黄花鲜，价钱再高也要买点尝尝,手里没钱,借钱也要买。"邢昭衍说:"那咱们就到上海。"他回到船边摆摆手说:"对不起,你们问问别的船吧!"红脸汉子说:"不卖给我?臭了别后悔哦!"说罢摇橹离开。

把网起完,有人理网,有人腌鱼。他们把每一条鱼都用刀劐开肚子,取出内脏,一筐筐倒进船舱,再撒上盐粒。这一网渔获,正好装满一舱。将大堆鱼内脏往海里扔时,引来海鸥疯抢,一对对白翅膀扇起的风给人带来清凉。水里还有几条鲨鱼过来吃,溅起高高的浪花。

忙活了五天,黄花鱼装满了四个盛鱼的大舱。第六天一早,他们离开渔场去上海。下午进长江,刚到吴淞口,就有一条小舢板飞快摇过来,一个年轻人站在上面吆喝:"黄花船来呀,到阿拉这里价钿高!"邢昭衍问他:"你们什么价?""肯定是最高的啦,不过要当面验货讲价。"邢昭衍扭头问望天晌,可不可以跟他过去。望天晌说,可以。

小舢板把他们带到十六铺的一个码头,那里有好多渔船停着。年轻人向岸上吆喝一声"老板",一个穿短袖褂子的中年人便走在码头边缘,向船上连连拱手。等船拴下,他大步跨越,到了邢昭衍面前。二人相互通报姓名,邢昭衍让那位姓任的老板看货,回头吩咐伙计开舱。打开一个舱盖,咸腥气升腾而出。任老板用手往鼻孔扇了几下,又探头看看舱内。把四个舱都看完,他说:"我都要了,一担三元。"邢昭衍立即说:"不行,太便宜。按你这个价,我们不如在吕四洋就卖了!"任老板说:"你不能要价太高,我们鱼行还得交税,十元的货交一元哪!"二人争竞一会儿,在四块五的价位上再也争不下去,邢昭衍用眼神询问望天晌,望天晌向他点了点头。

任老板招呼人连夜卸鱼,过秤,一筐筐抬上岸。这时,码头边走来两个黄头发洋人,每人手里提一瓶酒,看着鱼筐大喊。邢昭衍听不懂,问任老板,任老板说那二人是英国手水,他们把黄花鱼叫作"又大又黄的嘎嘎鱼"。说罢，他向两个水手喊一声"耶"。两个水手去鱼筐旁边，每人摸出一条鱼提着，大笑而去。任老板摇摇头："唉，英国人不好惹，没办法。"

清空船舱，双方到天篷里结算，任老板应该付给邢昭衍五百三十二元。他说，咱们用庄票好吧。邢昭衍问："什么庄票?"任老板说："大钱庄的。你们带着轻便。"说着从包里掏出一沓子彩色长方硬纸晃了晃。邢昭衍看见，庄票上印了"义善源"三个大字。但他担心庄票有诈，就说我们那里没有钱庄，兑不出来。任老板带着含意复杂的眼神说，哦，我忘了你们是北方乡下。他让手下人取来银圆数给邢昭衍，一色的墨西哥鹰洋。

付过账，任老板走了。邢昭衍取二百元装进自己的钱袋子，放进包袱，让堂弟把另外一些钱收好。看看天色已晚，他和邢昭光到码头附近的一家酒店订了饭菜，让他们送到船上，还到店铺里买了一些腊肉、香肠、六盏马灯和两桶煤油，供船上用。走在路上，邢昭光这瞅那瞅，眼睛瞪得像电灯泡。尤其是看到漂亮女人，目光更是收不回来。邢昭衍拽他一把："看什么看?"邢昭光红着脸说："上海的娘们儿真俊!"

回到船上，订的饭菜也到了，是四盆肉菜、一桶米饭。吃完，邢昭衍对老大说，他要在上海住几天，看看打完黄花可以做什么生意，看完后回家。邢昭光问："三哥你怎么回去?"邢昭衍说："我坐轮船到青岛，再坐到马蹄所的轮船回去。"他对望天晌说："辛苦老大，带船继续打黄花。您估计何时回马蹄所?"望天晌说："立夏后五天之内。"邢昭衍点点头："嗯，我等着你们插重旗回去!"

吃完饭，望天晌吩咐手下解缆开船，邢昭衍与他们告别，背着包袱跳上码头，目送义兴号走远。

他决定找个地方住下，便问路边一个摆烟摊的人哪里有旅馆，那人一指，咸瓜街有好多。他溜溜达达找到那条街，见一栋二层小楼，灯箱招牌映出"佳怡宾馆"四字，便走了进去。一位瘦瘦的中年男人正坐在柜台后面看报纸，邢昭衍问他，住一宿多少钱，那人说，两元。邢昭衍掏出六个银圆说："我先住三天。"老板问了他姓名，在账本上记下，拿出一串钥匙带他上楼。走到楼梯口，他指着桌子上放着的一摞报纸说："阿拉订的报纸，可以随便看的，看完再送回来。"邢昭衍就拿了一张《申报》跟他上楼。老板在走廊里指明厕所、浴室在哪里，打开房间，给他一把房间钥匙，道一声"晚安"转身走了。

邢昭衍放下包袱，出去洗刷一番，回来往床上一躺，看起了报纸。这份《申报》上，有外国大事、中国大事、商业消息、连载小说，还有五花八门的广告，内容繁杂而丰富。他见第二版有一条消息《义善源倒闭 庄票持有人投江自尽》，立即瞪大眼睛。看完得知，原来上海的大钱庄义善源已于三月底倒闭。倒闭的原因，是去年朝廷要上海道台提取一百九十万两"沪关库款"，用于向外国支付当年到期的"庚子赔款"，而"沪关库款"存放于源丰润、义善源等庄号。本来，去年上海发生橡胶股票风潮，一批被深度套牢的大钱庄已经倒闭，义善源也受到严重冲击，岌岌可危。今年碰上政府大量取现，义善源只能关门大吉。那些义善源的股东和存款者，有许多倾家荡产，昨天有一中年男子将大把庄票抛撒于黄浦江面，接着悲愤投江。

邢昭衍看罢新闻冷汗涔涔。他想，今天任老板竟然拿废纸一般的义善源庄票付我黄鱼钱，我如果收下，岂不是上当受骗，全船人白忙活这些天？哎呀，这个上海滩真是凶险多多，要处处小心。

第二天早晨，他背着包袱出门。走到楼下柜台，向老板打了个招呼，老板看看他说："你背了这么多银圆，不嫌重吗？不如买几条黄鱼。"邢昭衍疑惑不解，以为这是骗他："买黄鱼？我就是到上海卖黄鱼的！"老板笑了："我知道你是卖鱼的，昨天一进来我就闻到你身上的腥味儿。我说的黄鱼，不是你从海里打的，是金条。我们都把它叫黄鱼。阿拉上海人有钱都换成黄鱼，好存好放。出门带黄鱼，也不容易让小偷盯上。"邢昭衍羞笑："老板我明白了，我们那里叫条子，到哪里可以换？"老板向门外一指："外滩有好几家银行，他们有这业务。"邢昭衍向他道谢一声，出门后想，老板是替我着想呢，二百块大洋整整九斤，真是不太方便。

他到了外滩，一座座洋楼看过去，出现在前面的通商银行让他眼睛一亮。他在青岛读书的时候就听老师讲过，盛宣怀是"中国实业之父"，前些年在山东做过登莱青兵备道道台兼东海关监督，还在烟台经营海运，有好多船，南通青岛，北通旅顺。后来他受朝廷重用，修铁路，开铁矿，建铁厂，又在上海创办了中国通商银行。邢昭衍对盛大人一直非常景仰，没想到，今天到了他开的银行面前。他端详一下，见这座三层大楼的顶端是哥特式，与青岛的一些洋楼的风格相近。

然而，银行的门关着，看看告示牌，八点半才开门。邢昭衍便在黄浦江边溜达。看到前面有一艘大轮船正在下客，船身上有德文大字"OSTEN"。邢昭衍明白，这是德国人的"东方"号轮船。他走过去问一位乘客，从哪里过来，得知是从大连起航，途经青岛。问这船何时回去，乘客说，今天晚上。邢昭衍看着那艘大船，想起自己受靖先生鼓动，也想拥有轮船，觉得自己的念头实在狂妄——我排一条大风船就费了九牛二虎之力，到哪里弄钱买这么大的轮船？

胡思乱想一阵，银行开门了。里面的大厅面积广阔，柜台排了长长一大溜，坐在里面的职员有中国人，有洋人。他走到一个中国人值守的柜台前面，问黄鱼怎么个换法，职员说，大黄鱼，三百块银圆一条；小黄鱼，三十块银圆一条。说罢就捧出一个样品盒给他看。邢昭衍看了又看，职员说，不用看，通商银行的黄金都是二十四K足金，每条都带编号，如假包换。邢昭衍点点头，决定换四条小的，回家送给父亲两条，自己留两条，就取出一百二十个银圆放在柜台上。

身上有金有银，且减了负担，邢昭衍心情愉快，脚步轻松。出门后，他看到相邻的大北电报公司，心想，不知上海与海畽能不能通电报？如果通，我就发一份给家里报平安，父亲肯定惦记着望天晌能不能当好老大。他走进去问了问，可以发到山东海畽县电报局，并能送到收报人手中。于是取过一张电报纸，用店员递过来的钢笔，在收报人一栏写上"山东省海畽县马蹄所邢泰稔大人"，电文则写"禀告父亲老大眼伤已愈头船丰收我在上海家中如有事请回电上海咸瓜街佳怡宾馆二零四房邢昭衍"。

发完电报，又出门游逛。他发现，外滩这一带太繁华了，没有进口土特产的杂货码头，便沿江而上，去了十六铺码头。这儿商铺林立，码头上正在装卸的货物多种多样。他一边看一边问，长了好多见识。逛着逛着，遇见一个钟表店，邢昭衍进去看看，见里面有挂钟、闹钟，有手表、怀表，都是外国产的。想到马蹄所的大船老板都有怀表，一条明晃晃的链子挂在脖子上，连通着胸前衣兜，十分排场，决定也买一块。他挑了一块中档的瑞士怀表，花了六十块银圆。让老板调正时间，上足了弦，揣进衣兜。

再往前走，忽见有个店面挂着"山东雒镇泰记"的招牌，心怀惊喜走了进去。他早就知道，海畽城南四十里的雒镇，有多家大商号，有的还在上海设立分号，长年有"坐南客"。泰记商号是雒镇最大的一个，看来这就是他们在上海的分号了。他走进去，见里面坐着两个男的正在喝茶，一个白脸，一个黄脸，都在四十岁上下。邢昭衍说："请问，哪位是泰记老板？"白脸人说："我就是。"说罢递来一张名片，上写"山东雒镇泰记上海分号经理 丁惟合"。邢昭衍看了说："丁经理，久仰，我是马蹄所的邢昭衍。"那个黄脸人听了，立即起身对丁惟合说："大哥你忙，我有事要回去。"说罢匆匆离店。

邢昭衍说："这位我好像见过。"丁惟合笑了笑："马蹄所聚福商号的。"邢昭衍尴尬地点点头："想起来了，他叫陈永达。我的船老大先前在他家干过。"丁惟合说："我听说这事了，那个望天晌跳槽给你干，干得还行？"邢昭衍说："还行。"

丁惟合倒一碗茶给邢昭衍，坐下与他说话。邢昭衍说，认识丁老板太好了，我得好好跟您请教。丁惟合说，不要说请教，但我喝了五年黄浦江的水，见识总要多一些。邢昭衍掏出怀表看看，表针将要指向XII，便提议请丁老板吃饭。丁老板欣然答应，嘱咐一个小伙计看门，与邢昭衍走上街，去了一家酒楼。

坐下后，丁老板点了四个淮扬菜，又要了一壶绍兴老酒。邢昭衍向他敬两杯，便请他讲上海滩，讲在上海做生意的窍门，丁老板就滔滔不绝讲了起来。他讲这里的十里洋场，讲十六铺码头，讲巨商发迹故事，讲黑道大佬争夺地盘，让邢昭衍听得一愣一愣的。他说："您能在这里站稳脚跟，真了不起。"丁老板面现得意："在这上海滩混，要比在老家多长十个心眼儿，不然就会吃亏。"

邢昭衍一次次敬酒，又向丁老板请教，打完这季黄花鱼，到上海做什么生意好。丁老板坦诚告诉他，从上海进货，主要是南通大布、纸张、煤油、桐油、红糖、茶叶、大米等等；从海瞰往这里面贩，主要是花生、花生油、劈猪、豆饼、山蚕茧、牛皮、蓑衣、粉皮等等。邢昭衍眼睛一亮："粉皮也要？我姐姐家就开粉坊，常年做粉皮。"丁老板说："你发货过来，保证能赚钱。还有，咱们那里的山区养柞蚕，春茧快下来了，你可以收了运过来。"邢昭衍向他拱手："丁老板，你真好，能真心实意帮我。"丁惟合说："都是老乡，我怎么能不帮呀？我见到你真是高兴，我有一年多没回家了，家里有父母，有老婆孩子……"说着说着掉下泪来。邢昭衍说："唉，你们这些坐南客，真不容易。"

等他情绪稳定，邢昭衍问："海瞰人在这里当坐南客的是不是很多?"丁惟合说:"就我知道的,有三四十个人。各个海口都有来的,马蹄所、雒镇、县城、陈家湾,这几处来得最多。"邢昭衍问:"下次我带货过来,麻烦您把买家介绍给我,可以吗?我给您酬劳。"丁惟合豪爽地将手一挥:"咱们是老乡,要什么酬劳。吃完饭,我就带你去认识几个。"

吃过饭,他果然带着邢昭衍,在十六铺码头转了一圈,介绍了一些他的老客户,了解了粉皮、山茧、花生、桐油、布匹等主要货物的价格。一路上还走进海瞰人开的几家分店,认识了一些老乡。但是路过聚福分号时,丁惟合只是向他指了指,没带他进去。他小声说,聚福老板大船钉不实诚,不大气,愿意和他们做生意的越来越少。

逛到日头西斜,丁惟合说他已经约好一个老板,五点谈一笔生意。邢昭衍说你赶快回去吧,太感谢您啦,下回我来的时候再拜访您。

回到旅馆,向店老板打过招呼,拿一张当天的《申报》上楼。他洗刷一番,躺到床上看报。看了各类新闻,又看上面的连载小说《华侨泪》。正为主人公的悲惨遭遇痛心,忽听有人敲门,还大声喊:"邢先生,您的电报!"邢昭衍从床上一跃而起,打开房门。店老板递来电报说:"人会得锁喉风,大船怎么也会得这个病?"邢昭衍急忙看电报,只见正文是"大船患锁喉风速回",顿时心慌意乱。他对老板说:"大船是我儿子,我必须赶紧回家!"老板说:"已经是晚上了,不一定有船。"邢昭衍说:"我早上在江边问了,今晚就有去青岛的。"老板说:"那你快去,我退给你房钱。"

邢昭衍急忙收拾东西。他想到,小他两岁的亲弟弟,就是得锁喉风死的,年仅八岁。他至今记得,弟弟的嗓子眼里长满了"白蛾",脖子肿得比头还粗,死的时候憋气,脸色青紫。想到大船得病也可能这样,恨不能插翅飞到家中。跑到楼下退房,老板只给他两元,他也顾不上和他理论,急慌慌就要出门。老板说:"邢先生,你这样回家帮不上忙呀,不如抓了药回去,上海有好医生的。"邢昭衍想,马蹄所虽然有靖先生,但上海可能有更好的药,就说:"对对对,我去抓药!"老板给他指点,出门往左拐,有一家"回春堂"通宵营业,有坐堂医生。

找到"回春堂",邢昭衍向坐堂医生讲了儿子的病,医生说,前段时间上海也流行这病,我这里有个方子挺管用的,说罢提笔开方。邢昭衍见他写了雄黄、轻粉、青黛、乳香、寒水石、黄连等等十几种。他让医生多开几服,医生说,本店药材有限,最多开十服。邢昭衍说,那就十服!拿到药方,到柜台交上十块银圆,药师将十张纸铺到柜台上,再打开药橱,一样样取来分好。邢昭衍心急如焚,掏出怀表看看已是八点一刻,惦记着客轮会不会开走,更后悔早上没有问清楚时间。等到药终于包好,他塞进包袱赶紧出门。

一路急跑,到了江边,看到早上停着的那艘轮船还在,便长舒一口气。到那里问问,是十点开船,二等舱票价十六元一张,立即买票登船。

找到票上标明的房间,里面已经有一个头发乌黑、辫子奇粗的年轻男人坐在铺上。见他进来,那人笑道:"百年修得同船渡,咱们有缘。来,认识认识。"说着递过一张粉红色名片。邢昭衍坐到自己的铺上看看,上面写着"大达轮船公司副经理 佟盛",后面还附了地址。邢昭衍说:"佟经理,抱歉,我没有名片。我姓邢名昭衍,山东海壖人,既打鱼又做买卖。"佟盛说:"我猜,你是到我家门口的吕四洋打黄花鱼,来上海卖。"邢昭衍吃惊地问:"你怎么知道?"佟盛道:"每年这个季节,海云湾有好多大船都干这个,我是海门吕四镇的人,能不知道?"邢昭衍再看一眼名片,觉得奇怪:"你是轮船公司的,怎么还要坐这德国船?"佟盛说:"张状元想开辟海运航线,让我去考察一番。""张状元?哪个张状元?"佟盛满脸自豪:

"张謇张大人呀!"

邢昭衍肃然起敬。他早就知道张謇是光绪二十年考中的状元,后来不想做官,回到家乡通州做实业,建了好多纱厂,却不知道他又办了轮船公司。佟盛向他讲,大达轮船公司是七年前成立的,有几艘船,经营上海到扬州霍家桥一带的航运。状元不想光跑内河,想买大船搞海运。他亲自安排我去青岛、大连看看,客源货源怎样,港口是否合适。邢昭衍说,青岛肯定是可以的,那里德国人刚建了大港。前几年我在青岛念书,书院离港口不远,经常过去玩。佟盛将手一拍:"好,那我知道了。但我还是要去亲自考察一下。"

他掏出一盒"三五"牌香烟,递给邢昭衍一支。邢昭衍摆手道谢,说我不抽烟。佟盛说:"这又不是大烟,怕什么?邢先生,在生意场上要学会抽烟的,双方一起喷云吐雾,气氛良好,可以多交朋友,财源广进。"邢昭衍听他这么说,便接过烟。佟盛掏出火柴划着,要给他点,他急忙谢绝,接过火柴自己点着。

邢昭衍吸上一口,问道:"佟先生,我不明白,张状元本来可以做高官的,为什么要回去建工厂?"佟盛说:"这正是他的过人之举。你知道吗?三十年前,他和袁世凯一起给淮军吴大帅当幕僚,随他去朝鲜平叛,写的《条陈朝鲜事宜疏》,连朝廷重臣翁同龢大人、李中堂大人都非常赏识。他中状元之后,本来可以享受高官厚禄,但他有骨气,不愿与一些贪官、庸官同流合污。有一回,慈禧太后从颐和园回紫禁城,文武百官跪迎,张状元也在其中。那天下大雨,官员全都跪在泥水里,可是慈禧太后下了车,对他们一眼也不看。张状元想,文武百官,在太后眼里连草芥都不如呀,人家在颐和园还赏花赏草呢。从这一天,他就萌生退意。恰巧他父亲去世,按规矩回乡守孝,回家后就不走了。因为他看透了,中国之所以挨打,就因为实业不行,就立下实业救国的决心,先在家乡干出个样子,给全中国做个楷模。"

接着，他滔滔不绝，讲张謇的另外一些成就：成立通海垦牧公司，经历千辛万苦，在海门一带建拦海大堤，围垦十万亩土地做原棉基地；创办江浙渔业公司，购进一艘五百马力德国蒸汽机拖网渔轮，命名为"福建"号，这是中国第一艘渔轮，等等。邢昭衍听了由衷赞叹："张状元真了不起，这样的人在中国太少了！"佟盛说："太少了，可以多起来呀。咱们都向他学，全国四万万人都跟他学，中国不就强起来啦？"邢昭衍深吸一口烟，有力地吐出："对，学状元，做实业，救中国！"

邢昭衍推心置腹，向他讲了自己的抱负：以后买轮船，跑海运。佟盛拍手道："那咱们成同行啦！但愿咱们不是冤家，是朋友。"邢昭衍说："对，做朋友，做朋友！"他给佟盛写了自己的地址，请他方便时到海瞰做客。佟盛说，我会去的，你再到上海，也到我公司坐坐。二人论起年庚，佟盛比邢昭衍大六岁，已经三十一了。

睡到天亮，从舷窗瞅瞅，外面是海。邢昭衍说，咱们出去看看吧？佟盛答应一声，与他出舱。到甲板上一站，他说："到清水洋了。"邢昭衍知道，长江口和苏北一带海水混浊，叫黄水洋；东面水清，叫清水洋；再往东去水更深，颜色发黑，则叫黑水洋。他说，不知什么时候能到青岛？佟盛说："我昨晚问过，今晚十点。"邢昭衍感叹："大轮船真快！"佟盛说："我估计，这船的航速，一个钟头二十节左右。"邢昭衍问："买这样一条船，不知要花多少银子？"佟盛说："我目测了一下，这船有二百多英尺长，少不了十几万两。"邢昭衍吃惊道："这么贵？"佟盛一笑："你不信？咱们去吃早餐，顺便问问船上的人。"

二人回到舱里，找到了位于顶层的餐厅。邢昭衍见这里中餐、西餐都有，佟盛说："到德国船上一定要吃汉堡，这是他们发明的。"邢昭衍便也点了一个汉堡，一筒牛奶。送餐的是一位中国青年，便问他这艘船造价是多少。小伙子说，四十六万马克。

邢昭衍咬了一口汉堡,向坐在对面的佟盛笑道:"四十六万马克,相当于二十三万大洋。哎呀,我一辈子也买不起。"佟盛说:"这是目前比较好的客货两用轮船,配置低的用不了这么多。我听说,到日本买船便宜,十几万就能买到很不错的。"

二人吃过早餐,又到甲板上散步。佟盛给邢昭衍讲上海十里洋场,讲张謇的传奇人生;邢昭衍也给佟盛讲青岛的礼贤书院,讲他祖上邢千总守护马蹄所的故事。到房间里躺着继续说话,去吃过午餐回来接着说。正说着,邢昭衍往窗外一指:"哎呀,马蹄所快到了!"说罢急急走了出去。

他到左舷站着,看见海天之间一点青绿,青绿之上是长方形巨石,的的确确是马蹄所西南方向的朝牌山。

佟盛也出来了,到他身边扶栏而立:"那座山是你家乡的?""是呀,我儿子重症在身,我从上海抓了药,可我过家门而不能入,要跑到青岛再往回赶,急死我了!"佟盛说:"这事放在我身上,我也是急得不得了。等到我们公司开辟了北方航线,挂口盐城、马蹄所。"邢昭衍瞅着他的脸说:"佟先生,我非常期盼那一天!但是,海州为什么不设点?"佟盛说:"那里有当地人买的小火轮,三天一班,乘客不多,我们没有必要再掺和。"

晚上进了青岛大港,邢昭衍与佟盛道别,说去马蹄所的小火轮在小港,要到那边坐船。佟盛则说,他要在这边找旅店住下,明天看看港口。二人下船后握手告辞,说了好几遍"后会有期"。

第十一章

邢昭衍背着包袱，出了大港门口就向南跑，一直跑到小港。看到有几艘小火轮停在那里，问了问，目的地都是别处，去马蹄所、海州的三天一班，后天才有。邢昭衍正急得抓耳挠腮，几个人提着马灯过来，边走边吆喝："有坐丈八船的吗？想去哪去哪，立马出发！"他问，有没有去马蹄所的，一个年轻人回答，有，跟我走。邢昭衍就跟着他去了一个码头。那里拴着一条跟他家"菠菜汤"相仿的渔船，上面有一老一少坐着抽烟。邢昭衍问，去马蹄所要多少钱，老者说，八块大洋。邢昭衍说，再便宜点，行吧？老者说，实实落落的，六块。邢昭衍就大步一迈，到了船上。提马灯的人跟着上来，三个船夫分别撑篙、摇橹、掌舵，让船驶出小港。升篷后，老者让邢昭衍到舱里睡觉，邢昭衍就下到舱里，到舱底臭烘烘的席子上躺下。掏出怀表看看，是十一点整。

蒙眬入睡时，感觉船在轻轻震动。他以为还在德国"东方"轮上，睁眼看看，旁边并没有舷窗，只有头顶的舱口晃动着微弱的星光。他明白这是坐轮船残留的感觉，便打了个哈欠继续睡。一觉醒来，听见风声大作，篷竿敲打着桅杆啪啪响，便急忙起身，露头去看。他见天上繁星密布，船边大浪涌动，想到六年前在来昌顺上的惨景，心中惊悸："老大，没事吧？"掌舵的老者说："没事，就是顶风行船太累！"邢昭衍想，要是机器船就好了，顶着风一样跑。

他出舱撒一泡尿,回来接着睡,再醒来时日上三竿。船老大正坐在舱门旁边吃煎饼,见他出来,递给他一个。邢昭衍道一声谢,接过来就吃,发现煎饼里卷的是虾皮和大葱,感觉跟到家一样。他边吃边与老大拉呱,得知他是斋堂岛上的打鱼人,姓毛,这几年改行做送客生意。邢昭衍说,比打鱼挣得多吧?毛老大笑了:一年顶三年。

吃完煎饼,邢昭衍有一搭无一搭地与毛老大说话,注意力都放在右前方的海岸景象上。那里,一座座山先后过去,朝牌山终于露头,且变高变大。十二点多一点,船在马蹄所龙神庙前停下,邢昭衍邀请船夫们上岸,到饭店请他们吃饭,老大说,不,俺接着回去,船上有煎饼,饿不着。邢昭衍就从包里掏出六块大洋给毛老大,另外又给了他几个铜板,说是煎饼钱。老大攥着一把钱连连点头:好人有好报,愿你家孩子平安无事。

下了船,邢昭衍立即飞跑,把脚下的沙子踢得老远老高。跑进所城,闯进家门,他大声道:"大船,大船怎么样?"梭子在堂屋门口露脸哭道:"你可回来了,大船要毁……"

他进屋看看,母亲正坐在床边擦眼抹泪:"杏花她爹,快看看你儿,嘴里长满白蛾了。"邢昭衍走过去,只见大船仰躺着,脸色青紫,小胸脯急促起伏。再看看他大张着的嘴里,里面有满满的白东西。女儿杏花也哭着扯他的衣角:"爹,大船会不会死呀?"邢昭衍说:"不会,我带药来啦!"他急忙取出药包,让梭子去熬。母亲说:"我去吧。"接上药包走了。

邢昭衍问梭子,找没找靖先生看。梭子说,找了好几回,可是得锁喉风的小孩太多,有的药都用光了,配不齐,吃了药也不管用。邢昭衍说,我从上海拿来的齐全,肯定管用。

这药真是管用。母亲熬好,给大船喂上,当天下午他喘气就顺畅多了,脸色也红润起来。他爷爷过来看看,喜得老泪纵横。

邢泰稔擦擦泪眼,跟儿子说话。他说,你打完黄花还要跑买卖,本钱不够的话找我拿。邢昭衍说,爹,你先借我五百块大洋,我把排船的工钱给他们结清。父亲说,中,晚上你找我拿。

晚上,邢昭衍去了后院堂屋。父亲指着地上一个布袋子说:"这是二百块大洋,里屋是一百五十吊小平钱。我提不动,你自己拿吧。"邢昭衍进去看看,见炕前放了一堆一堆小平钱,都用细麻绳穿成串儿,散发着浓浓的烟味儿。他知道,父母睡的大炕构造特殊,靠墙砌了个藏钱洞,父亲平时的进账,无论银圆还是铜钱,都揭开炕席放进洞里。可能是炕洞有缝,烟钻进去把钱熏了。

父亲在外间说:"扣除你给我的两个条子,等于你借我四百四。"邢昭衍说:"爹,条子是我送您的。"爹却说:"老话讲,'亲兄弟,明算账',亲爷们也得把账算明白。"邢昭衍说:"那我给您写个借据。"父亲将手一挥:"不用,记在心里就行啦。"邢昭衍道一声谢,把银圆提到前院放下,再与老魏用大筐抬了几趟,把小平钱都弄到前院。接着,让老魏把邢大斧头叫来,与他结清所欠工钱。

此后三天,大船喝下他奶奶熬的三服药,嘴里的"白蛾"全都消失,下了床活蹦乱跳。邢昭衍不胜欣喜,提着剩下的六包药去了康润堂,想让靖先生用这药治别的孩子。

靖先生正在坐堂,对面是一个抱孩子的大汉,邢昭衍认出他是宿二仓。宿二仓正带着哭腔哀求:"先生,你快救救俺儿,快救救他!"靖先生摇头道:"药用光了,新进的药材还没到,我无能为力呀。"

他抬头看见邢昭衍,立即起身:"邢一提来啦?听说你从上海抓了药,把你孩子治好了,我正要找你,看看都是些什么药。"邢昭衍举一举手里的药包:"我给您送来了。"宿二仓一看,立即向邢昭衍跪倒:"邢家少爷,你行行好,把药给我吧,我儿眼看不行了……"邢昭衍看看面前的仇家,把牙咬了几咬;再看看他抱着的孩子严重憋气,却又吁出一口气,递给他三个药包。宿二仓见邢昭衍手里还有,眼巴巴地说:"您都给我吧,都给我吧。"邢昭衍说:"用不着,三包就行。这三包我要给先生。"宿二仓起身，掏出一把小平钱递给邢昭衍："给你钱，这些够了吧？"邢昭衍冷冷地道："药你拿走，钱也拿走。"宿二仓说："你不收钱怎么能行？"将钱往地上哗啦一扔，抱着孩子和药包走了。靖先生向邢昭衍一竖大拇指："仁至义尽。"邢昭衍一笑："老祖宗不是说过，冤家宜解不宜结嘛。"

然而，他想错了。立夏一过，邢昭衍天天到海边等着义兴号打黄花归来，等到第三天终于等到。义兴号主桅上绑着红旗，在蓝天碧海之间越来越近，海边的人都指指点点，面带羡慕。邢昭衍联系好的黄花鱼经销商，来卸鱼的岳父和小舅子等人，都向那边摆手欢呼。旁边却有人冷言冷语："显摆个啥？哪天再遇上大风，跟来昌顺一样！"那是宿大仓，他正与四个弟弟守着几堆渔获和鱼贩子讨价还价。邢昭衍听说，宿二仓的孩子用了上海的药早已治好锁喉风，此时宿二仓抬头看看义兴号，眼中也是闪着嫉恨的寒光。这让邢昭衍心颤不已，同时也明白了一件事：有些家伙永远是畜类，进化不成人类的。

把义兴号带回来的黄花鱼销完，邢昭衍与邢昭光算算总账，去吕四洋一个来月，共收入一千八百三十块大洋，付给老大和船工们工钱，还剩下一千一。邢昭光说，咱们走得晚了，如果早点走，干上整个黄花汛，能挣到两千。邢昭衍说，这就很好了，咱们收货有本钱啦。他给老大和船工放假十天，让魏总管开始收购山茧。

海暾西部山区到处都有柞树，但多数柞树都长不成树，被山民每年割一茬当柴火，因而一丛一丛呈灌木形态，称为"柞椤"。许多山民在柞椤上放养柞蚕，每年收两季。柞蚕丝虽然是土黄色，织成衣裳却也溜滑轻飘，深受人们喜爱，所以江浙一带的缫丝厂、织布厂大量吃进，山茧便成为海暾县各海口向外输出的一大货种。来昌顺跑买卖的时候，魏总管结交了许多山里的茧贩子，前些天他跑了一圈，告诉他们送春茧上门，会得到额外的酬劳。果然，茧贩子用牲口驮,用车子推,送到恒记商号,每人在货款之外会多得二百文酒水钱。茧贩子高高兴兴走后,又转告别的茧贩子,恒记商号门庭若市,仓房渐渐堆满。杏花去拿来两个,扯出几根丝,将茧挂在耳朵上,摇着头嘻嘻笑:"俺戴坠子啦!俺戴坠子啦!"邢昭衍看见了心想,这小丫头就爱笑,跟她娘一个样子。

他让魏总管和邢昭光收茧,自己去姐姐家,问他们愿不愿把粉皮卖到上海,姐夫于嘉年说,当然愿意,每年这时候粉皮积压好多,要等到八月十五过节才卖出去。邢昭衍说了价格,姐夫说,有赚头。邢昭衍说,那你跟我跑一趟上海吧。姐姐急忙制止:"他舅,你甭叫你姐夫去,上海是花花世界,到那里就学坏了!"邢昭衍哈哈一笑:"他敢?他要是学坏,我把他揍扁扔进黄浦江!"姐姐也笑了:"那我放心了,去吧去吧。"邢昭衍就让姐夫把粉皮打好包,五天后往他船上运,姐夫高高兴兴答应。

装船一事,则让岳父和小舅子张罗。小嫩肩弓着腰昂着头,对那些苦力指手画脚吆吆喝喝,还对不顺眼的拳打脚踢。邢昭衍劝他不要这样,小嫩肩却理直气壮:"那些熊人,不给他点厉害,他不给咱好好干活!"邢昭衍当着众人的面不便多言,回来和梭子说这事,梭子说:"俺爹是小神灵担不得大香火,当了个小工头就胀饱。我晚上劝劝他。"梭子回家说了说,第二天她爹收敛了许多,只动口不动拳脚了。

十天后,收购的山茧和于嘉年送来的粉皮全部装上义兴号,在望天晌指挥下装进前后几个舱,中舱却空着。邢昭衍明白,这两样货太轻,要有压舱的重物。果然,望天晌又让魏总管去找人,用舢板往义兴号运泥沙。运了一天,装了大半舱,望天晌趴在船边看看吃水线,才说行了。

在一个刚刚下完雷雨的早晨,义兴号再次起航南下。到了上海,靠上十六铺码头,邢昭衍找到上次谈好的粉皮订户和山茧订户,带他们上船验货，接着卸船。结账后，于嘉年提着二百多块大洋对邢昭衍说，他舅，我这一下赚大了，回去多找人做。邢昭衍说，你不一定都是自己做，可以到别的粉坊收货。于嘉年说，对呀，我就当个粉皮出口商，接连不断发货。

他又跟小舅子商量："想给你姐买点东西，你看买啥好呢？"邢昭衍说："给她买一块丝绸做衣裳吧，我带你去。"邢昭衍就让昭光在船上卸山茧，他与姐夫去岸上找丝绸店。找到一家，邢昭衍说，也给梭子和大船他奶奶各买一身。他让店员做参谋，选了三种不同花色的上等绸子，分别量了三份，而后一起付账。姐夫不让他付，二人都掏出一把大洋往店员手里塞。店员不知收谁的好，在柜台上敲打着尺子咪咪笑：一看就是山东人，讲礼道！最后在店员的建议下，他俩各付一半，因为当女婿的也要给丈母娘尽一份孝心。

而后，他俩去泰记分号见丁经理。邢昭衍说他介绍的生意果然赚钱，递上十块大洋表达谢意。丁惟合推让一番，说就用这钱请你们吃饭吧，邢昭衍没答应，说要找到丁经理上次介绍的客户，抓紧进货。他们找了几个，订下桐油和南通大布两宗货物，约定明天一早装船。把生意谈妥，邢昭衍去给魏总管发电报，讲明回去装了什么货，各是多少，让他找好买家。于嘉年对电报十分好奇，说，我也发一份给你姐吧？邢昭衍笑道，你想发就发。于嘉年就写了电文"粉皮卖了赚到钱了买一块绸子布带回去你等着恣吧"，邢昭衍看了直笑，电报局柜员也笑，问他俩"恣"是什么意思，邢昭衍说，就是高兴。但是，等到付款的时候于嘉年不恣了，二十二个字，每个字一角四分，花了三块多。他说："奶奶的，顶我做五六天粉皮呢。"

从电报局出来，回到码头，见山茧卸完，天色已晚，邢昭衍就让昭光去买酒菜犒劳大家。一会儿，昭光回来了，手里拿着一个纸卷，身后跟着两个抬食盒的店小二。把酒菜放下，小二回去，邢昭衍招呼大伙喝酒。此时，江边华灯初上，江上凉风习习，让大家消了汗水，格外舒坦。

　　昭光把买来的一坛子酒倒上一碗，捧给邢昭衍。邢昭衍又恭恭敬敬端给望天晌，让他先喝。望天晌喝下一口，看看黄浦江岸边的繁华景象说："这辈子能在大上海喝几场酒，也算值了。"大伙连声附和，接过这碗酒轮流喝，喝一口抹一下嘴："真恣！"

　　喝过一轮，邢昭光笑嘻嘻道："再加一道下酒菜！"他取过刚才拿来的纸卷，解开系绳，用手抖开，便有一个俊俏女人向大家含情脉脉。邢昭衍认得这是月份牌，但是姐夫和船上的伙计们都不认得，脸上便现出三个圆圈，惊艳、惊讶，表情复杂。

　　于嘉年用筷子指着邢昭光说："四兄弟，你色胆包天呀，敢弄来个大美女？"

　　邢昭光翻转过来指着："姐夫，你别光看大美女，看看这一面是什么？是月份。整天在海上跑，我记不清日子，有了月份牌，一看就明白。伙计们，我把它挂在天篷里，谁把日子过糊涂了就过来看看，记住，一天只能糊涂一回，多了不行！"

　　众人都笑。于嘉年说："你叫别人一天只能糊涂一回，你住在里面方便，一天糊涂一百回怎么办？"

　　众人又笑。邢昭衍也让他们逗乐了，心想，船工长年在海上跑，连个女人影子也见不到，挂个月份牌，让他们排遣一下寂寞也好。

　　吃完饭，邢昭衍与姐夫到船边说话。姐夫说："他舅要注意，你这个兄弟太喜欢女人了。"邢昭衍说："到了这个年龄，血气方刚，有那个想法很正常。"姐夫说："男大当婚，女大当嫁，快给他找个媳妇，不然熬不住。"邢昭衍忽然想到箩子的一些作为，灵机一动："嗯，我小姨子跟他年龄相仿，叫他俩做夫妻吧。"姐夫说："这样好，亲上加亲，做事一心。"

　　第二天上午，借着装货的空当，邢昭衍提着让爹给他准备的一包乌鱼干，去看望上次在船上认识的佟盛。找到位于十六铺码头的大达轮船公司，佟盛正在屋里打着算盘记账。佟盛见到他面现惊喜，起身与他握手，还让他坐到电扇底下。邢昭衍抬头看看，屋顶上吊了一个大电扇，呼呼转动，让他感觉凉爽。佟盛给他沏一杯茶，问他这次到上海做什么生意，邢昭衍就和他说了。他问佟盛，去北方考察结果如何，佟盛说："我去了青岛又去大连，发现青岛到上海的航线已经饱和，有德国人的汉美轮船公司、捷成洋行、瑞记洋行，英国人的怡和洋行、太古洋行，我们很难再从中分一杯羹。但是，青岛至大连的客运量正在急剧增加，主要是山东人闯关东的越来越多。"邢昭衍点点头："是，我们海瞰也有好多人闯关东，都坐小火轮或者步行去青岛，再坐大船去大连。"佟盛说："但是，青岛离我们太远，在那里新开轮船公司，管理上也不方便。我把这个情况报告张状元，他也打消了开辟北方航线的念头。再说，他最近也顾不上自己的生意了，正准备办一件大事。"邢昭衍问："办什么大事？"佟盛向门外望了一眼，压低声音说："筹办江苏咨议局，向朝廷发起请愿，早日立宪。他觉得，中国不实行君主立宪制，就没救了。"邢昭衍点头道："哦，这真是大事。"

佟盛喝口茶，摆摆手："咱们不谈国事，只谈生意。邢老板，山东人闯关东的势头非常之猛，我估计要持续十年二十年，甚至更久。你应该抓住这个千载难逢的机会，开辟海云湾到大连的航线。"邢昭衍听了很振奋，却又龇着牙花子道："佟经理，您这点子很好，可我哪有钱买船？"佟盛说："抓紧挣钱呀，我告诉你一个近在眼前的商机：我在青岛港听说，今年西洋各国要大量进口中国花生米，你从海瞰收购之后送青岛，利润肯定丰厚。"邢昭衍说："谢谢，这个买卖切实可行，海瞰花生很多，我回去就做好准备。"

又说了一阵别的，邢昭衍向佟盛告辞。出门后他想，青岛港大量出口花生米，这个讯息很重要，我应该告诉丁老板。于是就去泰记分号和他说了，丁惟合听了很兴奋，说邢老板够意思，我发个电报回去，让他们也做好准备。

回到船上，货已装完。午饭后起航，第九天回到马蹄所。邢昭衍让魏总管抓紧卸货，并将已经收足的山茧装船。回到家，他和姐夫去给老太太送上绸子，老太太喜得合不拢嘴。邢昭衍向父亲说了秋天往青岛送花生米的计划，父亲说，往年都是往南方发果子米，你先发一船到青岛，看看价钱怎样，如果不咋的，接着调头去上海。

姐夫回家，邢昭衍把他送到后院东门外，接着去了前院。和两个孩子亲热一番，他跟梭子说了他的打算：让筹子嫁给昭光。梭子听了，沉默片刻才说："四兄弟长得不错，头脑也灵活，我就担心他以后会花花，叫咱妹妹吃亏。"邢昭衍说："他花还能花到哪里去？咱们多敲打他，管住他。"梭子说："好吧，我就当一回媒人。"

她先回娘家说了，娘立即欢天喜地，说你跟筹子当妯娌，相互照应，太好啦。筹子却愣怔片刻，盯着姐姐问："这真是俺姐夫的主意？"梭子说："不是他又是谁。他说，男大当婚女大当嫁。"筹子把嘴一噘："好吧，我听他的。不过，他那个四弟，下巴颏太尖，不像俺姐夫的，方方正正。"梭子说："你管他下巴尖不尖干啥，只要能挣饭给你吃。"筹子笑了笑，不再作声。

梭子去昭光家里说这事，昭光立即两眼放光："嫂子，我真有福，想啥来啥。我早就想娶个跟你一样俊的媳子，筹子跟你是席上滚到地上，没有多大差别。差别只在嘴上，筹子的嘴稍大一点。"梭子见他盯着自己的嘴，拿眼瞪他一下。她又问大爷大娘，叫筹子跟着四弟中不中，二位老人异口同声：中！

然而她不知道，筹子这时趁她不在家，去找姐夫发难了："姐夫，你心真狠！"邢昭衍既尴尬又紧张："我怎么狠啦？"筹子指点着他道："在一张床上睡过的，你怎么能把我推给人家？"邢昭衍说："对不起，我那时候太荒唐。"筹子流泪道："你知道不知道，你荒唐了一夜，叫俺一辈子忘不了！俺整天整夜想，咱们仨能到一个屋檐下过日子。"邢昭衍摇头:"那怎么行?"筹子向屋外一指:"人家西街纪家大少爷娶了俩,你就不能?宏利商行的侯老板,还娶了四个老婆呢!"邢昭衍说:"他们是他们,我是我,我只能娶一个媳妇。我是在青岛读过书的,应该按老师讲的规矩,一夫一妻。"筹子啐了一口:"什么狗屁规矩!你真不能娶我?"邢昭衍坚决地说:"真不能。"筹子泪眼婆娑地说:"那你再抱我一回。"邢昭衍看看屋里屋外就他们两个,过去把她抱了一下。哪知道筹子死死将他搂住,将脑门一下下往他胸膛狠撞,撞得他五脏六腑都在打架。他受不了,用力将她推开。筹子揞一下脸,两手猛地向下一抹,转身走了。邢昭衍看见,她的左右两手,都有泪珠抛洒,觉得自己的心猛然一揪,疼了起来。

接下来的几天,梭子像穿梭一般来回传话,让两家把亲定下。在昭光家里商量何时过门时,梭子说:"等到腊月行不?"昭光瞪眼道:"嫂子你想焙死我?俺三哥当天就把你领回家,你叫我等上半年!"梭子羞笑着打他一巴掌,问他想叫筹子什么时候过门,昭光说:"你问问俺哥什么时候开船吧,反正我想先当上新郎,再跑这趟生意。"

梭子回去把这话一说,邢昭衍皱眉道:"他想早点娶媳妇也行,可是总得有新房吧?我去跟大爷商量商量。"他到大爷家里,跟他爷俩商量一番,决定马上买房。邢昭衍说:"大爷,我借您的钱还没还,买房子的钱我出。"邢昭光立即说:"三哥,你做生意本钱不够,先用着吧。我上了你的船,已经挣了几十块大洋。如果不够,叫俺爹出。"邢泰秋也说:"我有,我出。"

邢昭光立马在所城打听,有没有卖房子的,但城里没有,城外倒有一家。那户人家马上去闯关东,要把位于南门外的三间草房卖掉。邢昭光把它买下,里里外外收拾一番,买一张床放进去。两家定下喜日子,把大契传过。小嫩肩去集上买来一桌一柜两个杌子,到那天请来吹手，呜里哇啦送了过去。马蹄所的人看见了议论纷纷，都说，邢一杠找媳妇，第二天早晨就领回家；邢昭光找媳妇，催着人家立马过门，这兄弟俩都是属猴子的，急脾气。随后，所城内外传开了一句歇后语：邢家兄弟找媳妇——猴急。

邢昭光与新婚妻子告别，上了义兴号又去上海。邢昭衍和魏总管留下，做收花生米的准备。他俩打量着院西边的仓房，一致认为容量太小，必须另找地方建商号。二人转转悠悠，走到南门外，魏总管向东一指：咱们看看海错渔行。

沿一条小路进去，里面有一个五六亩大小的院子，长满杂草，十分荒凉。里面两大排放腌鱼和劈猪的池子空空荡荡，只留下白花花的盐渍。魏总管感叹，当年这个渔行生意多么红火，光是白鳞鱼，每年都腌十几池，可是老板纪九成爷儿俩都抽大烟，没有心思做生意，把家业败坏了。邢昭衍说，你找他们问问，这地方卖不卖，老魏答应着。当天晚上老魏告诉邢昭衍，纪老板正缺买烟的钱，决定把渔行卖掉，出价四百大洋，他给压到三百二。邢昭衍说，这个价合适，赶快拿到手。他去后院向爹说了这事，他爹也说可买。邢昭衍说，我钱不够，您还能再借给我一些吗？邢泰稔沉吟片刻，把胡子捻了几捻，吐出一口气："我把家底子都给你吧！"说着走进里屋，不知在哪里摸索了一阵，竟然捧着两个银圆宝出来。邢昭衍很吃惊："咱家还有宝银？"邢泰稔说："这是你爷爷留下的，临死嘱咐我，不到万不得已的时候不能出手。你要买地建商号，是事业爬坡的重要关头，就用了吧。"邢昭衍万分感激地接过来，掂一掂说："一个是五十两吧？"邢泰稔说："是，两个能换二百个大洋。"邢昭衍说："加上我手里的，够了。"

第二天，邢昭衍找大爷和纪姓一位族老当证人，让老魏把纪九成叫来，一起勘界写文书，现银成交。不料正在数钱时，纪九成的儿子蹿进屋门，一下子抢走了一个元宝，边跑边说："总算有钱了，赶紧过过瘾!"纪姓元老指着他的背影说:"这个败家子,一个元宝够他抽几天?"

义兴号从上海回来,也到了收花生的季节。邢昭衍把卖货的钱全部投入,大量吃进,装花生米的麻袋垛满了由海错渔行改造成的恒记商号。装一船发走,到青岛小港,发现码头边有许多摊子,都在收花生米。他过去打听一圈,价格在每担八元上下,毛利接近两元,不胜欣喜。他与其中一家谈定,让昭光找人卸货,自己则走出小港,去了礼贤书院。辍学五年,他经常想念卫大人和同学们,这回来青岛,当然要过去看看。

第十二章

邢昭衍是看着菊花嗅着菊香走进礼贤书院的。在礼贤书院读书时他就知道,卫礼贤认为,梅兰竹菊最能体现中国文化韵味,所以让人在书院种这四样,到了秋天,到处摆放菊花。今年书院摆得特别多,光是大门外就摆了长长的两溜。每个花盆栽一棵,花朵有白有黄,花瓣有聚有散,香气馥郁,沁人心脾。

走进大门,院子四周也是黄灿灿的。刚打量一圈,目光被咚咚的响声引向了操场。他看见七八个人在那里争夺一个大球,谁抢到手就往木头架子上扔,球掉下来则接着抢。他想,这是干啥呢?就走过去看。"邢昭衍!"一个上身只穿汗衫的青年人跑来。邢昭衍认出了他,迎上去冲他胸脯上捣了一拳:"翟良!"翟良叫一声"昭衍",也兴奋地给他一拳。邢昭衍问翟良:"你怎么还在书院,不是早就毕业了吗?"翟良嘿嘿笑道:"监督重用我,让我留校教历史课。"他问邢昭衍为何而来,邢昭衍说:"载了一船货,来青岛做生意,趁着卸货过来看看。"翟良说:"四年前你家的船出了事,你不能来读书了,把我好一个难过。没想到,咱们今天又见面了!"

邢昭衍指着抢球的一堆人:"他们在干啥?"翟良说:"打篮球。这是前年监督托人从天津买来的。"邢昭衍点点头:"我想起来了,监督说过这种球,是从美国传到中国的。"翟良说:"走,你也玩一会儿!"就拉着邢昭衍过去。他从一个同学手中把球要过来,往地上拍打几下，递给邢昭衍。邢昭衍接球到手，也往地上拍打两下，惊奇地说："这玩意儿，怎么这么能跳？"翟良说："打足了气的缘故。你投篮试试？"邢昭衍就学那些人的样子，瞄准篮筐，一下子投中，让在场者纷纷喝彩。翟良说："你真有体育天分，来，脱掉外衣玩一会儿。"邢昭衍却摆手道："不玩了不玩了，我给小老乡捎了东西，你带我找他去。"翟良问："哪个小老乡？王献堂？""对，就是你让他给我捎东西的。"翟良说："走，今天是周日，他大概在宿舍。"

三年前的腊月二十六，一位背着包袱的俊朗少年来到邢昭衍家，自称王家驹，字献堂，韩家村人。他春天去青岛礼贤书院读书，现在放了寒假，受翟良学兄委托来送东西。邢昭衍接过包袱解开看看，竟然是他在青岛读书时用的几本课本、燕子石砚台、竹雕笔筒与一对红木镇纸。最珍贵的是，书本里还夹着一张他与翟良在青岛照相馆照的合影。他问王献堂，从青岛是怎么回来的，王献堂说，坐小火轮回来的。邢昭衍见他身板结实，拍着他的肩膀道："你叫王家驹，真是一匹好马驹呀！"再细谈，知道他生在韩家村的大户人家，爷爷是庠生，父亲是医生。邢昭衍道："咱们离得很近，就隔一条西江。我听靖先生说起过令尊，称赞他医术高超。"那天二人相谈甚欢，邢昭衍留他在家吃了午饭。前几天他去了一趟韩家村，找到王献堂的父亲，说要去青岛做买卖，要不要给令郎捎东西。王先生说，好呀，给他捎一包煎饼。在等待王献堂母亲包煎饼的时候，他看到，王家摆满了古董。王先生说，他喜欢金石，在行医之余收集。临走他还给邢昭衍五十块大洋，让他捎给家驹，如果在青岛遇见稀罕古物，可以买下来带回家。

翟良与邢昭衍往宿舍走时，低声问他："昭衍，武昌的事听说了吗？"邢昭衍问："武昌什么事？"翟良握着拳头晃晃："那边的新军造反啦！革命啦！胶澳总督府刚传出消息！"接着，把他听说的武昌起义讲了一通。邢昭衍想起大年初一靖先生说的"龙墩要倒"，不禁暗暗吃惊。翟良问他："革命了，你有什么打算？"邢昭衍一笑："我能有什么打算，照常做生意呗。你呢？"翟良看看四周诡秘地一笑："国家兴亡，匹夫有责，我在等待时机。反正我不想当一辈子教员。"

走到一间学生宿舍，翟良喊一声"王献堂"，里面立即答应一声，走出一个高个子青年。三年没见，王献堂长高了许多，几乎和他比肩了。邢昭衍把煎饼和银圆交给他，转达了他父亲的意思，王献堂拱手道谢。

翟良拿起桌子上的书看看："献堂，你在读《周易》？"王献堂说："是监督让我看的，他打算翻译这本书，让一些同学看后跟他讨论。"邢昭衍说："你读吧，我要去拜见卫大人。"王献堂说："正好我也要去。"三人一起出了宿舍，向监督住的小洋楼走去。

楼内传出钢琴声，翟良敲敲门，琴声停了，开门的是卫美懿。三个人一起向她鞠躬："师母好！"卫美懿微笑着说一声"请进"，他们便走了进去。邢昭衍发现，四年没见，卫美懿美貌依然，只是眼角有了细密的皱纹。客厅里有个五岁左右的漂亮女孩坐在钢琴旁边，忽闪着一对蓝眼睛看着他们。卫美懿用德语向她吩咐一声，小女孩立即飞跑上楼。几分钟之后，卫礼贤出现在楼梯上。他看着邢昭衍，停下脚步吟起诗来："千红万紫尽漂流，开到寒花岁已周……"邢昭衍一时想不起他念的诗是谁写的，身边的王献堂开口接上："晚节不嫌知己少，香心如为故人留。"卫礼贤响亮地鼓一下掌："献堂聪明！袁枚的这首咏菊诗，我特别喜欢，也特别适合今天吟诵，因为邢同学回来啦！"

邢昭衍听他这样说话，而且认出了自己，急忙上前鞠躬："拜见卫大人！"卫礼贤走下楼梯摆摆手："再不要叫我卫大人了，清政府岌岌可危，即将被革命党推翻，他们给我的赏赐不能再提啦。"翟良说："监督，这份荣誉不再提，但您又有了新的荣誉呀。"他往墙上一指："喏，德国耶拿大学授予您荣誉神学博士学位。"邢昭衍看见，一本打开的金黄色证书正在搁板上,便向卫礼贤说:"祝贺您!"卫礼贤的脸上现出自豪神情:"这是我翻译的《论语》在德国出版,耶拿大学给我的奖励。这只是一个开端,近来我又在翻译老子的《道德经》,庄子的《南华真经》。"邢昭衍由衷赞叹:"您真是了不起。这些书我都读不懂,您却翻译到德国去了。"王献堂问:"请问监督,您何时翻译《易经》?"卫礼贤摆摆手:"时间未定,因为我要做艰苦的长期的准备。《易经》是中国文化的源头,内容太深奥、太神秘,有些概念我不知道怎么翻译才好,一直在琢磨,在思考。譬如说,《易经》中常常提到的'圣人',用德语的哪个词替代?Der Heilige(神圣者)?Der Berufene(受到呼召者)?Die Heiligen Weisen(神圣的智者)?"说到这里,他皱着眉头盯向邢昭衍的脸,仿佛那上面有答案。

卫美懿此时已经沏好了茶,笑吟吟地让他们喝。卫礼贤结束他如何翻译"圣人"一词的思考,做着手势让三人坐下。他问邢昭衍,这几年在做什么事情,邢昭衍就把家中遭受变故、他下海打鱼,后来又造了一条船的经过简单地讲了讲。卫礼贤听后竖起拇指:"好!《易经》中最重要的一句话就是'天行健,君子以自强不息',你正是这么做的。我希望你继续努力,发愤图强,做一个成功的商人!"邢昭衍点点头:"谢谢监督鼓励。"

卫礼贤呷一口茶,问王献堂读《易经》读到了哪里,有何心得,王献堂向他讲,在读临卦。卫礼贤从桌上拿起一本《易经》翻了翻,指着上面念:"元亨,利贞,至于八月有凶。"念罢看着王献堂说:"乾卦出现'元亨利贞'四个字,这里再次出现,是什么意思?"王献堂说:"我认为,乾卦是讲'元亨利贞'的基本含义,这里再讲,是一种告诫,让人们仁善立业,循礼亨通,义以取利,信以贞固。无论做什么事情,应怀敬畏忧虑之心。因为事物发展到它的反面,譬如农历的八月,就会有凶险发生。"卫礼贤点点头:"献堂讲得很好。那么，为什么八月会产生凶险呢？"王献堂说："因为阳极阴生。"卫礼贤用指头点一下桌子："对。这就是中国圣人的智慧。盛极而衰，物之常理，不能知进忘退，知刚忘柔……"邢昭衍听他们谈论得起劲，而且不知要谈论多少时间，心里惦记着码头上的事情，便向卫礼贤告辞，说要回去看看货物装卸情况。卫礼贤与他握握手："我希望，你现在有了大帆船，以后还能有大轮船，成为中国航运业的翘楚！"邢昭衍羞笑道："这个目标太高，但我会努力的，谢谢监督。"翟良对监督和王献堂说："你们继续谈，我送送昭衍。"

二人走出小楼，邢昭衍说："监督真是迷上了中国的圣贤书，一个劲地翻译。"翟良点头道："是呀，我听总督府的一位德国人说，卫礼贤的翻译作品在西方引起了轰动，不仅数量多，水准也高，他成为向西方介绍中国文化的第一人了。咱们老祖宗的那些东西，在他眼里都是珍宝，他迫不及待地要翻译给他的同胞们读，让他们懂得中国人的心灵。对了，他跟我说过，准备写一本书，书名就叫《中国心灵》。"邢昭衍由衷赞叹："了不起，真是了不起。"

到了书院门口，二人揖别。邢昭衍走了一段，回身驻足，望着远处的那一片金黄站立许久。他恍惚觉得，卫礼贤先生营造的这个学院，似乎是一个远离世俗的桃花源。武昌城头响起了枪声，共和的口号传遍各地，卫先生依然陶醉在中国古人创造的文化典籍里，孜孜矻矻，一本本翻译。著名的耶拿大学为了表彰他，竟然给了他神学博士学位。孔子说，"道不行，乘桴浮于海"，难道在两千四百多年之后，由一位德国传教士替他完成？

但邢昭衍又看到，面前中国人居住的鲍岛区和右前方外国人居住的青岛区界限分明，而且这个界限是德国人占领这里之后强行划定的，又觉得卫先生的行为完全是个异数。德国人如果对中国的圣贤主张稍稍有点尊重与理解，就不会倚仗舰坚炮利来占青岛。

回到小港，看见义兴号停靠的码头上聚集了一群人，正哇啦哇啦吵架，用于卸货的两条踏板上却空无一人。邢昭衍吃了一惊，急忙跑过去。原来是一群扛大包的码头工人分成两拨在吵，望天晌站在他们中间，张开两手做按压状，似在调停。看见他，邢昭光跑过来说："三哥你可回来了，那帮山杠子已经闹了一大会了，耽误事呀！"他身后，急急走来了二老大。邢昭衍问怎么回事，二老大说："这几年好多海瞰人来青岛混穷，一部分人就在码头上扛大包，结成了海瞰帮，凡是海瞰来的船都找他们装卸。如果人手不够，船主又想赶快装卸，海瞰帮的大把头就找卯子工帮忙。没想到，今天这帮费县卯子工，占了踏板不让别人上去，非要包下整条船卸货不可，你说他们霸道不霸道？"看看船上的花生米一袋也没卸下，邢昭衍火了："还有这么干的？我去看看！"

他走近人群，邢昭光大喊："东家来了！"海瞰帮让开通道，大把头向他拱拱手："东家，老乡，你快来说句话，把他们赶走！"邢昭衍看看对面，是十来条精壮汉子站在连通码头与义兴船的踏板上，一个个金刚怒目。站在最前面的是个黑脸汉子，身材很特别，四肢比常人短。邢昭衍问他："你叫什么名字？"黑脸矬子把脸一扬："行不更名坐不改姓，咱叫刘桂棠！"邢昭衍听他这样说话很反感，但还是忍住气道："刘大哥，你不让我这船卸货，是何道理？"刘桂棠道："你欺负俺这些山里来的兄弟！"邢昭衍问："怎么欺负你啦？"刘桂棠将指头狠狠地一戳又一戳："同样在码头上出苦力，为什么叫俺当卯子工，一天才给俺五个铜板？"邢昭衍想，一天挣五十文，真是不多，但他想了想又说："不是我欺负你们，因为海瞰的船让海瞰人卸，这是个规矩。"刘桂堂把眼一瞪："什么屌规矩，是你们这些海瞰鬼子合伙欺负俺！"邢昭衍心头一颤："你叫我们什么，鬼子？""海瞰鬼子！听清楚了吗？"邢昭衍勃然大怒："六百年前，我邢家老祖宗是从湖南过来打鬼子的，你今天竟敢叫我鬼子？"刘桂棠蹿到他面前气势汹汹："叫又怎么啦？叫又怎么啦？你就是海瞰鬼子！海瞰鬼子!"邢昭衍抡起拳头,一下子将他捣了个趔趄。刘桂棠摸着疼处说:"你敢打我?我日你姐!"邢昭衍更加愤怒,再一次把他击倒。那些费县人大吼大叫,要上来打邢昭衍,大群海暾人聚集起来护住他,指着费县人嚷嚷:"谁敢动手,把他扔到海里喂鱼!"刘桂棠呆立片刻,向一帮老乡挥挥手:"走,海边不养爷,咱回老家!"走出一段又回头叫骂:"姓邢的,我日你姐!"

邢昭衍看见他们走远,没再理会,让大把头赶紧卸货。他这时觉得,右手关节在疼,便一边揉搓一边上船。他此时想不到,这个刘桂棠后来会成为巨匪刘黑七,而且专程去马蹄所报这两拳之仇。

在这里卸下花生米,拿到货款,邢昭衍问望天晌回去装什么货,望天晌说,莱阳梨现在下来了,咱们去沙子口装一船,到上海卖。邢昭衍知道,这是海暾一带许多商船在秋天常走的航线,他家的"来昌顺"以前在这个季节就经常贩梨到海暾或者上海。

船出港后驶离胶州湾,绕过团岛东去。邢昭衍看见,青岛沿海一带,山坡上建了许多红瓦洋楼,在绿树之间十分好看。沙滩上有一些五颜六色的遮阳伞,伞下有白皮肤的外国人或坐或躺。又听见响亮的汽笛声,往栈桥北面看时,见一列火车正喷着黑烟驶进火车站。邢昭衍心中感慨:青岛被德国人占领之后,确确实实有了飞速变化,已经成为东方大港、繁华城市。拿我做生意来说,真是更加便利,容易赢利。这其中的是非曲直,如何能说得清楚?

再往前去,崂山在望。邢昭衍读书时听一位当地的同学说,崂山西面的沙子口是一个渔港,每年春季有大量鲅鱼上岸,渔民有拿鲅鱼孝敬岳父的风俗,叫"鲅鱼跳,丈人笑"。到了秋天,崂山北边的莱阳梨熟了,小贩子们用车子推,用牲口驮,送到沙子口,这里又成为香梨外销的口岸。义兴号到达沙子口时已是傍晚,只见岸上装梨的筐子堆积如山,那种清香味道借助小北风吹到了海上,让船上的人们闻之怡然。邢昭衍带邢昭光坐舢板上岸,吩咐昭光买一筐送到船上慰劳船工，昭光应声而去。

他转了一圈，看中几堆梨，谈妥价钱，付款后让商家连夜装船。天明时装满，海况却变了，只见一层白雾贴着海面由远而近，登陆后又缠绕在崂山底部，让那座山变成仙境。紧接着，白雾又奔向沙子口，凉丝丝地扑面而来，让这里成为混沌世界。

吃完早饭，望天晌像唱歌一样拉着长腔道："装上梨——，不问天——"邢昭衍问二老大，这话是什么意思，二老大说，这是船老大们的一句行话，意思是梨容易坏，只要装上船，天好天孬都得走，越快越好。果然，望天晌下令拔锚，在茫茫大雾中出发。他安排一个伙计敲锣，"镗——"，"镗——"，声音传出老远。

走了半天，青岛游内山的雾笛声传来，"哞——"，像老牛在叫，每隔三十秒响三秒。邢昭衍在礼贤书院读书时已经听惯了，但是小鲻鱼这些第一次到青岛的船工没听过，都很惊奇。望天晌说："这是德国海牛。"小鲻鱼问德国海牛长什么样子，邢昭衍就笑着讲给他们，说这是一种雾天示警的汽笛。

这船梨运往上海，邢昭衍决定不再跟船，对昭光说，我到马蹄所下了船就去发电报，让泰记上海分号丁老板替咱们找好买主，你到了上海找他。邢昭光点头答应，却又央求道："三哥，你让我回家看看再去上海，行不行？"邢昭衍明白，他是想媳妇了。但邢昭衍坚决地拒绝了他："装上梨，不问天。你没听见老大说这话？梨容易烂，不能耽搁！"邢昭光怏怏道："好吧，我再熬几天。我就怕家里的鲜梨烂了。"

邢昭衍不听他嘟哝，到了马蹄所前海，提了一筐梨上了舢板，让老大放他下去。小鲻鱼急忙跳上舢板，望天晌让几个伙计推动滑车，把舢板吊起放到水上。他见小鲻鱼摇橹熟练有力，夸他好样的，又问他家里人怎样。小鲻鱼说，都很好，你叫俺上这大船，挣钱多，俺娘可恣了，见人就谝。邢昭衍说，有什么可谝的，要是你爹还活着,该有多好。小鲻鱼说,俺娘说了,是俺爹命不好,倒了血霉。听他这样说,邢昭衍叹口气沉默不语。到了海边,抢滩停船,邢昭衍提着梨筐下去。小鲻鱼推船入水,摇橹返回。

回到家,两个孩子看见这筐梨又蹦又跳,邢昭衍洗了两个给他们。又洗了一些,捧送父母。父亲拿起一个闻了又闻:"真香,好几年没吃这么新鲜的莱阳梨了!"邢昭衍跟他说了青岛花生米的行情,父亲说,太好了,前几年没有这么高的价钱,还是跟外国做生意赚得多。

到了前院,邢昭衍发现筹子坐在树下与杏花玩,笑着说:"他姨来啦?我正想叫孩子送梨给你尝尝。"筹子看看正在那边洗梨的姐姐,带着哀怨的眼神向他道:"我天天站到磨顶上瞅前海,今天总算瞅到了你的船。"邢昭衍躲开她的眼神说:"昭光又去了上海,估计十多天能回来。"筹子小声说:"说他干啥。"邢昭衍问:"为什么不说他?"筹子说:"你该明白。"但是邢昭衍不明白,刚想追问,梭子端着一盘梨回来,递给他俩每人一个。筹子咬一口,瞅着邢昭衍说:"真好,你尝尝,水汲汲的!"

邢昭衍不敢再听筹子说话,说他要去发电报,放下梨就走了。他去了邮政所,写好电报交了钱,问什么时候能发走。所长指着一个小伙子说,小管是送电报的,你问问他。小管指着门外的自行车,说他马上骑车回海瞰,回去就发。

离开邮政局,邢昭衍去了康润堂,想告靖先生武昌起义的消息。走到那里,却见门口围了一些人,都伸长脖子向里观望。他问一个远房堂叔看什么,堂叔吧嗒着嘴道:"靖先生剪了辫子,成了哈散毛子。"邢昭衍一看,正给一个老太太看病的靖先生,脑后果然没有了大白辫子,披散着齐肩白发,心想靖先生真有胆量,武昌那边刚造反,他就在这边剪辫子。邢昭衍走进去,靖先生向他瞥了一眼,点了点头,接着给老太太开方。开完方子,让老太太去柜台拿药,他起身向邢昭衍招招手,走进一扇挂着布帘的小门。

邢昭衍也走了进去,原来这门通向院子。靖先生再招招手,将他领进正房。他看见,屋里迎面是一幅中堂画,画上一棵树,树下一匹马,树上一只猴子,还有几只马蜂在飞。旁边一副对联,上写"名昭图史 言炳丹青"。这是邢昭衍第一次进入靖先生家中,感觉很神秘,也有点受宠若惊。

靖先生让他坐下,目光灼灼:"一提,我知道你刚去了青岛,那里闹革命了吧?"邢昭衍说:"没有,只听说武昌那边闹了。"靖先生一笑:"我也听说了。哈哈,我靖某人成为革命元勋了。"邢昭衍不明白他为何这样讲,就问:"先生也去武昌啦?"靖先生抿一抿嘴:"我没去武昌,可是我给那些义军早就传去信号,才让他们下决心起事的。""什么信号?""马蹄变岛,龙墩要倒。"邢昭衍十分吃惊:"这是你编出来的?"靖先生说:"是又怎样?制作谶谣,是革命的重要手段,史书上俯拾即是:西周时的'檿弧箕服,实亡周国',明朝朱棣的'莫逐燕,逐燕日高飞,高飞上帝畿',等等等等。"邢昭衍问:"可是,你编出这话,怎么会传到武昌义军那里?"靖先生将耳边的哈散毛子理了一把:"谶谣传得很快,千里万里,跟刮风一样!一提你知道吗?山东马上要独立啦!""独立是什么意思?""脱离大清,单独建国!"邢昭衍让他说得一愣一愣的,不知如何答话。靖先生抓过他的手握了握:"你年轻有为,等我到了山东大总统身边,一定提携你,让你到商务部当官。"邢昭衍急忙抽出手说:"靖先生,我不是当官的料,我只想做生意……"靖先生说:"你等着吧,到时候你就改变主意了。"

邢昭衍憨笑着摇摇头,又问:"请问先生,那个山东大总统是谁?"靖先生向门外看了一眼,压低声音说:"咱们的一个老乡。""老乡?他叫什么?""我不告诉你。但这人出自海瞰名门,正在济南筹划山东独立这件大事。"邢昭衍问:"这人当了山东大总统,你也去当官?"靖先生将哈散毛子左右甩了甩:"那当然。"他用指头蘸着茶水,在桌面上写起字来。邢昭衍到他身边看看,靖先生写出了十个字:"昨日为良医,明天为良相。"

想到"不为良相,便为良医"这句老话,邢昭衍看着靖先生目瞪口呆。他万万没有想到,在小小马蹄所,还有这么一个壮志凌云的人物。他觉得陌生,感到恐惧,借口有事走了。

第二天,康润堂没再开门。有去看病的拍门叫喊,里面一个老头走出来说,先生出远门了。

邢昭衍从这天起,一直等待山东独立的消息,等待靖先生当大官的消息。过了些日子,他又送一船花生米去青岛,找翟良打听消息。翟良说,武昌起义之后,山东的革命党就闹了起来,逼迫山东巡抚孙宝琦宣布独立,当了山东大总统。但是袁世凯不允许,吓唬他,他当了十来天只好取消。现在山东巡抚换成了张广建,正到处抓革命党呢。邢昭衍这才知道,靖先生说的老乡没当上山东大总统,靖先生肯定也没当上"良相"。那么,先生现在去了哪里?

他顾不上多想,觉得革命与独立都是别人的事,我还是在商言商,做好买卖。他听魏总管说,这段时间海瞰各商号都往青岛送花生米,货源已尽,很难再收足一船,便商定收劈猪往上海送。

马蹄所的商号也都知道南方人过年需要猪肉,此时都在大量收购劈猪。虽然价格差不多,但恒记商号三天只收了十来头,照这样下去,到腊月也收不满一船。邢昭衍去南门外的商号看看,准备存放劈猪的池子里空空如也,不由得着急上火,寝食难安,把梭子冷淡了多日。这天夜间,梭子等到孩子睡了,用手撩拨男人,终于让他发动起来。好不容易美了一回,梭子抚摸着男人笑道:"累了吧?明天上街,割个猪耳朵犒劳犒劳你。"听了这话,邢昭衍脑子灵光一闪,将梭子的乳房捏了一下:"对,割猪耳朵!"

次日一早,他叫魏掌柜起床喝茶,向他讲了自己的想法:给

"车户子"好处，让他们来咱这里送猪，每送一头劈猪返还二百文，相当于两个猪耳朵的价格。魏掌柜想了想说，这个办法可以，虽然赚得少，但咱们收得多了，算总账还会多赚。于是，魏掌柜就不在东家吃早饭，到街上吃，向那些吃饭的"车户子"透露，到恒记商号卖一头猪，割两个猪耳朵回去。这个办法果然奏效，来邢昭衍这里送劈猪的源源不断，恒记商号门外等待卸猪过秤的木轮车，经常排出长长一列。

收足一船，送往上海，邢昭衍与魏总管继续收购。这天正在忙活，邢昭光突然头顶着褂子跑进来，把邢昭衍拉到堂屋说："三哥，出大事了！"邢昭衍问他出了什么大事，昭光说，他们这回去上海，刚靠上码头，就有一群年轻人蹿上船来，有的拿枪，有的拿剪刀，说革命了，胡辫必须剪掉。他们用枪逼着，把义兴号所有船工统统剪了辫子，说罢就扯下头顶的褂子让堂兄看。邢昭衍看见，堂弟的辫子果然没了，但他留着洋头，而且是"拿破仑式"，将一头短发往右抹的那种，这是邢昭衍在青岛读书时见识过的。昭光说，他不想留哈散毛子，就到理发馆理成了这样的。邢昭衍说："很好看呀。你告诉船上的伙计们，剪了就剪了，早晚有一天，所有男人的辫子都留不住。"邢昭光说："俺也这么想。可是老大想不开，说没脸见人，回程这几天吃不下饭睡不好觉。这样下去，我怕他出事呀！"邢昭衍听了忧心忡忡，立即前去看望。

二人往前海去的路上，昭光还讲了这次去上海的见闻。他说，上海剪辫子已经成风，剪了辫子，有的留光头，有的留洋头。还兴起了一句骂人的话，"你这人真是辫子"，意思是说，这人像辫子一样，是无用之物，是畜生尾巴。听了这话，邢昭衍摸着自己的辫子若有所思。

龙神庙前，有专门在这里挣钱的小舢板，兄弟俩花一个相当于十文钱的铜板，让艄公送上了他们的大船。甲板上没有望天晌，只有一个小伙计，见东家来了，笑着向天篷里一指。邢昭衍走进去，见里面也没有人，便向左边舱里喊："老大！老大！"望天晌在里面答应一声，走了出来。他用蓝色包袱皮子围在脖子上，面若死灰，到八仙桌边坐下声泪俱下："东家，你说我怎么成了这个样子！人不人鬼不鬼的……"邢昭衍说："老大你想多了，剪辫子的又不是你自己。"望天晌擤擤鼻涕擦擦眼泪："反正我没法见人了……"邢昭衍问堂弟，在上海剪下的辫子到哪里去了，昭光说，都让革命党拿走了。听人说，他们拿去卖钱，给外国人做假发。

邢昭衍把望天晌肩上搭着的烟袋拿到手中，给他装上烟，送到他的嘴上，再给他划火点着。接着让昭光找来剪刀，扯起自己辫子咔嚓咔嚓剪了起来。昭光惊呼："大哥你也剪？"望天晌伸手制止："东家你别铰！"然而邢昭衍的辫子已经齐根剪掉，与脑袋分了家。他拿着这根辫子看了看，将它解开，铺在八仙桌上。而后走到望天晌身后，将那些垂到肩际的花白头发捋顺，拿起自己的头发续上。望天晌带着哭腔说："东家，你这是干啥呢？把辫子给我？"邢昭衍说："既然您舍不得辫子，就再给您一条。"望天晌说："还是留给你自己吧！"邢昭光说："我哥剪掉，就是给你了，你就老老实实让他给你弄好！"望天晌不再吭声，一动不动。邢昭衍把自己的头发全部给他续上，编好，又用老大的头绳把衔接处牢牢绑住，最后把辫子扯到老大胸前："行啦，你又有啦！"老大摸摸乌黑发亮的辫子，仰脸长叹："唉，我前世修得好，遇上了你这样的好东家！"

邢昭光这时拿过剪子说："哥，你别留哈散毛子，我给你弄个'华盛顿式'。我在上海理发馆见过。"邢昭衍笑道："好，我也学一回美国总统。我在青岛上学，见过华盛顿的照片。"就坐下来让堂弟剪。剪完之后，他让小伙计好好做饭，伺候老大，接着与堂弟一起下船。

到了岸上，看见邢昭衍的人惊讶者有之，偷笑者有之。一个鱼贩子说："在咱们马蹄所，大白辫子铰了，大黑辫子也铰了，世道真是要变呀！"

回到家，梭子一见，笑得花枝乱颤。邢昭衍进屋照照镜子，发现自己的头发分作两边乱糟糟的，一点儿也没有华盛顿的优雅与威严。他想，干脆剃光头吧，就到街上剃头摊子那里，让师傅噌噌噌全部剃光。

十天后，义兴号再去上海送劈猪，回来时望天晌的大辫子又没了。伙计们说，到了长江口外，突然来了大海风，一下子把他续上的辫子刮跑，落在了水里。二老大要调樯回去捞，望天晌不让，说算了吧，这都是天意。从那以后，老大顶着一头哈散毛子，不遮不掩，不再害羞。

第十三章

马蹄所各商号的花生米生意做了三年，赢利颇丰。农民也觉得种"果子"合算，种得越来越多，海矖城以西、沭河以东的广大山岭地区，每年春天都播下这种会睡觉的庄稼——每当太阳下山，它的叶子双双闭合，直到次日太阳出来才重新张开。秋天，人们把它一棵一棵拔出土，摘下"果子"，剥掉外壳，就收获了红艳艳的"米子"。那些贩运"果子"或"米子"的车户子和赶牲口的，每到秋后腰杆雄壮，日夜奔波在山海之间，赚一些银子之后兴高采烈过年。赚到大钱的商号，老板喜气洋洋，各有安排，有的排船，有的置地。邢昭衍想攒钱买轮船，只从青岛买了一件奢侈品：德国米发自行车。他学会之后，骑着它去南门外商号，去海矖县城，十分快捷。但他在城内从来都是推车走路，怕人说他显摆。

然而到了虎年秋天，"果子""米子"收下后被运往海边，各个商号却竞相压价，有的甚至闭门不收。贩子们慌了，打听一番，才知道日本人跟德国人打仗，把进青岛的海路给封了。海云湾的商船不能北上，只好南下，而南下上海等地时间久，运费高，商号积压了大量花生，资金周转困难，只好停止收货。一时间，马蹄所城内到处都是装满"果子""米子"的车子与驮子，到处都能听见商贩们的骂骂咧咧。

前海则是一片忙乱景象。一些准备南下的商船停在深水里，苦力们在商号掌柜的指挥下,把一袋袋花生或花生米扛上舢板,摇到大船旁边,用滑车一袋袋吊上去装舱。秋风乍起,日光强烈,苦力们裸着上身,晒得乌黑。小嫩肩领一帮苦力,正给财隆商号装船。他虽然年近五十,还是身先士卒,挥汗如雨。

他又扛起一个上百斤重的大麻袋,涉水来到舢板旁边,突然听到呜呜的声音由远而近。他猛然耸肩,将麻袋搁放到舢板上,转脸一看吓得大喊:"俺那娘哟!"

那是一条火轮船闯进了前海,两个烟囱冒着黑烟,汽笛声震耳欲聋,且响个不停。它躲开渔船、商船,一头拱上浅滩,像龙王爷放了一声大屁,噗的一声再也不动。正在前海干活的人都惊叫起来,因为来马蹄所拉人拉货的外国小火轮不是这个样子,并且都是停在一里远的深水里。这条船,船身很矮,上面还安着大炮。

"又是德国兵!"小嫩肩高声道。因为他看见船头插着的黑白红三色旗,船上站着的白衣白脸人,不由得想起了十七年前的经历。

有人喊:"小嫩肩,你赶紧再去背他们!"

小嫩肩骂他:"我背恁娘!"

十七年前背德国兵,是他人生中的一大耻辱。那天他在这里往船上扛劈猪,忽然有一条火轮船来到前海停下。大伙从没见过这样冒烟的船,都站在那里看。只见船上吊下几条小舢板,坐满了白衣白脸人,多数人抱着长枪。还有人划桨,让舢板靠近沙滩。舢板触底再也走不动了,上面的人却不下来,估计是不愿弄湿脚上穿的皮靴。一个穿黑衣服的白脸人站在船头,向海崖上的人晃着手里的一串铜钱,用不太顺溜的中国话大声喊:"请帮帮忙,把我们背上去,我给你们钱!"喊了几遍,小嫩肩动心了。他想,背劈猪也是背,背外国人也是背,看样子差不多重,这个钱不挣白不挣。他走近一条舢板,黑衣人果然给他几个铜钱。他背向舢板,有两条长满黄毛的胳膊架到他的肩膀上,接着一个沉重如劈猪的人压在他的背上。他掂了掂，感觉背得动，就一步步走到沙滩上，把他放下。黑衣人又向他和其他人招手："再来！都来！"于是，小嫩肩又走过去，背回一个。别的苦力也相继下水，背他们上岸。一百多个外国人被中国人背上来，在龙神庙前站成一个方阵。有个长官模样的人叽里咕噜讲了几句，领着这些兵排成一队北去。

他们走后，苦力们交流体会。小嫩肩说，他背的第三个，鸭子又大又硬，把他的腔盘子都硌疼了。别人哈哈大笑：他是想操你！

再后来，马蹄所的人都知道了，这些人是德国兵，为一个德国神父而来。那个神父在县城有教堂，多次到海瞰西北五十里的尖山镇传教，收了一些徒弟。徒弟信了耶稣就不信别的神灵，家里有人死了不去给土地爷送汤磕头，不信耶稣教的人很烦，就跟他们闹仗。神父骑着马去调解，当地人把他抓起来，扒得精光，薅了胡子，关进山里一个破庙。教徒去青岛报告，那边就派来了这一船兵。他们攻下海瞰城，捉住县令，逼迫他处理这事。县令只好亲自带他们把神父救出来，并抓了一些打人者关进监狱，分别罚款，赔给教会好多银子，德国人才带着那个神父走了。

小嫩肩心想，这一回，就是打死我也不背他们喽。他装一袋烟点着，边抽边看。他看见，这个火轮船上没有舢板，德国兵直接往水里跳。他们神情慌张，一边往岸上跑一边往海上望，好像怕谁追过来。他们出水后站成一堆，跺脚，甩水，咿里哇啦，不知在说什么。

小嫩肩看见，他的女婿邢昭衍从北边来了。他向女婿招招手："他姐夫，你会说德国话，你问问他们是来干什么的！"邢昭衍点了点头。

邢昭衍是在恒记商号的麻袋垛上看到德国军舰的。他收了好多花生米，向上海发了两船，还有一些存在那里，昨天夜间下了雨，他攀上麻袋垛，想看看花生米是不是遭雨受潮。听到前海汽笛长鸣，直腰一看，原来是一艘挂德国旗的军舰冲滩。他认得，那是鱼雷艇，能发射鱼雷攻击敌舰。这艘鱼雷艇，跑到马蹄所干什么？他见德国兵争先恐后往水里跳，往岸上走，便知道是出了大事，决定过去看看。

德国水兵此时在水边聚成一堆，咿里哇啦，都在紧张地看着舰艇。有个长官模样的人挥手大喊："flüchten！flüchten！"邢昭衍听懂了，知道有危险情况发生，也喊："躲开！赶紧躲开！" 在岸上的中国人听了撒腿就跑，多数人跑进龙神庙。舢板上的人慌忙摇橹，纷纷逃往西江。

德国军官走到邢昭衍跟前，用德语对他说："先生，我是德皇海军上尉、S90号鱼雷艇艇长。"邢昭衍听懂了，向他点点头用德语说："艇长先生，您好。"艇长面露一丝笑容："你懂德语，我需要你，你不要离开我。"邢昭衍只好在他身边站着。

邢昭衍调动脑子里尚未忘却的一些德语单词，拼凑成短句，结结巴巴地问他出了什么事情，为什么来到这里。艇长语速极快地向他讲了一通，邢昭衍大体上听明白了，原来这个黄胡子艇长干了一件大事。日本人封锁了胶州湾口，他不想在军港里等死，像十年前旅顺军港里的俄罗斯军舰那样，等着被日本人干掉。昨天夜间，他指挥鱼雷艇突围，悄悄驶出胶州湾。午夜一点，他在海上发现了一艘日本人的巡洋舰，连发三枚鱼雷把它击沉。他担心日本人追来，下令以二十八节的最高航速行驶到这里，冲滩登陆。他安排几名部下把鱼雷艇主机炸毁，免得让日本人开走，现在他们正在操作。

邢昭衍觉得奇怪，问他：你们的鱼雷艇跑得很快，为什么不直接跑到上海，却在这里登陆？艇长摇头：不，海上不安全，日本海军太强大了。邢昭衍问：把艇炸毁，你们怎么办？艇长告诉他，让中国政府帮忙，帮助我们尽快回到德国。说到这里，他以不容商量的语气对邢昭衍讲：你今天必须带我们去找地方长官！说罢，他命令两名持长枪的部下，守住这位会说德语的中国先生，不要让他跑了。两名比邢昭衍高出一截的德国兵答应一声，立即站到邢昭衍两边。邢昭衍心想,坏了,我被他们逼着当翻译了。

艇长突然向鱼雷艇那边大叫:"pesen(快跑)!"邢昭衍向那边一看,只见两名德国兵跳下鱼雷艇,拼命往岸边蹚,踢踏得水花高溅。他们上岸后刚跑几步,艇上就冒起一股青烟,接着就是"轰"的一声巨响。当青烟被风吹散,艇长让部下排成两行,带领他们一起向鱼雷艇举手敬礼。邢昭衍看见,有些士兵满脸是泪。

艇长转过身,命令邢昭衍带他们去县城。邢昭衍只得在众目睽睽之下,走在几十个德国兵的前面,沿着龙神庙墙西的小路往西北方向而去。走过所城西门外小市场,所有的人都停下买卖,收住脚步看着他们。邢昭衍知道他们有疑惑,强作笑容大声解释:"这些德国人,让日本人追到了这里,让我带他们到县城找知事去。"

沿着大路往西北去,德国兵一边急走一边频频回头张望,唯恐追兵到来。他们这种狼狈状态,让邢昭衍记起了旧时小说中常用的两句话:"惶惶如丧家之犬,急急如漏网之鱼"。他想,德国人在青岛真是瓮中之鳖了,不然,这些德国兵不会冒险逃亡。

急走一个多钟头,县城到了。此刻已近傍晚,街上的人看见来了一队外国兵,纷纷躲避。邢昭衍领他们去了县公署,大门却关得严严实实。艇长示意邢昭衍叫门,邢昭衍便拍响门板:"开门!开门!"见门缝里出现一只眼睛,邢昭衍急忙向他讲,德国军人在马蹄所登陆,让他带着来找县知事。门里边的人发声:"天晚了,知事不理事了!"说罢离开。德军艇长气得胡子直抖,拔出腰间所佩手枪,冲院中树梢开了一枪。邢昭衍向里面喊:"知事大人赶快出来吧,不然会出大事的!"

片刻后,门里面又出现眼睛,用这一只看看,再用另一只看看。"邢一提!怎么是你?"邢昭衍听出来,这是靖先生。他听说靖先生前年到海暾县公署当了师爷,但是一直没有见到他,便说:"靖先生,你快把门打开,这些德国兵要见县长,请他帮忙回国。"靖先生说:"你稍等,我去告诉知事。"

等了一会儿,大门开了,只见三十多岁的县知事面如土色,连连向德国人拱手:"卑职参见德国军爷!卑职参见德国军爷!"邢昭衍见他这样,便瞧不起他,说:"知事大人您不用害怕,他们是想请中国政府帮忙,快一点回国。你快让他们进去说。"知事便弯腰做了个延请的姿势,德国兵一拥而入。

靖先生和知事走近邢昭衍,知事操着济南话皱眉道:"你说这些德国人,到处狼奔!你到哪里登陆不好,非要到咱马蹄所,这不是糟蹋咱吗?"他向邢昭衍一指,"你,偏偏又把他们领到县公署,我看你是个汉奸!"邢昭衍火了:"你凭什么骂我?我愿意来吗?是他们逼我的!"靖先生急忙抬手让他们别吵,赶紧商量怎么办。邢昭衍说:"应该抓紧发电报,请示省政府吧?"靖先生点头:"对,对,我马上起草电文,让人去电报局!"说罢跑向东边厢房。

艇长和几位级别高的军官已经走进大堂,知事拉着邢昭衍说:"你会德国话,进去好好地跟他们说,别让他们在这里闹出什么乱子,出了外交事件可了不得!"

走进大堂,知事把德国艇长请到他平时审案理事的正位上,自己站在一边镇定片刻,开口道:"军爷,我们已经接到总统府传达的命令,日德两国开战,中国中立。你们弃船上岸,来到海暾县地盘,我已经让人发电报向省政府请示报告。在接到批复之前,本县保证照顾好你们。"邢昭衍把他说的内容结结巴巴翻译给德国人,艇长听后立即摇头,说了这么个意思:我不愿等待你们上一级政府的批复,因为日本人很快会追到这里,我们的安全得不到保障。现在,我要你派出有武器的军人,把我们护送到南京。

知事一听,抓耳挠腮:"中国政府有规矩,遇上大事立即向上级报告。在批复到来之前,我怎么敢放你们走?"艇长听了邢昭衍的翻译,还是要走。邢昭衍劝他:"请稍等,你们即使出发,也要吃饱饭吧?"艇长说:"那就赶快给我们拿食物!"邢昭衍把这意思向知事讲了,知事马上安排人上街买吃的,让艇长等人喝茶等候。

邢昭衍看见,靖先生在门外向他招手,便走了出去。外面的院子里,德国兵或坐或站,相互交谈。靖先生把他扯到墙边说,给省政府的电报已经发走,但是不会很快收到回复,接下来该怎么办。邢昭衍向他说,艇长要求派兵护送,靖先生将手一拍:好呀,让沂防营和县警务队把他们送到临沂,叫沂防司令接这个烫手山芋!他去和知事说了这个意思,知事立马派人去叫沂防营长和县警备队长。

邢昭衍见靖先生在县公署很有权势,笑道:"您不是要去山东总统府当良相吗,怎么回来当师爷了?"靖先生摸一把白胡子,尴尬地笑笑:"一提,我本来是有这志向的,可是时运不济,山东独立不成,鼎丞先生只好追随中山先生,继续革命。我到了济南找不到他,就找他的亲戚庄心如。心如先生,庄陔兰,在山东法政学堂当校长,他的弟媳妇是鼎丞先生的亲妹妹。庄心如对我非常热情,交谈一番之后,介绍他的一些学生让我认识。有一个学生叫万新年,济南人,得知我会看病,让我到他家住着,给他父亲治病。他父亲的肝坏了,我在他家住了三个月给他治好,一家老少对我感恩戴德。离开他家,我在济南租房开了一家诊所,去看病的越来越多。去年正月十八,小万忽然去跟我说,他被省政府任命为海矘县知事,让我给他当师爷,我就跟着他来了。"

邢昭衍听了感慨道:"真是山不转水转,您竟然又回来了。"

靖先生自负地一笑:"海矘虽然小,但也需要经邦济世之才。小万太年轻,经验不足,没有我这掌舵的不行,我这个师爷,也相当于相爷。小邢你读过史书,知道幕府的来历,进了幕府的人,被称作师爷。过去这一行很吃香,很重要,被称为'莲幕',意思是名士入幕,好比芙蓉傍着莲池绿水,更加亮丽。我现在到这里,就是要让县公署成为一池清水,叫小万成为一名出污泥而不染的清官。"

邢昭衍觉得靖先生抱负宏大，追求甚高，对他肃然起敬。但听他口口声声叫知事"小万"，又觉得不妥。他想，靖先生你再有本事，毕竟是人家聘的师爷，不在政府人员名册，说话还是本分一点为好。

两个抬大筐的汉子从大门进来，筐里装满煎饼。后面还跟着一个五十来岁的小老嬷嬷，提着一篮子大葱和咸菜。靖先生说："买来煎饼了，一提，你快给德国人说说。"邢昭衍便走进大堂和艇长说了，让他下令吃饭。艇长走到院里，拿起一张煎饼，脸上满是诧异：这不是纸吗？邢昭衍便向他讲解，这是鲁南人爱吃的煎饼，把它卷起来，里面包上咸菜和大葱，味道好极了。他一边讲一边示范，还把卷好的煎饼咬了一口。德国兵看明白了，纷纷过来拿走煎饼，狼吞虎咽。靖先生让人抬来一大桶井水，里面放两个水瓢，让他们舀水自饮。

小老嬷嬷走过来，向靖先生要煎饼钱。靖先生让她先记着账，明天派人过去付，但是小老嬷嬷不愿意，非要拿到钱再走。正在那里争执，她突然惊叫一声，捂着腚回头喊："哪个狗日的摸我？"邢昭衍看见，有几个德国兵趁着天黑，过来笑嘻嘻地摸小老嬷嬷，上下其手。邢昭衍急忙上前护住她，用德语喝令德国兵住手。靖先生对小老嬷嬷说："你没听过这话？当兵两三年，母猪赛貂蝉。你再不跑，就叫德国兵撕成八瓣啦！"小老嬷嬷扭着小脚，慌忙跑走。

外面有嘚嘚的马蹄声传来，沂防营长和县警备队长一前一后进门。知事让他们各带五十人，护送德国人去临沂。县警备队长答应了，沂防营长却说，沂防队伍的行动，要有上级命令才行。万知事指着他吼了起来："你敢不听我的？我明天就给省政府发电报，叫巡按使把你撸了！"沂防营长只好点头，答应回去带人。邢昭衍向知事说，路上肯定需要德语翻译，你赶快在城里找一个过来。靖先生说，西街的天主堂就有，我让人到那里叫一个。

等到两方上百人到齐，天主堂也来了一位会说中国话的神父，万知事通过神父向德国艇长表达了这个意思：省政府晚上不办公，电报得不到回复，卑职只好派兵员护送你们去沂防司令部，由他们接手护送。艇长听明白了，将手一挥：gehen Beispiele（走吧）！

艇长到了门外，看见中国军人列队等待，旁边有两头大马，便走到一头白马旁边，抓过勤务兵手中的缰绳飞身上去。县警备队长急忙扯他裤腿："这是我的马！"艇长却踢他一脚，拨马就走。万知事说："刘队长，你就让他骑着吧！只要把外国军爷送走，咱就万事大吉！"神父大声嚷嚷："我也必须骑马！上帝作证，我的腿有伤，不能走很远的路！"知事就说服沂防营长，把他的大黑马让给了神父。

沂防营在前，县警备队在后，将德国官兵夹在中间，直奔县城西门。知事抹一把额头上的汗："他姥姥，德国鬼子实在胀饱，真叫人讨厌！"

叫他"讨厌"的德国海军S90号鱼雷艇六十二名官兵，被送到临沂城里的沂防司令部之后，中央电令下来，他们又被送到南京俘虏收容所。直到第一次世界大战结束，这些人才被允许回到德国。

在两国军人走出海瞰城西门时，邢昭衍也走出了东门。靖先生让他在县公署住一夜再回去，他怕家里人担心，没有答应。这天是八月三十，天阴着，无月无星，伸手不见五指。他摸索着往前走，几次掉进路边的沟里又爬上来。掏出怀表想看时间，但根本看不见表盘。估计走了两个钟头，他抬头看看，忽然被眼前的景象惊呆了。

那是鬼火，遍地鬼火。蓝莹莹的，多如繁星。邢昭衍站在那里，汗毛一根根奓起。老人们讲，一朵鬼火是一个鬼魂，怎么有这么多的鬼！远处有，近处也都有。有的蹦蹦跳跳，有的忽明忽暗。这些鬼来自哪里？该怎么对付？

他蹲下身去，紧张地望着前方，唯恐这些蓝荧荧的幽灵扑上来。但等了一会儿，发现没有向他靠近的，心才稍稍安顿下来。

再看，便看出了门道。这些鬼火，分布在左右两边，中间则是黑漆漆的一道。邢昭衍遽然醒悟：前面就是通往马蹄所的大路，两边是刚刚退潮的北江和西江。他在礼贤书院听地理老师讲过，海里的生物生生灭灭，留下大量的磷在水里，退潮时可能在滩涂上发光，显示为磷火。

明白之后，邢昭衍沿着大路快步前行。两边遍布磷火，让他像走在虚幻世界里。偶尔传来几声狗叫，才让他感知到黑暗中的人间。

终于，磷火被甩在身后，狗叫声越来越近。有几条狗在近处向他狂吠时，他知道马蹄所到了。房屋，城墙，影影绰绰出现。他穿过门洞，沿着大街走，先往东再往南。看到右前方有一处光亮，走近了看见，那是自家院里，屋檐底下挂着一盏点亮的马灯。魏总管早就搬到商号住宿，家中只有媳妇和孩子。这是媳妇点亮灯盏等他回家呢。邢昭衍心中一热，拍响了院门。他从门缝里看见，堂屋里出来一高两矮，向院门飞奔。这娘儿仨竟然都没睡！等到院门打开，两个孩子扑上来喊"爹"，他把他俩紧紧抱住，泪水洒在他俩头上。

第二天早上，邢昭衍还在睡着，忽听小舅子碌碡在门外喊："姐夫你快起来！快起来！日本鬼子来了！"他急忙起床开门，碌碡进来焦急地告诉姐姐姐夫，今天一大早，就有一条日本兵船到了前海。他们到德国兵自己炸毁的船上看看，又让一个翻译问当地人，德国兵去了哪里。在场的人都说不知道，宿大仓跑来跟那个翻译说，叫邢昭衍领走了，马蹄所只有邢昭衍懂德国话，德国兵拿钱给他，他就带他们去了县城。

邢昭衍攥起拳头猛地捶墙："他娘的，这个宿大仓！"

碌碡说："大仓早就跟人说，什么邢一提，邢一杠，有我们宿家五虎，他休想在马蹄所混好！刚才我一听他跟日本人说你的坏话，怕你有麻烦，赶紧过来跟你说。"

梭子吓得浑身哆嗦："昭衍你快跑吧，赶紧躲得远远的！"邢昭衍却不在乎："我就是给他们带了个路，还是他们逼我去的，日本人能把我怎么样？"梭子说："你还是躲开为好，去城西咱姐家住几天再回来。"邢昭衍只好答应她。梭子说，我拿棉袄给你，冷天眼看到了。说罢进屋去找。杏花从屋里出来，抱住他道："爹，你又要走呀？"儿子也过来，将小身子张成个"大"字拦住他。邢昭衍说："杏花，大船，我到你姑家住几天，马上回来。"

然而，外面已经有了动静：一串有节奏的脚步声由远而近，门口出现一个穿黑布裤褂的年轻人，后面跟着两个穿黄军装的日本兵。年轻人走进来大声喝问："谁是邢昭衍？"邢昭衍看着他说："我是。""那好，跟我们走吧。皇军黑田勇吉舰长要见见你！"没等到邢昭衍做出反应，两个日本兵就端着长枪，将雪亮的刺刀指向了他。两个孩子吓得哇哇大哭，邢昭衍安慰他们："不要怕，我去前海一趟，马上回来。"说罢跟着翻译走了。

走在街上，众人围观。但大家不敢靠前，都是缩在胡同里露头向外看。

翻译一边走，一边笑着问邢昭衍，是什么时候学的德语。邢昭衍说，在青岛礼贤书院学的。翻译撇着嘴道："你真是不识时务，大日本帝国蒸蒸日上，势不可挡，学日语多有前途。"邢昭衍向他轻蔑地一笑："学日语的中国人很多，但是很少有给日本兵当翻译的。"翻译向他一翻白眼："我看你这人欠揍！"

出了南门，也有一些人站在路边，老远就指着邢昭衍说：抓来了！邢一杠叫他们抓来了！走近他们，忽听人群里有个女人带着哭腔喊："姐夫……"邢昭衍一看，是簿子在那里流着泪向他招手。他既感动又担心，向她大声说："你快回家！"然而簿子没走，依然站在那里瞅着他流泪。

再往前走，邢昭衍便看见了停泊在海里的一艘军舰和水边的几条舢板。无论军舰还是舢板，都插着血光四射的军旗。走近龙神庙，前面有日本兵站在那里向庙门挥手示意。

龙神庙大殿空无一人，院里则有人大声唱歌。进去看看，只见台阶前面，数盆菊花正在盛开，一个日本军官挥着军刀在花间载歌载舞，有几个日本军人在一边和着节奏鼓掌。翻译向邢昭衍讲，这是黑田舰长，他特别喜欢菊花，因为菊花是大日本帝国的国花。舰长在巡洋舰甲板上养了几盆，但是海上风冷，至今没有开放。日本的菊花节，也就是中国的重阳节快到了，舰长看到这么多盛开的菊花，能不高兴吗？你听，他在唱一首日本人的颂菊古歌。

邢昭衍却没有半点心情欣赏舰长的歌舞。他觉得，那把军刀在菊花丛中挥舞，让他毛骨悚然；舰长的歌声，也满带着凶狠。他看到，龙神庙的几位道长都站在院角冷眼旁观，方丈则不知去哪里了。

舰长唱罢，收起军刀，向邢昭衍走来。他通过翻译问，知不知道菊花是从中国传到日本国的？邢昭衍回答，知道，是徐福东渡带去的。舰长说，日中两国，文化同源，两国人民应当友好相处，共同对付西方列强。但是，你为什么要帮助德国人？你知不知道，那艘德国鱼雷艇欠下了我们的血债？你为什么要带他们躲避日本皇军对他们的追杀？说完这些，他扬起军刀指着邢昭衍，一副凶神恶煞的样子，让邢昭衍心惊胆战。他想，我上有老爹老娘，下有年幼的儿女，你可别把我捅死呀。

舰长又通过翻译问他，把德国军人送到哪里去了。邢昭衍说，我不知道，他们发现我懂一点德语，就逼着我带他们去县公署。到了那里，县知事派了一百多人的队伍，把他们送走了。听说是去兖州，坐火车去南京。

"八格！"舰长骂了一句，挥手就打邢昭衍耳光。打一下骂一句，打得邢昭衍耳朵嗡嗡作响，鼻孔里有血流出。齐道长跑来，向舰长拱手哀求："长官你别打了，他是个好人！他是个好人！"翻译把这话翻译过去，舰长收住手，却动了脚，猛踢一下邢昭衍的左小腿，让他一下子倒下,疼得连连翻滚。

他听见,齐道长又在哀求:"长官,这些船你们不能拿走,这是船主放在妈祖面前,让她保佑的!"邢昭衍睁眼看看,见日本军人从妈祖殿里走出来,每人端着一个小船。其中有一个拿的正是他的义兴号。他咬牙坐起,抬手制止:"那是我的,你放下!"但是翻译不翻这话,对他笑嘻嘻道:"是你的又怎么样?以后整个中国都可能是日本人的!"

翻译跟着日本人走后,邢昭衍坐在那里痛骂:"我日你奶奶!"

道长从方丈室走了出来,过去蹲下,撩起邢昭衍的裤腿看看,满脸悲悯:"无量天尊!青了这么一大块,还肿起老高!"他用手摸了摸,捏了捏,"好在骨头没事,多亏你年轻体壮。"

碌碡和他爹跑进庙里,身后还跟了一群苦力,都问邢昭衍伤得怎样。邢昭衍说,没事。说罢在岳父和小舅子的扶持下站了起来。碌碡到他面前把腰一弓:"姐夫,我把你背回去。"邢昭衍不愿让他背,小嫩肩劝道:"他姐夫,咱是谁跟谁?快点,碌碡背得动你!"邢昭衍这才往小舅子身上一趴。

但是,碌碡背了一段路就喘起了粗气:"姐夫你太沉了,比一头猪还沉!"小嫩肩说:"你放下,我背一会儿。"于是,邢昭衍又到了老丈人的背上。老丈人老当益壮,竟然快步如飞,把他背进了所城南门。一路上许多人都看见了,都指着他俩说笑。邢昭衍说:"爹,你放下我吧,我不用你背了。"但是小嫩肩坚决不放,一气把他背回家去。邢昭衍明白,梭子不是他的亲生闺女,他一直想讨她的好。果然,小嫩肩一进门就大声吆喝:"杏花她娘,我把杏花她爹背回来了啦!他叫日本鬼子打伤了,你好好伺候他!"

德国人留在前海的鱼雷艇,被日本人拆走一些零件,只留下一个空壳在那里。但有人发现艇上有煤,可以弄回家烧火,一窝蜂似的上去抢,或用筐装,或用袋子装,无筐无袋子就脱下衣裳打包。

终于抢光上面的一切，鱼雷艇白天成为小孩子的玩耍之地，嘻嘻哈哈爬上爬下；夜间成为睡室，一些离家远的苦力住在上面。他们说，德国兵住的船舱虽然小，但是有软乎垫子，一戳一个窝，躺上去很舒坦。

有人给他们讲鬼船的故事，说过去曾经有鬼船从海上过来，上面一个人也没有。在沙滩上停下，不懂事的小孩子上去玩，那条船就漂走了，再也不见回来。鱼雷艇上的苦力们不信这一套，说你看看，这船是硬闯到沙滩上的，陷下二尺深，怎么会漂走呢?

谁也没有料到，九月十五夜间涨大潮，天明之后这艘德国船就不见了。大伙纷纷猜测，有的说，叫潮水潮走了；有的说，德国人偷偷过来，装上机器开走了。不管怎么个走法，住在艇上过夜的七八个苦力随船消失，音信全无。

于是，德国炮艇变鬼船的奇事，迅速传遍沿海与内陆的许多地方。

第十四章

青岛易主的消息，被回乡的苦力们带回。战事一开，青岛港通往马蹄所的小火轮停了，在青岛码头混穷的海瞰汉子只好合租丈八船回来，一条又一条，陆续到达马蹄所前海。他们从船上下来，惊魂未定，却又带着见过世面的自豪感，向老乡们讲述在青岛的见闻。先回来的讲，日本人在海上攻不进去，就从北海那边走旱路过来，截断铁道，抄了德国人的后路，叫青岛港成了死港。日本人的飞机整天转悠，还往下扔炸弹。海上军舰朝青岛港打炮，把几个大油罐都炸毁了，起火冒烟，白天遮住日头，夜里照亮胶州湾。后回来的讲，眼看青岛要被日本人拿下，德国人干脆沉船毁港，把三十多条军船沉到航道里。德国兵亲手把船沉掉，撤到码头上眼巴巴地看着，有的哇哇大哭。可是堵了航道也不中用，德国人投降后，海上的日本人不从这里进，从前海栈桥上岸，很快把整个青岛都占了。海瞰苦力讲完都说，反正青岛没法混了，只好回来。最后还要懊恼地来上一句海瞰人特有的恶骂：我协他娘！

这些苦力的回归，让马蹄所的苦力感觉到了压力。他们想，青岛不是咱的，谁爱占谁占，可是前海的活儿不能叫别人抢了，于是他们也骂：协他娘，马蹄所也不好混了！您看看，还有几条船装货？一天挣不到二斤秌秌，家里人都快饿死了！

听他们这样讲，青岛来的苦力则说：马蹄所连一条轮船也没有，能养几个屌人？老子回家看看，能待就待，不能待就闯关东去，我协他娘！说罢，背着行李各自回家。

这段时间，碌碡成了消息搬运工，时常到姐姐家里，把他听到的告诉姐夫。邢昭衍一边用热毛巾焐腿疗伤，一边忧心忡忡地听着小舅子的转述。他将这些事件代入自己脑子存储的青岛画面，便有了一次次的惊心动魄。尤其是德国人自沉军舰一事，更让他感到不可思议。看来德国人真是被逼到绝路了，不然，怎么会把那些威武豪壮的军舰沉入水下？

他还担心卫大人的安危。心想，覆巢之下安有完卵，卫礼贤虽然对中国的孔夫子崇拜有加，但他毕竟是德国人，如果留在青岛，能安全吗？他那美丽的夫人，可爱的孩子，会不会受到日本人的伤害？想到这里，邢昭衍心乱如麻。

有一天中午碌碡再次跑来，告诉姐夫一件奇事：有人看见，海上来了寇鸟，有的落到马蹄所海崖上，有的落到北江、西江。老人说，这种寇鸟嘴尖毛长，性情凶残，它们来了，海上的贼寇也来。当年朱洪武建安澜卫、马蹄所，就是因为来了这种鸟，把海岛鬼子招来了。邢昭衍听后大惊，决定亲眼见见这鸟。他想骑车去，但是脚不好使，只好骑着爹的驴去了北江。

北江长了大片芦苇、红柳、蓬蓬菜以及各种杂草，从来都是鸟类的乐园。到了秋天，有各种鸟从北方飞来，到这里过冬。邢昭衍小的时候经常到这里看鸟，听鸟叫，还在冬天早晨跟着两个堂兄去拾大雁。他们踏着霜雪与冰冻钻芦苇荡，惊起好多大雁和野鸭。也有极个别的大雁睡得太死，不活动身子，双脚被冻住，被他们捡起来抱回家去。大雁跟鹅差不多大，杀掉一只炖熟，能让全家吃上一两顿。

这个季节，芦花开放，北江苍苍，鸟又多起来了。邢昭衍到江边下驴，便看到白的、黑的、灰的、花的，大大小小，在那里盘旋飞翔。仔细看看，有海鸥、海燕、海雀、灰椋鸟等等。海鸥上下翻飞，在蓝天的背景上像一个个白色精灵；灰椋鸟成群抱团，飞起来时像一朵变幻不定的乌云。还有一些不轻易飞起的，正在水里觅食，有野鸭、白骨顶、潜鸟、鹈鹕、苍鹭、海鸬鹚等等。在北岸的浅水里，竟然还有一群丹顶鹤在那里展翅嬉戏。各种鸟叫声不绝于耳：白骨顶叫起来"给给给给"，像落单之人急着回家；野鸭叫起来"呱呱呱呱"，像浅薄之人炫耀收获。潜鸟的叫声奇特，像陌生人躲在芦苇荡里怪笑；诨名"海猫子"的海鸥叫得最响，一旦发现可以吃的东西，就"够儿够儿"叫着扑上去。

邢昭衍看着，听着，仔细辨认，到底哪一种是他从没见过的寇鸟。他发现，有两三种不认识，有的在水边蹦蹦跳跳，有的在芦苇荡里缩头缩脑，但都难以确定是不是寇鸟。

即使真有寇鸟，就会引来贼寇吗？听下海的人讲，如果看到海鸥成群结队往陆地上飞，那是海上要来风暴。贼寇上岸，难道也会惊动那种鸟，让它们提前报信？老辈人讲，这种鸟上一次过来是明朝洪武年间，五六百年之后再次过来，难道海疆还会有外敌入侵？

他扭头看看所城北门外的高地，古柏森森，坟茔累累，一世祖邢准的大墓巍巍而立。他满怀敬仰地想，当年海疆不靖，朝廷大建卫所，邢准老祖不远千里奔向这里，率一千多兵士勇猛善战，将这里建成抵御倭寇的一只铁蹄，而今外敌又有可能侵袭此地，他的后辈谁能像他那样挥刀大吼，吓破贼胆？

没有，真的没有。不只邢家后代没有当年邢千总那样的英雄，在整个中国也难找。闭关锁国几百年，关起门来过日子，中国人不知道西方已经发达到了何种程度。邢昭衍在礼贤书院读书，听老师讲西方人的地理大发现，各种各样的发明，迅猛兴起的工业革命，可谓五内俱焚。出门看看德国人在青岛的规划与建设，了解到他们要把这里建成德国模范殖民地的意图，心中五味杂陈。他想，什么时候，中国人也能有决心有能力这样建设自己的海港城市？

在书院，他读过美国人马汉写的《海权论》，德文版的，读得磕磕绊绊，但大体意思是明白的。那位曾经担任过美国海军炮舰舰长、后来在美国海军学院任教的军事学权威认为，制海权对一国力量最为重要。一个濒临海洋或者要借助于海洋来发展自己的民族，海上力量就是一个秘密武器。谁控制了海洋，谁就能控制世界。邢昭衍当时想，德国人就是掌握了这个秘密武器，才将海军舰队派到中国沿海，不费吹灰之力就占据了青岛。眼下，对青岛垂涎已久的日本人又凭借强大军力，虎口夺食，抢去了青岛。六十多年前，美国军舰闯入日本江户湾，强迫日本人开国，声称不开国就开火。日本人面对"米利幹黑船"惊慌不已，只得答应。从此，日本向美国学习，走上富国强兵之路，把中国当作了征服对象。甲午战争，灭掉北洋水师，仅仅过了二十年，他们又来中国抢占地盘了。这么大的中国，有海无权，有海无防，真是可悲至极！

在礼贤书院，邢昭衍还听过德国老师讲的地理课。那位叫卢卡斯的老师讲，你们中国人在航海史上有过短暂的辉煌，十五世纪，郑和率领当时世界上最大的船队七次远航，开辟了亚洲与非洲的航线，到达过许多地方。但是，你们中国人不懂海权，想不到占领和殖民，只会炫耀所谓的大国气派，只会在所到之处慷慨送礼。但是，郑和毕竟完成了开拓性的事业，几十年后，葡萄牙航海家达伽马沿非洲西海岸绕过好望角，抵达东非海岸，然后在阿拉伯领航员的帮助下，沿着郑和船队开辟的航线顺利到达了印度。可惜，你们中国没把这份辉煌延续下去，变得像蜗牛一样，柔弱胆怯，一个劲地往自己的壳里缩，缩，缩到十九世纪中叶，西方人用铁拳把你们的壳啪啪敲碎……听到这里，邢昭衍羞愧难当，冷汗涔涔。他当时想，我以后也要像郑和那样，拥有一个大船队，肩负和平使命扬帆远航，为中国人的航海业增添荣光！可是，热血青年空有一腔热血，拥有一个大船队谈何容易！八年下去，费尽艰辛，我却只有一条风船。莫说拥有机器船，就是再添置一条大风船都很难。眼下，去青岛的商路被堵，想快快赚钱的美梦成为泡影，我只能让船继续跑上海，在激烈的竞争中赚一点薄利。唉，慢慢积攒吧，等到攒足了钱再去圆梦。

想到这里，他骑上驴，从城东小路直接去了商号。他想到那里看看，在他养伤期间，又收了多少货；与魏总管商量一番，年前做何打算。

到了恒记商号下驴，魏总管和两个雇来的伙计都从屋里出来。魏总管说："东家，看你身上，这么多鬼叉子！"邢昭衍低头一看，自己的裤腿上果然是一根根鬼叉子。因为城墙东边的小路狭窄，路边的鬼针草就拜托他把种子带到这里来了。

他伸手去摘，两个小伙计也帮他摘，忽然有丁零零的响声传来，接着是一个穿绿色制服的年轻人骑着自行车进院。魏总管说："送电报的来了。"年轻人到他们面前，从背包里取出一张纸："上海的。"魏总管只看一眼，脸色陡变。邢昭衍问："怎么啦？"魏总管把电报纸递给他："昭光出事了！"邢昭衍接过电报一看，见收件人是邢昭衍，发件人是义兴号王船长，电文则是"船至上海十六铺码头却找不见昭光已滞留两天请东家速来"。

邢昭衍皱眉道："怎么会找不到他呢？"

送报员问："要不要发回电？发的话我捎回去。"

邢昭衍说："发！"他要了一张电报纸，在上面写"我马上去"，收件人写"上海黄浦江十六铺码头山东海矖县义兴号王船长"。魏总管付了电报费，挠着头皮说："怎么会找不到昭光呢？昭光去哪里了？"邢昭衍气愤地骂道："这个不中用的东西！"他让魏总管马上去前海打听，有没有去上海的风船。

魏总管很快回来，说今天没有去上海的，明天也没有。邢昭衍想了想说,我去海州大浦坐轮船,让我爹的船送我。魏总管说,这办法也行,我看见,菠菜汤、小豆角,刚才都在前海卸鱼,老爷也在那里接海。邢昭衍说,我回去换上衣服就走。说罢爬上驴背。

进家一说这事,梭子傻了:"这可怎么办?这可怎么办?"邢昭衍说:"我现在就去上海,你先别跟箩子说,别跟咱大爷说。"梭子点头答应,给他找衣服、包煎饼。邢昭衍则打开柜子,拿了五十块"袁大头"装进钱袋子。收拾好了,他嘱咐两个孩子,在家听娘的话,接着出门上驴。

前海边,父亲正在和一个鱼贩子讨价还价。邢昭衍把爹拉到一边,小声说了昭光的事,让爹派船送他去海州。父亲听了面色严峻,招呼"菠菜汤"的史老大过来,让他立马开船。当邢昭衍一瘸一拐地上了"菠菜汤",史老大与一个小伙计拔锚撑篙匆匆起航,好多人都用诧异的眼光看他们。邢泰稔向船上高声说:"昭衍,你去上海谈成了买卖,给我买两盒老刀洋烟回来!"邢昭衍明白,这是爹向众人解疑释惑,便高声应道:"放心吧爹,我给你买二十盒!"

邢昭衍回头问史老大,多长时间能到大浦。史老大说,我这半辈子光在家门口下大网,从没出过远门,不知道大浦在哪里,全靠你啦。邢昭衍便让他往南走四十海里。史老大问,四十海里是多少里?邢昭衍说,七十多里。史老大说,今天天气好,顺风顺水,估计三四个时辰能到。

因为惦记昭光,邢昭衍焦躁不安却沉默不语。史老大见他这样,让别人替他掌舵,他去舱里拿出一沓子纸钱,打火点着撒向海里,嘴里念念有词:"东海龙王,天后娘娘,各路神仙,各位冤魂,求你们保佑我家少爷,逢凶化吉,遇难成祥!"邢昭衍见他这样,心中感动,向他拱手,向大海拱手。

太阳渐矮,海水更蓝。西岸的山越来越少,南面的山越来越近。到了青口天色已晚,河口停泊着大片风船,灯火点点。再往南走一会儿，黑黝黝的海面上现出一团明亮，看样子是一艘轮船。但它的位置不变，不像在行驶，便猜想它是停在大浦港湾外面等客上船的。他对史老大说，咱们过去看看，史老大调篷扳舵，直冲那里去了。

很快，光亮变成了一点点、一片片。点是甲板上的灯，片是亮着的窗子。借助船上灯光，还看到了船身上"海州"两个大字。离船近了，史老大落篷摇橹，与大船保持在平行位置，仰脸大喊："船上有人吗？"一个人很快出现，居高临下问："喊什么？"邢昭衍大声说："请问，你这船是不是去上海？"那人说："是。明天中午起航。"邢昭衍说："我有急事去上海，刚从马蹄所赶过来，能不能现在就上船？"那人说："我去问问。"

那人很快回来，说经理答应了，接着放下一个小舢板。邢昭衍上舢板时说："老史，你俩去大浦港停下，睡到天亮再回去。"说罢向西面一指。史老大说："不去了，那地方不熟，不如回马蹄所。"邢昭衍说："也好，你们路上小心。"

上了轮船，交上船钱，那人领他进舱。里面是两张架子床，可睡四人。邢昭衍在一个铺上躺下，心又飞到了上海。他想，又一天过去了，不知道望天晌他们找没找到昭光？

一夜没睡踏实，早晨起床出去，见西南方向群山高耸，知道其中一座是花果山。他望着那儿想，我要是有孙猴子的本事就好了，一个筋斗十万八千里，上海转眼就到。

他没这本事，只得耐心等待。回舱吃下几个煎饼，觉得困乏，便躺倒补觉。后来觉得船身震动，醒后看见船舷外浪花飞溅，便知道船开了。再瞅瞅别的铺位，都有了乘客。看看表，已是中午十二点多。他拿出两个煎饼，到餐厅讨一碗水吃下，而后到甲板上坐着。

船在前行，大海清寂，天上有鸟儿飞过。邢昭衍想，它们是不是寇鸟？观察之后做出判断，它们不是从东往西走的寇鸟，而是从北往南飞的候鸟。有排成行的大雁，有聚成团的小鸟。忽然有一只褐色小鸟落到甲板上，小胸脯急促起伏。邢昭衍猜想，它是飞累了，落下休息。接着又有几只小鸟降低高度，在甲板上方盘旋，向这只小鸟叽叽叫着，似在呼唤。甲板上的小鸟向同伴叫了几声，展翅腾空，追了过去……

邢昭衍看着鸟群大为感动。他想，连小鸟都不让同伴落单，我更不能让堂弟失踪。我必须想尽一切办法找到他，让他平平安安。

晚上，船进长江。依靠吴淞口导堤终端趸船上的引航灯，海州号拐进黄浦江，到十六铺已是半夜一点。邢昭衍借助岸上灯光，看见了义兴号，但是船不靠岸，继续往里走，让他急得直拍栏杆。海州号终于靠上一个码头，他随人流下船，顾不得腿疼，一路上码头就往回急跑。跑到义兴号停靠的码头，小鲻鱼站在船头带着哭腔说："东家，俺等了四天四夜，总算把您等来了……"

邢昭衍登船后问他，找到昭光了没有，小鲻鱼向天篷里指一指："昨天回来了，掌柜的摊上大事了。"他喘几口粗气接着说，"到这里不见掌柜的，大伙都很着急，问老大怎么办，老大让我去找。到恒记分号找，那里锁着门，问了几个在这里坐庄的老乡，都说这几天没见到他。刚回到船上，掌柜的来了，带着买家验货。我看他脸色不对，脖子上好像有伤，码头上还有阿飞模样的人盯着他，就觉得蹊跷。等到买家验完，苦力来卸货，老大说，货不能卸，等老板来了再说。码头上的三个阿飞上了船，吆吆喝喝叫苦力动手。我带着几个伙计不让卸，和他们打了起来。想不到他们都会武艺，后来还掏出刀子。老大赶紧叫我们住手，问掌柜的到底遇上了什么事。掌柜的不说，那个领头的阿飞说了，说掌柜的强奸了他老婆，答应赔偿三千元，不卸货用什么赔？老大问掌柜的，这事真假，掌柜的什么也不说，只是点头。老大只好说，那就卸吧。卸完货，掌柜的和他们一起去结账，回来往舱房里一躺，不吃不喝，再不露头。"

邢昭衍怒不可遏，撸撸袖子道："昭光作死呀！我去揍死他！"

望天昫从天篷里走出来，仰着脸向他苦笑："你这个兄弟，不知道上海滩的凶险呀……我昨天晚上问他，他跟我说，叫一个暗娼坑了。那天他去影戏园看电影，一个女人到他身边坐下跟他说话。看完电影，叫掌柜的到她家玩，他就去了。玩着玩着，女人问他是干什么的，他说是在上海坐庄的。玩完了，女人也不要钱，叫他第二天再去。第二天他又去，一个男的带两个阿飞突然闯进屋，把他逮住，搜去他身上的二十多块大洋，另外让他赔三千，少一块也不行。掌柜的吓毁了，说没有钱，那男的就叫他等到船来了，把卖货的钱给他。掌柜的不想这么办，不带他们来认船，他们就打他，要杀他。昭光实在没办法，就跟他们一块过来，把这一船花生米卖了，给了他们三千。"

邢昭衍听罢，咬牙切齿走进天篷，一脚把右边舱门踢开。昭光惊恐地看看他，从床上滚下来跪着说："三哥，我做下大事了，你打死我吧！你打死我吧！"

邢昭衍狠狠揍他两耳光："我打死你也应该！你赔进去一条大风船呀！"说着一脚将他踢倒。邢昭光趴在那里呜呜直哭。

望天昫也忍不住数落他："掌柜的，私门暗娼最惹不得，背后不知有什么样的恶人盯着你。人家放鸽子，一下子讹去三千，等于我带着一船伙计白干了半年。唉，伙计们风里来浪里去，吃了多少苦，遭了多少罪……"

邢昭衍又踢一下昭光："说，这船一共卖了多少钱？"邢昭光坐起来低头道："一共卖了六千二。他们要把所有货款都要去，我死也不给，说你们要逼我，我就去跳江，叫你们一分钱也拿不到。反正买家通过银行转账，钱到了咱们账户，我签字才能提出来。他们就没再坚持，拿着我开出的三千银票就走了。喏，剩下的在这里。"说着从怀里掏出几张银票。邢昭衍接过看看，恨恨地道："折了三千，回程装货怎么付款？"邢昭光说："我也没办法了。我订了煤油、红糖两宗货，加起来要付五千八。"邢昭衍想了想说："等到天亮，我跟你去找卖家商量一下，能不能赊账。"

望天晌到伙舱拿来煎饼、咸菜，昭光也不推让，一咬一大口，看来是饿坏了。

外面，铁把子坐在舵楼上，怪声怪气唱起了海云湾老一辈跑船人传下的歌谣：

　　拾起砣子放下点水竿，
　　两眼望青天。
　　一篷好风送到江南去，
　　窑子门里转一转。
　　离开大上海，
　　两眼泪汪汪。
　　望着秦山岛，
　　想起爹和娘。
　　腰里摸一把，
　　银钱花个光！

邢昭光听了面红耳赤，一口煎饼没咽下去，将腮帮子撑出大包，久久不动。

等到阳光照亮黄浦江面，邢昭衍和邢昭光下船办事，让小鳝鱼也跟着。小鳝鱼见邢昭衍走路的姿态异样，问他腿怎么了，邢昭衍说："叫日本鬼子踢伤了。"他讲了德国鱼雷艇在马蹄所冲滩，日本人过来审问他的经过，邢昭光说："外国鬼子太可恶了，我在这里逛街，也叫他们打过两次。"

他们来到煤油公司，好说歹说，老板却不答应赊账。邢昭衍带二人出去商量，不装煤油光装糖，让船空着两个舱回去。

付了货款，把一千袋红糖提出来，邢昭光找苦力运往码头。装船时，邢昭光将邢昭衍扯到一边说："三哥，我欠了你三千零五十块钱，我一定还你。"邢昭衍问："怎么多出了五十？"昭光说："我从货款里拿出来的，打算做路费闯关东，到那里挣钱还你。"邢昭衍惊问："闯关东？"昭光流泪道："上海我不敢待了，马蹄所也没脸待了，除了闯关东无路可走。你回去跟俺爹娘跟笏子说一声，我在这里直接坐船走了。"说罢，他将一把钥匙递过来，说是恒记上海分号的钥匙，而后擦一把眼泪，向南边的轮船码头飞跑而去。邢昭衍追他几步，因为腿疼追不上，只好冲他喊："昭光，你去鲅鱼圈吧！小周给我写过一封信，说他跟槐棒在鲅鱼圈打鱼，能混下去！"邢昭光回头道："中，我去找他们。三哥你赶紧装船，不要管我！"

装上货，邢昭衍对望天晌说："昭光这事太丢人，咱们回去就不说了吧。"望天晌点头道："不说，谁也不说。"他还叫小鲻鱼嘱咐船上每一个人，回去之后谁也不要讲掌柜的怎样了，就说他还在上海坐庄。

墙打百板还透风。风是从二老大那里透出来的。义兴号回到马蹄所停下，小嫩肩照常带一帮苦力上船卸货，看到有一半船舱空着，就问船老大，为什么只装半船货。望天晌装作听不见，他就到船尾问二老大，二老大憋不住，拍着舵把子叹气："唉，你女婿可叫掌柜的坑苦喽！"接着压低声音，把邢昭光玩上海女人遭遇放鸽子的事说了。小嫩肩气得双脚一蹦："这个驴日的，他真是找死！"

船没卸完，他就跑到二闺女家说这事。笏子一边结网一边听，最后手抖得结不成，只好将手抱在下巴底下。小嫩肩说完恨恨地道："等他回来，我把他的腿敲断！"笏子流着泪说："我早就料到，这块杂碎会干出这种事。他死在外头算了，再也不要回来！"小嫩肩问："他不回来，你怎么办？"笏子扯一扯面前挂着的渔网："饿不死我。"小嫩肩说："那我就放心了。就这样吧，我回去卸船，你好好照顾自己,别想那个驴日的,就当他死了!"

爹走后,篣子往炕上一趴痛哭不止。她骂一阵邢昭光,哭一阵自己可怜。三年前姐姐做媒,让她嫁给昭光,她虽然不太愿意,但觉得那是姐夫的兄弟,有了亲近感,就答应了。嫁过来之后,邢昭光待她挺好,知冷知热,她也认可了这个男人。但是,认可不等于喜欢,她喜欢的男人还是姐夫。平时在家织渔网,她织着织着就心烦意乱。为什么心烦?她说不清楚,但她知道如何解烦:握紧手里的梭子篣子,抱膝闭眼,浑身收紧,心里想着姐夫。想他的高大魁梧,想和他抱过两回的感觉,想着想着,自己好像变成了一只海燕,与他一起高飞,翅膀像闪电一样忽闪着,振动着,让她有一种无法言说的舒畅。平静下来,她也觉得对不起昭光,身为他的老婆,怎么还想别的男人?现在行了,是他对不住我了。他把我撇下,撒丫子跑了,我可以把全部心思都放在姐夫身上了。

她从炕上起来,洗了洗脸,用包袱收拾了衣物,锁上门去了姐姐家。来到大门外,从门缝里看见姐姐、姐夫在堂屋里说话,就从墙根捡起一根草棒插到头上,推门而入。梭子看见她,擦擦眼角的泪让她坐下。邢昭衍看看篣子,诧异地道:"他姨,你头上插草棒干啥?"

"干啥?俺卖身为奴!你没见过戏里演的?头上都插一根草棒。"

邢昭衍大惑不解:"你说啥呀,我不懂。"

篣子眼泪哗哗的,抽咽着说:"那个杂碎,把您的钱给祸害了,俺没钱还您,就把自己卖给您吧。俺不值钱,就给您家出一辈子大力,当牛做马,行不?"邢昭衍立马红了眼圈:"他姨,你可别这么说。三千块不算什么,来年就挣回来了。"篣子将泪眼望向梭子:"姐,我的亲姐,姐夫不想买我,你得可怜我吧?马蹄所的人都知道昭光跑了,把我撇了,我自己住在城外,你能放心?"梭子说:"唉,你在这里住着,帮我看孩子吧。大船越来越野,到处疯跑,我这身子越来越沉,追不上他。"邢昭衍想到梭子已经怀孕六个月,看看她的肚子,点头表示同意。箩子破涕为笑:"那我就住下啦!姐,我住哪里?"梭子说:"你跟杏花住西厢房吧。"箩子就提着包袱去了。

后院有了动静。爹连声叫他:"昭衍!昭衍!"他答应一声急忙出门,见爹身后还跟着大爷。邢昭衍让二位老人到屋里坐下。大爷气咻咻道:"三筐这个私孩子,把咱邢家的脸给丢尽了!要不是你爹去跟我说,我还以为他在上海呢!"邢泰稔朝前海方向指着:"前海的人没有不知道的,议论纷纷。有人说,马蹄所在上海坐庄的有好几个,就恒记商号掌柜的没拴住鸭子,丢死人了,丢死人了!"邢昭衍说:"大爷,爹,你俩就别生气了。事情已经出了,无法挽回。也怪我对四弟管得不严。我教训了他一顿,他也知错认错。我现在担心的是,他能不能顺利到东北。"邢泰稔说:"如果能找到槐棒跟小周就好了,能有地方落脚。"邢昭衍点点头:"我跟他说了,但愿他能找到。"

说了一会儿话,两个老人走了,邢昭衍给他俩每人一条老刀烟。把大爷送出东门,看见爹站在院里瞅他。原来爹是要问问他,往后做生意的本钱还够不够。邢昭衍说:"多亏这几年挣了一些,不然还真是难于接续。"爹又问:"再派谁去上海坐庄?"邢昭衍说:"还没想好。快过年了,我先跟着跑两趟,过了年再说。"爹问他,腿还疼不疼,邢昭衍说:"不疼了,好了。您的腿怎么样?"邢泰稔说:"还那样,老牛破车,能撑多久算多久吧。"邢昭衍说:"等到来年春天,我带您到上海大医院看看,那里也许能给您治好。"邢泰稔说:"这个毛病,不耽误吃喝,还用得着跑上海?实在不能走了再说。"

邢昭衍回到前院,要去商号看看,就从堂屋里推出了自行车。两个孩子听见响声,从西堂屋跑出来,一齐扑上来要让爹带着。正在西厢房说话的梭子和箩子也出来了。姐妹俩肩并肩,看着邢昭衍将杏花抱上后座,将大船抱到前面车梁上,到门外迈步上车。箩子怔怔地看着那爷儿仨,满怀羡慕:"姐呀,我跟你相比,一个天上一个地下。"梭子劝她道："说不定哪天昭光混好了，回来叫你享大福。"箩子说："他能叫我享福？做梦吧！"

傍晚，姐妹俩做了一顿好饭菜，有肉有鱼，还烙了一摞葱油饼。等到爷儿仨回来，梭子先给孩子每人一块饼，让他俩吃着，而后抱出酒坛子，倒了三盅。她将一盅放到丈夫面前，一盅放到妹妹面前，端着另一盅说："来，咱们喝盅酒，压压惊。"箩子把两手往袖筒里一插："俺不喝，俺到您家是当女觅汉还账的，怎么能跟你俩平起平坐？"邢昭衍笑了："他姨，账不是你欠的，你是孩子的姨，是我最重要的亲戚。来，喝！"箩子这才展颜一笑，端起酒盅喝了一口。喝了一小盅再不喝了，说再喝就醉了。

吃完饭，收拾碗筷到锅屋洗好，箩子回来对孩子说："杏花，大船，你俩今晚跟我睡，我给你俩讲讲儿。"两个孩子欢呼雀跃，跟着她去了西厢房。梭子跟在后面说："叫他俩都去呀？"箩子小声道："嗯，给你俩腾空儿。"梭子羞笑着打了妹妹一掌。

上了床，箩子向孩子讲起了"讲儿"：龙王的故事，哪吒的故事，讲了一段又一段。讲着讲着不由得停下，叹息几声接着讲，一直讲到孩子入睡。

给他们盖好被子，把灯吹灭，她就坐在黑暗里叹气，长一声短一声。叹息一会儿出去解手，见姐姐、姐夫的屋里黑咕隆咚，回来趴在被窝里周身发烧，呼吸急促。直到让自己幻化成一只海燕，飞在天上闪电一般振翅，她才慢慢退烧。

三天后，义兴号装满花生米、花生油再跑上海，邢昭衍亲自跟船，半月后拉着洋布和纸张回来。快过年了，有钱人要添新衣裳，进口的洋布就成了抢手货。办喜事，贴对联，要用得着红纸，邢昭衍就进了大红二红两种。从船上卸下运到商号，陆续有一些贩子过来进货，准备卖给县城和乡下的店铺赚上一笔。

这天上午，邢昭衍在商号里和魏总管、望天响一起喝茶，商量下一船生意。突然有自行车铃声传来，是电报员来了。"老板，大连的电报！"

邢昭衍很惊讶，心想这几年我收的电报都来自上海，别处的从来没有，是谁从大连发来？他跑出门外接过，见电文是"大连港高粱积压严重买一吨只用十元左右拉回去能赚大钱三哥快来要带现银"，落款则是"大连港电报局阅电栏邢昭光"。他知道，电报局都有阅电栏，把收到的电报放在那里，让收报人自取。

这封电报，让邢昭衍既欣慰又振奋。欣慰的是，昭光有消息了，他已经到大连了。振奋的是，昭光在大连发现了商机。一吨十元左右，真够便宜，在海嘹集市上，一吨高粱二十七八元。他想，今年鲁南大旱，城乡普遍缺粮，我如果去拉回一些，肯定大赚。但是，去大连实在太远，天也冷了。再说，去大连能拉什么货？不能空着船去吧？

电报员走后，邢昭衍站在院里皱眉思考。想到这段时间，好多要闯关东的人来到马蹄所，才知道外国人在青岛打仗，小火轮停了。他们有的步行去烟台，有的滞留马蹄所等待。那些等船的，有钱的住店，没钱的住城门洞。有人为了省点路费，到了吃饭的时候就端着碗串门子。从郯城一带来的还会"唱门子"要饭，到人家门口唱柳琴戏，唱鲁南小调，等同于卖艺。马蹄所的居民，每到吃饭的时候都要应付上门讨饭的，有人给他们一点吃的，有人把大门闩上，谁叫也不开。想到这些，邢昭衍两眼放光，走回屋里兴奋地道："老魏，老大！咱们上北洋干一场！"他把电报内容向他们二人讲了，接着讲他的设想：从马蹄所拉一船闯关东的过去，回程拉高粱。

魏总管张大嘴巴看邢昭衍，一时无语。望天晌罕见地低下头去，不停地掐弄他那饱经风霜的指头。邢昭衍看着他俩催促："你们说话呀，这么干行不行？"魏总管笑一笑："东家，咱义兴号是风船，去北洋风险太大。"邢昭衍问望天晌："老大，你说能不能去？"望天晌

189

点点头:"能去。我六年前去过天津,给永泰商行送过一船白鳞鱼,回头走大连拉过一船秋秋。但是那一年秋秋不值钱,没多少赚头。咱们到了蓬莱,沿着一溜海岛北上,小心一点,能去海北。"魏总管说:"我听说,大连也叫日本人占了,咱们去了会不会有麻烦?"邢昭衍说:"估计不会。我在青岛上学那会儿,日本就宣布大连港开放,成为国际贸易港。他们如果不讲规矩,横行霸道,谁还去做生意?"望天晌点头道:"嗯,是这个理儿。我那年去大连,码头上没见日本兵,各方面都正常,跟前几年的青岛港差不多。"魏总管说:"那就好,不过天越来越冷,大连更冷,船不会冻在海上吧?"望天晌说:"抓紧去,抓紧回,抢在上冻前离开那里。"邢昭衍将拳头狠敲一下膝盖:"好,有老大这话,我就下定决心了!"

接着,他让老魏赶快写告示在所城内外张贴,告诉等船的人,义兴号后天去大连。魏总管答应着,又问:"到大连一个人多少钱?"邢昭衍说:"马蹄所到青岛的船票,一人是一块二,青岛到大连的是四块八,加起来是六块。咱们要五块,小孩三块。"他沉吟一下又说:"你要在告示上说,由于东北天冷,能投奔亲友的可以走,东北没有亲友的不建议去。"他又吩咐望天晌:"老大你抓紧回船,让伙计们上水上粮。"望天晌说:"明白。"

安排完了,邢昭衍去县城发电报。他骑着自行车,觉得冷风扑面,想到闯关东的铺盖单薄,上船后会挨冻,决定找被服厂订一百条棉被,让他们明天送到马蹄所恒记商号。来到县城,到电报局给邢昭光发了"后天起航过去"的电报,找被服厂订了棉被,接着回马蹄所。

走着走着,天阴欲雨。离所城不远时,路边有人叫他:"昭衍!大侄子!"一个远房堂叔背着粪筐从地里跑来了:"大侄子帮个忙,眼看要下雨,你用洋车把我的粪筐捎回去行不?"邢昭衍看看那一筐人屎和牲口屎,有些为难,但还是接过粪筐挂在车把上。他问,捎回去放在哪里,老头说,放在我家门口就行。邢昭衍上车后,车子一边重一边轻,歪歪扭扭。老头在后边喊:"你可甭给我撒了,那是我拾了大半天的!"邢昭衍答应着,努力掌好车把,走了一段趋于平稳。但是臭味扑面而来,让他恶心欲呕。

到了西门,见一些人正在门洞里看告示。他到人群后面站下,听见一个人说:"比坐小火轮便宜得多,就坐义兴号吧,甭在这里等了。"另一个人说:"风船不如轮船稳当,不会出事吧?"还有一个人说:"死逼梁山闯关东,回去也没有活路,听天由命吧!"

邢昭衍摁了几下车铃铛,引来人们的注意后大声道:"我是义兴号船主,请大家放心!我的船是新的,船老大是最好的。我也跟你们一起去,咱们同船共渡。考虑到天气冷,我刚到县城订了一百条棉被,给大伙取暖。"

众人转身看他,眼神复杂。有人不吭声,有人点头道:"老板你想得真周到,俺这就去买票。"

一个年轻人闻到臭味,看到车把上挂的粪筐,捂着鼻子说:"你这老板,还去拾粪?"

邢昭衍笑而不答,上车离去。有人大声道:"骑着洋车拾粪,叫有逼的!"这话,引发一片笑声。

当天下午,到恒记商号买票的络绎不绝。魏总管收下他们的钱,把一张张用毛笔书写、盖了恒记商号红印的"船票"交给他们,嘱咐他们务必在后天中午之前赶到龙神庙前。到第二天傍晚,一百张船票全部卖出。魏总管把装了半箱的龙洋、袁大头、碎银子和铜钱清点一下,共四百三十三元,邢昭衍让他到钱庄把碎银子和铜钱全部换成银圆。魏总管答应着,又说:"东家,后天你跟老大还得去办一件事。"邢昭衍问:"什么事?"魏总管说:"去龙神庙里拜拜,因为跑这趟北洋太冒险。"邢昭衍想了想说:"好吧。你给我准备两个猪头。"望天晌说:"再许个大愿,如果平安回来,给龙王爷唱三天大戏。"邢昭衍很惊讶:"要许这样的大愿?唱三天大戏,这可不是小事。"望天晌说:"办大事,就得许大愿,这是海边千百年来的老规矩了。"邢昭衍答应了他:"好吧,也叫马蹄所的人热热闹闹过大年!"

临行前的早上,邢昭衍和望天晌一人提一只猪头走进龙神庙。在大殿的龙王面前供上一只,二人一块磕头,望天晌大声说出了东家许的愿。再到后院,去妈祖殿供上另一只猪头,望天晌又说了一遍。

邢昭衍磕完头站起身,看见墙上空空荡荡,想起义兴号让日本人拿走,心中愤懑,且生出疑忌。齐道长明白了他的心思,大声说道:"放心吧,天后娘娘早把你们的船样子记在心里了,会保佑你们的!"

邢昭衍转脸去看神像,只见妈祖坐在那里,脸上满带慈悲。

第十五章

义兴号起航不久，便有乘客晕船。邢昭衍早有防备，派人买来十只大木桶，分别放在甲板与舱内，并向乘客说明：如果想呕，呕到桶里。很快，有人趴在桶上呕呃连声，将胃内之物倾吐在内。这些姿态、声音与味道有强烈的传染性，于是更多的人抻长脖子过去，每个桶边都挤满人头。再后来，去桶边来不及，即使去了也挤不开，有人便去船边往海里吐。呕吐物引来了鱼，鱼又引来了海鸥，海鸥上下翻飞，形成奇异景观。

舱内则是惨不忍睹，桶内桶外一片狼藉。有的乘客吐在舱底，吐在别人身上，引发相互埋怨与激烈争吵。装满女人孩子的大头舱和二舱里，除了埋怨与争吵，还有此起彼伏的哭声。哭声冲出舱口，让舱面上坐着的男乘客也戚然落泪。有人望着岸上的山峦、田地与村庄，捶胸顿足哭爹喊娘。

邢昭衍上船前就安排六个伙计照顾乘客，装载乘客的四个舱，每舱一个，舱面上安排两个。邢昭衍不放心，也在船上到处转悠，往舱内探头察看。发现有的舱里吐满了桶，他让里面的伙计踏着梯子递给他，他接上来提到船边倒掉，用绳子把桶垂下去，涮干净再送回去。

船行两个小时，邢昭衍又提着一桶倒掉，忽听一个男人哭喊："不活了！不活了！"转身一看，见一个穿着破棉袄的半大老头往船边扑去。他急忙放下木桶,一把将老头拽住。问他怎么了,老头说,肝肺肠子都要吐出来了,难受得要命,不如死了吧!邢昭衍劝他再忍一忍,过一些时候就好了。望天晌也过来,蹲到他跟前好言相劝。邢昭衍把木桶送到舱口,回来让望天晌安排两个伙计在船两边站着,专门防止有人跳海,也劝阻乘客不要靠近船边,免出意外。

小鲻鱼突然从二舱舱口蹿出来,站在那里涨红着脸大口呼吸。邢昭衍问他怎么出来了,小鲻鱼羞笑一下:"女人要撒尿,把我撵出来了。"邢昭衍说:"那你不要离开舱口,随时听着舱里的动静。"小鲻鱼点点头:"嗯,我去撒泡尿就回来。"说罢走到船边,扯下裤子就滋,将一股明亮的抛物线甩向海里。邢昭衍看了他的样子,对舱面上坐着的大片男人喊:"你们甭学他,站在船边撒尿很危险,那边有茅房!"说着往右后方一指。

再走一会儿,呕吐现象大大减少,邢昭衍便让伙计们给乘客发放煎饼。魏总管在临行前采购了好多,在天篷里堆成一垛,伙计们抱走,给每个乘客发一个。负责大头舱的小马也来了,小鲻鱼问他:"你怎么一直没出来?"小马说:"人家不叫我走,说跟前有个男人心里踏实。"小鲻鱼觉得奇怪:"她们不撒尿?"小马说:"怎么不撒?我背过身闭着眼就是。"小鲻鱼拍他一巴掌:"行!你有福气,有女人把你当依靠了!"

邢昭衍听见了发笑,笑罢心想,在这条船上,最大的依靠其实是望天晌。

望天晌深知大连之行不同寻常,他大多数时间都在船上走动,仰脸看天,扭头看岸,而后通过他的判断向掌舵人和船员发出指令。今天早晨,邢昭衍问他未来几天天气如何,他说,三天之内都是晴天,没有大风。船行半天,果然万里无云,南风微弱。望天晌指挥手下巧借风力,向东北方向行进。

离岸越来越远,夕阳没有落山而是落到水里。在它旁边有一个山头,那是秦始皇当年登过的琅琊台。秦始皇东巡海边到了那里,听徐福说海里有仙山,仙人有长生不老药,便派他带童男童女出海寻找。邢昭衍想,我今天也带领一船人出海,却不是寻找仙药,而是帮他们寻找活路,为我自己寻找财路。

暮色四合,周围皆海。望天晌在自己住的舱里拿出一卷纸钱,划火点着,快步来到船边,扔到水里念念有词。邢昭衍知道,他是在烧"水皮子纸",向海里的鬼魂交买路钱。他想,刚刚占领青岛的日本鬼子才是最可怕的,现在离胶州湾不远,万一碰上他们的军舰就有麻烦了。刚想到这一点,只听望天晌大声发令:"大伙听着,前面的路难走,有鬼!船上一律不准点灯,不准打火!烟瘾上来忍着!谁若不听,扔进海里!"邢昭衍听了点头赞许:望天晌发布禁火令是对的,船上有光亮,容易被人发现。

听船老大这么讲,甲板上的乘客们窃窃私语,纷纷裹紧被子在海风中发抖。有的小孩被吓哭,却立马被大人捂住了嘴。

有一个戴着破毡帽的中年男人站了起来,挥动竹板啪啪敲响,和着竹板节奏高声道:

> 茫茫大海有神灵,
> 俺把喜歌念几声。
> 船头无浪行千里,
> 船后生风送万程。
> 九曲三弯随舵转,
> 五湖四海任舟行。
> 宝船载着有福人,
> 人船平安海太平!

他唱完后,有许多人拍手叫好。望天晌说:"这些老乡,虽然都是穷人，但还是有一些能人、才人在里面的。"邢昭衍说："是，遇上荒年乱世，为了活命不得不背井离乡，实在叫人难过。"

天色黑透，海色也黑透。而后，天之黑、海之黑相接成一圈黑幕，把义兴号围在正中。好在有星星，星星眨着眼睛为人们指路。望天晌能看懂它们指引的路线，发布一条条指令让船前行。邢昭衍看不懂，只是相信望天晌的本事，坐在天篷里听五张大篷在风中作响，听海浪在船边作响。

望天晌对他说："东家，你睡一觉吧。"

邢昭衍摇摇头："我不敢睡，过了青岛海域再说。"

他起身走出去，在人堆的空隙中摸索前行。他听见，有人在说话，有人在打鼾，有人在说梦话，总体情况稳定。再到舱口，嗅着里面冒出的腺臭气味听听，也没有特殊声响。来到船头，见北极星在正前方熠熠生辉，而北斗星却到了它的下方接近海面，以这种方式告诉天下人，时令已到冬季。

感受着刺骨的寒风，邢昭衍心中焦虑，没有一点点睡意。他回到天篷里坐着直到天明。望天晌在外面说："到褡裢岛了。"邢昭衍出去看看，微微发白的曙色里，远处果然有一个小小海岛，两头高中间低，在水面上像一个盛钱的褡裢。邢昭衍说："我听说，德国人在上面建了灯塔，怎么没看见？"望天晌说："可能是打仗的时候毁了。不光这座灯塔，青岛那边有好几座灯塔都不亮了。"邢昭衍向左边远眺，不由得唉声叹气。望天晌说："东家不要难受。咱们一夜没遇上日本船，就很好了。"他让邢昭衍进舱睡一会儿，邢昭衍点点头，打着哈欠进舱。

睡到中午起来看看，左边矗立着一座黛青色的高山，山腰、山脚都有庙宇，认出那是崂山。十年前的春天里，礼贤书院的几十位同学曾在卫大人的带领下去游山，游罢太清宫，又游上清宫。卫礼贤与多位道士交谈，对中国道教很感兴趣，甚至问他们怎么修行，到底能不能在身体里练出内丹。得到道士们肯定的答复之后，他宣布回去也要每天安排一些时间打坐。回到礼贤书院，他向学生们讲他打坐的经验，说自己虽然还没有练成内丹，但是心情比从前平和了许多。邢昭衍看着青岛所在的方向想，德国人已经被赶走了，卫先生不知去了哪里？他还能天天打坐保持心境平和吗？

青岛、崂山，渐渐远去，只见海岸时高时低，时隐时现。走到天黑，再走到天明，前面又出现一簇山，且有云雾缭绕。随着船的前行，那些山像是在海中升起，被白云托起，几个山顶悬浮在半空里。问望天晌那是什么山，望天晌说：九顶铁槎山。再往前走，就是赤山。

邢昭衍想起，他在礼贤书院读过日本僧人圆仁写的《入唐求法巡礼行记》，书中讲到赤山。圆仁随日本遣唐使团西渡，到了扬州之后想去天台山求学，但官府不批，他只好北上登州。经运河到淮河，向东入海，一路惊险不断，终于来到文登县海边的赤山，住进新罗人张保皋所建的法华寺。挂单一段时间，又步行七十天去了五台山，到那里不久，唐武宗下旨灭佛，他被勒令回国。圆仁辗转回到赤山，在此逗留一年多，终于等到了船，带着在中国求得的佛经归返日本，成为著名高僧。邢昭衍心想，大唐时的中国是何等地繁荣强盛，日本、朝鲜有那么多官员、僧人、留学生跨海过来，观光取经，流连忘返。现在呢？日本人占了朝鲜还要占中国，虎视眈眈，接连得手，唉……

中午时分，赤山在望。望天晌向舵手发令："西北头！"邢昭衍问："咱们不是应该往东北去，奔成山头吗？"望天晌说："晚上要来大风，到石岛湾避一避再走。"邢昭衍抬头看看，天依然晴朗，没见异常景象，就问："老大，你怎么知道要来大风？"望天晌一笑："风神跟我打了招呼。"邢昭衍觉得他故弄玄虚，不愿透露测风秘籍，就不再问了。

两个钟头之后，义兴号驶入石岛湾。望天响发令下锚，几个伙计便将搁在船头的大铁锚抬起，抛进水中，锚缆像蛇一样突突拉拉，随之入水。邢昭衍打量一下岸上，只见一个大大的村庄坐落于海边，房屋都是石墙草顶。苫房顶的草很特别，颜色灰白，有的还罩着渔网。问望天响，他说是用海草苫的，邢昭衍不禁暗暗称奇。

吃晚饭的光景，风声大作，船身摇动，海里一道道水波，天上一道道云丝，都向东南方向迅跑。船上的许多设施，在风中都变成哨子，响声尖锐。甲板上的乘客，谁也不敢站起，都围着被子抱团取暖。

蹉跎一夜，风力未减，望天响决定继续在此等待。等到晚上，风终于小了，望天响吩咐五更起航。听着岸边渔村的鸡叫，四个伙计喊着"推关号子"像推磨一样推动绞盘，牵引锚缆吊起大铁锚，而后升篷借风驶出海湾。

中午到成山头附近，只见山崖高耸，白浪腾空。邢昭衍问："老大，听说这里是'天尽头'？"望天响突然大发雷霆："胡说八道！"说罢端起烟袋，神情紧张地抽烟。

邢昭衍从来没见老大发这样大的脾气。他早从史书上看到，秦始皇当年来到成山，望着烟波浩渺的大海感叹："天之尽头！"宰相李斯就写了"天尽头"三字，让人刻在海崖。难道我记错了？思忖片刻明白了，望天响是忌讳"尽头"二字。

果然，义兴号逆水行舟，岸上的参照物迟迟不见后退。望天响嘟哝一声："老一辈讲，'到了成山头，艄公犯了愁'，这话真是不假。"邢昭衍问他怎么办，他说："惹不起，躲得起。东北头！"船去东北方向，行驶一个多钟头，终于躲开了湍急的南下海流。

望天响坐在天篷里低头抽烟。他抽得非常用力，本来就瘦削的两腮一下下出现深坑，简直要把烟锅里的暗火吸成明火。邢昭衍明白，老大是在思考事情，做重要决定。果然，望天响将烟袋从嘴里一拔,将烟锅往八仙桌上狠狠一磕:"直接去海北!"

他仰起脸,从眼皮缝里射出两道坚定的目光:"东家,我本来想西去蓬莱,再摽着长山岛北上的,看来去不了了。咱们走斜路,直奔大连吧。"邢昭衍明白,老大要冒险了,但这也是无奈之举。于是接住他的目光道:"老大你说了算,你说怎么走就怎么走。"

望天晌向舵楼子那边大声发令:"西北头!"掌舵的铁把子立即回答:"西北头!"他将舵一扳,几个伙计也分别调整几片篷帆的受风角度,让义兴号驶往海的深处。

天色渐暗,涌浪如山,船一俯一仰,浪花溅上甲板。有些乘客再度晕船,有人带着哭腔道:毁了,龙王爷要把咱们当鱼食了。邢昭衍想起当年来昌顺遇到的险情,也是担心害怕,但他还是装出平静的样子安慰乘客:没事,大伙放心!

颠簸一夜,邢昭衍没敢合眼,一直在船上转悠,唯恐出事。终于熬到天明,风小了,浪矮了,他却觉得自己喉咙很疼,咽唾沫艰难。嘴唇也肿胀起来,摸一摸,已经起了好几个燎泡。看看四周都是海,看不到陆地,忍不住问望天晌到了哪里。望天晌说:"快到了。"

再走两个钟头,左前方海面上现出一个黑点。他指给望天晌看,望天晌说:"那是旅顺的老铁山。老一辈人讲,'到了铁山岬,艄公麻了爪',我一辈子只在那里走了一回,真是吓得麻了爪子,那里的流太急了!"

再往前走,左边是连绵的群山,右边是无垠的大海。忽然,有一艘载客的轮船从右后方追上来,在海上激起浪花,疾驰而过。船身上写着"一进丸"三个大字,甲板上站着一些乘客,好多人穿得破破烂烂,也像是闯关东的,估计是从烟台过来。有人还指点着义兴号说笑,邢昭衍心想,他们肯定是在笑话我用风船载客。

过了一会儿,有一艘"隆昌丸"从前方过来,船上也站了一些人,指着这边说笑。邢昭衍忍着嗓子的疼痛咽下一口唾沫,心中有耻辱也有自豪：我这条风船从海暾过来，千里迢迢，大风大浪，容易吗？有什么可笑的？

"哈哈，过了棒槌岛，就是大连湾！"望天晌站在船的左边仰脸在笑。

绕过形状像洗衣棒槌的岛子，前面是一大片开阔海域。左边是建在防波堤上的两座灯塔，一红一白；里面是码头，停着许多轮船与风船。码头上面则是大片城区，有平房，有楼房，五颜六色。乘客们都来了精神，站在甲板上指指点点。妇女孩子们也从舱里爬出来，先是捂着眼睛躲避阳光与大群男人，而后将指缝扩大，将手掌放下，向岸上张望。有人泪流满面，喃喃自语：总算到了，总算到了。

两座灯塔渐高，像港口的两根门柱，但是望天晌却让船往左行驶。他说，上次来大连港，以为是从那个大口进，一条快艇过来拦住，说小船必须走西口，不然罚款。邢昭衍说，看来这里和青岛差不多，大船小船待遇不同。

从只有五六十米宽的西口进港，发现有一个人在码头上向他们挥动双手。邢昭衍认出那是堂弟昭光，也激动地向他挥手。离得近了，昭光指着左手边大声喊："三哥，跟我来，到这边停！"随着他的指引，义兴号慢慢靠上风船码头。小鳕鱼向他抛出缆绳，他在系缆桩上系住，蹲下后抱桩哭道："三哥，可把你等来了！我接到你的电报，天天在这里等……"邢昭衍一下子跳过去，到他跟前拍着他的脑袋说："来了，来了，咱兄弟俩又见面了……"

伙计们已经搭好跳板，让乘客们下船。乘客背着包袱、行李、孩子，有的还背着烙煎饼用的铁鏊子，一个个踏上跳板。邢昭衍起身过去，向每一个乘客拱手道谢。乘客也向他道谢，有的说，没想到能活着到大连。邢昭衍向他开玩笑："你福大命大！"

那个打竹板的下了船，又唱起了喜歌：

死逼梁山闯关东，
到了海瞰坐义兴。
义兴老板本姓邢，
一路待咱心可诚。
义兴老大望天晌，
弄船手段可不佯。
大风大浪过来了，
关东由着咱们闯！

邢昭衍向他笑道："谢谢老乡，来到关东好好闯，闯出个锦绣前程！"

在路上，他问过一些乘客，大多数都去投奔亲友，下船后他们将继续赶路，目的地有沈阳、丹东、吉林、哈尔滨等等。也有人没有明确的去处，说走着瞧，哪里养爷哪里落脚。邢昭衍望着他们离港，由衷希望老乡们在白山黑水之间生根发芽，开枝散叶。

把乘客全部送走，他让一直站在船边的望天晌进舱睡觉，然后与昭光说话。昭光小嘴叭叭地说个不停，说他从上海坐船过来，一见这里积压着大量秫秫，立马看到了商机，就赶紧发电报向三哥报告。他指着货场上一眼望不到边的麻袋垛说："你看，那都是的！"

邢昭衍走到货场，看了一垛，见这里有上百袋，撂得方方正正，上面盖着油布，底下用木棒垫起。垛下有撒落的高粱，他捏起一撮看看，粒粒饱满，紫色的外壳闪着亮光。再往远远近近打量一番，他发出疑问："怎么压了这么多高粱？"邢昭光说："闯关东的过来这么多，除了打猎挖棒槌，多数人开荒种地。这里天冷，只能种高粱，也种少部分大豆。他们吃不了要卖，粮贩子大量收购，可是大连港运力有限，加上青岛港关闭，今年秋后就积压在这里了。"

有几个戴狗皮帽子的男人走过来，操着山东口音问他们是不是买高粱。邢昭衍说:"是,老乡有高粱?"一个浓眉大眼的中年人说:"几百担呢,你出什么价?"邢昭衍说:"你如果便宜一点,现在就装船。"那人扯过一只袄袖,将手伸进来,拨弄他的手指头。邢昭衍明白,这是谈生意时的"摸袖筒",但他不懂,就去看邢昭光。邢昭光对那人说:"大哥对不起,我已经谈妥了卖家。"说罢扯着邢昭衍的胳膊就走,走出几步小声说:"我在这里转悠了三四天,摸清了行市,有一家出价最低,你去看看。"

在麻袋垛中间拐弯抹角,来到一张桌子跟前。邢昭光指着桌子后面坐着的一个胖子说:"这是严老板。"邢昭衍向他拱手道:"严老板,幸会。我刚从海南过来,姓邢。"说着递了一张名片过去。严老板看了一眼,起身与他握手:"海南海北是一家。邢老板,眼看要下雪了,我想赶紧出货,回家猫冬。咱们实打实,不来虚假圈套。我已经跟你弟弟谈过,麻袋也给你,还找人给你装到船上,一吨十三块五。你们兄弟俩商量商量,要,立马装船;不要,我另找买家。"邢昭衍想了想,这个价格是有赚头的,就说:"我兄弟能代表我,你们谈到这个价,就是这个价。"严老板点头道:"好,咱们成交。你这一船能装多少?"邢昭衍说:"我还从来没拉过高粱,装装看吧,估计能装七八十吨。"严老板说:"我能供你半条船。你先付我三十吨的钱,多余的最后结算。"说罢,他拨弄着桌子上的算盘,噼里啪啦几下子,指着算盘珠子说:"六百七十五元。我要现洋。"邢昭衍说:"请稍等,我回去拿。"说罢,上船将伪装成铺盖卷的钱袋子背来。严老板和他们一起去码头旁边的钱庄,让店员数清后收柜,开出银票。

一起回到码头,严老板招呼一个苦力头头开始装粮。邢昭光告诉堂兄,他早就挑了一些麻袋称过,都是一百零二斤,那二斤是麻袋的分量。邢昭衍让堂弟在这里计数,他到别处转悠,一边转悠一边在心里算账。他想,大连港的高粱,一吨十多元,估计收购价不足十元。一斤高粱是四五厘钱。在海矂，高粱亩产一百多斤，东北的地肥，会多收一点？即使收二百斤，种一亩地也赚不到一块钱，闯关东的真不容易。不过，到了东北毕竟有地种，能活命。种出的高粱自己吃不了，还能卖了换钱，真是好事。

再算自己的这笔生意，也有不小的赚头。回去一吨卖二十来块，就有四五百块进项。加上拉乘客赚的，扣除费用，将近一千吧。但他又想，年前是不能再来了。这次拉的乘客，多是滞留在马蹄所等船的，临近过年，天寒地冻，不会有人来东北。再来的话，只能是过了年天气转暖。但是，义兴号毕竟是风船，载客载货，数量不多，风险也大，要是有轮船就好了。

正这么想着，突然看到一艘轮船停在离岸几十米的浮筒旁边，上面挂着一个大牌子，写着"招租"两个大字。他心中一喜，仔细打量，见这艘船的船号为"源丰"，客货两用，锈迹斑驳，估计不到一千吨。他见船上有人，就踩着浮筒走了过去。

一个长着络腮胡子的中年人看见了他们，手夹烟卷走到船边，问他"干哈"。邢昭衍说："先生，你这船打算出租？"络腮胡子说："嗯，你想租，就上来合计合计。"说罢指了指船舷上搭着的一架铁梯子。邢昭衍登上去，络腮胡子领他走进一间舱房，里面有桌子橱子和一张小床。二人互换名片，原来这人姓庞，是"源丰"号的经理。庞经理让邢昭衍在凳子上坐下，自己坐在床边。他说，这艘汽船客货两用，载重七百五十吨，载客二百人左右。本来是跑青岛的，因为那边开仗，不知猴年马月能再开行，只好招租。

邢昭衍向他介绍了自己的生意，说他想往海矂运高粱，回程拉客。但是年前不可能有闯关东的，单程拉高粱不合算，假如等到年后再租，可不可以。庞经理立即冷笑着摇头："海矂没有大码头吧？青岛港不能去，怎么上煤上水？"邢昭衍没有想到这个问题，一时无语。他想，上水可以用舢板往船上运，但上煤却是没招，因为海矂压根儿就没有煤。他问:"到威海行不行?""威海和海疃一样,只能停在港湾,没有码头。"邢昭衍说:"那就经停烟台,烟台肯定有码头。"庞经理用指头蘸着茶水在桌面上划了一个三角,戳着说:"本来走斜杠,去烟台要拐大弯,费时费煤。"邢昭衍说,"咱们仔细算算,说不定能行。"

庞经理手打算盘,算了半天,说费用稍多一点,但还是可行的。他向邢昭衍提出了条件:要租至少半年,如果租一年,租金是船价的十分之一,按月支付。煤、水费用,薪酬发放,都由承租方负担。这艘源丰轮现在值十八万大洋,一年租金一万八,一月一千五。邢昭衍问:"这船已经不新了,还能值十八万?"庞经理把眼一瞪:"谁说不值?这是五年前从日本买来的,花了整整二十万呢!"他从抽屉里找出了一摞这条船的证明文件以及购船协议,邢昭衍看看,他说得不错。又问船长和船员薪酬需要多少,上煤上水费用需要多少,庞经理找了以前的账本给他看,邢昭衍要了纸笔,一一抄录。而后,他提议看船。庞经理就带着他,看了客舱、货舱和轮机室,还在甲板上看了绞机、锚机、救生筏等等。看完后说:"我回去和掌柜的商量一下,明天回你讯儿。"

回到高粱垛,苦力们还在用小推车往码头上运麻袋,运到那里再往船上扛。他和严老板说了租船的打算和庞经理提出的条件,想听听他的看法,严老板将大拇指一翘:好主意,你会赚大钱的。你看看这里还有多少高粱,年前走不了多少,来年会更便宜,谁也不敢搁到夏天,因为遭了雨就会发芽。邢昭衍向他道谢,说再仔细算一算。

到了傍晚,装完严老板的高粱,总共四十一吨。与他结清账,邢昭衍兄弟俩又与另一位姓宋的老板谈妥,把麻袋钱算在内,每吨十三块三,明天装船,装满为止。

他让昭光到附近饭店订了一些饭菜,送到船上犒劳大伙。饭菜来了,昭光却不上船,说回旅店住,明天再来装船。邢昭衍知道,他不好意思和船上的人坐在一起,就说:"明天下午开船回去,你反正要见他们的。"邢昭光抱脖缩颈:"我不回海嗽,我没脸见人。"邢昭衍猛地捅了他一拳:"不行,你跟我回去!""我不,打死我也不回去!"邢昭衍看看码头,看看市区,满脸焦虑:"你在这里举目无亲,过个什么年?"邢昭光说:"我去鲅鱼圈找槐棒、小周。三哥,咱们不是来年还做这边的生意吗?我叫他们过了年都来大连,给咱帮忙。"邢昭衍眼睛一亮:"这倒是个好主意,你让他们都来!哎,鲅鱼圈怎么走?"昭光说:"我打听过了,坐火车到熊岳城,再走三十里路就到了。"

邢昭衍二话没说,从腰间褡裢里摸出三十块大洋给他,说是三个人的路费,昭光没有推辞,接到手中。而后,邢昭光回旅店,邢昭衍回船。

在船上吃饭,面对一盆小鸡炖蘑菇、一盆杀猪菜和猪头肉、酱牛肉等等,伙计们馋涎欲滴,连声说香。邢昭衍从他住的舱房抱出酒坛子,向老大和伙计们敬酒,感谢大家一路辛苦跑到大连,并承诺回去后会给大伙多发一些工钱。望天晌一口喝了半碗,抹着嘴巴说:"我这是第二回来大连,虽然经了些风浪,总算来了。东家仁义,还要给咱们多发工钱,谢谢啦。明日要下雪,咱们装完货赶紧走,但愿回程一帆风顺!"伙计们纷纷说:"一帆风顺!一帆风顺!"接着将筷子伸向菜盆。

吃了些酒菜,再吃下两个高粱面饼子,邢昭衍走出天篷。他抬头看看,星光满天,但对望天晌说的明日下雪深信不疑。他坐到一个舱盖上,嗅着舱里冒出来的高粱香仔细盘算。算来算去,租轮船大有钱赚。

第二天早饭后下船,他见货场上的高粱垛都蒙了厚厚的一层霜,在初升的太阳照射下亮晶晶的。听见昭光喊他,转脸一瞧,原来昭光已经来了。他将手中提的一个包袱给昭光:"船上带的煎饼,给你一包,你在这里吃。"昭光接过来道一声谢,和他一起走到宋老板的高粱垛旁。宋老板提出,先付二十吨高粱钱才能装船,邢昭衍同意,就从腰间褡裢里取出一些给他。而后,他让昭光监督装船,又和小鲻鱼一起去了源丰轮。

到了船上,敲敲经理室的门,听见里面有女人的声音:"谁这么讨厌?"邢昭衍说:"庞经理在吗?我是昨天来过的山东小邢。"庞经理在里面说:"邢老板你先等一等,我穿上衣服。"邢昭衍答应一声,去了外面甲板上。

过一会儿,庞经理睡眼惺忪地走出来,响亮地咳嗽几声,把一口浓痰吐到水里,问邢昭衍是不是决定租船了。邢昭衍说:"是,我决定了,但我带的钱不多,不能给您交定金。过了年,我连同第一个月的租金给您带来,您看行不?"庞经理看看他的腰:"你身上还有多少?"邢昭衍捂着腰间说:"我身上这些,还要付高粱钱呢。"庞经理问:"你在装谁的高粱?"邢昭衍向那边一指:"宋老板的。"庞经理一笑:"好说,走,我去跟他商量商量。"

庞经理与邢昭衍边走边说:"宋老板是我的老客户,多次用过我的船。你欠他的余款甭给他了,给我作定金。"邢昭衍说:"我没有一千,只有二百多。""那就要你二百,好跟我的老板有个交代,把船留给你。"邢昭衍问:"我欠宋老板的怎么办?"庞经理说:"你年后再来,跟他结账不就得了?再说,他是收高粱的大户,手里有几千吨压着,你来年继续买他的,他求之不得呢!"

到了宋老板那里,庞经理把这意思一说,宋老板连声答应,说好好好,就这么定了。邢昭衍就把身上的二百块大洋数给了庞经理。庞经理数完钱说,老是用现金,多不方便。邢昭衍说,我也想用银票,可是,大连和海疃的银票不能相互兑现。庞经理说,青岛的能行。邢昭衍想了想说,咱们先用现银,等到青岛那边安定下来,我把海暾的银票在那里换一换,再拿到这里。宋老板说,嗯,那样就好使了。

邢昭衍又把堂弟介绍给他,说他在大连坐庄,过了年找你。庞经理与邢昭光握握手:"邢小弟,正月十六,我在源丰轮上等你。"

把船装满,算清欠款数额,邢昭衍给宋老板写了欠条,摁了手印。

离开这里,邢昭光眼泪汪汪道:"哥,你回去跟俺爹俺娘说说,三筐不孝,让他们望着海北每天都骂几声吧。"邢昭衍听他这么说,皱眉问道:"你不给篍子捎个话?"邢昭光强笑一下:"跟她说什么好?我已经对不起她了。噢,想起来了,我临走的时候急促,也没给她搁钱,你捎几块大洋给她。"说着就撩起袄襟往怀里掏。邢昭衍急忙制止:"我回去给她,这钱你留着用。"邢昭光苦笑一下:"三哥你好好照顾篍子吧,她跟我说过,就喜欢你。"邢昭衍一听这话,厉声说:"别听她瞎叨叨!"邢昭光呼出一口长气:"反正我不想见她!"

望着他离去,邢昭衍大声叮嘱:"四弟,你去鲅鱼圈,路上小心!"这时,堂弟的背影上,高粱垛间,已经是雪花飘飘了。

回到义兴号,船上忙成一片。望天响大声指挥一帮伙计起锚,另一帮盖舱门、蒙油布。一切准备停当,便下令升篷。

离开码头后,下起了鹅毛大雪。邢昭衍站在船尾看见,码头上的高粱垛,此时全变成了白蘑菇,密密匝匝,妖娆可亲。

第十六章

纷飞的大雪中,邢昭光去了离码头不远的大连驿。那个小小的火车站,里里外外挤满了人,一张张脸上都挂着失望与焦虑。他打听一下,因为下雪,不卖票了。邢昭光想,那就等到雪停了再走,反正离过年还早。

他又回到自己住的小旅店里,拍拍拍打身上的雪,坐到挤满了人的大炕边。他在这里已经住了十多天,旅店不管铺盖不管饭,每天只需交两个铜板。邢昭光向旅店买了一床被子,睡到十多个大男人中间。炕上的虱子太多,往身上的疼痒之处一摸就摸好几个,邢昭光将它们掐死,将手上的血抹到炕沿上。有人逮到虱子却塞进嘴里咬死,啪啪连声。邢昭光问他们怎么不吐出来,他们说,不舍得,自己的血就得回到自己身上。邢昭光实在受不了他们咬虱子的声音,想不住大炕住单间,但算算自己的钱只剩下二十来块,必须细水长流,只好打消了念头。

现在,邢昭光身上还有五十多块,而且重新获得了坐庄掌柜这个身份。他有点小得意:多亏咱头脑灵活,到了大连发现商机,给三哥蹚出了铺满银子的新路。等到过了年,我跟小周、槐棒过来,在大连坐庄,让租来的轮船来来回回,有多么风光!

看看自己睡的大炕,邢昭光觉得实在委屈了自己。一个大掌柜的,怎么能跟这些闯关东的穷光蛋住在一起。想一想和他们一起用血喂饱了那些虱子,他觉得浑身发痒。不行,赶紧换个店,可不能再住这个破地方了。

他走出旅店,冒着大雪去了大连最繁华的浪速町。见一家旅店门面排场,走进去问问,单间住一夜要六角钱,便付钱住下。住进单间,果然清静。他脱下棉袄棉裤往床上一躺,打算睡上一会儿,身上的虱子却活跃起来,纷纷从内衣缝里钻出,在他皮肤上碌碌爬动。他解衣看看,有一公一母竟然在他肚皮上交媾,被人看见也不舍得分开。邢昭光气坏了,将它俩一块儿捏起,用指甲盖子掐死。再看衣裳缝里,还藏有大大小小的虱子和白花花的虮子。他将两个大拇指并在一起,沿着衣缝狠狠地挤,将它们统统杀死。

天黑了下来,他拉亮电灯,打算吃煎饼,却听街上有女人说笑。到窗前看看,雪已停了,对面门口挂着两盏驮着白雪的大红灯笼,灯笼上有"日本特别料理店"几个红字,门边站着两个女人。女人的脸都跟雪一样白,顶了一大堆黑头发,穿得花不楞登。邢昭光万万想不到,日本人占了大连,竟然把妓院开到了这里。他心脏腾腾急跳,想趴在窗前看热闹,又怕被对面的人看见,就把房间里的电灯拉灭。从暗处看明处,把那两个女人看得更加清楚了,甚至连她们身上发出的香味儿都闻得见。他的嗅觉记忆被唤醒,又依稀闻到了那个上海女人的香味儿。真香,真香。他与她同看电影的时候赞叹,与她上床的时候赞叹,现在他又赞叹这两个日本女人。不过,这种香味跟上海的不一样,大概是东洋味道。

日本女郎向街上行人微笑招手,有一个半大老头站住脚,伸手摸摸自己怀里,接着迈步登门,被女人扶了进去。睡一回东洋女人要多少钱?我身上的钱够不够?他跃跃欲试,恨不得从窗户直接飞到对面。然而,当他去枕头下取钱袋子时又打了一个激灵,扇了自己一个耳光:你在上海差点死掉,祸害了三千块大洋,又想在大连欠下风流债?三哥还等着你去鲅鱼圈把那哥俩叫来,到这里干大事呢!

他往床上一扑，用两个拇指盖儿去掐自己的眉心，比掐虱子下手更狠。

第二天早上，他到街上吃一碗面条，又去大连驿买票。这一回买着了，二等座每人三角，午后一点发车。火车站前，有人摆摊卖衣服，高声喊叫："狗皮帽子羊皮袄，棉裤毛袜靰鞡鞋！北边天气冷得很，穿得单薄会冻死！想活命的快来买呀！"邢昭光听见后，觉得鲅鱼圈的冷风已经吹进了他的骨头，不由得打了个寒战，就买了个全套，再加内衣内裤，一共花了两块五。回到旅店，他脱得精光，穿上新衣，把旧的全部扔到院角，与大连的虱子决绝告别。他怕带多了钱会被坏人盯上，去钱庄存了二十元，把银票装进棉裤里的暗兜，而后背着煎饼去了大连驿。

等了半天才上火车。找一个空位坐下，见邻座三十来岁，红脸膛，对面的两个年轻人都叫他"大锅锅"，眼神里满是尊敬。邢昭光知道，海曒以北的人称"哥"为"锅"，就问红脸膛男人是从哪里来的，他说是从熊岳城来的，到大连接这两个叔伯兄弟。他们本来在老家诸城种地，可是今年租的几亩地叫财主抽走，不让种了，只好来闯关东。邢昭光赞扬他，你这个"大锅锅"不孬，竟然到大连接船。红脸膛男人说，我不接怎么办，他们一个叫大字，一个叫小字，可他俩谁也不识字，下了船不知道东南西北。我到了大连，在码头上等了三天才等到他们。

邢昭光想起自己在上海码头等义兴号的情景，觉得亲切，便问他贵姓，来东北几年了。那人说，姓巩，叫巩连田，十年前来的。本来去吉林通化投奔亲戚，可是到那里没找着，打听一番，才知道亲戚上山挖棒槌，叫熊瞎子吃了。他吓坏了，赶紧往回蹿，蹿到熊岳城外，搭个窝棚住下开荒。好不容易开出两垧地，种了高粱大豆，秋天有几个旗人过来，说这地盘是他们的，要收地租，把他的收成弄去一半。邢昭光问他，什么是旗人，巩连田说，就是满族人。熊岳城过去是旗兵营,分成八旗,他们除了当兵,干什么的都有。大清朝是他们的,腰杆硬,很霸道。他一看,在这里不好混,听说要是入了旗,他们就拿你当自家人了。他就请旗人头头喝酒,说要入旗,他们就答应了,让他入了镶蓝旗。邢昭光听了笑道:"你就由汉人变成旗人啦?"巩连田面现懊恼:"咳,我刚入旗五年,龙墩就倒了,旗人不像以前那么神气了。没入旗的老乡笑话我,说我是冒牌的八旗子弟,唉……"

火车突然"哞"的一声,把大字、小字吓得打哆嗦。巩连田安慰他们不要怕,这是要开车了。果然,外面的东西动了起来,纷纷后退,黑烟贴着车窗玻璃往后蹿。巩连田这时掏出烟袋,把烟袋包子往邢昭光面前递,说兄弟抽我的烟。邢昭光有好几年没用过烟袋了,包里有几盒在大连买的日本金鸦片香烟,舍不得拿出来,就说他不会抽烟。大字把自己的烟袋掏出来,伸到"大锅锅"的烟包子里装上,掏出火镰要打火。巩连田掏出一盒火柴给他:"在火车上打火镰,叫人家笑话。"大字却说他不敢划洋火,邢昭光就忍着笑,接过火柴划着一根,给他点烟。小字也掏出烟袋,装上烟点着。

巩连田抽着烟,问邢昭光要去哪里,邢昭光不敢说自己是个掌柜的,就说也来闯关东,去鲅鱼圈找本家兄弟。巩连田说,我去过那里,离熊岳城三十里,有一些老乡在那里打鱼。打鱼可不是好活儿,宁到西山当驴,不到东海打鱼。哦,那里的海不在东边,在西边。不过,打鱼的都是粗皮糙肉,你不是。你穿得这么好,怎么看都是有钱人。邢昭光见瞒不住他,就说了自己的真实身份以及正要做的高粱生意。巩连田说,怪不得,邢老板,你快把秫秫往海南运,再积压下去,秫秫就没法种了。他告诉邢昭光,这里秋后也有来收秫秫的,收了拉到牛庄海口,一吨才给三四块,太坑人了!

邢昭光这时明白了一件事情:往海南运高粱,其实也是做功德,能让东北老乡辛辛苦苦种出的粮食多换点钱。

一路走一路说，照进车厢的阳光，从斜的变成横的。邢昭光看看外面白雪覆盖的山野，问巩连田，还有多长时间到熊岳城，他说快了，你看，那座山像不像一头熊？熊岳城就是根据这座山起的名。不过你今天去不了鲅鱼圈，天黑了，拉脚的马车肯定不去。我家在城东七里营，你到我家住一宿，叫我媳妇炒酒肴，咱们兄弟几个喝一气！邢昭光说，不用了，我住店就中。巩连田却说，你一定要去，老乡见老乡，两眼泪汪汪。你要是孤孤单单住店，我心里不安！邢昭光怕给他添麻烦，一直没有答应。

哐当哐当，一声比一声更慢，火车停在了一个小站。站前有一家客店，门口挂着灯笼，邢昭光说他去这个店住，巩连田只好带着两个表弟走了。

邢昭光到店里住一夜，第二天一早去了熊岳火车站。站房关着门，外面也没有人，只有铁道伸向远方，在雪地里像两道黑杠。邢昭光见站前有卖豆汁油条的，花钱吃饱，便等来了一辆马车。拉车的是一匹大黑马，赶车的是个年轻人。邢昭光迎上去，问车把式去不去鲅鱼圈，车把式说，去，不过要等下一趟火车过来，多拉几个人。邢昭光问，下一趟火车什么时候到，车把式说，从宽城子来的，没个准头，晚的话要等到中午。邢昭光问，只送一个人要多少钱，车把式说，一块大洋。邢昭光说，那咱们走。车把式说，好嘞，上车！邢昭光就爬上车尾，钻进车篷。

离开熊岳城，大路上有黑乎乎的车辙，但不见有人有车。车把式打一记响鞭，喊一声"驾"，转身钻进车篷。邢昭光想，这个赶车的，怎么能这样。车把式看出了他的心思，笑道："这路跑久了，马知道怎么走。"邢昭光从布帘缝里看看，果然如此，大黑马咯噔咯噔向前直行，就与车把式说起话来。得知他叫宁小波，是老滩人，老滩在河北滦县，在海西边。宁小波问："听口音你是山东人，到鲅鱼圈找老乡？"邢昭光说："是呀，找我一个本家兄弟，他在那里打鱼。"宁小波说："在鲅鱼圈打鱼的山东人可多了，快赶上我们老滩人了。"邢昭光问："老滩人也在那里打鱼?"宁小波说："是，老滩人太多，难混，鲅鱼圈好，人少鱼多。"邢昭光问："你怎么不打鱼，当起了车把式?"宁小波苦笑一下："我爷爷、我叔，都死在海里。我爸死活不让我再下海，就给我置了这辆马车，让我拉脚。"邢昭光问："你爸还在鲅鱼圈?"宁小波说："这个季节不能打鱼了，他和我妈就到熊岳城住，我弟弟也在这边，正上小学。"

宁小波又说，他前些年住鲅鱼圈，认识一个山东大爷，绰号"补网邢"。邢昭光的眼睛一亮："那人姓邢? 说不定就是我的本家爷爷。他来鲅鱼圈多年了，我要找的堂哥，就是投奔了他。"宁小波说："哦，那咱们先找补网邢，我知道他住的地方。"

唠嗑时，宁小波不时撩起布帘看看前方。每当对面有马车或牛车过来，他都要钻出去，指挥他的马靠边行走。后来，他招呼邢昭光也到车篷前坐着，看看外面什么样子。他说，他非常喜欢鲅鱼圈一带的风景，你看，那是青龙山，那是老虎山，那是墩台山，墩台山的北边就是鲅鱼圈。邢昭光问，为什么叫鲅鱼圈? 宁小波说，因为那里鲅鱼多。每年五月鲅鱼群追着鳀鱼群过来，一直追到海边，海水就跟开了锅一样。平时不下海的老人小孩也拿着网子下水捞，一会儿捞一大筐! 邢昭光说，在俺老家，到了四月也是这样。宁小波说，老辈人说，那些鲅鱼就是从山东过来的。邢昭光说，那它们也是闯关东的。宁小波笑道：对，也是闯关东的。不过，闯关东的鱼，如果没叫人逮住，到了秋天会回去。闯关东的人，来了就不走了。

说着说着，墩台山到了。这山不高，山顶有黑乎乎的墩子。宁小波讲，那是青砖垒起的烽火台，听说是朱元璋派人建的，当年由姓白的姐妹俩看守，一见倭寇来了就点火报警。邢昭光想象一下那姐妹俩守墩台的样子，望着山顶肃然起敬。

到了墩台山东麓，车至高岗，前面突然出现白莹莹的一片。邢昭光仔细一看，原来是结了冰的海，感叹道："我们那里，海水很少上冻，这里竟然都冻上了。"宁小波说："这是渤海最北边，冷啊。"

邢昭光见岸边有几个小村庄，便问哪一个是鲅鱼圈。宁小波说，鲅鱼圈不是一个村，是这个大海湾。这里最早有一些网铺，是旗人开的，雇一些老滩人、山东人过来打鱼，随便建一些海泥屋住着。到了冬天，把船拉上滩，分了钱锁上门，各自回家。后来，老滩人跟山东人来得多了，网铺关了门也没处去，就在这里自己盖屋长住。

走近鲅鱼圈，大黑马兴奋起来，拉着车一溜小跑。来到一间屋子前面，宁小波让马停住，说这是补网邢住的地方。邢昭光跟着他下车，见这屋墙用带草根的土坯垒成，房顶是平的，稍稍倾斜一点，不见草只见雪。宁小波说，这叫土坯子屋，用土坯子垒起墙，在上面搭上木棒铺上芦苇，再弄来海潮土铺上夯实，渗出碱花之后滴水不漏。邢昭光感叹："就地取材，真是个好办法。"

宁小波推开门向里面喊："老邢，你老家来人啦！"里面出来一个白头发老汉，眯缝着眼打量着邢昭光。邢昭光说："二爷爷，俺知道您。俺爹叫邢泰秋，俺爷爷叫邢世用。"补网邢面露惊喜："哦，你是邢世用的孙子？我小时候，经常跟你爷爷一块儿赶海。你来干啥？也来打鱼？"邢昭光说："不，我是来找槐棒的，他在这里吧？"补网邢点点头："在。外面冷，快进屋。"邢昭光转身掏出一块大洋递给宁小波，宁小波拉马掉头，原路返回。

屋子正中是一盘炕，炕上坐着一老一少。补网邢指着他们说："这爷俩是咱老乡，季家滩的，在兔儿岛打鱼。昨天过来看我。"邢昭光向他们笑着点头："老乡好，季家滩离马蹄所不远，我去过。"那个老的说："是，我姥娘家就是马蹄所，也是你们邢家。"补网邢说："他姥娘是我三姑奶奶。"邢昭光笑了："那你们是表兄弟。我是你们的孙子辈，叫邢昭光。"那个十多岁的男孩说话了："我管你叫表哥，对吧？"邢昭光说："对，咱们也是表兄弟！"补网邢说："孙子,我们正喝酒呢。你快上炕,喝两口暖和暖和。"邢昭光说:"槐棒在哪里?我还是找他去吧。"补网邢说:"你先上炕咱拉拉呱,我再带你见他。"邢昭光说:"好吧。"就脱掉鞋上了炕。

炕桌上,有酒壶、酒碗和一盘烤鲅鱼干。补网邢倒半碗酒,让邢昭光喝,邢昭光也不推辞,接过碗喝一口。接着拿一块喷香的烤鲅鱼干,咬下几丝肉,与他们三个拉呱。他问姓季的表爷爷,兔儿岛在哪里?老季说,在南边三十里。邢昭光又问,那里是不是有兔子?老季笑着说,不是,是因为那个山伸进海里,像兔子喝水。不过,也有人叫它仙人岛,因为前些年有人在海上行船,夜间遇上风雨迷了路,船老大发现前面有个亮点,就向那边走,走了半天,有一个可以避风的海湾。天亮后看看,山上有个洞,他们认定洞里住着仙人,为夜行船指路,就把这里叫作仙人岛。邢昭光听得入迷,说,我以后也去仙人岛看看。

他又问,两位老人是哪年来的,补网邢说,是十五年前来的;老季说,是十六年前来的。问他们为什么来闯关东,两位老人笑而不答。老季的孙子挥着一块鱼干说:"我知道,他们俩一个杀人,一个放火。"邢昭光吃惊不小:"你开玩笑吧?"补网邢说:"孙子,到了关东,千万不要问老乡来历,除非他自己讲出来。死逼梁山闯关东,各人有各人的难处,他们一般是不愿讲的。"邢昭光点点头:"二爷爷,我明白了。"

坐了一会儿,老季要回兔儿岛,补网邢让他再住一天,老季说,不了,再不回,儿子惦记。说罢领着孙子走了。

送走爷孙俩,邢昭光说,要去找槐棒。补网邢就锁上门,带他去了高处的几间土垡子屋。到了其中一座,补网邢指着屋门说:"你看,又上了锁,指定耍钱去了。"说罢领着邢昭光往更高处走。他说,这里冷,九月就收船过冬,来年三月海上化了冻才有活儿干。这半年,好多人就在一起耍钱,槐棒也好这一口。他赢得少,输得多，有时候把出海挣的辛苦钱都赔进去，还得跟我借钱过年，唉……

走到一座稍大一点的屋子，门缝里冒着烟，屋里闹闹嚷嚷。补网邢推门进去，邢昭光见炕上七八个人围成一圈，都叼着烟袋，盯着中间一个疤眼汉子。疤眼汉子面前放一张青花瓷盘，盘子上放一个白瓷碗。邢昭光认出槐棒，便叫他名字。槐棒两眼通红，看了看邢昭光歪嘴一笑："三筐你等等，我这一把就发财了！"

那个疤眼汉子端起盘子和碗，上下左右，又颠又晃，碗里响声清脆。放下后说："押！"一圈赌徒大呼小叫："三点！""四点！""六点！"……一边喊一边下注。有的摆出一个铜板，有的摆出两个，槐棒则和另一人摆出几个虾皮。邢昭光问补网邢："放几个虾皮就能赌？"补网邢说："一个虾皮代表一斤。"邢昭光走到槐棒背后数了数，他摆出的虾皮是三个。

庄家拉着长腔道："发财——"两手掐着碗底猛地一抬。一个长着大长脸的年轻人哈哈大笑："两个三点！我赢啦！我赢啦！"他下的注是三个铜板，三个骰子朝上的一面有两个是三点，意味着别人要按两倍赔他。四个用现钱的赌友只好掏钱给他，赢者共收入十二个铜板，也就是一块二。装进怀里，他对炕梢上坐着的一个黄胡子老头说："老黄花，走，称虾皮去！"黄胡子老头把烟袋掖在腰里，抄起一杆带盘子的秤，指着槐棒说："先称你的。"槐棒冲邢昭光尴尬地一笑，搂着他的肩膀向门外走去。后面跟着赢家，肩上搭着一条空袋子。

出门后，补网邢怒气冲冲训槐棒："你看看，钱输光了，再输虾皮！你输光了虾皮怎么办？"槐棒笑嘻嘻道："输光了，我去你那里蹭饭吃呗。"补网邢哼一下鼻子，回自己的住处去了。

槐棒把几个人领到自己的屋子，打开了门。邢昭光见里面有一盘炕，炕上是破破烂烂的被子和衣裳，墙角则有三个大麻袋，其中一个开着口，里面是白花花的虾皮。老黄花用秤盘子一下下往赢家的麻袋里装，装得差不多了称一下，说还少一两，抓一把补上，赢家背着半袋子虾皮走了。老黄花从麻袋里捏一点虾皮放在嘴里嚼着，看一眼邢昭光，意味深长地对槐棒道："老家来人，带给你好手气，明天能赢！"槐棒说："老黄花放心，我明天一定能赢！"

老黄花走了，邢昭光问槐棒，这人为什么叫老黄花，槐棒说，这人长着黄面皮黄胡子，像黄花鱼，就得了这么个绰号。他给庄家帮忙，挣点工夫钱。邢昭光问，这些虾皮是哪里来的？槐棒说，秋天网铺散伙，给了伙计工钱，也把一些没卖掉的虾皮分了。邢昭光问，一麻袋值多少钱，槐棒说，不值钱，一袋一百斤，也就卖一块来钱。

他让邢昭光上炕坐，端过来半瓢烟末。邢昭光掏出兜里的日本烟，抽一支给他。槐棒问，这烟多少钱一盒？邢昭光说，八分。槐棒下炕，到灶膛里取火点着，深吸一口说："三筐兄弟，你家有丈八船，怎么也来闯关东？"邢昭光说："我是到大连坐庄的。"接着就把昭衍哥在大连租轮船，让他过去帮忙的事说了。槐棒听了却说："我不去。我一个大字不识，怎么能去做生意？"邢昭光说："不用你算账，只管装船卸船不行吗？"槐棒还是摇头："装船卸船也不去，我在这里有家有业，哪里也不去。"邢昭光指点着近乎空空荡荡的屋里："你就是这样有家有业？"槐棒说："怎么啦？你甭瞧不起我，我要不来鲅鱼圈，在马蹄所连一间屋也没有！"

听他这样说，邢昭光便问小周在哪里，槐棒说，在武馆里。邢昭光惊讶地道："这里还有武馆？"槐棒说："有一个，是凌八步开的，到了冬天就教人习武。""你领我去看看呗？"槐棒就下炕穿鞋，带他出门。邢昭光在路上问，教武术的为什么叫凌八步？槐棒说，这人是个船老大，姓凌，有"凌波八步"的本事，就是猛地一蹿，在水皮上跑八步不落水。他还会拳脚，三五个壮汉打不过他。邢昭光听了,十分钦佩。

走到离海不远的地方,有三间大瓦房,挂着"海岱武馆"的牌子。邢昭光想起读书时读到的"海岱唯青州",就问,凌教头也是山东人吧?槐棒说,对,潍县的。走到瓦房门前,见大门锁着,槐棒转身看看海上,往远处一指:"他们又跑冰去了。"邢昭光打着眼罩看看,太阳把海冰照得明晃晃的,几个黑点儿却在冰上或跑或滑,飞速远去。他问:"这是要干什么?"槐棒说:"看见了吧?五里之外有一条船,那是回来太晚,冻在海上的。凌八步经常叫徒弟们跑冰,跑到那里绕过船往回跑,爬到墩台山顶见师父,谁第一个回来有赏。"邢昭光望望南面,见墩台山顶有一面杏黄旗在风中飘扬,旗下站着一个人,大概就是凌八步了。

一阵冷风吹来,槐棒使劲裹了裹棉袄说:"咱们回去吧,晚上再找他。"邢昭光就随着他走回那座海泥屋。槐棒往锅灶底下续一把柴火,烧了一阵,揭开锅盖拿出两个紫红色的饼子,自己留一个,递给邢昭光一个:"饿了吧?吃个饼子。"邢昭光接过来看看,认出是秫秫面饼子,咬一口,粗糙难咽,就问:"你整天吃这个?"槐棒说:"不吃这个吃什么?东北主粮就这一种。来,就着虾皮。"他去麻袋里抓了一把递给昭光。邢昭光就着虾皮,咽下一口饼子,心中埋怨槐棒不懂礼道,我大老远跑来找你,你就这样招待我。昨天在火车上认识的巩连田,还要把我领到家里喝酒呢。他把带来的煎饼拿出来让槐棒吃,槐棒见了两眼放光:"你怎么不早说呢?"卷了一张,包上虾皮,咬一口边嚼边道:"这才是老家的味儿!"

邢昭光吃下一个饼子一个煎饼,打着哈欠说好困,便去炕上睡了。一觉醒来,炕上坐着槐棒和小周。几年没见,小周变化很大,脸上有棱有角,显露着英武之气。邢昭光坐起来问:"小周,你跑冰跑了第几名?"小周说:"第三。"邢昭光说:"第三也不容易。你学了一身武艺,过了年跟我到大连,我三哥肯定喜欢你。"小周说:

"我也想去。那年来昌顺出事，少东家把我拽到洋油桶上，我还没报答这救命之恩呢。"他劝槐棒一起去，槐棒还是不肯。

小周让邢昭光和槐棒到他那里吃晚饭，二人答应，一起出门。邢昭光把仅剩的几个煎饼也带上，中途还让槐棒去叫上补网邢。小周的家有模有样，两间屋加一圈土堡墙。他让三个人上炕抽烟，自己取下墙上挂的一块猪肉，从缸里取出一条腌好的黄花鱼，在锅里炒好煎好，抱出一坛子酒上了炕。

四个人喝酒拉呱。昭光说马蹄所的事，上海的事，大连的事，唯独不提他在上海嫖女人遭绑票。在鲅鱼圈的三个人讲这里的事情，说这里的人一年比一年多，山东的，老滩的，有几百口子了。好在这里海富，能养人。那些开网铺的也大多公道，秋后散伙的时候都能分钱分虾皮。邢昭光见墙角有好几袋虾皮，问道："这里毛虾多？"小周说："是，除了打一茬黄花鱼，一茬鲅鱼，再打些杂鱼，别的时候都是张大网逮毛虾。因为辽河口在北边不远，这一带水肥，毛虾特别厚，年年捞不败。"

喝了半坛子酒，几个人都有些醉了，槐棒歪倒就睡。小周对邢昭光和补网邢说："你俩也在这里睡吧。"补网邢说："我不，我得回去跟炕头上的几个小老鼠拉呱。"说着下炕，晃晃悠悠走了。小周望着补网邢的背影小声感慨："这老头好可怜，儿子没成家就死在海里，老伴天天哭，没过半年也死了，就剩他一个人在这里。好在他心宽，补网手艺好，年年能挣一些钱。他说过，挣足了棺材钱，就回老家等死，反正得埋进祖陵里。"

邢昭光听了这些，想起马蹄所的邢姓祖陵，忍不住滴下泪来。

第二天早晨，小周煮了半锅高粱面糊糊，熘了几块高粱面饼子，就着虾皮与昭光、槐棒吃下，说他要去练武，槐棒就带邢昭光回他的屋。走到半路，槐棒看看赌钱小屋那边，停住脚说："兄弟，你身上有钱，借我一点，我今天去扳本。我夜里做了个梦，今天下什么注都赢。"邢昭光有些犹豫，槐棒扯着他的袄袖子晃来晃去："好兄弟，求你了！"邢昭光只好从身上掏出一个大洋。槐棒接到手，说你在这里等着，我去换零钱。他跑到海边一个院子，很快回来，笑着向邢昭光拍拍衣兜，里面有铜钱相撞的声音。邢昭光问，怎么个换法，槐棒说："一个大洋换九十二文。没办法，只能这样换，我哪敢一下子押上一个大洋？走走走，快去！"

到了赌钱屋，槐棒跳上炕，挤到了一圈赌徒中间，邢昭光则站在炕前看热闹。新一局开始，槐棒将两个价值十文的铜板放在面前，猜四点。庄家开碗，有一个骰子是四点。槐棒哆嗦着两手说："赢了，真的赢了！"收完钱，他指着用虾皮下注的一个人说："你的虾皮先记着，等一会儿再去称，咱们接着玩！"再拿三个铜板下注，竟然是两倍赢，他欣喜若狂："我那梦真灵！真灵！"他转身冲着邢昭光嚷嚷："兄弟你看，来钱多容易！你也试试！"

邢昭光被他说动，也脱鞋上炕。正好有一个赌徒退出，他补上了那个空位。他掏掏身上，没有零钱，就拿出了一块大洋。炕上炕下一片惊叹，一个人吧嗒着嘴说：这里已经有十几天没见大洋了，你们看，还是新兴的袁大头呢！另一个往炕下挪屁股：来了有钱人了，我可不敢玩，输了赔不起！但是，这一局还是有四人参加。邢昭光得意扬扬，报了个两点。然而开碗一看，是别人赢，他和槐棒都是输家，只好各赔给人家四十钱。邢昭光没有零钱，庄家说先记着账。下一局，他猜五点，槐棒猜三点，还是都输，各赔给人家六十钱。庄家拿过邢昭光的一块大洋，说这是两个赢家的了。邢昭光不服气，又掏上一块大洋。槐棒急忙制止他："再一再二不再三，算了，咱不玩了！"拉他下炕离开。

走到外头，槐棒警觉地回头看看，低声道："三筐兄弟，你不知道这里的凶险。这样露财，会招祸的！"邢昭光听他这样说，也有些害怕，问他怎么办。槐棒说，你最好赶紧离开鲅鱼圈。邢昭光说，好吧，我找小周说说，叫他跟我一块走。

到"海岱武馆"找到小周，小周却不愿意走，说要趁着冬闲习武，过了年再去大连。邢昭光说，那你送送我吧，我怕有人短路。小周说，可以，我跟师父说一声。他进去之后很快出来，后面跟着一个穿白色单衣的壮汉。小周向邢昭光介绍，这是他的师父凌馆长。邢昭光向他深鞠一躬，满脸惭愧："对不起馆长，打扰了。"凌八步微微一笑，拱手还礼："长恨人心不如水，等闲平地起波澜。老乡，走好！"

第十七章

邢昭衍从大连回来，和魏总管一边卖秫秫，一边将原来收购的劈猪和花生米装船。装完了，秫秫也全部卖掉。因为价格低，一吨只卖二十四元，比当地市场价低三四元，引得粮食贩子纷至沓来。这年秋天鲁南大旱，冬天出现粮荒，许多人没东西吃，多家酒厂也缺乏秫秫这种酿酒原料，邢昭衍拉回的这一船低价秫秫，便成为抢手货。有的粮贩子扑了个空，央求邢昭衍再拉来秫秫之后，务必给他留一些。

再去一趟上海，把劈猪和花生米卖掉，拉一船年货回来，就到了腊月十二。邢昭衍给船老大和伙计们结清工钱，放了年假。望天晌临走时提醒邢昭衍，说咱们去大连之前给龙神庙上过香，平安归来要还愿唱大戏的。邢昭衍说，对，唱大戏！唱三天大戏！我小时候在龙神庙前看过多次大戏，那时候就想，要是我长大了赚了钱，也请戏班来唱戏，现在时机到了。再说，我也想借着唱戏叫大伙知道，咱们过了年要租轮船拉秫秫拉客。

魏总管随即派人叫来了"戏勾子"。这人姓管，爱唱戏却没有好嗓子，整天跟着戏班听，给他们帮忙，久而久之成了许多戏班的经纪人。"戏勾子"来到恒记商号，挥舞着邢昭衍敬给他的"老刀"烟卷大吹大擂，声称要请最好的戏班，唱最好听的戏，叫龙神庙里的神，马蹄所的人，都过个热闹年！他还拿出方案：第一天唱京剧，第二天唱吕剧，第三天唱柳琴，满足各类人的口味。邢昭衍给他两个大洋做跑腿费，"戏勾子"接过来，在手中攥出一声脆响，舞舞扎扎唱了起来："一马离了西凉界……"魏总管笑着挥手："快去吧，你这嗓子，杀人不见血呀！""戏勾子"闭上嘴不再唱，面现痛苦掐着喉咙道："唉，老天爷没给我好嗓子，憋屈了我一肚子好戏！"说罢，迈动两条长腿匆匆走了。

七天后，"戏勾子"来向邢昭衍报告，因为年初好多地方都要唱戏，他跑了三个县十几个戏班，才把咱们的定下了。京剧是大戏，要价高，三十个大洋；吕剧、柳琴，二十个大洋就行。搭台的也说好了，海瞰城里的景家帮，要十二个大洋，正月初二就过来。邢昭衍说，好吧，就按这个数目给他们。"戏勾子"又说，唱戏酬谢龙王爷，按咱们这里的规矩，戏子跟搭台的要在庙里住吃，你跟道士打好招呼，给他们钱，他们知道怎么安排。不过，唱吕剧的，唱柳琴的，都有几个女角，不能住庙里，得另给她们找地方。邢昭衍想了想说，有地方，让他们住我小姨子家里。

他和"戏勾子"去龙神庙，与方丈说这事，方丈道："邢老板请戏班过来唱戏，神人共赏，善莫大焉。请放心，贫道会带道众殷勤伺候。"邢昭衍向他道谢，问他需要多少钱，方丈说："用不了多少，戏子跟搭台的，吃煎饼就大锅菜，花费多的是中午招待贵客的宴席，您给六十六吧，图个吉利。"邢昭衍没想到，唱戏还要请贵客，一时愣怔无语。"戏勾子"用指头戳戳他："发什么愣呀？唱大戏，给神看，更重要的是给人看。这是多年没有的盛事，你不把马蹄所的头面人物请来，成何体统？再说，把他们请来，伺候得好好的，也给你今后的事业架桥铺路呢。"邢昭衍说："那就听你的。你说，请哪些人合适？""戏勾子"就扳着指头给他数算：区长、警察分所所长、马蹄所的四个闾长以及几个大商号的老板。邢昭衍说："还有一个请先生必须请，他对我有教导之恩。"方丈捻着胡子冷笑："人家现在是县公署的师爷，架子大得很，不知你能否请得动。"邢昭衍说："我去试试。"

腊月二十三，他估计靖先生能回来过小年，就拿着请柬去了。到那里一看，院门紧闭，一个财主模样的人正一下下拍门。拍几下，再把耳朵贴到门缝上听听。再拍，还是不见有人开门，低声骂了起来："老贼，油盐不进！"说罢从路边树上解开缰绳，骑驴走了。

邢昭衍也上去拍门："靖先生在家吗？我是邢昭衍，找您有事！"等上片刻，门缝里有人向外看了看说："老爷不在家。他嘱咐了，年前这几天，谁来也不开门。"邢昭衍说："好吧，我就不进去了，等到靖先生回来，您把这份请柬给他。"说着就把请柬从门缝里往里塞，里面的人却说："老爷说了，过年也不回来。"邢昭衍听了纳闷，决定去县公署当面呈交。

回家推上自行车，出城后迎风骑行，用一个多小时才进海瞰城。街上人头攒动，叫卖声此起彼伏，年味儿已经很浓重了。他推着车子躲躲闪闪，好半天才到县公署门前。他对门前站岗的士兵报了姓名，说要拜见靖先生。当兵的转身进院，很快出来说，靖大人让你过去。邢昭衍听到这个称呼有些惊讶："靖先生当官了？"当兵的笑一笑："没当官，但是比知县还大！"

搬着车子进门，见靖先生身穿长袍马褂，正在大堂台阶上背手站立，白胡子朝前翘着，一副清高倔强的模样。邢昭衍放好车子快步上前，笑着向他拱手："拜见靖大人！"靖先生没有纠正这个称呼，而是矜持地问道："一提，找我啥事？"邢昭衍就从怀里掏出请柬，双手捧给他。靖先生看了直摇头："这戏我不能看。"邢昭衍没想到他会拒绝，急忙问为什么，靖先生向门内一甩下巴："进去说吧。"

走进大堂，靖先生到正面一张太师椅上坐下，邢昭衍到先生面前，掏出身上带的"老刀"烟打算敬上，靖先生却摆手拒绝，让他到东侧一把椅子上坐下，瞅着他问："你挣到大钱了？"邢昭衍笑笑：

"也不算大钱,只是按老规矩到龙神庙还个愿,感谢您几年来对我的教诲,也叫大伙过年热闹热闹。"靖先生捻着白胡子说:"你请我去,有你的理由;我不去,也有我的理由。小万回济南过年,我在公署替他主事,几个科长也大多回去,所以年前年后,我靖某就是海瞰县公署。"邢昭衍大着胆子与他开玩笑:"怪不得他们叫您靖大人。"靖先生将指头一点:"你别笑,无官职者一样成为大人。你是读过经书的,孟子曰,'从其大体为大人,从其小体为小人'。大体是什么?是人心,是上天给予咱们的良知。凡是用良知行事的,便是大人。"邢昭衍听他这么说,肃然起敬:"您说得是。"

靖先生拍打几下椅子把手,表情凝重:"民国肇造,百废待兴,天下百姓多么希望大人当道,大人执政。可是你看今天的中国,大官大贪,小官小贪;大的窃国,小的窃权窃财窃女人!所以,中山先生非常失望,发动了二次革命,今年夏天又在日本成立了中华革命党,就是想让中国万象更新,繁荣富强。可是,天下小人实在太多太多,蝇营狗苟,逐臭不休,咱们的县知事小万就是一个。他让我当师爷,我本来想好好辅佐他,把咱们海瞰建成民国的一个模范县,官爱民,民敬官,弊绝风清。你知道吗?过去县衙的师爷是没有俸禄的,县太爷赏他一点,他办案的时候再收些贿赂。我为了给小万做榜样,谁给钱也不要。我的花销,靠我行医多年积攒下的老底。但是小万对我这么做不以为然,他照样贪,胡乱判案,谁送钱多判谁赢。我劝他他不听,还说什么'千里做官,只为吃穿',简直是一个蠹民之贼了!"说到这里,他一把抓下头上的瓜皮帽,在膝盖上用力摔打着,头上的白发茬子像银针似的竖立着。

靖先生喘几口粗气接着说:"不光贪财,他还贪色,来这里不久就勾搭上后街的一个小嫚,经常来往,明铺暗盖。今年袁大总统为了澄清吏治,让全国的县知事到北京参加试验,我寻思,小万这样的哪能及格?你猜怎么样?人家再次获得任命,得意扬扬回来。我只能洁身自好，谁送礼也不收。我就是要叫海瞰人看看，县公署里也有真正的大人！"

邢昭衍听了这一番话，感动不已："先生高风亮节，昭衍钦佩至极。昭衍也明白了，您为什么不去看戏。本来，我想在戏班开演那天向各位大人和父老乡亲说一件事，您既然不去，我只好在这里向您禀报：我已经在大连租下一只轮船，过了正月十五就往咱这边拉秫秫，往那边拉客。"靖先生听了眼睛一亮："好，一提，我没看错你，你真要干大事业了。你干吧，来年春天，整个鲁南苏北都是缺粮的，你拉回来的秫秫肯定好卖。不过，你不要把价钱定得太高，薄利多销，利己惠人。往东北拉客，船票也不要定得太贵，他们都是穷人，在老家活不下去，才去闯关东的。"邢昭衍说："我明白，就按您说的办。"靖先生向他摆摆手："好了，回去吧，好好过年，过了年把戏唱好！"邢昭衍起身向他鞠躬："大人，昭衍给您提前拜年，祝您全家喜乐安康！"

回到马蹄所，邢昭衍又给区长送请柬。民国成立那年，设在马蹄所的海瞰县第三区区公所挂牌，在东大街的一处闲宅办公。宅院的主人是宿文久，在县城开缫丝厂，全家住在城里。刚被任命为第三区区长的林凤翔过来看中了，就去和宿文久商谈，租下了这座老宅。邢昭衍多次来交船税，认识林区长，今天过来看见院门大敞，院里停了一辆半新不旧的自行车。堂屋里，林区长正与一个精瘦的中年男人说话，二人都是眉飞色舞。见有人进院，精瘦男人对林区长摆摆手："不说了不说了，老林你可不要乱传。"林区长正气凛然道："传又怎样？我当面也敢质问他，身为一县之长，怎能如此下流？"

他喝一口茶水，问站在门口的邢昭衍："邢老板有事？"邢昭衍便走进去，恭恭敬敬递上请柬。区长看了欣然点头："好，我去看。"邢昭衍说："感谢区长赏光，那我走了。"区长说："别急着走，我有事叫你办。"他指着精瘦男人说："这是咱们县公署的娄科长，马上要回家过年,你给他办点年货。"邢昭衍没想到区长有这样的吩咐,只好答应,问娄科长说:"科长,给您准备一点海货?"娄科长满脸笑容:"中,中。"

邢昭衍心想,年礼不能光送给娄科长,区长也应该有一份,于是回到商号,吩咐魏总管马上办这事。魏总管就去买了一些腌好的白鳓鱼、马古鱼,再买几斤虾米、虾皮,用蒲包装成两份送到区公所。

次日,他又去警察分所给曲所长送请柬。警察分所在西门外的一个院子,有一个所长,三个警员。邢昭衍多了个心眼,请柬上这样写:"敬请曲所长率全体警官赏光"。进院一看,只见一个蓬头垢面的小伙子被绑在树上,上身精光,下面穿一条单裤,冻得直打哆嗦。邢昭衍见他腮上有块黑痣,认出他是住东门外的福囤,几年前与他一起拉过竿,不知他犯了什么事儿?

走进屋里,看见绰号"曲大牙"的所长身穿黑色警服,正坐着喝茶,旁边一个警员手端茶壶站在一边伺候。邢昭衍叫一声"所长",递上请柬。曲所长粗略地扫一眼,就扔到桌子上:"知道了。小邢,你请了哪里的戏班?有没有女戏子?"邢昭衍心想,他问这个干啥?就说不清楚。曲所长把两个大门牙一龇,轻薄地一笑:"我没有别的意思,就是问问有没有女戏子,如果有,警察分局要保护她们。现在的社会风气很不咋的,你不是不知道。"邢昭衍点点头,大着胆子问,外面绑着的小伙子犯了什么事?曲所长说:"他的事可大了。前天有个黄花船主报案,说船上去了贼,撬开舱门,偷了一床被子、半袋子小米。昨天夜里我派人到西江蹲守,果然有人上船,就把他抓来了。"邢昭衍想,快过年了,这人可能是饥寒交迫才去偷盗,就说:"这人我认识,家里很穷,我能不能替他赔偿船主,您把他放了?"曲所长狡黠地一笑:"哈哈,小邢要当大善人,我就成全你。拿钱来吧。"说着伸出一个巴掌,五个指头大张。邢昭衍问:"五个铜板?"曲所长立马向他挥手:"走吧走吧,这么小气!"邢昭衍明白了，他是要五个大洋，简直是讹诈了，于是转身就走。到了院里，福囤在树上鼓蠕着身子向他哀求："邢老板救救俺，俺娘在家里快饿死了，俺才去偷的！"邢昭衍想，福囤一定是听到了刚才屋里的对话，就回到门口说："曲所长，我身上没带钱，叫管家来送给你，你把福囤放了。"曲所长说："送来再说。"邢昭衍就对福囤点点头，走了出去。

回到商号，他让魏总管送钱，魏总管却不干，说这是肉包子喂狗，越喂越馋。邢昭衍说，我已经答应了的事情，必须去办。魏总管只好找出五个大洋，揣着走了。过一会儿回来，说曲所长收下钱了，至于放不放福囤，他没吭声。

区长、所长的请柬送完，再给闾长们送。马蹄所被十字大街分割成四大块，分别是东北闾、东南闾、西北闾、西南闾，包含城内城外所有住户。四个闾长分别收下请柬，都很高兴。

回家时已近傍晚，他家门口有一个老嬷嬷，手中牵着一个小男孩，衣服都是破烂不堪。邢昭衍以为他们是要饭的，正想梭子怎么不出来送点吃的，一老一少竟然向他跪下了。这时院门打开，箩子牵着杏花、大船走了出来。杏花说："爹，这个老嬷嬷，给她煎饼也不走，非要等你！"邢昭衍问老嬷嬷："你等我干啥？"老嬷嬷仰脸道："求您救救俺儿！""你儿怎么啦？"老嬷嬷哭唧唧说："俺儿跟福囤一样，也是上船找东西吃，前天叫黑狗子抓走，送到海瞰蹲班房去了……"邢昭衍拧起眉头，又摇了摇头："我救不了。"老嬷嬷急猴猴道："人家福囤没用蹲，说是您花钱把他买了出来。您能救他，也能救俺儿，您快点去海瞰把俺儿买出来，俺跟孙子给您磕头啦！"说罢，一手按下孙子的脑壳，与孙子一起磕头。邢昭衍硬着心肠，从兜里掏出几个铜板说："婶子，你儿已经到了县城，我真是救不了。我给你几个小钱，你去买个烧饼跟你孙子吃。"箩子过去扯老嬷嬷："你甭为难俺姐夫了，快拿上钱走吧！"老嬷嬷这才艰难起身，接过钱，领着孙子走掉。

　　看着祖孙俩的背影，邢昭衍叹了口气，往院里走去。筹子往他身边靠了靠小声说："天底下最可怜的你不救，偏要救旁人。"邢昭衍问她："谁最可怜？"杏花突然仰起小脸说："俺姨最可怜！"筹子用手戳戳姐夫的胸脯，撇着嘴说："小孩都看得出来，你倒装糊涂！"邢昭衍不敢再接话，抱起大船就走："儿子，吃饭去喽！"

　　吃饭时杏花问爹，什么时候唱大戏，邢昭衍说，再过八天。杏花做痛苦状："还要八天？真难熬呀！"邢昭衍让她逗笑了："闺女，你才七岁，就知道什么是难熬？"杏花说："我知道，就是到了晚上，翻来覆去睡不着。俺姨就这样。"筹子红着脸举手做出要打的样子："杏花你瞎编！"杏花把脖子一梗："谁编啦？你一边翻身一边说，真难熬，真难熬。"筹子把筷子一放，起身去了她与杏花睡觉的西厢房。梭子看看她的背影，训斥女儿："杏花你多嘴，不该说的也说。"杏花说："她就是那么说的嘛，就是那么说的嘛。"邢昭衍实在听不下去，草草吃下一个煎饼走了。

　　去了堂屋，点上灯坐着，想再盘算一下请戏班的事，但他心烦意乱，理不出头绪，遂起身去后院找父亲说话。冬闲时节，二老都是吃两顿饭，此时正坐在炕上取暖。过了年请戏班唱戏，邢昭衍早已向父亲说了，今晚又说他请区长、所长的事。邢泰稔听了向炕前吐唾沫，呸，呸，表示他对两位长官的恨意。听儿子说，给四位间长也递了请柬，他说，你还得请族老，让他们也坐在尊贵位置，邢昭衍点头答应。父亲说，邢家"贵"字辈还有九个，多数已经老了，不管他们能不能去，你一定要当面去请。特别是族长邢世永，身板还行，请他一定过去。另外还有哪些人需要请，父亲一一交代，邢昭衍牢记在心。

　　在父母屋里坐到很晚，才回前院。见西厢房黑着，想到筹子说的"可怜"，他在院里站住，怜惜之心油然而生，身体也蠢蠢欲动。

他走向西堂屋,推门而入,摸黑上床。他小声问:"大船睡了吗?"梭子说:"睡了。"邢昭衍便脱光衣裳,揭开被子,到了她的身上。梭子用两手护着肚子:"你轻点儿。"然而只是片刻光景,梭子将他一推:"算了吧,里头乱动。"邢昭衍滑下梭子的身体。梭子拉着他的手,放在自己肚子上,邢昭衍果然感觉到那里此起彼伏。梭子说:"五个月了,可不敢惊动他了。"邢昭衍答应一声,躺平身体。

梭子摸摸他的身上,还有不听劝的地方,沉默片刻说:"你去找箩子吧。"邢昭衍吃惊地道:"你怎么说这话?"梭子说:"你知道的,她喜欢你。你叫她嫁给昭光,可是昭光不正干,在上海找窑姐,她伤心透了。孤身一人,天天这么熬,我都替她难受。"邢昭衍说:"不行,她再难熬,我也不能跟她办那事儿。"梭子说:"没人知道,你怕什么?""怎么没人知道?杏花在那里睡。""你先把她抱到这屋。"说着将他推了一把。邢昭衍犹豫片刻,还是用坚定的语气说:"不能去,还是不能去。'从其大体为大人,从其小体为小人',我不能做小人。"梭子见他不动,将他搂住,用脸蹭着他的胸脯说:"唉,你说的俺不懂,什么大人小人的。俺就知道,你是好人……"

腊月二十八上午,邢昭衍的丈母娘过来,拿着一把彩绘木头刀、一簇红红绿绿的纸花,说去西门外赶集给孩子买的。大船抢过木头刀,在院里左砍右砍,哇哇大叫。杏花接过那簇纸花兴奋得直跳,说过年有花戴了。老嬷嬷看看两个孩子,再看看两个闺女,对箩子说:"到了年根了,你不能在这里住了,得回自己的家。"箩子一听,立马红了眼圈:"娘,俺那个家,还是个家吗?"娘说:"怎么不是?你是邢家放了响鞭娶过去的,邢昭光过年不回来,你也不能叫家里冷锅冷灶。"箩子说:"那俺下午回去。"杏花说:"姨,俺还是去陪你睡觉。"箩子说:"行,你陪俺在那边过年。"

吃过午饭,箩子果然收拾了东西,领着杏花走了。大船扛着木头刀说:"俺也去,俺也去。"杏花把他推回来:"俺俩都是女的,你不能跟俺一块儿睡。"大船这才鼓突着小嘴收住脚步,抡刀猛砍门前那棵枣树。

杏花在她姨家住着,每天睡到快吃午饭才回家。然而大年初二这天,她一大早就跑回来,说姨告诉她,今天是回门日,出了门子的女人都走娘家。梭子说:"对呀,我跟你爹也要去你姥娘家。"九点多钟,邢昭衍按老习俗挑着年礼,包括一刀猪肉、四条白鳞鱼、四条马古鱼、两壶好酒、一捆粉条和一笸子白面馍馍,出门往老丈人家走去。小嫩肩早在家门外等着,看见闺女一家来了,一溜小跑迎接,大声道:"他姐夫你也真是的,这么沉的挑子你也挑,用洋车推来多好?"他要夺下女婿肩上的挑子替他,邢昭衍不让,小嫩肩就高举双手,一下下蹦着高去抢扁担,惹得街边人皆笑,邢昭衍只好给了他。有人说:"小嫩肩,有你这样当丈人的吗?你得坐在家里等着姑爷磕头!"小嫩肩一边有节奏地挑担走着,一边咧嘴笑着摆手:"不用那样,俺家姑爷是个贵人!"

箩子早已到了,看到大船,抱起来亲了又亲。碌碡正好挑了两桶水进院,热热乎乎喊"大姐夫、大姐"。梭子答应一声,见娘正在择菜,便去帮忙。小嫩肩招呼女婿进屋,给他倒茶,殷勤伺候,弄得邢昭衍很不自在。他见箩子抱着大船进屋,就问:"她姨,戏班如果有女的过来,让她们到你家睡觉,行吧?"箩子说:"行呀,炕上空着一大块,来三个五个都能睡下。"

吃饭时,邢昭衍敬了老丈人三盅酒,吃了几口菜,说他姐夫、妹夫今天也来,父亲早就嘱咐他,让他早点回去陪陪他们。小嫩肩挥着筷子说:"走吧。你已经给俺尽过礼道了,快回去陪陪你家贵客!"

回到父母那里,姐姐、妹妹两家人都来了。姐姐有三个孩子,妹妹有两个孩子,聚到一起十分热闹。邢昭衍对他们说,今晚都住下,明天看戏。姐姐妹妹异口同声:嗯,住下!妹夫吕信全对石榴说:"咱还是不住了吧,路太远。"石榴立即哭了起来:"求你多少遍了，你就是不答应。要走你自己走，反正俺跟孩子要住下看戏。"邢昭衍指着妹夫道："他二姑夫，你真不像话。马蹄所好几年没唱大戏了，你出去打听打听，今天马蹄所的闺女回娘家，有几个不住下的？还有好多人家，都到外村专门叫亲戚过来看戏。你倒好，跟生鹰似的，刚来一会儿，就挓挲着翅子要走！"姐夫于嘉年也给他帮腔，指着连襟道："大过年的，你非得把他姨气得哭？"吕信全只好说："好吧，那就住下。"

吃饭时，邢昭衍问吕信全，他哥吕信周现在忙什么，吕信全说："他正办大事。""办什么大事？"吕信全告诉他，现今马子越来越多，杀人放火无恶不作，他哥听说沭河边好多村庄都成立了大刀会，召集青壮年防匪护家，就在吕家山也办起来了。现在有六十多个人，每天习武。于嘉年说，他那个村也正在办大刀会，过了年还要把围墙修起来。邢泰稔长叹一声道："唉，到马子世了，老百姓要遭大罪了。"邢昭衍说："看来，咱们马蹄所也得有所防备。"

吃完饭，邢昭衍要到前海看看戏台搭得怎样，姐夫说，他也想去看看。妹夫说，他走路累了，想睡一觉。邢昭衍就和姐夫一起出门。路上，姐夫告诉邢昭衍，石榴跟她姐说过，她两口子噶活得不好，经常闹仗。邢昭衍说，噶活得不好，估计跟石榴的脾气有关。姐夫说，是，她小性子太多了。邢昭衍又说，正月十五之后，租的轮船过来，恒记的人手远远不够，姐夫你如果没事，过来帮帮老魏。姐夫说，中，那时候粉坊还不开工，我过了十五就来。

龙神庙前，戏台已经搭了起来。它坐南朝北，依水而建，为的是让龙王爷和妈祖娘娘方便观赏。数根涂了紫红油漆的木棒立在沙滩上，顶端分别绑了三角彩旗，上下各有木棒勾连，中部用木板铺出台面。"戏勾子"看见邢昭衍，迎上来说，晚饭前搭好台，京剧戏班也在路上。人家搭台的想得周到，还带来了几十把马扎，给前两排的贵人坐。邢昭衍随他指的方向看去，停着的牛车上，果然有几大捆马扎,都用细牛皮条穿起。

"戏勾子"又带邢昭衍去庙里看,见大殿两头都铺了麦穰,可以睡几十口子。到厨房看看,请来的几个厨子正在切菜。"戏勾子"拍着胸脯说:"邢老板放心,吃住都安排好了,不会有半点差池。"

齐道长挑着两桶水进来,倒进一个大瓷缸。邢昭衍知道,这种缸叫"金刚腿",能盛十几桶水,而龙神庙用的水,都要到南门外的一口井里去挑。他拍着缸沿说:"齐道长辛苦。"齐道长一笑:"劈柴担水,无非妙道;行住坐卧,皆在道场。"说罢又挑上空桶走了。

大年初三,天气晴好,邢昭衍早早吃饭,穿着整齐去了前海。他亲自将马扎排了两排,还逐个检查是否结实。戏子们吃过早饭,敲响了锣鼓,响声传遍马蹄所城内城外。好多孩子抱着板凳跑来占地方,大人们也陆续到来,在龙神庙前坐成黑压压一片。

邢大斧头早早来了,手里提着一把大斧头。邢昭衍问他提斧头干啥,大斧头说:"给你镇场子,有调皮捣蛋的,我吓唬吓唬。"邢昭衍急忙向他道谢。大斧头又说:"大孙子,我给你排的船结实吧?南洋北洋都去了,一点事儿也没有!"邢昭衍由衷感激:"大爷爷,你这把大斧头名不虚传!"

请的贵宾陆续来到,邢昭衍笑脸相迎,与他们寒暄,引领他们入座。他本来将四个间长的座位安排在一起,但东南间的间长宿连江来后,邢昭衍把他领到西北间间长陈远春身边的空位,宿间长却不坐,斜了陈间长一眼,去与他相隔四人的空位上坐下。陈间长大声吐出一口痰说:"滚得远远的,越远越好!"宿间长腾地站起:"你叫谁滚?"陈间长说:"就叫你滚!"宿间长过来指着他吼:"你再说一遍?"陈间长站起来将身体一挺又一挺:"滚!滚!"邢大斧头急忙提着斧头过来,将那把斧头挡在他们中间。但是场上有人高喊:"姓陈的滚!"原来是宿大仓和几个兄弟站了起来。另一边立即有人喊:"姓宿的滚!"两姓的精壮汉子,都攥拳撸袖向台前走。

邢昭衍明白，他刚才犯了个大错，不该将宿、陈两姓闾长安排在一起。他早知道马蹄所这两大姓有世仇，但没料到两边的闾长在公开场合也坐不到一块儿。看着眼前的混乱场面，他五内俱焚，急忙摆手大喊："大过年的，不要伤了和气！求求你们！"

"啪！啪！"，枪声响了，原来是警察分所曲所长站在戏台前。他挥舞着盒子枪，威风凛凛："都给我老老实实坐回去！今天邢老板请戏班唱大戏，你们想干吗？找死呀？谁要是不听话，本所长决不轻饶！"经他弹压，场面很快平静下来。邢昭衍急忙过去向所长道谢，把他领到前排中间的位置。所长坐下后，龇着大牙向邢昭衍笑道："我这枪杆子好使吧？"邢昭衍向他连连点头："好使，好使，要不是您来，今天的戏唱不成了。"

梭子挺着大肚子，陪着公公婆婆和大姑子、小姑子两家来了，后面还跟着手牵杏花和大船的箩子。邢昭衍让父亲到前排坐，让别人到后排坐。见梭子等人坐到一边，曲所长指着他身后说："坐偏了，到中间来！"一群人便往中间移动。曲所长问邢昭衍："这都是你家什么人？"邢昭衍便向他介绍了一番。曲所长看着箩子说："这么俊的小姨子，还没找主？"邢昭衍说："找了，在大连坐庄，没能回来。"

本来定下十点开演，邢昭衍看看表，只差十分钟，但是区长还没来。他看看前排正中空着的马扎，再看看所城南门，满脸焦急。曲所长说："区长又摆架子了，你得去请。"邢昭衍说："好吧，我现在就去。"说罢到龙神庙里推出自行车，骑上就走。

进了所城，到区公所一看，林区长正和几个人喝茶。邢昭衍在门口赔笑道："区长，戏马上开演，请您光临吧？你们几位长官都去。"区长做恍然知觉状："哦，对了，公务太多，我把这事忘了。"他向几个人挥挥手："留一个看摊的，其他人都去！"说罢出门，坐到了邢昭衍的车后座上。

他们一出所城南门，看戏的人都往这边指指点点，锣鼓声也更加响亮。邢昭衍知道，大家已经等得心焦。到龙神庙前停下，有些年轻观众已经兴奋地嗷嗷叫了。区长向人们摆摆手，施施然入座。

邢昭衍这时登上戏台，向台侧做个手势，锣鼓声戛然而止。他向台下深鞠一躬，直起腰大声道："尊敬的林区长、曲所长，各位闾长，各位同仁，各位父老乡亲，昭衍给你们拜年啦！昭衍不才，学做生意，年前去大连送了一趟闯关东的，拉回一船秋秋。感谢龙王爷保佑，天后娘娘加持，各位长官关心照顾，才顺利返回。今天请戏班唱戏，一是酬神，二是谢人，三是想告诉大伙，也请大伙相互转告，我在大连租下了轮船，过了正月十五，要拉回更多的秋秋，价钱肯定比市价便宜，有需要的提前到恒记商号预订。轮船回大连的时候拉客，有去闯关东的，也到恒记商号买船票。我的话完了，请各位看戏吧！"

锣鼓再度敲响，他走下台来，坐到前排一个空位上。杏花扑到他的后背，在他耳边说："爹，俺姨刚才夸你了。"邢昭衍问："怎么夸我？""说你是马蹄所的一匹好马，没人能比！"邢昭衍心花怒放，扭头亲一下女儿通红的小腮帮："别听你姨瞎说。"

京剧《打渔杀家》开演，两个演员上场，一个说"块垒难消唯纵饮"，另一个说"事到不平剑欲鸣"。区长转脸看着邢昭衍说："怎么能演这出戏呢？"邢昭衍莫名其妙："区长，这是《打渔杀家》，不能演吗？"区长沉着脸说："这是煽动渔民造反的戏，当然不能演！换一出！"邢昭衍没看过这戏，以为演打鱼的事，没有在意。现在区长不让演，他只好把"戏勾子"扯到一边，让他快叫戏班子换戏。"戏勾子"面现难色："这是准备好了的，再换别的来不及呀！""来不及也得换，快一点！""戏勾子"只好跑进演员与乐队所在的油布围栏里，台上大幕随即拉上。

观众哗然，都问这是怎么回事，邢昭衍上台告诉大家，区长恩典，让换一出更好看的戏，请大家稍等。戏班也有应付这类事情的经验，此时让一个男旦上场，没有化装，却穿戴着凤冠霞帔上场，咿咿呀呀忸怩作态唱起了《贵妃醉酒》选段，让场上安静下来。男旦唱了一大会儿，大幕拉上。再敲一通锣鼓，幕布再拉开时，诸葛亮摇着鹅毛扇上场了。他刚念出一句"兵扎祁山地，要擒司马懿"，下面就有人报出了剧名：《空城计》!《空城计》!

一出《空城计》，唱到十二点。曲所长捂着肚子说："我这肚子也唱空城计了!"邢昭衍急忙领贵客去庙里，到后院正堂喝酒。

他们吃完，再去台前坐下，《玉堂春》开演。四点多钟演完，散场，邢昭衍才放下心来。

京剧班刚走，吕剧戏班来了，班里有两个女戏子，都很俊俏。等戏班在庙里吃完饭，邢昭衍让"戏勾子"把她俩送到箬子家里。

第二天上午唱《借年》，邢昭衍早早去接林区长，但区长说，公务繁忙，去不了。邢昭衍回来和曲所长一说，所长拍着区长坐过的马扎笑道："哈哈，这马蹄所的第一把交椅，今天老子坐上啦!"说罢转移屁股，猛地一坐，马扎吱吱叫唤。

杏花跑到邢昭衍背后，抱着他的脖子，向曲所长一指："爹，那个人不着调。"邢昭衍小声问："他怎么不着调了?"杏花说："昨天晚上，两个女戏子到俺姨家住，他也去了，非要上炕不可，叫俺姨提着菜刀撵走了。"邢昭衍心中一惊，再看曲所长时，眼神锐利，把牙咬紧。

下午演的是《小姑贤》。戏中婆婆对儿媳妇的种种刁难，让观众愤恨不已；小姑子对嫂子的种种保护，又让观众啧啧赞叹。

第三天唱柳琴戏，因为这种戏是鲁南特有的地方戏，女人百听不厌，所以也叫"拴老婆橛子"。这一天，观众来得更多，但是开演前有人交头接耳，在传播一个消息：昨天唱戏，有海人来听。这事让每个人都感到惊奇。因为老辈人讲，海里什么都有，陆地上有的海里也有，陆地上有牛、马、猪、狗等等，海里也有。陆地上有人，海里也有人。那些海人轻易不现身，等到海边唱大戏，会忍不住出来看。他们坐在人群里，看不出有什么区别，如果看戏受了感动，也会流泪也会哭。只是哭声特别，"咕""咕"，一声接一声。散戏之后，陆地上的人各自回家，海人也回到海里。昨天，有人听到海人哭，但闹不清是哪一个。

听了这个传言，许多看戏的人都留了心，看今天有没有海人混进来。有人发现身边坐着的人不认识，就看一眼再一眼，越看越像。胆子大的，还凑过去问人家是不是海人，那人翻个白眼：你才是呢！大伙就这样相互观察，相互猜疑，把一出《张郎休丁香》看得马里马虎。

曲所长本来频频回头，为的是多看两眼筹子，但他眼观六路耳听八方，还是发现了观众群里的异常，严肃发问："怎么回事？怎么回事？"坐在后排靠左的大斧头侧过脸，向他说了海人来听戏的事。曲所长忽地起身，拔枪向海，"啪啪啪"连射三下。观众吓得惊叫，与家人抱成一团，台上的戏子也停止演唱，跑到台下。曲所长挥舞着盒子枪大声喊："现在是中华民国了，不能再搞迷信了！哪有什么海人？来来来，哪个是海人就站出来，给老子瞅瞅！"

场上鸦雀无声，人人延颈四顾，却不见有海人站出来。曲所长说："怎么样？没有吧？没有就接着唱！"

于是，丁香女再度登台，唱起悲腔："丁香站在大门旁，热泪滚滚湿衣裳。手拿休书今何往，休出去的媳妇啊，怎么见俺娘……"观众们此时静下心投入剧情，许多女人听着听着汪然出涕。

第十八章

正月初九，义兴号载一船花生米起航北上。花生米都用麻袋装着，其中三袋藏了银圆，压在舱底。

"雨水"已过，三阳开泰，海上刮着小南风，船走得很顺。但是第三天到了成山头，南风停息，北风突起，只好到龙须岛旁边躲避了两夜一天。风弱了再走，正月十五早晨到了大连。过棒槌岛时，铁把子掌着舵，看看东边的红日头，再看看西边的白月亮，大声道："哈哈，日月同辉！"望天晌仰起脸，抹一把被冷风抽打出来的鼻涕笑一笑："汽船是日头，越来越红火；风船是月亮，越来越冷清。"邢昭衍听了心想，这次来大连，是为了租轮船，看来老大吃醋了。

大连湾虽然漂着一些浮冰，蓝白相间，却对航行构成不了太大的障碍。望天晌小心翼翼指挥，让船慢慢驶入。邢昭衍站立船头瞭望前方，见码头上停满汽船和风船，货场上依然遍布粮垛。再靠近，他就看到了已经租下的"源丰"号，看到了站在码头上跳跃着挥手的昭光和小周。

码头边明晃晃全是冰，望天晌让船在离岸十丈左右停下。邢昭衍与小鲻鱼和另一个伙计上了舢板，让滑车放下去。小鲻鱼在前面用篙敲冰，另一个伙计在后面摇橹。到了岸边，昭光和小周伸手将邢昭衍拉上去。小周握着邢昭衍的手激动落泪，说东家，咱俩九年前在马蹄所城北分手，没想到今天能在大连见面。邢昭衍说，是呀，感谢你又来给我帮忙。他看看昭光,问槐棒怎么没来,昭光说,他不愿来,只想在鲅鱼圈打鱼。邢昭衍问他俩来大连几天了,小周说,一个多月了,本来想在鲅鱼圈过年,又怕大雪封路,所以年前就来了。邢昭衍问他们住在哪里,昭光说,住在一个小旅馆里。邢昭衍转脸看看义兴号,说你俩今晚到船上住吧,咱们一起过节。

"呼"的一声大响,一艘轮船冒着黑烟,徐徐离开码头,甲板上站了好多乘客。邢昭衍收回目光,扭头看看源丰号,问昭光见到庞经理了没有。昭光说,腊月二十一见过一次,说要回家过年,正月十六再来。往回运的秫秫,已经和宋老板谈妥了,他组织货源,等到咱们与源丰号办好了租用手续,他收到咱们的一半货款,马上装船。价格已经谈妥,每吨十三块,比年前咱们买的那一船还便宜。邢昭衍点头道:"好,我已经把钱带来,明天把租船手续办了。"邢昭光说:"三哥,你带了现银?我打听好了,应该把钱存到钱庄,用银票跟他们结账,这样保险,也免了数钱的麻烦。"邢昭衍说:"这个办法好。钱庄开门了没有?"邢昭光说:"附近的蚨汇钱庄,初六就开门了。"邢昭衍说:"那咱们上船取钱。"邢昭光说:"让小周跟你去吧,我在这里等着。"

回到船上,邢昭衍让小周和小鲻鱼帮忙,到三号舱里移动几十个麻袋,找到了拴着蓝布条做记号的三个。解开封口,取出三个沉甸甸的钱袋子,一人抱一袋出去。邢昭衍将他抱的一袋放进舱室以备零用,将另外两袋装进一个大筐,让小鲻鱼去伙房提来一包小鲙鱼蒙在上面。坐舢板上岸,小鲻鱼和小周抬筐,邢昭光在前,邢昭衍在后,一起去了蚨汇钱庄。把两千四百块大洋存下,开出面额不等的多张银票。

离开钱庄,邢昭光要带哥哥逛街,邢昭衍觉得银票在身,很不安全,就没答应。他让昭光和小周回旅馆退房,再去买一些肉菜带到船上,自己和小鲻鱼先回大船。

上船后，小鲻鱼望一眼太阳自言自语："天晌了。"说罢站到船边，挺直右臂跷起拇指，伸出小指头做水平状态。邢昭衍明白，小鲻鱼在用这种方法测太阳高度，就问："这里的日头，比马蹄所的日头矮吧？"小鲻鱼说："嗯，矮一点。"邢昭衍鼓励他："好，你多多用心，以后也当老大！"小鲻鱼腼腆地一笑，没有吭声。

下午，昭光与小周提着大包小包出现在码头上，小鲻鱼用舢板把他们接过来。邢昭光到了船上，几个伙计看看他，相互交换一下不屑的眼神，都不与他搭话。昭光满脸含羞，到一个舱盖上低头坐着。邢昭衍也有意让他反省，只在天篷里与小周喝茶说话。倒是望天晌大度，端着烟袋从舱房里出来，招呼昭光过去喝茶，昭光这才起身强笑一下："谢谢老大。"

到了傍晚，邢昭衍让所有人集中到天篷吃饭，八仙桌上摆满猪肉、羊肉、鹿肉、鸡肉等好菜。邢昭衍怕出意外，没让大家喝酒，只说大伙这几天在海上太累，今晚好好吃，吃了补足觉。等大家吃完，他又安排小鲻鱼带人轮流放哨。小周立即举手道，放哨算我的。

一直默默不语的昭光开口了，说小周在鲅鱼圈习武多年，跟着师父凌八步学了一身武艺。小鲻鱼提议他给大伙露示露示，小周答应一声，起身脱掉外面的棉衣，只穿白衣白裤，褂子前后两面都有"海岱武馆"四个大字。他快步走到外面，回身向众人拱拱手，而后在甲板上猛跑几步，连翻几个空心跟头，接着打拳、踢腿，让人眼花缭乱。最后，他腾空一跃，跳到船边一个木桩上来了个"金鸡独立"。

码头上有人高声喊好，还有几个外国人也伸出拇指。邢昭衍看着小周想，他的武艺真不一般。他这样露示一下，能让义兴号安全过夜。

小周从木桩上跳下来，去天篷里穿上外衣，与大家喝茶说话，邢昭光却在甲板上坐着发呆。此时，一轮圆月从海上升起，在大连湾洒出一溜银光。他看着看着,双手捂脸肩膀耸动。邢昭衍明白,四弟是想念亲人了,便走过去与他并肩坐下。向南方眺望一会儿,邢昭衍说:"俺大爷大娘,还有箩子,肯定都想念你,你跟着船回去看看吧。"邢昭光摇头道:"不,我没脸回去。你的生意,也必须有个人留在这里,拉走这一船,还要准备下一船呢。"听他这么说,邢昭衍就不再劝他。

背后传来"咚"的一声响,二人回头看看,只见市区上空有一朵烟花炸开,亮丽夺目。天篷里的人都跑出来,站在甲板上观看。"咚、咚、咚",一朵接一朵,绚烂璀璨。再看街上,灯火辉煌,人影幢幢,有一些小型烟花像火树一样从地上长出来,蹿起老高。伙计们说,真好看,到底是大城市,元宵节过得热闹。

西北方向忽然冒出一团火,火头上有滚滚浓烟。小鲻鱼指着那里道:"哎呀,那边又放了,怎么不响?"望天响说:"那是失火了。"随即,有凄厉刺耳的响声传来。邢昭衍说:"救火车去了。"邢昭光说:"可能又是中国人放的火。"他说,大连让日本占了之后,有些中国人不服,经常放火烧日本人的工厂、仓库、住宅。抓住放火的,不是关进大牢,就是当场杀掉,但还是有人不怕死。半个月前的大年五更,南满洲铁道株式会社的一处房子又让人烧了,听说抓了好几个中国人。小鲻鱼挥着拳头,狠狠砸到桅杆上:"有种!好样的!"

月亮升到南天,市区才暗下来,静下来。邢昭衍让小周带一个伙计放哨,其他人进舱睡觉。

睡到天亮,吃过早饭,他与昭光上岸谈生意。到源丰号靠泊处等了一会儿,只见两辆黄包车一先一后,下来了庞经理和另外一人。那人个子不高,但是虎背熊腰,长得敦实,戴一顶貂皮帽子。庞经理说,这位是徐老板,源丰号船主。邢昭衍向他拱手道:"徐老板,我租用您的宝船,请多多提供方便。"徐老板侧过脸听了,操着胶东口音笑道:"好说,庞经理都和我讲了,只要交上租金,这船就听你使唤啦。"邢昭衍提出，先交五百元，开船时再交一千，徐老板爽快地挥挥手："可以，走，到大和旅馆签合同！"庞经理叫来两辆黄包车，让邢家兄弟坐上去，带他们走了。上车后昭光说："大和旅馆是这里最好的，日本人刚刚建的。我只在外面看过，没想到今天要在那里吃饭！"

　　大和旅馆是很大的一座楼，西方风格，气派非凡。大厅内铺着地毯，金碧辉煌。徐老板让大堂经理开了个会谈室，几个人走进去，坐到一张长桌两边，侍应生马上过来倒茶。庞经理一坐下就开始写合同，徐老板则和邢昭衍说话。他将右边的帽耳朵掀上去，递给邢昭衍一支烟，自己点上一支，挥舞着说："邢老板你放心，我是个海南丢，做生意实诚！"邢昭衍问："什么是海南丢？"徐老板说："就是海南不要咱了，活不下去了，把咱丢到海北来了。"邢昭衍明白，他是个闯关东的，就问他是哪里人，徐老板说，蓬莱人。邢昭衍笑了："蓬莱不是仙境吗？怎么能活不下去？"徐老板看着手中烟卷冒出的缕缕青烟，吧嗒一下嘴："什么仙境，我要是真的成仙就好了，可我一家老小都是肉身凡胎，要吃要喝，在老家田无一垄，房无一间，不闯关东怎么办？"邢昭衍说："看你，果然闯成大老板了，还有汽船！"徐老板摇摇头："哎呀，你不知道我受的那些罪！"邢昭衍发现，徐老板听别人说话，都是侧着脸用右耳听。正在纳闷，徐老板将左边的帽耳朵一掀："你看看，我不是全乎人！"原来，他的左耳朵没了，只留下半圈肉茬子和一个黑乎乎的耳洞。邢昭衍惊问："你这是怎么了？""叫人家割去了。我十年前在长白山那边挖棒槌，另一帮说是他们的地盘，让我滚蛋，还把我的耳朵割去一只做记号。他们说，看见我再去，再割一只。"邢昭衍倒抽一口冷气："太吓人了！那你以后是怎么发达的？"徐老板说："我不敢去那圪垯了，就去别的山上挖。不光自己挖，还从别人手里收棒槌，来大连卖。有走运的时候，也有背运的时候，但总算挣了钱，买了这条船。"邢昭衍由衷赞叹:"你真了不起!"

庞经理写完合同,双方看后都提出异议,于是再商量,再修改。最后都同意了,才交接银票,签字。徐老板签完放下笔,掏出怀表看看,说快到中午了,一块吃饭。他让庞经理去叫船长、大副和老轨,而后带着邢家兄弟去开了一个雅间,里面的餐具全是银子做的。徐老板一边点菜一边说:"这个大和旅馆,日本人能来,咱中国人也能来!"

等一会儿,庞经理带着船长等人来了。相互介绍一番,原来那船长姓洪,黄县人,三十九岁,天津水师学堂毕业;大副姓耿,河北人,二十八岁;老轨姓江,三十三岁。邢昭光问,老轨是干什么的?庞经理说,管轮机的。正规称呼是轮机长,因为最初在轮船上开蒸汽机的那些人,是在火车上干这玩意的,所以船上的人也把轮机长叫老轨。

七个人坐下,开始喝酒。徐老板向船长和大副讲了邢老板租船的事,让他们抓紧检查船上设备,上煤上水加油,准备起航。船长夹一个肉丸子,边嚼边问邢昭衍:"起航好说,你给我们多少工资?"邢昭衍从兜里掏出一张纸晃着:"这是从你们的账本上抄下的,还按这个标准发呗。你一百八,大副一百,老轨一百二,水手、木匠、厨师等人,二三十不等。"船长咽下肉丸子摇头:"不行,去海墱航程远,辛苦,你必须给我加到二百。"邢昭衍看看徐老板:"你看这事⋯⋯"徐老板用筷子指着船长道:"这是咱们老乡,甭讹人家,你有船开就该知足。"大副说:"就是。咱们这一行有个顺口溜,'洋船两头尖,中间冒黑烟。三天不开船,没有香烟钱'。能开船,就谢天谢地了。"

邢昭衍寻思片刻又说:"这样吧。固定薪酬按原来的,另外每跑一个来回,再加一百元奖金,由船长分配,好吧?"船长听了眉开眼笑:"嗯,这法子好。不过,开船之前,你要发给我们一点零花钱。"

邢昭衍说："可以，发多少？"船长说："我和大副都发五十，其他人发十块。"邢昭衍说："好的，我明天就送到你船上。不过我要问你，何时能把船备好？"船长说："下午集合船员，备车备船，如果没有问题，明天就能上货。"邢昭衍站起来兴奋地说："好，这样就妥当了。我敬你们一杯，祝咱们合作愉快！"几个人站起，与他碰杯，一气喝干。

当天下午，邢昭衍为花生米找到买家，立即卸货。庞经理傍晚来告诉他，源丰号试车完毕，可以装货。第二天上午，义兴号卸完，拿到六千二百元银票，两条船都开始装高粱。一袋袋上百斤重的麻袋被小车推到船边，苦力们扛上一袋，踏着跳板走上甲板，再放进船舱。邢昭光指着他们说："看，跟两群蚂蚁一样。"小周说："别这么说，他们也是人！"

傍晚，义兴号装满，共六十吨。邢昭衍上船看了看，问望天晌，什么时候可以走。望天晌说："现在就可以走。不过，东家留在这里我不放心，这条船人多势众，能给你撑腰。"邢昭衍说："谢谢老大，那就等到源丰号装好，一起开拔。"

十八日下午，源丰号已经装了五百二十吨高粱，把两层舱填得满满当当。邢昭衍叫停，下来结账。两条船一共是五百八十吨，合洋七千五百四十元。邢昭衍让严老板等粮商准备充足货源，五天后他再来拉。一个商人说："有那么快？"邢昭衍自信地道："没有问题。我和船长计算过，源丰号先到烟台上煤上水，再到马蹄所，总共用三十个小时左右，明天一早开船，二十上午能到。到了抓紧卸粮装客，二十二或二十三就能回来。"

与粮商们告别后，也与昭光告别。邢昭衍让昭光发电报给魏总管，把源丰号到马蹄所的时间告诉他，叫他多找人和船卸货。这批秫秫，上岸价进一步压低，一吨只卖二十二，谁先交款谁先提货。同时贴出告示，源丰号正月二十一发船，让乘客抓紧买票。昭光说：

"好的，我在电报上写明白。"邢昭衍又给他一把大洋，让他付旅馆费。昭光接过来说："住旅馆太贵，我去租房吧，反正，咱这生意要打长谱的。"邢昭衍说："租房也好，让筹子来陪你。"昭光羞窘地一笑："她能来？"邢昭衍说："让她姐劝一劝，下一趟船就叫她过来。"邢昭光说："那好，我赶紧租下房子，收拾一下。"

邢昭衍上了义兴号，与望天晌说了源丰号的行程，让他明天一早也走。望天晌说，等到源丰号再回到大连，我也不一定能跑一个单趟。舵手铁把子说："东家，风船走得太慢，你叫源丰号用绳子拉着俺行不？"望天晌登时火了："放屁！"邢昭衍说："汽船那么猛，还不把风船拉散了架子？你们慢慢走吧。"他拍拍二把子肩膀，到舱室拎出钱袋子，与小周一起下船。

源丰号的烟筒已经在冒黑烟。他俩上船后，庞经理向驾驶室大声道："老板来了，上煤去！"大副摁响汽笛，操纵轮船顶着浮冰缓缓离开，驶向煤炭专用码头。靠稳之后，庞经理向岸上喊："任老板，上煤上水！"很快有一个中年人从屋里出来，指挥一帮苦力干活。苦力们背着煤筐、水桶上来，分别将背负物倒进煤舱、水舱。忙活了半天，煤水上足，庞经理带邢昭衍去结账。结完账，庞经理留在岸上，邢昭衍与小周回到船上。进了二人共住的舱房，小周说，刚才看见，庞经理与任老板握手时挤眼，估计他们之间另有交易。邢昭衍说，吃点回扣，免不了的，不必计较。

邢昭衍往自己的床上一躺，在心里算账：五百八十吨秫秫拉回去，有三千元左右的毛收入；回来拉二百左右乘客，能收入一千二百元左右。如果每月往返四个航次，就有一万六七千毛收入，扣除费用，能赚到一万多。一年跑十个月，就是十万多，跑上两年，我就能买轮船了。有了轮船，南洋北洋任我驰骋，那是多么惬意的事情！

他越想越兴奋，两手抱在一起，扳得指头咔咔作响。

一个身穿厨师服的年轻人进来，将手中的木盘放到小桌上，说一声"请老板用餐",转身走了。邢昭衍看了看,盘上是四菜一汤和四个白面馒头,笑道:"我坐了几次轮船,从没享受过这种待遇。"小周说:"您是货主,身份变了嘛。忘了在码头上买酒给您喝。"邢昭衍笑道:"不用买,船上有酒,高粱酒,你闻到了吗?"小周抽了抽鼻子:"是有高粱的香味儿,满船都是。"邢昭衍说:"醉人呀!醉人呀!"说着摸起筷子,夹起一块猪肉送进嘴里。

次日清晨,两条船各自离开所在的码头。源丰号咕嘟嘟冒着黑烟,很快驶出大连湾,把义兴号甩到后面。

起航时风还很硬,越往南越软。午后过了成山头,风被昆嵛山脉一挡,更温柔了一些。此时万里无云,阳光充足,大海蓝到极致。邢昭衍吃完午餐,拿着吃剩的半个馒头走上甲板,撕一块扔给随船飞翔的海鸥。见海鸥准确地扑过来接住,"够儿够儿"叫着,他的心境与海天一致,澄明清澈。

身后响起了一种美妙的声音。回头一看,原来是船长坐在一把藤椅上,两手抱住一把亮晶晶的小东西在吹。他想起来,这个小东西叫口琴,他在礼贤书院读书时,德国音乐教师有一个,经常在课堂上、校园里吹奏。有一次在校园里倚着一棵大杨树吹时,许多同学都在旁边听,翟良同学评价这位老师的吹奏"深情款款"。

眼前,洪船长的吹奏也是深情款款。他目光投向大海,嘴在口琴上来回移动,无论吞吐,都有妙音。邢昭衍觉得,这种乐曲声,与蓝天碧海堪称绝配。

一曲终了,邢昭衍与甲板上的几个水手都拍起了巴掌。邢昭衍走过去问,这口琴是从哪里买的,船长说:"在中国,现在还很难买到这玩意儿。这是我在天津水师学堂读书时,一位英国老师回国时送给我的。"邢昭衍说:"我听说,天津水师学堂是培养海军人才的,你怎么开民船了?"船长叹息一声:"唉,别提了,我十五岁就考到那里,学轮船驾驶,要七年才毕业。我一心想学成之后进入北洋水师,驾驶炮舰,卫国护民,哪知道刚入学不久,一场甲午海战,让北洋水师全军覆灭。同学们悲愤不已,想继续读书,学业有成,让大清海军再度崛起,万万想不到,庚子年八国联军打天津,用大炮把水师学堂彻底轰毁,师生四散。我回家待了一段时间,通过老师介绍,就来大连开起了商船。"

听了船长的经历,邢昭衍感叹:"大厦将倾,你空有报国之志。"

船长说:"无奈呀,无奈呀。我现在,那些都不想了,除了把船开好,就喜欢吹吹口琴,玩玩女人……"

听他如此坦率,邢昭衍无言以对。

船长又说:"我不光喜欢美人,还喜欢美食,每到一个地方,都要把当地最好吃的尝一尝。对了,我想起一件事:你们那里,产不产乌鱼蛋?"邢昭衍说:"产呀。"船长说:"那是好东西。我在天津的时候,喝了乌鱼蛋汤,从此难以忘怀。"邢昭衍问:"是用乌鱼蛋做的?""对,酸辣可口,还能醒酒,天津、北京的一些酒店,上等宴席上都有这一道汤。天津顺德酒楼的老板是我朋友,我问他乌鱼蛋是哪里产的,他说是山东。"

因为志趣不同,邢昭衍不愿与他讨论美食,点点头没再接话。

船长把口琴举到嘴上,又开始吹奏。邢昭衍觉得曲子耳熟,终于想起来,这是《舒伯特小夜曲》,是他在青岛礼贤书院学过的一支歌。

> 我的歌声穿过深夜
> 向你轻轻飞去
> 在这幽静的小树林里
> 爱人我等待你
> 皎洁月光照耀大地
> 树梢在耳语
> 树梢在耳语

没有人来打扰我们

亲爱的别顾虑

亲爱的别顾虑

……

船长吹完这支曲子,又吹了另外几支。后来说累了,要回去躺一躺。邢昭衍说,我也回去躺一会儿。二人起身,各回各的舱室。邢昭衍回去,见小周正在酣睡。他往床上一躺,连打几个呵欠,很快睡着。

睡梦中,他听见口琴声还在耳边回响,船在海上摇摇晃晃。然而走着走着,海上乌云四合,前面突然出现一道月虹。像他十年前见过的那样,乳白色的一弯,挂在黑黑的云墙上。他知道,月虹是月亮照出来的,便回头去看,但对面没有月亮,也挂着一弯月虹。他想,这就怪了,怎么能在两边同时出现呢?更怪的是,他看看左边,左边有一挂;看看右边,右边也有一挂。四面都是月虹,让他惊心动魄。脚下的船似乎也无所适从,滴溜溜打转……

"东家,东家。"小周把他喊醒了。"东家,我见你乱动,你是不是做噩梦了?"邢昭衍点点头,就把刚才梦见的情景说了。小周咂了咂牙花子:"怎么会有这样的梦呢?东家,咱们回程时小心,老辈人讲,小心行得万年船。"

不过,从下午到夜间,源丰号一直安稳行驶,没有异常情况发生。

第二天早晨,前方出现了在曙光照耀下金灿灿的一条细线。那是沙滩,沙滩之上则是炊烟笼罩的一个个村庄。邢昭衍放下心来,与小周出舱,到右舷站着。

小周指着一个村子激动起来:"那是周家庄!"邢昭衍看了看果然是,因为这个村庄南面便是黑灰色的一道城墙。

他走进驾驶室,指着那里对大副说:"看,那就是马蹄所。"大副叼着烟，手把舵轮嘟哝："什么破地方，连一座像样的楼也没有。"邢昭衍说："这里确实比不上大连、青岛，您就辛苦点儿吧。您再往前开，看到那座龙神庙了吗？往常德国人的小火轮就停在它的东南方向，离岸七八百米。"大副又说："唉，连码头都没有，这个鸟地方！"

太阳一点点升高，将海边景物照得更加清楚。可以看到，海崖上站了一些人，龙神庙前面人更多，水边泊着许多条小船，岸上则有一辆辆车子。邢昭衍明白，魏总管一定是接到了电报，早早来接船了。他走出驾驶室向那边招手，那边也有人向这边招手。他见船与岸相距很远，想离得近一些，方便卸货，便又走进驾驶室，让大副继续往前开。船长也来了，问邢昭衍这里水深多少，嘱咐大副小心。

一条丈八船从西江驶出，高张篷帆，直奔源丰号而来。离得近了，便看见船身上有个大大的"警"字，上面坐着两个人，都戴大盖帽、扎武装带，后面则有一个穿戴普通的人急急摇橹。邢昭衍知道，这是马蹄所唯一的一条警船，平时停在西江很少出来，今天不知要干什么？

船上一个警察突然站起，端枪大喊："停下！停下！"喊罢还朝着轮船上方啪啪打了两枪。船长瞪大两眼盯着他们："警察要找事？"邢昭衍说："好像是冲着咱们来的，停下吧。"大副便将嘴靠近那根红铜做的传话筒，向机舱发出停船指令。

船慢了下来。船长和邢昭衍走出驾驶室，站在船边看着警船靠近。水手们也聚集起来，七嘴八舌。小周到邢昭衍身边小声道："来者不善，咱们要小心对付。"

警船上，一个警察仰脸大喊："谁是船长？"船长说："我是，请问警爷，有何吩咐？"那警察说："有人举报，你这船上有违禁物品，要停船接受检查！"邢昭衍火冒三丈："血口喷人！这船是我租来的，从大连拉秝秝过来，哪有什么违禁物品？"警察说："反正有人举报，不准进你就不能进！"邢昭衍说："到底有没有，你们上船检查呀！"

警察说:"检查不检查,你说了不算。快把船停下!"船长无奈地摇摇头:"水手长,下锚吧。"水头将烟蒂一抛:"妈的,遇上鬼了!"在几个水手的操作下,大铁锚缓缓入水,牵动锚链哗啦啦垂下,船头腾起一团锈雾。

待船停牢,警察又让船长把他俩吊上去。船长向水头一掀下巴,水头便去启动滑车,放下舢板。上来的两个警察,都是面黄肌瘦,其中一个背着一杆长枪,腰间皮带上还别着一根烟枪。船长鄙夷地一笑:"这是个'双枪将'!"

两个警察在甲板上站定,邢昭衍走过去说:"警爷,请进舱检查吧。"警察不吭声,走向一个船舱。水手把舱盖打开,"双枪"警察探头看看里面,退回来往舱盖上一坐:"太累了,歇歇再说。"另一个警察也坐下,脱下大盖帽,用指头挑着,转了一圈又一圈。

邢昭衍见他们是这个德行,忍着气问他们:"警爷,是谁举报这船上有违禁物品的?""双枪"警察摇摇头:"俺不知道,是所长说的。""你们来扣船,也是奉所长的命令?""那当然。"邢昭衍气不打一处来:"你们等着,我下去找他去!"船长说:"我和你一起去。"邢昭衍说:"好,船长去,就更好说话了。"他当众宣布,让小周做承租方代表,船上的事由他临时负责。

这时,"双枪"警察把他扯到一边小声说:"邢老板,船上有没有大烟?"邢昭衍说:"没有。""那你回来的时候给我俩带点儿。"邢昭衍眉头一皱:"那不是违禁物品吗?""双枪"警察嘻嘻笑道:"违禁不违禁,咱说了算。"

船下有人喊:"少东家!少东家!"邢昭衍到船边一看,原来是父亲的"菠菜汤"来了,船上站着史老大。史老大说:"老爷吩咐家里两条丈八船也来帮忙,一早就骑驴过来等你,等急了,让我过来看看。"邢昭衍说:"遇上了一点麻烦。老史,我和船长跟你上岸。"船长便让水手长把他俩用舢板送了下去。

上了"菠菜汤",邢昭衍把警察阻拦的事说了,史老大哼了一声:"还是有人嫉妒你,背地里使坏。你是马蹄所第一个用轮船做生意的,他们能容得下你?"船长说:"岂有此理!现在轮船大行其道,早晚有一天要把风船全部替代的,他们能挡得住?"

船到前海,只见岸上有几百人聚集,等着接船的,要坐船闯关东的,看热闹的,比半个月前在这里看戏的人还多。"菠菜汤"到了浅滩,再不能前行,小嫩肩和碌碡爷儿俩突然一前一后下水,用两根扁担抬着一把椅子。小嫩肩大声说:"他姐夫,甭湿了鞋,快上椅子轿!"看热闹的人都笑,有人说:"小嫩肩,你怎么不跟背德国人那样,把你女婿背上去?"小嫩肩说:"胡说八道,我女婿是贵人,德国人算老几?来,他姐夫,快上来!"邢昭衍看着岳父和小舅子,既感动又尴尬,便让船长坐。船长也不客气,坐上"椅子轿",让二人抬上去。邢昭衍则跳下船去,涉水上岸。

父亲脚步蹒跚,在大女婿于嘉年的扶持下走过来急切地问:"黑狗子上船,要干什么?"邢昭衍说:"爹,他们说要检查。"父亲恨恨地道:"这是给咱使绊子呀!"魏总管也过来说:"买秋秋的来了几十个,三百张船票也卖光了,都在等着!"邢昭衍点点头,向周围人大声说:"感谢各位,请你们不要着急,我去找警察所长官,很快就会放船过来的!"说罢,他拖着湿了半截的棉裤,往所城走去。

走到龙神庙东,见筹子牵着杏花的手急急跑来。杏花一声声喊"爹",邢昭衍答应着,摸了摸闺女通红的小脸蛋说:"这么冷,怎么不在屋里待着?"筹子说:"我刚才听上门要饭的说,火轮船叫黑狗子挡住了,赶紧过来看看。"船长看看她,又看看邢昭衍:"这是谁?"杏花仰起小脸说:"她是我爹的小姨子!"船长哈哈大笑:"孩子,有你这样介绍的吗?"筹子瞅瞅船长,抿嘴一笑,又打量着邢昭衍说:"姐夫,你的棉裤湿成这样,不回家换一条干的?"邢昭衍说:"哪有工夫?我得赶紧去找曲大牙!"

第十九章

　　邢昭衍和洪船长来到西门外的警察分所，见曲所长正在院子里审案。一个老女人被绑到树上低头不语，曲所长手拿剪刀说："快说，你儿子藏到哪里去了？要是不说，就把你的头铰成秃葫芦！"老女人还是不吭声，曲所长就抓住她的头发猛地扯起，狠狠一剪。邢昭衍看到她的脸，不由得惊叫起来："老冯？"冯嬷嬷也看见了他，哭道："少爷，俺冤枉！俺冤枉！"冯嬷嬷去年秋后和打鱼的一块儿放假，不再到他父母那里干活，没想到今天竟然在警察所里见到她。

　　曲所长转脸瞅瞅邢昭衍和洪船长，回头向冯嬷嬷吼："你冤枉个屁！你儿子糟蹋了人家的黄花大闺女，还带着人家跑了，大闺女的爹告到我这里。你快说，他跑到哪里去了？"冯嬷嬷哭了起来："他跑到哪里，我怎么知道？"曲所长说："你不知道，就在这树上挨冻吧！"冯嬷嬷不服："俺儿不犯法，他跟那个小嫚是两人相好！"邢昭衍对曲所长说："这样的话，她儿子真不算犯法，你把她放了吧。"曲所长瞅他一眼，龇着大牙笑了："真是什么人向着什么人。邢老板当年睡了那个叫梭子的俊嫚，第二天早晨就领着跑了，你现在为冯嬷嬷的儿说话？你有本事，找那个小嫚的爹娘说说，叫他们不要告了。"邢昭衍让这话噎住，而且在洪船长面前现难堪，一时不知说什么好。

　　洪船长却为他解围，直接问曲所长，为什么要派警员阻拦他的船进港。所长打量一下他:"你的船?你是谁?"洪船长说:"我是大连金万航运公司源丰轮的船长。"说着掏出一个用蜡纸包起来的小本给他看。所长看了看说:"有人举报你船上有违禁物品,我不得不管。"洪船长说:"有人举报,你可以派人检查,但你派去的人上船后不检查,不放行,这算什么事儿?"邢昭衍说:"船期都是订好的,好多人都在等着,您一定看得到。"所长把眼一瞪:"我看到了又怎样?海防大事,不能马虎!"邢昭衍让这话激怒了,拧起眉头道:"海防是大事,当然不能马虎,但是,去年秋天德国人来,你们在哪里?日本人来,你们又在哪里?"所长将手一摆:"那都是外交事务,用不着我们管。"邢昭衍诘问:"外交事务闭着眼不管,内贸事务睁大了眼使绊子,有你们这么干的吗?"所长恼羞成怒:"我们怎么干,用得着你管?邢一杠,你别以为自己怪硬,马蹄所盛不下你了,你把生意做到天边,做到东洋西洋,最后还是要夹着尾巴回到我的地盘上!"邢昭衍气得腮上那道横杠伤痕成了紫的,索索抖动。船长也很生气,但还是压住火,掏出烟给所长敬上一支:"所长不要生气,抽支烟。"所长摆摆手:"我不抽。你们这个案子,本所已经上报县所,我管不着了,等着县所来办吧。"

见他这么说,邢昭衍拉了洪船长一把,与他走了。走到门口,邢昭衍吐出一口浊气,小声道:"不跟曲大牙这熊玩意儿生气了,咱们到县城找人去,我跟师爷熟。"冯嬷嬷突然喊:"少东家,你给老史捎个话,就说我在这里,叫他给我想想办法!"邢昭衍回头看看她,点了点头。他早听梭子说,史老大跟冯嬷嬷有私情,看来是真的。走出警察分所,他见在"菠菜汤"上干活的一个小伙计正在市场上闲逛,叫住他悄悄说了冯嬷嬷的意思。小伙计说,知道了,我这就去找老大。

西门外,有两辆洋车在那里等客。这是一个姓侯的船行老板年前从上海买来,雇人拉脚挣钱的,因为是日本制造,被当地人叫作

"东洋叉子"。邢昭衍和洪船长过去各坐一辆,让他们拉到海墘。车夫跑得挺快,路却不平,把他们颠得龇牙咧嘴。

到了县公署门前停下,邢昭衍对站岗的卫兵说,要进去找靖大人,卫兵却撇了撇嘴:"找什么靖大人,他不在这里了,叫知事撵走了。"邢昭衍觉得意外:"为什么撵他?"卫兵说:"他充熊,一个糟老头子,动不动把自己当成县太爷,知事能不生气?""他去了哪里?"卫兵摇摇头,表示不知道。邢昭衍心中茫然,呆立片刻说:"那我们找县长。"卫兵却向南方一指:"知事去雒镇了。"洪船长说:"走吧,咱们找警察局。"邢昭衍点点头,和他一起上了洋车,去西街的警察局。然而到了那里,向值班警员说了源丰号进港被阻拦的事,警员翻翻值班记录,说马蹄所分所没有上报这个案件。邢昭衍与洪船长面面相觑,只好走了出来。

邢昭衍咬牙道:"还是曲大牙使坏!他拦咱们的船,到底要干什么?"洪船长说:"解铃还须系铃人,再回去找他吧。"邢昭衍想了想说:"咱们先到靖先生家里看看,如果他在家,让他出出主意。"

回到马蹄所,到了靖先生门前,从门缝里看到他正坐在墙根晒太阳。邢昭衍敲敲门,自报名字,靖先生便过来把门打开。邢昭衍把洪船长介绍给他,靖先生与船长握握手,让他俩进屋说话。到屋里坐下,邢昭衍把轮船受阻的事说了说,靖先生气呼呼道:"上梁不正下梁歪,小万身为县知事胡作非为,下面的衙役小吏还能好了?这两年我在县公署,见过的丑事脏事罄竹难书!好在我是有心人,都给他们记录在案。尤其是小万,我专门记了两个本子。小万肯定觉察到我要跟他过不去,就给我安上个'僭越'的罪名,把我开除。还说什么,师爷制度是旧时代的产物,早该结束了。他的意思我明白,没有我在跟前碍眼,他就可以放肆了。我要让小万看看,什么叫作请神容易送神难!我不把他扳倒,就不姓靖!哼!"

洪船长对靖先生说的这些不感兴趣,直接问他,源丰号的事该怎么办,靖先生又是义愤填膺的样子:"这个曲大牙,是个坏透了的小捕头。他贪财贪色,鱼肉乡里,是马蹄所的一大祸害!我也给他记了一本子,今天拦你们的船,我再记上!"说罢,伸手往抽屉里乱摸乱翻。邢昭衍伸手阻止道:"先生您先别记,就说这事该怎么办吧。船在海上,卸不下粮,上不了客,我都快急死了!"

靖先生从抽屉里抽回手,将白胡子捻了几捻,缓缓说道:"曲大牙对你们下手,无非是图财,他觉得小邢你做这么大的生意,要是叫你顺顺利利,不是便宜你啦?"邢昭衍点点头:"您说得对,他就是这么个心理。"靖先生将胡子一揪:"那你偏不要给他送钱!你就回去等着,如果明天他再不放船,就让那些交了钱上不了船的,交了钱接不到粮的,一齐去县上闹,最好闹出大动静,惊动省上,惊动全国。到那时候,曲大牙怕连所长都当不成了。"邢昭衍问:"先到区公所讨说法行不行?"靖先生说:"不行,警察分所直属于县警察局,区长管不着他们。"邢昭衍想了想说:"明白了,就照您教的办法行事!"

又说了一会儿别的,邢昭衍看看表,说到中午了,请先生到街上一起吃饭。靖先生摆手道:"我不去吃,我不能叫人说,又给你当师爷了。"

邢昭衍出门后说:"哎呀,总算有办法了。"洪船长说:"铤而走险,是没有办法的办法,但那么一闹,肯定会打破僵局。"邢昭衍说:"是的船长,吃完饭您先回船休息,明天等我的消息。"说罢,二人到一家饭馆要了酒菜,痛痛快快吃了一顿。吃完,邢昭衍想起上船的警察要大烟之事,怕他们在船上制造麻烦,就让老板拿来两盒招待贵客用的烟膏,一并结账,让洪船长捎上。

他把洪船长送到前海,还有一些人在那里等着,见到他俩都来问结果。邢昭衍说,长官还要商量,你们先回去,明天再到这里等,如果等不到结果,我带着你们到县上讨说法。许多人响应道:对,就得去讨说法，不能在这里干等！

邢昭衍见老史在这里，小声问他，冯嬷嬷的话捎到了没有。老史不自然地笑笑，说捎到了，我晚上到小嫚家跟他爹娘商量商量。邢昭衍放下心来，让他把船长送回源丰号。小嫩肩又和儿子抬着"椅子轿"，把船长送到"菠菜汤"上。岸上的人也各自散去。

邢昭衍去了商号，那边也有许多人围着魏总管，粮食贩子问他什么时候能接到秫秫，乘客问他何时能上船。邢昭衍把刚才在海边说的向他们说了一遍，那些人也走了。

整个下午，邢昭衍都在恒记商号，与魏总管、姐夫等人商量下一步该怎么应对。他们决定，如果警察还不放船，就组织人次日十点出发，中午到县里。如果闹出个好结果，源丰号可以卸货，就找二十条舢板、十条丈八船，卸得越快越好。秫秫上岸后，让预交粮款的当即拉走，剩下的运到商号，尽快找买主。魏总管说，用不着搬运，就放在龙神庙前垛起来。永庆商行过来说了，他们打算运到青口卖，那边的好几家酒厂都缺秫秫。

上客这件事，邢昭衍让姐夫负责，检票、往船上送客，每个环节都要谨慎，千万不要出了纰漏。姐夫点点头："他舅你放心，我会办好的。可是，如果你们到县里闹不出好结果呢？"邢昭衍脸色严峻："我就去坐牢呗，反正我是豁上了。"魏总管连连摆手："不至于，不至于。"邢昭衍说："很难说。万一到了那一步，生意上的事就拜托老魏了，家里的事算姐夫的。"二人听了一齐点头。姐夫愤愤地说："光明正大做生意，还要准备坐牢？这是什么世道！"

到了傍晚，邢昭衍让姐夫、魏总管跟他一起回家吃饭。二人都说不去，在这里跟几个小伙计一起吃住，邢昭衍只好独自回家。

杏花正带着弟弟"跳房子"，在院里用滑石画出一个个方格，单腿跳跃。见到爹，两个孩子都扑了上来。杏花摸摸爹的裤腿说："爹，你的裤腿干了。"邢昭衍见杏花还惦记这事，心中感动，蹲下去亲亲她说："早就干啦！"然后把她和大船同时抱起。

梭子、箩子并肩出现在堂屋门口，笑着看这爷儿仨。箩子问："姐夫，你去找曲所长，找得怎样？"邢昭衍说："不怎样。"说罢抱着两个孩子进屋。梭子让孩子们下来，也去摸丈夫的裤腿："哦，真是干了。"邢昭衍说："在外边跑了整整一天，能不干吗？"

坐下来，他说了找人的经历和明天的打算，姐妹俩脸上都现出惊愕。箩子恨恨地道："曲大牙坏透气了。"梭子说："他怎么能这样？"箩子起身道："姐夫饿了吧？我去做饭。"说着起身走了。邢昭衍问梭子："她姨这几天一直在这里？"梭子说："嗯，我这身子越来越沉，多亏她在这里帮我做饭看孩子。杏花她爹，你去后院坐坐吧，他奶奶刚才来过，看你回没回来。"邢昭衍："我这就去。"

父母正在后院吃晚饭。父亲端杯独饮，见儿子来了，给他倒上一杯。邢昭衍接过来喝一口，跟爹说了这一天的经历，父亲气得不行，骂骂咧咧。听儿子说明天要到县上讨说法，他用筷子敲着桌沿道："闹，你使劲闹！光明世界，朗朗乾坤，总得叫人讲理吧？一大船秋秋，十万多斤，不叫咱卸，就等着在海上发芽？"

在父母跟前坐一会儿，邢昭衍回到前院。梭子见他来了，起身去厨房盛饭端菜。邢昭衍问："她姨呢？"梭子说："她说俺娘今天不舒坦，过去给她做饭去了。还说，她在那边吃，叫咱们甭等她。"

到了九点多钟，箩子还没回来。杏花和大船都说害乏，梭子就带他们去睡下。她回到堂屋，与丈夫一边说话一边等箩子。等到十点半，箩子终于来了，进屋后不说话，脸上有一丝古怪的羞容。

邢昭衍觉得蹊跷，问她怎么这么晚才回来，去哪里了。箩子瞅他一眼："姐夫，明天可以卸船了。"邢昭衍大感意外："你怎么知道明天可以卸船？"箩子低头道："曲大牙说的。"梭子问："你去找曲大牙了？"箩子"嗯"了一声，用雪白的上牙咬着下嘴唇，扬起脸，将两道冷瘆瘆的目光射向窗外。

邢昭衍看着筹子这个样子,将她和曲大牙在一起的样子稍加想象,觉得恶心至极,忍不住吼了起来:"谁让你去找他的?"筹子瞅着他说:"我想帮你。曲大牙要是还不放船,你带人到县上闹,能有好结果吗?万一有个三长两短,俺姐怎么办?孩子怎么办?正月初二晚上,你叫女戏子到我家住,他就过去调戏人家,叫我撵走了。后来又缠磨我,几次去我家,我都不放门。今晚我豁上了,叫他放船,他答应了⋯⋯"

梭子双泪涌流,过去紧紧抱住妹妹:"筹子,你怎么能用这法子呢⋯⋯"邢昭衍满腔怒火无处发泄,将自己坐的那把椅子抡起来,在地上一下下猛摔,直到它彻底碎裂。筹子抱着姐姐,看着姐夫泪雨滂沱:"碎了罢,碎了好⋯⋯"

邢昭衍将地上的碎椅子踢到角落里,站在那里急喘片刻,吩咐道:"他姨你收拾一下,后天坐船去大连。"筹子放开姐姐,望着邢昭衍垂手而立:"姐夫,我去大连干啥?""昭光已经在那里租了房子,等着你去。"筹子把脚一跺:"我不去,我不想见那块杂碎!"邢昭衍说:"你不想去也得去,反正要离开马蹄所!"筹子看着他问:"你不想我再跟曲大牙那样是吧?我已经跟他说了,就这一回,他答应了⋯⋯"邢昭衍疯狂地甩动脑袋,想要甩掉已经钻进耳朵让他头疼的这些话,反复说着:"你必须走,必须走⋯⋯"筹子扑通一声坐下,两手拍着地面一俯一仰哭道:"俺不想走呀,不想走呀⋯⋯"见她这样,邢昭衍不由得泪流满面。

梭子对他说:"杏花她爹,你去西屋睡觉吧。"说罢艰难地蹲到妹妹身边。邢昭衍还不走,她又连声催促。邢昭衍只好长叹一声,走出房门。

进了西堂屋,他划火柴点灯。把灯点上,却发现儿子光溜溜地站在炕上,急忙问他:"大船你干啥?快躺下!"大船哭唧唧说:"我听见你们打架了⋯⋯"邢昭衍说:"没打架,你快躺下!"他把儿子摁进被窝，自己也脱鞋上炕。他跟儿子说，因为火轮船进不了前海，爹生气，把椅子摔了。儿子说："我也生气，我也去摔椅子……"说着又要起身。邢昭衍急忙把他摁住，用假话抚慰，慢慢将他哄睡。

邢昭衍听见，梭子和筹子去了西厢房。他焦虑万分地等，心急如焚地等。等了一个多钟头，梭子才回来。她上炕后沉默一会儿说："我知道你难受。筹子恋了你好几年，今晚上给了曲大牙。她那么做，也是为了咱好……"邢昭衍长叹一声："唉，真是难为筹子了。她是咱们的恩人……"梭子说："我劝了她半夜，她总算答应了，上船跟你走。"邢昭衍松了一口气："那就好，那就好。"他伸过手去，抚摸着梭子已经鼓起的肚子说："筹子走了，得找个人来帮你。"梭子说："叫俺娘过来就行。"邢昭衍说："嗯，她过来最合适。"

第二天，邢昭衍早早起床走了。他到前海最东头的海崖上站着，看着晨雾中隐约可见的源丰号，等着一个结果。等到日头出来，雾气退尽，大船在海平线上轮廓清晰，连船头的旗子都看得见。

身后有自行车铃声响起，邢昭衍回头一看，是曲大牙骑车来了。像汽船上的锅炉煮出蒸汽进入管道一样，他感觉身上的每一条血管爆胀欲裂！邢昭衍站在石盘上看着他，等着他，双眼喷火。

曲大牙放下自行车，拿着一红一绿两把小旗过来。到邢昭衍面前，他龇着大牙一笑："咱俩成连襟了，怎么没个亲戚味儿，这样看我干啥？"邢昭衍骂一声"我日你亲娘"，接着想狠揍他耳光，曲大牙却敏捷地闪到一边："你日吧，反正俺娘已经死了。你小姨子可没死，我实实在在把她日了！"邢昭衍蹿过去，一拳将他击倒，一下下踢他。曲大牙一边躲一边说："邢一杠，你出一口气就行啦！你别把我打死，打死了我，谁给船上发信号，让那两个警员撤岗？"听他这么说，邢昭衍只好忍住气收住脚。

曲大牙从地上爬起来，将手中小旗往源丰号那边挥动着，然而那边却没有动静，遂弯下身去，揉屁股上的痛处。揉一会儿，直起

259

腰再发旗语，那边终于出现了一个黑黑的影子和两把小旗。曲大牙拿着小旗，上下左右变动位置，那边也做出了回应。曲大牙将两个小旗并在一起，一边卷一边说："行啦，准备卸船吧。"说罢，一瘸一拐地走向自行车，骑上它离开。

邢昭衍面对大海、大船，像受伤的狮子一样哀号两声，而后猛地一蹲。泪水洒到石盘上，每一滴都快速洇开，像一朵朵绽放的石花。

一会儿，从源丰号那边过来一条舢板，船上坐着两个黑衣人。邢昭衍不愿见他们，转身走向了龙神庙那边。那里已经站了好多人，都问邢昭衍，还要不要到县城闹。邢昭衍有气无力地说："不用了，船很快就来。"

一个小时后，源丰号在离岸六百米左右下锚，魏总管让等在这边的三十多条舢板、驳船、丈八船统统过去，小嫩肩领着几十个苦力随船前往。源丰号动用左右两边的吊车，将一袋袋高粱卸下来。运到这边上岸，不用过秤，魏总管只和粮商数麻袋，接着装车运走。

那些买了船票的问，什么时候能上船，邢昭衍说，你们等着，我过去看看。他坐舢板到源丰号上，船长一见他就问，曲大牙怎么又突然放行了？邢昭衍说："不清楚，听说咱们要去县里闹事吧？"船长说："很有可能，这个鳖犊子，也有服软的时候。"邢昭衍问，什么时候让乘客上船，船长说："卸完粮食，再把舱打扫出来，估计要到晚上。你通知乘客，明天早晨六点上船，八点开船。"

见小周在帮忙卸粮，邢昭衍对他说，你这么多年没回家，趁今天有空，回家看看吧。小周说，嗯，我也真想回家一趟。说罢从船舱里取来自己的行李和带给家人的鹿肉干、猴头菇等礼物，跟邢昭衍下船。二人到了岸上，邢昭衍大声讲，明天一早就可以上船，乘客们兴高采烈。

邢昭衍从白天忙到晚上，或在海边，或在商号。等到小周从家里回来，和魏总管一起把七千块大洋点好，分别装进五个麻袋，又装了一些萝卜做伪装。收拾好了已是九点多钟,他才决定回家睡觉。

走过岳父家墙东,听见岳父高门大嗓,醉醺醺道:"箩子你……你找了个什么混账男人,跟邢昭衍比,一龙一猪!"箩子反驳道:"是我找的吗?是俺姐当的媒人,要怪就怪她!"岳父说:"怪她,就怪她!你不去东北找那杂碎行不?"箩子说:"我不想去呀!是俺姐夫非叫我去!"岳父说:"好吧好吧,听你姐夫的……"

邢昭衍听到这里,摸了摸院墙上那个早已堵上的缺口,感觉自己心里还有一个大大的缺口,冷风飕飕地灌入。他将棉袄裹紧,急惶惶离开这里。

第二天凌晨四点,他起床去了商号。这里灯火通明,已有些早来的乘客,姐夫和小周在那里张罗着。一会儿,箩子也让碌碡陪着来了,她脸色发青,眼神暗淡,看来夜里没有睡好。邢昭衍把他的一等舱船票递给她:"你的船票。"箩子接过来,一声不吭揣进怀里。

邢昭衍和小周先一步登船。他们让商号里的几个伙计抬出装钱的麻袋,用车子推到前海。史老大已经在"菠菜汤"上等着,等到邢昭衍、小周和钱袋子都上了船,便摇橹升篷,向源丰号驶去。邢昭衍到老史跟前小声问,冯嬷嬷儿子的事怎么样了,老史说:"昨天晚上我到小嫚家里说了说,给了他们一些钱,他们说,闺女跑了跑了吧,不告状了。可是他们找到曲大牙,曲大牙又叫老冯交两块大洋的罚款。她的亲家母又找我要,我给了她。曲大牙这才把老冯放了出来,我日他奶奶!"

天是阴的,海是暗的,风刮篷布呼呼作响。走到中途,东方的黑云颜色变淡,渐渐透亮。此时,南面出现一条丈八船,也向源丰号奔去,船上好像有七八个人。小周指着那船说:"他们要干什么?可疑。"邢昭衍也警觉起来,但还是往好处想:"听我姐夫说,南乡也有人买了票,是来上船的吧?"

丈八船篷橹并用,走得很快,抢先到了源丰号前面。邢昭衍高声问道:"你们是干啥的?"那船上一个人答:"闯关东的,来上船的!你是邢老板吗?"邢昭衍说:"是!跟我上吧!"他接着向源丰号上高声招呼:"放舢板下来!"

想不到,丈八船却调转船头,直奔"菠菜汤"而来,船上的人齐刷刷拉下头上的黑布巾,蒙上脸只露双眼。小周腾地站起:"短路的来了!"说着从腰里抽出双节棍大喊:"不要过来!我是海岱武馆三师兄!"丈八船上一个大个子向他拱手:"三师兄,兄弟家里摊上事,要用点钱,您帮帮兄弟吧!"说罢将手一挥,一个同伙突然伸出带钩长杆,将"菠菜汤"钩住,另外几人举起大刀叫喊:"拿钱过来!拿钱过来!"史老大骂一声"我日你姐",用竹篙猛地撬掉对方的长杆,然而对方又用长杆钩住另一个地方猛扯,两条船咕咚一声撞在一起。有两个歹徒要迈过来,一个被邢昭衍踢到水里,一个被小周用双节棍击倒。

源丰号上有人大喊:"抓海匪!抓海匪!"海匪们抬头看看,并不害怕。那个持长杆的,竟然把小周手里的双节棍钩住猛扯,眼看要把他拉下船去,他只好撒手,动用拳脚。两个歹徒扑倒他,死死将他摁住。另外三个海匪跳过来挥刀猛砍,邢昭衍躲闪不及,左肩中刀。老史和几个伙计见状,纷纷跳水逃生。邢昭衍捂着伤处蹲下,感觉到一股热乎乎的血从胳膊流到手上。

两个海匪跳进船舱,很快把一个钱袋子扔上来。站在船板上的两个歹徒抬起来,扔到他们的船上。突然"啪"的一声枪响,洪船长在源丰号上端着长枪喊:"你们这些海匪,赶快滚!"领头的大个子喊:"快走!"舱里舱外的歹徒立即逃走,掉在水里的歹徒也被同伙拉到船上。一个歹徒用篙猛顶一下"菠菜汤",两船很快拉开距离。

洪船长又开了一枪。海匪们拼命摇橹,飞快地走了。

源丰号上放下了舢板。邢昭衍扭头看看,左肩的棉袄被砍开一道口子，血已染红棉花，下面的袖筒上有血滴出。但他没有晕血，用右手和小周一道，合力拉上老史。老史和小周又把另外两个伙计拉上来。小周看着邢昭衍手上的血说："东家，先把你送回去治伤吧！"邢昭衍说："不用。"小周又问："钱叫马子抢去一袋，到了大连不够用，怎么办？"邢昭衍说："咱们跟严老板他们商量商量，先欠一些，下一趟再给，反正这生意要长期做下去的。"小周说："要长期做这生意，咱们得去买枪。"邢昭衍说："对，去买几支枪带着！"

邢昭衍让老史把船摇向源丰号，靠近了上面放下的舢板，把三个钱袋子抬上去，对他说："老史，你们快回去换换衣裳，歇息歇息。刚才的事，不要跟人讲。"而后与小周迈上舢板，向老史他们告别。

上了甲板，小周让人帮忙，抬钱袋子进舱。邢昭衍则埋怨船长："你有枪，怎么不把歹徒打死几个呢？"船长说："我枪法不准。"邢昭衍明白，船长不是枪法不准，而是不想结下仇人，因为他还要在海上走南闯北。

船长发现邢昭衍受了伤，立即喊来一个姓崔的年轻船员，让他给包扎上药。小崔把他带到一个舱室，打开一个小箱子，让邢昭衍把袄解开，把肩膀露出。他看了看说："多亏没伤到骨头。"接着给他消毒，上药，用纱布包扎起来。邢昭衍去水池边把手洗干净，把肩膀上棉袄的破处洗干净，出舱看看，已经有乘客被舢板吊了上来。再望望西面，从龙神庙前到源丰轮下，送乘客的小船已经有一大溜了。

笏子上来了。邢昭衍用那只没受伤的胳膊帮她提包袱，领她进舱。笏子到了她住的那一间，看看里面的一床一桌，抱怨道："这么一间小屋。"邢昭衍说："你以为是在陆地上？这是一等舱，全船最好的，只有两间。"笏子问："另一间你住？"邢昭衍说："船长住。我跟小周住二等舱。"笏子往床上一坐，望着邢昭衍满眼幽怨："姐夫，我听你说过，大连那边的人把自己叫海南丢，我今天也成了海南丢了。把我往海北丢的人，就是你！"邢昭衍满怀歉意道："笏子，实在对不起。从昨天起，你就是我的恩人了，要不是你舍身喂狼，这船还不一定哪天回大连。我让你上船，是为了你好。"箩子冷笑一下："也为了你好。你怕我再跟曲大牙那样，伤你的心。"邢昭衍让她揭开了心上的伤疤，不知如何应对，便起身开门要走。

洪船长恰巧走到门前，看看邢昭衍，再看看箩子："邢老板，你小姨子也去闯关东？"邢昭衍尴尬地笑了笑："他也是我四弟媳妇，要去大连看看。我四弟，是你见过的邢昭光。"船长点点头："哦，明白了。你们忙，我回舱拿一盒烟。哎，你胳膊上的伤，没事吧？"邢昭衍说："没事。"船长说："没事就好。"说罢打开旁边那扇门，走了进去。

箩子的语气由怨恨变成了关切："你伤了？伤在哪里？怎么伤的？"邢昭衍说："上船的时候碰着了，没事。你歇着吧，我去看看上完客了没有。"说罢急急走了。

甲板上，货舱里，此刻已经装满乘客。他们的行头与神情，大多与十月底去大连送的那一船人相似。有的在船上这看那看，有的或蹲或坐，在一起交流着对火轮船的印象，对海上行程的担忧。等到乘客上齐，船长下令开船。

邢昭衍带着小周到处游走，让乘客注意安全，还给他们每人发一小包人丹丸以防晕船。年前义兴号去大连，他缺少经验，不知道人丹丸有这功用，这次特地让姐夫派人买来许多。但是一些乘客含化了人丹丸还是晕，呕吐声此起彼伏。多亏船上早有预备，放了好多马桶，才让那些秽物有了收容之处。

邢昭衍觉得胳膊上的伤疼得厉害，像刀割针扎。小周见他不时抬右手去揉左肩，便劝他回舱歇着。邢昭衍嘱咐他小心照顾乘客，便回舱坐着。想到租用轮船出师不利，昨天被扣，还搭上了箩子；今天又遭海匪短路，让他们抢去三千多块大洋，忧愤交加，心窝也疼了起来。他只好俯卧在床，扯过枕头垫在心口。趴一会儿，慢慢睡着了。

小周回来叫醒了他，指着桌子上放的一碗烩菜和两个煎饼让他吃。他起来看看，知道烩菜是从餐厅买的，煎饼是小周从家里带来的。他问："不知道筹子是怎么吃的？"小周说："我问过了，一等舱乘客的餐费包在船票里，饭菜直接送到房间。"

饭后，邢昭衍出去看看，乘客没有异常情况，便去了驾驶室。这里只有大副一人，问他过没过青岛海域，大副说，过了。邢昭衍放下心来，觉得伤口还疼，打算再回去休息。然而经过筹子的房门，却听见有口琴声传出来，原来船长在里面。那曲子还是《舒伯特小夜曲》，船长此时吹得更加深情款款。一曲终了，筹子赞叹："真好听！真好听！"

邢昭衍的胸间突然波涛汹涌，所有的浪花所有的水滴，都带着浓浓的醋意。他想敲门进去，但是抬起手来，却又悬在了门前。最终，他收回手，一手捂伤口，一手捂心窝，拖着沉重的脚步回到自己的舱室。

第二天早晨，源丰号到烟台上煤上水。邢昭衍出去看看，没见船长。上完煤、水再度起航，直到驶入大连湾，才见船长睡眼惺忪走上甲板，连连打着呵欠。

下船时，筹子像变了一个人似的，小脸红扑扑的，容光焕发。见她踏上跳板，船长举手道："再见！"筹子也笑盈盈道："再见！"

跳板的另一头，是笑脸相迎的邢昭光。他接过筹子背的包袱，向还没下船的邢昭衍大声说："三哥，我租的房子离这里不远，我把筹子送去，马上回来！"说罢，领着筹子匆匆走了。

一个小时之后，昭光回来了，他兴奋异常地对邢昭衍说："哎呀，筹子现在变了，百依百顺！真好！"

第二十章

邢昭衍倒在了大连码头上。

在严老板的帆布帐篷里，他揣着用三袋子大洋从钱庄换回来的银票，与几位粮商谈了一个多小时，想把源丰号装满，缺的粮款下次来时补上。粮商们则坚持，有多少钱装多少货，概不赊欠。正在僵持不下，庞经理喘着粗气跑来说："你们还在商量装高粱的事吧？算了吧，源丰号不再跑马蹄所，要跑日本了。"邢昭衍瞪大眼睛问："庞经理，为什么不跑马蹄所了？"庞经理说："原因嘛，你应该清楚：第一，马蹄所没有码头，很不方便；第二，你们那里的警察不讲规矩，故意刁难，致使船期延误；第三，海匪猖獗，明火执仗。你买高粱为什么要赊欠，不就是让海匪抢走了钱嘛。所以，我们双方的租船合同无法履行，只好解除。"邢家兄弟和小周如闻响雷，满脸惊愕。邢昭光猛地站起，高声大叫："说解除就解除？我们是交了租金的呀！"庞经理向他一笑："兄弟你不要着急。俺们徐老板仁义，决定把你们交的租金全数退还。跑了一趟马蹄所，不再收费，算作违约金了。"说到这里，他掏出一张银票晃着："这是一千五百元银票，我当着大家的面退给邢老板，请各位做个见证。"说着就往邢昭衍手里递。邢昭衍张开两手做推挡状，庞经理却把银票往桌子一放，转身就走，走出帐篷又回头说："邢老板，你们还有东西在船上吧？请在半个钟头之内拿走。"

邢昭衍回不过神来，坐在那里发呆。严老板说："邢老板，庞经理说了三个原因，其实最重要的一条他没讲。"邢昭衍问："那是什么？"严老板说："往日本运煤，近来运费大涨。"几位粮商点头附和：是，是，涨得老厉害了。其中一个粮商说，自从欧洲大战开打，日本也加入协约国向德国宣战，国内就闹起了铁荒，严重缺钢铁。他们疯了似的炼，从中国大量进煤，运费飞涨，去年一吨只要一日元左右，现在已经涨到了四元多，徐老板当然眼馋。另一个粮商说：现在的日元可坚挺了，一日元能买六斤大米。邢昭衍听了，连声叹气。严老板说："咱们双方都倒霉，你没船可租了，我们的秋秋也压在了码头上，各想各的办法吧。"邢昭衍无奈，与他们拱手告别。

走出帐篷，他突然打了个寒噤，觉得胳膊上的伤口像针扎一般疼痛。他裹紧棉袄，捂住伤处，径直走到源丰号停泊的地方。见跳板还斜放在船岸之间，但他不愿再踏上，就让小周去拿东西。他看看源丰号，再看看身后的高粱垛，想到这两者与他不再有关系，心疼不已。再向南方眺望，想到那么多粮商和闯关东的人都在马蹄所海边等着，觉得太阳熄灭，蓝天变黑，一堵云墙有万仞之高，上面挂着一道月虹。月虹像孝布，似要挂上他的脖子，让他有一种强烈的窒息感。他闭着眼睛急促喘气，身体晃悠两下，突然歪倒。昭光急忙把他扶住，顺势让他躺下，焦急地喊他、晃他。

他醒过来，抓住昭光的手眼泪汪汪道："四弟，怎么会是这个结果？从年前忙到年后，竹篮打水一场空……"昭光也哭了："三哥，都怪我，要不是我跑到大连，给你发那封电报，你也不会折腾这么一场……"邢昭衍挣扎着坐起来，望着眼前的船与海，摇摇头道："不，你给我发电报是对的，咱们筹划的租船方案也是对的，只怪挡道的太多，让咱们没有干成。"

小周肩背手提，从源丰号上下来，径直走到邢昭衍跟前说，洪船长写了信给您，说着递过来一张白纸和一个牛皮纸信封。邢昭衍接过来看看，只见白纸上写着："邢兄如做乌鱼蛋生意，可拿我这封信去天津估衣街顺德大酒店找薛兆丰老板。"他看罢抬头，只见洪船长正站在甲板上向他招手。他也抬起手招了招。

坐在那里，他抱着膀子直打哆嗦："怎么这么冷？"昭光说："今天不算太冷呀。"小周伸手摸摸邢昭衍的额头，再摸摸自己的，说："老板，你发烧了。可能是伤口的事儿，咱们去医院看看吧。"昭光说："东边就有一家，咱们现在就去！"

邢昭衍在二人的搀扶之下去了。转过街角，前面果然有一座二层楼，上面有一个红十字。进去挂号，到二楼的外科说了说，戴眼镜的男医生说要检查伤处。邢昭衍把棉袄和内衣脱下，扭头看看，自己都吃了一惊：肩膀肿胀发亮，伤口外翻如猴唇，且有白脓渗出。医生也不多问，给他消毒、上药，用纱布包起，让他每天来换一次药。还给他开了两样西药片，让他回去吃。邢昭衍问医生，几天能好，医生说，三五天吧。

出了医院，昭光让三哥到他那里住，邢昭衍说："还是住旅馆方便。"看见附近有一家小旅馆，就与小周住了进去。昭光到店老板那里要来一碗热水，让邢昭衍吃药。见他还是打哆嗦，让他上床躺下，盖上被子取暖。邢昭衍躺下后用被子蒙上脸，只是叹气。

小周坐在对面的床边劝慰道："老板甭灰心。老辈人说过，'人是三节草，不知哪节好'。说不定，您下一节就是好的。"邢昭衍烦躁地将被子一扯："下一节？下一节能好吗？"小周说："洪船长给你那张纸，不是给你指了一条路吗？"邢昭衍掏出那张纸端详一会儿，点头道："对，天无绝人之路。大连的生意做不成，咱们到天津看看去。洪船长在去马蹄所的路上就跟我讲，乌鱼蛋在天津很值钱，高档宴席都用它做醒酒汤。小周，你跟我去找这个薛老板，如果能行，咱们回去做了送过去。"小周立即答应："中！"邢昭衍又说："咱们回去，就不再到这里了，坐火车到青岛。"小周说："到青岛？敢吗?"邢昭衍说:"怎么不敢?日本人已经占了好几个月了,估计也安定下来了。我到那里,一是看看我老师,二是把手里的银票换成青岛的,这样回到海墈就能用了。"

邢昭光面现焦急:"三哥,你们走了,我怎么办?"邢昭衍说:"筹子刚来,你先陪她几天。等着青岛重新开港,你俩坐船去青岛,再坐顺道的船回马蹄所。"邢昭光立即摆手:"我不回马蹄所,我就是在外头当苦力扛大包,也决不回去!"小周说:"你们去鲅鱼圈也行,住我的房子,跟槐棒他们一起打鱼。"邢昭衍说:"对,筹子会织网,到那里也有活儿干,能挣钱。"昭光说:"我跟她商量商量。"

在旅馆住了一夜,邢昭衍觉得自己不再发烧,伤口疼痛也在减轻。吃过早饭到医院换药,医生说伤口开始消肿了。回到旅馆,他让小周去买票,越早越好。小周说,再住两天,等到你的伤完全好了再走吧。邢昭衍说,我把药带到路上吃,如果还不好,到天津再换药。说着掏出一把大洋给小周,小周只好去了。

在床上躺了一会儿,昭光和筹子忽然来了。昭光把手里提的砂锅放到桌上,说是筹子一大早熬的鸡汤。筹子伸手摸一下砂锅,说还热着,姐夫你赶紧喝。说罢揭开盖儿,从包里掏出一双筷子递过来。闻着浓浓的香味儿,看着半锅鸡肉和鸡汤,邢昭衍心中感动,说谢谢你俩。

筹子两手端起砂锅,送到邢昭衍嘴上,让他喝汤。他刚喝了两口,小周回来了,晃着手上的两张票说:"买好了,下午三点开船,大连汽船株式会社的新野丸。"昭光惊讶地道:"你俩今天就走?"筹子满带怨艾地瞅一眼邢昭衍:"你这一走,俺真成了海南丢了。"邢昭衍说:"他姨,如果你们不愿回马蹄所,去鲅鱼圈也挺好。"筹子听了,将砂锅一放,目光变冷:"你当老板发大财,叫俺俩去鲅鱼圈打鱼?叫我再跟那些浑身腥臭的下贱人混在一起?凭什么?亏你想得出来!"邢昭衍让这话噎住,满脸尴尬地问她:"那你打算干啥?"

筹子扬起小脸道："你不用管俺了，你走你的阳关道，俺走俺的独木桥！"说罢怒冲冲出门。昭光急忙追出去："筹子，你别生气，我跟你一块儿走……"

邢昭衍听着他俩的脚步声消失，俯在膝盖上难过了许久。他没想到，对他一直十分敬重的小姨子，为他的事业做出了重大牺牲的小姨子，今天会和他翻脸。让她两口子去鲅鱼圈，这是小周的主意，他也觉得挺好，但是筹子很生气。她不愿再到那个偏远的海边当一个织网渔妇，我真是低估了她的心气儿。但是，他俩在大连如何生活？

他急忙从衣袋里找出一张一百元的银票，让小周追上他俩，送给他们当生活费。等到小周回来，说他俩收下了，才稍稍心安。

他这时想到，应该给魏总管发一封电报，就从包里找一张纸写电文："大连轮船停租原定的生意停止我去天津看看过几天回去"。写完再看一遍，让小周去电报局发走。

中午，二人把筹子送来的鸡吃掉，把汤喝光，收拾了东西准备上船。小周把那个砂锅也提上，邢昭衍看了说："你带这东西干啥？"小周说："还给昭光。"邢昭衍问："送到他家？"小周说："估计他会到码头上送咱们。"

来到客运码头，通体漆成白色的"新野丸"停在那里，两根烟筒一齐冒烟。再看码头边的人群，昭光果然从中跑出。小周向邢昭衍一笑："老板，我预料得不错吧？"邢昭衍点点头，嘴里说："怎么就他一个人呢？"昭光跑到跟前，小周把砂锅递给他："估计你会来，就把砂锅带来给你。"昭光接到手说："小周你想得周到。等你们再来大连，让筹子再炖鸡给你们吃。"邢昭衍问："筹子呢？"昭光向煤码头那边一指："她要去看看来大连坐的源丰号。"邢昭衍的心陡然一沉，耳边又响起了洪船长的口琴声，皱眉道："我们上船了，你快去把她找回来，两个人好好过日子！"邢昭光点点头，等他俩踏上跳板，转身向煤码头跑去。

邢昭衍走到"新野丸"船尾，向煤码头那边遥望，看见一白一蓝两个小人儿站在一起。光天化日，众目睽睽，莠子去找与她萍水相逢的那个男人说话，胆量也真够大。他忽然明白，莠子坐了一回轮船，从海南到海北，见识了船长与口琴，眼界、品味全都变了。

他带着锥心的疼痛和歉疚，再远眺莠子一眼，转身进舱。找到他和小周住的那间舱室，往铺上颓然一躺，再也不动。小周说，我出去看看。到了晚餐时间，小周回来叫他，他才起身。

到餐厅吃过饭，去甲板上站着。此时夕阳落海，晚霞满天，环顾四周，不见陆地。他知道，船已到渤海。他想，黄河是流入渤海的，不知这片海水是否被它染成黄色？他弯下腰细看，看到海水半清半浑，果然不像北黄海的成色。抬头远望北方，想到鲅鱼圈就在那边，遂又惦记起槐棒。他还像昭光说的那样，整天痴迷于赌钱？等到方便的时候，我看看他去。

他在船上走了一圈，估计这条船载重两千吨以上。想打听一下这船值多少钱，却又嘲笑自己：大连的财路已经断掉，你还做轮船梦？算了吧你！

北风强劲，海浪喧哗，甲板大幅度起伏，浪花被晚霞染上金色。邢昭衍觉得冷，臂伤也隐隐作痛，便回到舱里。

睡了一夜，再出来时天色已亮，海水浑黄。前面是大片陆地，中间是个河口，河口两边有码头和房屋。同在甲板上站着看景的一个人说，大沽口到了。邢昭衍向他打听，去估衣街怎么走，那人说，下船之后转小火轮，沿着海河一直上行，要穿过大半个天津。

"新野丸"在塘沽港停下，邢昭衍与小周下船。他们在码头边喝了一碗茶汤，吃了几个包子，接着去坐小火轮。小火轮船体小，只坐几十个人，满客就走。走了一段，前面驶来又一艘小火轮，后面拉着一串木船，船上装满煤炭。"哈哈，一串木槽子！"旁边有人指着那些木船笑。在这些"木槽子"与拉客的小火轮错身而过时，小周用手指着,从一数到十二。他说:"这个办法好,能拉很多货!"邢昭衍说:"在内河里这是个好办法,到海里不行。我估计,这是把煤拉到港口往外运的。"

溯流而上,河中船只增多,河边人烟渐密。小火轮靠岸两回,供乘客上下。再往前走一段,发现河西岸有一座座很漂亮的洋楼,与上海滩差不多。向同行的一个天津人打听,那人说:这是洋人租界,法国的、德国的、美国的、俄国的……反正老多,咱都数不过来。前面那座桥为什么叫万国桥,就因为这里的外国人多。邢昭衍往前看看,果然有一座大铁桥横在那里,与上海的外白渡桥有点相似。

说话间,船在靠岸。邢昭衍得知这里是老龙头火车站,估衣街就在海河西岸,就和小周下去了。他打量几眼这个只有一长溜平房的火车站,说咱们找薛老板谈完生意,再到这里坐车去济南。说罢,他与小周走上万国桥,一边看景一边走。走到桥中央,前面突然走来一大群年轻人,手拿小旗高喊口号:"反对二十一条!""抵制日货!"邢昭衍和小周急忙到桥边躲避。小周说:"什么是二十一条?"邢昭衍说:"我也不知道。"

走到对岸,问了几次路,便到了商铺林立的估衣街,走进古色古香的顺德大酒店。

已近中午,这里开始上客,店小二的招呼声此起彼伏。一个小二到他们跟前问,一共几位,邢昭衍说,我是来拜见薛老板,给他送信的,说着递上一张自己的名片。小二让他稍等,腾腾腾跑上楼去。小二很快下来,说老板请他上楼,邢昭衍和小周便跟着小二到了楼上。

走廊两边是一个个雅间,门牌上分别写着"蓟运河""潮白河""永定河""大清河"等等。邢昭衍心想,天津是九河下梢,把这些海河支流的名字当雅间号,别有风味。看见走廊尽头的房间挂着"大沽口"的牌子,用手指着对小周说:"这里连河接海,有气魄!"刚说完，里面走出一个四十来岁的平头男人，笑着拱手："对，连河接海，喜迎八方英豪！邢老板，幸会！"他满脸堆笑，让他的八字眉内端高高举起。邢昭衍将洪船长的信递上，薛老板让他俩到屋里坐下。

这个房间是客厅也是办公室，一色的红木桌椅，墙上挂了字画，架子上摆了许多古玩。邢昭衍正打量着，薛老板已经把信看完，脸上笑容更加灿烂："洪船长是我哥们，他向我介绍你，咱们也是哥们了。"

邢昭衍想起刚才在万国桥上所见，便问薛老板什么是"二十一条"。薛老板听了，压低八字眉道："那是日本人给中国人套上的二十一条绞索！"他从桌子上拿起一张《大公报》，指点着道："报上全都登了。"邢昭衍接过来看了，吁一口长气："薛老板所言甚是，日本人这是把中国人往死里逼呀！"薛老板说："国运不济，无可奈何。咱们是小人物，管不了那么多。"说罢喊来店小二，让小二给厨师传话，做四菜一汤送到这里。他还特别叮嘱，这道汤必须是乌鱼蛋汤。

邢昭衍向薛老板道一声谢，问这里的乌鱼蛋是从哪里进的，薛老板说，青岛南边的灵山卫，那里的一个老板每年都给我送，但是不够用。我的酒店用，别的酒店也用，尤其是北京的一些酒店也做乌鱼蛋汤，都向我要货，可是我没有呀。邢昭衍马上说，我可以给你。海云湾就出这玩意儿，每年春天有大量金乌贼到那里产卵，但是当地人并不知道乌鱼蛋是稀罕东西，就放在乌贼肚里子一起晒干。有的饭店也上乌鱼蛋，不过做汤的少，大多是煮熟了，一上一大盘。薛老板咧嘴惊叫：哎哟喂，那叫一个暴殄天物！

薛老板说着，从墙角架子上取过一个玻璃瓶，里面有透明液体，液体里浸泡着两个桃子大的乌鱼蛋和一些乌鱼蛋片。那些蛋片薄如蝉翼，和鸡蛋白一样的颜色。晃一晃瓶子，蛋片漂漂荡荡，十分好看。薛老板说："看见了吗？要用手撕成这样的薄片用。乌鱼蛋并不是蛋，是用来包籽的，说它是乌鱼的子宫也可以。但它又不像子宫那样是个空壳,它像一沓子白纸片,可精细啦!"

薛老板从书架上取来一本线装书,向邢昭衍展示了一下:"这本书叫《随园食谱》,是乾隆年间大诗人袁枚写的,书里说了乌鱼蛋。"他揭开折着的一页,指着一行念道:"乌鱼蛋最鲜,最难服事,须河水滚透,撤沙去臊,再加鸡汤蘑菇煨烂。"他把书放回去说,"乌鱼蛋汤,其实是一道鲁菜,早就传到了天津、北京。因为路途遥远,运输麻烦,所以就成了稀罕物。"

正在说话,店小二过来说,菜做好了。薛老板起身,将邢昭衍和小周带到里屋,在一张桌子边成"品"字形坐下,店小二也将四个菜送来。薛老板介绍,这是四样津菜:鱼香肉丝,宫保鸡丁,木须肉,老爆三。接着,他从旁边橱子里摸出一个酒壶。邢昭衍急忙说,我身上有伤没好,不能喝酒。薛老板要给小周倒,小周也是推辞。薛老板说,那咱们就喝茶吃菜,说说话吧。他问邢昭衍是怎么伤的,邢昭衍如实以告。薛老板问他,原来是干什么的?邢昭衍便将自己十年来的经历,包括求学、创业,大体上讲了一下。薛老板听了对他刮目相看:"原来兄弟你不是个打鱼的,是个要干大事的豪杰呢!"邢昭衍急忙摇头否认:"什么豪杰,眼下成了倒霉蛋了。"薛老板说:"放心,你往后给我供乌鱼蛋,我保你赚钱发财,成就事业!"

邢昭衍也问他身世,薛老板说,他祖上是安徽人,父亲是个漕运官,在天津多年,一直干到光绪二十七年朝廷下令停止漕运。告老还乡之前,置下这座酒楼让他经营。父亲在漕运这一行混了大半辈子,一再嘱咐他,人生在世,积聚钱财不重要,重要的是结交朋友。多一个朋友多一条路,能够逢凶化吉、遇难成祥。听了这话,邢昭衍忍不住向薛老板竖大拇指:"令尊英明。"薛老板此时激动起来:"我照父亲的嘱咐去做,真是避免了好多厄难。就拿洪船长来说,当年他在天津北洋水师学堂读书,来这里吃过几次饭,我觉得这人可交,一来二去成了哥们。后来他当了船长,三年前救了我一次:他当时停船在大沽口,听说北京发生兵变,天津的兵也要上街抢劫,就火速雇小船赶来告诉我,让我早早转移钱财,把门关紧。我照他说的去做,躲到大沽口的一个朋友那里,才逃过一场大难。你不知道,壬子兵变把天津糟蹋成什么样子,估衣街的店铺,十有八九遭抢,还死了好几个人!"邢昭衍听到这里深有同感:"在家靠父母,出门靠朋友。这话真是不错。"

店小二端来一个青瓷小盆,一边往桌上放一边说:"京津第一汤来喽!"邢昭衍看着盆里发问:"京津第一汤?"薛老板说:"是呀,这不是我起的名,是一位大人物喝了觉得好,亲自命名的,他曾经当过朝廷二品大员呢!"说罢,他给邢昭衍和小周分别盛上一小碗。邢昭衍用汤匙搅了搅,发现汤由淀粉勾芡,里面是一些乌鱼蛋片。舀一口尝尝,滑滑的,酸酸的,且有点微辣,遂点头道:"这样做汤,口感真是很别致。"薛老板说:"不只口感好,观感也好,这些乌鱼蛋片,文人看作一片片白梅花,雅致得很;商人看作一片片银钱,喜欢叫它'乌鱼钱'。所以,好多人来我的酒楼,必点这道汤。我正愁食材不够,洪船长把你送来了!"

邢昭衍问,乌鱼蛋加工成什么样子送过来?薛老板说,我也说不清楚,反正灵山卫那个老板用坛子给我装来,里面装了卤水,放几年都不变质。小周插话说,我会,我爹下大网,每年都做一些送到饭店卖钱。不过他是装篓,用晾干的猪尿泡封好捆牢,几年不坏。邢昭衍说:好,回去让你爹教一教。

邢昭衍再喝一口,放下汤匙说道:"薛老板放心,等到今年的乌鱼蛋下来,我一定给你送来一船。我的大风船,能装好几万斤。"薛老板说:"你先不要送多,先给我送一万斤,我觉得行,能批发出去,再向你要。"邢昭衍说:"好,先送一万斤,你给什么价?"薛老板说:"一斤两个大洋左右,但是不低于一块五,验货后再定价,行吧?另外,你再给我带一些花生油,带多带少,看你船上还有多少空当。"

邢昭衍听了，与小周交换一下眼神，见小周满眼都是欣喜，便对薛老板说："那好，咱们能写个合同吗？"薛老板说："当然要写。签了合同，我付您一千元定金。"邢昭衍喜出望外："那太好了！"

店小二又端来一盘包子，三人吃饱，起身去外间坐着。薛老板写好合同，邢昭衍看了没有异议，双方便签了字，各执一份。薛老板打开柜子，取出一张千元银票，说这银票可在北方各省通兑。邢昭衍接过看看，揣进怀里，便起身告辞，说要去老龙头火车站。薛老板问："你要去北京？"邢昭衍说："不，我去济南。"薛老板说："津沽铁路和津浦铁路不是一家，去济南不能在老龙头坐车，必须去西站，那是津浦线的起点。"邢昭衍说："哎呀，多亏你指点，不然就走错了。"

下楼后，薛老板告诉他们，街西头有等客的黄包车，邢昭衍向他连声道谢，往那边去了。沿街走了一段，小周指着一个药房说："老板，你在这里换换药吧。"邢昭衍说："对，换换药，也看看伤口怎么样了。"进去之后，向坐堂医生说了伤情，接着解开上衣扣，露出伤处。医生看了看说，差不多好了，再换一次药就行了，于是给他消毒，换药，包扎。邢昭衍走出去甩甩左臂愉快地说："好了，没事了！"

坐黄包车到了天津西站，邢昭衍看着红色的站房楼说："这个风格，如果不是德国人建的，也一定是德国人设计的。"小周问："你怎么知道的？"邢昭衍说："别忘了，我在青岛好几年呢。"

还是由小周买票，买到两张二等座，每张七元，当天晚上八点十分发车。吃了晚饭上车，睡一阵，醒一阵。第二天早上看到，外面是一眼望不到边的平原，麦田里盖着白霜。再往前走，听人说到黄河了。火车"呜"的一声长鸣，车下咔咔作响，透过向后飞驰的钢架，看见一条满是黄泥汤的大河向着太阳奔去。小周惊喜地说："咱们这是转了一大圈呀！"邢昭衍说："嗯，要是从这里坐船下去，又可以去大连了。"

过了黄河,便是济南。他俩下了车,小周指着站房笑了:"这大概也是德国人设计的。"邢昭衍打量一下:"很有可能,这是典型的哥特式风格。"

小周到售票口买票,很快跑回来,气急败坏地道:"跟天津一样,这里的两条铁路也不是一家,各有各的站,各卖各的票。胶济铁路也改名了,叫山东铁路。"他根据刚才问清楚的路线,出站拐了几拐,走了好几百步,才到达同样也是欧式风格的山东铁路济南站。

刚要去买票,忽见许多人从出站口涌出来。小周向人群里一指:"那不是靖先生?"邢昭衍一看,靖先生随人流向外走着,身板挺得笔直,白胡子被深蓝大袄衬得格外显眼。他跑近了喊两声"靖先生",靖先生看见了他,走出人群,后面还跟着一个背着大包的年轻小伙。靖先生问:"邢一提,你怎么在这里?"邢昭衍说:"我到天津谈了一笔生意,来这里转车去青岛。你来济南有事?"靖先生顿着下巴说:"有事,而且是大事。我跟你说过,拼上老命,也要叫海瞰的那片天变晴。"邢昭衍便明白了,他是来弹劾万知事的。问他从哪里上的火车,靖先生说在胶州。他向邢昭衍摆摆手:"我要去省政府了,回海瞰再见。"

与靖先生分手后,二人买了去青岛的票。因为午后两点开车,二人哪里也没去,就在站前广场等着。有报童举着报纸大喊:"快看《齐鲁民报》,日本决定向中国出兵!"邢昭衍听了很吃惊,急忙买一张坐到台阶上看。果然,这张报纸的头版头条登了这个消息,说中国政府迟迟不答应日本政府提出的"二十一条",日本政府决定出兵,已经颁布南满驻军出发令。邢昭衍骂一声"操他妈的",直喘粗气。小周凑过来看看报纸,也很气愤,说"二十一条"太欺负人了,中国不愿接受,他们就要出兵。邢昭衍说:"他们要求,继承并扩大德国在山东的一切权利。占了青岛,接手了胶济铁路,这还不满足,还要怎样?"小周说:"往后,海岱之间更不安宁了。"二人议论半天,看看时间到了,便去上车。邢昭衍苦笑一下:"这条铁路成了日本人的了,咱还不得不坐,这算什么事儿!"

次日上午九点到达青岛,邢昭衍看见,车站几乎见不到西洋人,站岗的东洋兵到处都是,但是并没有找他们的麻烦。他带小周出了车站去山东路,到了他以前来办过银票业务的"海汇"银号。店员认出了他,热情地喊"邢老板"。邢昭衍与他寒暄几句,小声问道,日本人占了青岛,银号生意受没受到影响。店员摇摇头:没有,日本人也希望青岛安定繁荣呀。邢昭衍放下心来,便问大连和天津的银票可不可以在这里兑换,店员说,这要看是哪个钱庄的。邢昭衍便拿出来放到柜台上,店员仔细地看了又看,说可以。邢昭衍把所有的银票都掏出来,让他统统换成"海汇"的票子。店员说,可以换,不过要收你千分之五的手续费。邢昭衍说,好的。店员数了数,邢昭衍的银票一共是六千八百元,就给他换了。

走出银号,便去礼贤书院。邢昭衍迫切想见到卫礼贤先生一家,看看他们是否安好。走到书院门口,听见里面传出歌声,心才稍稍安顿。走进校园,到教员办公室里看看,里面坐着两个男老师。问他们瞿良在不在,他们说,不在,去年日本人打进来之前他就回家了。问王献堂同学在不在,他们说没见过这个人,可能已经毕业了。又问卫礼贤先生在不在,他们说,不知道,你们去问问王问道老师吧,他肯定在校长家里。邢昭衍向他们道谢一声,就去了卫先生住的小楼。

三年没来,卫先生住的小楼看上去旧了一些,门窗褪色,墙皮斑驳。而屋顶上也显现出别样,有一大片是刚覆上的新瓦。正站在那里端详,已经两鬓苍白的王问道走出来说:"是邢昭衍吧?"邢昭衍急忙向他鞠躬:"我是邢昭衍,王老师好!"

王问道指着小周说:"我也认得你。那年是你来叫邢昭衍上船回家,第二天你们家的船出事,他就辍学了。"小周也向他鞠躬:"王老师好记性。"

王问道让他俩到屋里坐,邢昭衍进去后,见楼下空空荡荡,楼上也不见动静,便问校长怎么样。王问道叹气道:"唉,妻离子散!"邢昭衍满面惊恐:"啊?你说什么?"王问道倒两杯茶端过来,让他俩到沙发上坐下,向他们讲起了这里半年来发生的事情。

他说,去年八月底,日德开战之前,校长见形势不妙,就让老师学生统统离校回家,也让夫人和四个孩子坐火车去了北京。开战之后,青岛上空炮弹乱飞,飞机也往下扔炸弹,把礼贤书院教室炸毁了两间。有一天,校长正在这楼里坐着,一颗炮弹从天而降,穿过屋顶落进来,不过没有炸。校长跑到墙根躲了片刻,走过去摸了摸,出去向别人说:"好烫,好烫!"别人劝他小心,他并不在意,说"吉人自有天相"。还有一天晚上他在家里看书,几个歹徒来了,把他捆到椅子上,用手枪逼着他拿钱。他会说中国话,就与他们周旋。歹徒后来发现了保险箱,逼着他打开,把里面的钱物席卷一空。校长也真是心大,遭了这些事,还是该干啥干啥。前几年,青岛红十字会是他领导的,他在礼贤书院办了福柏医院,这里成了救治平民伤员的地方和避难所,让他忙得不可开交。

王问道又说,日本人占领青岛,只有几个德国非军事人员留了下来,但是日本人对他们不放心,经常把他们传唤到警察局,一去就审问半天。今年春节后,卫校长决定开学复课,日本人非让加日语课不可,否则不让开学。卫校长只好忍受着内心痛苦,聘请了日语老师,给每个班都加了日语课。这样还不行,日本警察依然隔一段时间就传唤他,一去就是大半天。今天一大早,他又去了警察局……

邢昭衍愤恨地说:"日本人真是野蛮!"

一个梳着棕色发辫、眼睛特别蓝的少女急急走进小楼,一进门就问:"王先生,校长回来了没有?"王问道说:"还没有。"王问道向邢昭衍和小周介绍,这是淑范女校的德语老师丽赛尔。丽赛尔向他们笑一笑,又换上焦急的神情对王问道说:"哎呀,校长怎么还不回来?咱们一起去看看他吧?"邢昭衍说:"我也想去看看他。"王问道摆摆手说:"不可以的,去了也看不到他,校长能回来的时候就会回来。"邢昭衍听王问道这样说,只好告辞。

他决定到小港坐小风船回家。走到小港入口,有个日本军人检查站,还有一个中国人在那里当翻译。他俩被盘问,被搜身,但很快就被放行。

与战前相比,小港一片萧条,里面只有几艘小型汽船和大风船,十几条丈八船。见他们进来,船夫呼啦啦迎上招手,"坐我的船!""坐我的!"一个中年人忽然大喊:"老板我认得你,那年我送你去马蹄所……"邢昭衍也认出他来,叫一声"毛老大",跟他走了。

毛老大把他领到自己船上,问他从哪里过来,邢昭衍说,天津。毛老大说:"我记得,四年前你是从上海回来,这次是从天津。你真能跑,要跑遍天下呀?"邢昭衍说:"你也真能干,鬼子占了青岛,你还敢在这里拉客。"毛老大说:"一家老小要活命,能有什么办法?"邢昭衍问他,港口什么时候恢复,毛老大说,大港入口,有好多沉船,鬼子正在打捞。胶州湾水面上还漂着水雷,他们也在清理。听说,他们想在今年夏天重新开放港口。

出了小港,升篷向胶州湾口驶去,毛老大让儿子掌舵,他站在船头眼睛几乎一眨不眨,一直盯着水面,看是否有可疑物品。小周也到他身边,帮他观察。出了胶州湾,小周指着左前方惊呼:"那里有大船,船上有飞机!"邢昭衍看见,那艘大轮船上有"若宫丸"三个大字,船上停着四架飞机,便问毛老大这是什么船。毛老大说:"这船可厉害了,是飞机老母,一直停在青岛外海。跟德国人打仗的时候,飞机从船上吊下去,再从水上飞起来,到青岛扔炸弹,炸死了好多人!"

看着那些飞机，邢昭衍想到了礼贤书院，想象着一颗炸弹从天而降，正好砸进校长住的小楼。"好烫！好烫！"他还想象卫礼贤先生摸着未爆的炸弹，说这话时的神情。

第二十一章

立夏之后，马蹄所的前海成了黑色世界。石盘是黑的，沙滩是黑的，海水也是黑的。就连一些人的衣服、手脚甚至脸上，也像染了墨汁。

这个改变，是因为恒记商号收购乌鱼蛋。魏总管带人在龙神庙前设摊子，视等级而定，一斤乌鱼蛋付给十五到二十文。这个价格比鱼货贵得多，渔民就不再把乌鱼蛋放在乌鱼肚子里一起卖，而是扒出来卖给恒记商号。每当丈八船收网回来，接海的就把乌贼捡到一边，拿剪刀对其开膛破肚。有的乌贼还活着，喷墨反击，"嗞"的一下喷出老远。但它无法再染黑一团海水趁机溜走，而是直接把敌人的脸上身上搞黑。有的乌贼已经死了，此时卵巢被取走，体内的墨汁也大多流失。

这个季节到海云湾产卵的乌贼有好多种，只有金乌贼的蛋才金贵。有人不认识，混在一起去卖，恒记商号请来小周的爹把关，将别的品种一一剔除。这种情况太多太多，魏总管就让老周拿标本向人讲，什么样的才是金乌贼：公的背上有条纹，日头一照像金子一样发光；母的没有这种条纹，但是样子差不多，主要看肚子是不是鼓起来。经他指导，魏总管他们收购的乌鱼蛋保持了高度纯正。

这样的场面，让好多人生疑，纷纷打听他们收了乌鱼蛋到哪里卖。邢昭衍早已对商号所有人说，是大连一个老板订的货。在前海收乌鱼蛋的人也这么讲，宿大仓听了说：邢一杠过年在这里唱大戏，吆吆喝喝吹牛逼，要找火轮船往大连送人，怎么改送乌鱼蛋啦？

这样的议论，邢昭衍早已料到。回想一下他大年初三踏上戏台，当众宣布租轮船运粮运客，现在真是没有脸面再到前海回答质疑。所以，他一直在恒记商号做幕后指挥，并带人对乌鱼蛋做初步加工。每当有收购的乌鱼蛋送来，便倒进以前装劈猪的大池里腌起，一百斤用四十斤盐粉。看着乌鱼蛋很快填满两个池子，计算一下去天津卖掉能有多少收益，心情才好了一些。

在平日堆放粮食或花生的仓库里，还有一帮人在编篓，手中荆条飞舞。邢昭衍从海瞰城的一个篓行请来六个篓匠，现场制作二百个篓，用来装乌鱼蛋。这些人都是制作酒篓、油篓的高手，采购到荆条、猪血、桑皮纸等原料，就铺下摊子干起来。编篓的编出一个个荆条篓子，糊篓的用桑皮纸蘸着猪血一层一层糊，一直糊到十八层。干透之后，邢昭衍装上水试试，果然滴水不漏。

这天正忙着，忽有电报送来，是小周从上海发的。电文这样写："再次到上海卖鱼收入不少到吕四洋再打一船就回家"。邢昭衍看了电报，心中欣然。他知道，吕四洋的黄花汛接近尾声，望天晌带着义兴号已经去了俩月，小周跟着当掌柜，看来收成不错。

白天在商号忙活，晚上回家吃住。与老婆孩子在一起，应是快乐时光，但是闺女杏花经常嘟哝，说她想小姨，让他心中不是滋味。篓子没走时，杏花跟着小姨亲亲热热，小姨走后她受不了，一想起来就眼泪汪汪，还埋怨爹把小姨给带走了。杏花甚至央求爹，再去大连把她也带上，她去小姨那里长住，住上几年再回来。梭子呵斥她，说她胡思乱想，她就哭个不停，连饭也不吃。邢昭衍只好哄她，说好好好，我答应你，再去大连带上你，杏花这才破涕为笑。

两口子到被窝里说起这事，梭子道："不光杏花，我也想篓子。俺姊妹俩从小在一起，跟着娘吃百家饭长大。篓子胆子小，去人家门口要饭,看家狗一蹿出来,她就吓得往后躲,不是抱住娘的腰,就是抱住我的腰。我曾经跟她说,筹子你放心,姐一辈子都护着你,给你遮风挡雨。我进了你的门之后,筹子也想跟着我来。我看出了她的意思,心想这样也好,姊妹俩一块服侍你,叫你无忧无虑干大事。可你不同意,说只能娶一个老婆,把筹子给了你四弟。你租轮船来马蹄所,曲大牙使坏,筹子使出那一招帮你,是她长到这么大,干出的最大胆、最出格的事了……"

邢昭衍听了由衷道:"筹子真是帮了我,我永远都感激她。"他迟疑片刻又说:"可是梭子你不知道,她到了船上,还干了另一件出格的事……"梭子问他是什么事,邢昭衍就把筹子与洪船长的交往说了。梭子问:"你看到她跟洪船长睡觉了?"邢昭衍说:"没有,但船长晚上在她屋里,我是知道的,我感觉他俩已经有了那事。"梭子用指头点着他的额头说:"你呀,心里还是装着筹子,觉得她是你的人。自己不能跟她怎么样,别人跟她那样你又受不了。你这个人呀……"邢昭衍让梭子说穿了心思,羞愧莫名。

第二天早晨,邢昭衍又要去商号,刚要出门,却见靖先生来了。他穿着土黄色的山茧丝衣裤,走起来飘飘荡荡。邢昭衍心中诧异,便问他有什么事要当面吩咐。靖先生急急进院,拿出一封信说:"一提,你快帮忙!你有脚踏车,赶紧把我这信送到县城北关给申廪生。申廪生你该认识,前几年一直是县学的训导。"邢昭衍说:"我认识,我当年在县学听过他讲经。他在北关做什么?"靖先生说:"在那里当小人!"

靖先生急喘几口气,告诉邢昭衍:"我弹劾小万,小万被革职了,今天回济南。因为小万贪污县学经费,申廪生得知后拍手称快。听说小万今天去胶州坐火车,为了出一口恶气,请扎纸匠扎了纸人纸马,早早去北关等着,要像给死人出殡那样为小万送行。今天早晨有人来跟我说这事,我心急如焚,觉得咱们海嶅人应该有气度,不能有这种小人之举。我给申廪生写信，劝他不要这么做，你快送给他！"

邢昭衍立即答应，接过信，从堂屋里推出自行车，一出院门就骑上。靖先生在后面步行，目送他走远。

出所城时，太阳已经到了城墙之上，炽热烤人。加上用力蹬车，邢昭衍汗水直流，有的滴在铃铛上，抖动滑落。但他一直没有减速，打算快快赶到北关，遂靖先生之愿。他想，申廪生的做法确实应该制止，无论万知事有多少错、多大的罪，也不能在他离职时这样羞辱他、诅咒他。

尽管他使出全身力气，让车子达到最高速度，还是晚了一步。他到了北关城门外，就见一匹纸马和大堆烧纸刚被点燃，有人将一桶水泼向路面，边泼边喊："小万走好，奔西方光明大道！"路两边站着几百人，一片鼓噪："小万滚蛋！""小万我协您娘！"通往胶州的大路上，万知事正和一个随从各骑一辆自行车，弓腰猛蹬，狼狈逃窜。

邢昭衍再往人群里瞅，瞅来瞅去，才发现申廪生站在人群后边两手抱膀，眼里闪射出快意之光。邢昭衍叹息一声，带着遗憾回返。

进了马蹄所，邢昭衍打算向靖先生报告事情结果，但是先生不在家。问他老伴，老太太说："早晨去找你，没再回来。"邢昭衍说："先生可能到别的地方去了，我中午再来。"他吃了午饭再去，靖先生还没回家。靖先生的老伴说："也许到外庄找朋友玩去了，这个死老头子，他人老心不老，整天胡转悠！"然而到晚上去看看，靖先生还没回去，他儿子说，出去找了一大圈也没找到。邢昭衍心里便打起了鼓，却不敢往坏处想，安慰他们说，先生也许在朋友家住下了。老太太瘪嘴欲哭："死老头子，越老越不顾家！"邢昭衍安慰她一番，回去后跟梭子说这事，梭子也说有点儿蹊跷。

第二天早晨，他正吃饭，忽听街上有许多人往北跑，便开门去瞅。一个人边跑边跟他说:"快去看,靖先生在北江死了!"

邢昭衍大惊,急忙跑向那里。到了北门外,见好多人站在北江边上指指点点,走近后看到,马蹄所唯一的那艘海警船正在芦苇丛里若隐若现。他向身边的人打听,一个老汉说,有人早早划着舢板到这里钓鱼,一甩鱼钩,钩起一具死尸,是靖先生。那人赶紧去找警察,曲大牙就带人来了。

再等一会儿,海警船从芦苇丛里出来了。船舱里果然斜躺着靖先生,身上还是昨天穿的山茧丝衣裤,却已湿透。靖先生的儿子顿足大哭:"爹!爹!"等到警船靠岸,他扑到水里,趴在船边晃着父亲哭叫:"爹,是谁害了你?你快说!快说!"曲大牙站在船头皱眉道:"谁害了他?别胡乱猜疑好不好?我经过缜密勘察,已经得出结论:靖先生系投江自杀。"岸上立即有人质疑:"不可能,他怎么会自杀呢?"曲大牙瞅着脚下的靖先生冷笑一下:"这几年他在县上当师爷,有权有势,今年不叫他当了,他肯定想不开。"邢昭衍立即反驳:"你瞎说,靖先生心胸豁达,光明磊落,不会为那点事想不开!"曲大牙乜斜他一眼:"怎么不会?遇事想不开的人多了去了!"说到这里,他拉着长腔道:"人呀,就得把心胸放宽,还是老祖宗说得好:忍一时风平浪静,退一步海阔天空!"

说罢,他让靖先生的儿子认领尸体。邢昭衍和几个人过去帮忙,把靖先生抬到岸上。他仔细观察靖先生的身上,没发现有刀伤和打击伤,脖子上也没有勒痕。但他猜测,昨天可能是靖先生来北江散心,有人把他推下了水,便走到曲大牙身边说:"靖先生是自杀还是他杀,你再认真查一查好吧?"曲大牙瞪眼道:"我已经查过了,还要怎么查?"邢昭衍说:"你问问昨天来过这里的人都有谁,有没有这个可能:先生是被人推下北江的。我知道,先生是不会水的。"曲大牙说:"我能不问吗?你一个收乌鱼蛋的,比我这所长还高明?"他向海警船挥了挥手:"回撤!"自己也撩起警服大襟扇了扇风,迈着大步走掉。

邢昭衍满腔悲愤，蹲到靖先生跟前说："先生，你到底是怎么回事？昨天你到北江干啥？你说呀！你说呀……"

先生仰躺在地上，闭着双眼一声不吭。

靖先生的葬礼办得很隆重。康润堂门前扎起灵棚，摆了白幡，龙神庙的道士过来建坛诵经，超度亡灵。来吊唁的人络绎不绝，黑布做的挽幛挂满了一条街。

邢昭衍也去郑重吊唁。他自拟一副挽联"医世医人鞠躬尽瘁 仁心仁术普济众生"，找纸笔写了，让梭子用针线缝在挽幛上。梭子缝着，他在旁边讲靖先生的传奇人生。讲到靖先生鼓励他排大船，干大事，更是感激涕零，说如果不是靖先生给他鼓劲，他到不了今天。可惜的是，他有了大风船，还没有大轮船，辜负了先生的厚望。梭子停下手，眼神定定地看着邢昭衍说："你是大船他爹，你会有好多好多大船的。"邢昭衍点点头："嗯，我也是这么想的。"邢昭衍去康润堂吊唁，到账房呈上挽幛与两元帛金，账房先生记账后给他一顶孝帽。他戴上孝帽去灵棚，对着靖先生的遗像含泪跪拜。

第三天下午靖先生出殡，路祭放在西门外，邢昭衍也去参祭。申廪生穿一身孝服担任主祭，跪在靖先生灵前高声诵念祭文，声泪俱下。接下来，亲友一拨一拨上前磕头，那些经靖先生诊治重获新生的人，跟他没有血缘关系，也披麻戴孝，像爹娘去世时那般隆重，向先生跪谢救命之恩。人多费时，到黄昏才结束路祭。最后，放在旁边的纸人纸马被点燃，好多人放声号哭，邢昭衍也泪流满面。

送走靖先生，邢昭衍拖着沉重的脚步回家，到后院跟父亲说话。他说，靖先生死得不明不白，实在叫人憋闷。父亲说，也怪靖先生自己。在世上做人，首要的一条是安分守己，在什么位子上就做什么事，不能这山看着那山高。他是医生，不老老实实坐堂，反倒去官场上混，想掌大权。他不把县官放在眼里，到省里去告人家，叫人家丢了纱帽翅儿，这不是找死？听了父亲这些话，邢昭衍知道自己和他说不到一块儿，就起身走了。

三天后，恒记商号收购的乌鱼蛋达到一万三千斤，听老周说，能加工出一万多斤成品，便撤掉了在前海摆的收购摊子。这天，义兴号也恰好从南洋回来，插了重旗，到前海卸下一船黄花鱼。把鱼卖给鱼行和小贩子，邢昭衍给望天晌和船上伙计们发了工钱和奖金，让他们回家歇息。小周把卖鱼所获银票交给魏总管，魏总管算了算，义兴号打这一季黄花鱼，净赚一千六百多元。邢昭衍很高兴，与他俩一起到饭店喝酒，大醉方归。

因为兴奋，回家便上床，搂紧了梭子。梭子不忍扫他的兴，由着他动作。事后，梭子觉得要撒尿，披衣下床蹲在尿盆上。不料这一泡尿实在是太大，哗哗哗一阵，哗哗哗又一阵。邢昭衍听了说："不对头呀，这是撒尿吗？"梭子说："我也试着不对头，你快到后院叫娘过来。"邢昭衍立马穿上衣服跑走。他与母亲到了梭子面前，梭子正蹲在那里吭哧吭哧用力。吴氏端灯一照，立即惊叫："哎呀，已经露头啦！"她把灯递给儿子，蹲下身去，伸出双手将孩子接住。孩子蹬动四肢哇哇大哭，老太太将孩子举起看看，欣喜地道："又是一个长小鸭的！"

邢昭衍醒酒后，后悔自己的荒唐。但是看到孩子很正常，生下不久就会瞅人，会吃奶。他满怀喜悦叫道："小舻，小舻。"梭子问他什么意思，邢昭衍说："这是我给他起的小名。书上有个词，'舳舻千里'，是说船很多，首尾相接，千里不绝。"梭子抚摸着孩子说："好名，愿他给咱家带来好运，船越来越多。"

梭子坐月子，由母亲和婆婆照顾，邢昭衍整天在商号忙着加工乌鱼蛋。他和魏总管雇用一些人，由老周带着先去西江边制卤：开辟一块两亩地大小的卤场，将底部平整轧实，而后引入海水，风吹日晒。等到海水盐分变高，丢一粒黄豆进去半沉半浮，便让大伙用桶装了挑回恒记商号，倒进早已腾空的池子。等到五个大池装满，老周又带众人发蛋：把那些用盐腌着的乌鱼蛋取出来，放进淡水里，一个个洗净。洗好一批，半天后取出，放进卤池浸泡。等到所有的乌鱼蛋都进了卤池，三天后开始装篓。每篓六十斤，撒进粉盐，装一些卤水，最后用一截圆溜溜的梧桐木将篓口塞紧。全部加工完毕，共装一百七十八篓，在大棚里摆成一片。

这空当，邢昭衍又让魏总管带人下乡，到各个油坊收花生油。这些油都已用篓装好，放进另一个大棚。收足后，邢昭衍派人把望天晌叫来，商量去天津送货的事。望天晌过去看看那些篓子，说我让伙计们明天回来，后天就走。

第三天，义兴号一早起航。路上虽然遭遇过两场风雨，却有惊无险，第九天中午到了天津。薛老板亲自到老龙头码头登船验货，抽查了十篓，十之八九为上品，其余为中品，按每斤一块九的价格全部收下。邢昭衍为表示感谢，把六百八十斤的零头抹去，只按一万整数，得款一万九千元。同船运来的花生油，薛老板收下一半，将另外一半介绍给一位同行，也全部出手。

将银票拿到，邢昭衍在顺德酒楼订了一桌酒席，宴请薛老板和他的朋友们。这些朋友多是生意场上的，薛老板有意让他们与邢昭衍结识。觥筹交错间，他们谈论时事新闻，交流商业消息。一个姓任的老板压低声音，说坊间有一个传言，蔡锷来天津了。薛老板的八字眉惊跳一下："蔡大将军跑这里干嘛？"任老板说："听说他来找梁任公商量，要起兵反袁，这会儿说不定正在意大利租界，谋划惊天动地的大事！"几位天津老板便齐齐扭头，看着意大利租界所在的方向，仿佛看到两个大人物正在聚首密谈。一个姓樊的老板切齿道："老袁该反！满人皇帝让孙中山赶下了台，他又要当皇帝。为了得到日本支持，低三下四当孙子，签订了二十一条，这算嘛事儿！"他又说，因为老袁要当皇帝，好多京城高官最近都辞职了。邢昭衍知道张謇正当着农商总长兼全国水利总长，便问张状元辞了没有。樊老板说："辞了，他最坚决，回南通老家了。"邢昭衍点头道："该辞，张状元这样的好人，怎么能跟袁世凯同流合污？"

薛老板看看门外摆手道："诸位，莫谈国事，在商言商。我的山东朋友来天津送货，他带一条大风船回去，你们有没有要捎货的？"任老板马上说："我有。"邢昭衍问他捎什么货，捎到哪里，任老板说，有一些棉花，不值得找汽船，你给捎到青岛吧。邢昭衍说："青岛港恢复了吗？"任老板说："恢复了，我的客户发电报告诉我的。"二人约定，明天上午到小刘庄码头装货。

第二天，邢昭衍与船上人早早吃饭，调转船头，顺流而下。出了天津城，走了好半天，才找到了位于南岸的小刘庄码头。这个码头停了两艘轮船和几十条风船，码头上有大片货垛。望天晌指挥义兴号靠岸，邢昭衍则站在船头观察。他看到，一个中年人打一把遮阳伞，敞怀腆肚向他招手，正是任老板。等到船停稳了，邢昭衍与小周跳过去与他握手。任老板抹一把脸上的汗骂道："操你大爷，今天太热了！话又说回来，再热也得装船！"说罢向邢昭衍介绍身后一个白脸青年："这是孙掌柜，他跟着你们去青岛。"孙掌柜向他拱拱手："请邢老板多多关照。"

任老板带邢昭衍去看货，走近一个用帆布盖着的大垛，说除了棉花，还有一些铜。转到大垛后面，那里堆着许多鼓鼓囊囊的麻袋。邢昭衍上前摸了摸，捏了捏，里面似乎是成串的铜钱，就问："运铜钱干啥？"任老板一笑："你这样问，不合江湖规矩吧？"邢昭衍只好不问，只问总共多重。孙掌柜说："一共二百袋，总计二十吨。"邢昭衍再打量一下棉包，船上能装得下，便问任老板给多少运费。任老板说："一百元，行吧？"邢昭衍笑了："那你找别人运吧。"说着就要走。任老板说："邢老板先别走，咱们再商量。你觉得一百不行，咱就一百五。"邢昭衍说："你给五百我也不装。天津离青岛多远呀!"任老板说:"你本来是无货可装的嘛,如果放空回去,你一分钱也挣不到。"邢昭衍想想也是,遂与他讨价还价,最后确定为三百元。任老板让孙掌柜先付给邢昭衍一百元银票,另外二百到青岛再给。谈妥了,任老板说他有事要回城,让孙掌柜带人装船。

先装铜钱。来了十几个苦力,两个人抬一条麻袋。孙掌柜跟上去,察看一下船舱,嘱咐小周把所有装铜钱的麻袋放到舱底,上面压上棉包。小周则向小鲻鱼交代好,让他用滑车吊装进舱。

苦力们来来回回,把二百袋铜钱抬完,到树荫下喝一会儿大碗茶,接着再干。这回不是抬,而是扛,每人背上压一个大大的棉花包,像蚂蚁搬家一样往船上移动。干到傍晚,终于装完,孙掌柜监督小鲻鱼他们把舱封好,盖上油布压牢。

晚上吃饭,邢昭衍招呼孙掌柜一起吃,孙掌柜也不客气,到天篷里坐下,就着猪肉熬豆角,吃山东煎饼。邢昭衍心里有疑团,一直想弄清楚这些铜钱的用途,几次把话题往这方面引,孙掌柜都是避而不答。

次日清晨开船,出了大沽口五篷齐升,直奔太阳升起的方向。孙掌柜看着艳红的朝霞很兴奋,嘴里哼着曲子,任由海风将头发吹乱。小周走过去问他,是不是经常走海路,孙掌柜说,这是第一次,以前都是在码头上理货。问他是哪里人,他说是静海的,任老板是他表舅。正说着话,他忽然指着水里道:"那是什么?"小周低头看看,说是海蜇。孙掌柜惊奇地说:"我吃过海蜇,但不知道它在海里的样子。哦哟,圆溜溜的,白花花的。"小周说:"弄上几个,让伙夫中午加个菜。"说罢跑到船头,拿来一根带铁钩的长竿,从水里钩起一个,扔在甲板上。孙掌柜过去弯腰端详:"这么大,有几十斤重吧?"小周又接二连三钩上几个,高声叫"老李"。伙夫老李过来看看,端来一个大盆收拾。小周说:"中午吃这海蜇凉粉,多放点蒜泥！"老李答应着，端着一盆海蜇走了。

小周对孙掌柜说："这个季节，渤海里的对虾也特别多、特别大。我在鲅鱼圈的时候，每天都打回两船。"孙掌柜听他说这些，很感兴趣，让他讲打鱼的事情。小周就讲，讲了一会儿慨叹起来："打的鱼虾再多也不挣钱，有时候，一斤虾皮才卖一两个小平钱……"孙掌柜说："这么便宜？当然，铜钱现在也不值钱了，我们收一百斤制钱，才花十六七块大洋。"小周很惊讶："论斤收钱？我从来没听说过。"孙掌柜笑了笑："估计你没听说过，这是刚兴起的生意，收了铜钱到青岛卖。在天津还没有几个人做，这算商业秘密，任老板不让我讲。听说在你们山东，这个生意已经做大了，尤其是铁路线两边，有好多人在城里收，到乡下收，收了用火车拉到青岛。"小周甚感奇怪："日本人占了青岛，不用银圆用铜钱？"孙掌柜摇摇头："不是，听说是化成铜块拉到日本，做炮弹壳、子弹壳。"小周将眼瞪得溜圆："是吗？你们收的这些铜钱，到青岛能卖什么价？"孙掌柜说："老板跟那边谈妥了，一百斤二十二个大洋。"小周算了算，一千个小平钱大约九斤，一百斤将近一万一千个，相当于十一吊，能换十五个大洋左右。收购价高于市面流通价，怪不得有人卖给他们。任老板到青岛卖到二十二块大洋，赚得不少。

中午吃过饭，孙掌柜回舱睡觉，小周去天篷和邢昭衍说了这事。邢昭衍听了吃惊不小，嘱咐小周对谁也不要讲这事，回到马蹄所也不能讲。小周点头道："是不能讲。叫人家知道了，不说咱是日本人的帮凶？"

在海上航行的几天里，邢昭衍心情沉重，少言寡语。到了青岛小港码头，孙掌柜向两个货主分别交货，卸完棉包卸铜钱时，邢昭衍不忍心看，仿佛苦力抬着的是一个个炮弹。等到卸完，邢昭衍没作停留，也没再揽货，让望天晌立马离港。

回来与魏总管和小周算账，乌鱼蛋生意净赚一万两千多，加上一笔运费，收入颇丰。小周兴奋地道："这样干上几年，咱们就能有大轮船啦！"邢昭衍说："别高兴得太早，事成再说。"他与魏总管商量，抓紧下乡订花生米，订金可以付得高一点，等到花生成熟后多收一点。魏总管点点头："嗯，不过，今年订花生米的人不会太多，有的商号做铜钱生意了。"邢昭衍与小周对视一眼，同时现出苦笑。邢昭衍问："收了铜钱往青岛送？"魏总管说："是呀。花钱买钱，这是自古以来没有的奇事。有一些鱼贩子也改行了，或者推小车，或者赶牲口，走村串户收铜钱。"小周问："他们出什么价？"魏总管说："听说，一斤小平钱给十一二个铜板。卖钱的有赚头，收钱的也有赚头。"邢昭衍感叹："蝇头小利，就哄得了升斗小民，唉！"魏总管说："这两天有好几个人问我，要往青岛送钱，义兴号去不去。"邢昭衍立即说："不去，运费再高也不去！"

傍晚回家，邢昭衍见后院有两辆小车停着，有人正从堂屋里向外拎铜钱，急忙走了过去。原来是鱼贩子老蒋带了几个帮手收钱，装满一篮子，二人抬起，他用大杆秤称，响亮地报着斤两。"一百六十三，除皮还有一百五十九！"他收起大杆秤，别人就从篮子里一串串提起，放进车筐。邢昭衍制止道："爹，咱不能卖这玩意儿！这是日本人收了做炮弹、做子弹的。"父亲问老蒋："是吗？"老蒋摇摇头："我不知道。我光知道金隆渔行在前海设摊子收，我收了卖给他们能赚钱。老爷，你还卖不卖？"邢泰稔撩起褂襟，将脸上的汗水一抹："卖！见钱不赚，必是憨蛋！"老蒋高声道："那好，老爷有多少，都提拎出来，我给您换成白花花响当当的'袁大头'！"邢昭衍伸手一挡："老蒋慢着。爹，我收你的行不行？他们一百斤给你多少？不管是什么价，我再给你加两块大洋！"邢泰稔冷笑："哼哼，给我再多也不卖给你。你是我儿，咱是一家，要赚就去赚外边的。"说着就往屋里走："老蒋再来提，我还有呢！"

邢昭衍制止不了，也看不下去，只好气呼呼去了前院。把这事说给梭子听，梭子说："大船他爹，世上的事，咱能管就管，管不了就不管。别生气了，来吃饭吧。"说着去厨房，与她娘一起端来了饭菜。

制钱大量流向青岛，给民间交易造成困难。以前，鱼贩子从渔民手里收货，人们到店铺买东西，多是用铜板和小平钱。但现在小平钱少了，不好找零，不得不四舍五入。锱铢必较的人不愿意四舍五入，就吵起来，闹起来，甚至打起来，马蹄所每天都有好多起此类纠纷发生。

但是到了秋天，事情在起变化。一些小贩子到乡下收来，屁颠屁颠地到商号去卖，商号却坚决拒收，原因是铜税太高，没有赚头。不止一家，马蹄所的所有商号都不再做铜钱生意，小贩子便将那些"孔方兄"压在了手里。看看前海和市面上的交易，人们已经习惯了用银圆用铜板，只好将"孔方兄"平价或低价出手，让这些前朝遗物又在市场上流通了多年。

征收铜税，是马蹄所包税人的创举。靖先生把万知事成功弹劾，半月后又来了个高知事。高知事心眼多如筛子孔，上任后推出多项整顿举措，其中一项是让各区包税人竞选，谁报的税额高就让谁干。马蹄所区有五个人竞争，一个叫宿怀玉的人被选中。此人前些年在新军第五镇当过一个标的军需官，据说身体有恙，带了好多钱财回乡。他中标成为包税人之后，在区公所旁边挂起了"马蹄所区公益捐税处"的牌子，自称处长，招募了十个税收员，其中有宿大仓。他们除了征收田赋，还不断推出新税种。铜税就是第一种，凡是收钱运钱的，不管是小贩子还是大商号，都要课以重税，一百斤铜钱收大洋一块。宿怀玉放出话来：本处长是跟日本人打过仗的，恨死了他们，我决不让马蹄所的铜流向日本！我就要收税收得你手发抖，干不成！收税员上门后狐假虎威，半点不能通融，做铜钱生意的交了税，算一算没有赚头，索性停业。

邢昭衍看到这一变化，暗暗高兴，觉得这个宿怀玉有爱国情怀，有军人血性，用税收当武器制止了铜钱外流，真了不起。但他想不到，"公益捐税处"又陆续推出了新的税种，如花生税、油税、屠宰税等等，让马蹄所商界叫苦连天。因为贩运花生、花生油、劈猪，马蹄所的好多商号和船家都被一次次征税，稍有迟疑，税收员就厉声责骂，甚至动手打人。

秋后，恒记商号开始收劈猪。刚收满两池，宿大仓与另一个税收员来了，说要收屠宰税。邢昭衍正好在那里，忍住火气说："屠宰税不是向杀猪的要吗？怎么要到我这里来了？"宿大仓说："处长说了，杀猪的、贩猪的都一样，一头交五角。"他走到劈猪池旁边看看，"这两池估计有二百头，交一百个大洋吧。"邢昭衍火冒三丈："开口就要一百，这不是光天化日抢钱吗？"宿大仓把手伸向挎包，掏出一把黄色的粉末举着："我不跟你费唇舌，你说交不交吧，要是不交，我就把硫黄撒进去！"邢昭衍知道硫黄的厉害，如果撒进去，这些劈猪就坏了。他指着宿大仓，脸上那道伤疤索索抖动："你敢撒？你要是敢撒，今天我把你摁到这池子里腌起来！"小周只穿一件写有"海岱武馆"的汗衫，腾地跳到池子边上盯着他。宿大仓看看他，眼中露怯，咽一口唾沫说："那就降降数码，给五十吧。"邢昭衍说："五十也不能给！"魏总管扯他一把："人家已经让步了，别再争竞啦。大仓你等着，我去拿。"说着将邢昭衍扯走，小声道："他已经服软了，咱得借坡下驴，不然他以后还找咱麻烦。"到了屋里，魏总管打开柜子，取出一张银票走了。

这些劈猪，放到冬天才送往上海。邢昭衍通过电报谈妥了客户，没有亲自去，让小周跟船。他嘱咐小周，办妥了买卖，到街上买些报纸回来，他想了解国家大事。小周回来，果然提了一大捆给他。邢昭衍如饥似渴，一张张仔细阅读，觉得时代风云扑面而来，国家前途扑朔迷离。尤其是袁世凯紧锣密鼓要当皇帝，反袁浪潮四处涌动，更让他牵肠挂肚。再看一张《中华新报》，他竟然读到一篇告

示,是鲁南一个自封"中华民国救亡讨袁军总司令"的土匪头子发布的:

  共和政治,行之四载,海内平安。袁世凯谋作皇帝,背叛民国,其罪已不容诛。因恐日本反对,中日交涉,乃以中国权利送与日人。近又允将南满、山东、福建割与日本,以求日本之赞成。居心卖国,罪莫大焉!筹安会发起,系受袁世凯指使,各省将军之电报,系受袁世凯强迫,国民代表投票选举,全由金钱势力运动而成,哪有真正民意?袁世凯既有叛国之罪、卖国之罪、欺国民之罪,因此率领豪杰,兴举义师。凡尔军队、人民须知,兴师讨贼系国民应尽之义,倘敢执迷,附和国贼,定与严诛。中华民国救亡讨袁军总司令仇韧。

  邢昭衍读后,正为这位绿林英雄的情怀和义举而感动,忽有一个戴大盖帽、穿灰色制服的年轻人走进来。年轻人自称是"公益捐税处"的税收员,姓毕。邢昭衍问他有什么事,小毕说话文绉绉,说袁大总统将于元旦登基,成为中华帝国皇帝,全国人民齐心拥戴,竞相献银表达忠心。海瞰县决定献银五千两,马蹄所为海防重镇,当仁不让,至少献五百两。分摊到每个商户,至少献十两,多多益善。邢昭衍听后哈哈大笑,而且笑个不停。小毕问他笑什么,邢昭衍咳嗽几声,好不容易止住笑,说:"笑可笑之人,笑可笑之事。"小毕说:"你别笑,赶紧拿钱。"邢昭衍说:"我一个铜板也不拿。"小毕指着他说:"邢老板,你胆子不小!"邢昭衍说:"我正恨自己胆子太小,不能像那些英雄一样起兵反袁。你拿这张报纸回去,叫你们处长看看!"小毕接过报纸扫了几眼,脸色大变,揣上报纸就走。魏总管看着小毕的背影说:"就怕这些税狗子来找咱的麻烦。"邢昭衍说：" 看他们敢？"

此后几天，"公益捐税处"一直没再来人，但税收员们依然到其他商户要钱。不知他们要了多少，向县上交了多少。过年的时候，相互拜年的商户中传播着一个消息：海矖县为庆祝洪宪皇帝登基，共献银三千两。

到了春天，一个消息传来：袁世凯不当皇帝了；夏天，又传来一个消息：袁世凯死了。

政坛风云变幻，渔汛照常发生。被北归的太阳照耀，海水变暖，水族被唤醒，纷纷北上。海云湾里熙熙攘攘，产卵的水族一拨走了一拨又来。

金乌贼也如期而至，被渔人打捞上岸。恒记商号又大量收购乌鱼蛋，前海边再度变黑。因为天津薛老板今年订购一万五千斤，邢昭衍让小周带人到马蹄所南北的多个渔村张贴告示，让更多的打鱼人到这里卖，恒记商号门庭若市。

两个月后，收来的乌鱼蛋全部加工好。邢昭衍与望天晌商定，六月初六起航去天津。

北上还算顺利。虽然风向不定，义兴号时快时慢，第二天还是到了青岛以东。邢昭衍发现，原来曾经停在这片海域的"若宫丸"不见了，有一艘看不清是什么丸的轮船从青岛方向驶来。

小鲻鱼指着东方说："哎，那条船不大，怎么也是火轮船？"邢昭衍一扭头，果然看见一条比义兴号还小的船，冒一股黑烟，突突直跑，船身上写着"西町丸"。但是船上没有货物和乘客，只有两个人在船尾站着。邢昭衍纳闷："这船是干什么的？"望天晌说："打鱼的。你看看，船后边拉着网。"邢昭衍仔细一看，船尾果然有两根网纲直直地进入水中。他好一个吃惊："日本人这是抢中国渔民的饭碗呀。他用火轮船拉网打鱼，咱能比得了？"眼看着那条日本渔轮向南驶去，他想，日本人来山东，什么都要掠夺，不光在陆地上挖矿，还要在海里打鱼了!

他不想再看见日本船,便回舱躺着,算计这趟跑天津能赚多少钱,再跑多少年、多少趟才能挣到买轮船的钱。他想,买轮船不为别的,就为了争口气。我要让日本人看看,他们能做的,中国人也可以做。

一天接一天,第五天傍晚到蓬莱靠岸,补一些水,买一些菜,第二天接着再走。走到第三天中午,太阳当头照,满天不见云,义兴号像进入一个大蒸笼,燠热超常。吃罢午饭,邢昭衍想睡一会儿也睡不成,只好在天篷里坐着,挥动扇子给自己扇风。

天篷后头传来了铁把子的大声叹息:"唉,风妈妈打盹啦!"邢昭衍说:"是吗?没有风啦?"他打量一下,本来饱鼓鼓的篷帆已经消瘦,直直地垂着,篷杆也不再与桅杆相撞。他到船尾瞅瞅,不见拉出的浪花;到船舷看看,有微波横击船身。船头上,望天晌正站在那里四顾看天,一张老脸与海平行,缓缓转动。看了一圈吆喝起来:"来给风妈磕头!快点!"于是,船上伙计都集合到这里,跪在一起。望天晌到自己住的舱里拿出一卷烧纸,划火点着,念叨着往水里扔去,随后带领伙计们连磕三个头,方才站起。

接着再等。可是等了一个小时,海上还是无风;再等一个小时,依然没有动静。船的四周,大海无边无际,无声无息,就连水鸟也不见一只。这种寂静,让邢昭衍感到了极度的孤独。船失去动力,也让他感到了难言的无助。

"看,来船了!"小周指着一个方向喊。

邢昭衍向那边望望,果然有一艘上白下黑的轮船从波涛间冒出,向这边驶来。海面上有蒸汽升腾,因而船的模样摇晃着,扭曲着,离得近了才能看清。船从左边驶过,机器轰响。甲板上有几把遮阳伞,伞下坐着几个洋人。一个洋人指着义兴号笑谈什么,大概是发现了这船在无风状态下的窘境。

小周说:"他们在笑话咱!"邢昭衍说:"他们也是在提醒咱!"小周问:"提醒什么?"邢昭衍念起了靖先生当年讲给他的两句话:"火势日增,木消金生。"小周说:"不明白。"邢昭衍大声道:"提醒咱们紧追大势,改换动力!"

再等一会儿,风还是一丝也没有,却有火轮船在两侧东来西往,驶过好几艘。每过一艘,邢昭衍和船员们便看到人家指指点点,经受一次羞辱。

一个半小时之后,头顶忽然响起啪啪的响声。小鲻鱼在甲板上叫了起来:"来风啦!来风啦!"众人抬头去看,大篷微微鼓肚。望天晌欢快地叫道:"南海风妈来啦!西北头!"铁把子响亮地答应:"西北头!"

从南方来的风妈妈像个江南少妇,到了北海谨小慎微,轻移莲步。过一会儿熟悉了这片海,就泼辣起来,甩动裙裾急急行走。义兴号借助她的推力向西移动,终于在次日到达天津。

第二十二章

民国十三年的一个春日,邢昭衍怀揣二十万元银票,带着小周,登上了停在马蹄所前海的"宫崎丸"。九年来,他每年加工乌鱼蛋去天津卖,积攒的钱已经够买一条小型轮船,便发电报给他的朋友、上海大达轮船公司佟盛经理,表达了购船意向,请他帮忙打听。昨天佟盛发来电报称,大达公司有船要卖,请速到上海面谈。邢昭衍知道,大达公司这些年在张謇状元的主持下更加发达,已经有十多条轮船,现在不知为何要卖船。他决定去看看,如果合适就买下,于是给佟盛回电,说三天左右过去。

直接去上海,依然不方便。义兴号在吕四洋打黄花还没回来,让平时用于下大网的丈八船送到海州转乘客轮,但不知道哪天才有航班。他想起,日本人的"宫崎丸"明天早晨自海州发往青岛,中午经停马蹄所,便决定坐这趟船去青岛,再转乘青岛直航上海的轮船。青岛有日本和英国的多家轮船公司,每天都有发往上海的班轮。

"宫崎丸"和她的姊妹船"成田丸",吨位都在二百左右,是日本国内淘汰下来的旧船。三年前,一个在青岛的日本商人买来这两条船,开辟了青岛至马蹄所、海州的航线,三天一班,邢昭衍曾经坐过几次。因为鲁南、苏北一带闯关东的多,所以每个航次都是满客。虽然船小且旧,但因为独霸这条航线,票价很高,一张成人票两块大洋。从船长、大副到普通船员,都是趾高气扬,对乘客很不礼貌。邢昭衍暗下决心,用海暾人的话讲,在心里"发芽子":有朝一日买上轮船,一定把这条航线夺到手,不让这些中国船员狐假虎威欺侮同胞。

傍晚,"宫崎丸"驶入青岛小港。下船后,邢昭衍和小周急忙去大港买票。到了大连汽船株式会社的售票窗口,得知明天中午将有从大连过来的"天潮丸"经停这里,便买了两张二等票。出了大港,到小饭店吃了两碗馄饨,找旅馆住下,接着去了礼贤书院。

卫先生早已不在书院,但那里一直是邢昭衍怀念的地方。中国在前年收回青岛,他跟着送花生的义兴号过来,到书院去了一趟,见到了回校当教师的老同学翟良。听他讲,日本人占了青岛之后,把礼贤书院搞得乱七八糟,先是逼迫学校开日语课,接着又把学校改了名,叫"甲种商业学校",成了培养商人的地方。卫先生觉得,这与他的教育理念大相径庭,深感失望,加上德国战败,他的身份让他在青岛备受歧视,只好在1920年回到德国。翟良还说,卫先生回去不到一年,被德国外交部任命为驻北京公使馆科学参赞,又来到北京。北京大学德语系主任杨丙辰是礼贤书院毕业生,向校长蔡元培提出申请,聘卫礼贤为德语系教授,让他经常过去讲课。

到了书院门口,发现这里挂的是"青岛礼贤中学"的牌子,便知道学校又改了名字。看门老头认得他,一见他就说:"小邢你来得真巧,卫大人来了!"邢昭衍喜出望外:"是吗?太好了!他还住在那个小楼?"看门老头说:"是,刘校长、苏校督、翟校长,还有王献堂,陪他上街吃饭刚回。"邢昭衍问:"翟校长是谁?翟良吗?"老头说:"是,刘铨法校长是正的,他是副的。"邢昭衍向他道了谢,兴奋地往里走,很快就到了校长小楼。

楼里灯火通明,人影幢幢。小周说,他在外面等着,邢昭衍便独自上前敲门。开门的正是翟良,认出邢昭衍之后与他拥抱一下,回头道:"邢昭衍同学来啦!"身体发福、发须斑白的卫先生从沙发上站起来,向邢昭衍伸出了手:"你好,别来无恙?"邢昭衍与他握握手:"都好,都好,我来书院看看,没想到能见到先生。"

又瘦又高的王献堂过来与邢昭衍握手:"学兄好。"邢昭衍问他:"献堂,你不是在济南当记者吗?怎么在这里?"翟良说:"前年,他随官员们来接收青岛,留下当了胶澳督办公署帮办秘书,去年又当了财政局股长。"邢昭衍向他拱手:"恭喜学弟擢升!"王献堂摆摆手:"充当小吏,让学兄见笑了。"

翟良又向他介绍沙发上坐着的另一位洋人,说他是校督苏保志先生。矮墩墩的苏保志站起来与他握了握手,接着坐了回去。旁边那位眉毛粗黑、目光炯炯的中年人瞅着邢昭衍微笑:"学兄,我至今记得你在单杠上的英武模样。"翟良急忙介绍,他是刘铨法校长。邢昭衍大感意外:"刘校长您怎么能记得我?"刘铨法道:"我比你小一级,你不记得我,但是我记得你。"邢昭衍紧急调动记忆,还是记不起来这位学弟。翟良向邢昭衍讲,刘学弟从礼贤书院毕业后,先后在德华特别高等学堂、上海同济医工大学学习土木工程,早已成为著名的土木工程师,去年兼任礼贤中学校长,但是不拿学校一分钱的俸禄。邢昭衍听后向刘铨法拱手:"学弟真是了不起!"刘铨法说:"谢谢学兄,我当这个校长,就是不愿让卫先生创建的这所学校垮掉,想让这里继续出人才。哎呀,说多了,快坐下听卫先生讲。"

丽赛尔从套间里走出来,倒了一杯咖啡,端到邢昭衍面前。邢昭衍说一声"谢谢",发现她与九年前相比成熟了许多,穿了一件紫色旗袍,清丽秀雅。他往楼梯上看看,猜想卫美懿是不是也在这里。

卫礼贤点上一支雪茄,表情凝重:"邢同学,这可能是咱们最后一次见面了,我要回德国了。"邢昭衍大感意外:"您不是在北京有工作吗?怎么又回去啦?"卫礼贤说:"因为我们德国财政困难,减少外交人员,驻华公使馆已经解除了对我的聘用关系。我虽然可以在北京大学德语系再续工作合同,但法兰克福大学请我回去筹建汉学学科。我经过反复斟酌,觉得在德国开创汉学学科很有意义,加上自己已经年过半百,想到'叶落归根'这个中国成语,决定回德国度过余生。"邢昭衍伤感地道:"我理解老师的决定,但是,想到我们再也见不到您了,心里很难过。"卫礼贤的眼睛有些湿润:"我也很难过。但转念一想,我在中国这么多年,接触到中国文化,有了这么多朋友和学生,可谓不虚此行,不虚此生。"

他抽一口烟,问邢昭衍来青岛办什么事情,邢昭衍说,要去上海,从这里转船。卫礼贤感叹:"你这叫南辕北辙,中国的交通太不方便了!你以前不是向我讲过,要有自己的轮船吗?这个理想还没实现?"邢昭衍一笑:"还没有。不过,我这次去上海,就是商谈买轮船的事儿。"卫礼贤向他一竖大拇指:"好!祝你成功,建起中国人自己的一支船队!"

他再抽一口烟,转向另外几个人:"苏先生,王先生,咱们接续刚才的话题。你们在青岛成立'中德学社',研究文学、哲学,翻译两国文艺作品和哲学著作,这是非常有意义的事情。你们说,是接续我在礼贤书院做的事情,我也感谢你们。但是,我要告诉你们的是,我现在的思想有了变化。我来中国之后,被孔子的学说征服,简直是五体投地,觉得东方智慧非常值得西方人认识和接受。我已经翻译了好多东方经典,最近又完成了《易经》的翻译,将由德国耶纳出版社出版,我回去就能见到。但我现在认为,东西方文明各有所长,应该是互补的。前年我在北京筹建了'东方学会',就是倡导东西方文化交流。与我有交往的中国文化名流,像梁启超、蔡元培、胡适、张君劢、徐志摩等等,都有相同的看法。"

王献堂说:"卫先生,我与您的看法一样。世界上的文明有多种类型,应该各美其美,相互借鉴。我在工作之余,一方面借中德学社促进东西方文化交流,一方面将中国文化往幽深处开掘,最近在写《公孙龙子悬解》一书。"卫礼贤点点头:"我看过《公孙龙子》,

那是公元前三世纪中国名家的代表作。"王献堂说:"我认为这部书虽然有好多注解者,包括当今的大学者胡适、梁启超、章太炎等等,但是群说纷投,意或未安,片鳞只爪,莫竟全功。所以,我不自量力,将其一一疏解。"卫礼贤道:"很好,献堂,你是礼贤书院的优秀学生,你的成果体现了我当初创办书院的初衷。谢谢你,愿这本书早日问世。"王献堂欠起身向他点头:"感谢校长栽培。"

卫礼贤喝一口咖啡,抬手抹了抹小胡子接着说:"我这次来青岛告别,要会见好多师长朋友。今天上午去拜访了南海先生,他住在福山支路的天游园。你们知道的,康有为以前也尊孔,还主张将孔教定为中国的国教。在他看来,从宗教进化的角度上看,孔教无疑是最先进的,孔子乃文明世界之教主。但是,他近几年的思想也有了变化。他让我看即将出版的《大同书》书稿,里面既有儒家的大同思想,也有佛教的一些理念,更有西方的基督教、空想社会主义、社会进化论、天赋人权论等等。康先生构想的大同世界,是用东西方文明拼贴而成,五彩斑斓。不过,那是个空中楼阁,很难建成……"

邢昭衍想到这两年几次到上海的见闻,向卫先生发问:"老师,说到东西方文化交流,您知不知道从贵国传来的马克思主义,已经在中国开始传播?"卫礼贤一笑:"Ein Gespenst geht um in Europa - das Gespenst des Kommu-nismus——一个幽灵正在欧洲四处游荡,共产主义的幽灵。这是《共产党宣言》的开头。现在,这个幽灵到了亚洲,到了中国。我在北京大学讲课时见过李大钊,他和以前也曾在北京大学任教的陈独秀都是马克思的信徒。他们还在上海成立了共产党,想效仿俄国的布尔什维克,夺取政权。"邢昭衍问:"您觉得,他们能不能成功?"卫礼贤摇摇头:"很难,他们的力量太弱小了。"邢昭衍说:"我从报纸上看到,他们已经和孙中山的国民党搞联合了。"卫礼贤笑了笑:"我以为,他们的合作不会长久。虽然孙中山首先提出联俄、联共,但是,如果中国共产党以《共产党宣言》为建党纲领，国民党是不会坐视共产党壮大的。"在座的几个人听了，纷纷点头。

又说了一会儿话，邢昭衍觉得时间已晚，起身告辞，卫礼贤与刘校长等人欲送，邢昭衍坚决不让。翟良说，我去送。卫礼贤和邢昭衍紧紧拥抱，拍打着他的后背，祝他事业成功。离开小楼，邢昭衍回头摆手，还向楼里张望，看卫美懿是否会走出来，但他没有看到。

在与翟良往校门口走时，邢昭衍悄悄问，师母来没来青岛。翟良说，师母和她的孩子都在德国。邢昭衍停住脚惊异地道："先生身边，只有一个丽赛尔跟着？"翟良一笑："是呀，先生说过，卫美懿不想再来中国，他只好带着丽赛尔来了。"邢昭衍不解："卫美懿不生气？"翟良道："看来是默认了他们的关系。有一回先生喝醉了，说他享受着齐人之乐，嘿嘿。"邢昭衍便想起了小时候在私塾里背诵过的《孟子》："齐人有一妻一妾而处室者"，不禁叹息一声。翟良抬起一条胳膊将他一搂："老同学眼馋了？眼馋也去找个小妾。"邢昭衍将他一推："胡诌！我不是这个意思，我是为卫美懿感到难过。"翟良指着他笑："你多虑了，西方人虽然实行一夫一妻制，但在男女关系上禁锢得并不是很严，好多男士女士都有情人，说不定卫美懿在那边也有了……"邢昭衍听不下去，向他摆摆手："不说了，走啦！"

与小周回到旅馆，邢昭衍躺到床上耿耿难眠，一直思考今晚与卫先生谈话的内容，东西方文化，汉学，《易经》，《共产党宣言》，《大同书》，共产党，国民党……思绪纷杂，扯不清，理还乱。卫美懿，丽赛尔，卫先生，"齐人之乐"，让他想入非非。后来又出现梭子与筹子，都在他眼前晃动。筹子身后还有一黑一白两个男人影子，那是曲大牙和洪船长……他觉得恶心，甩动脑袋努力摆脱。他想，八年过去，筹子在大连不知怎么样了？等我买上轮船，开辟了去大连的航线，一定到那里看看她，看看昭光。

次日中午，他和小周到大港登上"天潮丸"，第三天中午到达上海十六铺码头。邢昭衍和小周下船后,看到几条黄花船在这里卸鱼,看了又看,发现都不是自家的义兴号。他闻着鱼腥味儿向东北方向眺望,想象义兴号在那千舸之阵中的样子,祈愿他们收获多多。

二人到街上吃了午饭,接着去了江边的大达轮船公司。楼前码头上停着一艘客轮,乘客正在上船,拥挤不堪。邢昭衍看了心想,生意这么好,为什么要卖船呢?他走进楼里,看见已显老相的佟盛正在一间办公室吹着电扇喝茶,遂向他打招呼,佟盛立即起身让座。邢昭衍掏出香烟,敬上一支,佟盛接过后放到桌上,一边给他俩倒茶一边说:"邢老板你来得正好,总经理为卖船的事从南通过来了。他中午在外面应酬,下午就可以跟您谈,咱们喝茶等他。"邢昭衍问:"贵公司总经理,尊姓大名?"佟盛指着他道:"你连我们总经理是谁都不知道?状元的公子张孝若呀!"邢昭衍说:"哦,我知道这位张先生,前年还被黎元洪大总统任命为考察各国实业专使,周游欧美九国,但没想到专使就是状元的公子。"佟盛说:"我们总经理学问可大了,震旦大学毕业,又去美国留学,民国七年回来辅佐父亲,今年才二十六岁。"邢昭衍伸出大拇指赞叹:"了不起,了不起。"

邢昭衍喝一口茶,定了定神,说出了他心中的疑问:大达公司为什么要卖船?佟盛曝了曝牙花子:"算是壮士断腕吧。"邢昭衍问:"你们公司经营不下去啦?"佟盛又连连摇头:"我们公司还行,几条内河航线每日平均载客率都在百分之八十以上,是赢利的。问题出在总部,危机严重,难以支撑。"邢昭衍惊问:"总部出了什么问题?据我所知,状元的事业风生水起,把南通建成了模范县,在全国率先有了电灯电话。北京、上海的几家报纸前年举办民意测验,他以最高票当选为民众'最敬仰之人物'……"佟盛摆手道:"哎呀,面子光鲜,里子破了。现在大生已经债台高筑。"邢昭衍说:"对了,报上讲,这两年棉纺织业出现了危机,是不是这个原因?"佟盛点点头:"正是。"

他将手中烟蒂一扔，再点上一支，边抽边告诉邢昭衍，世界大战之后，棉纱棉布的进口量大大减少，给中国本土的棉纺织业带来了好运，各地纷纷建厂，举债经营。但是好景不长，因为生产过剩，棉纱滞销，多数工厂亏损。而日本人在中国建的纺织厂，因为有政府补贴，照样运转，把中国同行挤垮了好多。屋漏偏逢连阴雨，三年前，长江两岸连降大雨，大生纱厂的许多棉田被淹，严重减产；两年前直军奉军打仗，一直在东北畅销的南通布运不走，大生纺织就不行了，仅一厂、二厂，负债就高达八百多万两。状元想到了借款，他向日本一个朋友借，朋友也答应了，派人来考察了，但是至今还没放款，状元只好打算卖掉几条船堵窟窿。

　　邢昭衍听后慨叹，说真是想不到，状元的事业前些年如日中天，现在竟然如此困难。他问佟盛，状元打算卖什么样的船，佟盛说，他想停掉一条航线，卖掉两条船，都是三四百吨的。邢昭衍想，三四百吨的，都比"成田丸""宫崎丸"大，便问两条船是什么价钱。佟盛摇头一笑："我不知道，总经理会跟你谈。"

　　把一壶茶喝淡，佟盛再泡上一壶。三点多钟，一位戴眼镜的英俊青年走了进来。佟盛立即起身道："总经理回来啦?"邢昭衍也与小周站起来，叫着"总经理"，笑着向对方致意。佟盛向总经理介绍邢昭衍，总经理伸手与他握一下，苦笑着道："Sorry，邢老板，咱们的买卖做不成了。"邢昭衍感到意外："为什么做不成了？我筹足了钱，转道青岛才到了上海……"总经理说："您坐下，咱们慢慢说。"

　　双方坐下，张孝若的一双鱼形眼睛直视着邢昭衍："邢老板，我跟你实话实说，我也不想卖船。是我父亲命令我卖，他手头缺钱，只好割肉补疮。我想，中国的老规矩是父命不可违，卖就卖吧，所以让佟经理约您来谈。不料我刚到上海，就有人约我谈，不让我卖。"

　　邢昭衍急忙问："是谁不让你卖？"

张孝若向门外看一眼,眼里闪动着忧虑和惊悸,压低声音说:"一个姓杜的鸦片贩子。他的小八股党,垄断了上海滩的烟土生意,还要插足航运业。"邢昭衍问:"杜月笙?"张孝若愤愤道:"就是他!他今天中午请我吃饭,说准备入股大达轮船公司,让我保全财产。我说目前不打算招股,杜月笙竟然说,在上海滩,我想入谁的股就入谁的股,你不要不识抬举!咳,这条地头蛇,越来越张狂了!"邢昭衍替张孝若着想:"他要是入股,您也可以筹措到钱,算是好事。"张孝若皱眉道:"他声称入股,能给我钱吗?肯定是入干股的呀!唉,上海的流氓阿飞日益嚣张,叫我们以后怎么做事?"

听张孝若这样说,邢昭衍心情沉重,低头不语。张孝若瞅着他道:"邢老板莫愁,我这船不能卖,还有船正要卖,你赶紧去看看。"邢昭衍抬起头来:"谁的船要卖?在哪里?"张孝若说:"一条法国货船。昨天,南京拍卖行的一个朋友专程去南通找我,说津浦铁路局从法国订购了三个火车头,雇一条船,花费几个月时间运来。到浦口交了货,回程无货可运,船主不愿空船回去,决定就地拍卖。朋友问我,大达公司要不要添船,我说,我还正要卖船呢,不可能再买。刚才突然想起来,你买不成我的船,可以去浦口参加竞拍,也许能成。"

听他这么一说,邢昭衍又打起了精神:"谢谢总经理告知,我去试试。"张孝若说:"我给朋友写一封信,你到浦口找他。"说罢就去桌子边坐下,笔走龙蛇,很快写出。又写了信封,装好交给邢昭衍。邢昭衍接过看看,信封上写着"浦口火车站法轮拍卖登记处 孙嘉礼先生启"。他揣起信封,向张总经理告辞,说要赶紧过去。张孝若说:"来得及,孙先生说,现在正招徕买主,因为能买得起轮船的毕竟很少,拍卖大约在三天后进行。邢老板,你如果把那法国船买到手,船长和水手估计不会留在中国。我可以给你推荐船长,吴淞商船学校毕业生,保你满意。"邢昭衍说:"那太好了。把船买到,我再找您。哎,你们公司有去浦口的班轮吗?"张孝若说:"没有。佟经理,你送送邢老板,告诉他到哪里坐船。"

告别张总经理,走到马路边,佟盛指着北边说,去浦口可以到中栈码头坐招商局的船,每天都有。邢昭衍与他道别后,带着小周过去,那里正卖晚上的船票,九点开船。

因为带着巨额银票,邢昭衍不敢到处走动,就在江边坐到傍晚,吃点饭早早上船。开船后,舷窗外灯火渐稀。到了吴淞口灯塔左拐,他想看看沿长江溯流而上的风景,但是外面漆黑一片,只有船舷的灯光能照见下方的点点浪花。

睡到第二天早晨,邢昭衍叫醒小周去了甲板,见一些人在那里观景,说到镇江了。一个人指着前面说,那是焦山。原来那是江中的一个岛子,通体翠绿。另一个人拉着长腔像吟诗一样说:"焦山山包寺,金山寺包山。"邢昭衍问他为什么这样说,那人道,焦山是万里长江之中唯一一座有佛寺的岛子,寺叫定慧寺,藏在岛上山坳里。但是靠近镇江的金山寺,整座山上建满寺院,所以叫寺包山。过了焦山,那人指着左前方说,那里就是金山。邢昭衍眺望一下,果然看见左前方一座小山,山上有殿堂,有亭子。想起在书上读到,苏东坡与佛印和尚在那里有一些故事,譬如"八风吹不动,一屁过江来"之类,不由得哑然失笑。

过了镇江一直西去,两岸多是平畴,少有山峦。走到八点多钟,左前方有高山出现,有人说,那是栖霞山,过了这山就是南京。想到古人说的"钟山龙蟠,石城虎踞",想到这里曾是六朝古都,十三年前又成为中华民国的诞生地,邢昭衍心中激动。他一边凭栏前望,一边向小周讲他所了解的南京历史。小周听得入迷,说咱们今天也能去南京城逛逛啦。邢昭衍说,去不了,浦口跟南京隔着长江呢。

说着说着,船慢慢靠岸。见码头上停着一些轮船与风船,邢昭衍想,哪一条是将要拍卖的法国船呢?看来看去,他认定其中一条货轮可能是，因为它的造型特别：别的轮船，烟筒都在中间，它的却竖在船尾，这样就有了面积广阔的甲板，可以装载火车头。现在甲板上空空荡荡，估计火车头已经卸载。

下船后直奔邻近的火车站，站前广场人流如织，十分热闹。小周兴奋地说："当年咱们到过津浦铁路的北头，没想到今天到了南头。"邢昭衍说："是呀，可惜火车过不了长江，旅客只能到这里下车，坐船过去。"

走近站房，进站口、售票室、行李房一一看过去，发现有个房门贴了一张白纸，上写"法国轮船拍卖登记处"几个大字。二人进去，见里面坐着一个洋人，三个中国人，都是西装革履。邢昭衍问，孙嘉礼先生在不在，一个秃脑门的中年人说我就是，邢昭衍遂将张孝若写的信掏出来递上。孙先生看后满面春风，说欢迎邢先生参与竞拍，我和张公子是好朋友，能得到他的推荐是咱们的荣幸。说着，他向邢昭衍介绍那个洋人，说他是勒戈夫先生，是法国大西洋航运公司的董事长代表。邢昭衍与他握手，说"幸会幸会"，那位勒戈夫叽里咕噜说了几句，他身边一个身材瘦削的中国少年翻译道：请您相信法兰西的造船业，相信大西洋航运公司的良好声誉，买到这艘货船，将是您的幸运。邢昭衍点头道：好，好。

孙嘉礼让他履行报名手续，拿过账本掀开一页，让邢昭衍填写上面印好的表格。姓名，籍贯，公司名称，所在地……邢昭衍一一填好。孙先生看了看，拿出一张契约让他签。邢昭衍看到上面写了拍卖规则，还规定交纳五千元保证金。邢昭衍看到这里有些迟疑，孙嘉礼便向他解释，这笔保证金，如果成功拍得，就抵顶船款；如果失败，还会退还。邢昭衍放下心来，就签了约，掏出五千元银票交上。邢昭衍又问，可不可以上船看看。孙嘉礼说，当然可以，走，我和勒戈夫先生带你去。

来到码头，果然上了邢昭衍猜到的那艘货轮。勒戈夫到甲板上说,"桑西"号货轮载重八百二十吨,船龄八岁,主要用于运粮,跑大西洋、地中海和黑海。这次运火车头,过苏伊士运河到红海、阿拉伯海、太平洋,路途实在太远。如果放空回去,亏损巨大,所以公司决定在中国卖掉。希望邢先生抓住这个机遇,用少量的钱,买上等的船。邢昭衍笑了笑,跟着他继续看船。

看了一圈,觉得这船还行,就通过翻译问,能不能把船开上一段,勒戈夫同意。他向陪同看船的船长说了这个意思,船长立即让轮机长生火备车,而后让船离开码头溯江而上。邢昭衍与翻译来到驾驶室,向船长问了许多问题,长着红胡子的船长虽然态度傲慢但还是做了回答。邢昭衍在仪表上看到,航速渐渐加快,最高到了十一节。他想,逆流行驶,这个速度够快了。鼻子奇高的轮机长也带着一脸煤黑过来,让他听轮机的声音多么美妙,多有力量。他还坦率地向邢昭衍说,请你快把船买下,我们好回法国,我的夫人快生孩子了。邢昭衍笑着点点头。

行至长满芦苇的一个江中沙洲,邢昭衍说可以了,回去吧。大副扳动舵轮,掉头返回。这空当,邢昭衍与翻译说话,原来他姓何,是四川人,三年前去法国勤工俭学,这次跟着桑西号过来挣点学费。等到船卖掉,他回家看望一下父母,接着再去法国。

看完船,孙嘉礼让邢昭衍后天上午九点到拍卖处参加竞拍。邢昭衍和小周找一家旅店住下,第三天提前去了拍卖处。等到快九点,有五六个竞买人到了,孙嘉礼便把他们领到了火车站的会议室。主持人孙嘉礼给他们每人发一个牌子,然后介绍桑西号,并宣布拍卖底价为十万元。竞买人各自报价,有报十万五的,有报十一万的。邢昭衍志在必得,报价为十一万五。几轮下去,只剩下两个:邢昭衍和南京的一个老板。南京老板报出十三万时,邢昭衍报十三万五。南京老板报出十四万,邢昭衍报十四万五。南京老板摇头退出,邢昭衍成功拍得。

按照约定，邢昭衍交上十万元，余款等到他找到船只驾驶人员，向原来的驾驶人员学到有关技术，能把船开走再交。这要在一周内完成，超出一天罚款三千。邢昭衍急忙给佟盛发电报，说他拍到了船，请他向张公子报告，安排船长和其他人员，速到浦口码头。

等到法国人全部撤到岸上住进旅店，邢昭衍作为新船主，带着小周住到船上。小周兴奋异常，打了个响指："老板，咱们总算有轮船了，我撒撒欢！"说罢脱掉外衣，扎紧腰带，在甲板上一连翻了十几个跟头。邢昭衍也是满心欢喜，在船上转来转去，几乎摸遍每一个地方，弄得两手乌黑。

第三天上午，佟盛带着十二个人过来，分别是船长、大副、轮机长、大车、水手长、水手、煤匠等等。佟盛向邢昭衍介绍，船长叫阚大州，海门人，大达公司的大副，七年前从吴淞商船学校驾驶科毕业。邢昭衍见他长得五大三粗，脸色黝黑，突然问道："阚船长不会吹口琴吧？"阚大州一愣："吹口琴？口琴是什么玩意儿？"邢昭衍这才觉出了问话的唐突，笑着摆手："口琴是洋玩意儿，不会更好。"

问了问其他人，多是南通一带的，都在轮船上干过，而且都是阚大州的熟人。邢昭衍向他们拱手："感谢各位到我船上任职。我买下这条法国船，是要开辟北洋航线，从海瞰到青岛再到大连。各位干一段时间试试，如果合适就接着干，不合适就回来。在薪酬待遇上，我不会亏待各位，因为大家是张公子推荐过来的，我要对得起他！"

阚大州高门大嗓说："也请邢老板放心，我们会给你把船开好的。就我个人来说，这些年在江河里跑，做梦也想跑大洋，现在梦想成真，能不带着弟兄们好好干？"

邢昭衍满意地道："谢谢船长，谢谢各位！"

他让小周去向孙嘉礼报讯，孙嘉礼带着勒戈夫、小何和桑西号船长来了。双方商量交接事宜，邢昭衍提出，让小何当翻译，中方驾驶人员向法方驾驶人员学习三天。桑西号船长却将手一挥，说不用，马上起航去上海，一边走一边教，路上就学会了。邢昭衍对孙嘉礼说："他们是着急回国了吧?"孙嘉礼说："是的，他们想赶快到上海坐船回去。"阚大州说："路上教也行，我开过法国船，估计都差不多。"邢昭衍听他这么讲，便放下心来。双方商定，下午三点起航，白天与夜间驾驶都有了。

中午，邢昭衍在浦口最好的酒店订了午餐，但不上酒。双方吃饱，一起上船。起航后，驾驶室、轮机室、锅炉室以及甲板上，双方都有人，教学同时进行。谁需要翻译，就喊小何过去。船过镇江，阚大州对站在他身边的邢昭衍说："都明白了，您放心吧。"

邢昭衍问阚大州，在吴淞商船学校学了几年，阚大州说："三年。可惜，那个学校只毕业了两届学生就停了。张状元给学校帮了好多忙，见他们在徐家汇租用民房，就把他督办的吴淞炮台湾新校舍腾出一些，不过还是没能办下去，听说张状元可伤心了。"邢昭衍问："为什么办不下去?"阚大州说："买洋船，用洋人呗。招商局是中国人办的，可是他们规定，船长、大副、轮机长都要雇用外籍人员。中国人员最优秀的也只能担任三副、三管轮。看到这个行业没有前途，学生就不愿学了。这两年，风气有点变化，我的两个同学先后当了船长，都是在上海达兴商船公司。我是第三个当船长的，哈哈!"

第二天早晨到达上海，在大达轮船公司码头停下。邢昭衍将四万元银票交给孙嘉礼，孙嘉礼向他鞠一个躬，招呼法国人下船。看着洋人们高高兴兴的样子，邢昭衍也是心花怒放。他想向张公子当面致谢，就和佟盛一起下船，然而大达公司的人说，张公子已经回了南通。邢昭衍就当着公司其他职员的面，拿出一千元银票，让佟盛交给公子，以表谢忱。佟盛送他回船时，他又塞给佟盛一百元，佟盛推让了一下，也接到手中。他问佟盛，把船身上的"塞西"号换成"昭衍"号，应该找谁来办?佟盛说，咸瓜街有一家广告公司能办这事，我带你去。

到那里和经理一说，经理满口答应，说我们已经写过二百多条船名。说罢带人到码头上看船，看后要价二百元。邢昭衍说，二百就二百。经理就带着几个人上船，用绳子吊到船帮上，把原来的船名刮掉，将船身涂上黑色底漆。等到漆干了，再用白漆在船身两边各刷上"昭衍"两个大字。

付了款，邢昭衍在码头上端详着船名，欣然自喜。佟盛说："邢老板，买到这条船，是您人生的出彩时刻，应该照相留作纪念。"邢昭衍将手一拍："对呀，附近有没有照相馆？去叫一个照相师傅过来。"佟盛说："我给您叫，您等着。"很快，一位年轻的照相师跟着佟盛来了，对着昭衍号支起了三脚架。邢昭衍让他拍了昭衍号全貌，自己还与佟盛以船为背景拍了一张合影。佟盛说："您是船主，要上船单独照一张的。"邢昭衍于是独自走上船头，对着照相机露出开心的笑容。

昭衍号在这里上煤、上水、给机器加润滑油，船长让一个水手兼任伙夫，上街买来米和菜，做给大家吃。邢昭衍吃饭时注意到，船长饭量特别大，接连吃掉三碗米饭，喝掉两碗菜汤。他吃饱喝足后拍拍肚皮，对邢昭衍笑着自嘲："加足煤，马力大！"邢昭衍与他开玩笑："好，凭你这特大马力，明天一气赶到马蹄所！"

午后两点，昭衍号起航。驶出长江口之后，以十四节的航速前行。邢昭衍虽然听阚大州说，他和大副都在吴淞商船学校学过海上驾驶，都在南洋北洋跟船实习过，而且还有在上海买的一套中国海道测量局出版的海图，还是不放心，以自己多次坐轮船到上海的经验，不时给他们提出参考意见。他让船往东方一直走，过了吕四洋再往北拐。第二天下午四点，他看到右前方露出海面的云台山，对船长说，海州到了，再走三个小时左右就到马蹄所。

邢昭衍问船长，海图上有没有标注马蹄所东面的暗礁"大将军"

"二将军"，船长看了看说没有。邢昭衍说，咱们必须绕开，当年我家的大风船就让它给祸害了。当左前方出现朝牌山之后，他让船向东北开，等到马蹄所在正西方向时再让船拐弯。

此刻已是傍晚时分，西天有大片乌云上升，携雷带闪。小周满脸焦急跑进驾驶室说："老板，船长，咱们能不能开快点，下雨前到马蹄所？"邢昭衍问船长："全速行不行？"船长说："行！"说罢对着传话筒喊："老轨，加把劲儿！"轮机长则向锅炉房喊："黑脸师傅，多加煤呀！"这两个环节协同操作，航速果然加快。

然而，前面的黑云也像被谁加了煤，多了动力，飞快高涨，似乎要与昭衍号对撞。天也黑了，朝牌山已经不见，只有在闪电亮起时才能在一瞬间看到。马蹄所在闪电中偶尔现形，一圈城墙黑沉沉像铁铸一般。黑云好似一堵顶天立地的高墙，墙头带着苍白色的横纹，像潮头一样横在那里。呼应着天上的潮头，下面的海浪也汹涌狂躁，一波波跃上甲板，被风裹挟着飕飕掠过。

邢昭衍心情十分紧张，看看前面，再看看船长。船长倒是冷静，将航速减慢，让船头正对着风浪来的方向，蛮有把握地说："放心，这样的阵势我见过！"

奇怪的是，黑云不知为何停止了前进，滞留在朝牌山和马蹄所上方将雨水倾泻下来，天地间一片漆黑。然而，驾驶室的后窗却现出光明。邢昭衍到窗前看看，原来是一轮又大又圆的月亮刚刚跃出海面。

"海上生明月，天涯共此时"，邢昭衍记起了这句古诗。他想，此时明月照着我，照着我的昭衍号，然而我的爹娘、老婆孩子以及马蹄所的乡亲们，都在风雨之中，真是阴晴两重天。

正这么想着，小周突然高叫一声："啊呀！"他回头去瞅，只见西边的黑云墙上现出一弧月虹，没有七色彩，只有一道白，高挂于天际，十分诡异。

这个不祥之物，怎么又让我见到了？

再看月虹下面，龙神庙隐约可见。邢昭衍本来打算，上岸后要去庙里见柏道长的。他要告诉道长，他已经有了轮船，而且是马蹄所的第一艘轮船，看道长怎么说。你十五年前说我命中无船，我要让你为自己的轻言妄断而后悔。

但是，这挂月虹让他打消了主意。他惊悚莫名，不敢再看，转身对着东方的明月久久发呆。

第二十三章

第二天早晨，邢昭衍的家中发生了激烈争吵。邢昭衍要陪父亲去前海看自家轮船，到后院为父亲鞴驴的光景，杏花对大船说："咱俩也去看看。"大船兴奋地手舞足蹈："去看！去看！"梭子却说："大船去吧，杏花你不能去。"杏花恼了："娘，我为啥不能去？"她娘冷冷地说："你今年多大啦？"杏花说："十七虚岁了，怎么啦？"她娘说："成大闺女了，不能抛头露脸了。"杏花涨红着小脸说："我怎么就不能抛头露脸？俺爹好不容易买回了大船，你不叫俺去瞅一眼？俺不上船，就到前海看看。"梭子说："前海人多眼杂，你甭去招惹是非。"杏花梗着脖子就往外走："我非去不可，我能招惹什么是非？"梭子抱着不满两周岁的小儿子阻拦："你敢？你就不能去！"母女俩就撕扯到一起了。

邢昭衍听见这争吵，牵驴过来，驴背上坐着他父亲。大船急忙跑上去说："爹，俺姐要去看船，俺娘不让！"邢昭衍对梭子说："让他俩都去吧。"梭子却很坚决："杏花不能去！"驴背上的爷爷也说话了："杏花是不能去。大户人家的小姐得守规矩，大门不出二门不迈。"杏花却转身跑到院门之外，边跑边说："我就要出，就要迈！"邢昭衍急忙一推大船："快跟着你姐！"大船像脱兔一般蹿出院子，邢昭衍也赶着驴急急追赶。

梭子气得浑身哆嗦，奶妈桃子过来，接过她怀中的三板劝道：

"少奶奶,让他们去吧,您别气着。"梭子走进堂屋,坐到椅子上急喘不止。

自从二儿子小舻不明不白地殇了,梭子整天担忧家人的安危。前年她生下三板,刚刚满月,小舻自己跑到街上玩耍,回来一个劲地呕吐,问他吃了什么他也说不清楚,当天夜间就死了。邢昭衍从天津送乌鱼蛋回来,坐在二儿子的小坟堆旁边哭了半天,然后问遍整个马蹄所,谁也没能告诉他,那天小舻出现在哪里,吃了什么。丧子之谜,让他何时想起何时心痛。梭子沉浸在丧子之痛中不能自拔,吃不下饭,没有奶水,只好雇了个奶妈。她整天忧心忡忡,恐怕家里人出事,脸上再也不见过去常有的笑容。有一回邢昭衍去上海送货,半个月后回来,发现她竟然瘦了一圈。问她为什么,她说整天惦记着他,吃不下,睡不着。邢昭衍说:"我这不是好好地回来了吗?"梭子说:"小舻也是好好的,说没就没了。"邢昭衍再怎么劝也不见效果,既焦急又无奈。好在雇的奶妈奶水充足,把三板喂养得白白胖胖。孩子的小名是邢昭衍给他起的,因为三板是舢板的别称,这个"三",也表示他在兄弟中的排行。二儿子死后,老太太曾对他说,给刚生的这个孙子换个小名,不然一说三,就想起二。但是邢昭衍不愿换,梭子也不愿换,他们想永远记住那个在人世间只活了六年的孩子。

驴老了,脚步也迟缓。当它把主人驮到前海时,前海却没有杏花和大船,只有接海的一些人向停在远处的昭衍号指指点点。一个打鱼回来的老头向邢泰稔奉承道:"您儿的诨名没有白起,邢一杠,一杠邢,太行了!马蹄所没人能比!"一个鱼贩子嘻嘻笑道:"邢老爷,您还要那两条丈八船干啥?赶紧卖了享清福,跟着您儿的火轮船跑遍四海!"邢泰稔在驴背上挺直老腰,故作矜持:"我不去,火轮船跑得太快,那烟味儿我也闻不得!"

邢大斧头来了,观望片刻对邢昭衍说:"大孙子,我给你排出第一条大风船,还想给你排第二条,没想到你的第二条船是火轮船。"别人与他打趣:"大斧头,你排了一辈子船,再排那么一条去。"大斧头说:"那是铁匠敲打出来的,我是木匠。敲锣卖糖,各管一行。"

邢昭衍看见,东边海崖上有一些人,杏花和大船也在其中,就和爹说了一声,把缆绳交到他手上,跑向那里。

两个孩子一直站在那里看轮船,又说又笑,引得好多人侧脸看他俩。邢昭衍走近了发现,大船旁边站着的不就是当年的梭子吗?杏花发育得早,现在胸脯饱满,脸腮粉红,额头上有一些"劲疙瘩",就跟当年杏花树下的梭子相差无几。发现了这点,邢昭衍的心竟然扑通扑通急跳了几下。

一条小舢板从昭衍号那边来了,上面载着水头等三四个人。远远看见杏花,他们欢呼起来:"细丫头,瞿整!"邢昭衍因为经常去上海与佟盛等南通人说话,知道这是说"小丫头漂亮"。他并不生气,大声问他们要去哪里。水头看见船主,急忙改换语气:"老板,我们要去海暾城玩一玩!"邢昭衍心想,去大连要在两天以后,便挥挥手说:"去吧,别回来晚了!"小舢板便往龙神庙前驶去。

邢昭衍对杏花说:"闺女,已经看过船了,回家吧,甭叫恁娘惦记。"杏花瞅着轮船说:"爹,我想坐这船,去大连看看俺姨,俺整天想她。"邢昭衍心中一疼,沉默片刻说:"多年没有音讯,谁知道她在哪里?我这次如果能找到她,下一次带你过去。"杏花点点头:"嗯。"转身扯着弟弟回家。

邢昭衍走到龙神庙东边,见父亲正和邢大斧头等几个老头坐在石盘上抽烟拉呱,便没去打扰他们,径直走向恒记商号,看招徕乘客的事情办得怎样。昨晚他下船到了这里,连夜和魏总管等人商量,写出告示,在马蹄所、雒镇、海暾城以及苏北的青口等地广泛张贴,告知人们恒记商号的昭衍号轮船,四月初九直航大连,票价五元,有愿坐船者从速买票。

他走进商号，发现有些人来买票了。一个中年人是邢姓族亲，说他徐家岭的表弟要闯关东，本来要坐日本船的，听说恒记的船票便宜，赶紧买上给表弟送去。邢昭衍说："二哥，让你表弟跟别人说说，叫更多的人知道，想要闯关东，就坐昭衍号。"那人说："对，想要闯关东，就坐昭衍号！"小周在一边听了说："这两句话怪响亮。"魏总管说："再写告示，把这两句话用大字写在天头上！"

邢昭衍又和这二人商量，昭衍号人手不够，缺三个水手，一个煤匠，一个伙夫，需要选人顶上。小周说："可以从老爷的丈八船上选水手，因为他们有出海经验。煤匠好找，只要有力气，不怕累，会往锅炉里扔煤就行。"邢昭衍说："光有力气不行。我在船上观察过，何时加煤，加多加少，有很多讲究，不然会浪费的。"小周说："那就找个既有力气又长脑子的。至于伙夫，我看在商号办饭的老门就行，手艺好，也勤快。"魏总管说："我问问老门，他愿意的话就上船。"邢昭衍说："你告诉他，到船上一个月是十块大洋。"魏总管到厨房去了一趟，马上回来说："老门可恣了，说工资翻了一番，谁不干是傻蛋。"

第二天上午，邢昭衍坐着父亲的一条船，把补缺的水手、煤匠、伙夫送上昭衍号。与船长、轮机长、大副、水头等人做了交接，几个人被带到各自的岗位上，由船上的人教他们相关技术。水头带着三个新水手，在甲板上走来走去，边走边讲。但他的南通话难懂，新水手听不明白，水头就不耐烦，骂他们"冻屄"。"冻屄"就是笨蛋，邢昭衍在一边听见，走过去让水头耐心一点，不要无礼，水头这才收敛傲气，一遍遍讲，直到他们听懂为止。

这时，船长招呼邢昭衍到驾驶室喝茶，把水头也叫上。邢昭衍看出他的用意是弥合二人刚才的龃龉，就不再生气，与船长商量对乘客的安排。船长说："这船运粮可以，载客真是有点勉强。到大舱里坐着，他们愿意？"邢昭衍说："如果不愿意，就不上这船了。我们这地方的人都很朴实,能吃苦,反正三十来个小时就到了。"水头插嘴道:"你们海暾人朴实,一点也不假。昨天我们进城听了一个笑话,恰好说明这一点。"船长问:"什么笑话?"水头喝一口茶,脸上现出猥琐下流的笑容:"好玩,真好玩。说一个乡下光棍汉,三十多岁了没睡过女人,想到海暾城找窑姐,又没有钱,就把自家的穆子挑上两筻子去了。临走时别人教他,说窑姐肚子上有个窟窿,你只管戳。他到海暾城进了窑子,老鸨婆瞧不起他穷,又可怜他是个光棍,就让一个小窑姐领他进了屋。完事之后,光棍把穆子倒进窑子的粮囤,用钩担挑着两个空筻子走了。老鸨婆问小窑姐,光棍功夫怎样,小窑姐说,他不会弄,把俺的肚脐眼子戳了一会儿就算了。老鸨婆一拍大腿:咱不能糊弄人家!赶紧把他追回来,把地方弄对!小窑姐就出门去追,看到光棍在前面走,她大声喊:你回来,你回来!你刚才弄的是俺的肚脐眼子!光棍耳背,听错了,撒腿就跑,边跑边说:你要了俺穆子,又想要俺的钩担筻子!没门儿……"

阚大州笑得被茶水呛着,俯身咳嗽。邢昭衍却没有笑,他问水头:"你是在窑子里听到的吧?"水头做个鬼脸:"正是,老鸨婆给我讲的,说她们做生意有多么仁义。"邢昭衍说:"你先出去,我跟船长商量点事儿。"

水头走后,邢昭衍直截了当对船长说:"这个水头不能再用。"船长说:"水手跑船寂寞,找女人玩玩是常有的事儿。"邢昭衍问:"您也这样?"船长急忙摆手否认:"不,我可从来不干那种肮脏事儿。"邢昭衍说:"他不但干肮脏事,脾气也不好,动不动就骂人,这可不行。咱们先不跟他说这事,到了青岛,把他辞退,我给他回去的路费。"船长沉默片刻:"好吧。不过,让谁当水头呢?"邢昭衍说:"一直跟着我的小周挺好,让他既管账又当水头。找到合适的人,再把他替下来。"

初八这天下午,邢昭衍与魏总管在商号盘点一下,共卖出二百六十三张船票。邢昭衍说:"回程还是拉粮。现在是春夏之交,青黄不接,拉秫秫回来,既能解饥荒,也能赚钱。"魏总管说:"对。前几年,马蹄所先后有几条大风船往大连送客拉粮,都没赚多少钱。加上路太远,有风险,这几年没有人再去。咱们有了大轮船,这生意就好做了。"二人商量好,到大连买上秫秫,立马发电报回来,这边联系买粮的客户,准备接船。

突然,院里车铃当当响,宿大仓和一个小伙子各骑一辆自行车来了。魏总管脸色一变:"税狗子又上门了!"急忙把账本塞到靠墙的橱子后面。

邢昭衍已经知道,宿大仓刚当上了马蹄所区"公益捐税处"副处长,就强笑着打招呼:"宿处长来啦?请坐。"宿大仓坐下,摊开四肢摆出了官架子:"邢老板,你买了火轮船,要做大生意,不能把上税认捐忘了吧?"邢昭衍问:"上什么税?认什么捐?"宿大仓说:"船税、票捐。处长说了,你买了这条大轮船,每年要交五百元船税;拉客去大连,一张票捐两角钱。"邢昭衍火了:"宿大仓,你这是明抢了,跟马子短路一样了!我本来就把票价定得很低,你再要一份票捐,让我白跑?"宿大仓说:"我不管你白跑不白跑,反正这两份钱你都得交,不交的话,我马上报告警察局,让他们对你武装征收!"邢昭衍想起了曲大牙八年前的恶行,头皮发麻,只好对魏总管说:"你看着办吧。"说着就离开这里,走进仓库,到一个角落坐着生气。

听见宿大仓摁响铃铛骑车走了,邢昭衍才走出仓库。魏总管向他说,多亏把账本藏起来,少报八十个乘客,省了十六块钱。邢昭衍骂道:"这帮狗日的!"

初九一早,昭衍号开始上客。丈八船、小舢板用了十来条,很快把全部乘客送到船上。一共三个大舱,两个装男客,一个装女客。还像当年义兴号拉客那样,每个船舱都有人负责,出现各种情况能马上解决。

起航后走了一段，阚大州把水头叫到船长室，当着邢昭衍的面，宣布了解雇他的决定，并把二十元路费放在他面前。水头愣了片刻，抓起大洋揣进兜里，撇着嘴说："很好，我正想辞工。前天我一到马蹄所心就凉了，那是什么鬼地方，连码头都没有，船靠不了岸，弟兄们待在船上还不憋死？阚哥，我劝你也别干了，咱们一块回去！"阚大州说："我不回去，我喜欢北洋的蓝颜色，喜欢当船长的感觉。"水头听了这话，气鼓鼓走掉。

过了一会儿，又有一个水手来找邢昭衍要路费，想跟着水头回去，邢昭衍也给了他。到了青岛港，二人背着包，抢在乘客前面扬长而去。

在这里把煤舱、水舱分别装满，接着北上。乘客中有晕船的，有犯病的，但是均无大碍。船上员工各负其责，没出什么纰漏。

然而走到成山头，大副向船长和邢昭衍抱怨，动力不足，走得太慢。船长去找老轨，老轨说，煤匠累坏了，加煤慢了。他们到锅炉房看看，从海瞰找的煤匠正光着膀子，龇牙咧嘴铲煤，明显有些吃力。他瞅着邢昭衍羞笑："没想到这个活，比摇大橹还累！"当师傅的那个南通人，扶锹站在一边，捶着腰杆嘟囔："北洋的海路太远了！吃不消呀！"邢昭衍二话不说，从他手里拿过铁锹就去铲煤，一锹接一锹往炉膛里扔去。南通煤匠向他一伸大拇指："结棍！"邢昭衍不明白，瞅他一眼。船长急忙解释："老板，结棍是南通话，说你厉害。"邢昭衍笑一笑，继续铲煤。船长呵斥南通煤匠："老板过来替你，太给你面子了！"南通煤匠往掌心吐一口唾沫，抢过邢昭衍手里的铁锹："老板你歇着，我们卖力就是！"

邢昭衍和船长走出锅炉房，再去引擎间看看，那台蒸汽机已经变得铿锵有力，震耳欲聋。老轨向他俩笑了笑，比画了一个"OK"的手势。

接下来的行程中，邢昭衍又几次去锅炉房，替煤匠干上一会儿。有个乘客看见了告诉别人，引来围观，都来看老板铲煤的样子。小周发现了，急忙把邢昭衍拉走，说你不能坏了规矩。邢昭衍说："我不想坏什么规矩，只想叫船跑得快一点。"说罢去洗脸上手上的煤灰。

第二天下午，昭衍号顺利驶入大连湾。小周坐舢板登岸，到大连埠头事务所办理登记，交上费用，拿到了泊位停靠手续。傍晚，昭衍号停在第二码头，乘客全部下船。

邢昭衍和小周也下了船。他们在船上就看到，货场还有一些粮垛，想赶紧了解行情。到了那里，发现有高粱，有大豆，都用麻袋装着堆在那里；豆饼，一摞摞堆积如山。他们想找老客户严老板，但是去了老地方，那里有一顶帐篷，里面有几个人划拳喝酒，吆三喝五，其中却没有严老板。问严老板在不在，他们都说不认识这人。邢昭衍不再多问，说一声"打扰了"转身出来。小周说："老板，你怎么不问他们卖不卖秫秫？"邢昭衍说："他们都喝了酒，能跟他们谈生意吗？天黑了，跟谁也不谈，咱们回船上吧。"

此时路灯已亮，每一盏下面都有小吃摊。走着走着，忽听前面一个女人用山东话大声喊："凉粉！海凉粉！可好吃啦！"邢昭衍觉得这声音很熟，往路灯下一瞅，那人好像是筠子。他定了定神，端详一下，发现真的是她，只是脸有皱纹，腰身变粗，像个中年女人了。她坐在一张小桌子后面，桌上摆着两碗凉粉和一些调料瓶子。小周问他，是不是想吃凉粉，邢昭衍说："你没认出来？那是我家孩子他姨。"小周惊讶地瞅着那边道："啊呀，还真是她，她怎么在这里卖凉粉？昭光呢？"

"姐夫！姐夫！"筠子在那边叫了起来，邢昭衍急忙走了过去。筠子站起来半张双臂要扑向他，却又觉得不妥，就往地上一蹲呜呜大哭。邢昭衍也是双泪齐下，他蹲到筠子面前问："筠子，我这次来大连，就想找你，没想到在这里见到了。昭光呢？他在哪里？"筹子只是哭，把头垂下摇了又摇。

一个五六岁的小男孩跑过来，抱着她的肩膀问："妈，你怎么哭啦？"筹子这才抬起头，擦擦脸上的泪水，指着邢昭衍对孩子说："大缆，这是你姨夫，快叫姨夫。"男孩便扬起脸，怯怯地叫了一声"姨夫"。邢昭衍答应着，发现这个叫"大缆"的孩子眉清目秀，像他的某个熟人。到底像谁，他一时想不起来。

筹子问姐夫，家里人都怎样，邢昭衍就把岳父一家和梭子母子的情况说了说，筹子眼泪汪汪道："真想他们呀……"

站在远处的小周走过来，叫了一声"嫂子"。筹子也认出他，带着羞容道："小周，俺混成这样，叫你看笑话啦。"小周问："昭光哥呢？他在哪里？"筹子叹口气："咳，五年前走了，再也没有音讯。"邢昭衍很吃惊："啊，他为什么走了？"筹子说："他嫌我跟洪船长好，生了个孩子不像他。"邢昭衍再看一眼那个孩子，便看到了洪船长的影子，让他心痛的一种妒意油然而生。他想，这个筹子，大大咧咧把洪船长说出来，毫不顾忌，真把洪船长当作心上人了。

他朝海上看一眼，问道："洪船长又出海啦？"筹子也扭头看着海上："嗯，又出海了，再也不回来了。"邢昭衍心头一颤："怎么回事？"筹子的泪水滚滚而下，映出路灯的光亮。她哽咽着道："三年前，他运煤去日本，遇上台风，船翻了……"

邢昭衍望着黑咕隆咚阴云密布的东方，长时间没有说话，耳边又响起了洪船长吹奏口琴的声音。

筹子撩起褂襟擦擦眼泪，用刀去木盆里割一块凉粉，切成一堆小方块，分装到两个碗里，再倒上蒜泥。"姐夫，小周，咱不说那些倒霉事了，你俩尝尝我做的海凉粉吧。咱们那里的凉粉都是豌豆、绿豆做的，这是牛毛菜做的。"邢昭衍回过神来，看着面前的凉粉问："什么是牛毛菜？"小周说："我知道，也叫石花菜、沙根子，长在海底礁石上，采回来晒干，然后放到锅里煮，熬成胶，取出来冷上一会儿，就成了这样子。"邢昭衍说："大连的海里有这玩意儿？"他接过筹子递过的竹签，插起一块放到嘴里，尝了尝说："嗯，真不错，比咱们马蹄所的凉粉还好吃，滑溜，清爽。"

又有人过来吃凉粉，筹子忙着伺候他们，邢昭衍和小周不再作声，默默把凉粉吃光。见筹子忙完，邢昭衍问道："筹子，你带着这个孩子，就靠卖凉粉为生？"筹子凄然一笑："凉粉只能卖半年，海水凉了就没法去采。"邢昭衍问："是你去采的？"筹子说："是，只能趁着退潮，采石头上露出来的。去的人多采不到，就买海碰子的。"邢昭衍问："什么是海碰子？"小周说："就是会潜水的。他们憋一口气下去，能潜到深处捞海参，摸蛤蜊，采石花菜。"邢昭衍点点头："明白了。"

他问筹子住在哪里，筹子说："原先是租房住，昭光走了，洪船长死了，就交不起房租了。幸亏房东可怜俺这孤儿寡母，让俺继续住着，给他家干零活顶房租。"

邢昭衍听到这里心痛难捺，以不容商量的口吻说："他姨，你收拾一下跟我回去，过一两天就开船。"筹子马上摇头："我不回去。"邢昭衍火了："你不回去，就在大连受这个罪？"筹子说："受罪我也认了。"邢昭衍提高了嗓门："你怎么这么犟？听我的行不行？"筹子梗着脖子道："我不听，就不听！"

"怎么啦媳妇？这是谁呀？"有人高声问话。

邢昭衍扭头一看，见一个三十多岁的粗壮汉子走了过来。他裋襟大敞，露着胸腹上的一块块黑亮肌肉。筹子看他一眼，换上笑脸指着邢昭衍道："老鲍，这是我姐夫，他来大连做生意。"粗壮汉子也露出笑容："姐夫？邢老板？我听筹子多次说你。我是莒县的，叫鲍九，咱们是老乡！"邢昭衍明白了他和筹子的关系，强忍着反感与他握手："老乡，您在大连发财？"鲍九用他特别有力的手掌攥邢昭衍一下：

"姐夫别埋汰俺，俺就是码头上的一个苦力，天天扛大包，挣点血汗钱！哎，你还没吃饭吧？咱到那边吃饺子，喝点小酒！"听他这么说，邢昭衍也想从他口中了解箬子的事情和大连的粮食行情，就说："好，听鲍老弟的。"他扯了小男孩一把："跟我们一块吃饺子去。"小男孩双眼发亮，去看他娘，他娘却说："老爷们喝酒，小孩子不要跟着。"邢昭衍说："这样吧，我到那边买两盘，让小周送过来。"

前面一个水饺摊子，三张矮桌子，一对夫妻在那里忙活。见他们三个过来，女人操着胶东口音招呼他们，拎起地上的几个马扎安排座位。三个人坐下，邢昭衍让老板娘先煮两盘。鲍九则看着摊子上摆的几样凉菜，点了四样，要了一瓶白酒。老鲍一边倒酒一边说："姐夫你尝尝，这是用东北高粱造的。"邢昭衍呷一口，品了品："嗯，味道不孬。"

饺子煮好后，他让小周送给箬子母子俩，而后与鲍九一边喝酒，一边打听大连港的高粱价格。鲍九说，一吨十二元上下。邢昭衍说："哦，比八年前还便宜。"鲍九说："这个价钱还卖不完呢！这些年闯关东的越来越多，来了就开荒种地，种地就种高粱大豆。每年的秋冬季节，大连码头上堆得满满当当，有好多船往烟台运，往青岛运，往上海一带运，全靠俺们这些苦力往船上背。从年前干到年后，从年后干到夏天，一直干到新粮上市。这个东北，真成了大粮仓了！哎呀，东北真是养人！姐夫，你开着大轮船，多往这边拉人，多往咱那边拉粮食！"邢昭衍点点头："嗯，如果顺利，我打算长期做下去。"

鲍九还讲了他的一些事情。他说，他来大连七年了，靠着自己的皮锤硬，才在这里站住了脚跟。说到这里，他晃了晃自己的"皮锤"。邢昭衍看见，他的拳头呈黑褐色，像一个大铁疙瘩。邢昭衍心里一动，问他会不会识字算账。鲍九说，会呀，我带了一帮莒县的兄弟在这里干活，每天都把账记得清清楚楚，谁背了多少麻袋，该发多少工钱，从没错过。邢昭衍问他，在老家是不是上过学，老鲍说，上过三年私塾，因为他爹赌钱把地和屋统统输光，他才跟哥哥闯关东的。邢昭衍问他哥在哪里，鲍九说，他扛大包压伤了腰，到吉林那边种地去了。

邢昭衍又问他，是怎么认识笲子的，鲍九说："吃凉粉认识的。两年前，有一天晚上，我收了工来这边吃东西，见一个女人带着孩子卖凉粉，就坐下吃了两碗。听她说，是海瞰马蹄所的，就认了这个老乡，经常来吃。我问，怎么见不到你男人，她说，跑了，不管她了。我见她可怜，收了工就来帮忙。有一回，我刚过来，看见一个坏小子调戏她，让我一皮锤揍倒。他跑走，叫来一帮人打我，我叫兄弟们过来，把他们打得哭爹喊娘。从那以后，码头上都知道这个卖凉粉的女人有我老鲍护着，不敢随便欺负她。有一天来了大雨，我送她娘儿俩回去，到了她住的埝儿，她就把我留下了。姐夫，对不起，我跟笲子这样，就是老家人说的'䢵伙'，怪丢人的。我跟笲子说，你已经是我的人了，我养着你，你甭卖凉粉了，可她不答应，还是天天出摊子。我知道我的身份，早就跟笲子说了，如果邢昭光哪一天回来，还认她作老婆，我就立马滚蛋，再不插杠子。人家，毕竟是明媒正娶……"

听到这里，邢昭衍心中五味俱全。他也认定，鲍九是个好人，就和鲍九商量，以后能不能给他帮忙，联系货源，找人装船。鲍九听了满口答应，说姐夫放心，我在这码头上已经混熟了，认识一些粮贩子，手下还有一帮兄弟，一定给你把事情办好！邢昭衍听了高兴，与他碰杯喝干，约定明天一早到码头见面，找粮商谈生意。

而后，三人一起又去了笲子那边。邢昭衍说："他姨，我回船了，你卖完凉粉也赶紧回家吧。"笲子瞅着他，双眼在路灯下泛着泪光："姐夫，你什么时候回马蹄所？我得捎点东西给俺爹娘、俺姐俺外甥。"邢昭衍说："我还没买上秫秫呢，最快也得后天才走。"笲子说："知道了，你明天晚上再来一趟，行吧？"邢昭衍说："好，我来。"

与箩子和鲍九告别，他与小周一起回到船上。船长阚大州正和大副、老轨等人在甲板上喝酒，邀他们也来上二两。邢昭衍说我喝过了，独自走到船尾坐下。小周则在船上转悠，巡视各处。

邢昭衍坐在那里，望着岸上，远远看见箩子在路灯下卖凉粉，孩子在一边跑来跑去。鲍九帮箩子收拾碗筷，照顾孩子。他想，这也是一家三口，搿伙着过日子的一家三口。箩子有鲍九，也算是有了依靠。老话讲，人是三节草，不知哪节好。箩子的命运不止三节，而是四节、五节，这一节是好是坏？难说。但我让鲍九帮忙，就是照顾了他们，愿他们的日子过得如意一点。想到这里，邢昭衍的心里宽慰了许多。

第二天吃过早饭，走到甲板一看，鲍九已经站在码头上向他俩招手。二人登岸，老鲍带他们去旁边的街上，说这里有个姓尤的老板，粮食生意做得大，也耿直。尤老板是郯城人，他爹当年领着三个兄弟闯关东，刚到金州，遇上一只老虎，把他的三弟咬死了。剩下的爷儿仨发誓杀虎报仇，整天拿着大刀和枪攮子上山。找了半个月，找到那只老虎，费了老劲才把它杀掉。那张虎皮，就挂在尤老板的墙上。

说着说着到了一个门口，门边挂着"大连汇通粮食贸易公司"的招牌。敲了敲门，有人从门板上的小窟窿向外看。老鲍笑着向窟窿笑了笑："我是老鲍，有老乡来买秫秫。"那门随即打开，一个壮实青年带他们进屋。邢昭衍看见，富贵人家挂中堂画的位置，果然挂了一张老虎皮，连四只爪子都留着。他上前摸了一把虎背上的毛，感觉硬得像钢针一般。鲍九说："那是瘆人毛，我可不敢摸！"

尤老板从另一间屋来了，拿了根牙签边走边剔。邢昭衍向他抱拳问好，递上名片，尤老板看了看说："欢迎老乡。"邢昭衍指着墙上的虎皮说："我听老鲍讲了您家爷们三个杀虎的故事，真是佩服至极！"尤老板扭头看一眼，哈哈大笑："那是我爹我叔干的，我可干不了，虎皮是挂在这里吓唬人的。来，请坐！"

邢昭衍见他坦诚，就和他说了自己新买了轮船，要往马蹄所拉秫秫的打算。尤老板说，好呀，我这里货源充足，东三省的粮贩子，跟我有联系的有二百多个。咱们商量商量，只要价格合适，长期合作。二人谈了一会儿，又去码头上验了货，最后商定以每吨十三元的价格成交，先交两千元定金，按实际装船数量结算。随后，尤老板安排手下一位姓林的经理坐镇码头，负责交货。

当天，鲍九就带领他手下的二十多个苦力开始装船。邢昭衍见人太少，让鲍九又找朋友带人过来。五十多个苦力来来回回，干到傍晚收工，说明天再接着干。

邢昭衍没有忘记箩子的约定，与鲍九一起去了她的凉粉摊子。箩子拿出一个包袱，说给她爹娘一人买了一双靸鞡鞋，给姐和两个孩子买了衣裳，不知道两个孩子长得多高，估摸着买的。邢昭衍说："叫你破费了。"就接过来。箩子又说："您家有了轮船很方便，叫俺姐带着孩子来大连耍一趟。"邢昭衍说："你姐不行，孩子太小，我可以叫杏花和大船来，杏花可想你了，整天叫我带她来找你。"箩子听了又去擦眼抹泪："我可想两个孩子了，叫他们来吧。"

当着箩子的面，邢昭衍给了鲍九二十个大洋。鲍九接到手问："这是给苦力的工钱？"邢昭衍说："不是，工钱明天由小周跟你结算，这是你给我联系生意的酬劳。"鲍九瞪大两眼道："用得着这么多？"邢昭衍说："你去租个像样的住处，以后我发电报，能有个投递地址。"老鲍说："好吧，听您的。"他将钱接到手又递给箩子："媳妇，你收下。"箩子说："谢谢姐夫。"就接了过去。邢昭衍又说，马蹄所现在有了电报局，掏出纸笔给鲍九留了地址。

第二天中午，昭衍号装满高粱，共五百二十六吨。与尤老板结清粮款，邢昭衍去电报局给魏总管发电，告诉他今天起航，明晚能到，可按每吨十九元预售。

回到船上，邢昭衍看见货舱已经盖好，就让船长起航。汽笛长鸣，船离码头。邢昭衍往岸上望去，看见筹子领着她儿子来了，站在那里向这边挥手。他心中感动，也向母子俩挥手。

但他又想到，几年前，筹子肯定也在大连港的码头上一次次为洪船长送行。看着那个酷似亲生父亲的男孩，他心生悲悯，唏嘘不已。

第二十四章

昭衍号再次去大连，杏花成了船上的亮丽风景。她上船后不晕不吐，精神头十足，穿着小姨给她买的粉红色"布拉吉"，站在船边迎风而立。她腰细胸鼓，小脸绯红，刘海在额头飞扬，黑油油的大辫子在背后甩动，让船上的乘客看傻了眼。一个女人啧啧赞叹："啊呀，这不就是仙女下凡吗？"另一个女人说："画子上的仙女都穿长袖，这个穿短袖。哎，她的扣子在哪里？"于是上前研究。更多的人是想近前观看，致使船身向一边倾斜。刚当了水头的小鲻鱼高声喊："甭往一边站！"乘客也发现了问题，急忙跑向另一边，导致杏花这边升高。她嘻嘻笑道："真好耍！真好耍！"

邢昭衍正在驾驶室里与船长说话，发现船身摇摆，从后门钻出去，向杏花招招手。杏花走到他面前问："爹，有事？"邢昭衍说："甭光站在外头，到舱里坐着吧。"杏花鼓突着小嘴道："不，俺想在外面看景。"说罢，又走到船边凭栏远眺。

邢昭衍看着闺女的背影，也觉得赏心悦目，从心底涌出作为父亲的自豪。他在青岛与大连，都见过穿连衣裙的美丽女子，但觉得她们离自己十分遥远。现在，亲生闺女也成了这样的一个，与她们相比毫不逊色。

回头向马蹄所的方向望一眼，邢昭衍的心中又泛上隐忧。他知道，梭子此时肯定是担惊受怕，坐立不安。三天前的晚上，他把箩子想让两个孩子去大连玩的话说了，梭子吓得小脸焦黄，指点着东北方向骂道："笏子想要我的命呀？叫两个孩子漂洋过海，亏她想得出来！"邢昭衍劝她说，他姨想你也想孩子，你不能去，叫孩子过去一趟吧。到那里见见，玩两天，马上跟着船回来。劝了半天，梭子才松了口，说杏花可以去，大船不行，小舻前年刚出了事，可不敢再有闪失。邢昭衍想，梭子说得也对，泛海行船，毕竟有风险，还是把大船留在家里为好。第二天早晨吃饭时，杏花再次央求爹带她去大连，他就顺水推舟答应了。大船也嚷嚷着要去，邢昭衍说，不行，你别耽误了念书。眼看要放暑假，你得好好复习准备考试。大船只好听从父亲的安排，把碗一放，背着书包去了位于东街的"马蹄所两等小学校"。

今天早晨临上船，梭子母女俩再起争执：杏花要穿布拉吉，梭子不让，说大闺女穿芫子，露着半截腿，风一刮就掀起来，丢死人了。杏花跺脚道："什么芫子，土死了！这不是围粮食的东西，是大连小嫚穿的裙子！我非穿不可，不穿对不起小姨！"梭子阻止不了，只好提出了折中方案，让杏花外边穿裙子，里面穿裤子。邢昭衍也觉得这个法子可行，就让杏花答应下来。

在船边站了两个多钟头，日头渐高，晒得人受不了，杏花才跑进父亲为她安排的舱室里坐着。在甲板上看景的人也受不了日晒，男男女女各去各舱。

傍晚没有了日头，杏花又到船边站了一会儿，在舱内蹲了一天的乘客也纷纷出来透气，甲板上人满为患。晚上八点半，海上刮起大风，昭衍号摇摇晃晃，有人开始呕吐。邢昭衍怕乘客在外面出事，让小周和小鲻鱼把他们全部撵进舱里。一个剪了辫子却在脑后留着半截花白头发的老汉大声说："蹲监牢狱喽！蹲监牢狱喽！咱没犯法，为啥要蹲监牢狱？"邢昭衍听了很生气，训斥他道："怎么能叫蹲监牢狱？别胡说八道！"

邢昭衍去两个男舱和一个女舱的舱口查看一番，见里面都安顿下来，觉得有小周和小鲻鱼俩人轮流值班，不会有事，就去自己的舱室躺了一会儿。蒙眬入睡时，却听见外面一个男人哭喊："我不蹲监牢狱！死也不蹲！"他一跃而起跑到外面，见那个留半截花白头发的老汉又蹦又跳，疯了一样。一个比老汉小一点的中年男人扯着他的胳膊说："二哥，咱这不是蹲监牢狱！明天咱就到了，就去表弟那里了！"花白头发老汉还是疯闹，想甩掉他的兄弟，闹着闹着就到了船边。邢昭衍赶紧大喊："小心，别掉下去！"边喊边往那里跑。然而已经晚了，只见老汉在摆脱兄弟之后，往栏杆上一扑又一滚，人就不见了。

邢昭衍全身一震，肝胆欲裂，急忙跑向驾驶室，让值班的大副停船救人。大副打了个左满舵，防备螺旋桨把落水之人撕碎。邢昭衍说，你赶快回去。大副说，回去也找不见。邢昭衍只好去把船长叫来。阚大州听说有人跳海，这么回答："按惯例，旅客在船上自杀，承运人不承担赔偿责任，更不可以停船救人。"

二人走到船边，落水者的弟弟跪下给他们磕头，求他们赶紧把他哥搭救上来。船长向轮船后方看看，指着那里道："海上这么黑，什么也看不见，怎么救？"一个乘客对落水者的弟弟说："也怪你，你不把你哥扯住，叫他掉了下去。"落水者的弟弟打了自己两个耳光，悔恨地说："怪我！怪我！"接着趴到船边大哭："哥哥呀！哥哥呀……"

小周走到邢昭衍身边，小声向他道："也怪我，刚才到舱里睡了。我应该通宵值班的。"邢昭衍说："咱们都大意了，没想到会出这种事。你拿二十个大洋给他兄弟，作为咱们的一点心意吧。"小周点点头，回舱拿来大洋。那人接过去，望着海里大声说："哥哥，船主给咱钱了。也没地方给你买纸烧，给你几个大洋当路费，你自己回家吧！"说罢，一块一块向海里抛，连抛三块。甲板上的乘客纷纷表示惋惜，说：你给他现大洋，他没法使哇！

落水者的弟弟下到舱里，小周和小鲻鱼也把甲板上的乘客撵了进去。船长回舱继续睡觉，邢昭衍却和小周、小鲻鱼一直守在甲板上，唯恐再出事。他回头看看，想象一下那个落水老乡在水里挣扎、淹死，成为渔民所说的孤魂野鬼，心痛不已。

过了一会儿，二号舱口突然有一个老头蹿出来，直扑船边，被小周结结实实抱住。老头一边挣扎一边吆喝："我也不蹲监牢狱！我也不蹲监牢狱！"从舱里追出来的一个人劝他："爹，咱可不能拿命换钱！"邢昭衍问，老人为什么要跳海，那人说，他爹看到刚才有人掉到海里，他兄弟得了二十个大洋，跟我说，咱到了大连还得往吉林走，路费不够。我学那个人，不要这条老命了，免得恁兄弟两个一路要饭……

邢昭衍听后，眼泪夺眶而出。他走到无人处，任泪水奔流，被海风吹飞。他想，老乡们本来安土重迁，为了活下去，不得不背井离乡。一年一年，一船一船，去东北的有多少人了，却还是前赴后继，似乎永远也拉不尽！这个人口大迁徙，何日终了？中国人的苦难，何日终结？

邢昭衍也发现了这其中的悖论：他希望老乡们都能在老家安居乐业，可是自己的航运事业却要借这人口大迁徙发展起来。唉，凭我一己之力，不能救万民于水火之中，那就以低廉的船费帮他们跨海北上吧。但是，坐我这船虽然花费少，却不舒适。这是货轮，不是客轮，用货舱装人确实不妥。我亲眼看见，有一伙同去东北的人到恒记商号买船票，有的说这船没法坐，宁可多花钱，去坐日本的的小火轮。看来，用昭衍号载客不是长远之计，以后我还是要买客货两用轮船，让这昭衍号专门运货。

天亮时到了槎山外海，先后遇见在这条主航道上行驶的几艘客轮。邢昭衍盯着它们看，心中有惭愧、有自卑，更有奋起直追的决心与力量。

杏花从舱里出来了，甜甜地叫了一声"爹"，让邢昭衍感觉满天的早霞更加红艳。他指着西边海面上高耸的群山，讲日本的圆仁和尚来中国取经的故事，让杏花听得入迷。听到圆仁在路上九死一生，杏花深受感动，说那个和尚做得对，为了自己喜欢的事，舍上命也不怕！听了女儿说的这话，看见她说这话时的坚毅神情，邢昭衍心中有了一丝担忧：这丫头，以后会喜欢做什么样的事呢？

中午进入大连湾，港口与城市尽收眼帘。邢昭衍指给杏花看，杏花兴奋得又蹦又跳："真好！那么多船，那么多楼！"邢昭衍把大连的历史讲给杏花听，杏花说，俄罗斯人走了，可是布拉吉留了下来，小姨叫我也穿上了！说到这儿，她扯着裙摆左摇右晃，得意扬扬。

进港时，看到两座灯塔，杏花问那是什么，干什么用，邢昭衍就告诉了她。杏花看看南边的红灯塔，再看看北面的白灯塔，突然说："爹，你在马蹄所也建这么两座，叫黑夜回来的船有个奔头。"邢昭衍心中一动："叫黑夜回来的船有个奔头，杏花的主意好！不过，咱马蹄所不是大港，在龙神庙东边的海崖上建一座就行。"杏花说："那你快建！"邢昭衍说："这可不是小事。明天如果有空，咱到灯塔那里问问怎么建，得花多少钱。"

进港之后，鲍九正站在第二码头顶端等待他们，频频挥手，并引船到一个泊位停下。邢昭衍领着杏花率先下去，鲍九看看杏花说："这是外甥女吧？箩子天天盼着你来呀！"邢昭衍让杏花叫他"鲍叔"，杏花便羞答答叫了一声。邢昭衍问鲍九，秫秫订好了没有，鲍九说，订好了，还是尤老板的货，林经理正在那边等着您呢。邢昭衍说，先不见他，船舱要打扫干净才能装粮食，趁这空当，把杏花送到她姨那里。鲍九说，中，咱们走。说罢向市区一指，迈开大步带路。邢昭衍问，要走多长时间，鲍九说，吸三支烟的工夫。邢昭衍说，坐车吧，说罢就向近处停着的几辆黄包车招手。这一下叫来了五六辆，邢昭衍选了三辆。杏花说："哈哈，我早就想坐一回东洋叉子，到了大连才坐上！"鲍九说："我来大连七年了，也是第一回坐洋车。"

车夫听他们说是第一次，就教给他们怎样踩铃，叫行人让路。杏花坐上去，找到那个踏板，拿脚一踩，下面悬挂的铜铃便叮咚一声，让她十分惊奇。鲍九坐上一辆，说了要去的地方，车夫答应一声立即起步。杏花的车居中，她爹在后，三辆车相跟着走了。杏花每看见前面有人，就踩响铃铛，叮叮当当，一路不停。

走着走着，杏花不再踩铃，而是仰脸观望，回头喊道："爹，快看洋槐花！"邢昭衍说："看到了，这里的洋槐花开得晚，比咱们那里至少晚半个月。"杏花兴奋地向路两边看，还高举一只手，从低垂下来的树枝上拽下一串，放到鼻子上闻闻："真香！"

看着白白的洋槐花，闻着它的清香味儿，穿街走巷，最后到了一排平房小院前面。这里没有院墙，只有一圈篱笆加一扇木门。鲍九下车后大喊："媳妇，姐夫跟外甥女来啦！"

看见箩子从屋里出来，杏花叫一声"小姨"，下车后跑进院里，就跟小姨抱在了一起。邢昭衍走进去时，她俩脸贴脸，泪水交融。见到邢昭衍，箩子叫声姐夫，放开杏花，擦擦眼泪上下打量着她："俺外甥女成大闺女了，真俊！穿这布拉吉正合适。哎哟，里面怎么穿了裤子？不对呀！"杏花就说了她娘不让穿的事，箩子说："现在是什么社会啦？恁娘还是死脑筋！"大缆跑过来，揪住杏花的裤子就往下扯："不穿裤子，光穿裙子！"杏花急忙抓住裤腰，红着脸躲他："你干啥呀？"鲍九指着大缆跟邢昭衍说："这孩子不着调，随他爹。"箩子却拿眼瞪他："你不着调！"

邢昭衍正在一边尴尬着，箩子让他进屋坐坐。邢昭衍走进去，见正面是一盘大炕，炕角摞着被子褥子，眉头就皱了起来。箩子看透了他的心思，说："杏花来了，叫老鲍跟他的伙计们睡。"鲍九也说:"对,伙计们租了房子睡大通铺,我去跟他们挤一挤。"邢昭衍这才放下心来。

邢昭衍对杏花说,他要回去买秫秫装船,让她听小姨的话,不要乱跑。杏花点头答应着,突然眼睛一亮:"爹你说了,明天咱们去看灯塔,别忘了啊。"邢昭衍说:"忘不了,我来接你。"说罢就和鲍九走向门外,坐着黄包车走了。

箩子和杏花到门口送他俩,回到院里不见了大缆。杏花问:"表弟呢?"话音刚落,就听屋里响起一种极其好听的声音。杏花随小姨走进屋里,见她的小表弟靠在炕沿上,把一个铮亮的玩意儿举到嘴上呜呜吹着。她坐到大缆旁边,问小姨这是什么玩意儿,小姨说是口琴。杏花说:"真好看,真好听!"这么一夸,大缆更来劲了,一边吹一边摇头晃脑。箩子小声对杏花说:"大缆就是把口琴吹出个响声罢了,没个腔调。他爸吹得好听。"杏花问:"他爸是谁?俺四叔?"箩子鄙夷地一笑:"你四叔会吹个屁。他爸是当船长的。"杏花惊讶地看看她,又看看大缆:"哦,是你收养的呀?你自己生不出孩子?"箩子说:"大缆就是我自己生的呀。"杏花满脸困惑:"小姨你真把我说迷糊了。你告诉我,表弟为什么叫大缆?"箩子向海的方向瞅着,幽幽说道:"这是他爸给起的名字,说这孩子是系他的缆绳,无论他在海上跑多远,都会叫孩子拽回来。哪知道,孩子没把他拽住,他死在海上,回不来了……"说着说着眼中有泪。杏花见小姨如此伤心,又抱住她,拿手抚摸她的肩背。

大缆举着口琴送给杏花:"表姐,你吹。"杏花接过来,见口琴上湿漉漉的,都是小表弟的口水。她觉得脏,就用袖子擦了擦,把口琴举到嘴边。一吹,口琴轻轻震动,让她的嘴唇麻酥酥的,发出的声音让她的心也麻酥酥的。大缆说:"表姐,你再吸气。"杏花吸上一口却停下了,将口琴还给小表弟。箩子问她:"怎么不吹了?"杏花说:"一吹,浑身麻酥酥的受不了。"箩子笑了:"当初我第一回听大缆他爸吹,也是浑身麻酥酥的。"杏花问:"在哪里听的?"筅子说:"在他开的船上呀,从马蹄所到大连,我听了一路。"杏花立即指着她说:"我知道了,大缆他爸是洪船长,我见过他!"筅子说:"那是我第一次见他。他穿白制服,戴大盖帽,要多俊有多俊。"杏花说:"嗯,洪船长真是个俊男人。你给他生下孩子,怎么不嫁给他呢?"筅子叹气道:"唉,他家里有老婆,我这边也有你四叔呀。""四叔不在大连?他去哪里了?""我不知道,我一辈子不想见他。"杏花听了这话,沉默不语。

口琴的声音又响起来了,大缆手举口琴,摇晃着小脑袋在吹,陶然若醉。杏花问小姨,洪船长在海上出事,口琴怎么留了下来?筅子说,他那次出海,可能是预感到要出事,就没带口琴,说留给孩子做个念想。说到这里,筅子抖动着嘴唇说不下去。杏花也受了感动,坐在那里低头抹泪。

筅子平稳了一下情绪,起身做饭。她和面擀面条,杏花给她帮忙,蹲到灶前点火烧水,二人一边干活一边说话。筅子问家里人怎么样,问到姐姐和孩子,父母和弟弟,杏花一一告诉她。筅子说:"真想他们呀。"杏花说:"你领着大缆回去看看。"筅子却摇头道:"没法回呀,我还算是邢昭光的老婆,可他把我撇了;老鲍说我是他媳妇,我跟他又不是正经夫妻;另外还有大缆,我带回去怎么说?"杏花说:"是怪难办。小姨,你找的男人太多了!"筅子苦笑了一下:"杏花你还小,有些事你不明白,等你大了再跟你讲。"

二人又说别的,说大连,说马蹄所。等到面条煮好,喊来大缆一起吃下,筅子说:"吃了饭,咱娘儿仨逛街去。"杏花眉开眼笑:"中!"

筅子带着两个孩子,走了好大一会儿,才来到繁华市区。他们去看大和旅馆,看附近俄罗斯人留下的各式洋楼。杏花目不暇接,掠着鬓边碍眼的一绺头发说:"天底下还有这么好看的埝儿?"

逛完这里,又逛别处。看到路边有卖海凉粉的,筅子买了三碗,与两个孩子坐下。杏花尝了一口说:"真好吃。听俺爹说,小姨在大连卖凉粉,也是这个味道?"箩子看看摊主,压低声音说:"我做的还好吃!"

一边逛街,一边买各种小吃品尝,炸虾片,烤鱿鱼,海菜包子,炒焖子,尝了一样又一样,两个孩子都吃得饱饱的。最后到了一家玩具店,箩子买了两个轮船模型,一个给杏花,让她带回家给两个弟弟玩。另一个给儿子,儿子却不要,说要火车。箩子只好把轮船退回一个,另买了一辆小火车。大缆把小火车放在地上,嘴里呜呜叫着,用手推着它跑。

杏花到街上看看,太阳已经落到西边,说想去看看昭衍号装满秫秫没有。箩子就领着她和儿子去了港上。他们在一片粮垛中间东寻西找,终于看到了远处的邢昭衍和小周。杏花抱着小轮船向那边跑过去,大缆咯咯笑着急起直追:"火车追轮船!火车追轮船!"杏花跑起来,辫子与裙摆在身后荡起,煞是好看,引得一些苦力扭头观赏。

邢昭衍看见杏花跑来,指点着她说:"杏花你跑什么呀?要是叫恁娘看见,又嫌你没家教。"杏花吐一下小舌头:"俺娘不是没在这里嘛。"她把小轮船给爹看,说是小姨买给她弟弟的。邢昭衍接过去看看,对走过来的箩子说:"上回你给孩子买了衣服,这回又买玩具。"箩子微笑道:"一点心意,不值一提。"她看看从这里到船上走成一线的苦力,问装得怎么样了,邢昭衍说,才装了一个舱,明天中午才能装完。

杏花看见,高粱垛边站着两个壮汉,每有一个苦力过来,就抄起一个大麻袋放到他的肩上。每扛走一个麻袋,小周就在账本上添加一个笔画,摊开的一页上,有了半页"正"字。杏花走过去看了看,问他怎么老写一个"正"字,小周说:"计数呀,一个'正'就是五麻袋。"杏花便指着账本上数,数完是四十三个"正"字。邢昭衍问："杏花，这是多少麻袋?"杏花摇摇头："不知道。俺不会算。"邢昭衍想，杏花没上过学，怎么能会算？心中便生出对女儿的愧疚。马蹄所从前有私塾，从来不收女生；前年办起小学，还是没有女生去读。邢昭衍有意打破禁忌，让杏花去念书，可是上了一天只好辍学。因为一年级都是小男孩，十五虚岁的她到了那里等于鹤立鸡群，引发集体起哄。有的还拿她练胆量，掐她一把拧她一把，她只好哭着回家，再不敢去。这两年，杏花憋在家里，翻看大船用过的课本，让大船教他，才认识了一些字。邢昭衍多次想，马蹄所到底是个小地方，保守得很，杏花要是生在大城市就好了。

杏花向远处的灯塔瞅了瞅："爹，你不是说跟我去看灯塔吗？"邢昭衍说："好，现在就去。小周，你在这里好好计数，别出了差错。"小周说："老板放心，你们去吧。"邢昭衍弯下腰去问大缆："你去不去？"大缆却打着呵欠摇头。箩子说："大缆今天逛街逛累了，你俩去吧，我跟他回家。"说罢扯着儿子走了。

大连港有四道防波堤，留出大、中、小三个出入口，两座灯塔建在最大的出入口两端。邢昭衍发现南边的红灯塔近一些，就和杏花往那边走。走到第一码头末端，就到了水泥防波堤的起点，见堤外浪涛涌来，激起一个个浪头，水花飞溅。邢昭衍问杏花，敢不敢上，杏花说："敢！"

然而，他俩刚要上去，从岗亭里走出一个端着枪的日本兵，声色俱厉说了几句什么，把杏花吓得躲到父亲身后。邢昭衍明白日本兵的意思，转身对杏花说："他不让上去，咱们回吧。"

走了一段，杏花回头看看，面带惧色道："这是日本鬼子吧？吓死我了！"邢昭衍说："是，大连让日本人占去快十年了。"杏花说："中国的地方，他们凭啥来占？"邢昭衍说："他们是强盗，你无法跟他们讲理。不光占大连，他们还想占全东北呢。"杏花吐出一口气："我可不想在这鬼地方了，明天就跟船回去。"

第二天中午,昭衍号载着一船高粱起航,第三天上午到了青岛港。趁着上煤上水的空当,邢昭衍带杏花上岸,逛了中山路,又去看前海栈桥。这天,杏花还穿着布拉吉,里面却没再穿长裤。到了栈桥,穿裙子的女性很多,就显不出她的特别了。走到栈桥末端的回澜阁,杏花指着小青岛兴奋地大声道:"爹,那里也有灯塔!"邢昭衍说:"不光那里有,青岛的灯塔有好几座。"杏花说:"那你还不在咱那里建一座?"邢昭衍说:"我听说,灯塔不是随便建的,要海关批准才行。咱们去那里问问。"他叫了两辆黄包车,说要去海关,车夫立即飞跑。

到了新疆路边的一座四层洋楼,邢昭衍向门卫说明来意,门卫便把他带进楼里的一个房间。里面坐着一个洋人一个中国人,洋人很年轻,皮肤煞白。他用一双大蓝眼看看邢昭衍,再看看杏花,突然向她做了个鬼脸。杏花吓得转身跑到门外,洋人看着她的背影哈哈大笑,用生硬的中国话说:"小嫚别跑,我不害你!"邢昭衍见他没有恶意,便到门外叫回闺女。杏花站在爹的身后,将辫子扯到胸前低头抚弄着,两手瑟瑟发抖。

洋人这时却换上严肃神态。那位中国人向邢昭衍介绍说,他是杰森科长,英国人。杰森通过翻译问邢昭衍有什么事情,邢昭衍就把要在马蹄所建灯塔的意图讲了。翻译把他的意思翻过去,杰森面无表情,说他去马蹄所海域勘查过,那里可以建一座灯塔。不过,现在停靠马蹄所的商船极少,海关经费有限,所以一直没有提上议事日程。他用咄咄逼人的语气说:邢先生,你要建灯塔,懂得怎么建吗?知道花多少钱吗?知道灯塔建起之后要有常人看守吗?邢昭衍在翻译口中得知这三问,尴尬地笑着,连连摇头。

一直站在父亲身后的杏花开口了:"俺要是知道,还用得着来问你?"

杰森看见了她生气的模样,夸张着表情,做出目瞪口呆的样子。

邢昭衍见状，急忙解释，说他女儿非常渴望在马蹄所建起灯塔，让黑夜里回来的船有奔头——奔头，就是目标。

翻译把这话翻过去，杰森立即将两手抬起，在胸前有力地一下下顿着，说了一通。翻译转达了他的意思：他身为航标科科长，一定尽力而为，帮助小姑娘实现美好心愿。邢昭衍和杏花脸上现出笑容，一齐向杰森道谢。

杰森与邢昭衍商定，第一步，派人到马蹄所勘查，确定灯塔位置；第二步，让工程师设计，并确定照明方式；第三步，由邢昭衍组织施工；第四步，海关派人过去维护、运营。邢昭衍说，下一个航次在五天以后，您准备派人吧。杰森连说了几个"OK"。

他又盯着杏花边看边说，还做了个鬼脸。邢昭衍问翻译，他说了什么，翻译笑了笑：杰森先生说，等到马蹄所的灯塔建起来，他想去做一位灯塔看守人，和这位美丽的小姑娘一起玩耍。邢昭衍知道，洋人爱开玩笑，没有在意。杏花听了，却羞得小脸通红，像一头受惊的小鹿一样跑了出去。

回到马蹄所已是傍晚。昭衍号停车下锚时，杏花已经在舱房里脱下裙子换上裤子。她站到船头，望着一里之外的海崖，目光里充满憧憬："爹，要是那里有一座灯塔，该有多好。"邢昭衍向那边看看，点头道："闺女等着吧，我一定办成这事。"杏花说："不光有灯塔，我还想叫咱这里长出石花菜，以后采了做凉粉吃。"说着拍了拍自己背的包袱，"我把种苗也带来了。"邢昭衍大为惊奇："你从哪里弄的？"杏花说："小姨给我的。"她告诉爹，今天早晨，小姨说趁着上午退潮，要去采些石花菜，顺便带她跟大缆到海边玩。到了港口北边看看，海水果然退出老远，露出的石头上长着一棵棵石花菜。她帮小姨采，说咱们马蹄所要是也有石花菜就好了。小姨说，听这里的人讲，只要是浅海的石头，都能长石花菜，你带几根回去，撒到海里。回到小姨家里，吃完午饭上船，小姨就用布包了一些让她带上。

说着,杏花从包袱里掏出一个湿漉漉的布包打开。邢昭衍看见,石花菜是淡紫色,一根一根很细,看上去毛茸茸的,摸上去有些韧性。他说:"我还是第一次见这玩意儿,咱们现在去撒!"

下了船,坐上舢板,他吩咐摇舢板的先去右前方海崖那里。此时正是高潮时分,海崖下面的大片礁石都被淹没,潮水一下下撞击海崖,溅起高高的浪花。他让舢板在离岸十几米处停下,抓起一把石花菜,使劲抛向海崖。杏花也抛了一把,却抛向了近处。父亲再抛一下,她再抛一下,布包就基本上空了。杏花把那块布到船边抖了抖,让里面的断枝残芽全部入海。她的一双秀目,在晚霞的映照下闪闪发亮。

第二十五章

邢昭衍终生忘不了那个让他痛心且恶心的画面。

牛年春天,他跟着昭衍号又去了一次大连,下船回家已是晚上。见女儿杏花还没睡,就叫上她到爷爷奶奶那里坐坐。杏花去年去了一趟大连,爷爷一提起这事就生气,说孙女是个野丫头,邢昭衍带着杏花过去,想让祖孙俩之间少些芥蒂,多点亲热。

来到后院堂屋前,邢昭衍低声让杏花叫门,杏花就喊了一声"爷爷"。爷爷在里面应声:"门没闩,进来吧。"进门后,杏花举一举手里的纸包:"奶奶、爷爷,您尝尝俺爹在大连买的'开口笑'。"说着就把点心递给奶奶。她跟着奶奶走进里屋,捂起鼻子:"哎哟这个味儿,熏人!"躺在炕上的爷爷说:"是我这老烂腿的臭味。"邢昭衍看到,父亲只穿一条大裤衩子,小腿部位用破布裹着,急忙走过去问,是不是又犯病了。母亲说:"恁爹的两条腿都烂了。"邢昭衍说:"娘,你把灯端过来,我看看。"父亲说:"看看吧,这两天不光疼,还痒。唉,真不行了,这几天没法接海了。多亏两个老大耿直,人家该给我多少就给多少。"

邢昭衍让母亲端灯照着,伸手解开了父亲左腿上的包裹,杏花也凑近去看。只见老人的腿肚子皮下埋着几条弯弯曲曲的蚯蚓,其中有两处拱破皮肤成为紫黑窟窿,渗水流脓,还有几条细小蛆虫在那里蠕动。"哎哟长蛆了!"杏花惊叫一声跑到屋外,"呃儿、呃儿"

吐了。邢昭衍也觉得恶心，更感到痛心。他埋怨自己这几年光顾着做生意，对父亲关心不够，致使他的病越来越重。他决定下一趟去大连，把父亲拉到青岛，让医生做手术。他打听过了，西医用手术方法治静脉曲张，疗效很好。

母亲走出屋，很快拿着一把绿叶进来，把它放进蒜臼子里面捣。邢昭衍问她做什么，她说，眉豆叶子汁能赶蛆，以前试过好多回了。她捣碎后用布包着，到杏花爷爷的小腿上方使劲拧，拧出几滴，滴到溃烂处，蛆虫果然纷纷往外爬。看到这个情景，邢昭衍也忍不住了，跑到外面蹲下，连吐两口。

月光下，杏花站在那里抹眼泪："爹，俺爷爷的腿还有办法治吗？"邢昭衍擦擦嘴说："有，我带他到青岛医院。"他回到屋里向父母说了这个打算，他们也都同意。父亲说："去大城市治，以前你提过几回，我一怕花钱，二怕治不好。现在烂成这样，死马当活马医，去吧。"

三天后的早晨，昭衍号再次起航。邢昭衍天不亮就鞴了驴，把爹送到前海。史老大早在那里等着，把老人背上丈八船。来到昭衍号近处，邢泰稔一边打量一边惊叹："这么高，这么长！"坐上舷板，被吊到船上，他特意要看看火轮船是怎么烧火的，邢昭衍便把他背到锅炉房。看到炉内正在燃烧的煤堆，老人问："咱们要是用炭烧炕，是不是也能叫炕跑起来？"邢昭衍大笑："爹，光烧火还不行，还要烧出蒸汽带动机器。"随后又背父亲去看轮机，向他解释：这机器转起来，带动船尾下面的螺旋桨，螺旋桨一转，水往后跑，船就往前跑。老人还是不明白："风船是风往前跑，船往前跑；轮船怎么是水往后跑，船往前跑？"邢昭衍说："这是反推力起作用，就像撑篙，篙往后撑，船往前跑。"老人点点头："明白了，明白了。"

老人又要去看船舱什么样子，邢昭衍便带他到舱口。见里面或蹲或坐挤满了人，他说："这船跟鬼子的比，不粘弦。"邢昭衍知道，

"不粘弦"就是比不上的意思，便告诉父亲，想再买一条客货两用的，叫这一条只拉货。父亲捻着胡子说："嗯，那样就好了。"

从早晨起，天就阴着，此时下起雨来。雨点子砸得甲板啪啪响，落到舱里激起一片人声："下雨啦！快找东西遮雨！""下满了船舱，咱就成了鱼了！"邢泰稔被儿子背到驾驶楼下，让儿子赶紧盖严船舱。其实不用他吩咐，小鲻鱼已经和几个伙计用稳车吊起一个巨大的铁盖子，盖在了一号舱口，雨点子敲打在上面激起一片水花，声音响亮。邢泰稔说："里面是人，不是粮食，别闷死了呀！"邢昭衍指着舱盖说："放心，边上有铁砣子撑着，留了缝隙，闷不死人。"

好在这雨时间不长，起航不久便停了。云破日出，三个舱盖先后吊起，乘客们纷纷爬上甲板透气。因为下边呕吐物太多，臭不可闻。

邢昭衍早已和小周说好，他到青岛带着父亲下船，大连的买卖由他全权负责。小周说，老板放心，上次咱们已经跟尤老板谈妥了价钱，还有老鲍在那边帮忙，不会有差错。邢昭衍放下心来，船到青岛后，就背着父亲下去。到了踏板上又跟小周说："我不知要在青岛住多长时间，你们不用过来接，我俩坐日本人的班轮回去。"

邢昭衍以前来青岛已经打听过，青岛的大医院有两家，一家是位于江苏路的青岛病院，主要给日本人治病；一家是位于胶州路的普济医院，专给中国人治病。他一出码头就让黄包车送到了普济医院。

这座病院的主体是二层楼，黄墙红顶，前面还有高高的牌楼。进去挂上号，等了一会儿，有个穿白大褂的年轻女子喊"邢泰念"。喊了两声，邢昭衍才反应过来，知道她是把"稔"读成了"念"，便答应一声，背着父亲跟着她去了外科。邢昭衍让父亲坐下，向胖胖的值班医生讲了父亲病情，医生将手捂在口罩上，要看伤处。邢昭衍把父亲腿上的裹布解开，医生略看一眼，就说住院动手术吧。邢昭衍问，手术哪天做，医生说，明天上午，说罢给他开了住院单。邢昭衍拿着单子，与父亲出去，交了押金办手续，住进楼后一间平房。

第二天上午，有人推着担架车把老人接走。邢昭衍在手术室外面等了两个多小时，父亲又被推出来，送回病房。邢昭衍看看父亲两条腿上缠的绷带，问他感觉怎么样，父亲说，不疼，一点也不疼。邢昭衍明白，手术时用了麻醉药。

在医院住了一天，医生说可以下床走路。邢泰稔试了试，果然可以，喜得他合不上嘴，在走廊里来回走了好几趟。后来几天，他经常让儿子陪着到处走动。住到第六天，医生说可以出院了，邢昭衍对父亲说，今天要上街办点事，明天再走，父亲说，你去吧。

邢昭衍要办的第一件事，是到海关请人去马蹄所勘查，设计灯塔。杰森科长还在值班，态度却变了，通过翻译说，在海暾县马蹄所海滨建灯塔，关长没批准。邢昭衍心中一凉，问为什么不批，杰森扛着他那张大白脸说，成本太高，作用不大。邢昭衍辩解："作用怎么不大？那里每天有许多船进出港湾。"杰森笑一下："不就是三条商船吗？日本人两条，你一条。"邢昭衍说："商船还有好多，那些大风船，除了每年打一季黄花鱼，平时也是经商搞贩运的。"杰森轻蔑地摇摇头："依靠风力的船，是古代航运业的残留，配不上灯塔这种现代文明的标志物。再说，那些风船的驾驶者凭经验操作，用不着灯塔指引。"邢昭衍一时无语，沉默片刻又问："杰森先生，您说成本太高是什么意思？建设费用我可以出呀。"杰森用指头敲敲桌子："灯塔可以由你建，但是必须由我们管理。要有三名看守，每人每月发五六十元工资。"邢昭衍说："我出得起。"杰森将手一摆："不，你没有资格发放！航标代表了海关的尊严，灯塔看守者从来都是海关职员，必须由我们派遣，由我们发放工资。"

听他这样说，邢昭衍才明白了关于灯塔的一些规定，知道自己不能随意去建。他沉默片刻，对杰森说："谢谢您，我回去等着。我相信，总有一天，马蹄所会有灯塔亮起来，让黑夜回来的船有奔头！"

出了海关，他想和王献堂见一面，就去了位于沂水路11号的财政局。王献堂正在办公室打电话，见他来了，示意他坐下，继续跟电话里的人说话。邢昭衍坐下听了一会儿，王献堂是让一个税务官员抓紧向财政局上交税款，对方似乎交得不痛快，王献堂苦口婆心，劝对方抓紧交上。邢昭衍看着书生模样的王献堂想，这是他干的事情吗？

电话终于打完，王献堂过来与他握手："昭衍兄，你怎么来啦？"邢昭衍就把陪父亲到医院治病的事说了。王献堂给他倒一杯水，端过来说："我得去医院看看令尊大人。"邢昭衍说："不用不用，他已经好了，不然我能出来见你？献堂兄，你真忙呀！"王献堂笑道："做一天和尚撞一天钟。不过，我的钟马上撞到头了。"邢昭衍问："此话怎讲？"王献堂将门关上，压低声音说："奸人觊位，设计中伤，我当不成这个股长了。"邢昭衍很惊讶："奸人？奸人是怎么伤害你的？"王献堂摆手道："不知腐鼠成滋味，猜意鹓雏竟未休。不说也罢。我这样的书呆子，在官府当一小吏，只是为稻粱谋，一家人要吃饭呀！其实，我还是想做学问，在礼贤书院读书时，深受卫先生感染，觉得中国老祖宗留下了太多太多的好东西。卫先生是大量翻译，介绍到西方，我呢，想往深里研究，在故纸堆里有新发现。"邢昭衍问："做学问和谋稻粱，两者能兼得吗？"王献堂说："尽量吧。我正要去北京谋个职位。我表兄在京汉铁路局，来信让我到那里去，下个月就走。"邢昭衍很吃惊："你要离开青岛？这可是大事。不过，人往高处走，水往低处流，你到京城会更加发达。"王献堂淡淡一笑："发达不发达，不是我说了算的，走着瞧吧。对了，明天是礼拜天，我打算去崂山看望庄陔兰先生，你能跟我一起去吗？"邢昭衍问："庄先生到崂山干什么？"王献堂说："隐居清修。"

邢昭衍早就听靖先生讲过庄翰林，这人叫庄陔兰，字心如，莒县大店人，光绪三十年中进士，进翰林院。几年后他去日本留学，和雒镇的丁惟芬一起加入孙中山的同盟会，回来当了山东法政学堂监督。辛亥革命那年山东闹独立，他是个风云人物，曾是山东各界联合会副会长。再后来，庄陔兰当过山东图书馆馆长，还当了国会议员，经常到北京商议国家大事，现在到崂山隐居清修，是学佛还是修道？邢昭衍生出强烈的好奇心，就说："我一直想见见这位大人物，明天陪你去。"王献堂说："我明天早上七点带车到普济医院接你。"邢昭衍说："好，你忙吧，明天见。"

从财政局出来，他到街上买了两包茶叶，准备带给庄翰林，接着又去礼贤中学看儿子。去年夏天，大船在马蹄所两等小学毕业，邢昭衍把他送到了青岛礼贤中学，在入学登记表上亲自写下了儿子的大名"邢为海"。他想让邢为海到他的母校读几年书，毕业后做他的助手，成为航海事业的有用之才。

然而，刚走到山东街，有大队学生从北面走来。车夫说，对不起，前面无法走了，您下来吧。邢昭衍只好下车给他车费，站到路边。他问身边一个看热闹的中年男人，发生了什么事情，那人讲，这是学生对在青岛、上海发生的两件大事表示抗议。前些日子，五月二十九日，胶澳督办派军警到纱厂驱逐罢工工人，打死六人，打伤十几人，抓起来七十多人，还将三千人押送回原籍。三十日，上海也发生惨案：工人、学生上街抗议日本资本家枪杀一个姓顾的工人，英租界巡捕向他们开枪，打死打伤几十人，逮捕了好多。这两件事在青岛引起强烈反响，报纸连篇累牍报道，许多团体发表声明，上街游行的工人、市民接连不断。今天，学生们又出动了。邢昭衍听后震惊不已。

学生们近了，个个挥舞着小纸旗。有人带领他们高呼口号："打倒日本帝国主义！""惩办杀人凶手！"……邢昭衍想，我儿子是不是也在学生队伍里？

学生们走近，口号声震天响。"青岛学院""青岛中学校""胶澳中学""明德中学校""青岛高等女学院"……每一面写着学校名称的旗帜后面,都紧跟着一大群愤怒的青年人。女校学生白衣黑裙,喊声尖细,格外引人注意。

"礼贤中学"的旗帜过来了,邢昭衍瞪大眼睛,从人群寻找儿子。儿子果然在里面,与他的同学呼喊着口号大步前行。邢昭衍急忙过去,把他扯了出来。儿子见到父亲,满脸惊喜,问他来干什么。听父亲说陪爷爷来治病,他说等到游行结束,去医院看爷爷。邢昭衍让儿子明天早晨过去,替他看护爷爷,他和王献堂去崂山看望庄翰林。邢为海点头答应,接着撒腿就跑,追赶他的同学去了。

第二天一早,邢为海就到了医院。他见了爷爷格外亲热,摸他的腿,问他好了没有。爷爷的满脸皱纹都流淌着幸福,笑着说:"好了好了!我一见大船,腿就好好的啦!"说罢下床走给他看。爷爷还说:"你来看我一眼就行了,今天不用你陪,跟你爹耍耍山,开开心!"邢为海还是要替爹陪护,但爷爷怎么说也不让,邢昭衍只好让儿子答应爷爷。说罢去食堂买来一些包子,与父亲和儿子吃下一半,另一半收拾起来,准备带到山上。

七点钟,邢昭衍和儿子告别老人走出医院。没等几分钟,一辆小轿车停下,王献堂从上面下来。邢昭衍让儿子叫"王叔",邢为海叫了一声,指着车子前面的标志说:"多像一只兔子。"王献堂看了看笑道:"我多次看到福特,只看到英文Ford,没看出兔子来。侄子一说,我看也像。"年轻的司机说:"少爷说得很对,福特公司的老板喜欢小动物,所以把汽车标志画成了兔子。"邢为海问王献堂:"王叔,这小汽车是你的?"王献堂笑道:"我一个穷书生,怎么买得起美国轿车,是我从车行租来的。"邢为海问:"一天多少钱?"王献堂说:"二十五元。"邢为海吃惊得吐了吐舌头。邢昭衍说:"这钱我出。"说罢就掏出银圆。王献堂说:"现在不要给,回来再给,这是规矩。"邢昭衍说:"早给晚给一个样。"说罢将银圆数给司机。

司机发动汽车，开到前海，再沿海边公路东去。见王献堂接连打了几个大呵欠，邢昭衍问他是不是又熬夜做学问了，王献堂说："是，《公孙龙子悬解》快完稿了，最后一章，我想一气呵成。"邢为海问道："公孙龙是什么龙？"王献堂哈哈一笑："大侄子，公孙龙是一个姓公孙的人中之龙。"邢昭衍说："他是春秋时的大学问家，最有名的一个论点是'白马非马'。献堂兄，我没记错吧？"王献堂说："没有。'白马为非马者，言白所以名色，言马所以名形也。色非形，形非色也。'"邢为海说："白马非马，那么，福特汽车也不是车喽？"王献堂将手一拍："对！侄子聪明！"

邢为海咽一口唾沫，似乎攒了攒劲才说："马非马，人非人，这世界上有许多事情让人不理解。"王献堂问："你有什么不理解的？"邢为海的语气有了几分慷慨："王叔，你给我解释一下，咱们今天坐这辆福特轿车，一天租金二十五个大洋，但是在港上装船卸船的苦力们，半年也挣不了这么多钱。人与人之间，为何差别这么大？"邢昭衍向他瞪眼："儿子，你别看我今天租得起这轿车，可我当年也曾苦过。我在马蹄所海边拉筝，半天才挣十二文！"邢为海将嘴一撇："你当上资本家，全靠剥削工人们的剩余价值呗！"邢昭衍气恼地道："你放屁！"

王献堂笑了，伸手抚摸着邢为海的肩膀说："侄子，你读过马克思的《资本论》了？"邢为海说："没有，我没有找到这本书，是一个老师给我讲的。"王献堂说："我在礼贤书院读书时，看过德文版《资本论》，用了一个多月时间。马克思了不起，独具慧眼，发现了资本的秘密。但是，中国到目前为止，还没有进入工业社会，资本运行只在个别地方存在，属于初期阶段。如果拿这部书的观点解析中国的劳动关系，会激发劳资矛盾，对社会发展是不利的。"邢昭衍说："为海，你不要钻牛角尖。我积累资本，不是为了剥削，而是为了发展咱们的民族航运业。你到大港上看看，都是美国、英国、德国、日本的大船，华船几乎见不到。华船都很小，只能在小港停靠。你就不想让华船更多一些，跑四海、越大洋，让中国人扬眉吐气？"这么一说，儿子便不吭声了。

邢昭衍转移话题，问王献堂："你去北京，弟妹和侄子跟着你？"王献堂说："先把他们送回老家，等我在北京安顿好了再说。你弟妹也很想回家，她平时对我做学问半点兴趣也没有，整天念叨着想回老家听周姑子戏。有时候，我正为一个学术难题冥思苦索，她突然就唱起来了。"说到这里，他学唱了一句周姑子戏，最后用假嗓来一声高八度的长腔："嗯——"把邢昭衍父子俩都逗笑了。

他们一路走一路说话，不知不觉到了邢昭衍以前来拉过梨的沙子口港湾。再往前走，路边尽是老梨树，枝条上挂满铃铛大小的幼果。邢昭衍说，怪不得来到沙子口拉梨，原来这里产这玩意儿。王献堂说，从这里到莱阳，都是香梨产地。

到了一个村庄，司机停车说，这是登窑，汽车只能开到这里。邢昭衍让司机在此休息等候，他提上两包茶叶，与儿子和王献堂徒步前行。邢昭衍本来担心儿子年幼走不动，但儿子却走在头里健步如飞。望着已经长到一百六十公分的儿子，他心中满是喜悦。

走了近两个小时的山道，才来到太清宫前。只见山门高耸，红墙青瓦，里面古柏森森，殿角高挑。王献堂往里走时，吟诵起李白的诗句："我昔东海上，劳山餐紫霞。亲见安期公，食枣大如瓜……"邢为海东张西望，满眼新奇。邢昭衍则大步流星，直奔前面的三官殿。他问值殿道士，庄翰林是不是在这里住。那道士一脸茫然，说这里住的都是出家人，没有什么翰林。王献堂走过来说："我听青岛朋友讲，来崂山游玩，亲眼见过庄翰林的，怎么会没有呢？走，去问问知客师父。"

走到东边的客堂，向知客师父打听，知客说庄翰林在明霞洞住。王献堂问，明霞洞在哪里，知客说，出太清宫往山上去。他摸过纸笔，画了张路线图给他，又指点了一番。王献堂道谢一声收起。

出了客堂，邢为海说："《聊斋》上讲，崂山道士教王七穿墙，那堵墙在哪里？我想去看看。"王献堂说："那是蒲老先生瞎编的故事，你也信？不过，咱们既然来到太清宫，应该看上一圈。"说罢，和邢家父子匆匆看了三清殿、三皇殿、神水泉、逢仙桥等景点，出门时将近十二点。宫门前有卖茶水的，邢昭衍买了三碗，与他们两个吃光带来的包子，再买三碗茶水喝下，便按照知客道士画的路线图登山。

穿树林，攀陡坡，步步登高，直累得气喘不止。再登上一个山头，见山间密林里现出一座小庙。走进去看看，原来山崖上有一个石窟，上写"明霞洞"三字，旁边则有几座破旧殿堂。弓腰进洞，见里面能容几十人，是巨石塌落叠加而成，最里面供一尊佛像，烛光幽微，香烟袅袅。

看罢出来，王献堂去问树荫下坐着的一位道士，庄翰林在哪，道士向观音殿旁边的一间瓦房指了指。到那门口看看，一位头发花白的老者正趺坐于蒲团，双目微闭，腰板笔直，身后书案上有几卷经书。王献堂小心翼翼，合掌叫道："翰林大人，心如先生。"翰林睁眼看看来者，满是皱纹的长方脸上没有表情。王献堂说："晚辈是王献堂，五四运动那年在《山东日报》当记者，曾经采访过您，您还记得吗？"翰林点点头："想起来了，请坐。"说罢指了指墙根的几个蒲团。

三人各取一个蒲团坐下，王献堂向翰林介绍了邢昭衍父子。邢昭衍将带来的茶叶献上："这是我在青岛买的南方红茶，请大人品尝。"翰林向他道一声谢，扭头向里屋道："侄子，出来泡茶。"里面答应一声"中"，接着走出一个三十来岁的男子，向客人点头致意，随后拿着茶叶端起茶壶走了。邢昭衍便知道，翰林在这里清修，是有人跟着伺候的。

翰林这时说:"邢先生,我去过马蹄所。当年我带着儿子去日本留学,就是坐马车去那里,再坐风船到青岛转轮船的。大店到马蹄所,一百八十里,大多是山路,把我儿子颠得直叫唤。"邢昭衍问:"是哪一年?"翰林说:"光绪三十二年。"邢昭衍说:"那年我家里的大风船出了事,我就辍学打鱼了。"翰林点点头叹口气:"唉,世事难料,人生无常。"

王献堂说:"翰林大人,您说得一点不错,人生无常。民国八年,我采访您之后不久,家父到东北采药,突然在吉林病逝,年仅四十四岁。这件事情对我影响很大,从那之后我就开始读佛经。"翰林问他读哪些经书,王献堂答:"《楞严经》《金刚经》《法华经》,后来又读《华严经》《瑜伽师地论》《百法明门论》等等,管窥法相宗,且在唯识论上下了些功夫。我这人好奇心重,见异思迁,近来又转到天台宗,觉得这个法门讲三谛圆融、一念三千等等,似乎宇宙奥秘与人生真谛都被说穿。"翰林说:"各个法门,皆有妙处。不只佛学,还有玄学、儒学。万法归一,不必拘泥于一途。"

王献堂点点头,瞅着庄陔兰笑:"前几天,青岛一个朋友来看您,抄了您一首五律,晚辈读出了道家味道。"翰林问:"哦?哪一首?"王献堂就将那诗念了出来:

> 明霞奇胜处,山海势平分。
> 有石皆含水,无峰不住云。
> 洞天幽以徂,竹木修而纹。
> 笑问燕齐客,神仙或是君。

翰林摇头道:"那是我刚从北京过来,见此处清净,景观也妙,觉得自己过上神仙生活了。"

翰林的侄子端来一壶热茶,给每人倒了一碗。王献堂喝下一口,端着茶碗发问:"翰林大人,您身为国会议员,不在北京操心国家大事,到这天涯海角干啥?"翰林苦笑着摇摇头:"我是想操心的,但我这一介书生,能有多大能耐?我刚当了议员那阵子,认为自己成了专业从政的,拿着国家发给的优厚俸禄,可以专心参政,为民众谋福祉。我还认为,有了国会,中国就有了西方那样的民主体制,前途一片光明。但是,我太天真了!我看到的是,天下大乱,军阀当道,争地夺权,你方唱罢我登场。直皖战争打了一阵子,皖系败北,曹大帅吴大帅控制政府,逼迫段祺瑞辞职,并将国会解散。国会议员,个个如丧家之犬,可是面对那些用枪杆子说话的军阀,你能怎么样?"

王献堂说:"我听说,国会解散后,令尊大人仙逝,您回家丁忧。贵公子向您说,想通过您的庇荫出去做官。您很生气,对他说:'你当个什么官?你看看,世事乱如麻,掌大权的换来换去,你当谁的官?当谁的差?'"

翰林点头道:"是有这回事。我无法让儿子出去,我也不想再出去,就在家守着儿孙过完下半生算了。可是去年段祺瑞再次上台,邀我担任国务商榷委员会委员,我觉得盛情难却,报国之心又蠢蠢欲动,就再去北京。让人振奋的是,段祺瑞等人电邀中山先生北上共商国是,先生竟然答应了,而且提出废除不平等条约、召开国民会议等主张。我一天天盼着,若大旱之望云霓,中山先生终于在去年年底到了北京。谁知道,先生此时已经病入膏肓,到京后会见各方,身心交瘁,住进医院,三月中旬逝世。我一下子万念俱灰,觉得中国塌天了,中国没指望了!所以,先生停灵中山公园,我去祭奠过之后,收拾了一下就离开了北京。我坐火车来到青岛,直奔崂山,连莒县老家也没回。我到了太清宫,请方丈给我找个清静之地住着,他让我住明霞洞。在这里与世隔绝,身心轻松,所以就有了你刚才说的那首诗。"

王献堂慨叹一声："唉，您是看透了无常世事，才决定出世的。但我知道，您半生以来，修齐治平，可谓鞠躬尽瘁。别的不说，您在济南大明湖畔建起了山东图书馆，并且当了首任馆长，赓续齐鲁文脉，可谓功德无量。我在济南的时候经常去看书，还看过您主编的《山东图书馆书目》，有皇皇八册呢！"听到这里，翰林来了精神："建图书馆，搜集天下书籍文物以藏之，乃千秋之事，我不自量力，草创此馆，不胜荣幸。"

邢为海在蒲团上扭动着屁股，现出不耐烦来。他说："爹，叔，天不早了，车还在山下等着……"王献堂点头道："嗯，我们真是该走了。"他说了他将去北京的事，请翰林大人保重。

等到翰林站起来，王献堂瞅瞅他，指着桌子上的文房四宝说："大人，见您一面可不容易，请您恩赐墨宝，不知可否？"翰林不语，去书案边拿笔。王献堂急忙扯过案头的一张宣纸铺好。翰林看他一眼，挥毫就写：

悠悠空尘　忽忽海沤

浅深聚散　万取一收

王献堂兴奋地道："好，司空图《二十四诗品》中的句子。谢谢大人！"

待翰林题款钤印，王献堂将字幅捧到地上晾着。邢昭衍说："您也给我写一幅，好吧？"

翰林不假思索，又给他写：

空生大觉中　如海一沤发

王献堂看了说："妙，这是《楞严经》里讲的。"

收起字幅，告别翰林，三人开始下山。走到明霞洞下面的石崖上，王献堂停下脚，望着远处的广阔海面说："海沤，海沤。翰林给咱们的墨宝，都有这个词儿。"邢为海问："海沤是什么？"王献堂说："海里的水泡。"邢昭衍说："献堂你有学问，你解释一下，翰林给咱写海沤，是什么意思？"王献堂回头看看翰林的修行之所，又望着远处的大海说："他认为我是个文人，借司空图的话教我如何作文章。他是说，万物不断变化聚散，无论写诗还是作文，都需要博采精收。给你的那一幅，则有开示的味道，劝咱们明白，人生在世，就像海里的水泡一样转瞬即逝，归根结底是空的，是虚幻的，不必太执着。"

邢为海说："我不同意这个说法。如果人人都这样想，觉得自己是个转瞬即逝的水泡，都不去奋斗进取，世界还能进步吗？社会还能改善吗？"

邢昭衍说："儿子，咱爷儿俩想到一块儿了。人不能太消极，来世上走一遭很难得，即便是个海沤，是个水泡，也要在那短短的瞬间发出光彩！"

王献堂笑了："以出世的情怀，做入世的事业，这样最好。走吧！"他把长衫一撩，迈开长腿在前面走了。

王献堂与庄陔兰再次相见，在十二年之后。那时，日军逼近济南，已经当了八年山东图书馆馆长并已改名为王献唐的他忧心似焚，精选珍贵图书文物，装了三十一箱，火速送到曲阜孔府保存。此时，首任馆长庄陔兰正在孔府担任孔子第七十七代孙、大成至圣先师奉祀官孔德成的老师，为"小圣人"教授儒学经典。中华文化遭劫，两位守灯人多次切磋，难寻良计，唯有与国宝共存亡的念头相一致。两个月后，南京陷落，济南眼看不保，王献唐与助手呵护图书文物南下，又溯长江而上。他们冒着寒风大雪，躲避着日本飞机的狂轰滥炸，历经千辛万苦，终于把一个个箱子藏进四川乐山一座佛寺的石窟中。王献唐一边守宝一边著书,将居室命名为"那罗延室",取坚牢不破、永守文物之意。而在日军逼近曲阜时,孔德成被蒋介石派来的军官接走,临行时写下手谕:"重大问题由族长、四十员、老师庄陔兰、王毓华协商办理"。庄陔兰此后一直住在孔府,教孔氏孩童读儒家经书,一九四六年九月病故,享年七十五岁。抗战胜利后,王献唐带着图书文物回到济南继续担任山东图书馆馆长,但他已经有病,到北京做了开颅手术,身体从此每况愈下,一九六〇年在济南辞世。

第二十六章

邢昭衍为父亲办了出院手续,准备去坐船回马蹄所。扶着父亲走出病房,来到医院门前,见一辆黄包车飞快过来,上面坐着两个大人一个小孩。车停之后,邢昭衍突然发现,那个留分头穿西装的年轻人是他的四弟。他叫一声"昭光",刚付完车钱的邢昭光也看见了他们,满脸尴尬叫一声"三哥",又叫一声"二叔"。邢泰稔惊问:"三筐,你怎么在这里?"那个留着短发、年轻漂亮的女人已经抱着孩子走进医院门口,回身喊道:"昭光你快点呀!孩子都抽筋啦!"邢昭光便向他俩赔笑:"对不起,我得赶紧给孩子看病。"说罢跑了进去。

邢泰稔冲着里面骂了起来:"什么东西!你离家八九年,不回去看看爹娘,连个信都不捎!"邢昭衍对爹说:"昭光真够呛!他怎么不问问你到这里干啥呢?"邢泰稔撸着袖子说:"我进去揍他一顿!"邢昭衍劝阻道:"算了,你别气坏了身子。你在这里等着,我去问他住在哪里,以后好去找他。"他把包放到父亲身边,自己走进医院。

找到儿科,见女人抱着孩子坐在医生面前,昭光站在旁边。邢昭衍进去扯了昭光一把,昭光跟着他到了走廊上。邢昭衍盯着他问:"你在青岛干什么?"昭光说:"给大连一家公司坐庄。哎,二叔也来看病?他怎么了?"邢昭衍说:"治他的老烂腿。昭光,你不回去看看我大爷大娘?"昭光说:"我想回去,可是没脸呀。你给我爹娘捎个信，就说三筐对不起他们。"说着从兜里掏出两个大洋递给三哥："我带孩子来看病，身上钱不多，这两块钱您捎回去，算是我的一点心意。"邢昭衍便接了过来。他看一眼屋里的女人，放低声音问："你怎么把簊子撇了？"昭光摆摆手："别提她，别提她。她跟别人好，还生了孩子，我凭什么挣给她吃？"邢昭衍无言以对，问他住在哪里，昭光掏出一张名片给他。邢昭衍看看，上面写着"大连跨海贸易公司驻青岛办事处经理"，还附了地址。邢昭衍问他做什么业务，昭光说，主要是粮食、花生、煤炭。邢昭衍点点头："知道了。我再来青岛的时候找你。"他再向昭光要一张名片，说要捎给大爷，昭光又给了他一张。

　　回到医院门前，跟父亲说了他了解到的情况，父亲吐一口痰骂道："呸！离家这么近也不回去，狼心狗肺！"邢昭衍看看时间不早，将停在一边等客的黄包车叫了两辆，与父亲分别坐上，去了小港。到了码头，邢昭衍看到这里有卖熟食的，就买了一些油煎饺子带上。

　　他们坐的船是"成田丸"，十点开船。昨天邢昭衍来买票，他想让父亲乘坐能躺着的高等舱，但是票已经卖光，只好买了两张统舱票。上船后，他发现这船的底舱装了许多煤炭，大概是送到海州的，因为马蹄所没有用煤大户。上层的客舱，统铺上坐着稀稀落落几十个人。邢昭衍知道，这是因为在青岛至马蹄所、海州这条航线上，往东北走的多，往西南走的少。他让父亲坐下，父亲问一张船票多少钱，邢昭衍说，两块。父亲拍着席子气愤地道："太贵了！太贵了！"

　　坐在后边的一个年轻人走了过来："三叔，你跟俺二爷爷来逛青岛？"邢昭衍认出，他是一个本族侄子，小名叫二篷，在一条丈八船上干活。邢泰稔也认出了他，问他来青岛干啥。二篷抱着膀子左右晃动两下："咳，我嫌在丈八船上当干充子挣钱少，听说到青岛当苦力能挣钱，可是到这里才知道，来青岛混穷的太多，海暾帮也不帮老乡了。我来了三天，头头没给我派活，饿得我上街要饭吃。后来派了活,可我的腰快压断了,也挣不了几个铜板。想了想,咱就是天生的穷命,还是回去当千充子吧。唉,累死累活两个月,就挣了个船票钱。我协他娘!"邢昭衍听他说得可怜,就说:"你回去等着,我再买了新船,到我船上干活去。"二篷喜出望外,连声说好。

起航之后,邢昭衍注意观察这条船的状况。他觉得这条船的动力较弱,驶出胶州湾后虽然顺风顺水,航速却不快,估计在十节左右。船也破破烂烂,随波浪起伏时,许多地方咔咔响。他想,我如果去买来新船,用速度和低票价,会把它淘汰掉的。

坐在他前面的一个老太太晕船,抻长脖子想吐,她身边一个年轻小伙急忙扶起她,让她去过道中间的洋铁桶那里。但是晚了一步,老太太吐到了地上。"八格!"一个三十多岁的男乘务员气势汹汹过来,冲着老太太的腚就是一脚。小伙子急忙护住老太太:"你凭什么踢俺娘?"乘务员指着地上骂:"你娘瞎眼啦?随地吐,胡乱嗖?"邢昭衍听他说出方言,知道他是个中国人,厉声道:"请你文明一点好不好?怎么能这样对待老人呢?"乘务员斜他一眼:"想教训我?你算老几?"二篷在旁边说话了:"你知道他是谁?他是马蹄所的邢老板,跑大连的昭衍号就是他的!"那个乘务员换了惊讶的眼神看看邢昭衍,而后走了。

过了一会儿,他又回来,到邢昭衍跟前鞠了一躬:"邢先生,我们船长想见见您,请。"邢泰稔面现紧张:"船长叫你干啥?他们会不会害你?"邢昭衍安慰他:"没事,你在这里坐着不要动。"他招呼二篷到这边照顾老人,自己跟着乘务员走了。

驾驶室外面的甲板上,一个穿制服的秃头男人正坐在椅子上,见到邢昭衍起身相迎,说了一声"邢先生你好"。站在他旁边的一个瘦高青年介绍说,这是佐琦船长。邢昭衍向他拱拱手:"船长你好。"佐琦让瘦高青年搬来一把椅子,请邢昭衍坐下。

佐琦的中国话说得还算顺溜,他向邢昭衍笑了笑:"邢先生,没想到能在我的船上见到您。您有一条法国造的船,大概瞧不起我这成田丸吧?"邢昭衍也笑了:"您这条船确实旧了一些,有没有换新船的计划?"佐琦警觉地看着他:"有啊,我已经向社长建议过了,他说会考虑的,因为这条航线已经遭遇了你的严重挑战。你从我们这里抢去了太多太多的客人,如果不是在货物运输上赚到一些,我们就亏本了!"说到这里,他的眼睛里闪射着仇恨的光芒。

邢昭衍向海上望了片刻,回头说道:"佐琦先生,我在青岛礼贤书院读书时,老师给我们讲,从事商业要遵循公平竞争原则,就是说,在同一市场条件下,各个竞争者要共同接受价值规律和优胜劣汰的作用与评判,各自独立承担竞争的结果。"佐琦粗暴地将手一挥:"不,那是西方人的经济学。什么公平竞争,说得冠冕堂皇,实际上是暗地里下毒手。我们日本人的经济学很直接,就是想要什么,对手必须给我们什么。"邢昭衍冷笑一下:"是的,你们想得到中国的领土,就从德国人手中抢去了青岛。但是,后来为什么又归还给中国呢?"佐琦一脸气恼:"这只是我们的一个小小挫折,你等着看,我们会从你们中国人手中拿到更多好东西的,土地、城市、资源、商机,都会为我们所用。凡是与我们作对的,都没有好下场!我今天代我们社长劝告你,请你立即停止昭衍号的载客业务!"

邢昭衍沉默一下想,我正要停止昭衍号的这个业务呢,于是把头一点:"我会认真考虑你们的劝告。"佐琦大声笑了起来:"这就对了,够朋友!"说着站起来向他伸手。邢昭衍与对方握手时,发现这位船长的手掌特别硬,便狠狠攥了一下,攥得他改换脸色目露凶光:"唔?"邢昭衍不理他,放开手转身回舱。

见他来了,二篷到原位坐着,让他坐到老人身边。邢泰稔问儿子,鬼子叫他过去,都说了啥。邢昭衍吐出一口闷气:"嫌我抢走了他们的乘客,叫我停止载客业务。"父亲问:"你答应了?""答应了。"邢泰稔将一双被皱纹包裹着的老眼瞅着他:"你本来是个硬汉,今天怎么成了孬熊?"邢昭衍趴在父亲耳朵上小声道:"我不用昭衍号载客,用昭朗号。"父亲满脸疑惑:"昭朗号?昭朗号在哪里?"邢昭衍说:"我打算再买一条新船,客货两用。名字已经起好了,叫昭朗号,昭朗是明朗的意思。"父亲兴奋地道:"中!我儿有志气!你买上新船,叫鬼子的船滚得远远的,别再卖高价,欺负人!"

他从脖子上取下烟袋,装烟点上,望着窗外的近海与远山一口接一口抽。抽了一会儿,转身叫道:"舵儿。"

邢昭衍心中一动。因为父亲多年来很少再叫他的小名,每次叫,都是商量重要事情,以这种方式表达爷儿俩的亲密关系。他扭头看着父亲:"爹有事要说?"父亲将烟袋上系着的烟荷包用指头捻着,捻了一下又一下,里面似乎藏有他的锦囊妙计。他看看四周,向儿子小声道:"我寻思好了,你再买新船,我尽全力帮你。"邢昭衍低下头小声回他:"谢谢爹,你要把这几年攒的钱给我用?"父亲说:"当然给你用。可是买新船要花大钱,我攒下的那点帮不了你多少,打算把地卖了,把船也卖了。""啊?这怎么行?"邢昭衍看着爹,一时说不出话来。他压根儿没想到,多年来在前海卖鱼锱铢必较的父亲,为了省钱都是自己给自己的病腿放血的父亲,今天竟然如此大方!

但他想,再买船,即使买一条两三百吨的旧船,也得筹集十几万大洋。我这些年做乌鱼蛋生意、打黄花、贩卖货物挣了二十五万,买"昭衍号"花掉十五万,手里还有十万,缺口是五六万。父亲把积累都给我,再把船和地都卖了,估计也不会过万。于是推拒:"爹,我买船还缺好几万,你那点钱帮不上多大的忙,我去借,你不用管了。"父亲却坚定地道:"不,帮不上多大的忙,我也要帮!再说了,借钱的利息太高,不合算。"他扭头看着大海,眼中滴下泪来:"你爹已经是七十的人了,能活还活几年?你把我拉到青岛治好了腿,往后能走路能吃饭就行,反正你不会叫俺老公母俩饿死……"邢昭衍听不下去,摆手道:"爹你甭说了,咱回家再商议。"

父子俩回到家，发现石榴和两个孩子来了。娘儿仨是三天前来的，因为吕家山又遭了马子。那一带经常有马子骚扰，吕信周、吕信全兄弟俩率领大刀会日夜站岗，严防死守。半个月前，又去了好几百个，把村庄围得如铁桶一般，扬言要把姓吕的全部杀光。但是围了四天四夜没有攻开，只好撤走。打听到马子远去，吕家山的围门才敢打开。但是吕家兄弟怕马子再来，就让妯娌俩各自带着孩子回娘家。吕信全赶着马车把石榴和两个孩子送到马蹄所岳父家，当天就回去了。娘儿仨在后院住下，两个男孩一个十岁，一个七岁，整天和舅舅家的表姐表弟玩，前院后院笑声不断。

邢昭衍见到妹妹和外甥很高兴，在马蹄所最好的饭店"望海楼"订了一个大桌，让全家中午到那里吃饭。杏花问她爹，您又去了一趟青岛，建灯塔的事怎么样了？邢昭衍就把海关的答复向她说了，杏花很失望，眼泪汪汪。邢昭衍对她说："闺女放心，我总有一天会把马蹄所的灯塔建起来。"杏花擦擦泪水道："好呀爹，我记着你这话，等着那一天！"

接着，邢昭衍去告诉大爷，在青岛见到了昭光，昭光捎回两块大洋。邢泰秋接过大洋狠狠往地上一摔："我就稀罕他的臭钱？离得这么近，也不回来看看我跟他娘！"邢昭衍掏出昭光的名片给了大爷，大爷看了说："这个杂种羔子，当上经理啦？"邢昭衍不无讽刺地道："不光当了经理，还娶了二房，给你生了个孙子。"邢泰秋脸上现出笑意："是吗，我添了个孙子？三筐还算有点出息。"但他不问箩子在哪里，邢昭衍想，估计他是听杏花说了箩子的情况。

邢昭衍从大爷家回来，与家人们一起去饭店。父亲以往去前海都是骑驴，今天他却用脚走路，昂头背手，走得踏踏实实，扬扬自得。一个与他同辈的老头问："二哥，你今天怎么少了四条腿？"邢泰稔指着自己的腿道："去青岛治好了，还用老驴驮着我？"

到了"望海楼"，他不要儿孙搀扶，扶着栏杆自己上去。老少十口到雅间坐下,老人挥手道:"拿酒来!我今天跟舵儿喝个痛快!"石榴笑道:"爹,俺哥已经是大老板了,你还叫他小名!"老人也笑了:"我错了我错了,邢老板,快拿酒来!"在老老少少的哄笑声中,邢昭衍去楼下拿来一瓶高粱大曲。

倒上酒,邢昭衍开始说话,他庆贺父亲治好了腿,欢迎妹妹过来住,还祝福老少平安,人人都好。说完敬父亲一碗酒,与父亲同时喝干。这时,菜也陆续上来。每上一盘菜,老太太都要看是不是"发物",如果是,就不让老头吃。老头不能吃那些海鲜,却吃了不少猪肉鸡肉。后来他喝高了,从身上掏出几个大洋,给每个孩子发了一个,醉醺醺道:"看看,这是袁大头,上边的老头像不像我?你们留着这块大洋,以后我不在了,你们看看上边的老头,就能想起我来……"石榴埋怨道:"爹你喝醉啦?说的是什么话!孩子们,你们都站起来,以水代酒,祝爷爷、姥爷长生不老!"几个大孩子站起来,学说这句话,让老人乐得摇头晃脑:"嘿嘿,长生不老,长生不老……"

门外走过几个人,邢泰稔看到了立即叫喊:"王大笔杆!王大笔杆!"一个端着水烟袋、脖子上挂眼镜的中年人退回来,看着邢泰稔问道:"邢老爷,您叫我有事?"邢泰稔说:"你给我打听一下,有没有买地的,我要卖地,十九亩都卖!"邢昭衍急忙制止:"爹,咱先不说这事好吧?"邢泰稔却把手一挥:"他就是个地经纪,为什么不跟他说?"王大笔杆问:"您老人家要卖地,真是天下奇闻。卖地干啥?"邢泰稔说:"俺儿要买新船,买大火轮,我卖地帮他!"王大笔杆看看邢昭衍,连连点头:"好好好,我知道了,我立马给你打听!"说罢走了。

石榴看着哥哥,目光像锥子一般锋利:"哥,当年有人给你出点子,要你排大船,你就闹着分家。分了家,你把分到的地卖了,那个人就恣了。今天,是不是那个人又盯上了咱爹的那些地,叫你再买大轮船?"

梭子听了,气得小脸焦黄,心口生疼。她捂着心窝说:"他二姑,你可别冤枉我。那年你哥要排大船,我是知道的,也是想叫他排的。可是现在他要买船,我压根儿就不知道!"邢昭衍也给她辩解:"你嫂子真不知道,是昨天在回来的船上,我见鬼子的船员欺负人,下决心要买新船把他们挤走,咱爹说要卖地帮我。"石榴说:"反正咱爹不能卖地!哥,你还记得不?你第一年下海,我送给你一只面兔子,意思是咱家除了船还有地。分家以后你没了,咱爹还有,现在叫咱爹也把面兔子丢掉?"她爹却连连摆手:"丢掉就丢掉,不就是个面兔子吗?"石榴拧着眉头道:"不行,地是老本,万一出海挣不着钱,地能叫人活命!"

杏花一直鼓着嘴看她姑,这时发话了:"二姑,俺爷爷的地卖不卖,叫他跟俺爹商量,你已经嫁出去了,不用管这么宽吧?"石榴哭了,流着眼泪指着她:"什么?嫌我管得宽?你这小丫头也敢饹我?好吧,我已经嫁出去了,不是邢家的人了,我走,我回吕家山!"说着就起身拽两个孩子。老太太急忙阻拦:"他姑你可不能走!你不怕马子把恁娘仨杀啦?"这么一说,石榴又默默坐下。邢昭衍忍下一口气,强笑着道:"妹妹你别生气。我一直不叫咱爹卖地,可他非卖不可,你回家再劝劝他,好吧?大伙都吃饱了?吃饱了咱们走吧。"

一场家宴不欢而散,但是动摇不了邢泰稔卖地的决心。回家后,他将里屋的墙上砸开一个洞,从中掏出几张变黄了的地契,一张一张看了又看。老太太说:"不舍得了吧?后悔了吧?"邢泰稔却说:"不后悔!帮儿买船,我舍得!"石榴过来,劝他不要卖,父亲却斩钉截铁道:"你甭说这事了,谁也劝不了我!"石榴只好气鼓鼓走出去,到西屋躺着。

过了一会儿,王大笔杆就带着一个买地的来了。此人姓苏,在马蹄所开了多年当铺,想把赚到的钱换成地。邢泰稔问他买多少,苏老板说想买十来亩。邢泰稔拨弄着地契，抽出两张，这两块地是十一亩四。苏老板问他一亩地多少钱，邢泰稔则问他肯出多少，经过一番讨价还价，以每亩四十一元的价格成交。邢泰稔说，好了，你回家准备钱吧，明天上午写文书，咱们各找一个证人。

傍晚，王大笔杆又带来一个买地的，这人姓高，也是马蹄所的，有一条黄花船，赚了钱想置地。邢泰稔问他买多少，高老板说，你有多少我买多少。邢泰稔说，只有七八亩了。高老板就埋怨王大笔杆不和他早说，他几年来一直想买地，就是没有碰到卖的，好容易碰上，又叫人先买去了大半。王大笔杆说，甭叨叨了，你赶紧把这些买下，不买又没了。高老板便与邢泰稔谈妥，一亩四十三，也约定明天上午到这里写文书。

当天晚上，邢泰稔去他大哥家里，说了卖地帮儿子买船的事，让他明天上午过去当证人。邢泰秋听了埋怨道："你怎么不早跟我说？我早就想买地，就是没等到茬儿，你看你！"邢泰稔说："晚了，晚了。我没想到你会买。不过，我还想卖船，两条丈八船都卖，你买不买？"邢泰秋不解地看着他："地也卖，船也卖，你为了舵儿真是豁上了？"邢泰稔说："豁上啦！只要能帮他，我什么都舍得！"大哥嘿嘿无言，只是抽烟。

邢泰稔也坐着抽烟，抽一会儿问大哥，到底买不买那两条船。大哥将烟袋从嘴里拔出，在板凳腿上叩了叩说："他二叔，我买。我比你大两岁，来年七十二，不能再操心了。我买下你这两条船就分家，加上原来的两条，兄弟俩一人分两条，也说得过去。三筐在外头，南门外的宅子给他留着，别的就不给了。再说了，不分家也活受罪，妯娌俩你看我不顺眼，我看你不顺眼，再这么闹下去，你嫂子会叫她们气死。"邢泰稔说："大哥，你这谱气对头，把家一分，各人下网各人得鱼，你跟嫂子省心省力。"

邢泰秋问二弟，两条船要多少钱。邢泰稔说："船都是旧的，再说是你当哥的买，你看着给吧，给多给少都行。"大哥说："按咱马蹄所的行市，这样的丈八船，一条一百来块，我给你一百二，中不中？"邢泰稔说："哥，你不用给这么多。"大哥说："多就多，算我给侄子帮点买船的钱。就这么定了，明天上午我去给你当证人，一块把钱捎去。"

邢泰稔又说："大哥，你买了我的船，使船的人能不能接着用？特别是两个老大，都给我干了多年，打鱼是好手，人也厚道。"邢泰秋说："我想用，不知道人家愿意不愿意。"邢泰稔说："我问问他们。如果想干，就到你家；不想干，你就另找别人。"

第二天上午，邢泰秋果然到了弟弟家里，并且提了个沉甸甸的布袋子。"他二叔，这是二百四，你数数。"邢泰稔说："不用数。"说罢接过来送进里屋。

一会儿，王大笔杆带着两个买地的和证人来了。六个人坐在一起，写了两份卖地文书，该签名的签名。两个老板交上银票，邢泰稔收起来也送进里屋。而后，苏老板去叫来四辆东洋叉子，几个人坐上，车轮滚滚去了县城。办妥土地过户手续，又一起吃了午饭，再坐着洋车回来。

这天晚上，邢泰稔等到儿子从商号回来，把他叫到后院，说地钱、船钱，再加上这几年攒的，一共是九千二，让他全都拿走。邢昭衍进屋看看，见地上放着两个麻袋、一袋银圆、一袋铜圆，父亲还给他了几张银票。他感动得眼窝变湿："爹，这些钱能排好几条黄花船，你都给我？"邢泰稔挥着手道："都给你，快拿走！"邢昭衍说："先放这里吧，我明天去海墪的钱庄换成银票。"父亲看看外面说："白天会叫石榴看见，她又跟我闹。你快拎到前边去！"邢昭衍突然跪下，给爹磕了一个头。邢泰稔急忙把他拉起："咱不用这样，你快把钱提走！"邢昭衍只好揣起银票，一手提起一个麻袋，迈着异常沉重的步伐去了前院。

第二天凌晨，冯嬷嬷照常早早来做饭，做好了端上桌，两条船上的十二个人也全部聚齐。等到他们吃完，邢泰稔提着一个布袋子走进厨房："你们稍等一下再走，我要说一件事。"他把布袋子放到窗台上，面向饭桌，把卖船的事说了。众人听了都很吃惊，史老大说："没想到你为了少爷，破这么大的本！"宋老大说："俺在您家干了这么多年，真没想到船主会换。"那些伙计们也都咿里哇啦，发表自己的感想，但没有一个人说自己不跟着船走。邢泰稔明白，现在整个马蹄所的丈八船就那么百十条，哪条船也不缺人手，如果离开这两条，很难再找到地方上工。

他拎过布袋子，摸出几个大洋攥在手里说："今天早晨，是你们在我家吃的最后一顿饭，上午出海回来，我也不跟你们分渔获钱了，你们自己分，由老大做主。不过，为了感谢这些年你们给我出力，我给每个人一个大洋，算是我的一点心意。"说罢，给每个人递去一个。

最后一个大洋给了冯嬷嬷。这个满头白发的女人接过来，用大洋边儿碾压着眉心，低头哭道："老爷，他们能到新船主家干活，你怎么不叫我也去呢？我这个寡妇娘们，年纪也大了，再到哪里找活干呀？"邢泰稔这才想起来，他把冯嬷嬷忽视了。他有些愧疚，但是转念又想，船卖给了哥哥，总不能叫一个办饭的女人也跟着过去吧。

史老大瞅着冯嬷嬷说："老冯，我去问问大筐，他们愿不愿意叫你过去做饭，如果不愿意，我也不去。"冯嬷嬷抬起脸看着他，脸上的麻坑大多蓄满眼泪："老史，我跟着你走，你去哪里我去哪里！"宋老大向史老大伸出大拇指："史大哥有情有义，佩服！"

邢泰稔傻眼了。这些年，他看出史老大跟冯嬷嬷有那么点意思，时常眉来眼去，没想到在这个时候，老史把自己跟冯嬷嬷绑在了一起。他想了想说："老史你甭问了，老冯要是愿意，就留下我家继续干活。我闺女一家住在这里，儿媳妇身板也不好，前院后院好多人吃饭，没有女觅汉不行。"冯嬷嬷说："谢谢老爷，我当然愿意。"她抹一下眼泪,把手里的大洋递给邢泰稔:"这钱俺不能要了。"邢泰稔说:"拿着吧,算在你的工钱里。"

他嘱咐老史,上午起网回来,连人带船留在前海,他有事儿。史老大答应着,招呼众人起身,扛着大橹、竹篙等家什去了前海。

邢泰稔吃了点饭,去西江边排船工地上找到邢大斧头,让他中午把当年排"菠菜汤"的匠人招呼到前海。大斧头问邢泰稔要干啥,邢泰稔说,请他们吃喝一顿,因为他把船卖给大哥了。大斧头不明白,说那条船都这么多年了,你卖就卖,跟俺这些匠人有什么关系?邢泰稔面现愧色:"当年我光想着省钱,待你们这些匠人太孬了,整天叫你们喝菠菜汤,真不像话。现在这船要出手,我无论如何要跟大伙当面道个歉。"大斧头明白了:"是这个意思呀,好吧,我找找他们。"他扳着指头算了算,说当年的工头陆大哥已经过世,现在活着的还能找到七八个,邢泰稔让他抓紧去找。

老人又去了所城西门,那里有一个长年开业的汤锅摊子,他让摊主张大碗煮一锅猪肉,中午用桶装着送到前海,再带两坛子好酒,配上十八双筷子十八个碗。长着满脸大胡子的张大碗说,你给我三个大洋,我给你办好。邢泰稔就掏给了他。

邢泰稔打算让儿子和魏总管中午也去前海喝猪肉汤,但是到了商号,魏总管说,他忙着给买秋秋的发货,去不了。邢泰稔问:"昭衍呢?"魏总管说:"他去给上海的朋友发电报,让他们打听一下有没有卖船的。"邢泰稔顿一顿下巴:"嗯,这事是得抓紧。"

老人在商号坐了一会儿,将近中午时分去了前海,看见"菠菜汤"停在浅水里,史老大与几个伙计正坐在石盘上抽烟。他走到老大身边站下,看着那条船叹息一声:"唉,菠菜汤,菠菜汤,你让人叫了二十多年,老大他们也跟着丢脸。今天你到我大哥家,要改个新名才行。"史老大问:"改个什么名?"老人笑了笑:"等一会儿你就知道啦。"

邢大斧头带着一帮匠人来了，张大碗也派人送来了两桶猪肉汤。匠人们抽动着鼻子说：真香！真香！邢泰稔指着其中一桶对史老大说："这是你们的。"到另一桶旁边说："这是师傅们的。"他给匠人们每人盛上一碗，都装满肥肉，碗里的猪油有一指多深。大斧头指指酒坛子："泰稔老侄，俺就不客气了，这酒得喝！"邢泰稔说："喝，喝，你跟老史自己倒吧。"大斧头倒一碗，老史倒一碗，与伙计们传来传去轮着喝。

这个场面，引来许多人看热闹。邢泰稔拿两个空碗，盛上猪肉汤，让他们也尝尝。围观者起初不好意思，但是一个苦力经不住诱惑，垂涎欲滴，就端起了碗。其他人也行动起来，用另一个碗喝汤吃肉，有的还抄起大木勺子去桶里舀。邢泰稔夺过勺子，说要犒劳犒劳船，舀了满满一勺，下水向"菠菜汤"走去。

大斧头看着邢泰稔高声说："伙计们，猪肉汤香不香？"在场的人一齐回答："香！"他再问一句："猪肉汤，香不香？""香！"大斧头说："给这船改名叫猪肉汤，中不中？"大伙齐声答应："中！"

邢泰稔已经走到船边，水淹到了他的大腿。他抖动着胡子对船说："老伙计，听见了吗？你已经改名了，叫猪肉汤啦！来，你喝一口，香一香！"说着将勺子一挥，猪肉汤全都拨到船上。

接着，他把勺子放到船板上，两手扳住船帮，纵身一跃。虽然有些吃力，还是上去了。大斧头喊："老侄子，你上船干啥？"邢泰稔说："我看看猪肉汤！"

他从船头走到船尾，再从船尾往船头走，低着头这瞅那瞅，眼神里满是眷恋。后来他踩到了几块猪肉，脚下一滑，人就栽到船的另一边去了。老史和几个伙计急忙放下碗，往那边猛蹿，船岸之间水花高溅。他们过去找到老人，老人正趴在水里全身抽搐。

大斧头也过来了，指挥几个人把老人抬到船上，让他趴到船帮上控水，但他只吐水不吐气，更不往肺里吸。

大斧头摸摸他的手腕，感觉到脉搏消失，哭了一声"泰稔老侄"。他抹一把眼泪，爬到船上站着，向水里岸上的人大声吆喝："猪肉汤！"

众人齐声喊："香！"

"猪肉汤！"

"香！"

……

第二十七章

"冷尸不进热宅",这个习俗让死去的邢泰稔老人滞留前海好久。

邢大斧头和史老大等人把他抬到岸上,早有人去恒记商号告诉了魏总管。魏总管让人骑着商号的另一辆自行车火速进城找邢昭衍,而后抱着一领芦席去了前海。他到老人跟前大哭着磕了三个头,而后把芦席盖在他身上,问大斧头这事该怎么办。大斧头说:"按老规矩,凡是在外头殁的,不能在家里办丧事。"魏总管说:"不在家,在哪里?"大斧头说:"在恒记商号就行。"魏总管思忖片刻说:"这是大事,还是等少爷回来再说。我先让商号的人抬一张小床过来。"

此时,岸上观者如堵,水上也聚集了好多船。人们看看用芦席盖着的邢泰稔老人,再望望上午还属于他的那条丈八船,传播着"菠菜汤"改名为"猪肉汤"的故事,议论纷纷,感叹不已。

龙神庙里,突然传出吹打响器的声音,接着走出身穿道袍的六个道士。为首的端着龙头手炉,炉上插着高香,后面几位敲打着引磬,吹着唢呐、笛子和笙。他们绕尸三圈,又往庙里走去。魏总管从身上掏出两个大洋,递给领头的道士作为酬金。

邢昭衍骑着自行车飞驰而来,人们为他让开一条通道。邢昭衍来后与车俱倒,一边哭着叫爹,一边爬向逝者,揭开芦席看看,竟然钻进去抱着父亲号啕大哭。看着随他哭泣而瑟瑟抖动的芦席,在场的人大都落泪。魏总管、史老大和他的伙计们,还有刚刚出海回来的大筐、二筐，都跪下放声大哭。

大斧头擦擦老泪，上前把邢昭衍从席下扯出来说："大孙子甭哭了，先商量怎么办大事。"邢昭衍止住哭泣，想了想说："把俺爹抬回家吧。"这时，商号的人抬着一张小床来了，魏总管招呼人把芦席揭开，把老人抬到床上，盖上被子。而后，四人抬床，邢昭衍手扶床沿，一起向所城走去。

快到南门时，邢泰秋从所城里趔趔趄趄出来，胡子上挂满鼻涕与泪水。邢昭衍趋前几步向他跪倒，哭叫一声"大爷"，邢泰秋抹一把涕泪道："你爹死得真是蹊跷！年轻时经历了那么多风浪，几次掉进海里都没事，今天掉进浅水里就呛死了……唉，你这是干啥，把恁爹往哪里抬？"邢昭衍说："往家里抬呀。"邢泰秋大喝一声："胡闹！你知不知道'冷尸不进热宅'这个规矩？"邢昭衍说："我听说过。"大爷冲他瞪眼："听说过，还敢犯忌？赶紧抬回去，在你那商号搭个灵棚，从那里出殡。"邢昭衍摇摇头："我想叫俺爹回家。"邢泰秋将脚一跺："不行！有句话说，'冷尸进宅败到底'，你就不怕？"邢昭衍说："我不信，我也不怕！俺爹临死之前，把全部家当都变卖了，就为了叫我买新船，我能忍心叫他在外头上路，当个孤魂野鬼？"说到这里，他的嘴绷成倒着的月牙，哆哆嗦嗦，再也说不出话来。他向几个抬灵床的人做了个手势，而后在前面领着，边哭边向家中走去。

父亲的院门外，梭子和石榴早已带着孩子跪在两边。石榴爬起身来扑向灵床，大哭着要揭那被子："爹！爹！"大斧头急忙捂住："孙女，回家再看，回家再看。"石榴拍打着膝盖，双脚一齐蹦高："爹，爹你亏死啦！你亏死啦！你把家产都折腾光了，今天再搭上一条命！"邢昭衍瞪了她一眼，扶着灵床走进院里。

灵床安放在堂屋正中，大斧头揭开被子一头，让逝者露出脸来。老太太双目滴泪，上前哭道："大船他爷爷，早晨你还好好的，出了一趟门，睡着回来啦？"梭子、石榴和孩子们大哭不止。大斧头让邢昭衍拿酒给爹净面，邢昭衍找到酒坛子，倒一碗端着，拿手绢蘸着给父亲擦脸，一下一下，擦了个遍。大斧头说："老侄子，你这回，无论到哪里也有脸有光啦！"这句话，又激起众人的哭声。

邢泰秋虽然不同意在家中停灵的做法，但还是跟着来了，此时将侄子叫到一边，商量丧事怎么办。邢昭衍说："大爷，在家里停灵出殡，我没听您的，别的事全由您安排。"邢泰秋说："好吧，我去找两个管事的，你只管出钱。"邢昭衍便去前院他的卧室，从橱子里取来三百个大洋给他，说你先花着，不够再跟我要。大爷说，中，你这大孝子只管到后院守灵，来了客陪着磕头。

下午，一座灵棚在后院搭起，七八个道士来诵经礼忏。有人买来白布，由本族妇女缝制孝服孝帽，账房先生将其分发，院里变得一片雪白。请来的几个厨子剁肉切菜，刀俎响亮。冯嬷嬷找来一些穷人家妇女，在这里当临时女觅汉，烙煎饼，做豆腐，烟熏火燎。

亲戚们陆续赶来奔丧。女客都是号哭着前来，梭子带着杏花一次次出门跪迎。后来，梭子跪下后难以起身，只好由杏花用力扶起。哭声最响亮的是柿子，石榴听到后迎出来，姐妹俩抱在一起哭上片刻，而后去父亲的灵床前号啕不已。姑爷于嘉年向岳父大人郑重磕头，也是泪洒前襟。

吃过晚饭，邢昭衍和妹妹、妹夫以及两个堂弟一直守灵。次日来吊孝的人很多，他们到账房献上纸烛挽幛之类，领到孝帽，到灵棚行礼毕，接着去吃流水席。流水席摆满前院后院，乱哄哄一片。

天近中午，二妹夫吕信全和哥哥吕信周来了。吕信周作为姻亲前来吊孝，吃过流水席就应该走的，但他让弟弟把邢昭衍叫到了院里。邢昭衍当年送妹妹出嫁，这位姻亲与他结识，还主动借钱给他排船，帮了大忙，今天见面时他一再道谢。吕信周说，姻兄甭客气，我正要请您帮个忙呢。邢昭衍问他帮什么忙，吕信周凑近他，小声说出俩字：买枪。邢昭衍很惊讶，问他买枪干啥，吕信周看看周围人多，就把他扯到院子东南角的驴棚里。里面只有邢昭衍父亲骑了多年的那头老驴，此时瞅着他俩高竖起耳朵。吕信周向它一瞪眼："吃你的草！"然而老驴不吃，把后腿叉开哗哗撒尿，尿臊味儿四溢。吕信周皱眉捂鼻，对邢昭衍说："马子这些年越来越厉害，用枪的多了，我的大刀会不能光用大刀片子对付。姻兄，你开着大船走南闯北，买枪一定方便。你给我买一些枪，买一些子弹，行吧？"邢昭衍想了想，点头道："行，我再去大码头的时候，给你打听打听。"吕信周便从怀里掏出两张银票递过来，邢昭衍接过看见是六千元，惊疑道："得用这么多？我不知道枪弹价格。"吕信周说："你跟他们讲讲价，能买多少算多少。"邢昭衍看着他道："你不怕我昧下一些？"吕信周笑了："姻兄仁义厚道，怎么会呢？"邢昭衍便把银票揣了起来。吕信周走出驴棚，与邢昭衍告别，邢昭衍把他送到门外，回去继续守灵。

下午，只听外面有人哭"爷爷"，邢昭衍说："大船来了。"还有人哭"亲爷"，大筐说："三筐来了。"邢昭衍说："大船回来，是我发了电报，你也给三筐发了？"大筐点点头："嗯，亲叔过世，他必须回来。"刚说完这话，邢昭光和大船叔侄俩穿过灵棚走进堂屋，到灵床前跪下磕头，洒泪齐哭。邢昭衍让他们起来，二人顺势往地上铺着的麦穰上一坐。柿子问他们是怎么来的，昭光说，坐"成田丸"来的。柿子不明白："成天玩？玩什么？"二筐告诉大姐，那是日本人拉客的船，柿子才"噢"了一声。

石榴说："四哥，听说你在青岛又娶了个小嫂子，还生了个胖小子，怎么不领回来叫俺见见？"邢昭光说："孩子太小，那娘儿俩没法来，我给你看看相片。"说着从怀里掏出一张。石榴抢过去看了，立即高声赞美："哎哟，这一家三口多好！俺小嫂子真俊，比箩子强多了！"梭子白她一眼，起身走了出去。杏花去二姑手里接过相片，看了看说:"俺二姨跟的那个船长,比四叔俊多了。"昭光横她一眼:"你二姨跟他是通奸!"现场气氛立即尴尬起来。多亏外面又来了一帮吊孝的,司仪在外面大喊:"举哀!"大伙按照指令放声号哭,邢昭光把相片收起来,才让灵床边的气氛又变得庄重起来。

邢昭衍惦记梭子,等到司仪喊了"礼毕",便起身去了前院。到堂屋看看,梭子正坐在那里抹泪,奶妈桃子一手抱着三板,一手抚摸梭子的肩背。梭子看着他哭道:"他二姑存心气俺,非要把俺气死才算完……"邢昭衍安慰她:"石榴没说你,说的是筹子。筹子在大连过得好好的,也有一个儿子,比昭光跟青岛女人养的这一个还好,你何必生气?"梭子这才止住泪,撩起裉襟擦擦脸,跟着丈夫回了后院。

晚饭后九点来钟,司仪指挥大家"辞灵",亲戚们按照辈分到灵床前跪拜、上香、磕头,而后各自去管家为他们安排的地方睡觉。"辞灵"结束,近亲留下守灵。柿子催促嫂子回去照顾三板,梭子说,三板已经跟奶妈、杏花一块儿睡了。柿子还是让她走,说她身体不好,这两天太累,快回去歇息一下,梭子才起身走了。

很快,梭子又慌慌张张回来,到邢昭衍身边扯他一把。邢昭衍跟着她出来,梭子压低声音说:"你快回屋看看,钱没了。"邢昭衍听了脑袋一炸,拔腿就往前院跑去。到了他和梭子住的西堂屋,往床底一摸,空空如也。父亲给他的钱,分装在两个麻袋里,本来藏在这里。义兴号马上要去上海送花生,他打算带钱上船,到上海再换成银票用。梭子带着哭腔说,她刚才回来投门,发现锁是虚挂在门鼻子上的,进屋点灯一看,钱袋子没了。邢昭衍用拳头狠狠捶了两下墙:"恨死我了!这是咱爹卖地卖船的钱呀,攒了多年的钱呀,我还没拿它去买船,就叫贼偷去了!咳……"梭子抱住他哭道:"他爹,你说咱为啥这么不顺!"邢昭衍的胸膛大起大落,呼呼有声。他抚摸几下梭子的背,安慰她道:"没事,大不了再多借一点,买了新船很快就还上了。"梭子点点头:"嗯,俗话说,破财免灾。你也不要太在意。"邢昭衍到墙角移动柜子看看，铺地砖没有变样，便知道藏在底下装银票的铁盒子安然无恙。他对梭子说："你睡吧，把门顶结实。我再去守灵。"

回到灵床前，邢昭衍跪在地上，拿一张纸钱到蜡烛上点燃，放进瓦盆；再拿一张点燃，再放进去。在场的人都看出了他的异样，但是谁也不敢问。邢昭衍烧了一会儿，对儿子说："为海，你也过来多烧一些纸，叫你爷爷到那边有钱花！"邢为海顺从地过来跪下，学爹的样子，一张张去烧。

第三天上午盛殓，将老人装进棺材。棺材是老人五十多岁就给自己和老伴买下的，一直放在厨房旁边的东屋里，现在抬出一口用了。下午出殡，去西门外的土地庙送汤，回来拉棺，到北门外行"路祭"，而后将老人葬进邢家祖陵。按照当地习俗，死者入土后，他的子侄、孙子要接连三个晚上去坟边烧火，防止山中的野兽和海里的狗鱼去扒坟吃死尸。晚上，邢昭衍和儿子以及堂兄弟推一车柴火去了祖陵，磕过头，在新坟旁边点起火堆。

守了一会儿，明火变成暗火，邢为海依偎在父亲怀里睡了，邢昭衍则和堂兄弟说话。大筐说，二叔的两条船这几天出海，都打了不少鱼，那条改名叫"猪肉汤"的打得特别多，船舱满满的，这是托了二叔的福。邢昭衍不愿跟他们说那条船的事，就问昭光在青岛怎么样，给大连的公司坐庄，这一段做什么生意。昭光说，做煤炭，做花生。邢昭衍问他挣得多少，邢昭光说，按照业务量计酬，老板给得不多。邢昭衍明白，他不愿在两个哥哥面前说清楚自己的收入，就不再追问。他思忖片刻说："四弟，以后我的生意可能大多放在青岛，你也给我坐庄，行吧？兼职也行。"邢昭光说："行啊三哥，只要能给你帮忙，我不遗余力。"

又说了一会儿别的，邢昭衍感觉到儿子在他怀里打了个激灵。邢为海挺了挺身子揉了揉眼："爹，刚才老祖喊我了。"邢昭衍问：

"哪个老祖？"邢为海向北边一指："邢千总呗。"邢昭衍觉得身上的汗毛腾腾直立，小声问："儿子，老祖跟你说啥啦？"邢为海说："他让我过去，要跟我说说话。"邢昭衍就站起身来向一世祖的大墓望去。此刻坟茔高高矗立，坟头直指北斗。他心头一颤，眼窝发烫，就牵着儿子的手去了，大筐和两个弟弟也跟着他们。

微弱的星光下，他们踏过一片片荒草，越过一排排坟堆。成排的坟堆越来越少，最后只剩下一座。到了墓前，他们一齐跪下磕头，磕罢起身站立。邢昭衍又开始想象这位老祖当年的威武：金戈铁马，杀声响亮，所向披靡，威震海疆。

邢为海突然开口道："老祖跟我说话了。"邢昭衍和几个堂兄弟都大为吃惊，看着他问，老祖说什么了。邢为海用大人那样的语气说："甭跟你爷爷你爹他们那样，打鱼的打鱼，做生意的做生意。要当个真正的爷们，顶天立地，保家卫国！"

邢昭衍身心震动，半蹲着身子扶着他双肩问："儿子，这真是老祖跟你说的？"

邢为海说："当然，我站在这里用心听，听得清清楚楚！"

邢昭衍抱住虽然只有十五岁却仿佛长大了的儿子，泪流满面。

邢昭衍把儿子往身边一搂，沉默片刻后，对他，也像是对老祖说："老祖说得对，是个爷们，就应当顶天立地，保家卫国。但是，为家庭出力，为国家效劳，不只是上战场。经商办厂，实业救国，也是重要的一条。咱们的国家太穷了，养不起军队，勉强养了军队也不能让它强大。所以，张謇说过，救国是当前最紧急的事情，就像种一棵树，教育是花，军队是果，而根本在实业。"

邢为海问："张謇是谁？"

"他三十年前中过状元，当过大官，因为袁世凯接受日本的二十一条，他气得辞职回家，在家乡南通办了大生纱厂。咱家的风船多次往这边贩运南通大布，就是大生的纱织出来的。他还办了好多学校,培养了大量人才,咱家昭衍号的阚船长,就是在张謇办的吴淞商船学校毕业的……"

邢为海听得入迷,扯一扯父亲的褂襟:"爹,我长大了,也到那个商船学校上学。"

邢昭衍听了大喜:"好,你去学会当船长,回来开咱家的大船!"

为父亲办完丧事,邢昭衍接到了上海大达轮船公司佟盛的电报:"贵公司若买船可去日本您来后我们一起请总理写信给日本朋友可得帮助"。邢昭衍想,我想买船却找不到门路,如果能得到张謇这位贵人的帮助,岂不是一帆风顺?但他考虑到,去日本要花费不少时间,怕回来晚了,耽误了给父亲上"五七坟"。老辈人讲,人死了之后魂还不走,要在家里待上五七三十五天,由亲人给他上"五七坟"时送走。他决定,上完坟再去买船,就给佟盛发了电报,说父亲刚刚辞世,一个半月之后再去上海。

脱下孝服,衣裳还要有守孝标志。梭子用白布给全家人的衣裳和帽子上镶了白边,鞋面上也绷了白布。邢昭衍穿上,天天到商号里忙活。和他一样穿戴的还有姐夫于嘉年。为老人办丧事时,邢昭衍与他商量,让他接替小周,到昭衍号当管事,因为他去日本买船,想带上小周做保镖。于嘉年和柿子商量了一下就同意了,决定把家中开了多年的粉坊关掉,来帮弟弟做生意。

这天,邢昭衍和魏总管商量今后的运营计划。邢昭衍说,过完夏天,东北的新粮还没收下,港上的粮食少了,闯关东的也少了,就让昭衍号停航,到青岛上坞检修。同时把船底附着的马牙子、海蛎子刮下来,不然会影响航速。魏总管说,能不能多收一些劈猪存着,秋后拉到大连卖。邢昭衍立即摇头,不行,劈猪有盐,对钢铁腐蚀得厉害,可不敢用轮船拉。魏总管不好意思地笑笑:我不懂这事,还是叫义兴号往上海送吧。

正说着话,碌磲忽然跑来报告:又有拉客的轮船来了,汽笛响个不停，跟死了人吹大号似的。船上还派人上岸发传单，在所城里到处贴。说着把手中的一张粉红纸递了过来。邢昭衍拿到手看看，果然是一张传单：

> 乡亲们，你们好！我是陈务铖，海瞰陈家湾人，在青岛从业多年。因陇海铁路修到海州，海陆交通需求大旺，我购得客轮"洪源"号、"荣盛"号，成立丰记轮船行，开通青岛至海州航线，挂口马蹄所，双船对开，两天一班。请乡亲们相互转告，有出行者请坐我行轮船，享受低廉票价与优质服务。陈务铖敬上。

邢昭衍看罢传单，额头出汗。他想，坏了，陈务铖抢在我前头了。这个陈务铖，当年我爹写信求他给我找地方上学，他把我介绍到了礼贤书院。我入学后去拜访他，他一点也不热情，神色傲慢，后来就没再去他那里。现在想想，他那时已是而立之年，在日本一家会社当翻译，春风得意，而我只有十五岁，在他眼里是个小毛孩子，难怪人家对我轻视。这两年听人讲，陈务铖发了，他在青岛取引所买卖股票，赚得盆满钵满。现在他抓住陇海铁路修到海州这个商机，买了轮船，要在航运界一显身手了。

邢昭衍拿起从青岛买的望远镜，到院子里爬上一个麻袋垛，向东南方向瞄去。将望远镜的旋钮拧几下，便把那艘船拉到了眼前。那是一条小船，估计在二百吨左右，且锈迹斑斑。他估计，陈务铖的两条船，会分流一部分乘客，让日本船的生意变得清淡。这是好事，以后我再买一条，跟陈务铖联手，把日本船挤出这条航线！

想到这里，他再打量那艘船，竟然觉得亲切起来。他算了算，现有资金十二万，决定再借四万，过几天就去买船。他跑了马蹄所和海瞰的五家钱庄，有两家答应借给。

给父亲上了"五七坟",义兴号去上海送货,邢昭衍就带了银票,和小周坐船过去。八月二十二这天,昭衍号拉一船闯关东的北上,义兴号载一船新收的花生南下,用望天晌的话说,"用火的用火,使风的使风"。

使风的慢一些,第九天上午才到上海十六铺码头。恒记商号上海分号经理孟庆礼已经等在那里,邢昭衍问了货物筹备情况,嘱咐他务必用心,把每一船买卖做好,孟庆礼连声答应。而后,邢昭衍与小周提着两坛子乌鱼蛋去了大达轮船公司。见到佟盛,把乌鱼蛋给他,佟盛高兴地道,正好下午有船去南通,我也有空。他拨通售票处的电话,让他们送三张票过来。船票送到,小周付了钱,邢昭衍便请佟盛去吃饭。佟盛看看挂钟说,也好,吃完了正好上船。

到一家饭店坐下,邢昭衍让佟盛点了他爱吃的几个菜,要了一瓶酒,与他喝酒说话。邢昭衍问佟盛,为什么让他到日本买船,佟盛喝一口酒,把嘴一抿:"去那里买便宜呀。买一条同样的船,到日本能省下三分之一左右,人家的造船业这些年可厉害了,军舰,商船,每年有好多下水的,就跟你们北方人下饺子一样。"邢昭衍听了这话很不舒服:"他们造军舰,还不是要收拾中国?"佟盛点点头:"当然有这意思,但是咱们造不出来呀,眼睁睁地看着他们越来越强悍。"邢昭衍说:"那你说,我去买日本船,是不是帮了他们?"佟盛说:"邢经理,我不这样认为,其实这是帮咱们自己。你看,现在咱们中国的航运公司,大多是外国人开的。咱们买日本船,把自己的航运业搞起来,与外国公司竞争,难道不是爱国行为?"邢昭衍让他说服了:"对,我正想买到新船,把日本人的一条航线争过来呢!"佟盛再喝一口酒,点着指头一字一顿:"师夷之长技以制夷!"

邢昭衍又问,请张状元写信,让日本朋友帮忙,这事有没有把握。佟盛将筷子一挥:"毫无问题!他的日本朋友可多了,光绪二十九年,日本举办劝业博览会,邀请状元过去,他去参观展览,到日本多地考察，整整七十天才回来。他在那里结交了好多朋友，有的朋友至今还与他信来信往。这几年，大生纱厂出现巨亏，难以为继，他就派人去见老朋友涩泽先生，想跟他借八百万。""八百万？"邢昭衍惊叫起来。佟盛点点头："对，就是八百万，借少了救不了大生。那个涩泽先生是日本最有钱的老板之一，铁路、轮船、渔业、印刷、钢铁、煤气、电气、炼油、采矿等等，什么生意都做。他听说中国张状元要贷款，很感兴趣，前年冬天委托外务省官员驹井德三来洽谈。状元热情接待，请他喝酒，给他写字，还让手下人陪他去海边盐垦地区考察。驹井回去后，来信说已经向涩泽先生做了报告，涩泽先生有借款意愿，让这边等结果。我考虑，如果请状元写一封信，你拿着去日本找到驹井先生，甚至直接找到涩泽先生，买一条船还不是很简单的事情？他们肯定会给你优惠。"邢昭衍兴奋地道："您说得很有道理。感谢佟经理帮我大忙，我敬你一杯！"

佟盛嘱咐邢昭衍，见了张謇先生不要当面叫状元，他不喜欢人们这样叫他，让人叫他"张四先生"，因为他排行老四。可是谁敢这样叫呀？自从他办起了大生纱厂，自任总理，大家就叫他总理。当然，他还当过交通银行总理，后来还是南通博物苑的总理。邢昭衍点点头：明白了。

吃完饭，佟盛说该上船了，他要回公司拿点东西。邢昭衍想起，义兴号上还有他给总理带的两坛子乌鱼蛋，便让小周回去提下来，直接到大达公司的轮船码头。

邢昭衍随佟盛回到大达轮船公司，佟盛从屋里提出一捆书，邢昭衍急忙接过来替他抱着。低头看看，包书的牛皮纸上写着"雪宧绣谱五十本"，便问这是什么书，佟盛向他暧昧地一笑："绣花的书。"邢昭衍很惊讶："总理还会绣花？"佟盛摇摇头："他不会绣，是他记录了一位江南绣女的技艺。这个才子佳人的故事，已经在上海南通一带广为流传。这本书是五年前在上海出版的，南通那边已经脱销，总理让我来上海买一些带回去。"

二人到了码头，一艘不算大的客轮正停在那里。邢昭衍抱着这捆书上了踏板，小周也提着两个坛子跟在后面。走进佟盛住的舱房，邢昭衍把书放下，掏出一支烟递给佟盛，自己也点上一支。佟盛问邢昭衍，愿不愿听状元和绣花女的故事，邢昭衍说，愿意。佟盛就一边抽烟，一边眉飞色舞地讲了起来。

他说，宣统元年，总理筹备江宁南洋劝业会，认识了刺绣大师沈寿，惊为天人。沈寿本来叫沈雪芝，江南吴县人，晚年给自己起了个号，叫雪宧。沈雪芝十六七岁就是苏州有名的绣花高手，朝廷为慈禧太后办七十大寿，各地纷纷献寿礼，苏州官员就献上了沈寿的八幅苏绣，慈禧看了大加赞赏，亲笔写了"福""寿"俩字给沈雪芝，她从此改名"沈寿"，在京城做了绣工科总教习。总理看了沈寿的作品，念念不忘，听说沈寿在辛亥革命后为避兵乱，住在天津，民国三年在他办的南通师范设了绣工科，请来沈寿当主任。沈寿刚到南通时是四十岁，我见过，又白又俊，身材也好，跟仙人一样！可是，她红颜薄命，嫁的丈夫不正干，娶了两个小妾，还不停地在外面搞女人。沈寿跟他，就是名义上的夫妻。她来南通的第二年开始生病，这时状元也不给北洋政府当农商总长了，回到南通。他请人给沈寿治病，还让她到自己的后宅住着，方便照看。眼看沈寿的病日渐加重，状元恐怕她的技艺失传，就决定做个记录。沈寿也有这意思，就一条一条说给状元，状元拿着笔一条一条记，花了好几个月时间，这书成了。可是，书出之后的第二年，沈寿的身体一天不如一天，听说最后是腹水病，肚子大得吓人。撑了一年，前年的五月初三撑不下去，一命归西。状元伤心得不得了，把她安葬在黄泥山，经常为她念佛诵经。南通人每当说起他俩的故事，都很伤感……

说到这里，佟盛掏出手绢揩泪。邢昭衍给他递上一支烟，感叹道："有句老话说，英雄气短，儿女情长。没想到总理也有儿女情长这一面。"佟盛点上烟道："这话说对了。总理现在也到了英雄气短的时候了,不然,怎能低三下四求日本人借款?"

晚上到了南通,邢昭衍想在下船后再请佟盛吃饭,佟盛却不答应,说一个多月没回来了,要和老婆孩子一起吃。下船时,邢昭衍还是替他抱着那捆《雪宦绣谱》,下船后佟盛却接过去,放到了黄包车上。他让邢昭衍明天上午到濠南别业,与他一起去见总理。邢昭衍问,濠南别业在哪里,佟盛说,你告诉车夫,他们都知道的,说罢坐车走了。

邢昭衍早听佟盛说过,宣统元年,张状元就建了南通发电厂,现在他看看南通城里,果然有许多电灯亮着,心想,张謇建起的全国模范县,真是名不虚传。他与小周在江边一家旅店住下,放下两坛子乌鱼蛋,到街边吃了点饭。因为身上带着银票,不敢到处溜达,接着回了旅店。

第二天上午,他俩九点前到了濠南别业,发现这是一座英国风格的三层楼,方方正正,每一层有很多房间。有两架弯曲的楼梯直通二楼,楼前则有两株紫藤,一东一西,枝叶繁盛。

稍等一会儿,佟盛坐着黄包车来了,车上还放着那一捆书。邢昭衍过去抱着,与他一起上楼,小周也跟在后面。进门是一个大厅,中间一幅山水画,两边挂着对联:"入水不濡,入火不爇;与子言孝,与父言慈",是状元亲笔写的。

佟盛对旁边站立的门童说,请报告总理,我买了五十本《雪宦绣谱》,回来送书,还带着一位山东朋友。门童立即扶着面前小桌上的电话机,摇了摇把子,拿起听筒传达了佟盛的意思,放下听筒对佟盛说:"佟经理,总理让你上去。"

这回,佟盛亲自把书抱上。邢昭衍让小周在下面等着,自己提着乌鱼蛋跟着佟盛。来到二楼最东头,佟盛敲敲门,里面便传出洪亮的一声"请进"。佟盛推门进去,邢昭衍看到一位高个子老人从书桌后面缓缓站起，他的头发和胡须都已苍白，只有两道眉毛还黑着，顶部高耸，像两座山一样架在他的眉骨之上。佟盛弯下腰说一声"总理早安"，将书捆捧在胸前，放到了书桌上。总理摸着书道："买到了？好。"在这一刻，邢昭衍觉得自己手中的两坛子乌鱼蛋实在有伤大雅，就悄悄放在了墙根。总理向他一指："这位山东朋友，你提的是什么？"邢昭衍额头冒汗，羞笑道："是我们那里的特产乌鱼蛋，捎来一点让总理尝尝。"总理说："乌鱼蛋？好呀！我在京城那些年，多次尝过乌鱼蛋汤，说是山东产的，味道不错。"听他这么说，邢昭衍才稍稍安心。

总理指了指面前的一组牛皮沙发，让他俩坐下，自己则坐到他俩对面。邢昭衍注意到，总理穿的衣裤，竟然是用南通大布做的，心想，总理对自己的产品深爱如此，让人敬佩。

一位年轻女子端上茶来，总理抬手示意他俩用茶。佟盛向总理介绍了邢昭衍的身份和来意，总理摸着他的两撇白胡子沉吟片刻，瞅着邢昭衍说："邢老板，你要是两年前来找我，我一定给你写推荐信。但是，我现在恨日本人，不想再求他们。"邢昭衍听了这话有些发呆，心中也觉惭愧，心想，我也正恨日本人，却来求他帮忙去买日本船，岂不是荒谬？

佟盛似乎懂得总理的心理，插言道："总理，向他们借款的事还没有着落？"总理一拍沙发："没有！他们骗我！我跟涩泽先生是多年的朋友，心想他一定会答应我，因为他有实力。他派了驹井过来考察，我倒屣相迎，盛情接待。驹井说，日本企业应该大力支持中国企业，因为中国有土地，而日本缺土地，可以搞成'工业日本、农业中国'以互补。还说，回去后向涩泽先生和日本政府汇报，尽快给我放款，但是回去后迟迟没有回音。是的，我大生有困难，但是他们应该看到，只要资金有了，困难就会迎刃而解，但他们一个劲地拖，拖，咳！"说到这里，他歪过身体，向沙发旁边的痰盂里吐了一口。

重新坐正后,他将指头敲打着沙发扶手,思忖片刻,又对邢昭衍说:"我不写信,派一个人帮你吧。"邢昭衍喜出望外:"那太好了!"总理说:"我这里有个日语翻译,在那边留学多年,算是个日本通,让他跟着你去。"邢昭衍立即起身鞠躬:"谢谢总理!"

总理起身走到书桌那里,拨通电话说:"石梁,你过来一下。"很快,有一个留分头的年轻人走进来:"总理,您有什么吩咐?"总理就指着邢昭衍,向他做了一番交代。石梁听了说:"请总理放心,我一定陪好邢老板,帮他顺顺利利办成事情。"总理将手一挥:"好了,何时去,怎么走,你们商量去。"邢昭衍便点头哈腰,再次致谢。

刚要出门,总理却高声道:"回来!"三人便一齐停下脚,回身看他。总理向墙根的两个坛子一指:"邢老板,你得教教我的厨子,怎么做汤吧?"邢昭衍提起的心一下子放下来:"好的好的,我这就去告诉他们。"说罢过去提起两坛子乌鱼蛋,跟佟盛、石梁一起去了楼后厨房。

第二十八章

在黄浦江日邮码头等着上船时，石梁乐不可支。他说，从日本留学回来，对东京魂牵梦萦。他想念那里的樱花、老街、古寺，还有漂亮的日本姑娘，但是一直没能再去，七年后终于有了这个机会，感谢邢老板。邢昭衍说，应该感谢总理，他不派你来，能有这机会？石梁说，对对对，感谢总理感谢总理！

在从南通到上海的船上，石梁已经向邢昭衍介绍了自己：他是淮安人，家境虽不富裕，但父亲望子成龙，听说许多富家子弟都去日本留学，也让他去了。他就读的是日本法政大学，专学日语，回来在上海找了几份工作都不如意，两年前听说大生纱厂招收日语翻译，就去应聘，现已在南通娶妻生子。

石梁在码头上东张西望，主动与人搭讪，发现对方是日本人，就和那人用日语攀谈。小周对邢昭衍小声说："他跟日本人这么热乎，万一透露了咱们去买船，带了大钱，会不会有危险？"邢昭衍面色凝重，下意识地摸了一下小腹。上船前，石梁带他到日本住友银行上海分行，将带来的银票换成了这家银行的，到厕所里装进了内裤上的暗兜。邢昭衍说："我提醒他一下。"过去把石梁扯到一边，让他少和日本人说话，尤其是别告诉人家要去买船。石梁笑道："放心吧，我有数儿。我因为在南通很少有说日语的机会，现在说一会儿过过瘾。"邢昭衍问："驹井先生到南通考察，是不是你陪着的？"

石梁道："当然是啦！总理对他毕恭毕敬，我更是不离左右殷勤伺候，可是，至今也没有等来结果，唉……"

上船时，邢昭衍为这艘"长崎丸"的庞大而惊叹。他对石梁说："我估计，这船至少是五千吨的。"石梁说："让您猜对了。现在日本政府大力发展到中国的航线，去年与日本邮船株式会社签订协议，补贴三条上海航线，每年补助四十五万日元。他们规定，长崎到上海的航线是主打航线，必须用五千吨以上的，航速不低于十七节。"邢昭衍说："还有政府补贴？怪不得人家发展快。"

上船进舱，石梁发现他住的是一等舱，而邢昭衍和小周合住一间二等舱，大为感动，非要和邢昭衍换过来不可。邢昭衍说："你是总理派给我的贵客，必须住得舒服一点。再说，我也不能和小周分开住，你应该懂。"石梁说："哦，我懂我懂。哎呀，想一想当年我去留学，为了省钱住统舱，人挨着人睡，脏臭不堪，唉！"邢昭衍笑道："你苦是苦过，但是留学归来，成为人上人了。"石梁说："我算什么？二十年前去的留学前辈，有好多成了大人物，从法政大学毕业的，就有宋教仁、范源濂、张知本、汪精卫、胡汉民等等，晚辈石梁混成了什么？混成一个语言工具！"邢昭衍安慰他："小石别这么说，翻译很重要。如果你不陪我去日本，我到那里还不是一个聋汉、哑巴？"

船出黄浦江，到了海上，石梁说，我到甲板上走走。等他离开，小周说，我要不要出去盯着他？邢昭衍说，不用，咱们就在舱里躺着，他还能把贼带来？自此，除了出去吃饭、排泄，他们基本不出舱。

第二天傍晚，舷窗里的太阳将要落海，石梁敲着门喊："邢老板，长崎到了！"二人急忙收拾行李出舱。至甲板上看看，只见海湾的三面都是山，城市则建在山坡上，好似一个观看水上表演的大剧场。近处的港与船，远处的楼与屋，此时都被夕阳镀上了一层金色。

他不由得感叹:"真漂亮!"石梁说:"对,真漂亮。我其实也是第一次来长崎,以前都是坐船直接到大阪,再去东京。"

下船后,石梁用熟练的日语问路,顺利入住一家旅店,还是邢昭衍与小周合住一间,石梁单独住一间。邢昭衍说,小石,咱们吃饭去。石梁说,好,我已经闻到日本料理的味道,流馋涎了。三人一起下楼,走进旁边一家饭馆。一个穿和服踩木屐的日本女人迎上来,满脸堆笑,把他们领到一个铺着榻榻米的房间。围着小桌子坐下,石梁接过菜单道:"邢老板,我今晚要多点几样,让你们尝尝正宗的日本料理。"邢昭衍说:"你只管点。"石梁点了一样又一样,生鱼片、寿司、炸虾、鳗鱼饭等等,还要了三瓶清酒。

酒菜上来,但小周不喝。邢昭衍在大连喝过这酒,知道它酒精度低,就喝了一瓶,将另外两瓶都给了石梁。石梁边喝边说,来日本一趟不容易,应该看看这里的歌舞伎。邢昭衍立即摆手:"别,咱们不能去那些乱七八糟的地方。"石梁笑了:"你肯定把歌舞伎理解为妓女了,不是的,那是剧场,就跟咱们中国人看戏一样。"邢昭衍说:"那也不能去,咱们是来办大事的,不是来看戏的。"石梁遗憾地摇摇头,没再坚持。

第二天上午,他们沿海边步行半小时,来到造船厂。负责接待的一个日本人见到他们深深鞠躬,说自己叫柏原柜一,欢迎中国朋友。他说,长崎造船所成立于明治时代,现在是日本顶尖的造船厂,可以造军舰,造商船,不知邢先生要买什么样的商船?邢昭衍没告诉他,只让他领着到现场看看。柏原便带着他们走出去,登上了一个十几米高的木楼台。

在这上面,可以尽览整个造船厂。柏原向他们指点道,那边的军舰已经造好,很快下水,入列大日本海军。那边的几艘商船,有货轮、有客货轮,有六千吨的,有八千吨的;有的今年下水,有的明年才能下水。邢昭衍知道自己根本买不起这样的大船,所以不问价钱。

他注意到，一架吊车正吊起一个很大的机器往船上送，但不是蒸汽机，就问那是什么。柏原脸上洋溢着自豪："柴油发动机，从英国买的。"邢昭衍从没听说过柴油发动机，满脸疑惑。柏原便通过石梁向他讲解，西方人发明了蒸汽机，后来又发明了柴油机，柴油机比蒸汽机效率高，而且不必用很多空间装煤。像这艘货轮，装上两台，每台一千七百马力，两台就是三千四百马力。你想象一下，用三千四百匹马拉着一艘船跑，那有多大的威力！

邢昭衍听了深感震撼。他万万没有想到，蒸汽船在中国还没有多少，人家外国又造这种柴油船了。他对石梁说："什么时候，咱们中国人也能造柴油船？"石梁苦笑一下："中国现在连一滴柴油也造不出来，还指望造这船？即使向外国人买了这种船，也要靠进口柴油才行。用蒸汽船还实惠一点，咱们到处有煤矿嘛。"

柏原问，邢先生要买哪一种商船，邢昭衍只好向他讲，买不起大船，只能买几百吨的小船。柏原听了脸上现出鄙夷与恼怒："什么？买那么小的船，竟然到我们长崎造船所？这是对我们的严重侮辱！"石梁急忙向他敬烟，向他赔礼道歉。往回走时，见他消了点气，又小心翼翼问他，买小船到哪里？柏原向远处一指：二手船交易所。三人向他道谢一番，灰溜溜走了。

到了港湾深处的二手船交易所，果然有一些小船、旧船泊在那里。就近看看，从几百吨到几千吨的都有。转来转去，邢昭衍选中了一艘三百吨的客货两用轮船，船龄九年。问了代理商，得知售价十三万。石梁问："买这么小的？"邢昭衍说："我目前只能买这个吨位的，只要能把青岛跑马蹄所的日本船比下去就好，他们的两条船更小更破。"

接下来是验船。邢昭衍上去察看，见上层除了船员住室，有两间头等舱、六间二等舱以及可容纳一百多人的统舱，下层有货舱、煤舱、水舱以及锅炉室、轮机室等等。交易所送船课的人把锅炉点燃，让机器发动，开着船去海上转了一圈。邢昭衍发现这船虽然旧一点，但没有大毛病，最高航速能到十五节，就决定买下。回到交易所讨价还价，谈到十二万三。代理商表示，付定金三万，他们负责送到上海。小周听了对邢昭衍说："三万太多了！他们要是把咱们扔到上海，把船再开回日本怎么办？"石梁笑了："他们一般不会这么干的。"小周说："让他们少要一点，反正到了上海全部付清。"邢昭衍又让石梁和他们谈，最后确定为两万。于是双方拟定合同，签了字，邢昭衍给了他们两万元银票。邢昭衍问代理商，何时派人送船？代理商说，要和送船课中村课长商量。

在这空当，石梁问邢昭衍，能不能晚走三天，咱们到东京玩玩。邢昭衍说，不行，咱们是来买船的，不是来游玩的。石梁一脸失望，缄默不语。当中村课长告诉他们起航时间时，他都懒得翻译了。经邢昭衍追问，他才说：后天上午十点。

晚上吃过饭，石梁要去逛街，邢昭衍因为他喝了三瓶清酒，有点醉，便让小周陪他去。石梁却生气了，红着脸说他是个日本通，不用陪，说罢拂袖而去。邢昭衍对小周说，你在后面跟着。小周答应一声，就远远地跟着石梁。

邢昭衍回到旅店躺着，在心里算账。他想，买下这条船，花十二万三，剩下的钱用于雇人开船，做经营资本。一旦开通航线，就可能有丰厚利润。等我赚足了钱，再来这里买船，让马蹄所至青岛及大连的航线实现双船对开。

因为白天累了，他躺在床上昏昏欲睡，却又惦记石梁和小周，就坐起来抽烟提神。抽了一支又一支，听见小周敲门，说他回来了。邢昭衍开门看见，小周往里走时腿有点儿瘸。邢昭衍把门关上，问他怎么了，他说走路不小心磕到了，不过没事。但是上床时，小周"嗞"地抽了一口冷风，下意识地往后背摸去。邢昭衍过去让他趴下,小周只好照办。邢昭衍撩起他的褂襟,见他背上有好几处淤青,倒吸一口凉气,问他让谁打了。小周说:"日本浪人。石梁不让我告诉你。"邢昭衍瞪眼道:"你必须告诉我,他怎么啦?"小周叹了口气,讲了石梁上街后的作为。

石梁到了街上,一直漫无目的地瞎逛。走着走着,他见前面两个漂亮女人也在逛街,就跟在她们后头。小周看到,他在大连见过的日本浪人出现了好几个,也跟在女人后面。他觉得石梁有危险,就追上去跟他说话。石梁见到他很恼火,说小周坏他的好事。小周问他,什么好事,石梁说,前面的两个女人,有一个很像他在东京好过的菊川幸子。说着就撇下小周,追到人家跟前一声声叫"幸子"。那两个女人不理他,接着走,他就一路紧跟。突然,两个女人撒腿就跑,石梁也跟着追。几个日本浪人蹿过去,对石梁拳打脚踢。石梁倒在地上,小周怕他吃亏,赶紧蹲下去张臂保护。浪人们却不罢休,猛踢小周,小周只好一个"鹞子翻身",使出狠招,将一个日本浪人打倒在地。石梁心生一计,指着小周用日语向他们喊:"他是上海精武会的,霍元甲的徒弟!"看来那几个浪人听说过精武会与霍元甲,没有谁再敢上前,小周便扶起石梁回了旅店。

邢昭衍听后说:"多亏让你跟着小石。"小周说:"石梁也这么说。回来的路上他醒了酒,说自己喝醉了,越看那个女人越像幸子。要不是我跟着,他今晚就毁了。"

次日早晨,邢昭衍装作什么也不知道,与石梁和小周一起上街,各自吃了一大碗什锦面,接着去二手船交易所。见小周走路还有点不正常,石梁向他投去关切的目光,小周向他笑笑,表示没事。到了交易所看看,送船课的人正扯动水管,要给邢昭衍买的船加注压舱水。他们三个到船上转转悠悠,看他们做各种行船准备。

起航回上海时,海上风平浪静。中村课长让他手下的十几个人分成两班,轮换上岗,各司其职。邢昭衍与小周在甲板上时走时坐,观察着他们的各种操作，如有问题需要问询，就通过石梁与他们交流。中村课长沉默寡言，但目光犀利，多数时间坐在甲板上，叼着一个欧美风格的大烟斗东张西望，看天看海。见他这个样子，邢昭衍想起了望天晌，心想，这俩人虽然开的船不一样，一个使风，一个使火，但他们都有老大的派头，让人心生敬意。

邢昭衍注意到，日本人使用的海图特别详尽，上面的点、线、数字密密麻麻。他让石梁过去看，石梁说，上面标注的是岸形地貌、岛屿、礁石、水深、底质等等。邢昭衍想到，前年从法国人手里买来的昭衍号，上面有一套海图，但主要是对大西洋、印度洋、中国南洋的标注，比较粗疏，而且欠缺中国北洋的。阚船长只好在上海买了一套中国出版的海图，上面虽有北洋，但主要是港湾图，比起日本的这一套差远了。他与中村商量，能不能将这海图随船转送，中村不答应，说这海图是日本海洋测量调查船工作多年才取得的成果，政府有规定，只供日本船只使用。邢昭衍被他拒绝，只好作罢。

傍晚，中村看海时皱起了眉头，抽烟吐烟的频率大大加快。邢昭衍让石梁问他，发现了什么情况，中村语气沉重地说，南方有台风。问他怎么知道的，中村说，海浪告诉他的。今天早晨，他打电话咨询了长崎海洋气象台，他们说，五百海里半径内没有台风，这就是说，整个航程都没有，因为长崎到上海是四百六十海里。但是海浪比电波更准确，现在跑过来报信：南方出现台风，离这船不足五百海里。

邢昭衍看看南方，天上有灰云，海上有大浪，果然不似平常。他问中村该怎么办，中村说，据他判断，这个台风大概在台湾方向，就目前这个样子，对我们的航行没有太大妨碍。但是台风是神风，让人捉摸不透，有时候会突然拐弯，我们要小心防备。

邢昭衍手扶栏杆，久久站立。他想，太平洋真是太神奇，怎么会有台风在那里生成，横扫海陆，威力无穷呢？有风就有雨，台风更是带来大暴雨，记得前年马蹄所过台风，倾盆大雨下了一夜，北江和西江，雨水往里灌，潮水往上顶，让马蹄所再次变成孤岛。武昌起义那年的大年初一，靖先生说过一句谶语，"马蹄变岛，龙墩要倒"。龙墩已经倒掉多年，靖先生已经去世，前年那次"马蹄变岛"预示着什么？不知道。

邢昭衍收回飘逸出去的思绪继续想，老辈人传说，雨水是龙从江河湖海吸到天上去的，那么一个台风究竟集合了多少条龙，才能在海洋里吸取那么多的水？当然，他学过地理，知道台风是在赤道附近形成，要同时具备好多因缘才行，但天海之间的因缘和合，还是显示了一份不为人知的神秘。

邢昭衍望着远方的大洋，满怀敬畏。

夜间，船晃得越来越厉害。后来，屋里出现船员们说的"鬼穿鞋"现象：邢昭衍和小周的两双鞋，在床前像被四只无形的脚穿着来回滑动。舷窗外，灯光中，忽而浪花飞溅，忽而一片漆黑。邢昭衍看看表是凌晨一点，再看看表上的指南针，航向是正西偏南，就说："风浪这么大，船应该调转方向。"小周说："冲着风才对。咱们去和课长说说吧？"二人就穿鞋出舱。此时他们已经无法走稳，扶墙走到石梁门口叫他，石梁开门后满脸惊恐，抖着声音说："看来台风真是拐弯了……"

登上甲板，大风挟带着雨点子扑面而来。一个抱紧旗杆值班的水手冲他们大吼，做着手势让他们回去。邢昭衍说要找课长，但是刚一张嘴，大风把他的话堵在嗓子眼里，只好用手向驾驶室指了指。好在甲板上已经扯起一道救生绳，他与小周和石梁拽着绳子艰难地走过去，隔着玻璃看到了课长与大副的背影。大副手操舵轮叉腿站立，课长坐在一边眼望前方。

邢昭衍敲敲门，课长扭头看见了他，起身开门，端着烟斗冷冷地问道："邢先生，你来干什么？"邢昭衍向他点点头："课长辛苦了，我来看望你。"石梁把这话翻译过去，中村盯着他道："谢谢，请放心，我跟台风打过多次交道了，知道如何对付。"说着他向大副发出一句指令，大副立即回应一声"哈依"，用力转动舵轮。石梁小声向邢昭衍讲，课长刚才让大副左满舵。邢昭衍点点头："这就对了。"

船在慢慢调转方向。水花先是在驾驶室前面的玻璃上横扫，后来变成直扑。船头高翘起来，再俯冲下去，一次又一次。石梁对小周说："这是让船给妈祖娘娘磕头，求她保佑呢。"中村挥着烟斗让他们回去，邢昭衍向他深鞠一躬，意在拜托。中村也向他鞠躬，是标准的九十度。

他们三个出了驾驶室，只见风雨合成一条白龙，前不见首后不见尾，在船的上方飞快掠过，并发出刺耳的呼啸声。石梁刚刚迈腿，被风猛一推，整个人滑出几步远，多亏小周蹿上去将他拽住。二人把石梁夹在中间抱住，抓住救生绳，趔趔趄趄回到舱里。石梁说他害怕，不敢自己住一屋，也去了邢昭衍和小周的舱房。

他们到床边坐下，床却成了跷跷板，摇晃不止。可怕的是，船身竟然咔咔作响，似要断掉。石梁往门后空地上一跪，咕咚咕咚磕头，边磕边哭："妈祖娘娘保佑，可别让这船出事！我石梁上有高堂父母，下有妻子儿女，没有我，他们活不下去……"小周也到他身边跪下，连连磕头，而后合掌念叨："媳妇呀，儿呀……"邢昭衍知道，小周的双亲已经不在，媳妇和刚满周岁的儿子是他最大的牵挂。

邢昭衍没有磕头，眼前却也闪现出父母和妻儿的影子。他想到，妻子贤惠，孩子可爱，但我整天忙碌，很少陪伴他们。我没能对父母尽孝，父亲却为我筹款，卖光家产，最后落水而死。我在海上多年，这是第一次经历台风，不知这船能不能扛过去？再想到他前些日子破了家乡的老规矩，让爹回家出殡，"冷尸不进热宅"，"冷尸进宅败到底"，难道真有这个讲究？他心乱如麻，暗暗叹气。

邢昭衍又想到了洪船长。那个会吹口琴爱玩女人的风流家伙，就是遇上台风，船翻人亡的。他到了生命的最后时刻，会是什么样子？会不会想到箩子，想到他们生的大缆？大船、三板和大缆，他们算是表兄弟了，难道他们的父亲会有同样的归宿？

邢昭衍的两串热泪，悄悄滑落。

船一仰一俯，幅度更大，咔咔声也越来越响。船再一次低头时，地上跪着的二人滑向前面，脑袋撞墙，邢昭衍也扑到对面的床上，趴在那里。但是船头又马上抬起，将小周和石梁摔了个仰八叉，撞向后墙。石梁抱住床腿大哭："完了完了！咱们回不去了！"小周虽然没哭，但是瞪眼咬牙，双眉倒竖，下巴两边现出一道道肌骨垄沟。

邢昭衍突然想起，当年父亲的四桅船撞上"大将军""二将军"碎掉，掉到水里的小周拼命游着，脸上就是这样的神情。邢昭衍趴在纪老大做的"救生筏"上，恰巧漂到小周旁边，就伸手喊："上来，快上来！"小周伸手碰到了洋油桶，又怕托不起两个人，就猛推一把："少东家，甭管我！"这话感动了邢昭衍，以手划水再次靠近，把他拉到了筏子上。尽管两个洋油桶沉下去大半，但毕竟浮力还在。小周上来之后判明方向，骑到一个油桶上奋力划水。他的手掌很大，简直就是一对船桨。邢昭衍一手抓住系绳，另一手也划，时间不长手被冻麻，不听使唤。但是小周有办法，划一会儿就将两只手抽回，猛力拍打油桶，拍得油桶咣咣作响，而后再将双手一下下插到水里划着。邢昭衍明白，他这是通过摔打让手恢复感觉，便也学习这个做法，用力摔打几下自己的手，再与小周齐心合力。二人持续不断地划，暮色中的朝牌山渐高渐近。后来，终于看到一条丈八船在前方出现，看到史老大站立船头向他们连连挥手……

邢昭衍趴在床上扭头问："小周，还记得咱俩一块儿落水，一块儿逃生吗？"小周说："记得，多亏你把我拉上汽油桶。"邢昭衍说："也多亏你到汽油桶上划水。你把咱们的那次经历讲给小石听听。"小周就在剧烈摇晃中断断续续向石梁讲："那是……那是二十年前……"

石梁坐在地上抓住床头听他讲,听着听着,被二人同舟共济的经历深深感动。他说:"咱们三位,今天也算得上相依为命。但愿台风快快过去,咱们平安回家!"

邢昭衍说:"当年我俩靠两个油桶活了下来,这条船总比两个油桶要强得多。再说,课长经历过台风,有办法对付,会让咱们平安回家的。"

虽然船还在一俯一仰,咔咔作响,但是三个人的心情平静多了。熬到天明,风雨依旧,隔窗望见浪山巍峨,邢昭衍说,四五个小时过去都没事,咱们的船能扛过去。石梁合掌道:有盼头了,有盼头了。

再过两个小时,船平稳了许多,窗外的浪也小了许多。小周说:"台风快过去了。"邢昭衍向窗外看看,发现右边比左边的天空明亮,便知道船已向西行驶。他看看指南针,果然是这样,便举着表盘给他俩看。他俩看了,欢喜不已,石梁眼含热泪喃喃地道:"绝处逢生,绝处逢生……"

第二天凌晨三点,风停雨歇,船进长江。邢昭衍与石梁去了驾驶室,向课长鞠躬致谢,又给他二百元银票作为酬劳。课长接过去对大副说,到了上海,咱们喝酒压惊!

溯江而上,天色渐亮,邢昭衍一直站在甲板上。进入黄浦江,看见两岸一片狼藉,有些树横卧在马路上,有的货场被揭掉盖顶,还有一些小木船挤压在一起。他想,上海刚刚经历的这场台风,不知有多少商家、多少人遭受了损失?

靠上日邮码头,中村课长一反常态,在甲板上举着双拳兴奋地大喊,船员们也去他身边快乐地大叫。邢昭衍走上去,紧紧握着中村的手说:"感谢课长,感谢大家!"

办好船只交接手续,付齐船款,邢昭衍又另外付费,让中村他们把船送到外滩南边的江南造船所,让厂家彻底检修一番,并写上船号。在这空当,他找佟盛帮忙,聘请了船长。此人叫秦温良,也从吴淞商船学校毕业,在一条外国船上当了几年三副。邢昭衍与秦温良洽谈一番,又委托他组建驾驶团队。

这期间,在上海坐庄的孟掌柜一直跟随邢昭衍,跑前跑后。他得知老板要为吕家山买枪,便说,雒镇为了防土匪办了团练,上个月在上海买回一百支枪,具体操办者是在上海坐庄的丁惟合经理。邢昭衍说,那人我认识呀,走,咱们找他去。到"泰记"商号找到丁经理,听说从军火商那里买"汉阳造",一支四十个大洋,一百粒子弹十个大洋。经他牵线,邢昭衍在一栋豪宅见到了做军火生意的戴老板。他问戴老板,是不是真家伙,戴老板说,我经手的枪,绝对是从汉阳兵工厂提出来的,没有一支仿造的"土压五",如假包换。邢昭衍就向他订购了一百二十支枪、六千发子弹。

十天后,义兴号来上海送货,戴老板派手下人趁夜间送来枪弹,并搬到船上。邢昭衍看见那些用防水油布包裹着的枪支和几箱子弹,突然有了不祥之感。他嘱咐望天晌和船上的掌柜魏小手,到马蹄所卸下后藏到商号里,等他回去处理。

半个月后,邢昭衍带着这艘写着"昭朗"二字的二手轮船去往北洋。

来到马蹄所,邢昭衍让船先开到所城正东的海域,站在船头望着父亲的新坟高喊:"爹,船买回来啦!您看看吧……"喊出这两句,他泣不成声,泪如雨下。

第二十九章

从上海买来的枪弹，果然惹了麻烦。那天，昭朗号在马蹄所海崖东边五百米左右下锚，邢昭衍将小周留在船上，自己坐舢板上岸，见义兴号还在前海的深水里停着，船上不见人影。按照原先的计划，这船从上海回来，要马上拉一船豆饼去长江边的浏家港。那里有人长年收购豆饼，转卖给农桑之家用于肥田。义兴号为何还没走？他让水手把舢板划过去大声吆喝："谁在船上？"一个小伙计出现在船边，看见他立即报告："老板，老大跟小魏掌柜都叫海防队逮走了！"邢昭衍听了惊问："是不是因为枪的事？""正是，五天前这船刚刚停下，曲大牙就带几个当兵的上来检查，查出枪跟子弹，全弄走了，还把老大和小魏抓去，听说关在海防队里。"

他妈的，又是曲大牙！这个狗日的，当警察所长的时候恶迹斑斑，被县长撤职，后来干了几年税狗子，没想到他去年打通了什么人的关节，竟然到海防队当了副队长。马蹄所海防队成立三年了，属于军队建制，有木壳汽船、风船各一条，军人二十来个，在东门外的海边用木头建了个简易码头。海防队长是内地人，不喜欢出海，曲大牙就经常带船出巡，威风八面。除了到海上转悠，海防队最常干的事情就是到停泊在马蹄所海域的商船上装模作样检查，吃拿卡要。据说，曲大牙搜刮到钱财，也会分给队长一份，赢得队长的高度信任。叫人痛恨的是，这个曲大牙，快五十了还是恶习不改，让他糟蹋的女人不计其数。今年春天，马蹄所有个小媳妇，她男人出海打鱼，曲大牙上门强奸了她。小媳妇当天投西江自尽，她男人回来要找曲大牙拼命，曲大牙躲了几天，不知用什么手段很快摆平此事，照旧佩带着盒子枪耀武扬威。

邢昭衍上岸后，到恒记商号找魏总管核实，他儿子魏小手和望天昫果然是让海防队抓走的，他已经送过好几天的饭了。魏总管急得抓耳挠腮："老板，你快去把小手跟老大救出来！小手才二十一就坐牢，臭了名声，以后找媳妇都难……"邢昭衍安慰他道："老魏你别着急，他俩不算坐牢，坐牢要去县城。我现在就去海防队，找当官的说明白这事。"

他回家放下行李，拿出从日本买的糖果让孩子们吃，并送一些给后院的母亲和妹妹。而后洗一把脸，去了所城东面的海防队驻地。

东门外的路南，原来是一片荒滩，杂草丛生，中间有一座一人多高的"大古堆"。邢昭衍小时候经常到这里玩，还好奇地扒开土层看看，发现里面都是大大小小的蛤蜊壳。他在礼贤书院读书时听老师讲，居住在海边的早期人类以捡拾贝类为生，好多海滨地带都有贝壳堆、贝壳堤，便猜想这个"大古堆"也是此类遗迹。这里改造为军营之后，他第一次过来。在围墙外就看见，里面竖了一根高高的旗杆，上面挂着一面破旧的五色旗。到门口通过了卫兵审查，进去看看，这里建了一排平房，前面是一个操场。有意思的是，那个"大古堆"还保留着，用石头垒起台阶，五色旗就竖在上面。

正往平房走，忽见曲大牙从一个门口走出来，龇着大牙高声笑道："哈哈，终于等来枪主啦！邢老板，恭喜发财，又买了大轮船！"邢昭衍说："曲队长您说错了，我不是枪主，我只是给别人代买。""给谁代买？""高岭区吕家山的吕信周。他是我的亲戚，吕家山大刀会的会长，让我给他买枪防土匪。"曲大牙说："邢老板，我相信你的话，但是你要把那个姓吕的叫来，咱们当面对质。"邢昭衍说：

"好，我马上派人叫他。不过，你把我的老大跟掌柜抓到这里来，不应该呀，快把他们放了吧。"曲大牙将头一摆："不行，此案不结，不能放人！""那你让我看看他们。"曲大牙就带他去了西厢房。到一个铁门前面，里面传出望天晌的沙哑声音："老板，我听见你来了，你快叫他们放了俺俩！"邢昭衍走到门口，从一个巴掌大的窗口往里看看，见望天晌正仰起老脸，窄窄的眼缝里透出渴求自由的目光。他说："老大你再耐心等一天，我把吕家山的亲戚叫来，认了这些枪，你俩就没事了。"

一双小手抓在窗口边上，微微发抖。邢昭衍知道，这不是望天晌的手，是魏总管的儿子魏小手的。这孩子的手比常人的小，但是特别聪明。前几年他来马蹄所跟着爹住，邢昭衍亲眼看见，他用心算法，能比得上他爹打算盘。因此，小手刚满十八岁，邢昭衍就让他到义兴号当了掌柜。今天被关押起来，见了他却一句话不说，可见这孩子多么坚强。他拍拍那双小手说："小手放心，你很快就会出来。"

他走出去，回头看看军营，再看看暮色中的所城，想到马蹄所当年是海防要塞，筑城驻兵，威震一时，而今就凭曲大牙这样的坏人带兵，成为当地一害，海防队还有什么存在的意义？

回到家，他直接去后院向正陪母亲说话的石榴说了这事。石榴一听立马大哭："俺那皇天哟，怎么出了这个大事！花六千大洋买的枪，要是提不出来不就毁啦？那些钱是全村凑的，光俺家就拿了两千。俺大伯哥吕信周真不像话，跟他兄弟还没分家，凭什么一个人说了算，花那么多钱买枪？……"邢昭衍生气了："我看你不像话！谁说提不出来？你快想想，马蹄所谁家跟吕家山熟，快找人去叫你大伯哥！"石榴说："有，吕信全的一个大姑就是这里，我去找她，让她儿去叫！"说罢起身走了。

吃过晚饭，邢昭衍去商号听魏总管说近期情况。得知他离家后这一个多月，昭衍轮去大连四趟，去时满载乘客，回来拉秫秫或豆饼，每一趟净收入都在两千元以上。邢昭衍说，我明天就去县里给昭朗轮注册办证，往后主要用它载客，昭衍轮专门载货。他对魏总管说："听望天晌和孟掌柜讲，小手头脑好使，手脚勤快，以后让他到昭朗号当管事可不可以？"魏总管喜形于色，向他拱手："感谢老板提携犬子！他小小年纪，能到轮船上当管事，这是叫俺光宗耀祖呀！"邢昭衍摆手道："可别这么说，是您的家风好，老的小的都是大好人，都真心实意给我家做事。"

魏总管又问，以后让谁接替小手当义兴号的掌柜，邢昭衍说，由你决定吧，你看商号里小伙计哪个可用，就派他跟着望天晌上船。魏总管说，好，我考虑一下。还有，昭朗号马上开始营运，商号的摊子更大了，收货、卖货、装船、卸船、卖票、送客上船，人手远远不够，我再找一些人过来行不？邢昭衍说，行，我相信你的眼力，你看上谁就让谁来，薪酬也由你定。还有，昭朗号水手不够，要补充两个，我已经找好了一个，是我的本家侄子，小名叫二篷，你让碌碡找来，他认识。另外一个，由你找。找好了，把他们送到船上，我已经跟船长说好了。

坐到九点多钟，魏总管催他回家歇息，他才离开商号。到所城南门外停下脚步，回头看看，见东南方向的海上有一团亮光，是锚在那里的昭朗号，强烈的自豪感顿时激荡在心中。他想，这是马蹄所的第二艘轮船，是我邢昭衍买回来的。用不了几天，我就让它开向大连，与我的货轮并驾齐驱！浩浩北洋，悠悠碧海，有我的两艘轮船来回穿梭，这是多么壮美的景象！

第二天刚刚起床，门外就传来了嘚嘚的马蹄声。邢昭衍估计是吕信周来了，开门一看，不只是他，还有妹夫吕信全，兄弟二人各骑一匹枣红马。吕信周叫一声"姻兄"，问他枪在哪里，邢昭衍说，在海防队上，我跟你去。他让妹夫到家里歇着，见见孩子，接过他手中的缰绳骑上马背，带着吕信周去了东门。

到军营门口下马，卫兵却拦住他们不让进，说里面正搞升旗仪式。二人站在门口看见，大古堆上，五色旗被两个当兵的拽着慢慢升起，二十多个军人打着敬礼唱《中华民国国歌》：

卿云灿兮，糺缦缦兮。
日月光华，旦复旦兮。
日月光华，旦复旦兮。

唱完，不知是谁喊了声"解散"，卫兵这才将门打开让他俩进去。两匹马牵进去，当兵的都走过来看。曲大牙也来了，他向长着双层下巴的一个胖子说了几句什么，又向邢昭衍大声喊："你俩快过来见程队长！"邢昭衍和吕信周要把马拴在树上，队长却招手道："牵过来牵过来！"二人只好把马牵了过去。曲大牙向队长介绍吕信周，说他是吕家山大刀会的会长。程队长点了点头，拍了拍马背："老子自从干了海防就没骑过马，今天过过瘾！"说罢踩着马镫，很利落地骑上去，用命令的语气道："给我缰绳！"邢昭衍只好把缰绳交给了他。程队长大喊一声："驾！"一拍马背，马就小跑起来。队长又指着一个当兵的说："小葛，你骑那一匹，像当年上战场那样跟着我！"那小葛答应一声，骑上吕信周牵着的一匹追他而去。也真是奇怪，两匹马到了他们胯下，竟然服服帖帖，任由他们指挥。马绕着操场飞跑，四蹄腾空，鬃毛飞扬，让马的主人吕信周都看呆了。

队长终于过足了瘾，勒马停下，吕信周发自内心地称赞他，说他是马上英豪。曲大牙让队长回去休息，让手下人也都走开，而后对吕信周说："吕会长，你这两匹马，今天就留在海防队吧。"吕信周急了："长官，这样不行吧？"曲大牙说："怎么不行？你私自购买枪支子弹，从我们防守的海口进来，我们本来要对你严加处罚的，现在从轻处理，只要你两匹马，也让你有机会支持国家海防，多好的事呀！"

邢昭衍问："按你原来的设想，打算罚多少？"曲大牙说："一支枪十块钱，子弹可以忽略不计。"邢昭衍气愤地道："太多了，太狠了！"曲大牙说："你俩算一算吧，是留下两匹马，还是交上一千二百个大洋？"吕信周把邢昭衍拉到一边小声道："真后悔骑马到这里来。这两匹马是我家养了多年的，他们要给我抢去！"邢昭衍说："你如果想牵走马，我给你拿钱去？"吕信周想了想说："算啦，我看得出来，那个队长特别喜欢马，非弄到手不可，我就忍痛割爱吧！"

他换上笑脸，回到曲大牙面前说："既然长官喜欢这马，我就送给你们啦。你们也把枪给我吧？"邢昭衍说："把两个人也放了。"曲大牙打了个响指："好说！"立即放人取枪。邢昭衍让望天响和魏小手回商号，叫魏总管派两辆小推车过来。

取出枪弹，临出门时，拴在树上的两匹马哚哚大叫，吕信周向它们摆摆手，洒泪而别。

到邢昭衍家里吃过早饭，用海货袋子将两辆小推车伪装了一下，吕家兄弟就带车走了。邢昭衍回到商号，安慰一番望天响和小手，还倒了两碗酒给他们压惊。望天响喝下一口，捋着胡子感叹："你说那海防队，是兵呢，还是马子？"邢昭衍说："兵匪一家，现在都是这样。"他问望天响，是不是歇几天再去浏家港送豆饼，望天响说，没事，你让老魏装船，装好了就走。邢昭衍很受感动，又敬他一碗酒。

敬过酒，他让望天响在商号歇息，又忍不住走到前海，看自己的新船。见昭朗号在那里停着，比所有的风船都大出许多倍，想到一旦办好手续，就可以开通去青岛、大连的航线，不由得豪情满怀。他扭头看看不远处的龙神庙，心中突然生出一股冲动，想让柏道长看看他的轮船。他在心里说，十五年前，爹带我找你相面，你说我命中无船。现在我已经有了一条大风船，两条轮船，看你还怎么说！

没想到，他走到龙神庙门口，柏道长竟然从庙里走了出来。邢昭衍向他拱拱手："方丈老爷，我正要拜见您。"柏道长也向他拱拱手，微微一笑："我估计您要来，所以在此恭候。"邢昭衍说："不敢不敢。方丈老爷，请您给我刚买的这条船相个面，看它前程如何。"说罢指一指远处的昭朗轮。柏道长袖起手道："给人相面无数，给船相面是第一回。既然您有这个请求，贫道就壮起胆子打个妄语。我看了，它虽然出身东洋，面相还算和善，能给你带来滚滚财源，让您的事业如日中天。"邢昭衍听了高兴，掏出两个大洋往他手里送，柏道长却把手藏在袖筒里，转身一躲："邢老板不用客气。贫道要告诉你，这条船的前程，我只能说出它这十多年的情景，以后的事，难说。""为什么难说？"柏道长又是一笑："就是难说。再会。"而后从袖筒抽出手，向他拱了拱，一甩长袖转身回庙。

难说，难说。邢昭衍往商号里走时，耳边响着这话，心间蒙上阴影。

他骑上自行车去给新轮船办证，心里的阴影更为浓重。到了县公署交通科，见到一位姓咸的科长，说明来意，并递上日本长崎二手船交易所提供的证明材料和发票。咸科长看来看去，龇着牙花子道："咱看不懂日文呀。"邢昭衍指着发票，让他看付款数字："这是买船花的钱，您应该看懂。"科长还是摇头："不懂，多少多少丹，丹是什么？"邢昭衍解释，那是日元符号，不是丹，是円，一日元等于一个中国银圆。"咸科长瞅着邢昭衍笑："邢大经理可真有钱呢！前年买一条轮船，今年又买一条。"邢昭衍说："我哪有这么多钱，四下里凑呗。我借了好几万，我爹为了帮我买船，把地卖了，把船卖了……"咸科长又是一笑："我不管你钱是怎么划拉来的，你只要买上船就赚老了，汽笛一响，黄金万两。"邢昭衍看出他想索贿，就从包里掏出十来个大洋，啪的一声搁他面前。咸科长拉开抽屉，顺手划拉进去，而后又瞅着他，一脸的不满足："就这点儿？打发要饭的呢？"邢昭衍忍住气，又掏了一把给他。咸科长还是不满足，拿指头敲着桌面道："邢经理你要明白，我给你办了注册，就是允许你到海上捞钱，像打鱼一样一舱舱地捞……"邢昭衍问："你想要多少？"咸科长向他竖起了一个指头。邢昭衍问："一百块？"咸科长冷笑："装憨卖傻？""一千块？""还装糊涂！"邢昭衍喘着粗气道："你打算要我一万块？"咸科长点点头："这才说到点子上。不过，你不要误会，这些钱不都是我的，要给知事一多半，毕竟他是一县之长。"

邢昭衍压制住满腔怒火说："咸科长，你怎么这样？前年我给昭衍轮注册，人家丰科长只要正常的手续费，就顺顺当当给我办了。"咸科长摆摆手："别提他，知事听说了这事大光其火，没过一个月把他撤了。"邢昭衍吐一口闷气，义正词严道："你们这些官员只知道要钱，真叫我们这些搞实业的人寒心！你知道我为什么买船吗？挣钱是一方面，更重要的一方面，是为了给咱们中国人争气！"他向东方一指，"日本人的小火轮，票价高，对中国人骂骂咧咧，我想把这条航线夺回来，政府应该支持吧？"咸科长往椅子背上一靠，半躺着身子道："生意场上的事，政府从不干预，中国船，外国船，无非都想挣钱。你甭给我讲大道理，那些话没意思。快回去准备一下再过来，记得，别带现洋，稀里哗啦的扎耳朵，带银票最好。"

邢昭衍走出这个民国的县公署、清朝的县衙门，回头看看，悲愤满腔！想到当年行地被宿家兄弟抢去，他来打官司，师爷借《四书》上的句子给他打哑谜，但那只是几百个铜钱的事，这一回咸科长竟然要一万块大洋！我给他吗？不给行吗？如果不给，昭朗轮跑不起来，就在海边继续锚着？

他骑上车，骂一句"日他祖奶奶"，猛力一蹬，车链子竟然断了。他狠踢两下车子，想到还有那么多事需要他处理，只好推车去了后街的修车铺子。

他不知道，就在他让人修车的时候，女儿杏花在街上与曲大牙相遇。

杏花本来是遵照娘的吩咐在家绣花的，可是绣了一会儿觉得无聊。她发现娘打着哈欠去寝室睡了，奶妈与三板在院里玩耍，就牵起弟弟的小手对奶妈说，到门口看看。刚到门外，听见马蹄声咯噔咯噔从北而来，姐弟俩就去街边看。原来是曲大牙骑着马，让一个小兵牵着往这边走，招来好多人观看。曲大牙在马上大声嚷嚷："看看老子，大海里能跑船，陆地上能骑马！"杏花对别人说："这马是俺姑家的，叫他给讹去了。"

小周骑着自行车从南门来了。他是从轮船上下来找老板的，到了商号听魏总管说，经理今天要去县城，小周说，我有急事找他，立即骑上另一辆自行车离开商号。他想知道老板在家里走没走，决定先过来看看。他问杏花，经理在家不，杏花说，不在，去县城了。

曲大牙过来了，一见杏花两眼放光，向她招手道："哎，俊嫚过来，过来上马！咱俩一块儿骑！"杏花"哼"了一声："谁跟你一块儿骑？你这马是俺姑家的，你给讹去，这会儿出来谝，要脸不要脸？"曲大牙说："你姑家的？哦，明白了，你是邢大老板的千金，叫杏花是吧？那年看戏见过你，如今长成俊嫚了。来，上马，上马，咱一块去前海耍耍！"杏花冲他一瞪眼，领着弟弟转身回家。曲大牙看着杏花的背影，用轻薄的声调说："好馋人的一朵杏花呀！"小周愤怒地道："你干什么？甭不长人肠子！"曲大牙指着他道："你敢跟我这样说话？小心我明天收拾你！"说罢向南门一指，前面的小兵便牵着马走了。

小周急忙推车拐向西街，出了西门上车急行，行至半途遇见了邢昭衍。二人下车说话，邢昭衍问他不在船上守着，到这里干啥。小周说，昭朗轮停在那里一天一夜，船长不耐烦，船员也不耐烦，说马蹄所是个什么鬼地方，连个码头都没有。吃过早饭，船长问，邢老板下船后没再露面，干什么去了？小周说，他大概是到县公署注册去了，商船注册以后才能运营。船长说，我建议邢老板到青岛注册。在那里成立公司，天宽海阔，有利于发展。

邢昭衍眼睛一亮："到青岛注册？船长说的？"小周说："对呀，是他让我下船，找你说这事的。"邢昭衍手扶车把，回头看看海瞰城，再眺望着青岛所在的方向说："他真是给我指了一条路。我去县公署注册，科长跟我要一万块大洋，把我气毁了！"小周也很吃惊："是吗？这些狗官，心太黑了！青岛是个商业大城市，事情也许好办一些。"邢昭衍将车铃铛一拍："就这么定了。不过，公司应该是合伙成立的，我现在没有合适的合伙人，先成立轮船行吧，就叫'恒记轮船行'。我叫昭光打听一下，等到昭衍号回来，两条船一块去青岛。"小周说："这样好。"

邢昭衍看看他，再看看左前方五六里远的周家庄，让小周回家看看。小周点点头，迟疑片刻道："老板，刚才我在您家门口碰着曲大牙了。这个狗杂种，见了杏花起了坏心。""什么？"邢昭衍大叫一声，目眦欲裂。小周就把当时的情景与过程说了，邢昭衍狠狠地拧着车把，咬牙道："这个曲大牙，他该死了！他真是该死了！"

而后，他让小周回家，自己骑上车子回马蹄所。他边走边想，怒火满腔，心里说，九年前，你曲大牙看上了箩子，又扣住我的船不放行，逼得箩子向你献身。现在，你竟然又对杏花起了坏心，你是活够了！邢昭衍下定决心，就是豁上身家性命，也要保护闺女。

到了马蹄所电报局，他从兜里掏出一个小本本，找到昭光的地址，发一封电报给他，让他打听在青岛成立轮船行的事。而后去恒记商号，跟魏总管说了去县公署的经历和去青岛注册的决定。魏总管随意拨弄着算盘，一声不吭。邢昭衍看出了他的心思："老魏，你是不是担心去青岛开公司，就把恒记商号撤了？告诉你，不会的。马蹄所是两条轮船、一条风船的始发地，客货两全，生意只能越来越旺，还得拜托您给我继续打理。"这么一说，魏总管脸上重现笑容:"中,只要您不嫌弃我这个老头子,我像以前一样,该怎么干就怎么干。"

从商号出来,邢昭衍去了前海,准备雇一舢板去昭朗轮。他的老丈人小嫩肩跑过来说:"他姐夫,你上大轮船是吧?我给你叫驳摇子!"邢昭衍说:"不用叫驳摇子,叫舢板就行。"小嫩肩将弓着的腰猛一挺:"那怎么行?你现在是马蹄所数第一的大老板了,坐舢板失身份呀!"说罢就向一条用于运货、比舢板大两倍的驳船招手,让它过来,邢昭衍没再制止。等到船来了,小嫩肩往他面前一蹲,要背他上船,他坚决不让,小嫩肩只好让一个小伙计过来,把他尊贵的姑爷背到船上。

到昭朗号上见到船长秦温良,感谢他出的主意,说他已经决定去青岛注册。船长将两手拍出一声大响:"这就对啦!到青岛注册,船上的兄弟们回去一说,大家也觉得我们是到了仅次于上海的大城市,有脸有光!"大副在一边插话:"到了青岛,靠了码头就可以上街玩。哪像在你这里,不能靠岸,光在甲板上看这个马蹄子大的小镇。"邢昭衍尴尬地笑笑,请他们耐心等待,等到他的另一条船从大连回来,一起去青岛。

第二天上午,义兴号载一船豆饼南下,邢昭衍目送它离开,回去与魏总管喝茶。电报员忽然送来两封电报,一封是昭光发自青岛的,说他打听过了,在青岛注册可以,成立轮船行也可以。一封是姐夫于嘉年发自大连的,说昭衍号将在今天中午起航。邢昭衍对魏总管说:"你准备一下,这次昭衍号去青岛,光拉货不拉人。"魏总管说:"那就拉花生吧,前些天收的,一船还装不了。"

但是邢昭衍还有心事,他打算去青岛之前把杏花面临的危险消除。他想约曲大牙喝酒,与他严肃地谈一谈,给他一些钱也行,让他不再打杏花的主意。但一想到那一口丑陋脏黑的大牙,邢昭衍又不愿低三下四求他。他断定,曲大牙流氓成性,即使答应了,收了钱，也不一定改变邪念。那么，我瞅个机会要他狗命。但是，他身上有枪，我难以接近。他经常带船去海上巡逻，就趁他上下船的时候下手吧。海防营东边那个简易木码头，底下有空当，可以潜伏到那里等着，等到曲大牙上船或下船，扯住他的脚脖子拽下去。邢昭衍想，我年轻时就练出了好水性，在水里可以憋一会儿气，等他死了再潜水游走。

于是，他在晚上独自走出东门，想到码头旁边仔细观察，如何实施他的计划。但他还没走近，靠在码头的海防船上突然站起一个黑乎乎的身影，厉声喝问："谁？"他明白，船上有人夜间站岗，只好装作闲逛，沿着海边向北去了。

用什么办法好呢？他冥思苦索，绞尽脑汁，却拿不出主意。转到北门回家，见杏花屋里亮着灯，对女儿的无限疼爱让他眼窝发湿，想想曲大牙对女儿的调戏又火冒三丈。他到厨房摸到水缸，趴在缸沿上咕嘟咕嘟喝下一些凉水。擦擦嘴走出去，他看着女儿的窗子，在院子里悄悄站着，一下下吐着长气。

梭子走出屋子，轻轻走到他身边问："他爹，你又遇上难办的事了？"邢昭衍说："是，最难办的事，我还没想出主意。"梭子牵一下他的袖子："到屋里说吧。"邢昭衍就跟着妻子去了堂屋。坐下后，把杏花遇到曲大牙的事说了，他咬牙切齿道："我想把曲大牙杀了！"梭子说："杏花跟我说了这事，我也气得牙根生疼。不过，咱不能跟曲大牙硬碰硬，你如果有个闪失可怎么办？咱一家子老老少少，你那一大摊子生意……"邢昭衍焦躁地打断她的话："我正是顾虑到这些，才不敢贸然行事。可是，一想到那个狗日的，我就气不打一处来！"梭子说："你甭生气，也甭担心，惹不起咱还躲不起吗？从今往后，我看住杏花，不叫她出大门一步！"邢昭衍点点头："嗯，也只好这样了。我过两天要带船去青岛，办起轮船行以后要在青岛常住，杏花的事，家里的事，就全靠你了。"梭子看着丈夫，目光坚定:"你放心吧!"

第二天,邢昭衍到商号等着给昭衍号卸货,等到八点多钟,碌碡忽然跑来了。这个已经被邢昭衍任命为恒记商号装卸队队长的小伙子满脸激动,说曲大牙死在西江了。邢昭衍腾地站起身:"真的假的?"碌碡攥紧拳头抖动着说:"真的,我刚去看了。海防队的人把他捞了出来,已经不喘气了。"魏总管恨恨地道:"我早就断定,这人不得善终!"碌碡继续讲:"在那里看景的人都谈论这事,有的说,曲大牙叫女鬼拉下水的,女鬼是叫他糟蹋以后跳江自尽的女人。有的说,是叫海人拉下水的,他动不动就往海里放枪耍威风,伤了海人,海人找他报仇了。"邢昭衍把头点了几点,心中畅快极了:"多行不义必自毙!"

碌碡因为前海有事,很快走了。这时小周也过来,说曲大牙死了,他刚去看过。警察所的人去了,正在验尸。正巧魏总管出去安排事情,邢昭衍瞅着小周的脸低声问:"是你干的?"小周点点头,眼里迸发着快意:"石梁说我是上海精武会的,是霍元甲的徒弟,我不能空担虚名吧?"邢昭衍拍拍他的肩膀,问他是怎么找到机会的,小周说:"我叫他因色丧命。早听说,西门外有个寡妇是半掩门子,曲大牙常去。我昨晚去那里等着,果然等着了,就用皮绳把他一勒,背到了西江。"邢昭衍说:"太解恨了!"他接着向小周俯耳道:"小心点儿,如果有人找,就赶紧走,去东北躲着。"小周说:"嗯,一般没事,有事再说。"邢昭衍又问他家人怎样,小周脸上现出开心笑容:"可好了,都爽利。我那个儿,见了我不认得,认出来又老是缠着我,不让我走。"

正说着,忽听所城内有鞭炮声响起,紧接着前海那边也有。二人走到院里,兴奋地听着,听见好多地方都响了起来。魏总管走来说:"听见了吗?马蹄所的人早就恨透了曲大牙,听说他死了,把今天当成过年了!老板,咱这里有现成的,放不放?"邢昭衍说:"放!"

魏总管就去库房里找出两挂，小周用竹竿挑着，邢昭衍划火点着。鞭炮噼噼啪啪响起，一团团蓝烟飘升至空中，与整个马蹄所的喜庆气氛融到了一起。

弥漫在所城内外的蓝烟，却化为阴影在邢昭衍心中久久不散。他一天到晚惴惴不安，怕曲大牙的死因被查出，小周被抓。他与小周商量，让他先坐陈务铖的客轮去青岛，再去东北，躲避一些日子，然而小周不肯走，说好汉做事好汉当。邢昭衍佩服他，不再撵他，只是时时留心警方与军方的动静。两天过去，警察分所的鉴定结果传出：曲副队长死在西江，是酒后闲逛，失足落水。邢昭衍听了一笑，知道曲大牙是马蹄所一害，许多人巴不得他死，所以草草结案。

第三十章

带两艘轮船去青岛的前一天晚上,邢昭衍在"望海楼"设宴,宴请马蹄所区盖区长、海防队程队长、警察分所倪所长、税务所金所长以及马蹄所的四个闾长,宣布了他去青岛开轮船行的决定。这些马蹄所的头面人物听了都很惊讶,说邢经理你为什么要到青岛去。咱马蹄所的前海那么大,就盛不下你的两条船?邢昭衍没说县交通科长索贿的事,只把原因推给了船长和水手,说他们嫌马蹄所没有码头,都不愿干。盖区长说:"那就修个码头得了!"邢昭衍笑道:"区长您高抬我了,我哪能修得起码头?当年德国人在青岛建港修码头,花了三千五百万马克,折合中国银圆一千七百五十万呢。"区长把嘴张得比碗口还大:"哎哟,把咱这马蹄所卖了,也不值那么多钱!"海防队程队长说话了:"我去过青岛,见过大港小港。邢经理,区长让你修一个码头,不是建大港,花不了那么多的。"邢昭衍说:"那也修不起,我买这条新船,还借了好几万。"警察分所倪所长冷冷地问:"邢大经理,你以后就不回马蹄所啦?"邢昭衍说:"马蹄所有我的家,我的商号,我怎么能不回来呢?我的船,还要在这里装货卸货,拉人过海,请所长多多关照!"说罢专门端着酒杯过去敬他,所长的脸色这才缓和了一些。

区长说:"邢经理,你既然还认马蹄所为家,我有一个想法,成立马蹄所商会,由你挑头当会长,你看怎样?"邢昭衍说:"区长,成立商会是件好事，现在好多地方都有。不过，昭衍何德何才，敢当会长？"区长说："你现在已经是马蹄所的头号商人，当商会会长众望所归。"邢昭衍说："可是，我以后大部分时间可能放在青岛，不方便呀。"区长说："怎么不方便？有事需要你回来，就给你拍电报，电报局就在区政府斜对门。"邢昭衍说："区长，您让我再考虑考虑好吧？"区长说："好，我等着你的回复。"邢昭衍心想，成立了商会，要是经常由我出面，让商会成员捐款干这干那，可不是好玩的，还是谨慎为好。再说，"出头椽子先烂"，当了会长必然招致一些嫉妒、中伤，我要时刻警惕。

宴会结束，回到家里，见母亲坐在堂屋正面的太师椅上，梭子坐在一边，两个孩子也在这里。他说："娘，这么晚了，您还不睡？"母亲的老脸端放在比脖子还粗的瘿瘤之上，严肃地开口道："大船他爹，你到青岛安下摊子，甭忘了恁娘，甭忘了媳子孩子。"邢昭衍听了，往娘面前一跪："娘，您放心，我怎敢忘了您，忘了梭子跟孩子？我会经常回家的。"娘俯身将他一扯："中，你起来吧。"邢昭衍起身时明白，这是母亲安排的场面，近乎发誓。

杏花站在一边，用热切的眼神瞅着他："爹，我也跟您去青岛。"没等邢昭衍开口，梭子呵斥道："胡说八道！你不识字，去青岛能干啥？"杏花针锋相对："不识字怪我吗？怪您不叫俺上学！"邢昭衍带着歉疚对杏花说："杏花，对不起，因为前些年私塾不收女孩子，你没能上学念书。这几年有了学堂，你的年龄又大了。你奶奶老了，你娘身体不好，你在家陪陪她们。等我到青岛安顿好了，再带你去玩。"两岁半的三板刚才还是呵欠连连，这会儿来了精神："我也去！"邢昭衍把他抱起来亲一口："中，咱们都去，你等着哈。"杏花又说："爹，你叫俺在家陪俺奶奶陪俺娘，可你得答应俺一件事。"邢昭衍问："什么事？""把马蹄所的灯塔建起来。"邢昭衍爽快地答应："行，现在来马蹄所的轮船多了，建灯塔更有必要，估计海关会批准的。"杏花笑道:"那我等着啦。"

又说了一会儿话,各回各屋。梭子把已经睡熟了的三板放到床上,盖上被子,回头看着邢昭衍说:"他爹,今晚上大船他奶奶说的,不是我的意思。"邢昭衍觉得诧异:"那你是什么意思?"梭子坐到床边低头道:"我的意思是,你到了青岛,事业大了,事情多了,也不用整天惦记着家里,忘了也就忘了。"邢昭衍走近她,两手抚摸着她的两腮:"忘不了,忘不了。"梭子伸出胳膊搂在他的腰上:"还有一件事:我不能去青岛伺候你,再说我也老了,你在那边办一个小的吧。"邢昭衍将她一推,惊讶地看着她:"梭子你说什么?这怎么能行!"梭子说:"行呀,男人混好了,没有几房媳妇不太体面呀。"说罢瞅着他笑,与当年在她家杏树下的笑相似,只是眼角有了皱纹。"我只看清你发际的杏花浅埋",邢昭衍又想起了当年卫礼贤先生抄给他的诗句,心中感动,遂将梭子紧紧抱住,低下头去热烈亲她。但是亲着亲着,却感觉到嘴里流进一些咸咸的液体,那是梭子的眼泪。

第二天凌晨,邢昭衍到了商号,回家住了一宿的姐夫和小周也很快来到。他们与魏总管等人告别,到前海坐上碌磙的舢板驶向大船,邢昭衍和于嘉年上了昭衍号,其他人上了昭朗号。两条船一先一后奔向青岛。

进入胶州湾,昭朗号按照邢昭衍先前的安排抛锚停下,昭衍号进入小港。邢昭光早已接到邢昭衍的电报,在码头上等着,他让这船绕开一些小火轮、大风船,到预订的泊位停下,又拿着办好的手续坐上舢板,去引导昭朗号进港停泊。两位船长征得邢昭衍同意,各自向手下人宣布放假一天,让他们下船去玩。在船上待了多日的船员们大呼小叫,兴奋地跑走。

邢昭衍让小周和两位船长一起守船,他带着两艘船的资料,和昭光去办手续。昭光告诉三哥,他到港政局问过,注册轮船行要有船行地址，他已经物色了一处，在宁波路上，咱们现在就去看。邢昭衍说，好，你带我去。

出了小港，一路上坡。来到繁华的馆陶路走一段，邢昭衍看见前面路西是一座西方风格的大楼，楼门前有六根高大而精致的柱子，便问这是什么地方，昭光说，是新建的取引所。邢昭衍说："我听说，取引所五年前就有了，怎么才建成？"昭光说："旧取引所一直在德县路，四年前日本人捣鬼，叫好多投资人赔了钱，因为这事，新取引所拖拖拉拉建了五年。下一步，可能就要搬来了。"

到了取引所前面，昭光带他右拐，说这就是宁波路。往东走一段，他指着左边一座三层小楼说："就是那里，一楼是百货店，二楼是办公室和住处，三楼闲着，咱们可以租下。"走进店里，柜台后面果然摆满各种日用品，五花八门。到楼后登上外置楼梯，去二楼经理室，昭光向里面坐着的黄面皮男人说："贺老板，我哥来了，跟你亲自面谈租房事宜。"贺老板起身，笑着与邢昭衍握手："欢迎邢老板！你弟弟已经告诉我了，说你要来青岛开船行，我也愿意把楼上租给您。这里离港口近，离馆陶路近，馆陶路是'洋行一条街'，办事非常方便。"邢昭衍说："好，咱们上去看看吧。"

三楼上，十多间屋全部朝阳。跟着贺老板走进一间，午后的阳光射进来，让人觉得十分温暖。贺老板说："这是最大的一间，你可以做经理办公室兼休息室。"邢昭衍看到东墙上有扇门，推开看看，里面可以住人。又去看别的单间，可用于办公或住宿。贺老板还领他看了走廊最西头的洗刷间和厕所。邢昭衍问，厨房安在哪里？贺老板说，后面的平房有几间闲着，你可以一起租下来，做仓库，做厨房。邢昭衍到走廊后窗看看，北边果然是一排平房，有十来间。贺老板带他下楼，指点着说，西头的四间空着，你可以用。

邢昭衍心中满意，决定将轮船行安在这里，便问租金怎么算。贺老板说，只算三楼整层，下面四间平房无偿奉送，一年两千四百元。邢昭衍说:"太贵了!"贺老板说:"一点也不贵,你到馆陶路上打听一下,哪里是不是寸土寸金?再说了,我这边还要给政府交地租呢。"邢昭衍与他讨价还价,最后谈定,一年两千二,先交半年租金。他们到楼上写了租房合同,邢昭衍交上一千一百元银票。

兄弟俩接着去大港外面的港政局。值班官员查看了邢昭衍提交的材料,又开车带他到小港登船看了看,说没有问题。回到港政局,就发给他们恒记轮船行的营业执照、两艘船的运输许可证和号牌。拿着这几份盖着大印的证件走出港政局大楼,邢昭衍感叹:到底是大城市,当官的公事公办,叫咱们省心省钱。

昭光说,按这里的惯例,咱们要举办开业庆典,请一些官员和朋友捧场,设宴招待,也算是三哥到青岛拜码头。邢昭衍说,好,借这个机会拉拉近乎,请他们多多关照。昭光又说,船行开业后,两条船应该马上运营,昭衍号可以在这里拉花生去大连。现在一些商人收了很多胶县、平度一带的花生,都存在大港、小港的货场,我已经问过几家,有一家出的运费高,可以拉他们的。邢昭衍说,好呀,你带咱姐夫跟他们接上头,办完开业庆典就装船。

昭光又说:"你看到了吗?港上闯关东的人乌乌泱泱的,都是坐火车过来的。昭朗号可以装一船去大连,再从大连拉人拉货回马蹄所。"邢昭衍说:"好,你带小周在小港租个地方做售票点。"

邢昭衍发现,面前这个堂弟已经老成多了,而且熟悉青岛港,熟悉运输业务。他问:"昭光,你愿不愿当恒记轮船行的副经理,做我的助手?"昭光喜出望外,爽快地道:"中!三哥不嫌弃我,这么重用我,我还有什么好说的,只有四个字:肝脑涂地!"邢昭衍皱眉道:"甭说这种吓人的话好不好?你原来的工作怎么办?能辞吗?"昭光说:"能,那家公司眼看要开不下去了,工资也经常拖欠,早就有人辞职了。"

邢昭衍给昭光二百元银票,让他抓紧买一些桌椅橱柜,买几张床,把办公室与宿舍安排好,同时筹备开业庆典。并向他交代,如果人手不够,可以招人,合适的就留下当会计、当买办、去港上理货。昭光说,先招三个吧,不够再说。

二人又商量,开业庆典要请哪些人,昭光说:"应该请港政局、海关的几个科长、股长,请老乡陈务诚,再让他招呼一些商界、航运界的朋友。另外,还要请在港口搞装卸的海瞰帮头头。这些年来,好多海瞰人到青岛建筑工地做工,到港口当苦力搞装卸,形成一个个海瞰帮,大港小港都有,咱们要跟他们搞好关系。"邢昭衍点点头:"明白。还要请我的老同学、礼贤中学副校长翟良。我现在就去找他,让他看看这里,出出主意。"昭光说:"不用去,邮政局有公用电话,打个电话给礼贤中学,在电话里找他。"说罢,带他去了馆陶路上的一座小楼。进去后,在柜台上摆着的电话电码簿上查到礼贤中学,到公用电话那里拨通,那边却说翟校长已经不在礼贤中学,到市政府当秘书去了。昭光在旁边听了喜滋滋道:"哎哟,你同学到总督府当官去了,以后咱们有事可以找他帮忙!"邢昭衍一笑,又查市政府的电话打过去,那边转接到秘书科,果然找到了翟良。邢昭衍说:"翟大秘书,你的老同学来青岛开船行了,你快过来视察指导呗!"翟良听出是邢昭衍,先向他祝贺,又问他在什么地方,邢昭衍就说了船行地址。翟良说,我下了班就过去。

邢昭衍放下话筒,交上话费,向昭光道:"电话太方便了!咱们赶紧装上!"昭光说:"这里就能办。"邢昭衍问了问,装一部八百,另加二十五元安装费,电话费一年一百,立即填了表把钱交上。业务员说,您的电话号码是1655,明天就去装。

走出邮政局,邢昭衍对昭光说,今晚请翟良吃饭,让两位船长作陪,你看到哪里好?昭光向北边一指,到欧陆酒店吧,那里排场。邢昭衍看看表,是五点十五,就让昭光去小港叫两位船长。他自己回到宁波路25号,又将三楼各个房间看了一遍,确定了经理室、副经理室、会计室、货运室、客运室以及三间宿舍,打算让昭光明天去买床、买办公用具,再把各个门牌和公司的大牌子找人做出来。

他站到窗口,看着外面的街景,看着西南方向从楼缝里露出来的小港码头,踌躇满志。他想,从今天起,我邢昭衍成了青岛的一个船行老板,要以这里为据点,让我的航运事业开新局了!现在,小港里有我的两条轮船,今后争取一条一条增多,而且一条比一条更大。如果能买上几千吨的,有资格进大港,与那些外国大船比一比,我就算出人头地,给中国的航运业争光啦!

站了一会儿,天光黯淡,海湾变黑,窗外却突然一片光明,原来是路灯亮了。他找到门后的开关线,也把房间里的电灯拉亮。只听楼下有人喊:"昭衍!昭衍!"邢昭衍急忙跑出去,向着楼梯下面喊:"翟良,我在三楼!"等到翟良上来,邢昭衍用拳头捣了一下他的胸脯:"你这家伙,飞黄腾达啦!"翟良说:"什么飞黄腾达,一个小秘书在市政府算什么?只是小喽啰而已。总督府那是老叫法,现在叫胶澳商埠局了,我的一个同乡调到那里任职,让我也去,我就去了。"

翟良随邢昭衍在三楼看了看,点头道:"这地方挺好。你把船行开到青岛,是明智之举。"邢昭衍说:"你觉得好,我就放心啦。走,咱们上街吃饭,我的两个船长在饭店里等着。"翟良说:"先别走,我跟你商量个事儿。""什么事儿?""你在青岛开船行,人手不够吧?叫我堂妹过来帮你。"邢昭衍笑了:"你堂妹?一个女的过来能干啥?恐怕不行。"翟良笑了:"她可不是一般的妇女,是咱们的学妹。"

翟良向邢昭衍介绍,他堂妹叫翟蕙,今年二十八岁,曾经在礼贤书院女子班"美懿书院"读书,毕业后嫁给一个当海军的,在大鲍岛那边租房安家,生下一个男孩。本来日子过得还行,可是这几年海军发饷很不及时,他妹妹经常拖欠房租,所以想到外面找份工作，有个稳定的收入。邢昭衍脸上现出不悦："你是说，让我帮你妹夫养家？"翟良拍了一下他的肩膀："老同学，你想错了。翟蕙过来，绝对是你的好助手，她头脑灵活，字写得好，会外语，会应酬，让她当船行文书，绝对让你省心。"邢昭衍想，不能驳了老同学的面子，就答应道："让翟蕙过来试试吧。这几天准备开业庆典，正好缺人。哎，她来上班，孩子怎么办？"翟良说："孩子已经上小学了，我的三叔三婶也住在她家，没问题。我让她明天就来。"

邢昭衍这时提出，让翟良出席开业庆典，翟良沉吟一下："我是愿意给你捧场的，但是礼拜天才有空。"邢昭衍说："那就放在礼拜天。今天是星期四吧？定在周日上午十一点，好吧？结束后大家一起吃饭。"翟良说："可以。"邢昭衍又让他招呼一些礼贤书院的老同学，翟良说，毕业这么多年了，同学风流云散，保持联系的已经不多了。邢昭衍说，能招呼几个算几个。

二人下楼，到馆陶路欧陆酒店。那是欧式风格的大楼，大堂里有几尊西方雕塑。昭光和两位船长在大堂一角坐着，邢昭衍向他们介绍了翟良，又让翟良认识了他们。五个人一起上楼，去昭光订的包间。走在楼梯上，邢昭衍问两位船长，出去玩的船员都回来了没有，两位船长都说回来了，一个不少。邢昭衍说，明后两天，就不要再出去了，礼拜天一起参加船行开业庆典。

这场晚宴，宾主尽欢。昭朗号船长秦温良喝高了，拿筷子敲碟盘，大声唱起江南小调，唱了一曲又一曲，停不下来。邢昭衍只好宣布散席。送走翟良，他让昭光回家，自己与两位船长回到小港。

小周正和于嘉年坐在昭衍号甲板上，见到他们连连招手。邢昭衍上去问，船上有没有事，小周说，没有大事，就是几个船员在外面喝多了，回来闹腾了一会儿，都回舱房里睡了。邢昭衍道："我和船长说好了，明天谁也不准下船，你一早跟我到船行，忙那边的事。"小周点点头："中。"

第二天一早，邢昭衍让小周把他带来的大柳条箱提上，一起到码头上吃了早饭，便去宁波路25号。到三楼看看，房间已经打扫得干干净净，安上了桌椅。经理室里，有一大一小两张办公桌，分放两边，背后都有一架橱子，中间放了一组沙发和茶几。里屋，则安了一张床，连铺盖都有。听见走廊西头有说话声，过去看看，昭光正和两个人在一间屋里安桌子。他说："昭光，连夜布置好啦？"昭光笑道："事不宜迟呀。我认识一个家具店的老板，去选了一些，昨天晚上就送来了，您看合适不？"邢昭衍满意地点点头："合适。我今晚就住在这里。"

昭光向他介绍另外两个人：年纪大的姓郁，懂账务；年轻小的姓张，会理货。邢昭衍与他们握手，说感谢你俩来帮忙。见这屋里的桌椅已经安好，便让他们一起去经理室。

几个人坐下，昭光从包里取出一张纸，念出上面列出的庆典事项，大家逐条商量该怎么办。正商量着，只听楼梯咯噔咯噔响，一个年轻漂亮且烫了头发的年轻女子出现在门口，看着屋里几个人说："请问，哪位是邢昭衍先生？"邢昭衍向她点点头："我是。"翟蕙笑盈盈向他伸出手："学兄你好！"邢昭衍与她握握手："学妹你好。"接着，他向昭光几个人介绍翟蕙。介绍完了，昭光笑嘻嘻问："翟小姐，刚才经理说您先生当海军，请问是什么长官？"翟蕙说："炮舰舰长。"昭光吐一吐舌头："厉害厉害！"老郁问："前些天，渤海舰队有两艘军舰开到前海，官兵要求发放欠饷，不然就炮轰市区，张宗昌只好派人安抚，给他们发了。是你先生带头的？"翟蕙急忙摆手："不不不，我先生不在青岛，在外地。"

邢昭衍见人已到齐，就宣布了轮船行的人事安排：他任经理，邢昭光、周连明任副经理，昭光负责航运业务，小周负责安全事宜。另外几人，老郁任会计科长，小张任运输科长，翟蕙任文书兼出纳。他请各位按照分工，努力做事。大家也各自表态，要跟着经理齐心合力,把船行办好。

大家讲完,翟蕙从手提包里取出一个大大的牛皮纸信封,掏出一张叠得方方正正的宣纸,带着赧颜一笑:"恒记轮船行开业,我斗胆写了一幅字,表达祝福之意。"她让昭光帮忙扯开,原来上面用行书写了两行字:

长风破浪会有时
直挂云帆济沧海

邢昭衍看了由衷赞叹:"写得真好!这是李白的诗,我特别喜欢。"老郁说:"嗯,翟小姐是想让咱们有雄心壮志,济沧海,创大业!"昭光说:"这字应该裱起来,挂在这墙上。"邢昭衍指着与门正对着的墙壁:"就挂在那里。学妹,麻烦你把这幅字送到装裱店,再买一些红纸回来写请柬,好吗?"翟蕙愉快地答应着:"好的。不过,我看这墙上,还要再加一项内容。"邢昭衍问:"什么内容?"翟蕙说:"咱们既然是轮船行,要有船照挂出去。有现成的吗?"邢昭衍说:"有,我带来了,办执照用的,不过有点儿小。"说罢他打开箱子,找出两张四英寸照片,一张是昭衍号,一张是昭朗号,都是在上海拍的。翟蕙看了说:"挺好,我去照相馆,叫他们翻拍放大,装上相框。"她很利索地将相片装进她带来的大信封,抱在怀里下楼,小皮鞋踩出的清脆声音由近而远。在这空当,屋里几个人都不说话,似乎都在听那声音。

邢昭衍率先打破沉默,让昭光上街做办公室门牌时,加一个文书科。昭光说:"让翟蕙在另一间屋?我看见,人家那些公司的老板,都让秘书在自己屋里。"邢昭衍说:"那样不方便。"昭光说:"好吧,牌子就挂在隔壁。"

把事情商量完,邢昭衍让他们按照分工各自去做。这时,两个装电话的人来了。邢昭衍让他们安在自己的办公桌上。装电话的说，还可以装一台分机，只要十六元。邢昭衍想，装上分机也好，由翟蕙接电话，是谁的喊谁过去接。他给装电话的人付了钱，他们从外面扯来电话线，在墙上凿个孔洞，把两台电话机装好。等他们走后，邢昭衍拿起话筒，让总机话务员转接礼贤中学，让那边的人告诉初二第三班的邢为海，下课后回拨电话1665。过了一会儿，电话响了，果然是儿子的声音："爹，您来青岛啦？"邢昭衍说："对，我来啦，把船行安下啦，在宁波路25号，礼拜天上午开业，你过来给我放鞭炮。"

翟蕙回来了，抱来一卷大红纸，还从包里掏出毛笔、墨块和一块小砚台。邢昭衍把她领到隔壁，说这是文书科，你先休息一会儿再写请柬。翟蕙看看桌上，满脸惊喜："哎呀，装了电话？太好了！"她立即拿起话筒，让接线员接1067。接通后说："王婶，麻烦您告诉我妈，我中午不回去了。"放下话筒，她转身向邢昭衍笑吟吟道："学兄，Das ist ja großartig！"邢昭衍听得懂，她是用德语说"太棒了"。她脸上泛红润，眼里闪波光，让邢昭衍怦然心动，一时不知如何接话。倒是翟蕙大方，又说："1067，您记住了吗？以后我在家的时候，您可以打这个电话喊我。这是我邻居，和我妈处得很好，她儿子是个老板。"邢昭衍点点头："好，记住了。"说完这话，他心生疑惑：翟蕙的先生在海军当舰长，难道就装不起电话？

他到经理室拿来嘉宾名单，让翟蕙写请柬。翟蕙端着碟子去取来一点水，开始研墨。邢昭衍见过女人织网，见过女子绣花，却没见过女人研墨。只见她一手扶砚台，一手捏墨锭，转了一圈又一圈，露出一段雪白的腕子，垂下一绺乌黑的发丝。邢昭衍念私塾时整天研墨，知道这事费力，就想替她。却又觉得唐突，有献殷勤之嫌，遂打消念头，回经理室考虑别的事情。

很快，翟蕙过来，拿一张写给陈务铖先生的请柬让他看。他见那些楷体字个个清秀，内容也不错，连连夸好。他让翟蕙继续写，自己去给陈务铖送请柬。

昭光向他讲，陈务铖名下有好几家商号，总部在馆陶路北头，于是下楼后右拐再右拐。找到丰记轮船行的招牌，原来是在一座德国风格的楼里。到一楼经理室门口看看，陈务铖坐在那里，只是发福多了。已经是暮秋时节，别人都穿夹袄了，他却只穿一件白衬衣、一条吊带裤。邢昭衍自我介绍说，是马蹄所的邢昭衍，接着恭恭敬敬把请柬递上。陈务铖让他坐下，看看请柬，吊起左嘴角笑一下："哦，表弟也来开船行了。"邢昭衍说："小弟斗胆，冒昧过来，还请您多多赐教。"他给陈务铖敬一支烟，划火给他点上。陈务铖眯缝着眼抽了两口，睁眼看着他问，有几条船，各是什么吨位？听邢昭衍说了，他又将嘴角一吊："后生可畏，你的总吨位已经超过我了。你新买的船，打算跑什么航线？"邢昭衍说："马蹄所至大连，经停青岛。"陈务铖点点头："嗯，你撇开海州，我还好一点。"邢昭衍说："我知道，从海州那边去东北的很多，有你的两条船，日本人的两条船，运力已经饱和。"陈务铖拿指头点着桌面："嗯，表弟够意思。咱们海矂人就得相互帮衬。"邢昭衍说："我也是这样想的，咱们相互帮衬。但是，我有一件事搞不明白，日本船都很大，跑远洋航线，为什么要弄两条小船跑海州呢？"陈务铖说："日本人也是有富有穷，那两条船是一个来闯青岛的日本人的，他没有钱，就买了两条二手船过来。我见过那个老板，就知道吃喝嫖赌。"邢昭衍说："原来是这样呀，咱们齐心合力，把他的船挤走！"陈务铖摇摇头："慢慢来吧。"

邢昭衍又问他，除了两艘船，还在哪些方面发财。陈务铖掸掸烟灰说："开船行是小打小闹，我主要是做进出口贸易，再就是捎带着做期货生意。"邢昭衍问："期货生意好做吗？"陈务铖说："这就看你的预判能力啦，看清了某一宗货物未来是涨价还是跌价，然后在取引所做多或者做空。一旦做对了，就可能一夜暴富。"邢昭衍又向他拱手："在下佩服！"

他又问："表哥，在青岛的海瞰人我大多不熟，您看还需要请谁？"陈务铖说："有好几位应该到场，他们在青岛都算是成功人士。"邢昭衍说："麻烦您开个单子，我回去写了请柬当面去请。"陈务铖就取过笔，在便签上写了六个人的名字和地址、电话，哧的一声撕给他。邢昭衍接到手连声道谢，接着告辞。

回到船行，见翟蕙已将原定的请柬写完，又让她按照名单再写六份。他与翟蕙做了分工，午后分别去送。突然，经理室里当当连声，他过去看看，墙上有了一个挂钟，昭光正托着自己的怀表对点儿。看看自己的怀表，已经是十二点整。走到窗前看看，街对面有一家水饺店，便让昭光招呼大家过去。

到了店里，找一张大桌子坐下，昭光让店员上六盘水饺。等水饺的空当，昭光讲，早晨商量的事情都有进展，只是送给嘉宾的礼品已经预订，是每人一件秋衣，但是到底需要多少，没有个数儿。邢昭衍说，可以多拿来一些，剩下的退给他们。昭光说，中，我跟他们商量一下，估计能行。

十几分钟过去，水饺还没上来。昭光向店员催，店员说，对不起，来吃饭的人太多，后厨包水饺的不赶趟儿。翟蕙皱眉道："太耽误时间了，以后我做给你们吃。"听了这话，大家都很惊奇。邢昭衍问："你会做饭？"翟蕙冲他一笑："当然会做。在礼贤书院女校，我还学过烹饪课呢。"邢昭衍说："好呀，昭光，下午你带人把厨房收拾好，把厨具置齐，再把米呀面呀，油盐酱醋呀，统统买来。翟蕙，你下午送完请柬就回家吧，明天中午，我们就尝尝你做的饭菜？"翟蕙一笑："好的，请你们拭嘴以待。"听她说话风趣，几个人都笑了。

次日上班，翟蕙从家中带来套袖、围裙，跟昭光去厨房看了看，见准备得差不多了，回来跟邢昭衍说："经理，中午我炒四个菜，烙油饼，可不可以？"邢昭衍说："太麻烦了，咱们吃大锅菜就行，到街上买些煎饼或者馒头。"翟蕙说:"好吧,我现在上街去取相片和裱的字,顺便割肉买菜。"邢昭衍掏出十个大洋给她:"这是伙食费,你先用着,花多少钱记个账。"翟蕙点点头,收了起来。

邢昭衍与翟蕙商量,由她主持开业典礼,翟蕙很干脆地答应着。她打量一下邢昭衍:"典礼上你穿什么衣服?"邢昭衍说:"我箱子里有一件大褂,去年刚做的。"翟蕙立即摇头:"不行,这么重要的场合,应该穿西服打领带。你有没有?没有的话,今天去定做还来得及。"邢昭衍说:"哦,我真没有。"翟蕙说:"山东路上有好几家制衣店,我陪你去。"邢昭衍说:"不用,我自己去。"翟蕙说:"好吧,你赶快去,我也上街取字幅取相片。"

邢昭衍下楼,走到馆陶路口,看到取引所门前有等客的黄包车,立即上了一辆。到了山东路一家制衣店,说明来意,店员向他推荐了一种灰色的进口布料,量了他的身材,收了钱,让他明天下午来取。再回到船行,翟蕙正在小周的帮助下挂字幅和船照。两幅大大的船照挂到西墙上,她一边端详一边说:"希望咱们的船照一张张多起来。"邢昭衍用坚定的语气说:"争取能贴上十张八张的!"翟蕙瞅着他一笑:"愿力无穷,心想事成。"

周六这天早晨,昭光来船行后告诉邢昭衍,已经和媳妇商量好了,晚上请他到家里吃饭。邢昭衍不太愿意去,但是想到以后要靠昭光帮忙管理船行,也想看看他的家庭,就答应了。

傍晚下班后,昭光带他去馆陶路叫了黄包车,走过好几条街,在一个平房院子前面停下。昭光小声说,不好意思,这是个大杂院,租给三户人家住。把他领到西头的两间堂屋,向一间正往外冒烟的小西屋喊:"镜子,三哥来了。"春天在普济医院见过的弟媳妇走出来,抹一把被烟熏出来的眼泪叫一声"三哥"。邢昭衍说:"弟妹别忙活了,随便吃点就行。"镜子说:"三哥是贵客,我得炒几个菜,您跟昭光好好哈一气。"

一个小女孩从屋里蹒蹒跚跚出来,昭光把她抱到邢昭衍面前,让她叫大爷。小女孩叫了,邢昭衍从身上掏出两个大洋给她。昭光从小孩手里夺过来,说咱不能要大爷的钱,小孩子"哇"一声大哭。邢昭衍嗔怪道:"你看你,这是给侄女的见面钱,拿着!"昭光这才把钱放到孩子手里,领三哥进屋。

屋里的陈设很普通,一张床,几件家具,但是墙上挂着一家三口的合影,衣架上挂着一身西装。昭光让三哥坐到一张矮桌旁边,边泡茶边说:"进我的穷家寒舍,叫三哥见笑了。"邢昭衍说:"你能在青岛站住脚,安了家,就不错了。"邢昭光点头道:"嗯,还行吧。往后,我全家的日子,都仰仗三哥了。"邢昭衍说:"咱兄弟俩把船行办好,日子肯定不孬。"

弟媳妇送来两盘菜,向大伯哥一笑,又回了厨房。邢昭衍问,弟妹是哪里人。昭光说,本地的,她爹在小港旁边的饭店里当厨子,我经常去吃饭。他看中了我,就找人牵线,把他二闺女镜子说给了我。她跟她爹学了厨艺,菜做得还行,你尝尝。邢昭衍拿起筷子,夹一块鱼肉放到嘴里,味道果然不错。

邢昭光倒上酒,与三哥喝起来。四个菜上桌,镜子又忙着烙油饼,香味儿直往堂屋里飘。邻居的几个孩子跑过来,站在厨房门口观望,镜子压低声音挥手驱赶:"小馋鬼,滚开!"邢昭衍便知道,弟媳妇不是善茬子。果然,在昭光去院角茅房解手时,她急呼呼走进堂屋说:"三哥我问你个事,邢昭光是不是还有个老婆?"邢昭衍一时无语,不知怎么回答。镜子见他是这个神情,向院角瞅一眼,恨恨地道:"他骗我,说没结过婚,可他哪里是没结过婚的样子?"听她这么讲,邢昭衍十分尴尬,急忙说:"昭光是结过婚,但跟那个媳妇已经分手了。"镜子说:"在大连是吧?三哥你给我盯着,邢昭光要是跟那个女人再有来往,我把两个人都杀了!"那张漂亮小脸上的杀气,让邢昭衍不寒而栗。

礼拜天到了，恒记轮船行所有的人早早上班，把楼前打扫干净，把船行牌子挂起来，搭上红绸，并摆上了一对花篮。通往楼后的廊道口还摆了一张桌子，旁边放了礼品袋，小周和老郁负责让来宾签名，分发礼品。邢为海和他的几位同学也来了，都穿着校服，个个是青葱模样。他们从楼上搬下一盘盘鞭炮，挂到街边的几棵树上。

十点后，邢昭衍穿着崭新西装，站在楼前迎接来客，迎来后送到楼上，由翟蕙给他们戴上胸花，倒茶伺候。礼贤书院的几个老同学来了，与邢昭衍执手相认，感慨多多。两位船长带着二十多个船员过来，海㙮帮装卸队头头也来了几个，邢昭衍让他们就地等候。他们叼着烟卷说笑，南方口音和海㙮口音混杂，楼前变得热热闹闹。

离十一点还有五分钟，邢昭衍到楼上说时间到了，请各位下楼。翟良在楼梯上问他，典礼结束后，大家要不要去小港看看你的船。邢昭衍说："免了吧，两条小船，在港上实在不起眼，大家看看船照就行了。"翟良说："不看也好。哎，翟蕙来到船行，表现如何？"邢昭衍向他笑笑："人才难得，感谢学兄推荐！"

邢昭衍请几位尊贵的来宾到台阶上站着，其他人在楼前站成一片，贺老板也和他的店员们出来看热闹。翟蕙穿着深红色旗袍，落落大方走上去，介绍了重要嘉宾之后，宣布恒记轮船行开业庆典正式开始，请邢经理的老同学、胶澳商埠督办公署秘书翟良先生和港政局码头运输事务所王副所长揭牌。二人走到船行标牌两侧，扯下了红绸。这时，邢为海和他的同学点燃鞭炮，几棵树下蓝烟腾起，响声巨大，翟蕙和几个女性捂着耳朵躲进了店堂。等到鞭炮声停息，她才出来，红着脸继续主持典礼。

按照事先商定的日程，她请港政局码头运输事务所的刘股长讲话。这位穿着港政局制服的高个子男人讲，欢迎恒记轮船行来青岛港注册，让这里又多了两条华船。这几年，青岛港的华船持续增加，去年，进出青岛港的华船有三百三十五只，总吨数是二十八万九千吨。但我们要知道，去年进出青岛港的外船却多达近两千只，而且吨位也大，光是日轮就有一千四百多只，总吨位达到二百一十万！中国航运业任重道远，老板们努力呀！

邢昭衍听到刘股长这样说，心潮澎湃，感慨良多。他只知道中国在航运业落后，没想到落后到这个地步。这个刘股长是个人物，他真敢讲！

翟蕙又请丰记轮船行经理陈务铖讲话。陈务铖扯了扯吊裤的两条系带，红光满面走上去，慷慨激昂：我坚决响应刘股长号令，为中国的航运业尽绵薄之力！很惭愧，我现在只有两条小船，没有资格进大港，只能在小港进进出出。但是，我不甘心，做梦也想买上大船，堂而皇之地开进大港，跟那些外轮并排停泊！听他这样说，众人热烈鼓掌。

接下来请船长讲话。两位船长先后表态，主要意思是恪尽职守，与全体船员一道把船开好开稳，请老板放心，让货主和乘客放心。

最后是邢昭衍致谢。他说，感谢大家前来捧场，昭衍初来乍到，请大家多多关照。也希望两条船的船长、船员和船行的全体职员，同心勠力，让恒记轮船行顺风顺水。

一个海瞰帮的装卸队队长沙哑着嗓子大喊："邢老板，你多买船，买大船，多拉快跑，俺这些老乡跟着你发财！"他的话，激起一片欢笑。

翟蕙宣布，恒记轮船行开业庆典圆满结束，邢经理在馆陶路欧陆酒店略备薄酒，请各位赏光。船员们兴奋地喊：好，喝酒去啦！

不料，一个正处在变声期的嗓音响起："等等！"大家驻足观看，只见一个嘴上刚长了茸毛的男孩跃上台阶，向全场鞠了一躬，然后挺直身板涨红着脸说："各位长辈，我是恒记轮船行老板的儿子、礼贤中学学生邢为海，我有话要讲！"在场的人都惊讶地看着这个男孩。

邢为海扫视一下听众，大声道："我希望各位不要光想着自己发财，还要想着民生！你们买轮船，搞运输，生意红红火火，可是你们都拉了些什么人？大多是闯关东的穷人。他们为什么要背井离乡闯关东？是他们在老家活不下去了！为什么活不下去？根本原因在哪？你们想过没有？兵荒马乱，民不聊生，这到底是谁造成的？中国还有没有希望？中国人还有没有出路？你们想一想，想一想呀！"说到这里，邢为海声泪俱下。翟蕙和在场的许多人泪湿眼窝，有些船员和海瞰帮苦力大声叫好。

邢昭衍看着儿子深感震撼。儿子讲的这些，他也想过，但他想得更多的是让中国航运业发展起来，像张謇那样实业救国。没想到儿子这么勇敢，竟然在今天这个场合公开演说，大讲民生。但是，今天是船行开业，你讲这些太唐突呀，于是急忙呵斥："住口！这些大道理就你想过？就你懂？一个毛头孩子，不知天高地厚！各位，抱歉了，请多多原谅。走，咱们吃饭去！"说罢，他带头走向馆陶路，大伙乱哄哄跟上了他。

邢为海站在台阶上看着他们，眼含泪水喃喃地道："启蒙，启蒙！革命，革命！……"

第三十一章

那天中午，邢昭衍发现儿子和他的同学没去欧陆酒店吃饭，知道自己当众训斥他，伤了他的面子。但邢昭衍不认为这是多么严重的事情，心想，儿子在那么重要的场合上突然站出来打横炮，给老子难堪，让别人看笑话，我不扇你耳光就不错了。

邢昭衍也觉察出来，儿子正往一条危险的路上走。他在礼贤中学读书，一次次参加游行；跟着我和王献堂去崂山，发表关于劳资关系的过激言论；昨天又要求大家关注民生，思考中国的出路。从他身上，既看出孙中山三民主义的影响，也看出共产主义的影响。在青岛，共产党已经渗透到劳工阶层，罢工接连不断。听说有个叫邓恩铭的人是共产党的高级骨干，来青岛组织罢工，被胶澳警察局逮捕并驱逐出境。下一步，共产党可能会在全国进一步壮大，因为共产主义"幽灵"已经附身于许多青年人。我儿子也接受了马克思的观点，对我的事业表现出怀疑了。想到这，邢昭衍心里十分不安。但是，不管儿子怎样认为，邢昭衍相信自己的事业对头，让中国人的航运业壮大，这个方向没有错。他决心好好经营现有的两条船，尽快攒钱，争取明年再买一条。

船行开业后，他就紧盯市场，殚精竭虑，想获取更多利润。听姐夫于嘉年说，今年大连的高粱大豆销得很快，货源接近匮乏，因为有好多船过去运到青岛，再通过火车运到内地。他就和昭光商量，改运煤炭。因为淄川、博山的煤通过铁路运来很多，大港小港都有，有好多船往南方运。二人去谈了几家，最后定下一家运费稍高的。昭衍号装一船运到浏家港，卸下后把船舱洗干净，再运一船大米到青岛，赚钱不少。以后这样来回不停，一直跑到过年。

昭朗号的客运却渐渐萧条，原因是到了冬天，闯关东的减少。有的航次，北上时载客率不到一半，回程更是少得可怜。邢昭衍只好将这条航线缩短，改为青岛至马蹄所。他想，等到过了年就好了，那时闯关东的人潮再次出现，马蹄所到大连的航线会恢复正常。

腊月二十三，昭朗号开行年前的最后一个航次：从青岛去马蹄所，再回青岛。完成这个航次后，船停小港，放假过年。昭衍号上的魏小手等几个人下船回家，其他人运煤去浏家港卸下，也放假过年，正月初九再运大米回青岛。昭光有些担心，说咱离浏家港那么远，能放心吗？邢昭衍说，没事，我信任阚船长。

腊月二十二，邢昭衍让会计老郁和兼任出纳的翟蕙给大家发了工资，每人还送一包干海货。船上人员的工资和年货，则由两艘船派人到船行领取，回去分发。发完后，翟蕙问邢昭衍，保险柜里还有两千多现洋，怎么处理。邢昭衍说，船行放假后没人住，你把钱存到银行，把保险柜清空。翟蕙上街办完存款，回来提着一个包，趁经理室没人时送给邢昭衍。邢昭衍问是什么，翟蕙说是日本资生堂的润面霜，给嫂子、侄女买的，还有一些糖果。邢昭衍说，你太客气了，用不着呀。翟蕙说，一点心意，感谢学兄让我有了一份工作。邢昭衍问她，对这份工作是不是满意，翟蕙嫣然一笑：岂止满意，堪称幸福。

这天下午，邢昭衍打电话给礼贤中学，想叫儿子明天坐昭朗号一起回家，然而电话没人接，他只好让小周去叫。小周说："我想起来，二十年前快过年的时候，我去那里叫您回去过年。"邢昭衍也想了起来，感慨万千："哎呀，二十年过去了。当年你叫我坐自家的船回去,今天也是叫为海坐自家的船回去。只不过,那一回是风船,这一回是轮船。那一回遇上大风……"小周急忙向他摆手:"您甭提这事,我去了。"邢昭衍冲他的背影又说:"你跟为海说,最好今天晚上到船行住,明天早上一起走!"但是,小周回来后说,邢为海不来船行住,明天早晨直接到小港。邢昭衍明白,儿子与他还是格格不入。

第二天早晨,邢昭衍和小周到了小港,于嘉年和小鲻鱼等几个在昭衍号上工作的海瞰人都等在那里。昭朗号与码头相连的跳板,陆续有人踏上去,大多操着海瞰口音,估计是回去过年的。

邢为海来了,背着一个沉甸甸的大包。小周急忙迎上去,递给他船票。邢为海到一堆人跟前站了一下,冲于嘉年叫了一声"姑夫",转身就往船上走。邢昭衍面现尴尬,骂道:"这小子!"随后也提包上船。到了船上,儿子坐到一个靠窗的座位上,一直扭头往外看,对邻座的父亲不爱搭理。邢昭衍弯腰摸摸,他的包里有好多书,就问他背了什么书回家看,邢为海说:"不用你管。"邢昭衍只好不再问,起身走上甲板。

一个中年人背着大包袱走上船来。邢昭衍见他的嘴歪着,有些面熟。正在端详,小周突然从统舱里冲出来,兴奋地与他抱在一起。邢昭衍也认出来,那是他的远房堂弟槐棒,当年在他家的船上干,后来和小周一起去了鲅鱼圈。他走过去说:"兄弟回来啦?"槐棒看见了他,脸上挂着泪水道:"三哥,我回来了!"

邢昭衍让他到舱里坐下,见他提一个用黑布包裹着的木匣子,问他那是什么。槐棒神情黯然:"是补网爷爷。"小周吃惊地看着木匣子:"他老了?我见过他。他不是要挣下棺材钱就回来的吗?"槐棒说:"钱是挣下一些,可是得了病,回不来了。"

槐棒说,补网邢今年得了重病,嗓子叫什么堵着,吃不下饭,一天天瘦下去。老汉孤身一人,平时待他好,他就天天在老汉身边伺候。他跟老汉商量，跟他一块回马蹄所，老汉说，回去也没有地方住，死在这里算了。老汉给他多年来攒下的五十多块大洋，叫他办后事：把他的尸首扔在海里，叫他的魂走海路回马蹄所；再把他的一身衣裳送回家，给他在祖陵里埋一座坟。他答应了，等到老汉咽了气，招呼一些伙计把他用爬犁子拉到海里，凿了个冰窟窿，塞了进去。他找人做了个木匣子，装上老汉的一些衣裳，先坐车后坐船，到了青岛才知道，跑马蹄所的船是三哥的。

邢昭衍听了槐棒的讲述，看着那个木匣子泪湿眼窝。这个闯关东的本族爷爷，当年见过，父亲还让他补过渔网。后来他和哥哥分家后没地方住，就带着老婆孩子去了东北。没想到，今天他是这样回家。邢昭衍和槐棒说，回去给老人下葬时，他一定去祖陵送行。

小周问槐棒，有老婆了没有，槐棒扯扯歪嘴："鲅鱼圈光棍成堆，到哪里找老婆？"小周说："这次回来，找一个吧。"槐棒说："我这样的穷汉，哪个小嫚愿跟？"小周说："能找到，现在有的人家活不下去，只好拿闺女换钱。你出十块八块大洋，就能换个媳妇。"槐棒眼睛一亮："是吗？十块大洋我还能出得起。补网爷爷临死也嘱咐我，说他给我的钱，办丧事花不完，叫我用在找媳妇上。"小周说："就这么定了。我等着喝你的喜酒。"

中午到达马蹄所，邢昭衍让槐棒和大伙下船，他和小周、魏小手等几个海暾人一直等到最后，与船长和船员们握手告别，祝他们春节愉快。他们下船后，昭朗号拉响汽笛，掉头回去。

船行开业后，邢昭衍曾经回过三次马蹄所，但是时间都不长，主要是为了检查昭朗号的开行情况、对乘客的服务质量，考察这条航线上另外几条船的营运量。这次回来，他下船后直接去了恒记商号，想知道魏总管对于年关的安排，问他结没结账。

魏总管让人给邢昭衍倒了茶水，戴上老花镜捧着账本，说义兴号五天前已经放假，算了算账，今年一共赢利六千三。昭衍号、昭朗号这两条轮船，在马蹄所这边的卖粮收入、船票收入，总共是十五万八。邢昭衍估计，扣除工资与费用，有七八万元。加上青岛方面，今年总的纯收入能过十万，还上买昭朗号时的借款，还剩七八万。这个结果，让邢昭衍心情舒畅，给他一张百元银票，说是工资之外的嘉奖。魏总管接过去说："谢谢少东家。哦，叫错了，应该叫经理的。"

他停顿一下，摘下眼镜看着邢昭衍道："经理，商号这一摊子，您另找人管吧，我年纪大了，该回家养老了。"邢昭衍说："您怎么突然说这话？看您这身板，您这脑袋瓜儿，再干几年还是可以的。"魏总管说："不行了，腿脚沉了，头脑木了。这几个月，我还经常梦见老东家，他站在前海的水里，浑身湿漉漉的，喊我过去跟他说话……"邢昭衍听了这话心中感动："魏叔，您跟我爹是老交情啦。"魏总管说："老东家信任我，叫我来当管家，给他当了再给您当。"邢昭衍说："二十多年，您帮了我家父子两代！"魏总管说："我知道当管家应该怎么做，没出大错，没给你们爷儿俩惹事，我就安心回家啦。您提拔我儿小手，叫他当上昭朗号的管事，我真是感激不尽。我跟他说了，叫他对您忠心耿耿！"邢昭衍急忙摆手："可别那样说，这词儿我担当不起。"

他沉吟片刻，又说："魏叔，既然您想回家养老，我答应您。您看，谁接这个摊子合适？"魏总管说："我早想过这事，你姐夫就行，他头脑灵活，账码也精。"邢昭衍点点头："嗯，我也觉得他行。我跟他商量商量，他要是同意，过完年你们办个交接，您好好嘱咐嘱咐他。"魏总管说："嗯，就按您说的办。我收拾一下东西，叫小手给我背着，下午就回去了。"邢昭衍说："好吧，中午咱们到'望海楼'吃饭，算是给您送行。"

他回到家，一进院就听见大儿子正在堂屋和杏花高声说话，杏花"咯咯"直笑。他走到门口问："在说什么呢？"杏花急忙起身道：

"爹回来啦？大船说他跟同学打赌的事儿。"邢昭衍问："打什么赌？"邢为海立即指着他姐道："不准你说！"

三板从娘怀里挣脱，走到爹跟前伸出小手，吐着舌头笑而不言。邢昭衍明白，他是要糖果吃，就把背来的包打开，拿出翟蕙买的糖块给他。他又拿出两个装化妆品的花纸盒，递给妻子和女儿。杏花拆开，拿出里面的小玻璃瓶又看又闻："这是什么？"邢昭衍说："翟蕙给你们娘儿俩买的，说是日本资生堂的润面霜。"邢为海立即指着大叫："日货，抵制日货！快把它砸了！"说着就去抢，然而杏花低头弯腰死死抱住，他只好作罢。

梭子瞅着邢昭衍问："翟蕙是谁？"邢为海说："是俺爹的女秘书。"杏花立即瞪大了两眼："爹，你是不是在青岛找了个小老婆？"邢昭衍大窘，看了一眼梭子又训斥女儿："甭胡说！人家是海军舰长的夫人，我跟她哥是同学，是他哥让她到我船行工作的。"梭子的脸上现出寒意，嘴里却说："杏花，大人的事，你少操心。"杏花努了努小嘴，又问爹，建灯塔的事怎么样了？邢昭衍说，他去海关问过，现在太冷，来年春天派人过来勘察设计。杏花拍拍小手："好，有盼头啦！"

于嘉年出现在门口，看着邢昭衍说："他舅，我刚才到孩子他姥娘那里坐了一会儿，过来跟你说一声，现在回家。"邢昭衍说："你先别走，我有事跟你说。"他起身走到院里，和姐夫说了接老魏的班当总管的事，于嘉年听了喜上眉梢："他舅，既然你重用我，我一定给你干好！"邢昭衍说："中午我请魏总管吃饭，给他送行，你去作陪。"于嘉年说："中，我吃了饭再走。"

送行午宴上，魏总管历数两代东家对他的恩情，老泪纵横。邢昭衍一再向他敬酒，感谢他二十多年为邢家尽心出力。他还对于嘉年说："姐夫你也敬酒，你当总管，是魏叔向我推荐的！"于嘉年便叫着"魏叔"过去敬，说年后再来，一定向您好好请教。老魏吃饱喝足之后，要去老东家坟上磕个头再走。邢昭衍说，谢谢，我陪您去。老魏让儿子买几刀纸，小手应声下楼。然后，邢昭衍和于嘉年扶着醉醺醺的老魏，一步步出了所城北门。来到邢家祖陵，魏总管跟跟跄跄扑到老东家坟前，作揖磕头，跪在那里大哭："老东家，老东家，您今年走了，我也告老还家了。等我死了，我去找您喝茶拉呱……"跪在他身后的邢昭衍和于嘉年，一齐抹泪。小手抱着纸钱来了，在坟前点着。邢昭衍说："魏叔，走吧。"老魏一步一回头，离开了这里。

晚上睡觉时，邢昭衍躺到床上想和梭子亲热，梭子边脱衣边说："大船他爹，你长了天胆！"邢昭衍摸着她精瘦的脊背说："你说这话，什么意思？"梭子说："你在青岛找女人，怎不找个大嫚？找了个有男人的翟蕙，男人还当舰长，你不怕叫他知道了，开炮打咱家的船？"邢昭衍一听，笑得浑身抽搐，以被子掩嘴咳嗽了几声才说："你真会想象，还想到了一场炮战！我没碰翟蕙，他男人凭啥向我开炮？"梭子问："真的？"邢昭衍说："当然是真的。"梭子嘿嘿一笑，滑进被窝："哦，错怪你了，你罚我吧，朝我开炮吧！"邢昭衍立即跃上战位："嗯，开炮！"

次日下午，邢昭衍去给补网邢送殡。灵棚搭在北门外，棺材里放着老人的衣裳。拉棺时，槐棒充当孝子，披麻戴孝顶"老盆"，"老盆"摔碎后，他一步步引领灵柩去了邢家祖陵。等到新坟堆起，邢昭衍想，老人在鲅鱼圈大半生，现在总算回家了，和邢家故人团聚了。不知他的魂回来了没有？他向东北方向的海上看一眼，与同辈人一起到坟前郑重跪拜。

腊月二十八，槐棒成亲。他在马蹄所没有房子，住在周家庄丈人家里，算是个"倒顶门"女婿。邢昭衍去放下两块钱的贺礼，和小周等人一起吃喜酒。看这家房屋破破烂烂，听小周说，这是他的一个堂叔，自己没有地，靠租种别人的二亩地，养不活一家八口人，就让十七岁的三闺女跟了槐棒。槐棒在这里住到正月十六，就带着媳妇回鲅鱼圈。正吃着饭，门外有一群小孩拍手喊道："小嫚小嫚都甭愁，找不着青年找老头！甭管老头脸多黑，只要领你闯东北！甭管老头嘴多歪，只要领你去鲅鱼圈儿！"

正月初一，邢昭衍给长辈们拜了年，又去给区长拜。盖区长正守着炉子烤火，见了他起身笑道："邢大经理呀，我等了你三个月没等到你，还以为凤凰占了高枝，不理我了呢。"邢昭衍说："岂敢岂敢！区长，我回来过几趟，可是事情太多，这边处理完了，那边又有事，所以直到过年才来拜见您。"盖区长看了一眼，让他坐下，递给他一支烟："邢经理，成立商会的事，你考虑得怎样啦？如果考虑成熟，趁着你在家过年，我招呼一下全区的大小老板，把成立大会开了。"邢昭衍说："我考虑过多次，成立商会可以，但您还是让别人当会长吧，我大部分时间不在马蹄所，会误事的。"区长说："还真是有几个人想当这个会长，但是我都看不中，他们或者实力不够，或者人品不行。你就答应了吧！"

邢昭衍发现区长态度恳切，心中有了几分感动，抽一口烟问道："区长，成立了商会，您有什么吩咐？"区长把烟卷叼着，伸手到炉子上烤着，思忖片刻说道："商会要做的事情很多，譬如组织会员互助，维护会员权益，交流商界信息，等等。可是现在的社会越来越乱，尤其是土匪日益猖獗，当务之急是武装自卫。邢经理，你的老祖宗不是马蹄所的千总吗？你应该继承他的勇武，把防御土匪这事担当起来！"邢昭衍瞠目结舌："您，您是说，让我带人跟土匪打仗？"区长收回手，攥成两只拳头："主要是防。我的策划方案，是以商会为依托，建立马蹄所团练，把他们武装起来，再给马蹄所重新安上四个城门，组织团丁日夜站岗。"邢昭衍觉得脑袋发涨，抬手揉搓着两个太阳穴问："不是有海防营吗？"区长道："人家说了，海防队的职责就是防御海寇。"邢昭衍说："只防海寇，不防土匪，怎么会这样呢？"区长说："他们不管，我们只好自己管。我身为一区之长，整天忧虑这事。"邢昭衍劝他："区长不必过分忧虑，我听说老辈人讲，马子来不了马蹄所。咱们马蹄所其实是个岛，只有西北方向有一条路跟外界联系。历史上的土匪从来没有敢进来的，怕让官兵堵在这里。"区长说："是吗？如果他们因为马蹄所的地形特殊不敢来，那咱们就万分庆幸了。"邢昭衍安慰他，也安慰自己："没事，真的没事。"

话说到这里，区长就不再提成立商会的事，问他到了青岛怎样。邢昭衍跟他讲了讲，区长说："青岛是大地方，能在那里开船行，可不简单，祝你生意兴隆通四海，财源茂盛达三江！"邢昭衍向他道谢，起身走了。

过了年正月初九，昭朗号开航，邢昭衍回青岛，儿子也要走。邢昭衍说："你们学校正月十六才开学，你这么早回去干啥？"儿子说："老师让我帮他抄稿子。"邢昭衍警觉起来："抄什么稿子？哪个老师？"儿子把眼一瞪："用得着你管吗？"

到了前海，那里已经站了一大片人，都背着铺盖行李，往几条小舢板上挤。邢为海看了满脸焦虑，眉头紧皱："一过了年，就有这么多人闯关东，怎么会这样！"邢昭衍说："儿子，这么多人闯关东的原因固然需要思考，中国的出路固然需要寻找，但是在目前，帮他们找活路是当务之急，是一种善举。昭朗号的票价最低，让他们减少了去东北的成本，你爹做得对不对？佛家讲度人，咱家的船也在渡人！"邢为海听了，眉结依然未解："你渡他们去东北，谁渡全中国的苍生出苦难？"邢昭衍把手放在儿子肩膀上，捏了几捏："等你的肩膀结实起来，再考虑这些事情吧。"邢为海不再吭声，扭头瞅着海里的波涛长吁短叹。

坐船来到青岛，邢为海去学校，邢昭衍和小周去恒记轮船行。到楼上看看，昭光、翟蕙、老郁、小张都已来了。大家相互拜年，气氛温馨。邢昭衍发现，十多天没见，翟蕙更加漂亮，简直是光彩照人，就笑着问："你家舰长是不是回家过年了？"翟蕙脸上洋溢着幸福："嗯哪！""还没回去？"翟蕙说："昨天刚走，要跟着毕司令北伐！"邢昭衍发出疑问："北伐？年前我看报纸上讲，国民党在广州召开全国代表大会，会上提出北伐，你先生的部队归顺国民党了？"翟蕙摇头："没有。他们的北伐，是受张宗昌指派，去天津打冯玉祥。"老郁撇撇嘴："看来，毕庶澄给渤海舰队发足军饷了。"

此后，邢昭衍一边打理船行业务，一边关注天津战事。他订了《青岛时事》，每期必读。他看到，三月六日，毕庶澄率渤海舰队和直鲁联军第八军由海路攻打天津，抵达大沽口。随后几天的报道让他牵肠挂肚：鲁军炮击岸上的国民军，国民军开炮反击；国民军鹿钟麟部为防鲁军夜袭登陆，将大沽口灯塔标志及浮标拆除，并在白河口敷设水雷，航运完全断绝；外国使团向北洋政府严重抗议，要求立即撤除障碍。为齐鲁联军助威的两艘日本军舰被国民军开炮击伤，日本公使向北洋政府提出抗议要求赔偿，并联合英、美、法、意大利、荷兰、比利时、西班牙等国公使向北洋政府提出通牒；日、英、美、法、意五国驻天津海军代表会议分别向渤海舰队司令毕庶澄和国民军将领鹿钟麟提出四项要求：撤退渤海舰队；撤去水雷；恢复灯塔航标；恢复海口交通。他让翟蕙看这些消息，翟蕙面无血色，双手合十念叨："阿弥陀佛！阿弥陀佛！"

十多天后，邢昭衍去小港看昭朗号装煤进度，刚走到馆陶路，从南边来了一支游行队伍。他驻足观看，发现参加这次游行的不只是学生，还有工人、市民，喊出的口号是"坚决反对八国通牒""为北京'三·一八惨案'死难者讨还血债""打倒列强、救我中国"等等。他问旁边一位旁观者："'三·一八惨案'是怎么回事？"那人说："胶济铁路总工会昨晚通报，北京的学生、市民集会反对八国通牒，然后去国务院示威，政府卫队开了枪，死了四五十个，还伤了好多。"邢昭衍明白,《青岛时事》的消息滞后了。

他站在街边,看见礼贤中学的旗帜由远而近,还看到儿子邢为海正带领同学喊口号。邢为海的脸上写满愤怒,每喊一声都要跳跃一下。喊过两声,就从邢昭衍身边过去了,对他爹的存在毫无觉察。

半月后的一个晚上,邢昭衍突然接到翟蕙的电话。她声音沙哑,带着悲戚,说她家里有事,要请几天假,说完就挂了。邢昭衍估计她家的事非同小可,在屋里徘徊了一会儿,忍不住拿起电话筒,让接线员接1067。一个苍老的女声接电话,问他找谁,邢昭衍说:"您是不是王婶?我是恒记船行的邢昭衍,我想问一下,翟蕙家里出了什么事情?"王婶说:"唉,她家出大事了,她男人去天津打仗死了,晚上有两个当兵的来报丧了。"邢昭衍决定立即过去,问清楚地址后,下楼到馆陶路叫了黄包车。

翟蕙住在大鲍岛区北部的一个平房小院,堂屋里亮着灯,有哭声传出。邢昭衍进去看见,一顶带血迹的海军大盖帽放在正面桌子上。翟蕙正搂着一个男孩啜泣,翟良坐在旁边面色凝重,墙边一个老太太拍打着双膝号哭:"哎哟,俺没法过了呀,俺没法过了呀……"旁边还有一个老头低头抽烟。

翟良见邢昭衍来了,起身让座。翟蕙也起身向他鞠躬,还让儿子跪下向他磕头。邢昭衍见那男孩有五六岁,浓眉大眼。他示意他们坐下,又去安慰墙边的老太太,让她别哭,保重身体。

坐下后,邢昭衍看着那顶军帽,发现那是普通海军士兵的帽子,因为他见过东北海军的服装。翟蕙注意到邢昭衍的眼神,主动解释说:"学兄对不起,我说过他是舰长,是哄人的,他其实是个炮长。"邢昭衍便知道,翟蕙是个有虚荣心的女人。翟良叹一口气说:"唉,走的时候好好的,回来就剩下一顶军帽!"邢昭衍问:"人呢?"翟蕙流泪道:"年遇春的战友过来说,国民军的一个炮弹打到他们舰上,炸过之后,炮位上的五个人只剩下一些断胳膊断腿。他们认得年遇春的帽子，就把它收起来，送到了我家……"翟良说："我妹夫死得实在不值。直系、奉系大动干戈，虽然迫使冯玉祥辞职，但是我敢预言，老冯总有一天会卷土重来，国共两党的北伐离不开他。"他看一眼翟蕙，接着说："虽然小年牺牲得毫无价值，就像一粒灰落到了海里，可是对于翟蕙来说，就是塌了天。"邢昭衍看着翟良说："翟蕙的天塌了，咱们帮她扛。放心，只要我的船行不倒，翟蕙的日子就会过得下去。"翟良说："谢谢老同学！"翟蕙更是感激，一边说"感谢学兄"，一边拽着儿子要跪下磕头。邢昭衍赶紧拦住："可不要这样，快坐下！"翟蕙坐下后又说："学兄，请您不要对别人说我丈夫去世了，那些坏人知道我成了寡妇，会欺负我的。"邢昭衍点点头："好吧，我答应你。"

邢昭衍又问丧事如何办理，翟良说："小年是奉天盖平县的，我们联系不上他的家人，只能在青岛埋个衣冠冢。"翟蕙说："他休假的时候就爱爬山，浮山去得最多，就到浮山脚下找个地方吧。"邢昭衍掏出随身带的二十块大洋放到桌上："我帮个棺材钱。"翟蕙急忙推让："学兄别这样。"邢昭衍说："我的一点心意，你就别客气了。"接着起身告辞，嘱咐翟蕙和她的公婆节哀顺变。翟良把他送出门去，握手道谢。

三天后，翟蕙又来上班。她主动向昭光他们说，婆婆病了，在家伺候了几天。她与以前相比，容颜憔悴，经常走神，但工作还能应付得了。按照翟蕙的约定，邢昭衍不透露她的家庭变故，和往常一样吩咐她干这干那。

此事过后，邢昭衍多半时间住在青岛，专注于生意。他几乎天天都往港上跑，两条船到来时，亲自指挥装卸货物、上下客；不在的时候，他到处转悠，观察市场，抢抓商机。因为鲁南、苏北的航线上有五条轮船在跑，正月和二月乘客很多，往后就渐渐减少。昭朗号到了青岛，有一些人下船，继续去大连的寥寥无几。邢昭衍就找几个海暾苦力帮忙,在火车站到小港的这段路上拉客,说跑大连的昭朗号票价最低,只花四块六,比别的船少花四毛。有些人就跟他们过来,到恒记轮船行的售票窗口买票。当然,船行也会给这些拉客的苦力酬劳,每拉来一个给一毛,有人一天能挣一两块钱。

小港也是渔港,开春后有大量渔船出入,各种渔获上岸,码头上弥漫着浓浓的鱼腥味儿。邢昭衍从小熟悉这种味儿,到了这个季节,父亲每天都要从前海捎回一些海鲜,让母亲或者女觅汉做了吃。邢昭衍站在码头上眺望西南方向,想到马蹄所的前海今年没有了父亲的身影,他的渔船、渔网、行地都归了别人,不由得悲从中来,泪洒春风。在这个季节,他也格外想念母亲、梭子和孩子。想到杏花时,便记起了她对灯塔的期盼。他这样想:不论在马蹄所建灯塔价值大小,就冲杏花的这个心愿,我这当爹的也该把灯塔建起来。

于是,他就去海关再说这事。杰森科长说:"我已经做好去马蹄所勘察的准备。"邢昭衍大喜:"请问科长,哪天过去?"杰森说:"明天就可以。"邢昭衍说:"等到后天好吗?后天我的昭朗号正好从小港去那边。"杰森说:"我们海关有船。你明天早上九点到大港第二码头。"邢昭衍连连点头:"好,好,我准时过去!"

次日八点多,他提前去了大港。他看到,这里停的都是几千吨的大轮船,船上的外国旗有日本的、英国的、德国的、美国的。日本的最多,大港上似乎到处都有一个个红日头。走到第二码头,看到一艘大船靠在那里,乘客出口外有几十个日本警察列队,似在迎接什么人。几个港政局警察急匆匆要登船,却被日警拦下。港警头头气愤地说:"我们要上船检查!"另一个警察用日语翻译给他们听,但是日警还是拦住他们。港政局警察头头大声道:"你们要知道,青岛已经回归中国了,我们是代表中国行使主权!"一个日本军官突然拔出佩刀,指着中国警察哇哇叫嚷,他手下的日警将中国警察推搡到旁边。这时,从船上下来几个日本人,看上去很有身份,趾高气扬。日警头目喊一声口令，部下一齐持枪挺立。港警只能站在一边，眼睁睁看着那几个人在日警的护卫下走掉。

邢昭衍的心，突然像一只被抛下的铁锚，重重地沉到水底。他知道，虽然日本人在几年前交还了青岛，但走的只是军队，他们办的工厂还在，开的银行、商号、轮船会社还在，各行各业几乎都有日本人，就连日本人开的妓院也照常营业。到街上看看，穿和服、说日语的比比皆是。更让人气愤的是，日本政府还以保护日侨的名义留下一些警察，像前几年占领青岛时那样飞扬跋扈，不把华人放在眼里。邢昭衍还知道，在大连、上海等大城市，日本人的势力更是与日俱增。他预感到，日本正积蓄起一种强大而可怕的力量，对中国形成严峻挑战甚至致命威胁。

邢昭衍离开这个泊位往前走，见一艘有"customs"字样、正冒黑烟的铁壳汽船停在那里，几个船员正在甲板上抽烟。等了片刻，杰森和两个扛箱子的洋人青年来了，后面还跟着在海关见过的那个翻译。杰森介绍说，他俩是测绘员。上了船，船员们把烟蒂往水里一扔，进舱把船开动。驶出胶州湾，邢昭衍发现这船航速很快，有二十多节。

三个洋人一直在说话，好像在讨论某件事情，邢昭衍听不懂英语，也不好意思问翻译，只好坐在一边望着飞扬的浪花沉默不语。十二点半，到了马蹄所外海，邢昭衍指给他们看，并热情邀请他们上岸吃饭。杰森说，不，我们现在就开始工作。他让船停下，手拿望远镜观察，两个洋人青年打开箱子。其中一个青年拿出罗盘模样的仪器，看后在一个本子上记录。另一个则将一根系着金属棒的绳子扔进水中，接着再提上来。邢昭衍知道，这是在测水深。就这样走走停停，两个小时后来到前海。马蹄所的人不认识这种船，却认识邢昭衍。碌碡更是大喊大叫："姐夫，你这是干啥？"邢昭衍说："青岛海关要在咱马蹄所建灯塔！"碌碡说："哎哟，这可是大好事！"

杰森指着岸上说，我们要上去。邢昭衍便让碌碡带一条驳摇子过来，把他们几个人转送上岸。杰森这看那看，边看边走。走到最东边的海崖，指了指脚下："灯塔建在这里。"邢昭衍说："对，建在这里最好，在海上远远地就能看到。"

邢昭衍觉得饥肠辘辘，看看表已是下午三点一刻，就再次邀请杰森等人去所城吃饭，但杰森还是不肯，说我们有规定，不能接受服务对象的宴请，船上有面包，我们自己吃，说罢就往水边走。邢昭衍知道挽留不住，说他要回家看看，不陪他们回青岛了。他问杰森，灯塔什么时候开建，杰森说，我们要回去商量一下，你等着吧。

邢昭衍回家说了这事，杏花兴高采烈，拍手叫好。她面向东南，脸上带着憧憬："等到咱们的灯塔竖起来，亮起来，有多好看呀！"

五天后，邢昭衍回到青岛，一下船就去海关问结果。杰森把海事处的决定告诉了他：马蹄所灯塔缓建。邢昭衍急了："为什么呀？"杰森说："我们在勘察时，没有见到一艘轮船进入港湾，建起来有什么用？"邢昭衍说："是有五艘经停马蹄所的，只是那天没让咱们遇上。"杰森说："五艘也太少了，邢先生，请你理解我们的决定。"

从海关出来，邢昭衍觉得，已经亮在他心里的那座灯塔突然熄灭，既失望又沮丧。去船行全是上坡路，往常走得轻松，今天却感到双脚异常沉重。

到了船行，走进经理室，看到正面墙上李白的那两句诗，西墙上贴的两张船照，心中又生出了力量。他想，灯塔缓建就缓建吧，我今年先实现一个目标：让这里的船照再多一张。

第三十二章

这年八月，邢昭衍又有了十五万元积蓄，决定再去买船。他发电报约南通的石梁，石梁回复：西历九月三日左右，我在上海大达轮船公司等您。约定的时间将至，邢昭衍便带着昭光坐班轮去了，他想让昭光出国长长见识。

到了上海大达轮船公司，在门外就闻见香烛燃烧的味道。进门后发现，墙上挂着张謇的大相片，相框上搭着黑绸带，中间还结着一朵小花。相片下面是个供案，供案上有点燃的香烛。石梁从里屋走出来，邢昭衍惊讶地问他："总理这是……"石梁沉痛地说："总理已经在8月24号仙逝。"邢昭衍埋怨道："小石，你也不给我发个电报，我即使来不了，也应该发一封唁电呀。"石梁说："总理在病榻上嘱咐过，丧事简办，不要惊扰太多的人。张公子在这里设了灵堂，朋友过来，鞠个躬、烧炷香即可。"邢昭衍便取三支香去蜡烛上点着，恭恭敬敬插进香炉，又和昭光一起向张謇遗像三鞠躬。

邢昭衍与石梁商量了一下，决定坐明天的班轮去长崎，便让昭光去买票，他与石梁去了佟盛的办公室。佟盛给邢昭衍倒上茶，坐下与他说话。邢昭衍长叹一声道："唉，我去年在南通见总理，他看上去身体强壮，精神头十足，怎么就突然辞世了呢？"佟盛苦笑一下："他是气死的，累死的。"邢昭衍说："我在报上看到，江浙财团接管了大生纱厂，是不是因为这事？"佟盛说："有关系。这几年战事连连，日本纱厂又大举来华，大生纱厂产品严重滞销，债台高筑。总理向日本借不到钱，向美国也借不到钱，走投无路。上海的几家大银行和钱庄组成了债权人团，全部接管了大生纱厂。虽然原来的董事会还在，总理还是董事长，但是经营实权由江浙财团派去的人掌握，总理只挂了个空名。你想想，大生纱厂是总理的半生心血呀，他能不受打击吗？"石梁道："我在他身边工作，能看得出来，从那以后总理老得很快，头发几乎掉光，胡子也白了。但他还是忙忙碌碌，操心别的大事：南通女子师范工程，南通江岸保护工程，开行公共汽车，海滨滩涂开发，剑山文殊院建设，等等，忙得不可开交。进入燠暑时节，他终于累倒，请来医生也没能救过来……"邢昭衍伤感地道："真可谓泰山其颓！"

佟盛叹息几声，说道："在中国，张謇是个标志性的人物，是实业救国的楷模。有人说，他是失败的英雄。即使失败，他的精神还会传下去。"石梁拍着邢昭衍的肩膀说："我认为，邢老板就是张謇精神的一个传人。他约我再去日本买船，一心想让中国人的航运事业发达起来。"邢昭衍立即摆手："哎呀，我跟总理相比，差上十万八千里。我只是他的一个崇拜者而已，买的都是小船、旧船，实在惭愧。"佟盛向他笑道："万丈高楼平地起。我第一次见你的时候，你不是只有一条风船吗？现在成了轮船行的老板了。我希望你的船行越来越大，南洋北洋都有你的船迹！"邢昭衍向他道谢。

次日，邢昭衍与石梁、昭光坐上日本班轮去了长崎。到那里停下，次日去二手船交易所，选中一艘三百八十吨的客货两用轮船，谈定价款为十四万。邢昭衍得知交易所有涂改船名的业务，便让他们将原来的"桦岛丸"改写为"昭焕"。这是他早就想好的船名，意思是"光明"。

三天后，中村课长带人送船。出海西行一段，在济州岛旁边转向西北。到达黄海中部时，邢昭衍特意带石梁去驾驶室问大副，海图上有没有标注"大将军""二将军"。大副听了翻译冷笑：海图上哪有什么将军！邢昭衍就趴到海图上查看，发现在海瞰以东大约三海里处，有靠在一起的两个小圆圈，分别标着2.5、1.8，便知道那就是了。看着海图上的"大将军""二将军"，回忆他经历的那次海难，心有余悸。他同时惊叹，日本人对黄海的测量，竟然如此精细！可惜，中村他们还要把海图带回去，他只能使用中国海道测量局的。

八百海里走完，顺利抵达青岛。石梁下船后，从邢昭衍手中拿到一百元酬金，接着坐船去上海。他说，总理归天，他也失业了，要赶快在上海找份工作挣钱养家。

日本船员半数留守，半数上岸游乐，轮换一遍后准备回去。恒记船行有一间库房，存有从马蹄所拉来的许多乌鱼蛋，邢昭衍平时用来送礼。为中村他们送行时，也给了他们每人一坛。中村听了邢昭衍对于乌鱼蛋的介绍，喜滋滋道："邢先生，我想以后能继续给您送船，得到您更多的乌鱼蛋！"

邢昭衍和昭光早已商量，昭焕号用人实行招聘方式。他让翟蕙起草了招聘广告，找印刷厂印出三百份，由小周与小张贴到了大港、小港和前海的一些公共场所。广告立竿见影，报名者甚多，恒记轮船行人来人往。有报名当船长的，有报名当大副、二副的，有要来当老轨的，有要来当水手的。报名当水手的最多，而且多数是在码头做苦力的海瞰老乡。这些黑不溜秋的汉子，听说跑轮船挣钱多，而且是老乡的船，就成群结伙过来，嚷嚷着要上船。邢昭光将他们的名字一一记下，邢昭衍在一旁用心观察，频频发问，意在考察。

船长的招聘要格外重视，邢昭衍将报名者单独带到一个房间，仔细询问他的学历、经历特别是航海经历，还与他闲谈，东拉西扯，从中了解其品质。有一个在政记轮船公司的大副引起他格外注意。这人叫林荃，三十六岁，即墨人，高等小学毕业。他通过亲戚介绍，去烟台政记轮船公司当水手，因为聪明能干，一步步升到大副。但他听说政记老板张本政和日本人走得太近,就不想在那里干了。在家休假时,他看到恒记船行的招聘广告,就来报了名。仅凭这一点,邢昭衍就对他产生了好感。又见他身体强壮,反应灵敏,就决定试用,让他三天后过来,帮公司选人,准备上船。

这天上午,忽然来了两个穿海魂衫的年轻军人,说他们逛街时看到广告,也想来当水手。邢昭衍问:"你们正当着兵,为什么要来当水手?"一个军人说:"看你们广告,普通水手是一月二十块大洋,我们也是一月二十,可是我们经常领不到,而且还可能打仗丢命,所以就想转行。"邢昭衍问:"你们长官能批准?"另一个军人说:"问问看,万一能批准呢?"

翟蕙将一份起草的方案往经理室送,看见海军士兵之后脸色大变,立即说:"经理,你来一下,这边有个事。"邢昭衍便跟她去了文书科。翟蕙将门一关,急赤白脸道:"学兄,你千万不要招他们进来!"邢昭衍问:"为什么?"翟蕙道:"我一见海魂衫就难受!当年我在礼贤书院念书,去前海栈桥玩,遇上穿海魂衫的年遇春,就神魂颠倒,成了他的媳妇。你再招来这样的,我怎么受得了?"邢昭衍与她开玩笑:"受不了,就挑一个嫁给他。"翟蕙皱紧一双柳叶眉,用怨艾的眼神瞅着他道:"学兄怎么说这种话?我心爱的那件海魂衫已经埋在浮山了,这辈子再也不会找别的男人了。"邢昭衍见她说得认真,点点头道:"好了,我知道该怎么办了。"说罢回到经理室,特意打量了一下海魂衫,见上面蓝白相间,既像大海也像蓝天,果然好看。他说:"两位军爷,船行不敢留你们,请回吧。"一位"军爷"火了,一脚把茶几蹬出二尺远:"老子到你的小破船上当水手都不成?"邢昭衍向他拱手:"请军爷息怒,我的船真是又小又破,请你们另谋高就吧。"两个当兵的骂骂咧咧,悻悻下楼。

半个月后,船上人员招齐,邢昭衍让他们上船,给他们讲了一通,表示欢迎并寄予厚望。船长林荃向他们讲船上的各种规则和技术要求，培训了两天。而后出去试航，到胶州湾外转了一大圈，在航行中练习各种操作。邢昭衍和小周见他们已经胜任，与船长商量了一下，决定后天去马蹄所载客，投入运营。

十二点半回到小港，只见昭光站在码头上手拿一纸片向船上直晃："经理，电报！"船刚停稳，昭光就蹿上来，把电报往邢昭衍手里一递："三哥，出大事了！我九点半接到电报，就来码头等你！"邢昭衍一看，电文是"昭衍号在马蹄所蛎碴栏搁浅坐礁船舱漏水请经理带修船技师速回"。他感觉自己的脑袋也像昭衍号那样猛地撞上了暗礁，疼痛欲裂。

昭衍号是昨天回马蹄所的。这个季节，东北刚刚收获的许多高粱大豆集中到大连港，他让昭衍号去运往马蹄所，已经跑了两趟。昨天中午，昭衍号装了一船大豆，到青岛小港上煤上水，一点半又起航去马蹄所，按往常速度，傍晚六点左右能到。蛎碴栏，是马蹄所东北离岸不远的一片礁石，上面长满牡蛎，昭衍号怎么会开到那里去了呢？邢昭衍头上冒出汗来，望着西南方向自言自语："这可怎么办？"昭光说："我已经给修船厂打过电话，想请他们派技师，跟咱们去马蹄所修船。那边在电话里说，修这边的船还忙不过来，没有闲人去外地。"邢昭衍急得在甲板上转圈，小周说："经理，叫这条船马上回去，咱们跟着，看昭衍号到底怎样了。"邢昭衍说："对，赶紧走！"他找到正在厨房吃饭的林船长说了这事，林船长让水手们十分钟之内吃完饭，立即各就各位，起航去马蹄所。

一出胶州湾，邢昭衍便让船长全速行驶。五点多钟，朝牌山遥遥在望，所城也露出海面。邢昭衍让大副靠右行驶，很快便看到了昭衍号。恰巧夕阳落山，映红海面，船像坐在一片血泊之中。他决定自己过去，让小周带昭焕号去马蹄所前海停泊，明天招闯关东的上船。说罢，便让二副放下舢板，他坐了上去。

昭衍号上的人已经发现了昭焕号，在甲板上挥舞着衣服大喊大叫。船下一条舢板往这边驶来,船头上站着昭衍号水手长小鲻鱼。两只舢板靠近,邢昭衍跳上小鲻鱼的那条,让昭焕号的舢板回去。

小鲻鱼向邢昭衍讲了出事的经过。原来,昨天昭衍号一出胶州湾就遇上南来的风雨,航速放慢,天黑之后雨还在下,看不见岸上的任何东西,也不见一星灯光。估计快到马蹄所了,船靠右行驶。走着走着,咕咚一声停下来,机器发出闷响,阚船长急忙让老轨停车。小鲻鱼说,毁了,开到栏上了!船长不明白什么叫栏,小鲻鱼说是礁石,船长就让水手到各舱察看。但因为雨还没停,不敢开舱,怕把大豆淋湿。小鲻鱼看看怀表,差五分是六点,就向船长说,现在是低潮,等到下一波潮水,船也许能浮起来。船长说,只好寄希望于潮水了。全船人都不睡,都等着。四个小时后,潮水上涨,船还是坐礁不动。再等下去,船就晃了。船长说,这种晃最可怕,船底容易破损。十二点,潮水到了最高位,雨也停了,船长下令开舱检查,把麻袋抬出一些放在甲板上,看舱底是不是干的。三个粮舱,一号、三号是干的,二号舱下半部的麻袋却是湿的。大家都吓坏了,船长说,赶快往外抬麻袋,大豆遇水膨胀,会把船体撑破!大家手忙脚乱,赶紧往外抬。抬出一半,剩下那些全是湿的。有人说,不要再往外弄了,有麻袋压着漏洞,水还进得慢一些。等到天亮,船又不晃了,因为又到了低潮时间。船长决定马上发电报,让经理从青岛带修船的技师过来,再就是让货栈派人派船来卸大豆。小鲻鱼火速上岸,让于经理派人去发电报,接着找了十几条舢板、驳摇子过来卸货。中午卸完大豆,船浮了起来,却不敢开,就下了锚等着修船技师过来。

邢昭衍听后骂道:"真他娘的倒霉!"

上了昭衍号,阚大州船长到他跟前满面羞愧:"老板,让船坐礁损坏,真是对不起您。"邢昭衍气呼呼道:"你说我今天有多狼狈!我坐着新船第一次到马蹄所,竟然是为了救我的另一条船!"船长又连声道歉，说了好多个"对不起"。邢昭衍喘了几口粗气，去看漏水的船舱。

到了舱口，小鲻鱼提着马灯往下照，发现舱里的水已经淹没麻袋，安安静静像个池塘。邢昭衍说："青岛的技师忙，来不了，咱们自己想办法吧。"他问船长："就这样往青岛开，敢不敢？"船长摇头："不敢，只有把漏洞堵上才行。"小鲻鱼说："我跟着望天晌跑南洋的时候，听说了这么一件事：一条大风船出了漏洞，叫木匠用木橛子堵上了。"大副说："那是风船，船身是木头的，咱们的船底是铁板！"邢昭衍手搓下巴考虑片刻，站起身说："我到马蹄所找大斧头爷爷商量商量。"船长问："大斧头爷爷是干什么的？"邢昭衍说："是有名的造船木匠。"

他让小鲻鱼和他一起去。此时天光敛尽，海水乌黑，小鲻鱼摇着舢板去马蹄所前海。一会儿，海天黑透，岸上只有几点微弱的灯光。邢昭衍打量着那边说："看来，马蹄所必须建灯塔了！"小鲻鱼说："对，如果有灯塔，昭衍号就不会开到蛎碴栏上。"

上岸后到了商号，小周和于嘉年都在那里。于嘉年吧嗒着薄嘴唇嘟嘟哝哝："这个老阙，真是不看路！他把船开到蛎碴栏上捡蛎碴子呀？"邢昭衍听了不耐烦："你叨叨这些中个屁用？我还是早晨在青岛吃的饭，赶紧给我拿几个煎饼！"于嘉年急忙到厨房里找来煎饼、咸菜、大葱。邢昭衍狼吞虎咽吃下两个煎饼，喝了两碗水，便让小鲻鱼与他一起去找邢大斧头。走出门外又回头对小周说："没你的事了，你回家看看，明天早晨再来。"

邢大斧头住在所城西北角，到了他家门口，听见屋里鼾声如雷。老太太开了门，邢昭衍叫一声大奶奶，走进屋里把老汉推醒。老汉躺在被窝里，听了邢昭衍说的，摇两下秃脑袋："大孙子，我是木匠，干不了铁匠的活儿。"邢昭衍说："找铁匠过去，他也补不上呀，大爷爷，辛苦您去试试吧。"老汉眨巴两下眼："试试就试试。不过，黑夜里没法干活，等到明天吧。小鲻鱼，明天一早，你过来帮我推车子。"见他这么说，邢昭衍只好走了，刚到门外，听见老汉又打起了呼噜。

邢昭衍却没有大斧头的洒脱，回家后耿耿难眠。好长时间没和梭子在一起睡了，今夜却偃旗息鼓，兴头全无。梭子摸着他说："叫青岛女人玩蔫喽。"邢昭衍不耐烦地扯开她的手："甭胡说！船破了，我哪有心情！"梭子抱紧他，把脸往他肩膀上蹭着："跟你说着玩，叫你开心的。快睡吧，明天赶紧上船补漏。"

第二天一早，邢昭衍吃下梭子做的三个荷包蛋和两个煎饼，急火火走了。走到岳父家墙外，喊出小舅子碌碡，让他去摇船。到了前海，见小周也从家里来了。三人等一会儿，小鲻鱼推着车子过来，上面是几段粗细不等的木头和麻絮，后面跟着邢大斧头。邢昭衍见老汉背了一个大葫芦，便问他葫芦里装了什么，大斧头一笑："秣秣酒！"

有些在前海收拾网具的渔人注意到他们，一个老汉问："邢大斧头，您这是要干啥？"老汉向邢昭衍一指："大孙子叫俺去修他的火轮船！"邢昭衍听了羞愧不堪，催促他快走。小鲻鱼就和碌碡一起把木头搬上驳摇子，再让邢昭衍和大斧头上去。

转过海崖往北去，邢大斧头指了指蛎碴栏那边的昭衍号："大孙子，我昨天听说你的船出事了，到北江口看了看，就寻思，如果船底硌出窟窿，可以砍木头堵。"邢昭衍说："那你怎么不赶紧来堵？"邢大斧头扯着胡子笑："我等着你去请我呀！"邢昭衍用指头点着他道："大爷爷，你架子好大！我把你请来，你一定要给我修好！"邢大斧头说："试试吧。"

到了船上，邢昭衍带着大斧头去看二号舱，船长和一些船员也都跟着。大斧头听说水里有麻袋，说要把麻袋捞出来。小鲻鱼立马将外衣脱掉，踩着舱边的铁梯子下去。有三个水手也学他的样子，到了舱里。

舱里水深齐腰，小鲻鱼让两个人捞起一个麻袋，放到他的肩上，他一手扶麻袋，一手抓梯子，步步登高。接近舱口时，外面的人抓住麻袋拽上去。小鲻鱼再下到水里，另一个壮实水手又扛着麻袋登上梯子……这样来来回回，用半个小时把麻袋捞光。四个水手上来，个个冻得直打哆嗦。大斧头老汉把葫芦递了过来："喝几口酒暖暖身子！"水手们接过去，你喝了我喝，咕嘟咕嘟直往嘴里灌。大斧头老汉说："留点给我呀！"邢昭衍接过葫芦晃晃，觉得空空如也，便说："大爷爷，酒好像不多了。"大斧头接过葫芦竖在嘴上，喝了两口，再顿了几下，就放到了甲板上。小鲻鱼急忙向他道歉："大爷爷对不起，俺们喝得太猛，叫你没酒喝了。"老汉一边脱棉袄一边说："没事，老汉还是有点火力的。"

他下到舱里，只露出头，这走那走，用脚寻找漏点。找了一会儿，他的头也不见，是潜水去摸了。小鲻鱼说："不行，我得下去！"他再度入舱，恰巧大斧头老汉也露出头来，想上去却抓不住梯子。小鲻鱼就把他往肩上一扛，踩着梯子往上走。大家把老汉拽上来，见他浑身哆嗦，急忙拿他的衣服往他身上捂。船长从他的舱室里跑出来，展开一条棉被，一下子包在老汉身上。老汉抖着发紫的嘴唇说："摸清楚了，两个窟窿，一大一小。"

他歇了一会儿，穿上衣服，拿起一段木头端详片刻，就用斧头砍了起来。咔、咔，又准又狠，木屑乱飞。砍出两个木楔子，往上缠麻絮，缠了一圈又一圈。邢昭衍在一边看了说："大爷爷，如果窟窿很大，包上一块棉被行不行？"邢大斧头眼睛一亮："哎，你这法子可以试试。"阚船长飞跑进舱，又抱来一床被子。邢大斧头接过来端详一下，放在甲板上用斧头砍下一角，包住木楔子，而后脱衣提斧再次进舱。头出头没数次，最后露头大喊："行了！"小鲻鱼赶紧下去把他扛出来。邢昭衍给他捂上被子，船长端来热茶让他喝下，他将手掌朝上一扬："舀水吧。"小鲻鱼早已找来几个木桶，此时带几个水手下去。他站在水里,其他人依次站在梯子上。他打一桶水,与另外几人接力递出去倒掉。那些跑进船舱安静了一两天的水,淌过甲板回归大海,又加入潮流离开此处。

邢昭衍探头看着舱里,密切关注水面是不是下降。他看到,站在水里的小鲻鱼,露出了腔,又露出了腿。最后,两个圆溜溜的楔子腔也露了出来,便起身鼓掌:"好!堵漏成功!"船长等人也拍着巴掌兴高采烈。邢大斧头过去看看,小鲻鱼正用铁勺子往木桶里舀剩下的一点水,吩咐他:"你替我再敲打几下。"小鲻鱼便捡起水中显露的大斧头,将两个楔子先后敲了几下,而后蹲下观察片刻,抬头向舱口上的人说:"严丝合缝,结结实实!"船长握着老汉的手热泪盈眶:"老人家,谢谢您!您太厉害了!"

邢昭衍坐上驳摇子,亲自将大斧头爷爷送回去。上岸后,好多人问修好了没有,邢昭衍说:"修好了,修好了。"一个老渔夫伸出大拇指道:"邢大斧头,你当了一辈子木匠,今天干了个绝活儿!"邢大斧头拍打着胸脯道:"嗯,修火轮船,咱是马蹄所头一个!"

邢昭衍把老汉送到商号,让姐夫取一百个大洋给老汉。他对老汉再次道谢,说要赶紧带船回青岛,不能陪他喝酒了,让他自己买酒喝。老汉喜滋滋收下钱,说这些钱够他喝到死。于嘉年对邢昭衍说,我把大爷爷送回家,你快回船上吧。

邢昭衍与小鲻鱼回到昭衍号,让船长起航。船长亲自掌舵,慢慢行走,唯恐堵漏的楔子掉了。邢昭衍则与小鲻鱼下到二号舱里看着,小鲻鱼还提来一把船上的备用斧头。好在楔子牢固,始终没有进水。

傍晚进入胶州湾,直接去了大港北边的修船厂。邢昭衍下船后,与值班厂长说明来意,厂长说,明天安排人上船检查。第二天上午,两个技师来检查一番,回去向厂长汇报了破损情况,厂长让邢昭衍交两万元修理费。邢昭衍很吃惊:"两万太多了吧?马蹄所的一个老木匠，给我修了修，我就从那里跑来了。"厂长冷笑道："那你再这样继续跑。"邢昭衍没话可说，只好硬着头皮和他讲价，厂长答应减去两千。恒记船行的积累都用在了买昭焕号上，邢昭衍只好去找东莱银行，以昭朗号作抵押，借了一万八千元。

交上修船费，便去找海关。邢昭衍向杰森科长说，昭衍号因为没有灯塔引路，触礁搁浅，损失严重，请海关赶快在马蹄所建起来。杰森说，我去请示一下处长，说罢走上楼去。过一会儿下来说，处长讲，像马蹄所这个等级的原始港湾，在胶海关监管区还有多处，不能纳入灯塔建设计划。"原始港湾？"邢昭衍让这个词语刺痛，"已经有多艘轮船进出，怎么还叫原始港湾？"杰森说："没有灯塔，没有码头，就是原始港湾。"邢昭衍说："因为没有，更应该修建呀。"杰森把肩膀一耸，把两手一摊："处长这么决定，我也帮不了你，请原谅。"

邢昭衍起身走到门口，向西南方向眺望，仿佛看到了马蹄所夜晚的一片漆黑，看到了女儿眼睛中的期望之光。他脑门一热，回来往杰森面前一坐："杰森先生，你已经去马蹄所勘察过，建塔地点都确定了，请你把灯塔设计出来，我们自己建，可以吗？"杰森想了想说："自建是可以的，但是建成后要接受海关的统一管理，因为这是视觉航标，在附近航行的船只都能看到，受它指引。所以，灯塔看守，要由海关派遣。"邢昭衍说："当然要由你们派遣，我们不懂得那些灯光信号。"

杰森再次上楼请示，回来说："处长批准了，马蹄所灯塔由海关设计图纸，派人督建、管理，费用由马蹄所灯塔倡建者自筹。"邢昭衍说："自筹就自筹，把那里的灯塔建起来，花多少钱也值得。"杰森说："好吧，你留下电话，过几天通知你过来取批文和设计图。"

回到船行说了这事，昭光立即抓耳挠腮："在马蹄所建灯塔是好事，可是这钱不能由咱自己出吧？凡是在那里经停的船家都应该摊一份。"老郁说:"光是修理昭衍号的这一万八贷款,就够咱还一段时间的。"邢昭衍说:"等到设计图出来,问问需要多少花费再说。"

一周之后,邢昭衍接到杰森科长的电话,让他过去。他到了海关,从杰森手里拿到关于马蹄所灯塔建设的批文和设计图纸。看着一大摞图纸,他问需要多少钱能把灯塔建起来。杰森说,建塔费用,大约需要四千元;从英国进口灯具,需要二百英镑左右,折合两千元;另外,三名看守的工资,每人每月不低于五十元,一年共需一千八百元左右。邢昭衍说:"明白,我们自筹。"

走出海关,邢昭衍想,应该让陈务铖知道这事,希望他能出一些钱,就去了陈务铖的公司。陈务铖看了批文和图纸笑了笑:"我的两条船,都是在白天经停马蹄所,用不着灯塔。"邢昭衍说:"万一需要在晚上停在那里呢?"陈务铖说:"没有万一。表弟我跟你说,我已经不把航运作为事业发展的重点了,那两条船暂时跑着,说不定哪一天我就卖掉不干了。"邢昭衍问:"为什么?"陈务铖用指头点着桌面道:"识时务者为俊杰。我本来在这个方面雄心勃勃,梦想买大船,进大港,但是现在发现,我的力量太单薄了。你到大港看看那些外国船,哪一条不是几千吨,要花多少钱才能买到?特别是日本船,越来越大,眼看就要有万吨巨轮了!咱们争不过人家,索性干点别的吧。"邢昭衍问:"您打算干什么?"陈务铖说:"除了经营我的商号,我把心思、本钱放在了期货上,那玩意儿来钱快!"邢昭衍道:"我不懂期货,不敢往那上面投钱。"陈务铖说:"你太保守。新的取引所开业了,你进去看看,里面的场面简直叫人热血沸腾!"邢昭衍说:"好,我抽空过去。"

走出陈务铖的办公室,邢昭衍心想,连陈务铖这个老乡都不出钱建灯塔,两条日本船的船主更不会同意。这时,他的眼前又闪现出成田丸船长那咄咄逼人的嘴脸,让他恶心。他想,别人不出钱,我就自己出吧。虽然我目前资金紧张,但是把昭衍号修好,三条船同时跑，会有收入进账，而且源源不断。

半个月后，昭衍号完成修理，在青岛装上花生去大连，再从大连往马蹄所运高粱、大豆。中途在青岛上煤上水的空当，邢昭衍给于嘉年发了电报，说下午到马蹄所，他也随船回去。他知道，妻子和女儿一定在惦记着这船修没修好，他要回去亲自告诉她们，让她们放心。

到了马蹄所，在前海接船的于嘉年说，大斧头中风了。邢昭衍惊问："啊？什么时候的事？"于嘉年说："那天修船回来，你让我把他送回家，在路上他就全身一瘫，走不动了。我赶紧把他背到诊所，大夫说是中风，给他下了针。大斧头苏醒过来，只是不能说话，左边身子不能动。回到家里躺着，大夫每天都去扎针，半个多月过去，一直不见好转。"邢昭衍着急地道："我去看看他。"

到了老汉家里，见他果然躺在炕上，老太太坐在一边。邢昭衍喊两声"大爷爷"，老汉才睁开眼睛。邢昭衍抓住他那只能动的右手说："您是给我修船累的呀！"老汉攥了攥他的手，脸上现出笑容，却说不出话来。邢昭衍说："我带你到青岛大医院看看，说不定能治好。"老汉摇了摇头。邢昭衍说："您修好的那条船明天走，跟我去吧！"老汉放开他的手，指了指自己的半边瘫痪身体，又连连摇头。老太太说："大孙子，算了吧，七十多的人得了这个病，哪能治好。再说，一路抬上抬下，颠来颠去，他也不撑。"邢昭衍想，老太太说得有道理，大斧头爷爷病成这样，真是经不起折腾。于是，他掏出二十块大洋给老太太，让她给大爷爷买药买吃的。老汉侧脸看着，眼中流泪，接着一下下向门外挥手。邢昭衍只好让他安心养病，依依不舍地退出房门。

这年腊月，邢昭衍在青岛接到姐夫发的电报，说邢大斧头病逝。他急忙坐船回来，想给大斧头爷爷置办一口上等棺材，但他儿子邢泰银说，棺材早就买下了，是他爹用邢昭衍给的酒钱买的。邢昭衍不胜悲痛，又给了邢泰银一百个大洋，让他做治丧费用。邢泰银说，用不了那么多，邢昭衍说，就当我孝敬大奶奶的吧。

盛殓时，邢昭衍和众人一起抬着邢大斧头放入棺材。他提议，将大爷爷用的斧头也放进去。主事人说，也好，老人家一辈子排的船不计其数，这把斧头给他挣到了名声，叫他到了阴间也显示威风！邢泰银便拿来那把斧头，流着眼泪放到父亲身旁。

第三十三章

宁波路南有几棵杏树,邢昭衍来青岛后的第一个春天看到它们开花,自然而然想起了卫礼贤翻译的那首诗。他想,黑塞写得好,卫大人译得也好。"我只看清你发际的杏花浅埋。"这是多么美妙的情景。于是,邢昭衍便想到了杏花树下的梭子,想到了叫作杏花的女儿,而后将目光投向西南方,思念着二百多里之外的她们。

这些杏树第二次开花时,他不只是思念家人,还想起了女儿的期盼。是呀,马蹄所的灯塔该动工兴建啦。但是回家之前,他想办一件事情。修昭衍号借了一万八,三条船已经挣出来了,但是还款时间未到,他想给这些钱找个生钱的地方。想到陈务铖说的期货,就到取引所里转悠。

正在营业时间,中央大厅和四个交易大厅都是人头攒动,人声聒噪。无数期货品种在这里挂牌标价,买卖双方和经纪人仨一群俩一伙在商谈在争论。他看到陈务铖和两个人站在那里激动地对话,便走了过去。陈务铖看见邢昭衍,向他招手道:"表弟快来,跟我发财!"陈务铖向他讲,他和几个朋友已经断定,棉纱价格下一步肯定大涨,因为日本人又在青岛新建了三座纱厂,棉纱必定吃紧。在场的经纪人莫先生也劝邢昭衍抓住这个投资机会,万一错过,追悔莫及。邢昭衍让他们说动,决定拿出一万元,跟着陈务铖做棉纱期货。

回到船行取钱时,却遭到了翟蕙的劝阻。翟蕙说,学兄你太冒险了,你知不知道六年前取引所的那次股灾,让好多人倾家荡产?邢昭衍说,我知道,但那次是股票,我要做的是期货,我相信陈务铖的眼光,也相信我的判断。翟蕙见说服不了他,只好一边叹气一边去打开保险柜,找出存单给他取钱。邢昭衍去取引所委托莫先生买下,考虑到三个月才办交割,决定趁这空当回马蹄所建灯塔。

建灯塔的钱不用从船行出,马蹄所那边有。义兴号一直跑上海,跑浏家港,恒记商号已有六千结余,建灯塔足够。他让昭光把船行的业务全部揽起来,让小周去买了两吨进口水泥装上昭焕号,二人一起回去。

马蹄所最有名的泥瓦匠是纪二万,绰号"山猴子",因为他最拿手的是垒屋山头,无论是砌石头还是打土墙,爬上爬下敏捷如猴。听说邢昭衍要盖"灯楼子",他跑到恒记商号毛遂自荐,说他的匠人班能干这活儿。邢昭衍把蓝图摊给他看,他傻眼了,说看不懂。邢昭衍就指着图纸详细讲解,并说这灯塔与普通房屋的最大区别在于墙的不同。屋墙是上下一样厚,塔墙是下厚上薄,一层层收上去,另外还要在里面垒上旋转塔梯。山猴子说,看懂了,装在心里了。邢昭衍又问他会不会用水泥,山猴子说,洋灰我没用过,只会用石灰。邢昭衍又把从青岛学来的水泥用法教给他。而后,再带着他和小周,去城北十二里之外的卧虎山订购花岗石。走进山脚下的一个大石塘,在叮叮当当的锤錾声中,与石匠头子交代了石块尺寸,谈妥了价钱。

第一批石头运来后,邢昭衍与山猴子一起动手,在海崖最高处的平台上摊开水泥,安上了作为底座的一圈石头。好多人来看热闹,问邢昭衍为什么要建八个角的灯楼子,邢昭衍笑道:"光照八方呀!"在场的人纷纷点头:明白了,明白了。奠基之后,匠人分成两拨,一拨建灯塔,一拨建平房。平房在灯塔西面,一溜五间,供灯塔看守居住。

这边的工程有了头绪，邢昭衍让小周在此负责，他返回青岛。一下船，就往取引所跑，想知道他买的棉纱期货是涨了还是跌了。看到跌了三成，他往船行走时打不起精神。看到树上挂满了小青杏，他摘一个咬一口，涩得歪嘴斜眼，正契合他在期货上赔了钱的感觉。回到船行，在经理室呆呆地坐着，翟蕙过来关切地问，是不是家里有事？邢昭衍说，家里没事，这边有事。他将棉纱降价的事情说了。翟蕙没再埋怨，反倒安慰他，说期货市场就是有升有降，明天说不定又涨上去了。

第二天，邢昭衍再去取引所，发现棉纱价格高了一点，回去向翟蕙道："你的预言真准，今天果然涨了！"翟蕙微微一笑："我哪里会预言，只是劝你宽心罢了。"

此后，除了星期天取引所休市，邢昭衍每天都去那里看看。因为离得特别近，下楼后几分钟就到了，能够随时了解行情。

棉纱价格起起伏伏，邢昭衍跟随陈务铖一直持仓，两个月后棉纱突然大涨，二人一齐清仓。陈务铖投得多，赚到一万三千多，邢昭衍赚到三千七百六。他请陈务铖吃饭，连连敬酒。陈务铖喝多了，得意扬扬道："我搞期货，是不是料事如神？"邢昭衍喝得满脸通红，向他高竖拇指："一点不假，料事如神！"

做过这一单，邢昭衍决定回去一趟，等到把灯塔建起来，再回青岛杀入取引所。

乘坐昭朗号回马蹄所，到了蛎碴栏东面就看到，一根圆柱矗立在龙神庙东边的海崖上。船上乘客指着那里兴奋地议论，说咱马蹄所也有灯塔了，成了大海口了！邢昭衍看着，听着，心花怒放。但他知道，大海口是要有码头的，他暗下决心，以后赚了大钱再建码头，让轮船、风船直接靠泊。

但现在没有码头，他还必须坐舢板登陆。进前海时看见，灯塔已经建起三层。上岸过去，泥瓦匠们有的往灯塔内部运石头和水泥，有的在灯塔顶端露出头来垒着石头。"山猴子"从第二层的窗口看见了他，叫一声"邢老板"，跑下来与他说话，脸上还抹着几块灰泥。他说，还有两层，快了。老板你快看看，俺干的活儿咋样？邢昭衍走近塔身仔细察看，见一块块石头排列整齐，严丝合缝，石缝中的水泥也硬得像石头。走进塔身里面，见里面也是如此，上面用长条石搭成楼板。沿着旋转石梯往上走，墙上安着一个个钢丝抓手，让人觉得踏实。从一个小方口攀上二层，借两个小窗透进来的光亮，可以看到地面已用水泥抹平。登上三楼，则现八角蓝天，五六个匠人站在木头架子上垒石头，见了他或打招呼，或冲他一笑。小周也在这里，正用绳子勒紧木架子的横竖交叉处。见了他说一声："经理来啦？"继续咬牙用力。邢昭衍说："嗯，就得捆得结实一点，别叫匠人们摔着。"

他踩着凳子登上木架，便在十米左右的高度看到了海上与岸上的景物。看龙神庙时，竟能看到院内西配殿的阴影里坐着的一个道士。那是谁呢？是不是柏道长？但是离得远了看不清，只看到那人的白色衣裤。再往西北方向看所城，便看到了里面的街道与行人。他忽然想赶快见到家人，便从架子上下来，踩着一级级石梯下到一层。

走出灯塔，回身再次打量，忽见最上面的匠人指着东南方惊叫："哎哟，怎么来了那么多船？"邢昭衍扭头去看，果然望见海上有几十条船，正高张篷帆驶向这边。小周从灯塔里出来，走到邢昭衍身边说："好像出事了，船上都是当兵的。"邢昭衍手搭眼罩，看到每一条船上都有一些灰色人影。船队更近时，小周指着那边惊叫："义兴号！义兴号！"邢昭衍仔细分辨，有一条五桅大船真是他的，因为主篷是刚换的，颜色与另外几张篷不一样。小周说："昨天义兴号往海州送秫秫，今天怎么往这边运兵呢？"邢昭衍说："是叫当兵的劫持了。"

说话间，那些船都在拐弯，鱼群一样进入前海。邢昭衍看见那些当兵的都戴着帽檐上卷的"渔夫帽",便知道这是孙传芳的兵,因为他前年去南通时见过。他想,孙传芳是浙、闽、苏、皖、赣五省联军总司令,手下的兵跑到山东,可能是叫北伐军打败了。这一段时间,他在青岛天天看报,一直关注南方战事。

那些船到了浅水区停住,当兵的纷纷往下跳,都穿着土灰色军装,扛着"汉阳造"步枪。到岸上站成一片,多达千人。有个军官登上龙神庙门口的台阶讲了一通,将手一挥,部队便向西北方向走去。那些运兵船,有的原地不动,有的离开前海驶往东南。

邢昭衍和小周走到水边,望天晌也从义兴号上下来了。望天晌一边走一边仰着脸嚷嚷:"他奶奶的,老汉我跑了大半辈子船,装鱼,运货,从来没送过当兵的!"邢昭衍给他递一支烟,划火为他点上,问他是怎么回事。望天晌讲:"昨天装一船秫秫到大浦港,正在卸,就有好多当兵的过来。一个当官的朝天开了两枪,说他们是孙大帅的第五方面军,要征用民船去海嶅,各位老大要听指挥,如果不听立即枪决!接着就让当兵的上船。我船上还有秫秫没卸完,他们就用枪逼着我开船。"

邢昭衍问:"他们是叫北伐军打败的吧?"

望天晌说:"是,我听当兵的说,北伐军太猛了,挡不住。他们要去山东,跟张宗昌的队伍合起伙来,准备反攻。"

邢昭衍安慰他,说没出人命就不错了,走,到商号歇一歇。到那里后,于嘉年急忙倒茶,殷勤伺候,还跟老大商量,是不是往船上装满秫秫,明天再去海州?邢昭衍急忙制止:不要去,逃兵后面可能有追兵,等到安稳了再说。

真像邢昭衍预料的一样,三天后追兵来了,还是坐船从海上来,船只近百,兵有几千。当兵的都穿深灰色军装,戴大盖帽,上岸后急匆匆去了海嶅。被逼运兵的船有马蹄所的,船员下来讲,这是北伐军何应钦的队伍。

邢昭衍想，北伐军攻势如此凌厉，打到北京也不在话下。此后几天，再无动静，他就让山猴子带人继续施工。十天后，昭焕号完成一个航次回到马蹄所，邢昭衍去前海看上客情况，岳父小嫩肩到他身边问，箩子在大连怎样？邢昭衍说，还行吧，我有好长时间没去大连了，听船员说，今年夏天箩子还在码头上卖凉粉。

突然，西北方向传来呼啸声和马蹄声。二人扭头去看，原来是一支骑兵奔来，尘烟滚滚，马上都是洋人。小嫩肩发出疑问："洋人都是从海上来，怎么今天从陆地上，还骑着大马？"

刚说完这话，一匹大黑马就到了龙神庙前，铁掌敲击着青石板发出脆响。一个头发和眼睛都是棕色的中年洋人勒马问道："南军，有？"又一匹白马也来了，上面坐着的一个红鼻子青年用流利的汉语说："营长问你们，有没有南军从这圪垯坐船逃跑？"邢昭衍心想，这人说中国话怎么带东北腔呢？他摇摇头："没有。请问长官，你们是哪部分的？"大鼻子青年说："张大帅麾下的白俄先锋团！我们把何应钦的南军打败了，团长让我们来这圪垯看看，他们会不会坐船逃跑。"邢昭衍说："没有，没有一个南军到这里。"大鼻子青年指着海里的轮船问："那条火轮船是干哈的？"邢昭衍恐怕他们要劫船运兵，急忙说："那是跑大连的客轮，闯关东的正在上船。"青年便向团长叽里咕噜说了一通。

这时，白俄兵有的下马，到海边撩水嬉戏；有的骑马向东边海崖跑去，望着大海高声喊叫。营长看看西天的太阳，说了一通俄语，大鼻子青年对邢昭衍说："我们决定在这圪垯宿营，你俩带我们进城找房子，好吧？"小嫩肩急忙说："军爷，城里没有地方，所有的房子都有人住。东门外海防队的营房没有人。"黄毛青年问："海防队的人呢？"小嫩肩说："南军一来，他们都跑光了。"黄毛说："那你带我们去。"说罢吹了两声哨子，将白俄兵集合起来，跟着小嫩肩走了。

看着马队走掉，邢昭衍长舒一口气。他看过报道，列宁推翻沙皇之后,远东一些白军残部在海参崴组建俄罗斯临时政府,与莫斯科对抗。后来红军打到那里,一些白军就逃到中国的地盘上。张宗昌在东北多年,会说俄语,就收编了一千五百人带到山东,后来又到哈尔滨招募了两千俄罗斯人,借这支队伍显示威风。有一首民谣讲:"张宗昌,出了营,前面走的白俄兵。护兵左边走,马弁右边行,街上行人撵个净,鸡狗当道也不行。"这支白俄队伍的确不同寻常,作战凶猛,屡建奇功。万万没想到,张宗昌为了反击南军,竟然派他们打到马蹄所了。

想到老毛子可能会骚扰百姓,邢昭衍急忙回家,将院门关紧。到了晚上,站在院里看见,城东有火光映照海云,有一阵阵喊"乌拉"的声音传来,便知道老毛子在喝酒狂欢。梭子和孩子也走出来,惶惶不安地望着城东。杏花问:"爹,老毛子长什么样?"邢昭衍说:"你不是见过青岛海关的洋人吗?长得差不多。"杏花说:"那也不怎么吓人。"

凌晨三点来钟,邢昭衍听见后面大街上响起马蹄声,由东而西渐渐消失,便开门去后街看。街口聚集了一些人,都说洋兵走了。有人说,老毛子兵可有钱了,昨天从所城里买了好多肉好多酒。另一人说,多亏他们吃喝一顿,叫唤一阵子就没动静了,没进城祸害人。

海边恢复平静,邢昭衍吃过早饭去了灯塔工地。他和小周、山猴子在灯塔的底层商量事情,几个匠人沿着塔内石梯往上走。先上去的人突然大声惊叫:"啊呀,鬼子!"梯子上的匠人全都转身往下跑。邢昭衍急忙问:"鬼子?哪来的鬼子?"最后一个下来的匠人满脸惊慌,指着上面小声说:"有一个黄毛鬼子蹲在三楼……"邢昭衍对小周说:"咱们上去看看。"二人就一前一后上了楼梯。

到了三楼,却不见人影。更上一层,发现一个白俄兵蹲在东墙的阴影里,身上的军装沾满污泥。小周趋前一步伸手喊道:"把枪交出来!"白俄兵笑了笑:"我没有枪,昨天夜间开小差,把枪扔到海里去了。"邢昭衍问："你为什么要开小差？"白俄兵说："我不想再杀人了。"邢昭衍一听这话，对他有了好感，掏出烟递给他一支，但白俄兵摆摆手，说他不抽。邢昭衍又问他，怎么跑到了灯塔上，白俄兵说："我喜欢灯塔。前年，我们这些新兵在大连上船，我看到灯塔，立刻让它吸引住了。在等待起航去青岛的几个小时里，我把它画了下来。"说着，从身上背的军用挎包里取出一张画。邢昭衍接过去看看，那是一张素描，虽然用的是铅笔，却用纤细的笔触把大连港的两座灯塔画得惟妙惟肖。

邢昭衍把画还给他，让他讲讲来历。白俄兵说，他叫伊戈尔，生在海参崴，十三岁时跟着父亲到中国的哈尔滨。父亲没有工作，只会喝酒作画，偶尔上街给人画像，挣不了几个钱。他到一个俄罗斯人的面包房做工，每月只挣三元钱。这天上街，正遇上山东张宗昌大帅去招兵，声称只要俄罗斯人，每月发军饷十几元，他就报了名。来山东后，他被分到骑兵团，学会了骑马，经常打仗，用枪和刀杀过一些人，觉得罪孽深重。到了马蹄所，看到这里正建灯塔，决定留下来当灯塔看守。昨天下半夜，骑兵团接到命令立即开拔，他趁乱钻到柴草堆里藏下了。

说了这些，伊戈尔央求道："您让我在这里吧。我帮您建灯塔，看灯塔，没有饷银也可以！"邢昭衍说："我这里不是军队，哪来的饷银？"伊戈尔说："反正不给钱也干。"邢昭衍心想，佛经上讲，放下屠刀，立地成佛。看来这个白俄兵是真心忏悔，真心喜欢灯塔。青岛海关的杰森科长说，马蹄所的灯塔建起来，他们要派三名看守，我跟他们说说，让他们少派一个，应该可以。他问："我留下你，万一白俄骑兵团回来找你，怎么办？"伊戈尔说："昨天下半夜，他们接到命令火速去泰安，估计不会再来马蹄所了。"邢昭衍说："好吧，但愿他们不再回来。伊戈尔，你就住在下面的平房里，哪里也不要去。"伊戈尔连连点头："好的好的，我听您的指令！"邢昭衍就和小周带他往下走。

塔下的匠人正站在那里小声议论,看见三人下来,立即噤声不语。邢昭衍对匠人们说:"这个青年叫伊戈尔,是俄罗斯人。他不想当兵了,想留在这里帮咱们干活,以后看守灯塔,大伙不要见外。"说罢,他将伊戈尔领到塔外的平房,让山猴子打开一间说:"伊戈尔,你以后住在这里,和工匠师傅一起吃饭。"伊戈尔满面笑容,连声道谢。

随后,邢昭衍让山猴子到伙房里找来煎饼给伊戈尔,又让小周到商号弄来一张床和铺盖、蚊帐之类。伊戈尔吃饱肚子就干活,搬石头,筛沙子,十分卖力。匠人们觉得这个洋人并不可怕,愿意跟他说话,歇息时让他讲哈尔滨,讲老毛子兵。不过,大伙叫他名字,都叫成"一个儿"。在海暾方言中,"儿"这个字音,是舌抵上颚说出来的,十分生硬。伊戈尔起初不习惯,后来就不在乎,谁喊也答应。再后来,有的匠人想占便宜,直接喊他"儿",他也答一声"哎"。邢昭衍在现场听到了,训斥他们:"不能这么叫,咱不能欺负人家!"

这天,一群人正在干活,突然有一辆马车疾驰而来。大家停下手观望,只见车棚里钻出四个当兵的,为首的挥舞着手枪大喊:"白俄逃兵在哪里?给我搜!"邢昭衍明白,他们是来抓伊戈尔的。正站在那里不知所措,一个当兵的在厨房里大叫:"王副官,在这里!"伊戈尔被两个当兵的扭住胳膊推出来,向邢昭衍大声求救:"邢老板,你跟他们说说,我不想走,我想守灯塔!他们抓走我,我在路上自杀,也不再上战场!"

邢昭衍急忙掏出烟走过去,给当兵的分别敬上,而后赔着笑脸向那位王副官说:"长官,伊戈尔不想当兵,能不能让他留下?"王副官说:"这个白俄兵,不是我们这个旅的,我们本来可以不管,但是你们这里有人找到我们团长举报,说有逃兵在这里,团长就派我们来了。"邢昭衍问:"你们团长在哪里?"王副官说:"在海璇城。"邢昭衍说:"走,我找你们团长求求情。"王副官让他和伊戈尔一起上车,将车棚塞得满满当当。马车经过恒记商号时,邢昭衍让几个军人稍等,他下去向于嘉年要了面额不等的几张银票。

到了县城,在一座民宅见到团长。团长留着八字胡,摸一下他的胡子又摸伊戈尔的鼻子:"长这么高的鼻子,走夜路会不会撞断?"伊戈尔突然立正:"报告长官,撞断过两次!"团长哈哈大笑:"果然,果然。在张大帅麾下当兵,胆敢开小差,不怕把你抓来送回去?"伊戈尔说:"送回去我也会跑,反正我不想打仗杀人了!"邢昭衍说:"团长,您就饶了他吧。我给您赎身金,把他留下好不好?"团长摸着八字胡,耷拉着眼皮想了片刻:"好吧,你给我一千大洋,我转给白俄旅,你们把这个断鼻子领回去。"邢昭衍就从兜里掏出银票,数了一千,看着团长说:"您给我写个收据吧?"团长说:"写就写。"于是吩咐勤务兵代写,并往上面摁了印章。邢昭衍把银票递上,团长挥了挥手。

在县城雇一辆马车回去,邢昭衍在路上把收据交给伊戈尔:"这是你的护身符,你要好好保存。"伊戈尔说:"老板,您给我交了买命钱,谢谢您!"

半个月下去,灯塔建完五层,第六层要等到安上灯具再封顶。邢昭衍回到青岛,去海关报告进度。杰森说,好的,我们马上派看守带着灯具一起过去。邢昭衍说了伊戈尔的情况,让他只派两个。杰森说,伊戈尔只能是试用,等到我们派出的头等值事人去了,认为他称职就留用,不称职就赶走。邢昭衍说,可以。二人商定,三天后由邢昭衍带看守去马蹄所。

他从海关出来往船行走,走到取引所门前,见北边街口有好多人在大声嚷嚷,还有女人放声大哭。馆陶路与广东路形成一个锐角,大连轮船株式会社利用地形,刚在那里建起一座办公楼,样子像一艘巨轮驶向海洋。过去打听了一下，才知道前天发生一场海难，死难者家属正在这里讨说法。他听一位知道详情的人讲，事情发生在9月17号，日本轮船"现德丸"从小港出发去灵山卫，为了多赚钱，载客四百多人，超载两倍多。结果，这船没走多远就沉了。港上出动好多船去救，只救起一百二十多人，有二百多人死了，还有一百多人失踪。邢昭衍听了十分震惊，看到现场有为难民募捐的学生，他掏出身上带的十块大洋，投进募捐箱里。

　　日轮的这次海难，给了邢昭衍警醒。他想，我的船也经常超载，想多挣钱，也想让那些急于闯关东的老乡尽早启程，现在看来都是错误的做法，危险的做法。到了船行，他把几名职员召集起来说这事，原来他们都已知道。昭光说，他那天在小港，亲眼目睹大量死尸上岸，心如刀绞。翟蕙眼泪汪汪地说，好好的人说没就没，家里人怎么能够承受呀。邢昭衍提出要求，今后要严格执行安全规则，绝不允许超载，为乘客的生命负责。同时，检查船上配备的救生筏和救生衣是否齐全，如有缺额立即补齐。

　　三天后，昭朗号从大连回来经停青岛，邢昭衍早早去小港等候，在开船前等来了杰森和另外两个洋人。他们用小货车拉来一个近两米高的木头箱子，上面写着一些他不认识的外文。邢昭衍猜想，那是灯具。杰森向他们介绍，秃顶的中年人叫贾里德，是头等值事人；一脸雀斑的年轻人叫艾凡，是三等值事人。邢昭衍与他俩握手，说欢迎你们。贾里德用带胶东腔的中国话说："邢先生，我们到你的家乡，请多多关照！"邢昭衍笑道："您会说中国话？太好了！"贾里德说："我来中国二十四年，先在崆峒岛，后到成山头，学了一口胶东话，不好意思。"艾凡站在旁边光笑不作声，贾里德指着他说："艾凡是我的徒弟，刚从英国来，不会说中国话，以后我慢慢教他。"杰森用英语向二位看守讲了一通，看样子是勉励他们好好履职，二位看守连连点头。杰森讲完回去，贾里德拍着木箱子说："伙计，走吧?"邢昭衍听他用胶东话这么说,忍俊不禁。

木箱子被吊上船时,两个看守小心翼翼,唯恐磕着碰着。当水手把箱子固定在甲板之后,他们不离左右,悉心呵护。邢昭衍向他们竖起大拇指,表示敬佩。

到了马蹄所外海,邢昭衍指着灯塔让他们看,贾里德满脸肃然:"那是我们的神圣岗位!"等到乘客全部下船,邢昭衍留下由碌磴亲自摇橹的驳船,让水手将灯具箱吊下去,他和两个看守随之上船。到了前海,碌磴招呼几个苦力,将箱子往灯塔那儿抬。伊戈尔兴奋地跑来迎接,邢昭衍向贾里德介绍伊戈尔,贾里德却态度冷淡,只是礼节性地与他握了握手。

按照邢昭衍的安排,山猴子和小周已经在顶层安上木架子,设上滑轮,此时他们将灯具箱捆好,挂上滑轮,扯动绳索,让箱子腾空而起,吊到与第六层持平的位置停下。贾里德与邢昭衍等人登上塔顶,与匠人们合力牵引绳子,让箱子移到塔顶,平稳降落。

贾里德用锤子、钳子拆开木箱,撕开防水包装,灯具现身。它是一人高的紫铜架子,里面结构复杂,中心是一盏灯,周围是一圈带抛物面的镜子,箱内还附带了一个油箱,一根摇把。贾里德将摇把插入灯架上的一个孔,用力摇了几圈,抽出摇把,那些镜子竟然缓缓转动起来,让在场的匠人啧啧称奇。邢昭衍问:"贾里德先生,这些镜子转动,是为了造成灯光的间歇效果,对吧?"贾里德点头道:"对,在一个固定的地方看这灯光,十秒亮一次。"邢昭衍又问:"能照多远?"贾里德说:"十海里。"小周惊叹:"那是三十多里呢!"邢昭衍说:"能照那么远,是什么灯?"贾里德说:"煤油气灯。"邢昭衍点点头:"明白了。"他让山猴子按照设计图纸上的要求,在顶层上建一间值班小屋,再架起罩顶。山猴子说,中,明天就成。

看看表已经是午后两点,邢昭衍招呼大家下去吃饭。小周早已去城里饭店订了一桌菜,让两个伙计用食盒抬着送来。在屋里摆上桌子，七八个人围坐在一起，普通匠人则去厨房吃大锅菜。邢昭衍摸起筷子让大家吃，却见两个新来的灯塔值事人十指交叉抱在胸前，小声念叨了几句，便知道他俩是基督徒。

贾里德吃饭时却很健谈，主动讲起他的家世。他说，他的祖父就是个看灯塔的，在英国北海的贝尔礁，灯塔高三十六米，离岸十二海里。那儿是一条重要航道，因为暗礁很多，经常出事，1779年发生一次风暴，有七十艘船触礁遇难。所以，十二年后那里建起灯塔，他祖父从十八岁起就是那座灯塔的看守，退休之后让他父亲接任。他父亲生了四个儿子，他是老三。二十四年前，中国东海关到英国招募灯塔看守，父亲让他报了名。他来到中国，先被派到崆峒岛灯塔，职位是三等值事人，十年后升为二等，被派到成山头。今年提升为头等，被派到马蹄所了。

山猴子笑嘻嘻问："老贾，你来中国这么多年，有老婆没有？"贾里德说："有，在英国我的家乡，已经给我生了三个孩子。""你有空回去下种？"贾里德做个鬼脸："怎么没空？我们两年休一次假。"几个匠人哈哈大笑。

吃完饭，邢昭衍给他们安排了宿舍，每人一间，并带他们看了看伙房，指着伊戈尔说："这小伙子会做面包，我们已经吃过了，味道很棒。"贾里德脸上现出笑容："是吗？以后你负责做饭。"伊戈尔拍拍胸脯："好，保证你们满意。"

下午，贾里德与艾凡一直在灯塔顶层调试灯具，傍晚六点整将灯点亮。邢昭衍在塔下站着，仰面看到光束缓缓转动，掠过低空投向黑沉沉的海上，像打通了一条光明通道，不由得热泪涌流。他听见，远远近近都响起了叫好声、欢呼声，有的来自前海，有的来自西江，有的来自所城。当灯光扫到所城时，他看到城墙上站了好多人，都向这边眺望。他心想，不知道杏花在没在城墙上？

他往所城走去，走到城门前面，听见杏花在上面兴奋地喊

"爹"。他答应一声，沿着城门内的斜道跑上去，杏花早在斜道尽头等着他。杏花扯着他的一只胳膊连连蹦跳："爹，真好！真好！"邢昭衍问她，怎么知道灯塔亮了的，杏花说："我看见咱家的树梢亮一下，再亮一下，就知道是灯塔点着了，跟俺娘她们赶紧来了。"

梭子和抱着三板的奶妈也走了过来。邢昭衍摸一下三板的小脸："儿子，灯塔好看不？"三板说："好看，好看！"邢昭衍与一家人走向城墙垛口，向灯塔观望。他感觉到，这是他最幸福的时刻，忍不住一手扯着妻子的手，一手扯着女儿的手，紧紧握住。

杏花往爹的身上偎了偎："爹，明天你领我到灯塔那里仔细看看，行吧？"梭子立即制止："不行，在这里看看就行了，你是大闺女了，不能乱蹿！"邢昭衍也说："你娘说得对，在这里看看就行了，白天灯不亮，有啥看头？"

自从灯塔点亮，马蹄所就多了一景。晚上，有无数人在各个地方看；白天，有人到灯塔那里看。看到"灯楼子"那么高，他们连声感叹；看到灯塔值事人长相特别，他们目瞪口呆。有些小男孩看到他们，吓得小脸焦黄。贾里德逗他们玩，低头察看他的裤裆："我看看，你吓尿了没有？"胆小的孩子撒腿就跑，贾里德开怀大笑。

在家住了几天，邢昭衍问贾里德，伊戈尔表现怎样，贾里德说："还行，这个小伙计听话，面包也做得地道。"邢昭衍说："那就好。我打算明天回青岛，灯塔的管理就拜托您啦。"贾里德说："邢老板你放心，我已经是头等值事人了，哪能出了差错？不过，你每月十号要准时发给我们工资。"邢昭衍说："没问题，我已经跟恒记商号的于经理交代好了，由他负责。"

第二天中午，昭焕号来到马蹄所，邢昭衍到前海上船。碌碡用驳船载来十多个乘客，还没靠岸就喊："姐夫，你要走呀？坐我的驳摇子吧！"邢昭衍说一声"好"，就等着那些乘客下船。他觉得一位头发花白的老人面熟，仔细看看，大吃一惊：那是庄翰林。他想，翰林不是在崂山隐修吗？怎么坐船到这里来啦？他对碌碡大声道："碌碡，你船上有贵人，就是年纪最大的那位，你小心伺候！"碌碡看了看庄陔兰说："嗯，我看出他不是一般人！"他将锚向船前用力一抛，扯着锚绳让船上岸，然后跳下来接老人落地。庄陔兰身后，还有两个人跟随。

邢昭衍在水边迎接，搀扶着他说："翰林大人，你还认得我不？"庄陔兰看了看他："我怎么不认识？前年你跟王献堂去崂山看望过我。"邢昭衍问："你坐船到马蹄所，是要回家？"庄陔兰站直身体，捋了捋胡子："是呀，家里人让我回去，说我老娘想我。小邢，两年没见，你发达了呀。在船上就听说，那个灯塔是你刚建的。"邢昭衍往灯塔瞅了一眼，心中生出一个念头，便说："翰林大人，你去看看灯塔，在马蹄所住一宿，明天我雇辆马车送你回大店。"庄陔兰点点头："也好。"邢昭衍对碌碡挥挥手："我今天不走了，你快拉别的乘客吧。"

他陪庄先生到灯塔下面，向贾里德介绍，说先生当年考中进士，是一位翰林。贾里德说，我知道中国的翰林，相当于英国的侯爵吧，很尊贵的。庄陔兰摆手道："不值钱，不值钱。"他往塔顶一指，说他想上去看看，邢昭衍就陪他走进塔内，一步步攀升。到了塔顶看看灯具，先生转身望洋，拍着栏杆道："夜海助航，功德无量。"

邢昭衍急忙道谢，请先生把这句话写下来，先生微微一笑："写下来干吗？"邢昭衍觍着脸笑："晚辈想留下您的墨宝，刻一通碑立在这里，借您的题词为灯塔增光。"庄陔兰说："写就写吧。可是我光带着笔墨砚台，没带纸呀。"邢昭衍指着西面的龙神庙说："庙里肯定有纸，咱们到那里。"先生点点头，随即下塔。

到了龙神庙前门，几个道士正站在那里。为首的柏道长趋前两步，向庄陔兰拱手一揖："紫气东来，大人莅临，贫道在此迎候！"庄陔兰还礼，而后笑道："什么紫气东来，我怎么担当得起。道长一定是在庙里看见老汉在灯塔上。"柏道长也笑了："正是正是！请大人到小庙一坐！"

庄陔兰就走进去，到龙王塑像前深深一揖，接着去了院里。邢昭衍向柏道长说了题字的事情，柏道长便把他带到方丈室，让徒弟展纸。笔墨是现成的，庄陔兰提笔蘸墨，将"夜海助航，功德无量"这八个字写出来并落款。邢昭衍和几位道长一齐拍手叫好。柏道长请翰林也给龙神庙题一幅，庄陔兰想了想，写下这么两句："云归大海龙千尺，雪满长空鹤一声"。

写罢，柏道长请翰林坐下吃茶。柏道长说："我早就听说翰林大名，今日得遇，真是缘分不浅。您半生功名，四海敬仰，现在要荣归故里，和光同尘？"庄陔兰说："什么和光同尘，我从政不成，修道不成，索性回家当个俗人算了。"柏道长多年前在崂山住过，此刻打听他的同修都怎么样，庄陔兰将他知道的一些情况讲了。听说有的同修已经羽化，柏道长连连叹息。

坐了一会儿，邢昭衍送翰林去所城内一家旅店歇息，还在"望海楼"订了晚宴，让区长等一些头面人物作陪。席间说起半年来南军北军在鲁南打拉锯战，让老百姓吃尽苦头，庄陔兰说，我估计，大锯还要再拉下去。

果然被他言中。庄陔兰被邢昭衍雇马车送回家不到俩月，北伐军再次从南方打到海暾。但是因为天冷，将士衣着单薄，战斗力大减，很快又被北军赶走了。

第三十四章

灯塔建成之后,邢昭衍迷上了期货。除了星期天,青岛取引所每天上午九点开盘,下午一点半开盘,他一有空就进去溜达。

老乡陈务铖还在这里做棉纱期货,虽然有赚有赔,却乐此不疲。他向邢昭衍讲,做期货太刺激,一旦赚了,比在女人身上快乐得多。听他打这样的比方,邢昭衍难以适应,干脆不接话茬。但他已经感受过期货赚钱之快,想继续投资。他不想再跟着陈务铖做棉纱,因为他对这个行业不懂,他懂的是农产品。花生是取引所物产部期货的当家品种,他打算在花生收获季节,去产地了解一下收成如何,然后再做决定。他让小周跟着,各骑一辆自行车,去即墨、平度、胶州转了一大圈,历时十多天。一路上看见,因为前些天下了连阴雨,好多花生没来得及收,根蒂沤烂,落在泥里生了芽子。从青岛出口的花生主要来自北部地区,邢昭衍与小周估计,花生价格肯定会涨,决定让于嘉年抓紧收购,运到青岛用于期货生意。

取引所的花生米交易论车,一车两万四千斤,也就是二百四十担,邢昭衍决定先做二十车,总量四十八万斤。这需要一大笔钱,既要在取引所交上占货值百分之二十的保证金,又要准备很多收购资金。但是,这也可能大赚一笔:在马蹄所收花生米,一担六七元,到青岛港卖八元左右,估计三个月后能涨到十元左右,交割完成,能赚一万元左右。

对这个决定，邢昭光赞同，翟蕙反对。翟蕙说，船行的现款只有两万，还缺两三万，做这笔期货钱不够，风险也大。一旦挂了牌被人买走，那就没有挽回的余地，三个月后必须交割。如果交割不上，会有一大笔罚款。邢昭衍说，你放心好了，不会出事的。翟蕙见阻止不了，只好打开保险柜，取银票给他。邢昭衍留下一万交保证金，另外一万给小周，让他回马蹄所送给于嘉年，并捎话给他，收花生米时可以先付一半的货款，另外一半等到年底再付。

邢昭衍到取引所找到陈务铖，让他介绍一位花生米经纪人，陈务铖让他认识了一位叫宋金元的。得知邢昭衍要做二十车花生米，宋金元眉飞色舞，说邢老板你把行情看透了，你要发大财了，立即带他交保证金，代他挂牌。为稳妥起见，价格定为每担九元五角。挂牌当天，就有一个叫寺尾正雄的日本买主找经纪人洽谈，表达购买意愿。宋金元向邢昭衍讲，寺尾先生是专门贩运花生产品到日本的商人，他们已经合作过，公司实力与信用度都可以。听宋金元这么说，邢昭衍就与寺尾签了契约。

过了十来天，邢昭衍回马蹄所察看花生米收购情况。他知道，海瞰、莒县一带的花生没有遭灾，收购方面不会有问题。但他听姐夫说，刚收来六百担，立马急了："怎么这么少？我要四千八百担呢！六百担连零头都不够！"于嘉年说："不知道为什么，今年各个商号收果子米都是疯抢，价钱也涨，在马蹄所坐摊收，价钱已经到了七块五了。再就是，往年收下果子米，可以只付一半，今年都是付全款。"邢昭衍一听，脑袋里嗡嗡作响。他猜测，有些商家也知道了青岛北乡花生减产的消息，判定下一步价钱会涨。照这样下去，我很可能收不够四千八百担，要在取引所栽个大跟头！他吩咐于嘉年，把价格提得更高，高到超过别人，并且派人到乡下收。于嘉年问，钱不够怎么办？邢昭衍就跑了马蹄所的两个钱庄，借到两万，让于嘉年先用着。

这些措施起了作用,每天有许多人用小车推,用牲口驮,将花生米送进恒记商号。他让小周留下协助于嘉年,嘱咐他俩收起一千六百担左右,就让义兴号送到青岛,送三趟就够了。无论如何,要在阴历十月底收足,因为阴历十一月十五、阳历十二月四号是交割时间。他俩答应一声,神色严峻。

邢昭衍又问,灯塔看守的工资是否准时发给了他们,于嘉年说,每月十号,那个老贾就来商号领,我从没拖欠。邢昭衍放下心来,就去了灯塔那里。伊戈尔正坐在海崖上画画,还是用铅笔,纸上是大海、云天、海平线上的船帆。他画得很投入,邢昭衍在他身后看了一会儿他也没有觉察,直到邢昭衍说一声"好",他才回头一笑,站起身来。邢昭衍问伊戈尔,会不会画油画,伊戈尔说,他父亲就是画油画的,他从小就跟着父亲学,但是在马蹄所和海瞰城买不到油彩和画笔,只好用铅笔画素描。邢昭衍说,我回青岛,给你买一些带来。伊戈尔听了兴高采烈,竟然扑上来拥抱着他说:"老板你真好,谢谢你!"

邢昭衍不习惯与男性拥抱,将他推开问,贾里德和艾凡到哪里去了?伊戈尔说,他们在睡觉。因为夜间三人轮流值班,白天要再睡一会儿。邢昭衍看看两扇紧闭的房门,没打扰他们,转身回家。他让冯嬷嬷做了他好久没吃的锅贴鱼,晚上与家人一起吃。吃饭时,老太太指着梭子对儿子说:"杏花她娘真行,你长年不在家,她把家里的事安排得妥妥当当,不用我操一点儿心。"梭子笑道:"娘,男主外,女主内,这不是应该的吗?"老太太说:"应该是应该,可是像你主得这么好的,少见。"杏花努着嘴说:"俺娘好是好,就是管我管得太厉害!整天叫我学绣花,实在无聊!"邢昭衍看着杏花说:"绣花怎么无聊?那是大学问。苏州有个绣花女叫沈寿,天下闻名,南通的张状元还给她写了一本书呢。"杏花听了不再吭声。

回到青岛,邢昭衍还是把主要心思用在了期货上。他知道取引所在小港建有仓库,去租了三间房,准备存放从马蹄所运来的花生米。接下来,每天都要去取引所里察看。他见花生现货价格在涨,从每担八元涨到了八元五角,证实着他对行情的判断,不禁陶然若醉,在大厅里走路都轻飘飘的了。

去惯了取引所,周末也忍不住进去转一圈。这天虽然不开市,但有人会在大厅举行婚礼,宾客如云。那些婚礼多是西式的,新娘穿着雪白的婚纱,由父亲领着交给新郎。邢昭衍站在人群后面看着,在心里祝福这对新人,也为自己没有举办像样的婚礼而遗憾。当年从小嫩肩家领梭子回家的那一幕,他每当想起来,既感到幸福,又感到羞耻。他知道,他当年的冲动之举,早已成为马蹄所的一个笑谈,传播久远。

观看婚礼时,邢昭衍心中还生出一个意愿:等到女儿结婚,要在这里为她举行婚礼,亲手将她交到新郎的手上。不过,女儿现在只有十九岁,还没定亲,还要再等。

取引所开市时,他一边关注持续上涨的花生米行情,一边盼望马蹄所那边尽快收足花生米,运到这里放进仓库。等了半个月,义兴号终于来了。小周随船过来,说这一船是一千五百担。邢昭衍问马蹄所那边的收购情况,小周说,各个商家都在抢收,价钱已经涨到接近八块了。邢昭衍心急火燎,让小周回去后,和于嘉年尽快去抢,价格再高也要收足。

义兴号走后,兄弟俩到仓库里看那些花生米。昭光说,要是知道老家是这个行情,还不如卖现货,码头上有那么多商家都在收,卖一担就赚一块多。邢昭衍心烦意乱,呵斥道:"事后诸葛亮,谁不会当?开弓没有回头箭,现在要千方百计保证按期交割,不赚钱也得干!"

九月底,小周又送来一船,邢昭衍心中稍安。想到十月初一这天要上坟,给死去的亲人"送寒衣",他就随船回到马蹄所。到商号看看，姐夫回家上坟去了，仓库里只有一小垛花生米，几十担的样子。他大光其火，训斥小周："你俩真不中用！我叫你们加价，多派人下乡，怎么还差这么多？"小周唉声叹气："乡下的存货也不多了，老百姓总要留一点打油、做种子，要买就得跑更远的地方，譬如沂水一带。"邢昭衍说："再跑多远也得跑！过了十月一，你亲自带人过去！"

初一这天下午，邢昭衍叫上两个堂兄，领着几个后辈，一起去了祖陵。坟地里的蒿草此时已枯，连成一片。邢昭衍在爹的坟前点上纸，其中一张带着火苗飞走，瞬间引燃草丛，四处蔓延，祖陵里烟飞火走。秋后上坟，这是常有的现象，一帮人就站在那里看着，直到野火烧到一世祖邢准的坟上。那个坟堆特别大，此时成了一座火焰山。小三板兴奋地拍手叫好，邢昭衍呵斥他："好什么好，快跪下磕头！"

上完坟往回走时，二筐指着北门上方说："三弟你看，宿大仓在上头。"邢昭衍抬眼一望，宿大仓和三个当兵的果然站在城墙上面。大筐低声道："这个狗日的，又帮北军要钱了。咱不走北门，转到东门。"邢昭衍爷儿俩便跟着他迈过荒草，走上了城墙根的一条小路。大筐边走边说，北军来了一个师，驻在海瞰城，师长姓杨。杨师长特别能捞钱，到哪里住下都是刮地三尺。他不光盘剥百姓，还用军火换钱。传说他接到张宗昌的命令去蒙山打马子，暗地里派人去跟马子谈妥，用枪弹换钱。双方接近，装模作样开一通火，马子就撤退，撤退时留下大量银钱。杨师长他们追到这里，拿走钱，放下一些枪弹。回去之后，杨师长将马子换枪的钱拿出一半赏给部下，另一半留给自己。这些枪弹，都是张大帅发给他们的，可是张大帅压根儿不知道。邢昭衍问："他的枪少了怎么办？"大筐说："再找老百姓要钱买呀，宿大仓是他们在马蹄所找的包捐人，已经要去好多钱了。"

正说着，头顶有人说话了："大筐，你甭嚼舌头！"几个人抬头一看，宿大仓正与几个当兵的站在城墙上俯视他们。邢昭衍说："大仓，乡亲们都不容易，你待他们不要太狠了。"宿大仓一笑："乡亲们是不容易，所以就找你这个容易的。"邢昭衍警觉起来："我怎么容易？我也不容易。"宿大仓说："你有三条火轮船，日进斗金，不给张大帅的队伍拿一些军需捐，说不过去吧？"邢昭衍冷笑道："土匪拿钱买他们的枪，不够花的？"话刚说完，城墙上响起拉枪栓的声音，接着有三杆枪垂下来指向了他。一个当兵的说："再胡说八道，一枪崩了你！"邢昭衍摆摆手："好，不说了，这是贵军秘密，咱不敢讲的。"

宿大仓趴在城墙垛口上，居高临下问："邢大经理，你说拿多少吧。"邢昭衍说："大仓，我的轮船是在青岛注册的，不应该在马蹄所交钱。"宿大仓说："你别忘了，你的老娘、你的老婆孩子都在马蹄所，杨师长驻扎在这里保护他们呢！"邢昭衍气不打一处来："保护他们？杨师长连马子都不愿打，还能保护老百姓？"三条枪又指向了他，一个当兵的吼道："又说这种话，真是活够了！"邢昭衍想，不掏钱，他们是不会放过的，就问拿多少。宿大仓说："三条火轮船，一船拿两千。那条大风船少一点，拿五百。"邢昭衍火了："六千五？狮子大开口呀？"宿大仓又说："还有，你建的灯楼子也得交一点。"邢昭衍听了这话却笑了："什么理由？"宿大仓说："扰民呀。那灯晃来晃去，好多使船的叫它晃花了眼。"二筐说："你别胡说，自从有了灯楼子，使船的都说方便多了，黑夜里回来不用瞎摸了。"宿大仓说："反正要拿钱，不拿钱就找人给你拆了！"

一听这话，邢昭衍气得咬牙切齿。但他知道，不能跟他们硬碰硬，遂想出一个缓兵之计，抬头说道："我是从青岛回来上坟的，恒记商号的现钱不够，你们宽限我两天，我去借来再交，行吗？"宿大仓说："两天不行，一天！明天下午，必须交到军需捐募集处！募集处在北街，挂着牌子，到那里就能看到。"说罢，和几个当兵的退回北门。

邢昭衍一边往东门走,一边在心里酝酿出一个方案,进城后让二筐把三板送回家,他直接去了区公所。盖区长正坐在堂屋喝茶,见他来了笑脸相迎,让一个年轻人倒茶。邢昭衍满怀激愤,向区长讲了刚才的遭遇,请他赶快成立马蹄所商会,组织大家一起抵制杨振的横征暴敛。区长听了讥讽道:"我早就让你成立商会,你推三阻四很不情愿,今天怎么突然来劲啦?去年我说这话的时候,区公所可以为你召集全区商人建起商会。现在你让我支持你建商会与北军作对,岂不是惹火烧身?我见过那个杨师长,就是一介武夫。有句老话讲,'秀才见了兵,有理说不清',商人见了兵,怕是更难说清。你还是花钱买平安,乖乖地出点血。"邢昭衍说:"这样忍让下去,他们会变本加厉。我要让杨振明白,马蹄所的人不是随便就能欺负的!"区长听后缄默不语。邢昭衍又说:"区长,你要是不出面,我就召集大伙开会了。不过,我们成立的不是马蹄所区商会,是马蹄所海口商会。"区长微微一笑:"你愿开就开,我装不知道就行了。你当会长是吧?提前祝贺啦。"邢昭衍说:"会长不是自封的,要由大伙选,选上谁是谁。但我不管当上当不上,都要鼓动大家去找杨师长说理。"说罢走了。

到了恒记商号,他和姐夫讲了成立商会到海嶅说理的事,于嘉年忧心忡忡,说这样做很危险。邢昭衍说,再危险也得干,不然,杨振在海嶅继续盘剥,老百姓没法活了。他叫来商号的几个本地伙计,让他们分头请马蹄所的船行、商号、店铺老板,晚上八点到恒记商号商量事情。

晚上,老板们陆续过来,邢昭衍让于嘉年茶水伺候,他则拿出几包青岛产的"哈德门"香烟分发。大家一边喝茶吸烟,一边诉说宿大仓带北军讨捐的恶行,都很生气。听他们讲,一条大风船要交三五百,一条丈八船交一百;就连一条小舢板也要交二十。那些商号、船行，数额不等，少则上百，多则上千。他们有的已经交了，有的还在拖延。

八点钟，来了五十多人，邢昭衍觉得马蹄所的商界要人差不多都到了，就招呼大家开会。他开宗明义，讲了马蹄所商界所遭受的盘剥，以青岛航业公会为例，讲了成立商会对于保护商家利益的重要作用。刚讲到这里，有人大声说："咱们也赶紧成立马蹄所商会吧，大伙齐起心来，不能叫人家剥皮抽筋。"邢昭衍说："既然大家觉得成立商会有好处，咱们今天晚上就办这件事，选出会长、副会长。"有人说："还用选吗？会长就得你干。你的生意最大，还给马蹄所建了灯塔。"邢昭衍说："必须投票选，选上谁是谁。"他讲了已经想好的选举办法：每人推举三位，得票最多的当会长，第二、第三名当副会长。大家听了，都表示同意。邢昭衍先让大家推举了两位计票人，接着让于嘉年给大家每人发一张纸，依次去另一间有笔墨的屋里写票。

写完交上，唱票计数。邢昭衍得票最多，第二是永利商号老板侯达顺，第三是盛久船行老板谢升。邢昭衍向大家致谢，讲了商会成立之后要做的一些事情，表示要热心为各位会员办实事、谋福祉。他还问会员们，去写一块马蹄所商会的牌子，挂在恒记商号这里，可不可以，大家一致赞同。

他又将话题转向军需捐这件事，约全体会员明天一起去找杨师长讲理。多数人表示参加，少数人缄默不语。一个姓马的老板将烟袋往腰带上一掖，一声不吭走了。别人问他去不去，他不回头，大声说："摇着舢板往火轮船上撞，这样的事还是不干为好！"另有两个人也起身往外走。眼见大家的热情有所减退，邢昭衍又鼓动了一番，约定明天上午十点左右到县政府东街聚齐。

侯达顺此时站起来说："我跟大伙商量一件事。邢经理在海崖上建了灯塔，咱们这些船家、商户都受益，是不是也应该出点钱呀？"

有人立即响应："应该!"邢昭衍急忙说："灯塔已经建起来了，不需要大家集资了，谢谢侯会长的心意。"有人说："邢大经理买一条轮船就花一二十万，建个灯塔还不是九牛一毛?"侯达顺说："即使是九牛一毛，也不应该让邢经理承担全部花销。往后还要给几个看守发薪水，咱们多多少少出一点，表达心意行吧？我出二百！明天叫掌柜的过来送钱。"随后，有十几个人也先后表示出钱，总计在千元左右。邢昭衍不再推辞，让于嘉年记着账，以后把这些钱用于看守工资。

次日早晨，天气晴冷，邢昭衍骑车去了县城。看看表刚过九点，就站到一家杂货铺门口等着。他看见，门旁墙上还有南军张贴的一张传单，印着《北伐歌》歌词："北伐军，大胜利！北伐军，快成功！齐心奋勇，直捣黄龙！中华一统，进步无限，幸福无穷！"他读了一遍又一遍，心想，什么时候能实现"中华一统"，结束兵荒马乱的局面呢？

马蹄所的老板们陆续来到，有的坐"东洋叉子"，有的骑自行车，有的骑驴。还有一个上了年纪的布店老板，让店员用小车推着过来。每来一个，邢昭衍都与他们握手，寒暄几句。十点钟，邢昭衍数了数，总共到了二十六个，大约有一半的人没来。他想，来多少算多少吧，就带领大家去了县政府门前。

两个当兵的喝令他们"止步"，用上了刺刀的钢枪挡住他们。邢昭衍说："我们是马蹄所商会的，我是会长邢昭衍，想拜见杨师长。"说着，将印了"青岛恒记轮船行总经理、马蹄所恒记商号经理"字样的名片递过去。一个当兵的接过去看看，转身进院。

时间不长，一个披呢子大氅的军官挺胸腆肚走出来，跟随他的一个年轻军人高声说："杨师长亲自接见各位，欢迎啦！"说罢高举双手响亮地拍了几下，邢昭衍和一些商会成员随其鼓掌。杨师长问："哪位是邢昭衍总经理?"邢昭衍说："我是。"杨师长看了看他，拱手道:"久仰久仰,邢总经理带着各位老板过来,有何见教?"邢昭衍就把大家的遭遇和诉求讲了。杨师长变了脸色:"马蹄所的包捐人要你捐多少?"邢昭衍说:"六千五。另外,灯塔还要交一些。"杨师长听了勃然大怒:"他娘个蛋!谁叫他要这么多的?刘副官,你马上派人把那个包捐人给我抓来!"刘副官答应一声,转声进院,很快有两个当兵的牵马出来,骑上后蹿向东门。

杨师长让各位老板在门前稍候,请邢昭衍进去说话。进院后,他指着一个留背头的中年人说,那是彭县长,邢昭衍立即向他拱手:"县长您好,我是邢昭衍。"彭县长向他拱手:"邢经理大名鼎鼎,是我海瞰县航运精英,今天有缘结识,荣幸之至!"杨师长说:"县长,我和邢经理谈点事,你先回避一下。"彭县长点头道:"明白。"接着走向后院。

杨师长指了指县政府议事厅,与邢昭衍一起进去坐下。邢昭衍小心翼翼道:"请问师长,您有何吩咐?"杨师长笑道:"没事,咱闲拉一会儿。"他问邢昭衍有多少船,做什么生意,又问青岛的一些情况,尤其是驻青岛的东北海军现在怎样。邢昭衍回答了他的问询。说到沈鸿烈刚当了海军副总司令、代总司令,杨师长说:"老沈到日本留过洋,有文化,有心计,在两个张大帅眼里都是红人。"

杨师长停顿一下,直盯着邢昭衍道:"邢经理,我想托你办一件事。"邢昭衍说:"什么事?""你有船跑大连,能不能给我买二百支三八大盖?汉阳造,土压五,都太孬,日本人造的枪好使。"邢昭衍心中一惊,说道:"师长请原谅,我不会做军火生意。"师长狠狠拍了一下他的肩膀:"放心,我给你钱!"邢昭衍说:"给我钱,我也不会做。大连我去过,但是不知道哪里卖枪,即使买到了,也运不过来。船出大连港,要检查;到了青岛外海,东北海军也要上船检查。"杨师长骂道:"他娘个蛋!那就算了,我再找别的门路。"

又说了一会儿别的,刘副官进来报告,已经把宿大仓抓来。杨师长猛地起身往外走,大氅呼呼带风。邢昭衍跟着他走到大门外,果然看见宿大仓被绳子捆住,蹲在街边。杨师长冲他大喝一声:"姓宿的,给我立正!"宿大仓急忙站起来,浑身哆嗦。杨师长又说:"我问你,你在马蹄所要的捐款,自己藏掖了多少?"宿大仓说:"师长,俺没藏掖……"杨师长拔出手枪指着他:"你敢不招?快讲!"宿大仓低头道:"一小半吧。不光是我藏掖,您派的几个老总也有份。"杨师长脖子上爆着青筋大吼:"一小半?一多半吧?我这里就没见多少,兄弟们肠子都饿细了!我杨某身为一师之长,爱民如子,每到一处,有口皆碑!你这样的小人,给我败坏名声,今天我不杀你不平民愤!"说罢,"嘎、嘎"两枪,把宿大仓打倒在地。宿大仓蹬了几下腿再也不动,胸口汩汩流血。

在场的人都惊呆了,有的还跑出老远。邢昭衍也很震惊,没想到杨师长来了这么一手。他定了定神说道:"感谢师长为民除害,我们回去啦!"杨师长向他一挥手:"不送!"说罢装起手枪,转身回院。

几位姓宿的老板没走,他们看了看宿大仓的尸体,雇来一辆驴车把他拉回马蹄所。

回到家,邢昭衍向梭子讲了去县城的经过。听说宿大仓让杨师长打死,梭子十分担心,说宿家兄弟是五条虎,大的死了,还有四条,以后他们会不会找咱的麻烦?邢昭衍心中也是不安,但还是安慰妻子,说他们不敢,毕竟宿大仓是罪有应得。

次日天刚亮,马蹄所商会副会长、盛久船行老板谢升叩响了院门。邢昭衍开门后领他到堂屋坐下,问他有什么事情。谢老板捂着被寒风冻疼了的耳朵说:"会长,我前几天听你姐夫说,你在青岛做期货,正为收不上果子米发愁?"邢昭衍点头:"正是。"谢老板说:"我帮帮你吧。我收了一船正要往上海送,给你送到青岛。"邢昭衍大感意外:"这怎么行?你帮了我,上海的客户不责怪你?"谢老板说:"上海的客户,正因为价格涨了,不想收了。"邢昭衍一拍大腿:

"太好了！你给我一千六百担就够了。我给你马蹄所出口的最高价！"谢老板说："不用，我原价转让。"邢昭衍说："那怎么行？"谢老板说："我也是代表马蹄所的买卖人答谢你。你建起商会，带头去找杨师长讨说法，借杨师长的枪杀了宿大仓，给马蹄所除了一大害。昨天从县城回来，大伙都对你感激不尽。"邢昭衍说："杨师长枪决宿大仓，有点过分，有挽回自己形象的意图，但我知道，宿大仓这些年也真是把大伙折腾得够呛。他这一死，也许马蹄所会安顿一些。"

二人谈妥，盛久船行用自己的船，装一千六百担花生米送到青岛。计算了一下，平价是一万两千元，邢昭衍坚持多付两千。恒记商号的现银有五千六，不够的部分，邢昭衍给他写了欠条。

第三天凌晨，邢昭衍登上盛久船行的五桅风船。虽然不是顺风，航速很慢，但在傍晚时分还是驶进了青岛小港。那一刻，邢昭衍如释重负，站在船头大喊："齐啦！"惹得码头上的人纷纷张望。

他去叫来昭光，连夜组织卸船。天亮卸完，送走盛久船行的大风船，他跟昭光说，以后再也不玩期货了，风险太大！

腊月二十二，恒记轮船行放了年假，儿子邢为海也放了假，父子俩一起坐昭朗号回马蹄所。上船后发现，儿子从包里掏出一沓子报纸，第一张上有"向导"两个大字。趁儿子上厕所的空当，他拿过来翻看，发现这是一份周报，八个页面，有《中国一周》《世界一周》《通信》《读者之声》等栏目。再往后翻，有一篇很长的文章，题为《湖南农民运动考察报告》，作者是毛泽东。他知道毛泽东是湖南人，为共产党的重要人物。他刚要读，儿子从厕所里回来，却假装没有发现父亲在看那份报，转身望海，久不回头。

邢昭衍将文章匆匆看了一遍，深感震撼。原来这是毛泽东在湖南考察了湘潭、湘乡、衡山、醴陵、长沙五县农民运动后写的文章，将农民运动的宗旨、形式、规模、影响都写得很清楚。"很短的时间内，将有几万万农民从中国中部、南部和北部各省起来，其势如暴风骤雨,迅猛异常,无论什么大的力量都将压抑不住。他们将冲决一切束缚他们的罗网,朝着解放的路上迅跑。一切帝国主义、军阀、贪官污吏、土豪劣绅,都将被他们葬入坟墓。"这一段文字让他特别受刺激。一年来,他屡屡在报上读到南方农民运动的消息,但是由农民运动的领导人亲自讲述、阐释,他还是第一次读到。他知道,山东的一些地方这两年也办起了农民协会。如今国共两党已经分手,闹得不共戴天,由共产党主导的农民运动大概也偃旗息鼓了。

他看得出,儿子已经深受共产党影响,但不知道他入没入那个党。如果入了,非常危险,随时可能掉头。他忧心如焚,叫一声"为海",抖了抖手上的报纸:"你以后少看这些,不要和那些人走得太近。"邢为海用蔑视的目光瞅着爹:"请你不要干涉我的信仰。"说完这一句,依然扭头看海,再不理他,邢昭衍只好摇头叹息。

船到马蹄所以东,甲板上突然有人大声叫嚷:"开火啦!开火啦!"邢昭衍走出去看看,见一些人正指着海甽城所在的方向,那里有浓烟腾起,还有"咚、咚"的声音传来。他想,难道北伐军又打了过来?

上岸后,邢昭衍急忙向接他的碌碡打听,海甽那边出了什么事?碌碡说,大刀会要杀羊过年。邢昭衍不明白,碌碡就向他解释,那个杨师长不再来马蹄所刮油了,还是在别的地方收捐,收得特别狠。大刀会让他惹火了,联合起来攻打县城,要把杨振杀掉,过个安稳年,已经打了两天,不知道攻没攻下来。

原来是这么个杀羊(杨)过年。邢昭衍钦佩大刀会的抗暴血性,也担心他们吃亏。要知道,大刀会是乌合之众,会员多是甩大刀片子的,而杨振是正规军,装备精良。

邢为海看着县城的方向满脸激动:"干得好!把海甽的军阀爪牙除掉,给北洋政府一点颜色瞧瞧!"邢昭衍将他一扯:"别说这些,除掉北军的一个师,谈何容易!"

当天晚上,邢昭衍刚和家人吃完饭,吕信周突然带着一个青年来了,二人都提着盒子枪,棉袍上沾满泥土。邢昭衍一看就明白,他们是从县城那边的战场上来的,急忙起身让座。吕信周拱手道:"姻兄,冒昧打扰,请原谅。"邢昭衍还了礼,扭头吩咐妻子:"你叫冯嬷嬷赶紧炒几个菜,我要和杀羊壮士喝酒。"吕信周摆摆手:"甭提了,想杀杨振,攻不下城,算什么壮士?"

邢昭衍让家人回避,他与吕信周二人坐下说话。问到攻城进展,吕信周说:"总会长把这事想得太简单了,觉得人多势众,招来上百个庄的大刀会,八千多人,就把杨振吓跑了。没想到,杨振把城门一关当起了乌龟。俺知道他们枪多,不能靠前,就在城外呐喊,放土炮,点烟火,其实就是向他示威,不叫他再祸害老百姓。看得出来,杨振知道理亏,不敢开枪打俺。可是今天下午,杨振叫副官在城头上喊话,让我们撤退,再不撤,就发电报搬救兵过来。弟兄们一听都很着急,加上明天是小年,好多人想回家。我估计你回来了,就来请教,我们该怎么办?"邢昭衍说:"兄弟,撤吧。大刀会围城,就是向杨振示威,他已经知道咱海暾县的老百姓不好惹,估计今后会收手的。你们已经达到了目的,再不回家真要吃大亏。"吕信周说:"大刀会已经喊出了口号,杀羊过年,没把杨振杀了,怎么跟父老乡亲交代?"邢昭衍一笑:"杀羊就是杀杨振?找几头羊杀了也算数。"吕信周听后,拧了几拧脖子笑道:"我怎么没想出这一招呢?对,我回去跟总会长说说,明天就这么办!杀些羊,犒劳犒劳弟兄们,这就是杀羊过年!感谢姻兄指点!"

痛痛快快喝下一碗酒,吕信周抿了几下嘴唇又说:"姻兄,眼下真到乱世了,除了兵,还有匪。我劝你,有了钱还是少买船,多买枪。"邢昭衍笑道:"我买枪干啥?"吕信周说:"保护自己和家人呀。"邢昭衍思忖片刻说:"这事应该考虑,不过,我要买多少枪才行?等等看吧。"

又说了一会儿别的,再喝几碗酒,吕信周带着那个年轻人走了。

第二天,邢昭衍去商号安排过年的一些事宜,晚上回家,见大儿子正向他姐姐讲着什么。杏花见他来了,说爹你快听听,大刀会是怎么杀羊的,大船今天去看了。邢昭衍就问大儿子,到那里见到了什么。邢为海脸上写着愤慨:"大刀会,自欺欺人!"邢昭衍问:"怎么啦?"邢为海说:"不知从哪里弄来一百多只羊,在南门外杀,大刀会员齐声吆喝:杀羊过年!杀羊过年!这是哄谁呀?杀完羊,有些人不等着喝汤吃肉,就回家了。咳,他们如果有本事就继续攻城,把那个杨振真的宰了!"邢昭衍拍拍他的肩膀:"儿子,你还嫩着呢。"邢为海将膀子一晃,摆脱爹的手:"你老奸巨猾!"

大刀会没能赶走杨振,北伐军把他赶走了。过了年春暖花开,二次北伐的国民革命军第十七军打到海矂,杨振顶不住,率部逃跑。北伐军占领海矂后继续北上,有人留下建立了海矂县国民政府。据说,因为北洋政府倒台,杨振走投无路,带一群残兵败将去鲁中山区当了土匪。

第三十五章

那天早晨，马蹄所灯塔的三位看守吃完早饭，伊戈尔收拾了碗筷去洗，贾里德和艾凡各提一把马扎到宿舍前面说话。说着说着，艾凡突然指着东方惊叫："mirage（海市蜃楼）！"贾里德扭头一看，海面上不知何时出现一层薄雾，薄雾上面竟然有一座山，急忙将双手抱在胸前念叨："以马内利！"

伊戈尔从食堂中走出来，也朝海上看。他说："我听当地人说，这是'悬乎山'，他们以前见过。"贾里德说："我当年在崆峒岛的时候见过海市蜃楼，真的有楼。今天这里出现的只有山，没有楼，可能是海滋现象。不管是什么，叫什么，能看到这样的奇迹，是我们的幸运。"两个年轻人连连点头。伊戈尔说："我要把它画下来！"立即冲到自己屋里去拿纸笔。然而，当他支起画架放上纸，山却不见了，托举着山的那层雾也变淡，海平线依稀可见。他沮丧地说了一声"见鬼"，只好画那些船只。

一艘轮船喷着黑烟，从东北方向缓缓而来，伊戈尔为它画了幅速写。贾里德和艾凡回屋补觉去了，他坐在原地，一直看那艘船。他认得，这是跑大连的昭焕号，船主是邢老板。昭焕号在离岸五百米左右停下，几乎所有的乘客都很急切，集中在左右船舷往舢板上挤，只有一个女人站立船头，一动不动望向马蹄所。伊戈尔觉得好奇，跑上灯塔顶层，拿望远镜向那边看。这一下看清楚了，女人用一条绿围巾将头和脸包得严严实实，穿蓝色衣裤，姿态优美。他便跑下灯塔，将望远镜里看到的女人样子画了一幅速写。画完抬头眺望，那个女人已经不见了。

两条舢板往前海驶来，那女人在后面的一条上，坐在乘客中间背向灯塔。等到舢板靠岸，女人很利索地跳下来，背着一个大包向所城走去。

伊戈尔此时没有料到，这是个将要改变他命运的女人。

她是筲子。

因为离得远，伊戈尔只看到筲子穿蓝衣蓝裤，并没有看清她的领口、袖口与裤脚上，都用白布条镶了边儿。这是按照海瞰风俗，身着重孝。筲子为谁穿孝？为鲍九，鲍九让日本人杀了。鲍九像无数闯关东的山东人一样，讲义气，有血性。见日本人在大连横行霸道，他经常与一帮苦力与他们作对，有几次还把日本人揍了。去年秋天沈阳发生事变，日本人占了东三省，鲍九回家说起这事，气得咬牙切齿。从今年正月开始，鲍九有几次到下半夜才回来，问他干啥去了，他说加班装船。但是每当他"加班"，大连就有地方失火，第二天听人说，放火团又把日本人的仓库或者工厂烧了。筲子怀疑鲍九也去放火了，追问一番，鲍九承认。筲子说，你要跟日本人对命？鲍九说，就得对命，不然他们会把全中国都给占了，包括咱们山东老家！筲子劝不住他，只能上街买来一尊观音菩萨像，每天上香磕头，求她保佑。

鲍九每次放火回来，都要到筲子身上折腾一番，猛烈而持久。筲子喜欢他这样，也想给他留个后，一边掀动身体迎合他一边说："给我个儿！给我个儿！"鲍九吼着："给你！给你！"直到把那些有可能变成儿子的滚烫液体喷射到她身体深处。但是，一次一次都是落空，筲子深感愧疚。她去找大夫看，大夫诊断为宫寒，问她是不是受过凉。筲子说，是呀，我前几年为了挣钱，下海采石花菜做凉粉，采一回就害一回肚子疼。大夫说，我给你开药调理调理。她拿了药回来煎，刚吃了三服，鲍九就出事了。那天他夜间出去，到天亮也没回来，上午有人来告诉她，鲍九让鬼子打死了，尸体喂了狼狗。

筹子从此成为孤寡之人。她本来有个叫大缆的儿子，像他爸洪船长一样俊朗，鲍九也喜欢他，视为己出。可是一年前，洪船长的爹不知从哪里打听到，他有这么一个孙子，就带着另一个儿子到大连找到筹子。老汉操着一口很难懂的黄县话说明来意：想把孙子带回老家，接续香烟，因为他大儿媳妇有病生不出孩子，下一辈只剩下二儿子留在大连的这棵独苗了。筹子当然不愿意，但是洪家父子俩一再哀求，后来竟然向她跪下。筹子受不了这样的大礼，只好含泪答应，但要求三天后再来领，她想和儿子再亲热亲热。老汉说，三天就三天。筹子让他俩在家坐着，她上街买菜割肉招待他们。等她回来，二人却不见了，院里有儿子玩的毽子。筹子清清楚楚记得，儿子上学时是带了这个毽子的。她发疯一般跑向港口，问鲍九见没见到大缆，鲍九说没见。她哭着说了洪船长他爹来领孩子的事，鲍九轻描淡写地说了一句：领走就领走吧，那是人家的血脉。就是这句话，让筹子怀疑鲍九，可能是洪船长的爹和哥在码头上打听这孩子，问到鲍九，鲍九就说了孩子在哪里，不然，洪家父子怎么会直接找到离港口很远的那个平房小院？她跑向码头，挨个儿看那些轮船，但她不知道哪一条开向黄县，而且在哪一条上也没有见到洪家老少三代。

天黑了，鲍九下了班带筹子回家。看到空空荡荡的院子，想到今后再也见不到儿子，筹子哭得死去活来。鲍九安慰她，亲自做饭给她吃，但她一口也吃不下。屋里到处都是儿子的衣裳、书本和玩具，唯独没有他爸留下的口琴。看来，儿子走时没忘了带上。此后，她想起儿子就哭，瘦得皮包骨头。鲍九多次劝她，说大缆叫他爷爷领走，不会受罪，会顺顺利利长大成人。说不定，以后会找到你孝敬你呢。听他这么说，箩子的痛苦才减轻了一些。她想，儿子走了，我还有鲍九。鲍九身板强壮，我还不到四十，说不定能生个孩子。没有想到，鲍九竟然让日本人的狼狗吃了！想象一下狼狗吃鲍九的血腥场面，箩子觉得那些狼狗也扑到了她的身上，撕咬她的心肺。

在家，会想起鲍九和大缆；上街，也会想起他俩。卖了好几年凉粉的码头更不敢去，因为她在那里认识了鲍九，鲍九经常陪她。考虑了一段时间，她决定离开大连这个伤心之地。港上有恒记轮船行的卖票小屋，她到那里买了一张三天后去马蹄所的票，找房东退掉房子，简单收拾一下，就坐船回来了。在海上，想到十七年前离开马蹄所去大连，认识了洪船长，耳边又响起他吹口琴的声音，箩子流泪不止。"女要俏，一身孝"，穿孝服流眼泪的女子格外惹人爱怜，一路上好多男人都瞅她，有几个胆大的还上前搭讪，问她摊上了什么事，要不要帮忙，她一概不理。

下船时，箩子想看看爹和弟弟是不是还在这里当苦力，目光从围巾上面露出来扫了一圈，没看到爹，只看到了弟弟碌碡。碌碡已经成了中年汉子，脸还是那么黑，却胖了许多。他在龙神庙前吆吆喝喝，指挥一帮苦力往舢板和驳摇子上扛大包。恍惚间，箩子觉得那是鲍九，因为鲍九也是个苦力头头。可是碌碡却没认出二姐，依然在那边指手画脚。

箩子不想在这个时候与弟弟相认，就背着包去了南门外。她走进路西的巷子，见当初住过的宅院破败不堪，屋顶上苫的草已经烂成薄薄的一层。院门锁着，从门缝里瞅见，院里放着杂乱的网具，空地上长着一片灰灰菜。她没有钥匙不能进去，因为当年临走时把钥匙给了邢昭光他爹。

那就回娘家落落脚吧。她进了所城南门，沿着南北大街走一段，便看到娘家临街的院墙，还能看出姐夫曾经跳进跳出、后来补上的豁口。但是屋已经不是当年的屋了，草顶变成了瓦顶。这说明，爹和弟弟是挣到了钱，改善了家境的。拐进门前的半截胡同，见门开着，就叫了一声"娘"走进去。

一个三十左右的女人从西堂屋里走出来，扬着颧骨很高的一张黄脸问："你是谁呀？"东堂屋里忽然传出一声苍老的呼喊："笫子！"接着，小嫩肩弓着腰扶着板凳出来，往前挪一下板凳才能走一步。笫子叫一声"爹"，放下包走过去，蹲到爹的面前。老汉扶着板凳瞅着她说："你还知道回来？恁娘临死还惦记你，想见你一面！"笫子惊问："俺娘死了？"身后的女人说："死了，前几天刚上周年坟。"笫子一腚坐到地上，哭着喊娘。小嫩肩把板凳掖到腿间坐下，哆嗦着嘴唇道："甭喊了，再喊也喊不回恁娘了。哎，你这是给谁穿的孝？"笫子这时才意识到，自己穿着孝回来是不合适的，就撒了个谎："马蹄所有人去大连，我听他说，俺娘死了。"小嫩肩埋怨道："知道恁娘死了，还不赶紧回来？"笫子道："我刚听说呀。"

有个男孩从西堂屋里出来，呆呆地站在那里。小嫩肩指着笫子对他说："快叫二姑！"孩子便叫。笫子从包里掏出一把糖块给他，回来打量着爹，疼惜地道："爹，您当了一辈子苦力，累成这样！"爹说："扛了几十年大包，能不累吗？幸亏你姐夫，叫碌碡当了装卸队长，要不然他也会累成我这样。"笫子从身上掏出两块大洋递过去："这是给您的。"小嫩肩接到手里抚摸片刻，将其中的一块给儿媳妇："轮船他娘，你赶紧去割肉买菜，回来包饺子给你二姐吃。"轮船他娘把钱接过去，瞅着笫子问："二姐，邢昭光不要你了，人家在青岛又娶了一房老婆，你还有脸回来？"笫子白了她一眼："我是邢昭光明媒正娶的，怎么没脸回来？"弟媳妇让她噎住，一转身去了西堂屋。笫子瞅着那间她与姐姐住过多年的屋子，心酸难捺。

小嫩肩长叹一声，指着那屋道："我就不明白，从一个屋里走出来的姊妹俩，怎么就一个天上一个地下？看看你姐夫的能耐，你姐享的福……"笫子打断他的话："还夸俺姐夫！要不是他叫俺跟着昭光,俺也不会这么倒霉!"说罢拎起大包,往肩上一甩就往外走。小嫩肩问:"你要去哪?"笲子说:"找邢昭光他爹要钥匙。"

钥匙要得很顺利。她一进邢泰秋的门,老头惊讶地说:"你回来了?"笲子说:"回来了,你给俺钥匙,俺到南门外住着。"老头也不多说,去屋里找出来给了她。笲子接过那根用长条铁皮打造的钥匙,去了姐姐家里。

姐姐家房子没变,院里却有药味儿飘出来。她拍拍门板,来开门的是满头白发的冯嬷嬷。冯嬷嬷认出她来,急忙用手中的钥匙开锁,原来院门是反锁着的。门打开,笲子进去,冯嬷嬷又把门关上锁好。笲子心生疑惑:"为啥要反锁着门?"冯嬷嬷不答话,冲西厢房努嘴挤眼,脸上的麻子随之高度密集。

走到堂屋门口,冯嬷嬷说:"三板他姨来了。"笲子喊一声"姐"急急进门,见姐姐面黄肌瘦,正坐在茶几旁边,面前有一碗黑乎乎的药汤子。姐姐叫一声"妹妹",扶着茶几站起来,笲子把包一放,抱住姐姐痛哭失声。姐姐也哭,哭一会儿拍着妹妹的后背说:"别哭了,回来就好,回来就好。"笲子放开姐姐,面对面端详着她。梭子凄然一笑:"姐成了老嬷嬷了。"笲子说:"咱们都老了。"

冯嬷嬷提醒梭子喝药,说不喝就凉了。笲子看着药碗问:"姐你怎么啦?为什么喝药?"梭子抻长脖子咯了一口气,刚要回答,门口响起杏花的声音:"叫我气得呗!"梭子指着她切齿道:"死丫头,就是叫你气得!"杏花不理她,走到笲子面前将脚一跺:"姨,你可回来啦,这些年我天天想你!"笲子打量一下面色红润身材丰满的杏花:"哎哟,杏花长成大姑娘了。"

梭子喝下药,冯嬷嬷端起药碗走了,姐妹俩和杏花坐着说话。笲子实话实说,讲了她在大连的十七年。姐姐听得时而叹气,时而掉泪,最后擦擦眼泪安慰她:"回来就好,咱姊妹俩相互照应。"杏花说:"还有我呢。姨,我这辈子不嫁人了,就伺候您跟俺娘!"梭子指着她道："又说这种话，你不把我气死不算完！"杏花冲娘瞪眼："你也不把我逼死不算完！"说罢气鼓鼓走了。筹子追到门口看，见杏花快步走进西厢房，将门"砰"地关闭。

姐姐坐在那里不停地咯气，每咯一口都抻着脖子像公鸡打鸣。筹子问："恁娘儿俩针尖对麦芒，因为什么？"梭子叹一口气："唉，因为灯塔。"

她连咯两声，讲起了杏花的事情："五年前，你姐夫建起灯塔，杏花可喜欢了，晚上在城墙上看过一回还不行，白天还要去。我听她爹说，三个看灯塔的都是外国单身汉，怕杏花去玩，惹出麻烦，就不叫她去。她不听，有一回偷偷跑去，大半天才回来。回来以后就像掉了魂，待在西厢房里不出来。我到她窗户外头看见，她手里拿着一张画子，画子上是她，画得很像。我明白，杏花是叫洋人迷住了，趁她去茅房的工夫，到她屋里找出那张画子撕了。这一下把她惹恼了，整天发疯，非要找那个洋人再画一张不可。我不叫她去，把门锁上，她就躺在自己屋里不出来。我实在没法，叫她大姑夫发电报，把她爹叫回家。她爹也说不动她，就去找那个会画画的洋人青年，半天之后拿来一张，跟先前那张一模一样。这一回杏花恣了，天天看不够。那年，杏花已经十八，该找婆家了。可是媒人来了无数个，说的婆家有马蹄所的，有外地的，家境都不孬，她一个也不答应。她心心念念想着那个洋青年，你说这可怎么办？"

筹子笑了："怎么办？叫杏花嫁给他不就行啦？"梭子立即瞪眼："胡说，那还不叫人家笑话个死？不光我不同意，她爹也不同意。"筹子又笑："俺姐夫走南闯北，也这么保守？"梭子道："他说，马蹄所是个小地方，叫闺女嫁洋人，他的脸没处搁。"筹子摇头道："你们俩呀，死要面子活受罪！"

这时候院门啪啪响，还响起一个童腔："开门！开门！"冯嬷嬷从后院跑过去开锁，一个八九岁的男孩背着书包跑进来。筹子突然起身喊了一声"大缆"。梭子不解,瞅着她道:"这是三板,你叫他啥?"笤子醒过神来,泪光闪闪:"我那大缆也是这个岁数,他俩长得有点像。"

三板蹦蹦跳跳进屋,梭子指着笤子说:"三板,叫姨!"三板就带着笑容叫了一声。笤子去包里掏出一包糖块给他,目光就粘在了他的身上,不眨眼地看他吃糖,看他到院里玩耍。

冯嬷嬷过来说,饺子煮好了。梭子说,咱们吃饭去。到了院里,她对三板说,叫你姐去。笤子说,我去叫吧。走到西厢房,叫一声"杏花"推门进去。屋里黑乎乎的,杏花正坐在床边。笤子说:"杏花,我想看看洋人青年给你画的画。"杏花踌躇片刻,从兜里掏出钥匙,打开床头柜,从中取出了二尺见方的一个木框,木框上绷了一块白布。她将木框一翻,变戏法似的展放于胸前。笤子只看一眼就惊呆了:画子上远处是海,近处是杏花。杏花俊俏无比,正冲着看她的人笑,笑得腼腆,却透着甜美。笤子啧啧赞叹:"杏花上了画子,真是个仙女!"杏花说:"不是仙女,伊戈尔说我是美人!"笤子连连点头:"对,是美人,大美人!"

杏花把那幅画放回柜子,重新锁好,转身对笤子说:"姨,我有一件事想不明白。第一张画是伊戈尔当面给我画的,第二张画,我不在他面前,他怎么能照原样画出来呢?"笤子想了想说:"他是把你装到心里去了。"杏花羞笑:"我也是这么想的。"笤子用指头点着杏花的前额道:"所以,哪个媒人也说不动你。"杏花冷笑:"能说动我的媒人还没出生!"

二人一起去了后院的厨房,笤子见三板的奶奶坐在那里,便恭恭敬敬叫一声"大娘"。老太太用一只手捏弄着自己的瘿脖,端详了几眼笤子,以怜悯的口吻道:"他姨,你是个克夫命呀。"梭子急忙制止婆婆:"你别这样说。"笤子知道姐姐已经向老太太讲了自己的事情,苦笑一下道:"大娘说得对,我就是个克夫命,往后,我当寡妇要当到死啦!"听姨这么说,杏花从背后抱住她的肩膀,将脸贴到她的后背上哭了。三板用筷子敲打着饭碗有节奏地喊:"吃饺子!吃饺子!"梭子就招呼妹妹:"来来来,吃饺子。"

吃完饺子,箩子和姐姐娘儿三个到前院堂屋说话。梭子让妹妹以后就住在这里,后院有闲屋。箩子摇头:"我可不住你家,受不了你婆婆的大瘿脖子刀子嘴。我已经拿到钥匙,明天到南门外收拾一下就去住。"杏花说:"姨,我帮你收拾。"箩子说:"好,明天上午咱们就去。"

这一夜,箩子是在杏花屋里睡的。二人先是通腿,一头一个,杏花觉得说话不方便,就爬到了另一头,和她姨肩并肩躺着。在透窗而入的月光里,二人敞开心扉,说个不停。箩子讲了她经历的一个个男人,连最隐秘的体验也讲了,讲得杏花躁动不安,呼吸急促。听姨说,姨最初喜欢的是她爹,一心想当他的二房,她娘已经同意,可是爹碍于面子却不答应。杏花问:"你恨不恨俺爹?"箩子说:"恨呀,要不是他,我能嫁给邢昭光那个狗日的?能去大连十七年?"她说到这里停下,叹息数声又说:"不过,我不去大连,也不会认识洪船长跟鲍九,他俩虽然干的行当不同,可都是人尖子,是两条好汉,我到死也忘不了他们。"杏花说:"你这辈子,也算值了。"箩子说:"嗯,值了。"

箩子问杏花,心里装着伊戈尔,已经好几年了,打算怎么办。杏花说:"我也不知道。他是个洋人,我怎么能嫁给他?那样还不叫马蹄所的人笑话死了?俺爹俺娘的脸往哪里搁?可是,俺老是想他,原先,就想着到他跟前,再站在那里叫他画俺,他瞅一眼,画几下;瞅一眼,再画几下。后来,就想跟他一块到沙滩上走,走来走去,从天明走到天黑;如今,就想叫他抱着,搂着……想得火烧火燎。你说,我怎么这么不正经?"箩子说:"女人有了心上人,都会这样。可是你光这样空想怎么行呢?你叫杏花,你看树上的杏花,一年一年,开完花就结果,你光开花不结果,算怎么回事?"杏花侧身抱住箩子:"姨你说,我怎么样才能结果?"箩子想了想,就讲出了一个办法,让杏花又羞又喜,将脸拱到了姨的腋窝里。

第二天吃罢早饭,杏花为姨背着包,跟她走了。她娘站在门口嘱咐杏花,去收拾好了就回来,杏花答应着。走在去南门的大街上,杏花一溜小跑,惹来了一些行人的目光。有人说:"谁家的大嫚?这么俊!"箩子在后边听了说:"是俺外甥女。"那人问:"你是谁?"箩子说:"我是她姨。"见人家现出愣怔模样,她抿嘴忍笑去攥杏花。

杏花一出南门就停下了,她望着东南方向那座灯塔流泪抽泣,双腿也站不稳,只好倚在城墙上。箩子攥上她,掏出手绢为她擦泪:"唉,你这个可怜丫头……"杏花见旁边有人看她,才低头走进西边的胡同,去了她姨的旧宅门前。

箩子打开锁,杏花看了看里面惊叹:"这么多渔网!"箩子说:"都是些破网,不能用的。"到屋里看看,梁上挂了一张没补完的网,地上放着织网用的家什。杏花不认识,捡到手上问,这是什么,她姨指着其中的两件说:"这是梭子,这是箩子。"杏花笑了:"这是你跟俺娘姊妹俩呀?"箩子说:"俺娘是想叫俺俩早早学会结网能挣饭吃,就起了这两个小名。"杏花问她,现在还会不会结网。箩子说:"我试试。我以后还想靠织网活下去呢。"说罢坐到渔网下面,续上线头织了起来,手中的梭子在网眼上穿来穿去。她边织边说:"真是奇怪,我摸着渔网,闻着海腥味儿,心里特别踏实。"杏花说:"姨你真巧!我也跟你学织网。俺娘天天逼着我绣花,烦死我了!"箩子问:"你想学?我现在就教你。"杏花急忙摇头:"不,先看伊戈尔,回来再学。"箩子停下手,拂拂衣襟:"那就走吧。"

按照她的设计,二人装作去赶海,出门时各挎一个小篮子。走到半道,箩子瞅着杏花笑问:"心里扑通扑通的吧?"杏花红着脸说:"那可不?腿都软了。"

她们不敢直奔灯塔，而是先去前海，再沿着水边向东去，走到海崖下面转向北。既然是赶海，遇到鱼虾蛤蜊之类要捡着。箩子捡着捡着忽然说："哎呀，这里也有石花菜啦！"杏花转身看看，她姨脚边的石头上，果然长着一丛紫红色的海菜，便说："姨，你还记得吗？那年我去大连，你叫我带回几块长着石花菜的小石头，我把它撒在了这一片。你看，那边也有呢。"箩子弯腰去采，欣喜地道："往后，我就在马蹄所做凉粉卖。"

杏花的心不在石花菜上，向前继续走，边走边看灯塔。突然，她惊喜地指着那里小声嚷嚷："伊戈尔在上头！"箩子瞅见，灯塔顶层果然有一个人站着，正向远方张望。杏花急切地向他摆手，那人突然消失不见，杏花着急地一拍大腿："哎呀，他怎么跑了呢？"她望眼欲穿，伊戈尔再次现身，还举着东西放在眼上。箩子说："他用千里眼瞅咱俩呀！"正说着，伊戈尔放下千里眼，向这边连连招手。箩子说："这是叫咱们过去呢。"杏花说："快去！"说罢，杏花在前，箩子在后，向灯塔急急走去。

来到灯塔下面，伊戈尔已经站在那里，瞅着杏花笑："我又见到你了。"箩子说："她天天想来见你，她娘不让。"伊戈尔问："请问，你是谁？"杏花说："她是我姨。"箩子打量一下四周："这里今天只有你自己吗？"伊戈尔说："我的两位同事，今天逛海矐城去了。我不想去，留下来到灯塔上面画画。"箩子将双手一拍："天意！"伊戈尔不解："天意？什么叫天意？"箩子说："就是老天爷想叫你跟杏花见面，安排了这个机会。"伊戈尔恍然大悟，向杏花做了个鬼脸："你愿不愿听从天意，到我屋里……看我画的画？"杏花羞笑道："愿意。"伊戈尔就扯着她的一只手，奔向了他的宿舍。

箩子就地坐下，背朝着那个房间，手里抚弄着一把石花菜。她听见，杏花在屋里哭，在屋里笑。后来，就什么动静也听不见了。

等到杏花从伊戈尔的宿舍走出来，那张小脸已经与石花菜是同样颜色。杏花低头含羞，歪歪扭扭往所城的方向走去。笏子喊住了她："往哪里走呀？咱们得去采石花菜！"杏花这才醒过神来，止住脚步。伊戈尔走到笏子面前，向他鞠了一躬："阿姨，感谢您成全我和杏花。"笏子笑道："不用谢，我是可怜你俩。"

伊戈尔看看笏子手中的篮子，惊奇地问："你也要做琼脂？"笏子说："对，你认识这种海菜？"伊戈尔说："认识，这是石花菜，去年有韩国女人到这里采。她们不会说中国话，只说了两个字，'琼脂'。"笏子说："琼脂就是凉粉，大连也有人这么叫。估计韩国女人是在青岛做凉粉卖的，哎，青岛这么远，她们怎么过来？"伊戈尔说："她们雇了小船，到了这里脱了衣服下水，捞够了上船走掉。"杏花问："韩国女人脱了衣裳？你看见啦？"伊戈尔吐一下舌头："我看见了，不过，她们还穿着内衣内裤。"杏花用小拳头捣他："叫你看！叫你看！"笏子笑着扯一下杏花："别闹了，咱们采去。伊戈尔，我明天上午到龙神庙那边卖凉粉，你去照顾一下我的生意。"伊戈尔明白了："我去买，我一定去买来，给我们的伙食添一道菜。"

笏子与杏花走下沙滩，去了有石花菜的地方。这时潮水退得更远，黑色的礁石上散布着一簇簇紫红。笏子过去采了两把，回头看见杏花向灯塔张望，就说："心还留在那里是吧？"杏花不好意思地转过脸，走向这边。笏子伸手拦住她："你这会可不要沾水，受了凉可了不得！"杏花站在那里看她采摘，问道："伊戈尔说，韩国女人下水采，为什么要下水？"笏子说："落潮的这一块采光了，就得下水去摸。"杏花说："明白了。真不容易。"

笏子采满两篮子，与杏花一人一篮拎回家。择好，洗净，便放到锅里加水煮。煮上半天，笏子舀一勺子往锅里倒，发现汤汁已经发黏，就用笊篱把残渣捞净，将汤汁舀进大瓦盆。她说："好了，放上一夜，就成了凉粉，就可以去卖了。"杏花说："我也帮你卖。"笏子说："那可不敢，你太亮眼了。快回家吧，甭叫恁娘惦记。"

第二天上午，日头将前海照出一片光明，箩子用小车推着一个瓦盆一张小饭桌来了，车把上还挂着一个小篮子。来到龙神庙东面的路边，放下车子，安下摊子。她拿刀割一块凉粉，放进盘子里切成碎块，倒上一些蒜泥拌拌，向过往的人们吆喝起来："海凉粉，海凉粉！都来尝尝海凉粉！"有一些人闻声而来，到这边围观。有人端详一下她，说这不是箩子吗？她是邢昭光的大老婆，怎么回来做买卖啦？箩子说："甭管俺是谁，你愿吃海凉粉就买！"

有人伸手捏一块尝尝，说比绿豆凉粉还好吃，问箩子是用什么做的，箩子说："海凉粉，当然是用海里的东西做的。"另一个弯下腰做了一番研究，问道："海里的东西，只有刚捞上来的海蜇能当凉粉吃，你卖的怎么不像？"箩子说："这不是海蜇，当然不像。"

人们站成一圈，又看又尝，却没有买的。突然，有一只长着黄毛的大手指向凉粉盆："老板，我买一块钱的。"箩子抬头一看，是伊戈尔来了，便瞅着他笑："一块钱，能把这一盆都买了。那可不行，我得留下一些叫别人尝尝。你买两毛钱的吧。"说罢抄起刀子，在盆里横着划，竖着划，让凉粉成为一个个方块，伸手托起一块递给伊戈尔。这个黄毛青年付了钱，说一声"谢谢"，手托凉粉走向灯塔。

箩子喊道："开市大吉，谁想吃快买！"于是，围观者纷纷掏钱，花五分钱买一碗，蹲到一边吸吸溜溜吃下。一盆凉粉很快卖光，箩子收拾摊子回家。

下午，她又出现在海崖下面。伊戈尔跑来帮她，很快采满了篮子。伊戈尔问，什么时候能再见到杏花，箩子说，你等我讯儿吧。

第三十六章

翟蕙从楼下拿来报纸，送到经理办公室，取一张报纸披在自己身上，瞅着邢昭衍笑："学兄你猜，我披了什么？"邢昭衍看她一眼："报纸呀。"翟蕙说："不对，这叫胡佛毯。"邢昭衍不解："什么胡佛毯？"翟蕙嫣然一笑："你自己看吧。"说罢放下报纸，娉娉婷婷走回隔壁。

邢昭衍便拿起报纸看。上面有一篇关于美国大选的报道，讲现任总统胡佛争取连任，罗斯福代表民主党发起挑战。民主党为了赢得大选，攻击胡佛无能，让美国经济萧条，民众生活困难，穷人只好以报纸披在身上取暖，戏称为"胡佛毯"。邢昭衍知道，翟蕙是看了这条新闻的。她从报箱里取出报纸，经常在上楼时浏览一下要闻。他欣赏翟蕙对于新闻的关注，老话讲，"世事如棋局局新"，"识时务者为俊杰"，不了解世事，如何做好事业？

邢昭衍又看报上的其他内容。国内新闻，最重要的一条，是中央军对鄂豫皖、湘鄂西等共党地盘的"围剿"取得重大进展，包围圈正在缩小。本市新闻，最重要的一条，是国民政府教育部决定，取消青岛大学，另行筹办山东大学。邢昭衍知道，青岛大学之所以取消，与学潮有关。去年"九一八"事变发生后，青岛大学有好多学生开始闹事，有去北平的，有去南京的，邢为海跟一群同学组成请愿团去了南京，强烈要求政府抗日。回来之后，他们得知为首的学生被开除,又组织罢课。今年开学之后,学潮还是一浪高过一浪,看来,教育部要用这个办法整治青岛的大学生了。不知道新组建的山东大学,还要不要邢为海这些闹学潮的学生?

电话响了,邢昭衍没有理会,因为凡是来电都由翟蕙接听。响过两声便不响了,翟蕙在隔壁与打电话的人说了几句,接着过来说,陈务铖经理要来见你。邢昭衍问:"他来干什么?""他没说,让你不要出去,等着他。"

邢昭衍便等。自从五年前做了一单花生米期货,差一点失败,他很少再去取引所,也很少见到陈务铖。只知道,陈务铖一直做期货,同时经营着商号和两条船,不知今天因为何事找自己?

翟蕙提着暖水瓶,去馆陶路上的茶炉房提来开水,再洗好茶杯,陈务铖就喘着粗气上了楼。邢昭衍急忙起身让座,翟蕙沏好茶水,回她的房间去了。陈务铖一屁股坐下,擦着额头上的汗水用海瞰话说:"协他娘,一过五十五,身体就走下坡路,爬你这三层楼就呼哧呼哧喘!"邢昭衍安慰他:"您的事业还是蒸蒸日上嘛。"陈务铖说:"叫你说对了,蒸蒸日上,而且还要再上一上。昭衍,我今天过来跟你商量一件事,咱们两全其美!"邢昭衍问他什么事,他再喝几口水,讲了青岛商界正在发生的一件大事。

他说,青岛取引所成立以来,虽然采用中日合作模式,双方都有理事,平均认股,实际上是被日本人把持。这几年日本人在青岛越来越多,日渐嚣张,在取引所里做交易经常不守规矩,压榨中国客户,有时候还和中国人打起来。华商很生气,想采取不合作态度,脱离取引所,另建交易所。这段时间,商会会长宋雨亭领衔,联络一些华商,根据南京政府三年前颁布的《交易所法》,决定创建青岛市物品证券交易所,沈市长也暗地支持。目前正在筹资,宋会长率先认购五千股,自任交易所理事长。他决定,先用馆陶路齐燕会馆作交易场地,等到资金筹齐,选个地方,新建一座青岛市物品证券交易所。

说到这里，陈务铖情绪激昂："我这几年在取引所做期货，受够了日本人的刁钻奸诈，听说宋会长有这个爱国壮举，我立即响应，决定认购四千股，当交易所理事。我们同仇敌忾，跟日商对着干！我已经说服了十几个中国经纪人，让他们从那边退出，到我们的阵营里来。取引所缺少了经纪人，缺少了做交易的，还挣谁的钱？还不毁堆？"

邢昭衍向他竖了竖大拇指："你们了不起。'九一八'事变之后，日本人在青岛气焰熏天，你们敢跟他们对着干，真是长中国人的志气！"

陈务铖说："所以，在建交易所这件事上我义不容辞，虽然钱不够，也要千方百计筹集。昭衍，你把我的两条船买下吧，这样，我就有钱认股了。"

邢昭衍没想到，陈务铖说到这里，竟然让他买船。他这几年有了十多万元积蓄，是想再攒一些买大船的，陈务铖的两条船又小又旧，他实在看不上眼。他问陈务铖："在交易所认四千股，需要多少钱？"陈务铖说："八万，我现在只有两万。"邢昭衍笑了："你的两条船，只值六万？"陈务铖说："剩下的钱，我打算建一个火柴厂。跟你说实话，我不想做航运了，风险太大，操心太多。"邢昭衍点点头："原来如此。陈经理，我也跟你说实话，我想把航运长期做下去，做梦也想买大船，可是，你的船太小了呀。""不，我给你估算好了，你现在肯定买不起千吨以上的。与其慢慢攒钱，不如多置小船快挣。你把我的两条船买去，青岛至海州的航线上就有了属于你的四条船，可以通过压价，把日本人的两条船挤出去。你把这条航线全占下了，那还不是财源滚滚？几年之后，你想买多大的船就买多大的船！"

这一番说辞，让邢昭衍心动。他早就想把那条航线上的日本船赶走，却没想出好的办法，现在陈务铖指出的这条路确实可行。他问陈务铖："买你的两条船，要多少钱？"陈务铖说："因为是小船、旧船，我不跟你要多，洪源号十万，荣盛号八万，行吧？"邢昭衍立即摇头："总共十八万？太多了！据我所知，你这样的船，现在基本上是没人要的。我买下来，今后光是维修费就是个无底洞。哎，你这一年来大修过吗？"陈务铖说："没有。我打算卖掉，就没去修。"邢昭衍说："一年一大修，这是港务局规定的。不修的话，会有大麻烦。"陈务铖看着邢昭衍说道："考虑到这一点，我给你减一减，一条船减一万，你给我十六万就中了。"邢昭衍说："咱们看看船再议，好吧？"陈务铖就和他约定，明天早晨看荣盛号，后天早晨看洪源号，不耽误两条船运行。

陈务铖走后，邢昭衍把昭光、小周和另外几位职员叫过来开会，说了刚才与陈务铖商谈的事情。昭光立即同意，说再添上两条船，咱们的船队阵容大了，在青岛航运界的地位也提高了。小周说，占下这条航线，老乡们再坐船，就不受日本人欺负了。翟蕙却蹙眉道："我担心，这两条小破船会给咱们带来麻烦。"邢昭衍不以为然："放心吧，不会有太大的麻烦。"他问翟蕙，存款与现金一共有多少，翟蕙说，十四万一。邢昭衍说，马蹄所那边有两三万，我发封电报，叫我姐夫送银票过来。他又吩咐昭光，去修船厂请一位师傅，明后天到小港看船。

第二天，邢昭衍、陈务铖、邢昭光、小周和修船厂的蔡师傅齐聚小港。登上荣盛号，买方几人陪蔡师傅仔细察看，最后得出结论：船旧，机器老化，需要更换一些零件，大的毛病没有发现。第三天看洪源号，结论也是如此。邢昭衍与陈务铖约定，等到马蹄所那边送来银票，一起付清船款。

这天下午，于嘉年坐着昭焕号来了。他把两万五千元银票交给邢昭衍，跟他说，箩子回马蹄所了。邢昭光在旁边听了扯着于嘉年道:"姐夫,你跟箩子说,我跟她已经不是夫妻关系了。如果需要登报声明,我马上去找报社!"于嘉年笑了:"登了报,在马蹄所也看不到。人家箩子不再把你当咸菜了,你在乎啥呀?"昭光把脸一沉,去了自己的办公室。于嘉年又向邢昭衍讲箩子在大连的遭遇,邢昭衍听了连声叹息。

付清船款,陈务铖和邢昭衍去港航局办了过户手续。等到两条船都完成一个最后航次,二人召集船员开会,讲了这事。陈务铖感谢他们几年来在船行的辛劳,保证给大家发齐工资。邢昭衍宣布,洪源号改为昭懿号,荣盛号改为昭祉号,航线不变,船员待遇不变。谁愿意留下来,就与恒记轮船行签约。结果,两条船上无一人辞职。然后,邢昭衍让昭光和小周带两条船去大港北面的修船厂上大坞,除了船长、大副、老轨留在船上,其他人放假。

十天后,两条船检查维修一遍,并将船身喷了一遍漆,刷上新船号。邢昭衍让翟蕙请照相师过去拍照,他去港航局请检查官检验放行。一个姓郑的股长说,明天去,你来接我。

第二天八点半,邢昭衍兄弟俩坐着雇来的小轿车,去郑股长的住宅接到了他。天气很热,郑股长却穿了一件西装上衣。上船后,他脱下这件衣服挂在驾驶室的衣钩上,在这里检查一番,又去轮机室、船舱等部位。邢昭衍早就知道,需要给检查官"例敬",就让昭光将封好的两个红包装进他的衣兜,里面分别是十元银票。检查官转一圈回来,穿上外衣再上另一条船。检查完毕,邢昭衍问他是否合格,郑股长说,等通知吧,说罢下船,坐车回去。

邢昭衍和邢昭光回到船行,翟蕙正在经理室贴船照,说刚从照相馆取来。看见墙上有了五张船照,邢昭光说,这叫五子登科。邢昭衍摇摇头:"这算什么登科?五条船总吨位不到两千,可别吹牛。"翟蕙说:"对,低调为好。过几年,咱们再买一艘上千吨的。"邢昭衍笑道:"正合吾意。"

正说着话,电话响了。翟蕙拿起话筒一听,立即往邢昭衍手里递:"找经理的。"邢昭衍接过来一听,是郑股长。郑股长只说了这么一句:"两条船都不合格,返工吧。"说完就挂了电话。

"不合格?返工?"邢昭衍愣在那里,另外几人也傻了眼。昭光说:"这个狗日的股长,肯定是觉得例敬少了。"邢昭衍想了想说:"过两天再请他检查,一条船给他二十吧。"

两天后,再请郑股长去检查,他还是穿那件外衣,昭光给他把红包装上。郑股长回去后,还是打电话说不合格。邢昭衍火了:"以前搞年检,检查官都好对付,怎么换了姓郑的,就这么难办?我到市政府告他去!"

他气鼓鼓下楼,叫了一辆黄包车直奔市政府。三年前,他的老同学翟良当了市政府秘书处副处长,去年市长换成沈鸿烈,翟良还在那个位子上。到了那座被人叫作"总督府"的四层楼前,门卫问他找谁,他说找秘书处翟处长,就被放行了。

到了二楼秘书处,翟良正在那里伏案办公,见邢昭衍来了急忙起身,问他有什么事情。邢昭衍说:"来告状!"翟良笑道:"谁惹邢大经理了?"邢昭衍就把港务局郑股长的做法讲了,让翟良带他去见市长。翟良说:"市长日理万机,哪有时间听你说这些事?不过,市长去年上任之初,就宣布了十项施政纲领,第一项就是整饬吏治,修明内政。你遇到的这种事,市长肯定深恶痛绝。这样吧,你写个申诉书,我递给他,他会批转港务局的。"邢昭衍说:"好,我现在就写。"翟良就给他找来纸笔,让他到另一张桌子前面坐下,忙自己的事情去了。

邢昭衍坐下,打好腹稿就写,一气呵成。写完给翟良看看,翟良说可以了,请回吧。邢昭衍知道他忙,说一声"拜托"就走了。

第三天,港务局有人给邢昭衍打来电话,说恒记船行的两条船已经通过检查,可以去拿合格证了。邢昭衍喜滋滋去了港务局船政处,果然拿到了两个合格证。他见郑股长不在这里,就向发证的职员打听,那人挤挤眼说:"叫你告倒了呗。市长批转你的申诉书,局里把他撤职了。"邢昭衍笑了笑:"活该!"

回到船行,他打电话向翟良道谢,说晚上到酒店哈一气。翟良说:"我可不敢喝你的酒,叫市长知道了,会整饬到我的头上。"

改名为昭祉号和昭懿号的两条船重新投入运行,邢昭衍决定,恒记船行的五艘船,船票和水脚运费都降低一成。这样一来,乘客与货运量显著增加,跑海州的两艘日本船,乘客稀稀拉拉,货物也装得不多。小周提醒邢昭衍,要防备日本人闹事,邢昭衍警觉起来。他听说,因为华商另建交易所,日商就唆使一群日本浪人到齐燕会馆大闹了一场,砸东西打人。但是宋会长没有屈服,第二天照常营业。他对小周说,咱们也不怕,看他们能怎么闹腾。他让小周每天在小港码头上值班,一有情况马上报告。

这天早晨,邢昭衍接到小周从港上打来的电话,说有日本浪人聚集在码头上,不让昭朗号的乘客上船。邢昭衍和邢昭光立即下楼,一路下坡跑了过去。一进小港便看见,十几个日本浪人头上缠着白布条,在昭朗号停靠的码头排成一线,攥拳瞪眼凶神恶煞。准备登船的乘客在他们对面站成一堆,都不敢动弹。邢昭衍想了想,让昭光找海暾帮头头求救,请他们带苦力把日本浪人赶走。

安排就绪,邢昭衍走过去,向日本浪人鞠了一躬:"请你们让开,我的乘客要上船。"为首的日本浪人挥舞着大宽袖子,恶狠狠说道:"他们,是成田丸的,不是你的!"邢昭衍大声问那些乘客:"你们是上哪条船的?"乘客们齐声回答:昭朗号!另一个日本浪人会说流利的汉语:"恒记船行压价,是不正当竞争!"邢昭衍说:"怎么是不正当?你们也可以压价的!"那个日本浪人说:"你们不把价格提高,不许开船!"

此刻,昭光已经带着几十个苦力过来,在跳板前将浪人行列冲开一个缺口，排成两队，形成一个通道。邢昭衍招呼乘客："来，大伙上船！"有的乘客走过来，日本浪人却对他们拳打脚踢。小周将外衣脱掉，露出有"海岱武馆"字样的背心，大吼一声，将他一拳打倒。另外两个日本浪人扑向他，也被他踢开。浪人们一齐动手，海瞰帮苦力则集体怒吼，挥拳痛打。浪人头头见势不妙，将手一挥，领着喽啰们撤退。码头上，响起了一片掌声和叫好声。有的苦力哼着鼻子道："什么浪人，就是一群土蛋！"

两个月后，日本人的两条船停了，青岛至海州的航线只剩下恒记船行的四艘船，昭朗号与昭焕号依旧跑长途至大连，从陈务铖手里买到的两条还是往返于青岛、海州。这些船都保持低价，客货两旺。

邢昭衍却不满足，想多挂几个海口，拓展业务。他把商务印书馆出版的《本国新地理图说》翻阅了无数遍，指尖在山东省图和江苏省图上点来点去，最终决定在赣榆县增加青口，在海瞰县增加雒镇和卢家滩。这三处都是较大的海口，是重要的客货集散地。他打算带小周从南到北走一遍，考察一番，选人在那里卖票、组织上下船，明天开春就改用新的运行路线。

他与小周坐昭焕号回马蹄所，打算雇一条丈八船去青口。到了马蹄所前海看到，义兴号正停在那里，下船后便坐上舢板去义兴号那边问，船要去哪。船上伙计认出他来，说："老板，俺去青口！"

望天晌仰着脸来到船边，与邢昭衍打过招呼，说昭衍号刚从大连拉来一船秫秫，于经理安排义兴号转一船到青口，那边的酒厂要。邢昭衍问他什么时候走，望天晌说，船已经装好，正要拔锚。邢昭衍大喜：太好了，我俩也去！

上船后，望天晌发令"开拔"，便让邢昭衍和小周到天篷里喝茶。邢昭衍向他讲了去青口的打算，望天晌说，赣榆县的人以前闯关东，都到大浦坐火轮船，现在连云港建成，船停在那里，要往南多跑几十里路，在青口安个点是可以的。

望天晌端茶碗时，手是哆嗦的，茶水也洒落了一些。他自嘲："老了老了，连茶碗都端不稳当啦。"邢昭衍知道，望天晌今年已经六十六岁，他和义兴号，可谓人船俱老。老大前几年就想告老还家，邢昭衍觉得他身体还行，使风船的经验与技术超常，就没答应。

望天晌又说："南洋北洋，像我这个年纪的老大别没有了，再干下去让人笑话。干到过年，我就不干了。"

邢昭衍看着他白发苍苍的样子，想了想说："好吧，我答应您。您给我当了二十一年老大，风里来浪里去，劳苦功高，该回家颐养天年了。"

邢昭衍此时决定，等到望天晌离开义兴号，就把这条船卖掉，他专心经营轮船行。用风船搞运输，毕竟吨位小，航速慢，被淘汰是必然的。至于每年一季打黄花鱼的收入，与整个船行的收入相比，可以忽略不计。

望天晌向东面的海上望了几眼，回头说："东家，我想求你一件事。"邢昭衍问："什么事？请讲。"望天晌说："您在马蹄所建灯塔，叫南来北往的船受益，能不能也在'大将军''二将军'那里安个标记？一个月前，岚山的一条大风船去青岛送货，在那里毁了。"邢昭衍惊问："是吗？怎么毁的？"望天晌说："回来的时候天黑了，又遇上大风，低潮，就撞上去了。船碎了，人殇了五个。"邢昭衍沉痛地说："跟当年我家的来昌顺一样，唉……我到青岛海关说说，问他们能不能安。"

快到青口时，他见秦山岛像一块海上浮玉，非常漂亮，便问望天晌上去过没有，望天晌摇摇头："没有。听说秦始皇上去过。"邢昭衍说："我这些年坐着船南来北往，都是远观这岛，等到往回返，咱们上去看看好吧？"望天晌说："看天气吧。"

将船停在青口河入海口，邢昭衍、小周和义兴号掌柜刘海宝坐舢板下去。沿河上行，两岸渐渐出现商铺与货场。有的货场上，盐堆高大,有人在装麻袋,有人往船上扛。邢昭衍知道,青口与雒镇,都是淮盐的重要产地。不过,轮船很少用于运盐,因为钢铁易受腐蚀。

北岸出现一个门面大的商铺,上面挂着"丰登粮栈"的牌子,刘掌柜说,到了。他向粮栈大声呼喊:"石老板,我们的邢经理到了!"一个瘦高个中年人急忙出来,向着邢昭衍拱手:"邢经理您好,在下有失远迎,敬请海涵!"

石老板让他身后的几个人赶紧卸粮,刘海宝上去与他们接头。邢昭衍和小周上岸后,被石老板领着,进了粮栈。店堂后面有一个大院,院里有好多粮垛。走进一排瓦房的正中一间,见屋里摆设得很排场,墙上还挂了几幅字画。邢昭衍坐下说:"石老板,这几年您一直转手我从东北运来的秫秫,感谢您。"石老板说:"应该感谢您,让青口的几家酒厂有了充足的原料,也让我赚到了钱。"

邢昭衍喝一口茶,说了让轮船到这里挂口的打算,石老板一拍双手:"太好了!青口虽然是大海口,但是在这里出入的都是风船,今后有轮船过来,那就太方便啦!"邢昭衍详细问了这一带的客源与货源,觉得可行,便问他,愿不愿意在粮栈设一个恒记船行的代办点。石老板当即同意,说他一定把这事办好。邢昭衍又让石老板牵头,晚上请镇长和一些头面人物吃饭,石老板说,行,我和他们都熟。邢昭衍让他订个好一点的饭店,石老板说,我来安排,咱们到青口最好的酒楼。

坐了一会儿,石老板带邢昭衍和小周往青口河上游走了一段,来到临河而建的"淮扬酒楼"。让店小二开了个最好最大的雅间,让邢昭衍在此喝茶等候,他和小周拿着邢昭衍的名片去请人。

等了一会儿,客人陆续来到,有区长、警察所长、税务所长、庄长等等。他们都对青口将要通轮船一事感到兴奋,对邢经理毕恭毕敬,等到淮扬菜上来两盘,开始轮番敬酒。那个姓文的区长,看上去文质彬彬,喝酒却十分生猛,一次次与邢昭衍干杯。邢昭衍喝多了，高门大嗓地讲他在青岛建船行的经历，讲他的事业愿景，文区长听了说："佩服至极，喝酒喝酒！"邢昭衍不想再喝，文区长揽着他的肩膀说："人生得意须尽欢，莫使金樽空对月！喝！"邢昭衍让他说得豪情大发，又喝了几杯。

散席后，邢昭衍歪歪扭扭送客，说话时嗓门更高："过了年，我带我的船队来青口，咱们再喝！"区长他们说："年后见，年后见！"

石老板带邢昭衍和小周到旁边的客栈住下，怕夜间出事，也开了房间没有回去。邢昭衍一倒头就睡，一觉睡到天明。石老板与他俩吃过早饭，步行回到粮栈。路上，邢昭衍看看晴朗的天空，说今天要去秦山岛上玩玩。石老板说，我陪你们去，我前年去过。邢昭衍说，你不用去，你说说怎么个玩法，我们玩完了直接回马蹄所。石老板说，秦山岛，最出奇的是它有一条尾巴，有人叫它"神路"，在岛子西南，露出水面有五里长。沿着神路走上去，一直走到山顶，步步皆景。

回到店里，听伙计说秫秫已经卸完，邢昭衍便与石老板告辞，下到河里上了舢板。义兴号停在河口，邢昭衍上船后，问望天晌去秦山岛可不可以，望天晌看看天，点点头，发令开船。

风很小，篷吃不饱，只能慢慢行走，一个多小时才到秦山岛的"尾巴梢"。抛锚停船，望天晌又仰脸看天，自言自语："一辈子没耍过山，今天就耍一回。"说罢与邢昭衍、小周上了舢板，踏上"神路"。

这是一道由砾石堆积而成的长堤，在水中半隐半露。三个人边看边走，有时还捡一块晶莹圆滑的石头欣赏一番。神路渐宽渐高，消失于土石混杂的山脚。沿着山坡往上走，要钻松林，过草丛。小周在前面探路，不时停下等候他俩。爬了一会儿，邢昭衍觉得闷热，大汗淋漓。看看望天晌，他胡子梢上的汗水滴滴答答。问他要不要歇一会儿，他说，树林里没有风，太热，一气爬上去吧。

终于，小周在前面站直了腰，说山顶到了。邢昭衍喘息着爬上去，眼前豁然开朗：海蓝岛绿，鸥鸟翻飞。岛子甩出的尾巴由粗到细，直指十几里外的青口。隔海而望的云台山，则巍然高耸，青绿葱翠。

"这么热，没有风，有点儿邪门。"望天晌打量着天上，面现忧虑。邢昭衍问："怎么邪门了？"望天晌指着东南方向的天上："你看，那一大片云彩来了，带着爪爪。"邢昭衍看看，见那云层很厚，上白下黑，底下真有灰黑的云条伸下来，像动物的爪子。

突然，那根爪子快速变长，成为圆溜溜的一根，垂向海面。

"啊呀，龙吸水了！"望天晌跺着脚惊叫，"我一辈子只见两回，这是第三回。"

原来这就是传说中的"龙吸水"、某些书上写过的龙卷风。邢昭衍说："我是第一次见。"小周说："我在鲅鱼圈见过一回，有三条船叫它卷翻了。"

似乎是一眨眼的工夫，那条黑龙就连接天海，且向这边移动。望天晌向义兴号大喊："快拔锚，快躲开！"喊完就往山下跑。邢昭衍跟在他后面，边跑边看龙卷风。见它离岛更近，也更为粗壮，海面上让它卷起一圈白浪，发出极其恐怖的啸声。

此时，义兴号上的人纷纷往下跳，跳到水中往"神路"上游。邢昭衍站在一块裸岩上向他们喊："快点！快点上来！"

龙卷风似乎将义兴号当作目标，旋转着呼啸着向它靠近。波涛汹涌，将船推得摇摇晃晃。等到那条通天的水柱过来，义兴号一下子被狂浪埋没。水柱离开后，船就底朝天了。

"哎呀，毁啦！"邢昭衍急忙往下跑，接连摔倒几次。跑下山坡，小周站在那里气喘吁吁，用手数着"神路"上站着的船员："九个，都上来了。"邢昭衍数了一遍，果然如此，才松了一口气。

但他回头看看，没见望天晌下来，便招呼小周原路返回。一直找到山顶，也没见有人。再往下走，邢昭衍就沿着山崖边沿往下看。走到山腰，突然发现老大躺在下面的乱石堆里。他连喊两声，见望天晌抬起一只手摆了摆，知道他还活着。

二人不顾荆棘扎人，急忙下去，到了老大身边。老大头上是血，嘴里是血，鼻孔里直冒血泡。邢昭衍抓着他的手问："老大，你不小心摔下来了，是吧？"望天晌艰难地喘息着说："东家，我今天犯了大忌。""犯什么大忌？""我天生……是个弄船的，天生……是个海上的生灵。今天，我撇了船耍山，龙王爷还不耍我？活该，活该……"邢昭衍紧紧握住他的手："老大你不要说这些，咱们赶紧走，到青口给你治伤。"说罢立即将望天晌抱起来，放到已经蹲下的小周背上。

来到山下，把望天晌放到草地上。伙计们跑来，看着老大痛哭流涕，"舵把子"叫着"表哥"声泪俱下。

邢昭衍擦一把眼泪，转身看船。义兴号倒扣在水里，因为船底有厚厚的一层海蛎子、藤壶之类，像一块灰黑色的礁石露出水面。再望望陆地上的青口镇，问小周该怎么办。小周向北边一指："舢板还在那里，我去弄来。"说罢下水，向那边游去，一个年轻的伙计也跟上了他。

二人很快游到舢板旁边爬上去，而后合力摇橹，回到这边。邢昭衍嘱咐舵把子带着伙计们在这里等候，他把老大送到青口，再找船来接他们。舵把子含泪答应，和伙计们一起将老大抬上舢板。

望天晌蜷在舱里一直闭眼不动，邢昭衍紧盯着他那瘦骨嶙峋的胸脯。他发现，那胸脯似乎有些起伏，后来平平静静。握着他的手腕试试，已经没有了脉搏。

"老大！"邢昭衍撕心裂肺地喊了一声，其他几人也哭了起来。

到了青口，把望天晌抬上岸，邢昭衍让小周雇一条驳摇子回去接人。小周问："义兴号怎么办？"邢昭衍挥泪摆手："不要了，扔在那里吧……"

第三十七章

乐极生悲，泰极否来。邢昭衍正为添两条船而高兴，接着毁了一条船，而且是他赖以起步的第一条船。最让他伤心的是，海云湾最出众的船老大望天晌命丧秦山岛。老大说，是他耍山惹恼了龙王爷，其实是天有不测风云。但不管怎么说，我如果不约他上岛，他也许不会出事，会有一个寿终正寝的结局。老了死在家里，是所有打鱼人都有的理想，望天晌眼看就要退休回家，突如其来的龙卷风让这理想化为泡影。

这段经历，让邢昭衍深深受挫，情绪消沉。他在花费许多钱为老大善后，并遣散了义兴号的船员之后，回到青岛萎靡不振，在下属眼中判若两人。他每天翻翻报纸喝喝茶，很少过问业务，全凭昭光等人打理。翟蕙经常到经理室劝慰，还将中午这顿饭尽量做得合他胃口，但他吃得很少，一天到晚郁郁寡欢。翟蕙很是担心，打电话向她堂哥说了这事，翟良约他吃了一顿饭，劝他放下、看开，振作起来，邢昭衍这才稍有好转，决定带小周再去另外两个海口考察。

临行前，邢昭衍想起望天晌生前对他的那个请求，便去了一趟海关。见到杰森科长说，马蹄所那边的"大将军""二将军"屡屡造成海难，能否安装航行标记。杰森科长明确答复：不可能。因为海里的暗礁很多，航标科管不过来，技术上也解决不了。即使能在暗礁上方装一浮标，白天能让过往船只注意到，夜间没有照明设备，还是不起作用。听他这么说，邢昭衍只好作罢，心想，要避开那个暗礁，一些大轮船可以靠海图指引，别的船只能凭驾驶者的经验与运气了。

他和小周坐轮船到马蹄所，回家住了一天，便雇一条丈八船去了陈家湾。

陈家湾在马蹄所南面四十里，是陈务铖的老家，一个大渔村。该村有经商做生意的一些富户，黄花船有十几条。更重要的是，陈家湾村北有一条大河，溯流五里即是雏镇。这是仅次于县城的大地方，几百年来出了好多文武英才。雏镇的商业也很发达，商号、船行，数不胜数，生意做到南洋、北洋甚至日本。邢昭衍到那里找几个熟人了解了一下，他们都对轮船挂口陈家湾一事表示欢迎。于是，邢昭衍就在雏镇和陈家湾设了两处代办点，让刚失业不久的义兴号掌柜刘海宝来此管理。

卢家滩在马蹄所北边六十里，是海瞰县最靠北的滨海大镇。邢昭衍早就知道，西部山区有些人闯关东，就从这里坐大风船去青岛，再在青岛坐轮船。小周的二姑家在这里，姑夫一家祖祖辈辈打鱼，可是表哥咸传金下海几年后，对出海越来越打怵，就开了一家小渔行做海货买卖。二人去后，咸传金十分热情，却把算盘打得精细，一个劲地打听，轮船几天来一趟，卖一张票提多少钱。小周不耐烦了："表哥你把心放回肚子里，邢经理不会亏待你。"邢昭衍向他讲明，票钱的一成算他的，咸传金恣了："嘿嘿，那我干。"他吩咐媳妇赶紧炒菜，要跟邢老板、表弟喝酒。

考察完毕，二人回到马蹄所，次日坐船去了青岛。邢昭衍对昭光说，三个海口的代办点都已确定，让他制订运行方案。昭光答应一声，又提了个建议：五条船上煤，都是到专用码头，花销太大，还不能保证质量。不如咱们自己在港上租一个地方，买煤自用。邢昭衍听了立即说："昭光，你出了个金点子！"

兄弟俩和小周一起到小港转了半天，在取引所仓库后边发现一块三亩左右的空地，除了做煤场，还可以建仓库。打听了一下，地是一个做麦草辫出口生意的老板的，本来要在这里建仓库，可是这几年外国要的草辫大大减少，仓库没能建起。找到这个老板谈了谈，他同意出租。租下之后，邢昭衍让小周暂时兼任煤场经理，找人建三间平房，找两个可靠的人负责进煤，为船上煤。为了找到质量上乘、价格合理的煤，邢昭衍和小周还专门坐火车去了博山。在那里看了几家煤矿，最后选定一家，订了一火车，直接拉到青岛火车站，再找人力车拉到自家煤场。

因为忙，邢昭衍好长时间没有回家。他万万没有想到，就在这段时间里，他的老仇人樊四妮盯上了他的宝贝闺女。

樊四妮住在所城东南部，站在院里就能望见城墙的东南角。八年前，她公公得了重病去世，她鼓动丈夫蛤蜊眼闹分家。分到一条黄花船，蛤蜊眼却不会做生意，赔得一塌糊涂，连樊四妮出嫁陪送的三十亩地都卖了，只好把大船换成小船，雇了几个伙计下坛子网打鱼。樊四妮也从少奶奶变成渔妇，亲自做饭，亲手加工海货。这天她在院里晒鲅鱼干，抬头一看，见一个俊嫚领着一个小男孩在城墙上往东走，走到东南角停住，一直向东南方向张望。樊四妮仔细打量，发现那是邢昭衍的闺女杏花和她的弟弟。因为杏花前几年经常去她姥娘家，樊四妮在街上见过，见杏花长得像梭子，她恨之入骨。

杏花上城头干啥？她在望啥？哎呀，好像还擦眼抹泪呢。已经四十六岁的樊四妮，当然知道这眼泪的意味，于是挎上篮子，假装去赶海。走出南门扭头看看，杏花还站在城头，却像一只招潮蟹似的向东南方招手了。而那边的灯塔上，一个黄毛青年也成了一只招潮蟹。樊四妮明白，杏花跟那个黄毛勾搭上了。招潮蟹招来的是潮水，他俩招来的是什么？当然是臊水。她娘当年就是这么臊，勾搭了邢昭衍，今天杏花又勾搭了黄毛，真是什么娘养什么女！邢昭衍，你开船行当大老板，知不知道闺女这么下贱？梭子，你从我手里抢去了邢昭衍，当上了阔太太，你知不知道你闺女也跟你一样不着调？

在这一刻，樊四妮下定决心，要瞅准时机，捉奸拿双，叫邢昭衍一家臭满天下！

再抬头看城头，杏花和她弟弟已经不见，灯塔上，也没了黄毛。正在纳闷，杏花姐弟俩从城门里走出来，走向前海。走了一段路却又住下，向前面一个推小车的女人招手。樊四妮认识，那是杏花她姨筹子。筹子到东北混了多年，孤身一人回来，只好捞海菜做凉粉挣点小钱。杏花等到她姨，帮她推着车子，走进了路西一条胡同。樊四妮知道，筹子住在里头，从东往西数是第四家。

第二天，樊四妮让十多岁的小闺女扛着几根棍子，她挑着两筐劁开肚子洗净墨汁的鱿鱼，一步步登上城头。架棍子扯绳晒完，她让小闺女回家，自己却不走，就站在城墙上看门道。她看见，筹子又推着车子去卖凉粉了，她也看到，那个黄毛青年也去买凉粉了。黄毛连跑带跳，模样好看，怪不得小杏花要勾引他。黄毛到筹子那里，买到凉粉托在手里回去。筹子卖完凉粉，也推着车子回家。看到没戏，樊四妮走下了城头。

第三天有戏。樊四妮一边晒鱿鱼干一边观察，发现筹子早早出摊卖凉粉，卖完了回家，杏花走出南门去了。樊四妮再往东南方向看，看见黄毛连跑带跳，直奔那条胡同。她立马下了城墙，回家拿了一把插着钥匙的铁锁，扭着小脚奔向筹子家门。

走近那扇关闭着的破门时，她蹑手蹑脚。从门缝里瞅瞅，堂屋门关着，西屋门敞着。筹子坐在西屋门口，装模作样结网，肯定是给堂屋里的那一对站岗放哨。她伸手抄起门挂儿，挂上门鼻，从怀里掏出锁，咔嚓一声捏上，拍着巴掌喊道："快来看哟，快来看哟！谁家的闺女不着调，骚伙养汉，跟洋鬼子在这里睡觉！"

筹子腾的一下起身，看见门外人影绰绰，急忙跑到东堂屋门口拍门道:"杏花,外面有人使坏,你快起来!"屋里立即响起俩人的慌乱之声。听见外面那个女人还在吆喝,她等不及了,推门而入,接着把门关上。她看见,炕上二人正借窗户射进的光亮穿衣裳,伊戈尔的裤子还没提上,让她看到了一团棕黄。杏花说:"姨,外面是谁?""好像是樊四妮。"杏花说:"这个母狗,又咬人了!"箩子说:"她想毁你的名声,毁你爹娘的名声。"她指着墙角一口空缸,让杏花到里边藏起来。杏花立即跳下炕,迈腿入缸蹲下,却又露出头问:"伊戈尔到哪里藏着?"箩子说:"他等着我的安排。我把事情兜下来,你甭吃醋就行。"她把杏花的脑袋按下,盖上盖垫,把一堆渔网扯过去蒙上。伊戈尔站在炕前不知所措,箩子对他说:"你等着,我叫你出去你就出去。"

箩子抬手拢一拢头发,打开屋门,走向院门。她把门闩拉开,发现门被人锁了。从门缝里瞅瞅,胡同里站满了人,樊四妮正背对着门,打着手势向他们讲,她是怎样看出杏花跟黄毛有一腿的,今天又是怎样把他们锁在这里的。箩子听了怒不可遏,回屋抱出一个凳子,到院子西南角的茅房旁边放下,踩着它蹿上矮墙,又迈上院墙,一下子蹦到街上。街上的几十口子都傻了眼,呆呆地看着箩子瘸着腿,一步步走到门边。到了樊四妮面前,她像母老虎一样把樊四妮扑倒,从她身上搜出钥匙,起身把锁投开。

她挥舞着那把锁要砸樊四妮,吓得樊四妮两手抱头蜷在地上。箩子并没真砸,而是揪着她的头发呵斥:"光天化日,你来锁俺的门,凭什么?我箩子是个寡妇,想找男人就找,你管得着吗?"说到这里,她直起腰来把院门一推:"伊戈尔,你回去吧!"伊戈尔满脸含羞走出来,向箩子鞠了一躬,迈开一双长腿跑出胡同。

有个女人问:"箩子,黄毛是你的辫伙男人?"箩子将脸一扬:"是呀,我看他好,就把他叫来了。"另一个女人问:"睡了几回了?"箩子说:"三回了。"另一个女人问:"过瘾不?"箩子说:"过瘾!"

胡同里的男男女女，都把眼瞪圆，把嘴扯得不在原位。

樊四妮从地上坐起来道："别听她的，黄毛是来跟杏花睡觉的！"篓子拽起她举起锁："你进去找找，要是找不出来俺外甥女，我就要你的小命！"说罢拉着她进院进屋，到了屋里压低声音道："我告诉你，我在大连学了武功，你要是再胡嗳，你跟你的小闺女保准活不过三天！"樊四妮吓得老脸焦黄，急忙求饶："篓子，我再不乱说了。"篓子将她一推："出去告诉别人，这里没有杏花！"樊四妮乖乖地走出去，对着众人讲："是我看错了，屋里没有杏花，没有！"说罢灰溜溜走了。众人见状，四散而去。

围观的人群中有几个鱼贩子，他们早就认识伊戈尔。此时起网的船还没回来，他们闲着没事，求知欲高涨，就追着伊戈尔去了。到了灯塔下面追上，问他到底是干了老的，还是干了小的。伊戈尔拒不回答，逃进宿舍把门关上。贾里德见事情蹊跷，就问出了什么事，鱼贩子就把樊四妮讲的话贩来了。

贾里德听了火冒三丈，踢开伊戈尔的房门，进去质问他到底干了什么事情，伊戈尔只好坦白。贾里德猛扇他两个耳光："我跟你讲过，灯塔看守的职业操守，重要的一条就是不能与当地女性有性关系，你不听，闹出丑闻，让马蹄所灯塔的光芒暗淡！我现在宣布，你被开除了！"

他走出门来，拉着气成鱼肝颜色的长脸向海上看看，回头向屋里吼："那艘船正在上客，你收拾一下东西，赶快滚蛋！"

很快，伊戈尔背着一个大包和一块画板，低着头走出来，将几块大洋往贾里德手里递："这是还没用完的买菜钱。"贾里德将手一挥："你拿去买票吧！"伊戈尔向他鞠了一躬，走向了恒记商号。

梭子家里也来了一个传话的，那是她的弟媳妇棠叶。棠叶没去篓子门口看景，是邻居家的女人去赶海，回来看到了，去讲给棠叶听。棠叶将邢昭衍两口子奉如天神，自然要维护他们的名声，就去告诉大姑姐。梭子听了紧捂心口,头冒虚汗,半天说不出话来。棠叶说:"他大姑你甭难受,那个洋鬼子肯定是跟他二姑有事。她在东北多年,辩伙的男人不知有多少,回来还能闲着?这回丢人丢大了!"梭子从心口窝抽出一只手,做着驱赶的动作:"什么也甭说了,你回去吧。"

棠叶走后,梭子弯腰抱腹走出堂屋,朝杏花住的西厢房看看,而后艰难迈步,到自己屋里趴到床上,捶打着枕头哭出声来。

梭子两顿没有吃饭,冯嬷嬷把饭菜送到床头柜上,她也没有动筷子。三板吃罢晚饭过来,问娘怎么了,他娘说不想吃,让儿子做作业去。三板就去了后院西堂屋,从书包里取出《国民课本》,哇啦哇啦念了起来:"吹吹吹,打打打。风不停,雨要下……"

下雨了,下得屋檐滴水,院里淌水。梭子去堂屋里坐着,等着闺女回家。院门没有闩,她企望着雨声中能有推门声。又想,这么大的雨,筹子会留杏花住下,不然路上淋毁了。可是,她还是坐在那里等,等。

终于,院门吱呀一声,接着又是吱呀一声,而后就是哗啦一声上闩。梭子急忙走到门口,手扶门框向外张望,只见有两个人进院,一个跑向西厢房,一个走向堂屋。

筹子进了堂屋,低头用手撸头发上的雨水。梭子瞪眼咬牙,扯着妹妹的一绺子湿头发顿了顿,压低声音却满怀怨恨:"好好的闺女,叫你给带坏了!"筹子从姐姐手中抽出头发,直起腰反驳:"怎么是我给带坏了?哪个小嫚都一样,到了季节自然开花。你闺女为什么叫杏花?还不是因为你的季节到了,跟俺姐夫风流一夜生了她?"梭子听妹妹说到当年,又羞又恼,去她腮上拧了一把:"胡说八道!我是我,杏花是杏花!"筹子捂着腮问:"不一样吗?"梭子说:"不一样,就是不一样!我是要饭丫头出身,一心想找个好男人过好日子,见了好男人就想抢到手,不管不顾。杏花不一样,她是大户人家的闺女,要讲名声。办了丑事,坏了名声,叫我怎么跟她爹交代?"筹子说:"怎么没法交代?我已经都揽到自己身上了,跟外人说黄毛是去找我的。这样,坏名声算我的,好名声算你跟俺姐夫的,中不?"

听到这话,梭子仰脸长叹。筹子说:"姐,我这衣裳都湿透了,还不找干的给我换上?"梭子就和妹妹去西堂屋,取出自己的一身衣裳给她。

梭子又冒雨去了西厢房。屋里黑咕隆咚,她摸索着走到床边,摸到了闺女那张湿漉漉的脸。梭子用指头戳着她额头,恨恨地道:"杏花你作死呀!你作死呀!"杏花带着哭腔说:"娘,我就是作死,死也情愿!"梭子道:"你就是死,也不能叫你爹丢人现眼呀,他现在是个大人物了,你不知道?"杏花说:"怕什么,他又不是没有丢过人,当年你是怎么进的邢家大门?"梭子听闺女这么说,满屋的黑暗也遮不住她的羞。她在黑暗中急喘几口,又说:"我跟你爹,是中国人找中国人,你跟伊戈尔算什么?"杏花说:"也是中国人找中国人。他生在哈尔滨。"梭子说:"可是,马蹄所的人不知道呀,只看到了他的一头黄毛。"杏花说:"黄毛怎么啦?我喜欢!"

梭子说服不了闺女,叹息道:"唉,你还是管住自己,老实一点吧。你姨已经大包大揽,把臭屎抹到了自己身上。就这么着吧,千万甭叫你爹知道,他知道了会掐死你。"

杏花不再吭声,梭子就离开了这里。回到西堂屋,筹子已经躺下,她也脱衣上床。姐妹俩无话不谈,说了半夜。

第二天一早,筹子走了,但她回家后倒头就睡。上午有人照常去买凉粉,却没有见到她,空手而归。有人诧异,打听原因,别人就将昨天在筹子家发生的事情讲给他听。这人听了再讲给别人,让这件绯闻不胫而走。还有人去灯塔那里看黄毛长得咋样,见不到就向老贾和艾凡打听,搞得他俩不胜其烦。贾里德只好去了一趟青岛,向海关报告此事，让海关另派一人。海关从大公岛灯塔那边调来一位二等值事人。这是个英国佬，叫布雷恩，三十多岁，长了一脸雀斑。

几天之后，箩子又去捞石花菜做凉粉，摆摊卖时，灯塔那边无人去买。有人见她频频向灯塔瞅，直截了当告诉她，伊戈尔被开除了。听了这话箩子手抖，把一块要递给买主的凉粉抖到了地上，只好重新给人家割了一块。

卖完凉粉，箩子去了姐家。院门又是反锁着的，冯嬷嬷过来给她打开。箩子到了堂屋，看看门外无人，就跟姐小声说，伊戈尔走了。梭子欣然道："走了好，走了就清净了！"箩子说："你先别跟杏花说，她知道了会发疯。"

不知情的杏花平平静静，除了吃饭，不出西厢房。梭子觉得奇怪，就去看她干啥。见杏花手拿绣框，在框上绷起的一块蓝布上飞针走线。线是黄的，落在布上已经成了一座灯塔，灯塔放射着一道道光芒。梭子说："以前，叫你绣花你就烦，今天怎么偷偷绣起来了？"杏花大大方方道："这不一样。我是绣给伊戈尔的。他给我画了像，我想给他绣像，可是不会绣，就绣灯塔，灯塔就是他。"梭子见闺女如此痴情，不好多说，就转身走了。

又过了几天，院门被人拍响，冯嬷嬷去开门。柿子慌慌张张走进来，后面跟着她的儿子、儿媳和两个小孩。梭子和杏花都走出屋子，问他们怎么来了。柿子说："了不得了，要来马子！"

梭子吃惊不小，忙问哪里来的马子，柿子的儿子粉团说："听说是刘黑七，带了两万马子，从沭河西边过来，一路杀人放火抢钱，还糟蹋妇女。听说他们到了俺二姨的吕家山，没攻下围子，就往海瞰这边来了。俺娘说，先到姥娘这边躲几天。"梭子说："那就住下吧，住到马子退了再回去。"说罢让他们到堂屋坐。柿子说，去俺娘那边吧，接着去了后院。老太太见了他们格外亲热，听说是来躲马子，大骂了一通刘黑七。梭子叫冯嬷嬷赶紧办饭给大姑姐一家吃，又让粉团去商号叫他爹，中午过来一块吃饭。粉团拔腿就走，杏花说，我跟俺表哥一块儿去。梭子瞪她一眼："不用你去！"杏花将嘴一努，回自己屋里了。

于嘉年来了，他安慰老婆孩子不要怕，到马蹄所住着就安全了。粉团说他下午回家住着，把家里存的粉皮粉条卖光了再来。于嘉年嘱咐他千万小心，马子来了赶紧往这边跑，粉团答应着。梭子问："马子要来，还有人买粉皮粉条？"粉团说："有，我到城里卖。城里进不去马子，那些人该吃吃，该喝喝。"

粉团走后，柿子就跟儿媳妇和孙子、孙女在后院住下了。她跟娘一起睡堂屋的大炕，儿媳妇带两个孩子住在西厢房里。柿子见冯嬷嬷一个人做饭太忙，就跟儿媳妇去帮厨。吃饭的时候，柿子感叹："哎呀，要是不用躲马子了，一天吃一顿也情愿！"

五天后，粉团一早就来了，一来就嚷嚷：毁了毁了！问他怎么了，他说，海矐城叫刘黑七攻下来了。他那天去城里卖粉皮，听见外边打枪放炮，还有炮弹落到城里炸死人，炸塌屋。他躲进一家杂货铺，老板说，没事，正规军能攻下海矐城，马子是攻不下来的。哪知道，下半夜马子就进了城，到处放火，把整个县城都照亮了。当兵的，当官的，老百姓，都从东门往外跑，他也跟着跑出来了。

听他这么说，一家老小都慌了，说海矐城都挡不住马子，马蹄所能挡得住？老太太却摆着手道，不用怕，马子来不了。几百年来，马蹄所从来没有马子敢进来。粉团问姥娘，这是什么缘故，姥娘说，因为马蹄所的地形好，像一个大马蹄子，三面是海，只有西北角跟陆地连着。如果有马子进来，会叫官兵堵在里面。听老太太这么说，大家才稍稍放心。

过了两天，有人敲门，冯嬷嬷开门后发现，邬屠子带着两个陌生人站在外面。邬屠子在西门外摆摊卖猪肉，冯嬷嬷认得他。邬屠子抹一把额头的汗，指了指左右两个人："他俩是刘司令派过来，送信给邢经理的。到了西门外,叫我带着过来。"右边一个长着络腮胡的问:"邢经理在家不在家?"冯嬷嬷说:"不在,他长年在青岛。"那人掏出一个信封递过来:"赶紧找人送给他!"说罢和他的伙计转身走了。冯嬷嬷捏着信封,小声问邬屠子:"哪个刘司令?"邬屠子说:"刘黑七呀!我杀猪不眨眼,他杀人不眨眼。"冯嬷嬷吓得浑身筛糠:"俺那皇天神,是他呀?他给经理写信,要说什么事?"

梭子、三板和粉团等人都站到了院里。冯嬷嬷急忙把信递给三板叫他念,三板打开信封,掏出信纸,大声念道:

邢昭衍大老板:

见字如面。

二十一年前,咱在青岛港扛大包,海瞰帮欺负咱,你这狗杂种捣了咱两皮锤,咱身上疼了好几天。咱是记仇的,有仇就得报。可是咱宽宏大量,不再还你两皮锤,你给咱十万大洋就行了。这钱,咱得买枪买炮,防备日本鬼子过来。你有好多火轮船,身价百万,应该不在乎这十万吧?你在青岛是吧?咱宽限你,限你三天之内送到海瞰县政府咱的司令部,三天送不到,甭怪咱动手。等到咱指挥千军万马踩平马蹄所,杀光你全家,你后悔也晚了。

鲁南救国军总司令刘桂棠

梭子还没听完就蹲下了,捂着脸连声哀叹:"毁了,毁了。"三板说:"这个大土匪太狠了,俺爹当年捣他两拳,他今天要俺十万大洋!"柿子向门外推着粉团:"赶紧叫你爹发电报,叫你姑夫回来!"粉团立即去了。

因为邬屠子透露了消息,马蹄所人心惶惶,都在议论这件事,担心邢昭衍拿不出钱,马子会祸害马蹄所。一些头面人物都去找区长,问区长怎么办。区长说,刘黑七心狠手辣,这些年来在鲁南不知攻下了多少围子,杀害了多少人,糟蹋了多少妇女。韩省长一次次派兵围剿,都没把他剿灭,气焰更加嚣张。现在连县城都在他的手里,踩平马蹄所绝不是一句空话。按常规,县长撤离了海瞰城,应该向省政府求援的,可是救兵再快,三天内也不可能赶到。现在唯一的希望,就寄托于邢经理了,他如果不想办法叫刘黑七改变主意,马蹄所官民只能玉石俱焚了!

说罢,区长亲自去邢昭衍家中,向他的家人询问消息。听说于嘉年已经给邢昭衍发了电报,区长说,我们就盼望他回来啦!离开邢家,他又从西门内登上城墙,向县城方向瞭望。望着望着脸色大变,因为他看到大群马子像蝗虫一样向这边涌来。他一声不吭急急下去,回自己家中收拾金银细软,让老婆孩子坐船去雒镇躲避。老婆让他也走,他说,我是一区之长,必须与马蹄所共存亡!说罢这话,与家人挥泪相别。

尽管区长没走,但是他的家人跑掉,也引发惊慌,人们纷纷效仿,坐自家的船或者雇别人的船仓皇出逃。前海一片混乱,发生了好几起船只相撞事件,多人落水。碌碡看到这个情景非常生气,召集手下的几十个苦力说,区长叫家眷带头跑,老百姓怎么办?所有的船都用上,还能拉走多少人?咱们都去西门,跟马子拼了!苦力们群情激愤,操起舢板上的橹和篙随他走了。到了那里,发现城墙上站了好多人,都在眺望西北方向。碌碡跑上去看看,原来大队马子正在周家庄前边的打麦场上安营,已经支起帐篷,埋锅造饭。有人说,他们是在这里等邢一杠送钱呀!

马子在所城西北等邢昭衍,马蹄所的好多人则去所城东门上等他。等到天黑,两边都没有动静,灯塔却照常亮起来,给了人们一丝慰藉。但有人说,在周家庄那里,是看不见灯塔光亮的,他们已经吃饱了饭,养精蓄锐,准备来马蹄所大开杀戒。一些人赶紧走下城头,回自己家中,打算跟亲人们死在一起。

战战兢兢等到半夜,只听东边海上"咚咚咚"响了几声,西北方向接着响了几声,有几根雪白的光亮射向天空并扫来扫去。那光亮忽高忽低,高时照亮云彩,低时照亮树梢。有明白人上街大喊:"这是探照灯!来军舰啦!"闻听消息,全城一片欢呼。有人还跑到东边城墙上看,看到探照灯一共四盏,来自两条大船。有人向那边高喊:"再打几炮!轰走马子!"但那边听不见,只用探照灯扫。有人说,刚才那几炮,也许就把马子吓跑了。

梭子、柿子与各自的孩子也在院子里抬头看,灯光扫来扫去,一张张脸转来转去。突然,院门响了,三板大声问:"谁?"外面的人说:"三板,开门!"三板一蹦老高:"俺爹回来啦!"

和他爹一起回来的还有姑夫。二人走进堂屋,大家围着他们,眼中泪花闪闪。梭子问:"他爹,是你搬来的救兵?"邢昭衍点点头:"是。"

他喝光一碗姐姐端来的热茶,讲了他求救的过程:"我接到姐夫的电报急坏了,心想到哪里弄来十万块钱?再说,土匪贪得无厌,永远也喂不饱。我拿定主意,叫市长派兵过去,马上去了市政府。找到老同学翟良处长一说这事,翟良领我去见沈市长。市长听后想了想,说刘黑七到了海㻒,他没有韩省长的命令,不能在海㻒登陆剿匪,但可以派军舰把他赶走。于是下令,派'海圻''海琛'两舰马上开到海㻒海域,向土匪示威。接着,翟良安排一辆小轿车,把我送到大港海军码头,上了海圻号。两舰升火发动之后,用最快的速度行驶,十一点就看到了马蹄所的灯塔。"

说到这里,杏花拍手道:"咱们的灯塔真管用!"

邢昭衍点点头:"接下来的事你们就知道了,打炮,用探照灯吓唬。"

粉团说:"估计能把马子吓跑。我到西边城头看看。"

531

冯嬷嬷拿来煎饼咸菜，邢昭衍和姐夫正吃着，粉团跑回来兴奋地报告：马子撤了，城头上的人说，一个时辰之前，马子营还亮着灯，现在那边一片漆黑。

三板说："马子走了，也可能再来。爹，你把俺这些人都带到青岛吧！"杏花立即向他瞪眼："到青岛干啥？俺不走！他们知道咱爹能搬兵，不敢再来了。"杏花奶奶说："不走，俺死也死在马蹄所！"梭子说："娘，咱们都不走。"邢昭衍："娘你放心，马子不会再来了。"

说着说着，天就亮了。邢昭衍和于嘉年到西边城头看看，周家庄前面果然清清净净，麦场上没有一个人影。他们又转到所城东北角，向海上停泊着的两艘军舰挥手致意。那边可能看见了他们，有人挥舞小旗，并有汽笛声响起。邢昭衍看着那边说："咱们应该当面道谢。你柜上还有多少现洋？"于嘉年说："有两千。"邢昭衍说："赶紧回去取出来，咱们坐舢板过去。"

他们带钱去了那里，先后登上两艘军舰，向他们表达谢意，奉上大洋请舰长"笑纳"。海圻号舰长收下，派两个侦察兵跟随邢昭衍上岸打探消息。下午，侦察兵回来报告，土匪已从海疃城撤离，两舰军舰便向青岛驶去。

这天晚上，姜区长派人把邢昭衍叫到区公所，感谢他请来海军，把土匪赶走。但他又说："刘黑七走了，说不定还有刘黑八、刘黑九过来。咱们应该组建民团，配备武器，同时把四个城门安上，如果再有土匪来袭，可以抵挡一下，给救援争取时间。"邢昭衍说："区长高见，我也觉得必须有自己的武装。我明天晚上召集商会会员开会，您去讲讲，动员大家出钱出人。"区长说："可以，光是商会出人还不行，要让马蹄所的青年都加入民团，轮流值班。"邢昭衍说："为了吸引他们，值班人员应该领一点补贴。"区长说："可以。"

第二天上午，邢昭衍让于嘉年派人下通知，请马蹄所商会会员晚上八点到区公所开会。邢昭衍提前过去，区长说，今天到县政府开会了。县长在会上讲，他撤离海甽前给省长发电报，报告了海甽匪情，请省长火速解救，省长就给青岛沈鸿烈下了命令，让那边派军舰过来，吓跑了刘黑七。区长说完问邢昭衍："你信不信？"邢昭衍一笑："姑妄听之。"

马蹄所几十位船行、商号的老板陆续来到，在院子里坐成一片。看看时间到了，邢昭衍请区长讲话，区长就讲了马蹄所刚刚经历的匪临城下，赞扬了邢昭衍的搬兵解围。他说，为了马蹄所以后的长久平安，应当尽快组建马蹄所民团，希望各位老板慷慨捐款。

姜区长讲完，邢昭衍带头表态，支持区长的英明决策，捐款五千。受他的感召，先后有十多人报数，有两千的，有一千的，有几百的，有几十的。区公所文书统计一下记录的数字，共两万三千七百二十元。也有一些人无动于衷，区长劝说道，这不是过去宿大仓之流向大家搜刮钱财，是出钱建民团看家护院，拿多拿少都是一份心意。听了区长的话，又有一些人报了捐款数字，总数达到了两万八千六百四十五元。区长很高兴，向大伙感谢一番，要求捐款人三天内兑现。邢昭衍提议，这笔钱由区公所代管，由大家推选几个人组成民团理事会，凡是重大事项，由区长审批。有人说，不用推选，你们三个会长就是理事会，邢经理当理事长就中。区长说，我也同意这个提议。邢昭衍却说，不行，我多数时间在青岛，难以履职。但我可以推荐一个人代表我参加理事会，他就是跟了我多年、会武功的周连明。商会副会长侯达顺说：我知道小周，有本事，会武功，我建议不光叫他进理事会，还叫他当团头。大家鼓掌同意。

邢昭衍第二天发电报，把小周召回，向他交代了这事。小周说："感谢经理重用。可是，这是马蹄所的民团，我是周家庄的，有资格当吗？"邢昭衍说："明天让我姐夫给你在城里买几间房，你把全家搬来住，不就有资格啦？"小周眼圈红了："谢谢经理，您放心，我一定当好这个团头。"

民团理事会最终收到捐款两万一千五百元,小周打算,用一半买枪弹、装城门,另一半留着发值班费。征得邢昭衍同意后,他跟随侯老板的一条大风船,去上海买来二百支"汉阳造"和几十箱子弹。民团理事会在马蹄所到处张贴广告,招收团丁,有三百多人报名。经过挑选,录用一百八十名,编为六队,各设队长。小周带他们学习打枪,操练武艺,每天轮流站岗巡逻。城门也请木匠做好安上,枣红色的门板厚重而结实。四个城门,每晚九点关门,早上五点开门,城头上则有扛枪的团丁来回巡逻。

这样一来,住在城外的人睡不踏实,纷纷进城,或在亲友家借住,或是租房。梭子担心妹妹,说秋天水凉,你别去采石花菜做凉粉了,到我家住着吧。簩子高高兴兴答应,说到底是亲姐,把俺的死活放在心上。她每天都在姐姐家,帮姐姐干活,晚上就去西厢房与杏花一床睡觉。每个晚上,二人都是唧唧咕咕说到半夜。

第三十八章

邢昭衍家的饭桌边冷清起来。很长一段时间，柿子领着媳妇和两个孩子在这里住，于嘉年有时也过来吃饭，后来又多了个筹子，饭桌边有十多个人围坐，边吃饭边拉呱，热热闹闹。饭屋与锅屋相通，冯嬷嬷端菜添饭，来来回回。她六十多岁了，腿脚已经不太灵便，嘴巴还是灵活得很，或说笑话或嘲弄自己，让大家觉得开心。但是腊月初十这天，柿子却说，她一家要回五里铺住。梭子让大姑姐在这里过年，她婆婆挥着手说："走吧走吧，闺女哪有在娘家过年的！"梭子只好说："那就听咱娘的，你回去住，听到风声再到俺家。"柿子答应着，感谢弟媳妇这几个月对她一家的照顾，接着到商号向于嘉年说了这个意思，于嘉年就雇一辆驴车，把她们送了回去。

两天后，饭桌边又少了杏花。这天中午，老太太看看面前只有梭子、筹子和三板，就问："杏花为啥不来吃饭？"梭子面现尴尬："杏花这几天没胃口，不想吃。"老太太火了，用下巴将瘿脖子压出一圈赘肉："不吃也到这里坐着！"筹子便起身去叫杏花。

杏花来了，精神萎靡。冯嬷嬷给她端来一碗小米粥，她喝了两口突然停下，捂嘴现痛苦状。她奶奶关切地问："怎么了？恶心？"杏花点点头，问冯嬷嬷："我想吃生萝卜，有没有？"冯嬷嬷急忙说："有，我给你拿。"遂跑到锅屋，切来青绿的一段。杏花接到手咬一口，咯楞咯楞大嚼。老太太看着她，老眼里现出惊疑。她颤巍巍起身,指着梭子和筹子道:"恁姊妹俩到我屋里。"姊妹俩对视一眼,搀扶着老太太去了堂屋。

进屋坐下,老太太看着面前站着的姊妹俩,声色俱厉:"恁俩人跟我说实话,杏花是不是惹出事了?"梭子摇头道:"她没事。"老太太用左手猛拍一下八仙桌:"还说没事!我是愣子?连这个都看不出来?"梭子就向她跪下了:"杏花……她嫌饭了……""嫌饭"是怀孕的婉称,老太太听后又拍一下桌子:"真是什么娘养什么女!当年你勾搭俺昭衍,如今杏花又勾搭野男人!跟我说,野男人是谁?"筹子陪姐姐跪下道:"大娘,是看灯塔的一个青年,长得不孬。"老太太更加气恼:"啊?洋鬼子?"筹子说:"伊戈尔不是洋鬼子,是中国人。"老太太道:"我听说,看灯塔的都长着黄毛,长黄毛的就不是中国人!你姊妹俩说说,这事怎么办?反正不能叫杏花跟着长黄毛的,那样的话,我这张脸,她爹那张脸,往哪里搁?以后出门,脸上得蒙一张狗皮了!"筹子说:"大娘,杏花想跟那个青年也没法跟了,他叫看灯塔的头头开除了,跑得没有影儿了。"老太太说:"那就赶紧给杏花打胎,恁大娘有办法,快找她去!"梭子早就知道,昭光他娘有打胎偏方,但是很毒,十个吃药的有四五个死掉,等于赌命,就咬咬牙道:"我宁可自己死,也不叫杏花冒那个险。"婆婆思忖片刻说:"那就找个主,叫她出门子,反正不能叫她把孩子生在咱家里!"梭子说:"嗯,我去找媒人。"说罢起身,与妹妹去了前院。

姊妹俩商量,给杏花找主,必须先让她点头,就一起去了杏花屋里。杏花正坐在被窝里,手里拿着自己绣的灯塔痴痴地看,见她俩来了,急忙将绣品往被窝里掖。梭子装作没看见,坐到床边,说了给她找婆家的打算。杏花一笑:"好呀,叫俺姨去问问伊戈尔,什么时候娶俺?"筹子说:"他早就走了,怎么娶你?"杏花圆睁杏眼:"走了?他去哪里了?"筹子就把伊戈尔被老贾开除,坐船走掉的事说了。杏花连连摇头:"我不信,我不信!他跟我好成那样,不会扔下我就走了。"梭子拍打着她的头顶道:"傻丫头,这是真的,你怎么不信呢?"杏花说:"我去看看,我去找他!"说罢下床,光着脚丫向门外蹿。筹子将她扯回来:"要去也得穿袜穿鞋吧?"杏花就气呼呼坐下穿鞋。梭子对妹妹说:"你陪杏花去看看吧,不然她不死心。"说罢一声声咯着气,去打开门锁。

杏花一出家门就脚下生风,筹子要一溜小跑才能跟上。到了灯塔,杏花直奔伊戈尔曾经住过的房间,然而敲了敲门,见一个满脸雀斑的洋人走出来,立即愣住。那人问她一句,她听不懂,贾里德从厨房里出来,什么也不说,只是挥手驱赶。筹子过去牵着杏花的手往回走,小声道:"这回信了吧?"杏花问她姨:"伊戈尔叫老贾撵走了,你怎么不早告诉我?"筹子说:"我不忍心叫你早早难受。"杏花就抱着筹子哀哀痛哭:"姨,你说我该怎么办呀?"筹子什么也不说,只是抱住她,用一只手抚摸她的后背表示安慰。

杏花哭了片刻,推离她姨的怀抱,转身望着海上。海上停着一艘小火轮,正在下客。她说:"我找伊戈尔去。"筹子说:"想找你就去。我回家拿钱给你买票。"杏花说:"不,得快一点,我去找姑夫借。"说着就往恒记商号走。筹子追着她说:"真要去,也得回家拿几件衣服。"杏花摇头道:"不,要是回家,俺娘会拦着我。"筹子说:"那我陪你去青岛。"杏花说:"不用,青岛我去过。"筹子说:"不让我去也行,好在你爹在那里,你找不到伊戈尔,就找你爹。"

二人就去了商号。于嘉年正在院里指挥手下人将收购的花生堆垛,见到她俩走过来,问有什么事。杏花说,想去青岛玩几天,坐今天的船走,让姑夫给她一张票。于嘉年带着一脸疑惑问筹子:"妹妹,这孩子要去青岛,她娘知道不?"杏花不耐烦了:"甭管她知不知道,你赶紧给我一张票,票钱你先记着账!"于嘉年点点头去了票房,很快回来给她一张。杏花接到手道谢一声,撒腿向外跑去。于嘉年向筹子递了个费解的眼神:"你快跟着杏花!"

箩子急急走出去,杏花已经跑远。箩子追到龙神庙,杏花正在水边随一些人上船,她舅碌碡站在那里检票。杏花把票递给他,他看了看,说了一句什么,杏花就蹿到驳摇子旁边往上爬,被她舅一把扯住拽了回来。看到箩子来了,碌碡将杏花往她面前一推:"二姐,你快把咱外甥女领回家去!"箩子见围观者众多,大声说:"这孩子想去青岛看她爹,她娘怕她晕船不叫去,她非去不可。杏花,既然你舅劝你回去,咱就回吧。"随即把杏花扯走。

　　走到龙神庙旁边,杏花瞅着恒记商号的方向恨恨地道:"于嘉年,你拿一张旧船票糊弄我,你不是人!"箩子说:"你姑夫是为了你好。"杏花说:"为了我好,就得叫我找到伊戈尔!姨,你快给我想想办法,我怎样才能去青岛?"箩子说:"我也想不出办法,你姑夫,你舅,这两道铁门关就把你拦住了。"杏花站下,望着西江里拴着的一些风船,眼睛一亮:"轮船坐不上,我坐风船。听我爹说,他当年多次在青岛雇风船回来,我也雇一条去青岛!"箩子想了想说:"这是个办法,不过风险太大。"杏花说:"就是死在路上,我也心甘情愿!"箩子见她一脸决绝,心生感动,让杏花到她家再仔细商量。

　　走进姨家,杏花呆立炕前,"哇"地一声哭道:"伊戈尔呀,伊戈尔呀,你怎么扔下我走了呢?你这个杂种羔子,心真狠呀……"箩子坐在门边让她哭,过了一会儿,杏花的哭声小了,箩子走过去扶着她的肩膀说:"孩子,你哭也哭了,骂也骂了,打算怎么办?"杏花转身向她跪下,抱着她的腿道:"姨,我的亲娘姨,求求您帮我,给我雇一条船!"箩子寻思片刻说:"好吧,我帮你。我去西江找船,你在这里等着。"杏花问:"你有船钱?"箩子拍拍衣兜:"我身上有几个大洋。"

　　箩子到了西江那儿,沿着芦苇间的一条小路走到水边,见这里拴着五六条丈八船,一个身材高大的年轻人正在其中一条船上补篷。箩子认出,这人诨名叫"大马古",身材像大马古鱼,曾多次买她的凉粉。她招招手叫他过来，大马古就跳下船走近她。看到他壮实的身板，裸露着的紫黑胸膛，篓子的心竟然怦怦急跳。但她很快平息自己的情绪，问他去没去过青岛，大马古说，去过。篓子与他商量，能不能送一个人去青岛，她出三块大洋。大马古说："三块大洋不少。可我问你，这人是谁？要是个坏人，我可不去。"篓子看了看周围小声道："放心，不是坏人，是我外甥女。"大马古一脸惊讶："杏花？她家有火轮船，为什么不坐？""她有急事去找她爹，没赶上轮船。"大马古点点头："明白了，明天我送她去，东拨白的时候，到前海上船。"篓子说："甭到前海，就到这里。"大马古说："中。"篓子从身上掏出三块大洋给他，让他不要对别人说这事，大马古又说："中。"

回到家里，篓子说已经找到船了。杏花脸上现出笑容："好呀，那就赶紧走呗？"篓子说："天快黑了，不怕海上夜叉把你吃了？你安心在这里住一宿，我去跟恁娘说一声。"她随即去姐姐家里，说杏花知道伊戈尔真的走了，很伤心，叫她在南门外住一夜。梭子说，你跟她好好说说，叫她死下心，趁着肚子还小，不显怀，赶紧找个主嫁了。回来把这意思和杏花一说，杏花哼哼冷笑："我已经有主了，他已经给我孩子了，怎么能找别人？"

杏花和她姨一夜无眠。二人都觉得，这是相处的最后时光了，躺在一个被窝里说个不停。篓子推心置腹道，咱女人呀，一辈子不知会经历什么事，不知会经历多少男人。有句老话说，房屋是量人的斗，女人是渡客的船。一个女人，身上有多少男人来往，都说不定。杏花说，反正我这条船，只叫伊戈尔一个人上。篓子说，到了时候，由不得你自己，随缘任运吧。

到了下半夜，篓子一次次出去看星星，唯恐晚了时辰。她看到"三星"一次比一次更往西去，便去擀面烙了三张油饼，让杏花吃下一张，另外两张用笼布包好，让她带着，又给她两个大洋做零花钱。

再出去看星,见明亮的"三慌慌"已经从东边海上升起,进屋对杏花说,要拔白了,快走!

到了西江边,东方的海天相接处出现鱼肚白,大马古也像一条马古鱼一样从船舱里蹿出来,跳到岸上。箩子说:"俺外甥女就交给你了,愿你们顺顺利利。"杏花叫一声姨,哭着要给她磕头,箩子赶紧把她扶住:"快上船,快上船。上了船到舱里蹲着。"杏花便擦擦泪往船头走,不料脚下泥滑,差点摔倒。幸亏大马古把她扶住。大马古顺势将她托起,踩着泥到了船边,把她放进一个舱里。而后,他上船抄篙插到水里一撑,船就走了,杏花与她姨挥泪告别。

见姨被一片芦花挡住,杏花就蹲到了舱里。蹲了一会儿腿麻,她见脚边有一床破被子,就坐在上面。坐了一会儿觉得冷,又将破被子围在身上。闻着被子上的腥臭之气,杏花自艾自怜:我一个大户人家的小姐,怎么到了这么一条小破船上,是不是有点下贱?但她想到自己是去找心上人,马上又原谅了自己。

在姨家一夜没睡,此时困意上来,杏花便歪在舱里进入梦乡。梦中,灯塔光芒万丈,伊戈尔英俊无比,二人相处的快乐无法言喻。

后来让尿憋醒,睁眼打量一下,才想起是在船上。抬头看看,有多块补丁的篷帆让风吹出一个凹面,天空雾蒙蒙的。探头瞅瞅,大马古坐在船尾,一手掌舵把,一手扯篷绳。他穿一身破旧的夹袄斗裤,加上脸黑手黑,简直像个铁人。她想,跟一个大男人在船上,怎么撒尿?在舱内看来看去,发现角落里有一个大铁壶,里面装着水。还看到了一个木瓢,拿来闻见一股臊味,猜出了用途:打鱼的在舱里懒得出去,就用它接了尿泼出去。她觉得害羞,却难以控制小腹内的膨胀,就退下裤子摸过瓢,排空了自己。系上裤子,犹豫再三,决定泼掉。她不敢露头,只是举起瓢倒向船帮外面,不料风太大,竟然吹回一些洒到她的脸上身上。大马古在船尾哈哈大笑:"泼尿也不看看风向?"杏花羞愧难当,擦擦脸上再不敢露头,像一只惹祸的小猫蜷在舱里，蜷一会儿又睡着了。

再后来，杏花听不见篷响，抬头看看，篷已经耷拉在桅杆上，船尾响起吱吱呀呀的摇橹声。探头看看，前面有陆地，有海岛，就问："到青岛了？"大马古说："没有，要来大风了，到唐岛湾避风去。"杏花蹲到舱里想，他会不会骗我？

想到这里心中不安，就一次次露头向外看。发现左右都是陆地，便知道进唐岛湾了。见这里水平如镜，她扬起脸质问："风呢？你说的风呢？"大马古边摇橹边说："快来了，快来了。"杏花板着脸警告他："你要是哄我可不行！"大马古向海上一指："你看看那些海猫子、海燕，都从海上回来躲风了。"杏花看了看，果然有许多海鸟低空飞翔，还有一些落在岸上岛上。

大马古放下橹，到桅杆旁将篷扯下。杏花问："这是干啥？"大马古一边捆扎一边说："干啥？救命！大风来了不消篷，一家伙把咱们刮到朝鲜！"杏花见他说得有趣，便放松了警惕笑道："去朝鲜也好，看看那里什么样子。"大马古向她一挤眼："不找你那一个儿了？"杏花的心头一颤："你怎么知道我要找他？"大马古皱一下鼻子："你跟他的事，马蹄所谁不知道？我还听说，昨天你想坐火轮船，叫你姑夫你舅拦下来了。你姨找到我一说，我就猜出来，你要私奔。"杏花尖声尖气道："谁要私奔？谁要私奔？"大马古拍打一下自己的嘴唇："我说错了，我要私奔，行了吧？"杏花又让他逗笑了："你要私奔？跟谁呀？"大马古说："跟你！"杏花摸起舱口旁边放着的竹篙要捅他，大马古却往西北方向一指："风来了！"说罢匆忙跑到船尾，猛摇大橹。

杏花转脸看到，西北天黄乎乎的，像挂了一面巨大的帷帐。那帷帐很快变高变阔，海湾里的鸟儿一片惊叫。大马古拼命摇橹，船向一个小岛驶去。眼看岛子越来越近，落在树上的鸟都瞧得见了，突然树摇鸟动，风声大作。像一股看不见的冷风妖怪猛扑过来，将杏花的耳朵尖咬了一口，她赶紧往舱里一蹲，用双手护住。她想，大马古没哄我，大风真的来了。

此刻，船晃得厉害，杏花害怕了。她多次听爹讲过，他十八岁的时候从青岛回家，遇上大海风，死了七八个人，只有爹和小周幸存。杏花想，我不想死，我得活着去找伊戈尔。风声呜呜，橹声吱吱。杏花露头看看，见大马古迎着风奋力摇橹，脸色铁青，浓眉拧成一线。忽然，"咚"的一声，船身一震，原来是靠岸了。大马古放下橹，到船头扯起缆绳腾空一跳，到岸上把船拉近，拴在水边一棵树上。见他蹲下身直喘粗气，杏花说："大马古，你累坏了。"大马古仰起脸道："累点不要紧，只要不去朝鲜。"杏花笑了笑说："外边冷，你到舱里暖和一会儿吧。"

大马古起身，刚要往船上跳，却又转身走向树林。杏花问："你上哪？"大马古说："我不能跟你尿到一张瓢里吧？"听他这么说，杏花羞得不行，想到大马古回来，她撒尿不方便，急忙跳到舱里又用了一回木瓢。往外倒的时候没出意外，因为风让岛子挡住了。

等了一会儿，却不见大马古回来；再等一会儿，还是不见他从树林里露头。她想，他这一泡尿，得尿多久呀？此时岛上树木狂舞，每一棵树、每一棵草都在尖叫。杏花心生恐惧，忍不住喊了起来："大马古！大马古！"但是，岛上全是风声没有人声。杏花缩回舱里，浑身发抖。

"咚"的一声，船身一晃。杏花露头去看，见大马古已经跳上船头，便埋怨道："你怎么才回来呀？"大马古说："我上岛转了一圈，看看有没有人在这里住，咱们借住一宿。可是一个人也没见到，连一间破屋也没找着。"他哈一口气暖暖手，接着说："这也难怪，没人敢在岛上住。"杏花问："为啥？"大马古说："我六年前在裕实商号的黄花船上当小伙计，有一回去青岛送货遇上大风，到这唐岛湾避风，不过没靠这个岛，去了西岸。听当地人讲，八百多年前，这里打过一次海仗。金国在这里集中了几百条船,几万水兵,打算南下打杭州。没想到一个叫李宝的宋朝大将带几千人过来,学诸葛亮用火攻,把金国的船全都烧毁,几万水兵死在了这里。他们说,这片海上至今还能看见鬼火,听见鬼哭。"杏花吓坏了,让大马古赶快离开这里。大马古说:"天快黑了,风也没歇,能去哪里?先吃东西吧。"说罢进了前舱。

杏花中午看到,大马古是一手掌舵,一手拿着煎饼吃的。而她因为晕船,加上嫌饭,啥也没吃。此时觉得饿,就拿出了那包油饼。想到应该酬谢一下大马古,就拿一张油饼站起来喊他,等他露头,抛给了他。大马古接到手咬一口:"哎呀真香!"

杏花将手中的一张吃了一半,又一下下干哕。她提起铁壶,含着壶嘴喝两口水,索性不再吃饼。她问大马古喝不喝水,大马古爬出前舱,到这边提着壶喝了一些,又回去了。

此刻天已变黑,寒意倍增,杏花虽然裹着被子,却像浸在凉水里。听见大马古在那边咳嗽,杏花忽然想起,自己披的被子是他的,他身上现在只有夹袄斗裤。听奶奶说,打鱼人穿的这一身,汗水泡,海水浸,就成了铁打的,穿在身上冰凉。她又喊大马古,要把被子给他,可他摆摆手表示不要。过一会儿,她就听见大马古在那边打呼噜。杏花想,他一定是白天太累,才能在这样的冷夜里鼾睡。

杏花却睡不着。想到大马古讲的鬼火、鬼哭,她一次次从舱里露头,想看看是不是真有。然而海天一片朦胧,没有什么异象。

下半夜再一次露头,她看见海上有星星点点的光亮,立即吓得大喊:"鬼火!鬼火!大马古,快起来!"大马古停止打鼾,露头看看:"哎哟,还真有咪!"杏花说:"我害怕,你到我这里来。"大马古就爬出前舱,跳进后舱。杏花披着被子,牙关得得响,声音颤颤的:"鬼要是上船怎么办?"大马古说:"那也没办法,它们想怎样就怎样。"杏花更加恐惧,抖着身子直哭。大马古直起腰向外一看,突然一蹲："鬼来了！一个个青面獠牙！"杏花"哇"的一声，蹲下身去浑身发抖。

外面却迟迟没有动静。杏花问："鬼怎么没来？"大马古说："哪来的鬼呀，我吓唬你的。"杏花站起来向外瞅瞅："那些光亮，不是鬼火？"大马古说："不是，是海水上了冻，照出了天上的星星月亮。"杏花抬头看看，天已经晴了，头顶有稀稀落落的星星，天边有将圆未圆的月亮。她转过身惊恐地问："你是说，海冻住了？咱们走不了了？"大马古什么也不说，两手撑着舱口跳出去，抄起竹篙往水里捣去，每一下都发出海冰的破裂声。杏花不相信："怎么会冻成这样？"也爬出去，拿过竹篙去捣。因为力气小，没有捣透，竹篙在冰上滑了出去，她顺势要往海里栽倒，幸亏大马古身手敏捷将她抱住。杏花在大马古怀里顿着脚道："老天爷呀，这可怎么办？"大马古说："只能等到化了冻再走。""多长时间能化？""那要看老天爷的意思。"杏花看着天空大哭："老天爷呀，你可怜可怜我吧！可怜可怜我吧！"大马古说："甭哭了。外面冷，到舱里去吧。"说罢，两手卡着杏花的两腋，将她悬空提起，轻轻放进舱里。他也随后进去，蹲到杏花身边。杏花将那床破被子展开，二人共同披着，此后谁也不说话，唯有气息与体温交流。大马古忽然将被子一撩，腾地跃出舱口。杏花惊讶地问："你怎么走了？"大马古说："太热了，出来凉快凉快！"杏花明白了他的意思，心想，这是个好人，他不会对我使坏。

她蹲了片刻，起身窥见大马古在甲板上抱着膀子来回踱步，就问："凉快透了吧？"大马古说："凉快透了。"杏花说："那就再进来热乎一会儿。"大马古答应一声，又跳了进来。

二人又同披一床破被子蹲着。刚蹲了一会儿，杏花觉得恶心，低头干呕了两下。大马古问："你是不是带了？"杏花擦擦嘴问："你怎么知道的？"大马古说："我听船上的伙计讲，女人要是干哕，就是带上犊子了。"杏花嗔怪道："这话真难听。"大马古说："难听不难听的,反正你肚子里有了一个儿的儿。"杏花纠正他:"人家叫伊戈尔!"

沉默一下,大马古问道:"杏花,你上青岛能找到一个儿?"杏花用肩膀撞他一下:"又说一个儿!告诉你,我一定找到伊戈尔。"大马古摇摇头:"大海捞针,难。你上青岛不一定能找到,听说他是哈尔滨人,说不定回家了。""那我去哈尔滨找他。""你知道哈尔滨在哪里?要坐船去大连,再往北走几千里。这个季节冰天雪地,你走不到那里就冻死了。""反正我要找他,等到化了冻,你把我送到青岛,说不定他就在那里。"大马古说:"好吧,化了冻就走。"

杏花沉默一会儿,问大马古多大了,大马古说,二十六了。杏花说:"船冻在这里回不去,你媳妇肯定着急了。"大马古说:"我媳妇还不知道在哪里呢。""你还没娶?""谁愿跟咱呀。前几年我给别人当伙计,去年刚排了一条丈八船自己干,还欠着一腔账呢。"杏花就劝他不要难过,说缘分到了,媳妇就有了。大马古点点头:"嗯,我等缘分。"杏花又问他家在哪里,大马古说,在南门里头第一条胡同,进去第二家就是。

又说了一会儿别的,二人倚在船帮上睡了。睡了不知多长时间,杏花听见大马古在头顶说:"好家伙,冻成了这样!"杏花睁眼看见,大马古站在舱口,一副顶天立地的样子。她起身看看,见近处的海水全结了冰,让初升的太阳照出红艳艳的条带,两行眼泪就下来了:"老天爷呀,他真的不叫咱走啦?我的油饼剩下半张,你的煎饼也不多了吧,咱会不会在这里饿死?"大马古说:"不会,我逮鱼给你吃。"

他跳进舱里,取出一根带鱼钩的细麻绳,让杏花拿出那半张油饼,撕下一小块挂在鱼钩上。而后跳下船去,从岸边搬一块石头,在冰面上砸出一个窟窿,将鱼钩垂了下去。杏花从舱里爬出来,蹲在船上看。很快,大马古拽上来一条鱼,从钩上取下,在岸边摔死。杏花欢快地叫道:"啊呀,好大!"大马古说:"有半斤多吧,不够咱俩吃的,我再钓一条。"把鱼钩再放进冰窟窿,又有鱼上钩,让他捕获。

他跳进船舱,暖和一会儿,从角落里摸出一个小布包,从中掏出火镰、火石和一个竹筒。这一套生火家什,杏花在爷爷家见过。大马古将竹筒拔开,露出里面的纸媒子,将火石放在上面,用火镰用力敲打。火星迸散,落在纸媒上把它点燃。大马古让杏花在船上等着,说要上岛烤鱼,就手拿火媒下船,提上两条鱼走进树林。过了不长时间,树林上方飘出了一股青烟。

再等一会儿,树林里不再有烟,却有鱼香味儿飘过来。杏花忍不住下船,在树林间隙里爬坡,循味而去。前面有一处石壁,正好挡住北风,大马古蹲在那里,面前有一块架起的薄石板,石板上并排躺着两条鱼,旁边还有一些枯叶与干柴。见杏花来了,他说:"来得正好,刚刚烤熟。我吃一条,你吃一条。"杏花羞笑着蹲下,撕一块鱼肉放进嘴里,边嚼边说:"真香,大马古你有本事!"大马古做个鬼脸:"比一个儿的本事还大?"杏花说:"他有他的本事,你有你的本事。"

继续吃鱼的时候杏花想,伊戈尔的本事是会画画,会烤面包。不过,他烤的面包,我一块也没吃过,是他想不到我还是怎的?吃下半条鱼,她觉得饱了,就让大马古多吃。大马古也不客气,吃完一条再吃杏花的半条。

把鱼吃光,大马古摸起地上的几片树叶擦擦嘴,要带杏花到岛子顶上看看。杏花亦步亦趋跟他走,走到一棵大橡树下,大马古用手向她指点,西面是大珠山,北边是黄岛,东北方是青岛。杏花向那边痴痴地望着,自言自语:"伊戈尔,你到底在不在青岛呀?"大马古说:"估计他不在。要不然,老天爷怎么又刮大风,又上大冻,不叫你去?"杏花抬起头来仰望天空,眼窝里蓄满泪水:"老天爷呀,你甭这么狠心好不好?"

二人下岛，回到船边。大马古让杏花到舱里暖和暖和，他又去砸冰窟窿。杏花问："你还要钓鱼？"大马古说："我多钓几条烤熟。"他又钓上四条鱼拿走，烤熟回来已是中午。

午饭是在舱里，用煎饼卷鱼吃。吃饱之后，余香满舱，阳光斜斜地射进来，杏花觉得这个气氛好温馨，眼前的男人好亲切，一时不知道说什么好了。大马古却倚靠在船帮上，接连打起了哈欠。杏花说："你累了，睡一会儿吧。"将被子盖在他的身上。

大马古很快打起了呼噜。杏花蹲在一边看着他，有了一种依赖感、安全感。外面又是狂风呼号，岛上的落叶纷纷飞过舱口，有一片落进船舱，让她接在手中。杏花端详着这片焦黄的槐叶想，人生一世，草木一秋，人就像树叶一样，长出来又绿又嫩，很快就会枯黄、落下，被风随便刮到一个地方，无声无息地烂掉。像我，让一场大海风刮到了这里，冻在了海上，跟大马古待在一起。老辈人传下一句话："百年修得同船渡，千年修得共枕眠"，我跟大马古待在这一条船上，难道是前世修来的？不，不，我不想这样，我还是要找伊戈尔！

太阳西去，不再眷顾这个小小的船舱。风一阵阵灌进来，落叶一片片飞进来。杏花觉得身上奇冷，想钻到被子下面，却又不好意思。但她打出的一个喷嚏，把大马古惊醒了。大马古看看她说："你冻着了，快过来盖着被。"说着掀开被子的一边。杏花一下子钻进去，靠在大马古身边瑟瑟发抖。大马古伸出一只胳膊将她一揽，她的脸不得不靠在他的胸脯上。她听见了大马古胸膛里面的心跳，跳得那么急促，那么有劲儿，她的心脏竟然也有了响应，扑通扑通直跳。她想起，伊戈尔的心脏也曾这样跳给她听，心中便生出了对大马古的排斥。于是猛一挣扎，脱离他的怀抱，站起来爬出舱去。

外面还是贼冷，杏花只好进了前舱。这个舱里有一股浓浓的鱼腥味儿，肯定是放鱼的地方。现在，杏花成了里面的一条鱼，风灌进来，凉透她的身体，像要将她冻成鱼干。她抖几抖，还是冷；跺跺脚，还是冷；蹦跶蹦跶，也还是冷。

后舱有动静，接着是大马古在船板上走动的声音。杏花想，这家伙来了，他是不要祸害我？为了让他死心，她向舱外大声宣告："我生是伊戈尔的人，死是伊戈尔的鬼！"话音刚落，舱口一暗。杏花以为大马古要进来，把两只小手变作鹰爪状准备反抗，然而进来的不是大马古，是一床软绵绵、臭烘烘的被子。她的手感觉到了被子的温暖，心里却提防着温暖背后的歹意。她将被子收拢成一团，用力往外一扔。大马古在外面惊呼："毁了毁了！"杏花探头一看，那床被子被大风展开，飘飘悠悠，飞出老远才落下，平铺在冰上，像一本旧书的皮面。她迅疾地爬出去，一迈腿就到了船外，站到冰上。大马古慌忙过来用一只手扯住了她："杏花你干啥？"杏花说："我去把被子捡回来。"说着就往那边迈步。只听脚下咔嚓一声，她就掉进了冰窟窿里。大马古趴在船帮上死死地抓住她，调整一下身姿，两手并用，把她拽了上来。

杏花的衣裳已经湿到了腰部，大马古埋怨道："你怎么敢下去呢，这冻看上去怪厚，实际上撑不住人。"杏花说："把你的被子弄丢了，我想捡回来。对不起呀。"大马古说："甭说对不起，你没当成一个儿的鬼，就不错了。"杏花不好意思地笑笑："我那样说，是叫你甭祸害我。"大马古摇摇头："咳，我怎么敢呢？"他打量着她湿漉漉的下半身："湿成这样，可怎么办？"杏花说："没事。看老天爷的意思吧，他叫我活，我就活；叫我死，我就死！"说着又进了前舱。

她在舱里蹲下，感觉自己还在冰窟窿里，而且冰水很快浸透全身，让她大抖不止。后来觉得两腿抖不动，想起身活动一下，发现棉裤已经结冰，她起不来了。她突然想起，爹多年前曾经讲过，爷爷的大船失水，船老大骑着桅杆回来，跪在海滩上死去，硬了尸无法躺进棺材。杏花想，我会不会就这样蹲着死掉，死相也很难看？

她不甘心，就使劲站起。棉裤咔咔作响，她终于站直。站直了想走两步，腿上像套了两个大铁筒子，很难移动。她顺着曲面船帮滑倒身体，心想，就这样躺着，听天由命吧。

外面有动静，好像是大马古跳到岸上，一步步向岛上走去。他又去撒尿了？然而大马古回到船上，却走到了她所在的舱口。杏花睁眼去瞅，看见许多树叶落进来，急忙用手捂住眼睛道："你要干啥？"大马古说："给你送铺盖呀。"说罢走了。杏花睁眼看看，身上与身边落了好多树叶，而且不止一种。她划拉一些塞到身下，船底的坚硬与冰冷便感觉不到了。再把另外一些划拉到身上，可惜太少，只在胸口覆了一层。

大马古又来了，撒进来的树叶簌簌落下，盖上了她的身体。她心中感动，说："大马古，你也抱一些给自己当铺盖。"大马古答应一声，又上了岛。他再给前舱放两抱，又一趟趟抱来扔进后舱。

天黑了，舱里也黑了。大马古蹲到前舱口问："杏花，你怎样？"杏花说："没事。你不用管我。"大马古就去了后舱，一阵窸窸窣窣之后再无动静。

杏花却睡不着，她觉得冷，胸腔里像结满了冰，两腿像冻成了冰柱子。她浑身一阵阵剧烈发抖，口中的牙分成上下两帮直打架，身上的树叶随之瑟瑟作响。她想，要是把这些树叶子点着就好了，就可以烤暖身子了。然而树叶子没着火，她的额头却像着火了，摸一把竟然烫手。杏花明白，自己冻毁了，发烧了。

后来，心脏也跳得急促起来。她想不通：听不到大马古的心跳，听不到伊戈尔的心跳，我的心怎么会这样跳呢？睁眼看看，舱口上方的几颗星星竟然也在跳，并且与她的心脏同步，"嗵、嗵、嗵、嗵"，急急惶惶。星星不光是跳，还晃悠，还转圈儿。杏花觉得头晕目眩，就闭上了眼睛。再后来，她觉得自己从树叶堆里浮了起来，从舱口飘了出去。她在结了冰的海面上飞来飞去，想找被她扔掉的被子。飞了一会儿,被子找到了,她落到上面,被子载着她飘向大海深处。冰不见了,风也停了,周围一片漆黑……

不知过了多长时间,她听到外面有声音,船身也在震动。睁眼看看,舱口明蓝,并且镶了方方正正的金边。她明白,那是日头照亮了一圈冰霜。听那声音,"咕咚,咕咚",好像是用竹篙捣冰;响过一阵,脚步声从前面到了后面,摇橹的声音又响起来,"吱扭,吱扭"。她明白,这是大马古在破冰行船。她想起身看看,但一丝力气也没有,只好作罢。头还是晕,身上还是冷,她迷迷糊糊,似醒非醒。

再一次睁眼,看见阳光照进舱里,树叶一片金黄。破冰的声音已经听不见,只有篷竿敲击桅杆的啪啪声。杏花想,好了,到了没结冰的地方了,大马古使篷了。船晃晃悠悠,她安然入睡。

"杏花,醒醒吧!"

大马古在喊她。她想睁眼,眼皮却像铁皮一样沉重。硬把它撑起来,便看到大马古蹲在舱口向她憨笑。杏花看看身上的大堆树叶,才想起了这几天的经历。她打算起来,挣扎了几下却没成功。舱口一暗,两只穿着破草鞋冻得发紫的大脚慢慢落下,踩在了她的身体两边。而后是大马古的身体弯在她的上方,夹袄的开缝处露出他的黑亮胸脯。杏花向他摆摆手,用微弱的声音说:"你出去。"大马古说:"到了,你也得出去呀。"说罢将双手插入她的两腋,举起来用力一送,杏花的上半身便暴露在舱外。

她抬头一看,目瞪口呆。这不是青岛,是马蹄所前海。日头从朝牌山顶照过来,照亮了远处的灯塔,近处的龙神庙,以及水边正在装船的一群苦力。她急忙往舱里收缩身体,扑通一下掉到树叶堆上。

她瘫坐在那里,瞅着大马古责问:"你,你,你怎么把我拉回来啦?"大马古坐下,与她面对面说话:"不拉回来,你毁在外头,我怎么跟恁姨交代?你迷瞪了两天两夜,喊你也不醒,吓死我了!多亏今天唐岛湾的冻薄了,我敲几下走几步,敲几下走几步,好不容易才走出来!"杏花说:"你赶紧调头,再送我去青岛!"大马古瞪大眼睛:"还要去?胶州湾肯定还没化冻,进不去呀!"杏花哭了:"老天爷呀,他真不想叫我去啦?……"大马古劝她:"事情明摆着,他就是不叫你去。杏花,听老天爷的,认命吧。"杏花沉默片刻,拍打几下身边的树叶子流泪道:"认命,认命……你把俺送到俺姨家吧。"大马古答应一声,起身出舱。

"大马古!你过来!"碌碡在岸上大声高喊。杏花在舱里说:"是俺舅吧?你甭听他的,咱们去西江。"然而,碌碡开始跳着脚叫骂:"你这个狗日的,把俺外甥女拉到哪里去了?你过来,快过来!"大马古只好摇着大橹,奔他去了。

刚到岸边,碌碡就举着扁担跳上船一下下打他:"你这个狗日的,把俺外甥女拉走好几天!你甭想活了!我揍死你!我揍死你!"大马古的肩上背上挨了好几下,只好跳进后舱躲避。碌碡跟过去,用扁担捣他,他抓住后不放,二人就展开了扁担争夺战。见那扁担在船舱里一落一冒,时长时短,岸上许多人哈哈大笑。

杏花从舱里露出头说:"舅,你别打他,是我雇他去青岛的。"碌碡看见了杏花,放弃扁担指着她嚷嚷:"杏花,你还有脸回来?恁娘叫你丢死了,俺也叫你丢死了!过几天恁爹回来过年,他非把你揍扁不可!"杏花出溜到舱里,浑身发抖。碌碡蹲到舱口,伸手抓住杏花的头发往上提拎:"你快回家,跟恁娘认错!"杏花觉得头皮像要被揭掉一样,用手护着发根说:"舅你放开我,舅你放开我。"碌碡一松手,杏花又跌坐于舱底。

碌碡绕着舱口一圈圈转,一圈圈骂,面目狰狞。杏花抬头瞅瞅,把心一横,扶着船帮站起来,仰脸说道:"舅你甭骂俺了。前几天,俺娘俺姨叫俺找个主儿,俺已经找到了,这就跟他走。"碌碡问:"你找主儿了?谁?"杏花说:"大马古。"碌碡一跳老高:"啊?找了他?一个臭打鱼的?"他蹿到后舱口骂道:"大马古,你把俺外甥女糟蹋了，我叫俺姐夫回来要你的命！"大马古猛地一站，露脸反驳："你别血口喷人！我跟杏花清清白白！不信你问她！"杏花转过脸看着他道："正因为你跟我清清白白，我才打算跟着你。大马古，你要不要？"大马古满脸惊喜："啊？要！要！"杏花说："那你把我背上，到你家去。"

大马古噌地一下出舱，去把杏花提上来放到船边。他跳到船下，来到杏花跟前，双臂后伸，杏花往他身上一趴。水边的人个个吃惊，站在那里目瞪口呆。一个年轻苦力说："大马古，听说你去青岛送杏花，怎么又回来啦？"大马古说："到唐岛湾避风，海冻上了，杏花病了，没能去！"另一个苦力说："唐岛湾冻上了？你俩待在一块好几天，怪恣吧？"大马古说："嗯，怪恣！"说罢，背着杏花向所城走去。

杏花趴在大马古身上，将脸藏在他的脑后。日头已落，天色昏暗，他们走过龙神庙，走过笰子曾经摆摊卖凉粉的地方。杏花一直用眼睛余光看着东面的灯塔。看着看着，灯塔突然大放光明。杏花痛哭失声，悲悲切切冲那边叫了一声："伊戈尔……"

第三十九章

民国二十三年的一个夏日清晨,翟蕙从楼下拿来报纸放到邢昭衍的桌上时,报纸上比平时多了一张粉色小纸片。翟蕙伸手推了一下,低声道:"终于盼来了《渔光曲》,去看看吧。"说罢去了隔壁。

邢昭衍拿起纸片看看,原来是山东大剧院的电影票,时间是7月2日晚上8点。他看过报道,这部电影上个月在上海首映,引起轰动,主演王人美唱的《渔光曲》催人泪下。邢昭衍很想去看,却又犹豫不决,因为翟蕙主动买票约他看电影,这不是第一次了。三年前,山东大剧院开业时放《歌女红牡丹》,翟蕙给他一张票,他推托有事没去;去年,又约他看《三个摩登女性》,他又说晚上有应酬。之所以不去,是怕管不住自己,会戳破他与翟蕙之间的那层窗户纸。翟蕙守寡八年,一直没有改嫁,邢昭衍曾劝过她,她说不想让儿子到别人的屋檐下受冷落,并且要给孩子的爷爷奶奶养老送终。她的贤惠与节操,让邢昭衍十分感动。但他能觉得出来,翟蕙的感情已经寄托到他的身上。这些年,她除了恪尽职守当好文书和出纳,还对他知冷知热,关心备至。前几年翟蕙做中午饭给大家吃,特别照顾他的口味,每一顿都让他满意。后来船行的职员多了,邢昭衍雇了一个厨师做三顿饭,但是翟蕙管勤务,还是亲自审定菜谱。有时见他在外头奔忙回来晚了,会让厨师另做一份饭菜送到经理室。邢昭衍的衣服,都是翟蕙主动给他洗,有一回她抱着衣服往外走时,竟然低头去闻。他和她开玩笑：闻我的臭味是吧？翟蕙却说：不，好香。他不敢再接话，知道一个正当盛年的女人说出这话意味着什么。他不是不喜欢翟蕙，而是特别欣赏，欣赏她的美貌，欣赏她的素养，每次与她近距离接触，都是如沐春风，以至于梦中也经常出现她的丽影，二人竟像夫妻那样欢娱。但是白天见了翟蕙，他还是正经八百，公事公办。翟蕙在船行时间久了，一些商界友人都把她看作是经理的秘书兼情妇，因为这种事情在商界司空见惯。邢昭衍却不愿和翟蕙发展到那一步，觉得那样对不起家中的妻子。

但是，《渔光曲》对他来说太有吸引力了，他拿起电影票瞅了又瞅，捻了又捻，终于决定去看，不再让翟蕙失望。

山东大剧院在中山路，也就是原来的山东路。他在船行吃了晚饭，下楼去馆陶路，向南走一会儿就到了。剧院前面人头攒动，有买了票正在入场的，有没买上票等别人退票的，还有一些票贩子拿着票大声叫卖。邢昭衍不想早早进去，怕让熟人看到他与翟蕙在一起。直到离八点还有两分钟才进去，找座位的时候铃声就响了。他趁大家都在热切地盯着银幕看时，弓着腰到他的位子上坐下。翟蕙穿一件浅绿色丝质旗袍，眼睛瞅着银幕说："我就知道你不会早到。"邢昭衍尴尬地笑着问她："没把孩子带来？"翟蕙说："没有。他还小，看不懂这种电影。"邢昭衍扭头看看前后左右，翟蕙掩嘴而笑："有人要杀你是吧？"邢昭衍不好意思地笑了笑，一挺胸装出豪杰模样："谁敢杀我？"翟蕙说："有个人要杀你。""谁？"翟蕙往他一歪身子，凑近他的耳边道："心、中、贼。"随着一股香气扑面而来，邢昭衍感觉到，翟蕙把他们二人中间的窗户纸一下子捅破了。古人道，破山中贼易，破心中贼难。我俩今晚都揣了一颗贼心。

然而，随着电影画面的展现，邢昭衍心中的贼心退了，因为剧情将他迅速带入渔家生活。虽然这是一部默片，人物对话要用字幕显示，却没有妨碍故事的讲述。小猫小猴兄妹俩真是可怜，父亲打鱼死在海上，母亲被迫当奶妈抵债。好在吃她奶长大的东家男孩子英对小猫和小猴好，经常在一起玩。子英长大后出洋攻读渔业，与徐家兄妹在海边告别，已经长成少女的小猫唱《渔光曲》相送：

> 云儿飘在海空，
> 鱼儿藏在水中。
> 早晨太阳里晒渔网，
> 迎面吹过来大海风。

听到这里，邢昭衍感觉胸间突然刮起了大海风，让他心潮澎湃，泪水奔涌。翟蕙转脸看看邢昭衍，掏出手绢递过来。邢昭衍说一声谢谢，抬手揩净泪水，又将手绢还给她。翟蕙用一只手握手绢，另一只手就放在了邢昭衍的手背上，柔情万端地摩挲。邢昭衍将另一只手移过来，摁住了她的手。三只手叠加，虽不再动，但是两人身体里的热血仿佛涌到这里聚作一团，成为一颗心脏。

小猫小猴继续过着悲惨的生活。母亲补渔网累瞎眼睛，与两个孩子去上海投奔舅舅。兄妹俩找不到工作，去拾垃圾，卖艺的舅舅发现小猴有喜剧脸，小猫唱歌很好，就带他俩一起卖艺。小猫为观众唱《渔光曲》，赢得观众赞赏。他们买了肉准备给妈妈吃，回家却发现舅舅家失火，妈妈和舅舅都死了。子英留学回来，觉得改良渔业的主张无法实现，决定与徐家兄妹同到渔船劳动。然而，小猴因捕鱼受重伤致死，临死央求妹妹再唱《渔光曲》给他听。

> ……
> 潮水升，浪花涌，
> 渔船儿飘飘各西东。
> 轻撒网，紧拉绳，

烟雾里辛苦等鱼踪。

鱼儿难捕船租重,
捕鱼人儿世世穷。
爷爷留下的破渔网,
小心再靠它过一冬!

小猫哭着唱完,银幕上打出"再见"二字。剧院里却是一片啜泣之声,好多人沉浸在剧情中不能自拔,仍旧坐在原位。邢昭衍和翟蕙也是这样,只是将手分开,各自抹泪。翟蕙带着嚷嚷的鼻音小声说:"到栈桥那边坐坐吧。"邢昭衍点了点头。等到翟蕙走出大厅,他才起身。

翟蕙正在一棵法国梧桐树下等他。二人沿着中山路南行时,翟蕙自然而然贴到他的身边,抱着他的右臂,邢昭衍没有拒绝。走路时,翟蕙的丰满乳房一下下蹭着他的胳膊,让他很有感觉。来到栈桥北头,见这里人很多,便往左拐弯,寻到一处无人的海边,坐在了礁石上。

对面就是小青岛,灯塔之光一闪一闪。邢昭衍望着那里浮想联翩,翟蕙在一边唱起了《渔光曲》:"云儿飘在海空,鱼儿藏在水中……"邢昭衍制止她:"别唱,我受不了。"翟蕙问:"一场电影,让你这么伤心?"邢昭衍低下头去,搓了搓双手道:"我给你讲讲我的身世、家事,你就明白了。"

他抬起头,望着昏黑的海面开始讲。他讲他家几代都是渔民,到了父亲这一代更是卖力打鱼。家里有一条丈八船,父亲带几个伙计每天出海,母亲为了准时办饭,不误他们赶潮水,夜间坐在院中看星星,还把头发拴一根麻绳挂在树杈上防瞌睡,得了个诨名"挂树杈"……父母努力多年,终于置了一条黄花船,却在二十八年前遇上大海风，船毁人亡，他也差点儿丧身鱼腹。

翟蕙听到这里，抓起他的手，靠在他的身上道："怪不得，你对大海风这么敏感……"

邢昭衍又讲他遇到的另外几场大海风：去日本买船，遇上台风，死里逃生；在秦山岛遇上龙卷风，船翻了，老大丧命。翟蕙说："这两件事，我都知道。"邢昭衍叹一口气道："还有前年冬天的一场大海风，让我闺女遇上，改变了她的命运，也伤透了我的心。"翟蕙坐直身子望着他道："这一年多，你开心的时候很少，是不是因为闺女？"邢昭衍点点头："正是。"接下来，他就讲了在马蹄所建灯塔，讲伊戈尔当逃兵被发现，讲杏花与这个白俄青年的事情。翟蕙拍着巴掌说："很浪漫的一桩爱情呀！后来呢？"邢昭衍摇摇头："后来，杏花就毁了。"他又讲伊戈尔被开除，杏花怀孕，雇船来青岛找他，却因为一场大海风，只好跟着开船的青年回马蹄所，成为一个渔妇。翟蕙连声感叹："美丽的杏花，就这么凋零了，可惜，可惜！"

邢昭衍沉痛地道："翟蕙你不知道，我几年前在取引所看过西式婚礼，有了一个愿望，想让闺女的婚礼也在那里举行，让她披上漂亮的婚纱，我把她郑重地交到新郎手上。可是，杏花到头来嫁给了一个打鱼的，而且连旧式婚礼也没搞，回去后直接住到大马古家里。她娘气坏了，好多天没起床。我回家过年，她才告诉我这事。你想想，我是马蹄所商会会长，海矅县的知名人物，家里出了这等丑事，让我情何以堪？因此，我不认这门亲，她娘也不认，去年夏天我小姨子告诉她姐，杏花生下一个丫头，长了一头黄毛。她姐更觉得丢脸，没带小儿子去铰头，没送助米。"翟蕙说："这就是你俩的不对了，杏花再怎么样，也是你们的亲生女儿，应该去看望的。"邢昭衍说："我和她妈有这个想法，可是面子放不下。杏花呢，可能觉得没脸回家，逢年过节从来不登娘家门。不过，我大儿子对这事看得开，回家就去看他姐。唉……"翟蕙说："当父母的，不能跟儿女怄气，你们以后还是应该相互走动,毕竟是亲人,打断骨头连着筋。"邢昭衍点头道:"是的。"

邢昭衍看看表,时间已过十一点,说该回去了。翟蕙说:"想跟你在这里坐到天亮。"邢昭衍说:"那怎么行,你不回去,你儿子、你公公婆婆肯定惦记。"翟蕙这才鼓突着嘴站起身。二人走到栈桥北头,分别坐上一辆等客的黄包车,邢昭衍让翟蕙在前,他在后,把她送到家,才让自己坐的车子去恒记船行。

回到办公室,邢昭衍坐到桌前,从兜里掏出那张被检票人员撕掉一个角的电影票端详。看到上面有"出门无效"四个字,他想,这张票怎么会无效呢?在我这里永远有效,它会让我永远记住这个晚上。他将电影票举到嘴边亲了一下,从抽屉缝里塞进去,打算珍藏起来。

十天后,翟蕙又给了他一张电影票,星期天上午十点的,是阮玲玉主演的《归来,归来》。邢昭衍想看,却又担心白天去不妥当。翟蕙说:"学兄,电影院里一关灯,谁能看见你呀?"邢昭衍想想也是,就把票留下了。

第二天就是星期天,邢昭衍在办公室坐到九点,儿子突然来了。还有一个穿连衣裙的漂亮姑娘,到他面前鞠躬道:"叔叔好。"儿子介绍说,这是他的女朋友,是山东大学文理学院的二年级学生,叫季欣。邢昭衍没想到儿子会带女朋友来,急忙让座倒水。他打量一下季欣,见她中等个子,白嫩脸皮,五官精致,遂觉得满意。问她是哪里人,季欣答曰青州,接着说:"叔叔,我和为海要去看电影,十点的,您一块儿去吧?阮玲玉主演的,一定好看。"邢昭衍心中慌乱,急忙摇头:"你们去吧,我有事去不了。"邢为海说:"那我们去了。我给您带来一本书,卫礼贤写的《中国经济心理》,您有空看看。"说着,从包里掏出一本薄薄的小册子递过来。邢昭衍接过看看,是德文的,著者为Richard Wilhelm,出版时间为1930年。他早已知道，卫礼贤这一年在德国法兰克福逝世，看来这是他的绝命之书。他问儿子："卫先生的书，怎么会到你手里？"儿子答："我从图书室借的。去年卫礼贤的夫人给我们学校寄来了一些书，都是卫先生在人生最后阶段的著作。这本书写得不错，送给你看看。"邢昭衍说："好，放在这里，我看完给你。"

季欣看见西墙上的船照，起身过去打量。邢昭衍道："都是些小船，不值一看。"季欣冲他一笑："叔叔这么说，就是要添置大船了。"邢昭衍点点头："是的，正在准备。""那您要买多大的？"邢为海替他回答："我爸说过，要在一千吨以上的。"季欣张圆小嘴惊叹："哦哟，叔叔，我好崇拜你哟！"

邢昭衍摆摆手转移话题，问儿子什么时候放暑假。儿子说，下周就放，准备回家住几天。邢昭衍说："多住些日子，陪陪你妈。"儿子答应着。等到他俩出门时，邢昭衍捅捅儿子小声说："回去别忘了看看你姐。"邢为海说："忘不了。"

儿子和女朋友走后，他拿出电影票看看，心想，让翟蕙自己在那里看吧，我是不能去了。心中有遗憾，但更有喜悦。儿子已经二十四岁，前些年一直不谈恋爱，忙于学生活动。青岛大学改为山东大学，校长换了，恢复了教学秩序，邢为海终于完成学业。他离开山大到礼贤中学教书，生活稳定了，就找女朋友了。邢昭衍打算，抽空与儿子商量一下，定下这门亲事，让他把季欣领回家，叫他娘他奶奶看看。

他拿起《中国经济心理》看，但是多年不读德文书，许多单词已经不认识。开头一句"Auf den ersten Blick bietet die chinesische Gesellschafts-struktur das Muster einer patriarchalischen Verfassung"，他觉得应该是"乍一看，中国的社会结构提供了……"，提供了什么？他读不懂了。再往后看，也是似懂非懂，读了两页累得头疼。他想，翟蕙的德文比我好，明天让她看看。

两个小时之后，翟蕙来了，气哼哼地问他为什么不去。邢昭衍急忙向她解释，儿子带着女朋友也看这一场。翟蕙解除了疑惑，笑道："恭喜你，要当老公公啦！"邢昭衍说："也希望你早一天当上婆婆。"翟蕙说："早着呢，我儿子今年才十四。"

邢昭衍把《中国经济心理》递过来："这本书是我儿子捎来的，让我看看。可是我肚子里的德文早已烂了，看不懂了。你先看看，把主要意思跟我说说。"翟蕙翻了翻书页说："哦，是卫礼贤先生写的，我翻译出来给你看。"邢昭衍说："翻译全书太麻烦，你把重要的一些段落翻给我就行了。"翟蕙说："不麻烦，反正我晚上在家没事。"

一个月过去，翟蕙把《中国经济心理》德文版还给了邢昭衍，还带来了她用线订起的翻译稿。邢昭衍看看，见一行行用钢笔写的娟秀汉字，把卫礼贤的著述内容传达出来。他看不懂的开头两句，翟蕙的翻译是："乍一看，中国的社会结构提供了家长制的模式。但是与其他家长制文化相比，我们会发现，它是早期母权制和父权制文化杂交的产物。"他向翟蕙竖起了大拇指："你真行呀，毕业了这么多年还能翻译，堪称礼贤书院德文课的优等生！"翟蕙嫣然一笑："我有一些德文书，平时经常看，所以能看懂这一本。卫礼贤对中国人真是了解得深透，竟然研究到心理层面。"邢昭衍说："你的翻译稿放我这里，我有空就看。谢谢你啊！"翟蕙含情脉脉："感谢我，不能在口头上吧，我希望有实际行动。"邢昭衍问："什么样的实际行动？""再陪我看一场电影吧。"邢昭衍想，儿子已经回马蹄所了，不会被他遇见，就爽快地答应："sicher（德语：一定）！"

晚上没事，邢昭衍开始读翟蕙的译本。因为篇幅不长，半夜就读完了，却被书中内容打动，失眠很久。他以前只知道，卫先生被中国文化折服，将一些古书翻译成德文，同时也将一些德国哲学与文学著作翻译成中文。没想到，卫先生在这部书中，将他对中国的观察与研究，落实到经济与心理上。卫先生认为，经济与心理有着必然的对应关系和相互影响,在中国,农业经济从根本上塑造了中国人的心理结构。书中详细论述了中国人的家庭情结、集体感、尊敬传统、保守主义、正义感、面子心理、反抗精神等等,有的论点可谓振聋发聩。譬如他说,中国农业建立在人的体力和技巧的基础上,人丁兴旺对从事这些劳动十分重要。中国农业代表着人与种子的共生,另加几头牲畜。邢昭衍由此想到了"多子多福",想到了"六畜兴旺"。

在这本书里,卫先生深刻剖析了中国经济结构与中国人的心理,对中国的历史与现实做了解读。譬如说,为什么会发生革命,孙中山的革命为什么得到了华侨商人的资助并取得成功。他还专章论述了中国的人口过剩及其经济与心理后果。让邢昭衍惊叹的是,卫先生对近代中国的移民史非常了解,下南洋,闯关东,他都讲了。他还讲到,人口过剩导致城市外来民工大量增加,并形成了苦力无产阶级,这个巨大的廉价劳动力市场,使得血汗工厂的发展成为可能。卫先生详细讲述了这些血汗工厂的状况是多么糟糕,说工人一天工作十二个小时以上,工资非常低廉,仅仅能免于饿死。文中使用了"苦难""炼狱""惨无人道"等词语,可以感受到卫先生写到这里时的愤怒。

卫先生对中国是寄予希望的。他说了这样一段话:"中国代表着一个极为重要的经济区域,这个区域眼下对世界经济还只有局部的影响,但它一旦走上世界经济舞台,对世界经济未来发展的影响就将是决定性的。因为,在这个区域集结了全世界四分之一的人口。"

邢昭衍读到这里,为卫先生的预言激动不已。他想,"一旦走上世界经济舞台",这一天会在什么时候到来?

第二天早上,翟蕙到他屋里送报纸,他还是抑制不住激动,拿起译本说,这本书太好了,接着与她讨论起来。翟蕙拿起桌子上的德文版,随手翻着,也谈了她的一些看法。她说,卫先生用西方观点看中国，视角新颖，观点新鲜。翟蕙还讲了自己对卫先生总体的评价，说他在东西方文化交流方面功莫大焉。电影《渔光曲》不是有一首插曲吗，其中有一句"迎面吹来了大海风"，卫先生的行为，也等于刮起了一场大海风。

"对！西风东渐，东风西渐，你这比喻特别精妙！"

翟蕙说："这本书里，卫先生的一些话很有意思。"她拿过她译的小册子，翻到一个地方，指着那里问邢昭衍："这一段你看了吗？"

邢昭衍看看，那一段文字是："中国妇女一直受传统道德体系的束缚，她不能和一个陌生的男人随便打交道。生人走近时，她要敛眉退下。但是一旦堡垒打破，她就非常容易成为男人甜言蜜语诱骗的牺牲品。在西方，调情这种行为很常见，但是最多达成一种亲密关系，并不越雷池一步，这在中国不可想象。"他瞅着翟蕙笑问："你有何感想？你有没有可能成为牺牲品？"翟蕙向他丢了个眼风，小声道："要看那个男人是不是优秀。如果优秀，即使他没有甜言蜜语，我也可以为他牺牲。"邢昭衍心中热浪翻卷，嘴里却说："还是不要牺牲。卫先生不是讲了吗，达成亲密关系，不越雷池一步。"翟蕙说："你已经答应我了，陪我看一场电影，不算越雷池吧？"邢昭衍笑着附和："嗯，不算。"

周六这天，翟蕙从楼下拿来报纸，给了他一张电影票，是阮玲玉主演的另一部电影《小玩意》，周日下午三点的。

第二天午后，邢昭衍兴冲冲去了。到了山东大剧院门口，他看看表，还有将近二十分钟，打算在街上逛一会儿。他向南走去，发现街西树荫下坐着几个画匠。其中有个洋人，长一头黄毛，正给一个梳着大背头的中年男人画像。他仔细看看，大吃一惊：这不是伊戈尔吗？

伊戈尔画得很投入，看一眼顾客，再在画布上抹几笔。邢昭衍怒火中烧：你把我闺女害成那样，你倒在这里悠悠闲闲给人画像！

邢昭衍恨不得上去踹他几脚，看到街上人来人往，又努力忍住。他决定，等到伊戈尔给这人画完再与他谈谈，告诉他杏花近况，尤其是要告诉他，杏花生下了他的孩子。

但是，伊戈尔作的那幅画刚刚开始，画布上只有一个人脸轮廓，画完还需要一段时间。看看表快到三点，他怕翟蕙着急，就转身去了剧院。

到自己的位子上坐下，电影已经开演。翟蕙埋怨道："就不能再早三分钟？看看演员表有多好。"邢昭衍呼出一口粗气，压低声音道："我在街上看见伊戈尔了。"翟蕙大为惊讶："谁？杏花的前男友？""正是。""你跟他说话了没有？""没有，他正给人画像，我过一会儿再去。""我也陪着你。""你不要去。我自己见他就行了。"

虽然是第一次看阮玲玉演的电影，但是邢昭衍心不在焉。半个小时后，他跟翟蕙说了一声，起身离座。

伊戈尔已经画完，正咬着画笔端着画框，让那个男顾客审看。男顾客一边向后抹着他的背头，一边指指点点。伊戈尔从嘴上取下画笔，蘸着油彩修改。邢昭衍远远地站着，直到大背头满意后，付了钱拿着画像走掉。

每一个画匠面前都有供顾客坐的马扎。邢昭衍往伊戈尔面前一坐，伊戈尔礼貌地说："先生，欢迎您的光顾。"邢昭衍盯着他说："伊戈尔，久违了。"伊戈尔这才认出他来，呆了片刻，结结巴巴道："邢……邢经理，对不起，对不起，我让您……让您失望了……"邢昭衍两眼喷火："岂止是让我失望，你让我痛恨！我真想揍死你这个王八蛋！"伊戈尔说："您……您这么恨我，一定是因为我和您女儿的事了。但是您要知道，我不是强迫她的，她是爱我的。""她爱你，你为什么扔下她跑了？"伊戈尔低下头，喃喃地道："我被贾里德开除，应该去和她说一下再走的，但是我一想到她正在箩子女士家里，门口有很多人，就不敢去了。再加上，箩子女士和大家说，是她和我好上了,我不便说明真相,就坐船来到了青岛。"

邢昭衍咽几口唾沫,又说:"你这一跑,可把杏花害苦了。你知道吗?杏花生下了你的孩子。"伊戈尔脸上现出惊喜:"是吗?太好了!她还在马蹄所?我去看她,我要和她结婚!"邢昭衍痛苦地摇摇头:"不可能了。"他把杏花在伊戈尔走后的经历大体上讲了讲,伊戈尔听了握着画笔瑟瑟发抖:"怎么会这样?怎么会这样?"

他望着南面的大海沉思片刻,忽然站起来向邢昭衍深鞠一躬:"邢先生,我向您道歉,向杏花道歉。我有个请求,您回去和杏花商量一下,把那个孩子送给我,可以吗?"这个请求,让邢昭衍既感到意外,又觉得欣慰,因为他回家时听箩子说,大马古不喜欢这个孩子,经常骂她"小杂种",如果伊戈尔把孩子领走,杏花可以少受她男人的欺侮。他问伊戈尔:"把孩子给你,你能养活她?"伊戈尔说:"我把她送到哈尔滨,让我母亲抚养,她身体很棒。我挣钱给她们,不会让她们受苦的。"邢昭衍放下心来:"这样也好。我尽快回去,把孩子抱来给你。"伊戈尔说:"好的好的,谢谢您。我每天下午在这个地方出摊,别的时间在租的房子里,我给你地址。"说着就给了邢昭衍一张名片,上面写着"俄罗斯画家 伊戈尔·什库尔科",下面一行小字是地址。

离开伊戈尔,他又回到剧院,小声和翟蕙说了见伊戈尔的情形。翟蕙说:"孩子在杏花身边,固然能享受母爱,但是马蹄所的环境对她的成长不利,送给伊戈尔会好一点。"邢昭衍说:"嗯,我明天就回去。"翟蕙说:"看完电影,你让我看看那个伊戈尔。"邢昭衍说:"你想看就看,反正我是不想再看了。"

散场出来,邢昭衍指着远处那些画匠,说从北往南数第三个就是那小子。翟蕙过去看了看,回来说:"怪不得杏花爱上他,他长得好,画得也好。"

第二天是周一,邢昭衍上班后将船行的事情安排一下,说他要回马蹄所一趟,接着去小港坐上了从大连回来经停青岛的昭朗号。上岸时见到小舅子碌碴,吩咐他去叫箩子,让她到大姐那里商量事情。

回到家,见大儿子邢为海正在院里往一块木牌子上写字,小儿子三板给他端着砚台。三板见了爹欢快地说:"爹,俺哥要办学校啦!"邢昭衍不解:"办什么学校?"邢为海停笔道:"你看看呗。"邢昭衍过去看看,那个长方形的牌子上写着"马蹄所乡农学"几个大字。他知道,后面还应该再写一个"校"字。这几年山东好多地方都办乡农学校,组织农民学文化、学军事,觉得这是一件好事。他问儿子:"你办起乡农学校,不回青岛了?"邢为海说:"当然要回。我和团头周叔商量好了,趁暑假把马蹄所的乡农学校建起来,请他当校长,地点放在恒记商号。学员以团丁为主,再找几个教员,长期办下去。"邢昭衍赞许道:"好,我支持你,需要经费的话,我可以给你。"邢为海说:"经费嘛,就是灯油钱和教员酬劳,用不了多少。"邢昭衍说:"明白,我跟你姑夫说一声,乡农学校的花销找他报销。"

箩子出现在西堂屋门口,倚在门框上看着他:"不过年不过节的,怎么回来啦?"邢昭衍说:"回来有事。"他走过去看看,发现箩子瘦成了一个骨架,眼窝深陷,颧骨凸出,已经弱不禁风了。他把她扶到屋里,让她坐到床边,心疼地问:"怎么瘦成这样?"箩子说:"叫你那宝贝闺女气得呀。"邢昭衍说:"我劝过你多次,你怎么就是不听?事情已经到了这一步,杏花也有她自己的日子了,你还想不开?"箩子说:"到死也想不开!好好的闺女,打小咱就疼她,论长相,论家庭,整个马蹄所谁也比不上,怎么就跟着一个打鱼的了呢?"说着说着便哭,唰唰落泪。邢昭衍抚摸着她的背安慰她,手掌下的脊骨一节一节硌手,心疼地道:"箩子,好好保重身体吧,可不能再整天伤心了。一会儿箩子过来,咱们商量个事儿。""什么事儿?""等她来了一块说,你先吃块点心。"说着从包里取出昨晚上街买的桃酥。梭子接过一块,让丈夫把另外那些送给两个儿子。

筹子来了。半年没见,她也瘦了许多,鬓边有了几丝白发。邢昭衍让她坐下,对她姐妹俩讲,在青岛遇见伊戈尔了。姐妹俩都很吃惊,梭子问:"你没狠狠揍他一顿?"邢昭衍摇摇头。筹子问:"你没跟他说,杏花有了他的孩子?"邢昭衍道:"说了,他想要这孩子。我回来就是办这事的。"姐妹俩听了都说好。筹子说:"杏花把那个黄毛丫头留在身边,以后没有好日子过。"梭子说:"这丫头长大了,样子跟中国人不一样,怎么出门?"

意见达成一致,邢昭衍让筹子找杏花说这事,明天上午就带孩子走。梭子问他:"你一个大老爷们,能抱着孩子上船?叫筹子抱着,跟你一块儿去。"邢昭衍说:"也好。"筹子说:"就这么定了,我去跟杏花说。"

她急三火四出门,一个小时后回来向姐夫姐姐说,杏花听说找到了伊戈尔,要把孩子送走,不舍得,一个劲地哭。她好说歹说,才把杏花说服。杏花还说,西厢房柜子里有她绣的灯塔,和孩子一块送给伊戈尔。梭子就跟筹子一起到西厢房里找。钥匙就在抽屉里,打开柜锁,发现杏花绣的灯塔,伊戈尔画的杏花,都在里面。梭子说,把伊戈尔画的像给杏花吧。筹子说,大马古见了会生气的,还是先放在这里。

回到西堂屋,筹子坐下后嗫嚅半天,欲言又止。邢昭衍问她有什么事,筹子说:"姐,姐夫,刚才我在路上想了,把孩子送到青岛,我不回马蹄所了。"梭子问:"你要去哪里?"筹子汪然出涕:"去黄县,找我的大缆……"她哭着告诉姐姐姐夫,她从大连回来,没有哪一天不想儿子的,有时候想得发疯。她决定,到了青岛,接着去黄县。邢昭衍问:"你知道孩子让他爷爷带到了黄县哪个村子?"筹子说:"不知道。他爸活着的时候跟我说过,可我没记在心里,只记得他说,他家附近有一座山,叫莱山。我先找那山,在山下一个村一个村地找，打听谁家有男孩从大连领回来，还带着一把口琴。"邢昭衍点点头："嗯，这是个办法，你去吧。"梭子过去抱着簩子哭："咱姊妹俩以后就见不到啦？"簩子拍着她的肩膀安慰她："会见到的。找到孩子，我领着他回来看你。"

簩子走后，邢昭衍去后院跟母亲说了这事，母亲不说别的，只说两个字"真好"，说了一遍又一遍。冯嬷嬷过来说饭已经办好，邢昭衍扶着母亲去了厨房，邢为海也和弟弟把他们的母亲扶了过去。可是，梭子只喝了半碗糊粥就住了嘴。邢昭衍递给她一个馍馍，她连连摆手。

邢为海一搁饭碗就要出门，说去站岗，到城墙上巡逻。邢昭衍听了惊讶道："你也去站岗巡逻？"邢为海说："这有什么奇怪的，我是在马蹄所长大的，保卫住在这里的父老乡亲，也有一份责任。"邢昭衍向他竖一下大拇指："为海，你真的长成男子汉了！"三板要跟着哥哥去，邢为海把他也带走了。

邢昭衍先送母亲回去，母亲走到自己住的堂屋门口，小声说："大船他爹，梭子喝了两年药汤子，身子还是不见好，你得有个数，早打谱。"邢昭衍说："娘你甭担心，梭子没事。我明天再领她找先生看看。"

把母亲送进屋，回头看见梭子正扶着前面的屋墙往回走，邢昭衍心中大悲。他强忍着眼泪扶她回屋，扶她上床，为她脱衣盖被子。而后，他也进了被窝。梭子摸着他的胸脯说："他爹，我这身子真不行了。你在青岛，爱找谁找谁吧。"邢昭衍道："你别这样说，你是我的老婆，我能找谁？明天你也跟我去青岛，到大医院看看，好吧？"梭子说："我不去，我知道我的病根儿。把那个黄毛丫头送走，杏花日子好过一点了，我心里就轻快多了。"邢昭衍说："嗯，说得也是。明天我跟你再去找许先生看看，过一段还不好，咱们就去。"

次日一早，邢昭衍扶着梭子，去北街找一位姓许的老先生看。

许老先生给梭子把了脉，说是肝郁气滞，阳气不足，提笔开了几服药，让她回去吃吃看。邢昭衍拿了药带梭子回家，嘱咐站岗回来的大儿子好好伺候，吃完了药再陪他娘去看大夫。邢为海让父亲放心，他一定办到，说罢和弟弟到后院睡觉去了。

本来，邢昭衍打算借着抱孩子的机会去看看杏花，没想到箩子匆匆过来，说杏花觉得没脸见爹，让婆婆把孩子送到箩子家里等着。梭子听了这话又哭，邢昭衍也是心酸。他安慰一下梭子，对箩子说："走吧。"箩子就哭着和姐姐告别，跟着姐夫出门。

来到箩子家中，一个高个子老女人抱着孩子，见了他一送："喏，这是您外孙女。"邢昭衍接过来，女人就走了。他低头看看，孩子虽然剃过头，长出来的头发茬子还是黄的，心中五味杂陈。女孩却扬起头看他，两只蓝眼珠定定在瞅他。箩子对她说："丫头，叫姥爷。"女孩开口叫道："姥爷。"邢昭衍答应一声，泪湿眼窝。

箩子接过孩子说，走吧。邢昭衍就替她背起包袱，走出这个院子。箩子一手抱着孩子，一手把屋门、院门锁好，把钥匙递给姐夫："你给我拿着，我说不定还回来。"邢昭衍说："你最好能回来，陪陪你姐。"

昭朗号已从青口那边过来，停在海上。邢昭衍、箩子和孩子上了驳船，碌碡亲自摇橹，把他们往轮船上送。箩子让孩子管他叫舅姥爷，孩子叫了，碌碡却扭过头，装作听不见。

下午两点，船至青岛。邢昭衍到了船行开门，东边的邢昭光，西边的翟蕙，都走出来迎他。邢昭光一见箩子立马慌了，一边后退一边指着她道："你来干啥？你来干啥？我郑重地告诉你，我跟你已经没有任何关系了，你别找我麻烦！"箩子瞅着他冷笑："我找你干啥？你把自己当成金豆子啦？"邢昭衍向昭光挥挥手："没你的事，忙你的去。"昭光便走回自己的办公室再不出来。

翟蕙把孩子接到手里，两手平举着端详道："好漂亮的一个洋妞呀!"邢昭衍便向筹子介绍她。筹子瞅着翟蕙道:"妹妹真俊!"翟蕙笑道:"感谢姐姐夸奖。"她去自己屋里倒来一杯热水,筹子接过来就喝。

邢昭衍让翟蕙和筹子一起去送孩子,并找出伊戈尔写的纸条给她:"这是他的住址,如果现在不在中山路上给人画像,你们就到这个地方找他。"又从抽屉里找出两张百元银票,让她们给伊戈尔。筹子喝光一杯水就要走,翟蕙抱起孩子与她下楼。到了楼梯上,筹子回头看看姐夫,让孩子再叫姥爷,孩子转脸看着邢昭衍,又叫了一声"姥爷"。邢昭衍心中涌上热浪,忍不住上前亲了孩子一下,才摆摆手让她们走了。

回办公室呆坐一会儿,他查了查青岛客轮时刻表,发现大港今晚有去烟台的船,是政记轮船公司的,便让货运科的小孙赶快去买一张头等船票。小孙买来后,筹子和翟蕙也回来了。她们说,伊戈尔正在那里,看到孩子亲得不得了,现在抱着回住处了,说明天就去哈尔滨。

邢昭衍松一口气,把去烟台的船票给了筹子,让她先到烟台,再转船去龙口,龙口就是黄县了。筹子看着票满脸幽怨:"今天晚上的?这就撵我?"翟蕙见她这样说话,转身走了。

筹子看着她的背影,等到那边传来关门声,才吐出一口气,瞅着邢昭衍道:"邢大经理,找了这么一个洋气女人在身边,好有眼力呀。"邢昭衍急忙辩解:"筹子你别瞎想,翟蕙就是这里的文书。"筹子一笑:"你不用撇清,翟蕙的一举一动我都看在眼里,她是喜欢你的。放心,俺不吃醋,俺姐也不会。说实在的,俺姊妹俩都配不上你,翟蕙才是配上你的人。"邢昭衍向她瞪眼:"别胡说。"筹子正色道:"我没胡说,是正经话。你这次回去看见了,俺姐病成那样,伺候不了你了,你和翟蕙爱咋样就咋样吧。"邢昭衍又把眼一瞪:"我能对不起你姐?我邢昭衍行得正立得直!"筹子摆摆手:"好了,不说了，你是天下少有的正人君子，行了吧?"说罢，提起包袱就要下楼。邢昭衍说："晚上一起吃顿饭吧，我给你送行。"箩子说："不用啦，心意领啦，我到码头上随便吃点就中。"邢昭衍见留不住她，便喊来翟蕙送她。这回箩子没有拒绝，让翟蕙陪着走了。

第四十章

翟蕙把来自上海的一封电报送到经理办公室，邢昭衍拆封看看，拍着桌子连声说好。翟蕙问："什么事情，让你这么兴奋？"邢昭衍说："咱们一直等待着机会买大船，机会终于来啦！你看佟经理的电报！"他把电报递给翟蕙看，翟蕙念出声来："嘉宁商轮公司濒临倒闭，拟将在江南造船厂订造、正待下水的八百吨级货轮转卖，如有意购买，速来沪洽谈。"邢昭衍说："我去年就想到江南造船厂订一艘，打听了一下，从下单到接船要一两年，就下不了决心。这一艘是别人订的，虽然不足千吨，但是机会难得。""你以前不是要买大船、进大港吗？八百吨的还是进不了大港。"邢昭衍说："我现在的想法变了，如果有船在大港出入，咱们的管理就分散了，人手不够。所以，咱们争取买下这条船。"翟蕙转脸看着西墙，欣喜地说："啊，墙上要再加一张船照啦。"

邢昭衍把昭光喊过来说这事，昭光却有些犹豫："八百吨的船，需要很多钱吧？"邢昭衍说："我了解过了，江南造船厂的造价，今年是一吨三百元左右。这么算来，嘉宁商轮公司订的船大约是二十四万。他们公司濒临倒闭，肯定需要钱救急，我到那里跟他们讲讲价，尽量少付一些。"昭光说："咱们的钱够吗？"邢昭衍说："有十八万，再用一条船抵押，贷上七八万。"昭光点点头："只能用这个办法了。"

他看看邢昭衍，又看着翟蕙说："翟蕙，你陪经理去吧。他一个人带那么多钱去，我不放心。"翟蕙立即现出惊喜神色："好呀，我还没去过上海呢！"说罢瞅着邢昭衍的脸色，等他表态。邢昭衍想，昭光当年在上海惹过事，吃过亏，肯定不愿再去；以前经常跟我出门的小周，在马蹄所当团头；会计老郁只会算账，不擅长交际；和翟蕙一起去，会引起风言风语。他这样说："我再想想，把贷款办下再定。"他让翟蕙找出昭焕号的全套手续，与她去了馆陶路上的德华银行青岛分行。

因为经常到这里存款，行长认识并信任他们，立即批给恒记船行八万元贷款。拿到银票出来，翟蕙看到沧口飞机场设在馆陶路的售票处，向那里一指："最好坐飞机去，能快点到上海。"邢昭衍知道，沧口飞机场已经建成两年，有去上海的飞机，但他从来没有坐过，就和翟蕙走了进去。到柜台问了问，得知明天有一班飞机，上午十点四十起飞，四个半小时到上海，票价一百二十元。邢昭衍说："就坐这一班。"翟蕙看着他问："买一张，还是两张？"邢昭衍见她眼神中透出强烈的渴盼，实在不忍心拒绝她，就伸出了两个指头。翟蕙立即转身付钱。

离开这里，翟蕙又去几家银行，提出所有存款，将银票凑足二十六万放入保险柜，又打电话到车行约了一辆轿车。邢昭衍让翟蕙回家准备一下，明天八点半他带车去接。翟蕙说不要接，我一早到这里来。邢昭衍明白，她是怕公婆看见自己与老板同行。

次日一早，邢昭衍收拾好行装放进箱子，又从保险柜里取出银票揣在身上。吃过早饭，昭光来了，邢昭衍嘱咐堂弟看好摊子，他到上海住下后就发回地址，有事拍电报。昭光答应着，让三哥放心。过一会儿楼下有喇叭响，昭光到窗前看看，说汽车来了，便提上哥哥的皮箱率先下楼。翟蕙已经站在汽车旁边，穿一身素白短袖旗袍，外套一件黑色长马甲，雍容典雅。昭光往车上放皮箱时，向翟蕙低声说了一句什么，翟蕙羞笑着打了他一巴掌。

　　站在车子旁边的司机还是小秦，但车子换了，车标字母由兔子形状的Ford变成了金色十字。昭光说："三哥，你看这雪佛兰轿车多漂亮，你也应该买一辆坐着。"邢昭衍让他说得心动，看到这车子是海蓝色，更加喜欢，过去抚摸着车身道："好，等到买来新船，再有余钱，就买一辆。"

　　上车后，拐向馆陶路往北走。邢昭衍经常从青岛飞奔汽车行雇出租车，多次是小秦开着福特车为他服务。这个小伙子是莱阳人，沉默寡言，开车技术却好，邢昭衍很喜欢他。他问小秦这种车的价格，小秦目视前方回答，这一款雪佛兰，是六千左右。邢昭衍想，可以考虑。我平时坐着黄包车跑业务，遭到一些同行与朋友的嘲笑，说你哪像一个船行老板的样子。他不在乎船行老板该是什么样子，但他在乎效率。想到自己每次去小港，回来时走在上坡路上觉得既慢又累，再想到昭光他们在这条路上走得更多，有时候因为慢而误事，于是决定买上一辆。他问小秦，这车是从哪里买的，小秦说，是我们车行从一家汽车进口公司买的，那个老板姓吴，我有他的电话。小秦沉默片刻，罕见地回头一笑："邢老板，您买了新车，我给您当司机行吧？"邢昭衍问："你当出租车司机不是很好吗？"小秦说："您人品好，不像我那个老板，整天骂骂咧咧，不把我们当人。"邢昭衍说："谢谢小秦，等到买上车咱们再谈，好吧？""好的。"小秦答应一声，又目视前方开车，再不说话。

　　半个小时后，沧口飞机场到了。这里紧靠后海北段，除了一些平房，便是平展而空旷的机场。进入候机室，里面空空荡荡，就坐下等候。邢昭衍问翟蕙："那会儿上车的时候，昭光跟你说了什么，你用巴掌打他？"翟蕙眼中波光流转："他叫我小嫂子。"邢昭衍皱眉道："怎么能乱叫？"翟蕙笑道："听得我好开心呢。"邢昭衍摇摇头："不行，不能乱叫。"翟蕙说："明白，我不配这个称呼。"说罢瞅着窗外，沉默不语。

从外面进来两个中年男人，其中一个向他俩打招呼："空呢叽哇！"邢昭衍听出他是日本人，点点头不作声。两个男人在一边坐下，咿里哇啦说个不停。邢昭衍觉得，他与翟蕙这样绷着脸不吭声，显得不正常，就指着窗外讲他从报纸上了解到的沧口机场。翟蕙默默地听着，听到这里有两条跑道，都是用炉渣垫起来的，终于开口了："为什么要用炉渣？"邢昭衍说："我不知道。"翟蕙乜斜着眼睛问："还有你不知道的事情？"邢昭衍说："我不知道的多着呢。知之为知之，不知为不知。"翟蕙笑了。

又等了一会儿，翟蕙向外面一指："来飞机了！"果然，一架双层翅膀的小飞机摇摇晃晃，降落在跑道上。邢昭衍说："这是史汀逊式飞机，美国产的。"正说着，飞机到了跑道终端停稳，从上面下来四个人，让一辆小汽车接走了。一个年轻人打开候机室的后门大喊："各位乘客，请登机！"两个日本人立即起身出门，邢昭衍和翟蕙各自提起箱子跟着，走了二百多米远，才到了飞机旁边。踩着一架小梯子上去，见里面只有四个座位。两个日本人坐在前面，他俩到后面坐下。翟蕙小声说："原来只能坐四个人。"邢昭衍向前面一指："还有驾驶员和技师。"隔着一道没有拉严的布帘，能看到两个洋人坐在前面。其中一个向后面看看，回头说了一句什么，飞机就震动起来，然后拐弯对准跑道前行，并渐渐加速。在离开地面冲向天空时，翟蕙低声惊叫，紧紧靠在邢昭衍身上，惹得一个日本人回头瞅她。邢昭衍推开她，让她看外面。见飞机下方是一片蓝海，翟蕙惊叹："好壮观呀！"邢昭衍说："嗯，壮观。我活到四十七岁，还是第一次在天上看海。"二人的手握在一起，眼睛向两边看，如痴如醉。前面两个日本人不看窗外，还是继续交谈，估计他们经常坐飞机，对外面的景象熟视无睹。

飞出胶州湾，一边是海，一边是山。邢昭衍说："翟蕙，今天叫你看看我的家乡。"过一会儿,他指着下面对翟蕙说:"马蹄所到了。外圆内方的那个半岛。"翟蕙眼睛亮亮地道:"看见了。哎呀,真像一只大马蹄子踏进海里。"邢昭衍指点着下面说:"马蹄的两边是北江、西江,前边是前海。"翟蕙说:"喏,那是你建的灯塔,像个银钉子。"邢昭衍看着灯塔,沉默不语。翟蕙又说:"还有一条轮船在海里。"邢昭衍说:"今天这个点到马蹄所的,应该是昭朗号。"翟蕙说:"它离岸还有一段距离,要是有码头就好了。"邢昭衍说:"从上海买来这条新船,我要做的下一件事,是在三五年之内建起马蹄所的码头。"翟蕙说:"好,到那时候,我在那个崭新的码头下船,到你家去。"邢昭衍紧攥了一下她的手,沉默不语,望着所城向右后方退去,渐小渐远。

飞机到南京落下,两个日本人下去,又有两个五十岁左右的中国人上来。他们穿着长袍马褂,一上来就谈论日本外务大臣广田弘毅提出的对华"三原则",一个说,要坚决反对;一个说,可以考虑,争得不可开交。邢昭衍看过报道,知道"三原则"的主要内容是禁止排日,承认"满洲国",与日本共同反共。邢昭衍想,日本政府提出这三条,实际上就是让中国听从他们的摆布,成为日本的附属国。于是,当前面一个人再次说"可以考虑"时,他插话道:"这位先生,我不同意您的意见。日本人是喂不饱的,如果一味退让,他们会得寸进尺。"那人回头看看他,鼻子里哼一声:"我在日本留学五年,比你更了解日本人。你什么身份?不懂时局不要随便发言!"邢昭衍想与他争辩,翟蕙扯着他的袖子用眼神制止他,邢昭衍只好把话咽到了肚子里,望着窗外的苍茫云天发呆。

三点一刻,飞机落在上海虹桥机场。邢昭衍和翟蕙坐着拉客的小汽车去了咸瓜街,走进他当年住过的"佳怡宾馆"。到了柜台前,店员看看他俩,给他们开了二楼上的一间房。进门后,翟蕙放下箱子看看那张大床,再看看邢昭衍,双臂一展抱住了他。邢昭衍低头与她亲吻，在二人的舌头搅在一起时，翟蕙突然呻吟一声，全身一下下抽搐，接着，将身子软塌塌挂在他的身前，轻声道："einen Höhepunkt haben，懂不？"邢昭衍记得，当年读德文小说时见过这个单词，心想，接吻就能到达那个境界，邢昭衍想，女人跟女人真不一样。

二人平息一下激荡的心情，下楼去电报局给昭光发电报，把住址告诉他，接着去大达轮船公司。头发已经花白的佟盛正在打电话，瞥见他们之后向话筒大叫："来了来了，他们来了！"把话筒放下，佟盛对邢昭衍说："嘉宁的衣经理正问我，你到了没到，到了他就过来见你。"邢昭衍说一声"好的"，向他介绍翟蕙，说她是恒记船行文书兼出纳。佟盛用含意复杂的眼神看着翟蕙道："欢迎翟小姐。"

坐下后，邢昭衍喝两口茶，问佟盛这几年是不是发财了。佟盛苦笑道："还发财呢，不失业就不错了。你看我这头发，一天天变白！"邢昭衍问："怎么了，事业不顺？"佟盛叹息道："唉，大达公司眼看要破产，已经有两个月没发薪水，愁煞我了！"他说，自从张謇总理仙逝，大达公司一直惨淡经营，眼看活不下去。前年张公子召开股东会，决定停止营业，组织清理，但是股东们反对，只好跟海安韩少石合营。但是公司依然亏累不堪，今年只好改由职工自行维持，推举一个姓王的老股东当经理，他也无力回天。上海银行是大达公司最大的债权人，他们想解套，建议张公子请杜月笙入股，但是公子不同意。公司目前的状态，就是苟延残喘。

邢昭衍听到这里连连叹息，又问嘉宁商船公司为什么濒临倒闭。佟盛说，时运不济呀。江浙一带去年大旱，今年大涝，兵事、匪患、争航、河堵等等多重打击，商业萧条，客货运量锐减，航运公司都很难过，连外轮公司也受影响。英国两家在华最大的轮船公司，太古去年亏损四万五千多英镑，怡和去年亏损六万一千英镑。今年，上海港有三十多艘船停航，其中包括太古的四艘。那个嘉宁公司有五艘船，两年来严重亏损，现在撑不下去了，决定把订造的新船卖掉。

佟盛讲的航运形势，邢昭衍有所了解，也感受到了这股寒流，因为青岛港经常有船揽不到货物，停在那里。但他想，东北有大量的粮食要往南运，鲁南有花生往东北运，十年来昭衍号一直跑大连和马蹄所，有一些固定客户，买一艘船加入这个航线，是没有多大风险的。

他想起前两次买船结识的翻译石梁，便打听他的近况。佟盛说，小石现在混阔了，到一家日本纱厂当翻译，月薪是我的两倍，见了我说话，肚子挺出二尺多远！听他这么形容，邢昭衍忍不住笑。

衣经理来了。他四十岁左右，满脸笑容，皱纹里却夹带着焦虑。随行的助理打开箱子，拿出轮船设计图纸，一张张摊开让邢昭衍和翟蕙看。邢昭衍看到，这艘船有五个货舱和煤舱、水舱以及船员舱室，设计较为合理。他觉得中意，就让他们收起图纸，找地方吃饭，边吃边谈。衣经理说，他已经给临江酒楼打电话订了房间，离这里不远，咱们过去。佟经理，你这个大媒人也一起去。

几个人出门，很快到了那个酒楼。到二窗雅间看看，黄昏中的黄浦江像一条巨龙承载着大小船只，外滩一带已是灯火辉煌。五个人坐下，酒菜上来，衣经理和他的助手轮番敬酒，佟经理和邢昭衍连连干杯。翟蕙见邢昭衍喝得猛，就暗暗踩他的脚尖。邢昭衍感觉到了，遂停止喝酒，问衣经理何时看船。衣经理说，明天上午八点半，咱们到大达公司门口聚齐。邢昭衍又问，如果看中了船，多少钱可以成交。衣经理说，二十五万。邢昭衍说："二十五万多了，少一点吧。"衣经理竖起一个指头："减掉一万，怎样？"邢昭衍说："不行，再减。"衣经理竖起两个指头："减两万。"邢昭衍说："减三万好不好？"衣经理说："我晚上回去和股东们商量一下，看他们是否同意。"邢昭衍说："好，我等你的消息，喝酒！"说罢向他敬酒，接着又敬佟盛。

吃饱喝足，邢昭衍和翟蕙告别他们，到楼下坐一辆双人黄包车回旅馆。走进房间，翟蕙把门关上，严肃地对邢昭衍说："学兄我要提醒你，明天咱们看中了船，决定买下，也不能把全部船款给嘉宁公司。他们面临困境，急于套现，如果用咱们的钱堵了窟窿，船厂见不到船，咱就毁啦。"邢昭衍走近她，扶着她的双肩道："学妹，你的提醒非常重要。酒场踩我那一脚，也踩得恰到好处。"翟蕙笑眯眯道："我跟你到上海来，还是有用的吧？"邢昭衍把她抱起来："用处多着呢！"把她举起颠了几颠，然后往床上一放，迫不及待地去解她的衣扣。

这一夜，他领略到了翟蕙的种种妙处，情不自禁道："早点这样多好！"翟蕙柔情万端，抚摸着他说："好饭不怕晚，良缘不怕迟。"

第二天上午，二人去了大达公司，衣经理和助手带一辆小汽车等着他们。衣经理说，股东们已经同意按二十二万的价格卖掉这条船，邢昭衍说，很好。车子发动，沿黄浦江西岸南行，一会儿就到了江南造船厂。十年前，邢昭衍从日本买回昭朗号，曾在这里检修，而今船厂规模更大，船坞多了好几个，吊车林立。衣经理指着五号船坞，说那里停着的就是他们订的船。翟蕙看了看，那里果然有一条新船。

衣经理带他俩走进厂部小楼，找到一位姓邬的副厂长。邬副厂长一见衣经理就问："你们的船，找到买家了？"衣经理向邢昭衍一指："找到了，是这位从青岛来的邢经理。"邬副厂长与他握握手："邢经理你快把船提走，腾出船坞，我们好干别的活儿。"邢昭衍让他带着看船，邬副厂长就带他们去了。

登船后，浓浓的油漆味扑面而来。邬副厂长边走边介绍，从甲板到舱室看了个遍。到了轮机室，他特意指着机器上的铭牌，念出英语，说这是世界上最著名的轮机厂家出产的，功率强大。邢昭衍点点头，表示认可，因为昭衍号上的轮机也是这个牌子，十年来没出过问题。

最后来到船头，邬副厂长从甲板上的一个木箱里摸出一瓶酒说："你们看，我把下水用的香槟都准备好了！"衣经理看着邢昭衍道："赶快让这瓶酒在船舷开花吧？"邢昭衍说："好，咱们商量商量。"他问邬副厂长，提船还要付多少钱。邬副厂长说："应收船款二十四万，扣除订金五万，以及开工时付的首期船款五万，还要付十四万。加上逾期未提船的罚款，共计十五万六。"邢昭衍问："能否把罚款免除？"邬副厂长想了想说："全免不可以，把六千的零头抹掉吧。"邢昭衍说："好，咱们三方签个合同，我直接付给你们厂这十五万，你们把船交给我，可以吧？"邬副厂长说："当然可以。"衣经理却说："不行，船款要先交给我们嘉宁公司，由我们和船厂结算。"邬副厂长一笑："你们商量吧，我先回厂部办别的事情。"说罢下船走了。

邢昭衍看看他的背影，从箱子里又摸出那瓶香槟酒，看着说："进口的香槟，炸开的时候一定声音响亮。衣经理，你不是想让它尽快开花吗？"衣经理说："我当然想。但是付款方式不对，还是要走原来的渠道。"翟蕙说："走原来的渠道，钱就不知道流到哪里去了，这瓶酒还是开不了。"衣经理说："我回去和股东们商量一下。"邢昭衍说："好吧，我们等着。明天上午九点，咱们在大达公司佟经理办公室见面。你们不同意的话，我们马上回青岛。"衣经理说："好吧，明天见。"

走出船厂，坐车到大达公司，邢昭衍和佟盛说了这事。佟盛拨弄着面前的算盘说："衣经理的小算盘打得太拙，把你们当成傻子？你等着吧，他们肯定会按你说的办。"

喝了一杯茶，邢昭衍带翟蕙去逛外滩。看到那里洋楼林立，人流如织，翟蕙感叹："这真是中国第一大码头，太繁华了！"在黄浦江边正走着，见前面有一架立式相机，摄影师正招徕顾客："照相啦，照相啦，来一趟大上海，不留影太遗憾啦！"翟蕙说："咱们照一张吧。"邢昭衍说："好。"他到了相机旁边，看看摆出的样品照片，指着一张二英寸的立姿全身照说，就照这样的，每人一张，说罢付了款。摄影师让翟蕙站好，翟蕙问他："你怎么不过来？"邢昭衍说："咱们分开照。"翟蕙努了一下嘴，站在那里面对相机。摄影师说："笑一笑。"翟蕙这才让脸上现出笑容。照完了，她问何时取相片，摄影师说，明天过来取，或者留下地址给你们寄去。翟蕙说，我们过来取。

次日八点半，他俩准时去了大达公司门前，衣经理已经和助手等在那里，说董事会一致同意邢经理将船款分开付，现在就去船厂签合同。邢昭衍让佟盛也去，当个证人。

到了江南造船厂，邬副厂长听说他们已经谈妥，立即让手下人和衣经理的助手起草合同。两份合同写好，各方以及证人审查无误，分别在上面签字。邢昭衍又提出，请船厂免费写上"昭泰"这个船名，邬副厂长也同意，说明天就可以弄好。接着，他们坐车去外滩的汇丰银行，邢昭衍取出银票，将七万元存入嘉宁商船公司账户，将十五万元存入江南造船厂账户。

邬副厂长对邢昭衍说："好了，定个时间让船下水吧，必须在五天之内。"邢昭衍："好的，我选定了日子就跟您说，咱们现在吃午饭去。佟经理，你说去哪里？"佟盛说："去华懋饭店吧。"

邢昭衍以前来上海时走过华懋饭店门口，知道那是大清咸丰年间英国人建起来的，在外滩数一数二，于是心中忐忑，不知要花多少钱。硬着头皮进去，任由佟盛安排房间，点菜上酒。吃完结账，花费一百多元。等到江南造船厂和嘉宁商船公司的几个人走掉，佟盛借酒盖脸，向邢昭衍要介绍费和作证费。邢昭衍给他一百嫌少，给他二百还嫌少，邢昭衍只好加到三百。等他揣起银票摇摇晃晃走了，翟蕙看着他的背影道："这个佟经理，把咱们领到华懋饭店，豪吃一顿还另外要钱！"邢昭衍说："买到这条船，也真是多亏他。再说，大达公司已经好几个月没发工资了，他一家人也要籴米吃吧？"

喝了酒，觉得困乏，邢昭衍想回旅馆休息。翟蕙没忘了去取相片，到江边的摄影点果然拿到了。看到他俩分别站在两张相片上，翟蕙拼凑在一块端详："这样才好。"邢昭衍借酒壮胆说："咱们重照一张？"翟蕙说："这就对啦！"说罢挽着邢昭衍的胳膊，让摄影师照一张合影，说定明天来取。

回到旅馆，店员却递过来一封电报，邢昭衍急忙拆开与翟蕙一起看。看到电报正文是"翟蕙公公昨日病故速回"，二人都愣住了。翟蕙泪如泉涌："我走的时候他还好好的，怎么会突然病故了呢？"邢昭衍说："你赶紧回去吧，咱们现在就去买飞机票。"二人再去外滩，找到机场售票处，得知明天上午九点半有去青岛的航班，就买了一张。

回到旅馆，翟蕙哭着说，这些年来，公婆一直住在青岛帮她带孩子，操持家务。公公六十多了，整天到浮山拾柴火，除了用于自家烧火，还背到市场上卖，换点小钱贴补家用。邢昭衍安慰她，让她不要太伤心，翟蕙还是眼泪不干。邢昭衍让她上床躺下，抱她入怀，她一点反应也没有，喃喃地道："我不应该跟你来上海，不应该。"邢昭衍听她这么说，身心俱冷，遂放开她躺到一边。

晚上出去吃饭时，他委托旅馆打电话约一辆出租小汽车，明天七点过来。第二天一早，翟蕙收拾好行装，邢昭衍与她去街上吃了饭，乘车去机场。到那里下车后，翟蕙殷切叮咛，让邢昭衍一个人在上海千万小心，不要多喝酒，不要乱逛街，提出船来就回青岛。邢昭衍答应道，放心吧。看着她进入候机厅，转身摆手告别，邢昭衍心酸不已。

到了江南船厂，他与邬副厂长商定，两天后让船下水。而后亲眼看着两个工人坐着吊篮，在新船两侧用白漆各写了"昭泰"两个大字。他回到外滩，发电报告诉昭光，将在12日到达青岛小港。看到江边有照相的，忽然想起与翟蕙的合影没取，立即去了。将相片拿到手，见二人紧靠在一起，脸上写满幸福，想到刚在青岛猝死的那位老人，他心中有罪恶感升腾。走到江边，再看一会儿这张照片，他忍痛将其撕碎，与泪水一起抛进江中。

10月11日上午，邢昭衍登上昭泰号，用绳子系一瓶香槟垂下去，让它在船舷撞出一朵白花。送船的八位船员各司其职，让船驶离江南造船厂，开出黄浦江，到长江口拐弯向北。

到达马蹄所东海已是晚上。邢昭衍看到黑夜中的灯塔之光，心驰神往。他很想到那边停下，回家看看，但是想到自己与翟蕙去上海是双飞双宿，回家后愧对梭子，只好任由这艘船继续前行，于次日早晨进入胶州湾。

邢昭光已带着货运科的两个人在小港等候。看到站在昭泰号船头上的邢昭衍，急忙登上一条舢板过去，引导新船缓缓入港，凭港上的批文靠上一个泊位。邢昭衍给送船的人发了酬金，将他们送走，带着昭光他们看这新船。看完后对昭光说，打算让昭衍号船长阚大州到这船上，其他船员向社会招聘，昭衍号的船长由大副李鸣东接替。昭光说，可以，阚船长这人很可靠。后天昭衍号到青岛上煤上水，咱们上船宣布这个决定。邢昭衍把这艘船的手续给昭光，让他马上去港务局注册，而后问他，翟蕙公公的丧事办完了没有？昭光说，办完了，前天我带几个人，翟良处长又找了一些人，一起把老人的棺材拉到浮山，在他儿子的坟堆旁边埋下了。邢昭衍点点头，下船走了。

回到船行，忽然听到翟蕙在她的屋里说话。他在门口张望一下，见翟蕙一边打电话一边擦眼泪。回经理办公室坐下，翟蕙也过来了。邢昭衍问："你不在家休息几天，这么快就来上班？"翟蕙说："我来等你。""等我干啥？"翟蕙走到桌子前小声道："我怕你回来去看我，让我婆婆见了更加伤心。"

邢昭衍摇摇头，又问："你公公去世，是什么原因？"翟蕙说："原因就是我跟你到上海。我在船行这么多年，是第一次出差。公公不放心，到船行打听是跟谁去的。听说跟老板去，他气得不得了，回家跟老太太嘟哝，翟蕙要么改嫁，要么守节，跟老板不明不白，还一块去逛上海，这算什么事儿？那天晚上说着说着害心口疼，倒在地上就不行了……"邢昭衍抬起两手抓挠着头皮道："是这样死的？我有罪，我有罪！"翟蕙流着泪说："罪都在我，是我喜欢你，缠上了你。这几天，我一闭眼就看见，老头怒气冲冲盯着我，数落我。往后，我老老实实做你的职员，再不敢跟你胡来了。"说罢，她擦一把泪水走了。邢昭衍起身走进卧室，往床上一躺，用拳头连连捶打自己的脑袋。

办妥昭泰号注册手续，翟蕙还是履行她的职责，到照相馆请人去拍了船照，洗印出来贴到西墙上。她往上贴时，没有表现出欢欣。邢昭衍看船照时，也没有多少成就感，觉得那是贴给外人看的。

每天早晨，翟蕙还是从楼下取来报纸，放到经理桌上。这天她又过来，指点着报纸说，上海出大事了。邢昭衍拿起报纸一看，上面有转自《申报》的一条新闻：

> 执我国工商业之牛耳，蜚声实业界巨擘，前任考察欧美实业专使，逊清状元南通张季直先生之长公子张孝若氏，于昨日黎明六时十分，突遭甫于前日由通来沪之旧仆、皖人吴义高开枪狙击，殒命于法租界辣斐德路一二二八号张之寓所内。

邢昭衍看完万分震惊："怎么会有这样的事？"
翟蕙悲叹一声："唉，悠悠空尘，忽忽海沤。人生就是这样。"

第四十一章

丙子年正月十八,邢昭衍吃过晚饭就往栈桥走,要去看一场青岛人期待多日的焰火盛会。大港第三码头建了三年多,市政府早就宣布,这天上午在大港举行落成典礼,晚上在前海举办焰火晚会让市民同欢。

上午,他和昭光坐着半年前买的雪佛兰轿车去大港,想去看典礼盛况,不料到了一座用松树枝扎起的漂亮彩门之外,却有两个警察拦下他们,要看请柬。邢昭衍这才知道,参加典礼是要有请柬的,只好与昭光灰溜溜下车站在旁边。他们看到,一辆辆小轿车鱼贯而入,五百多米长的第三码头直插入海,码头两边的几艘大船挂满彩旗。那些船都是外轮,载重量均在五千吨以上,给足了沈市长面子。这是沈鸿烈当上青岛市长之后的第一个大工程,他一定会在落成典礼上发表饱含激情的讲话。邢昭衍此时明白,除了达官贵人、工程建设负责人和大轮船公司的老板们,像他这样的小老板和普通市民无缘聆听。

上午没看成典礼,晚上必须看上焰火。司机小秦要开车送他,他说不用,我自己走过去,小秦就和住在船行的几个职员结伴步行去了。邢昭衍很想和翟蕙到那里并肩共赏,但她早就说过,要和儿子一起。邢昭衍还想和儿子一道,又断定儿子即使去,也会约上女朋友,不会让他这个长辈跟着。

中山路上人流汹涌，向南汇聚在栈桥北头。栈桥与回澜阁都成了观景台，黑压压站满了人。等了一会儿，只听见东面"咚、咚"几声巨响，海滩上腾起一道道亮光，射到半空炸出一朵朵硕大的金菊，人群中爆发出一阵阵欢呼。

半个小时后，焰火晚会结束。大家正要回家，突然有人撒起了传单，人群上方纸张飞舞。邢昭衍正要捡一张看看，一个熟悉的声音响起了："同胞们，同胞们！请不要走，听我讲几句！"原来是儿子邢为海一手抱着电灯柱子，让自己从人群中冒出，挥舞着另一只手开始演讲："日本鬼子亡我之心不死，中华民族危在旦夕！北平、天津、南京等地的学生早已行动起来，与市民一起上街游行，坚决反对华北自治，要求国民政府停止内战，一致对外！青岛学生也积极响应，上个月成立了学生联合会……"

邢昭衍感到震惊的同时，也明白了儿子为什么到了腊月二十六才回家过年，正月初六又匆匆离家，原来他是准备在今天晚上办大事。他听儿子说过，青岛市学生联合会是由山大、礼贤中学、市立女中、文德女中等学校的学生代表成立的，儿子身为礼贤中学的教师，一定参与了筹划。此刻他为儿子骄傲：大敌当前，祖宗的抗倭血性在儿子身上复活。他也为儿子担心：学潮是学生们闹的，你身为教师不该抛头露面呀。

他发现，在人群中演讲的不只是邢为海，几乎每一根灯柱子旁边都有一个年轻人在大声呼喊。人们站在那里听，还借助灯光阅读捡到的传单。

"……团结起来，万众一心！把日本鬼子赶出中国！"邢为海讲到后来，带领大家喊起了口号。现场群情激奋，振臂如林。

他刚结束演讲，身边有个女声唱了起来："我的家，在东北松花江上……"邢昭衍认出来，那是儿子的女朋友季欣。季欣刚领唱了一句，她旁边的许多年轻人齐声高唱。唱到最后一句："爹娘啊，爹娘啊！什么时候才能欢聚在一堂？"人群中哭声一片，邢昭衍也深受感染，热泪涌流。

东边啪啪响了几声，人群开始剧烈骚动。有人说："警察来了！警察抓人了！"邢昭衍担心邢为海和学生们的安全，急忙大喊："快跑！快跑！"人们立即四散狂奔。邢昭衍看见，儿子拉着女朋友的手跑向西面，才稍稍放心。

回到船行，邢昭衍耿耿难眠。他预感到，一场特大风暴正席卷全国，青岛这个与日本离得很近的海滨城市，更是处于风口浪尖。

第二天，报纸登载消息：昨晚山东大学学生借焰火晚会闹事，六名学生被军警逮捕。报上有六个人的名字，其中没有季欣。可是邢昭衍担心他们以后再去闹事，决定去礼贤中学劝一劝儿子，顺便把《中国经济心理》这本书还回去。这本书是儿子送给他的，他光看翟蕙翻译出来的手抄本，把书放在卧室的书架上忘记了，前几天才发现。

来到礼贤中学门口，他下车独自走进校园。听到各个教室里书声琅琅，知道教师们都在上课，便去了图书室。他认识这里的管理员徐竹筠，这人毕业于礼贤书院女子班"美懿书院"，比翟蕙高两级，八年前来母校当了图书管理员。这几年邢昭衍每年年初都召集几个校友聚餐，在饭局上认识了她。

邢昭衍还是上学时来过图书室，进去后看见书架更多了，每个书架都是满满当当。胖乎乎的徐竹筠见他来了，急忙起身招呼。邢昭衍把书给她，说对不起，还得晚了。徐竹筠接过书说，你儿子借这书我有登记，正打算向他要呢。这是前年卫美懿寄来的，不能丢了。邢昭衍问："卫美懿和你还有联系？"徐竹筠说："有，我与她多次通信，几次收到她给学校图书馆寄赠的卫礼贤著作，包括这本《中国经济心理》。"说着，她把邢昭衍带到一个书架前面。这里排列了两行卫先生的著作，有中文的，有德文的。邢昭衍抚摸着这些书感叹："卫先生真了不起，他在东西方文化交流方面功莫大焉。"徐竹筠说："他对中国文化情有独钟，给自己设计的墓地也有中国风格。"说着回到自己的办公桌前，从抽屉里拿出一张照片给邢昭衍看，说是卫美懿寄来的，先生的墓地在他的家乡斯图加特市郊外。

邢昭衍看到，这块墓地用石板镶成八卦图案，正中是个圆形石球，石球上刻着他的德文名字与生卒年月。端详片刻，邢昭衍擦一下湿润的眼角，回头看着那几排卫礼贤著作，心里想：先生来到中国，发现了中华文化的魅力，为把它介绍到西方，付出了毕生精力。然而先生已逝，中国又到了最危险的时候，中华文化还能起到什么作用？仁义道德，能抵御强敌吗？阴阳八卦，能成为克敌手段吗？要救中国，只有靠老祖宗传下的家国情怀与抗争精神，像电影《风云儿女》插曲里唱的，"用我们的血肉，筑成我们新的长城"。他叹息数声，告别徐竹筠走了。

正是课间休息时间，学生们在操场上追逐嬉闹，让邢昭衍又似乎回到了三十年前。他看到，儿子抱着讲义往一个教室走，便喊住了他。邢为海看到父亲，跑来问他到学校干啥。邢昭衍说："来还书，卫先生的那本《中国经济心理》。"邢为海拍拍脑袋："哎呀，我把它忘了。"邢昭衍说："你昨天晚上在栈桥演讲，我就在旁边。看到警察抓人，我为你担心，今天过来看看你。往后，你跟小季千万小心，别让他们抓去。"邢为海不以为然地摇摇头："抓去也没事，当局是怕我们的。昨天抓了山大的六个同学，今天都放了。"邢昭衍说："你以后别再参与那些事了，太危险。你干脆辞了教师，到我船行干吧，学会经商，以后接我的班。"邢为海却大摇其头："我对经商根本没有兴趣，男子汉大丈夫，只能走文武两道。"邢昭衍问："为什么？"邢为海慷慨激昂道："文能提笔安天下，武能上马定乾坤，商人算什么？唯利是图，满身铜臭，都是机会主义者，从来不把天下苍生放在心上！"邢昭衍被这话激怒："你放屁！一个社会如果没有实业支撑,没有商业滋润,那就根本转不动,只能穷得嘎嘎响。所以,张謇看到了这一点,就走了实业救国的路子。"儿子冷笑一下问他:"张謇救成了吗?他忙到死,累到死,这个国家还是穷,还是乱!"这话噎住了当爹的,他竟然不知如何反驳儿子,只好转身走掉。

二十天后的一个下午,邢为海突然跑到恒记船行,满面焦急:"爹,你快救救季欣吧。今天大批军人包围了山大,抓走了三十多个学生,季欣也在内。"邢昭衍在报上看到,焰火晚会之后,山大的学潮一浪高过一浪。那六个学生虽然被放了,学校却勒令他们退学,山东大学学生救国会坚决反对,召开全体学生大会,要求学校收回成命,随即开始罢课。教育部电令该校以严厉手段处理,看来今天动手了。

邢为海说:"爹,我打听了,今天到山大抓人的是海军陆战队。沈鸿烈是海军司令,肯定是他派去的。那年土匪刘黑七要攻打马蹄所,你找沈鸿烈求救,他派了军舰过去。今天你再去求他一回,让他放了那些学生!"

邢昭衍明白,儿子救季欣心切,才放下架子找我来了。看到儿子急成这样,他决定马上跑一趟市政府,不只是救季欣,也救救她的同学。

坐着船行的小轿车,很快到了市政府门前的停车场,邢为海要跟他进去,邢昭衍没答应,让他在车上等着。邢昭衍打算先找老同学翟良说说这事,想不到在楼梯上碰见,翟良正陪着沈市长下楼。邢昭衍想,可不能错过这个机会,急忙迎了上去:"市长您好!"沈鸿烈停下来,翟良向他介绍说,这是恒记船行老板邢昭衍。沈鸿烈推推他的圆框眼镜说:"想起来了,那年悍匪刘桂棠进犯海畇县马蹄所,你找过我。"邢昭衍连连点头:"正是正是!您派两艘军舰过去,赶走了土匪,家乡父老对您感恩戴德!今天我再求您一件事情。"沈鸿烈问："什么事？"邢昭衍说："求求您，放了今天被抓的山大学生。"沈鸿烈问："你是商界人士，与山大有什么关系？"邢昭衍说："学生里面有我亲戚的孩子，所以冒昧见您，求您开恩……"沈鸿烈现出怒容："你亲戚的孩子？谁也不行！汪主席、蒋院长早就联名向全国发令，严禁排日运动，可是山大的一些学生屡教不改，我能任由他们胡闹？"说罢，气冲冲下楼去了。

邢昭衍在楼梯上呆立片刻，灰溜溜走出去。儿子从车上下来，问他什么结果。邢昭衍没好气地道："什么结果？碰了一鼻子灰！"邢为海看着市长车子消失的方向，拧紧双眉："找他不中用，我们就发动更大的学潮！"邢昭衍呵斥他："我看你也想进去了！"邢为海说："进去更好，我陪季欣一块儿坐牢！"

果然，山大学潮更加高涨，全校学生一齐罢课，还派多名代表去市政府请愿，季欣等人被放了出来。又过了一段时间，山大校长赵太侔被教育部撤销职务，另派林济青代理校长，山大也全面复课，安顿下来。

看到形势变了，邢昭衍不再为儿子和季欣的安危操心，便专注于船行运营。但是，无论货运还是客运，营业额都在减少。新买来的昭泰号虽然载重量大，却经常吃不饱。从大连拉高粱大豆，货源有限，各家航运公司争抢，并且相互压低水脚运费。有的船行赚不到利润，只满足于养船养人。有一次，邢昭衍召集船行管理人员开会商量对策，昭光发起了牢骚："早知这样，就不买新船了，包袱还小一点！"邢昭衍不愿承认自己决策失误，瞪他一眼："已经买来了怎么办？想卖也卖不掉呀。咱们还是动动脑子，多找货源吧。"昭光说："青岛港最大的货源是煤炭，大港第三码头除了装卸少量木材，基本上就是煤炭专用码头。可是，咱们的船小，人家不让进大港。"这话又说到了邢昭衍的痛处，捶打着桌子说："咱们加把劲，还是要买大船、进大港！"翟蕙说："对，这个目标不能动摇，哪怕三年五年,十年八年,咱们也要实现!"听她支持自己,邢昭衍向她投去了感激的一眼。昭光叹口气:"唉,夜里盘算千条路,早晨还得卖豆腐。还是想想眼前怎么办吧。"

几个人商量一会儿,觉得只能在农产品上做文章,大连那边的高粱大豆不能放弃,马蹄所那边更要下功夫。尤其是今年秋天的花生,一定要多收一些。邢昭衍让昭光给于嘉年发电报,叫他组织人下乡,多多联络花生贩子,许诺价格一定高于市场平均价,如有闲钱可以付订金给他们。

中秋节在即,邢昭衍决定趁着回家过节,看看花生收购情况,并且打算坐车回去,让家人看看这辆车。他打电话给儿子,儿子却说不走,有事要办。邢昭衍问:"什么事?"儿子答:"不需要你知道的事。"邢昭衍吼道:"你是不是又想胡闹?"邢为海不回答,把电话挂了。邢昭衍怒火中烧,点上烟在办公室走来走去。翟蕙过来说:"你不是要回家吗?我跟小秦上街,买一些月饼放在车上吧。对了,还要买几桶汽油,估计沿途和马蹄所都没有加油的地方。"邢昭衍说:"对,对,你想得周到。"

次日一早,他和小秦吃完早点,开车上路。光是绕过胶州湾,就费去三个小时。再往南去,路面坑坑洼洼,没法快跑,下午五点才到海矖城。邢昭衍问小秦:"累了吧?"小秦说:"不累。"邢昭衍说:"比坐轮船多用一倍时间,我以后再不坐车回家了。"小秦笑了笑,不作声。

来到马蹄所西门,立即引起轰动,许多人带着惊奇的眼神看这车,有人还高声大喊:"鳖盖子车来喽!鳖盖子车来喽!"邢昭衍打开车窗向人们笑着摆手,摆摊卖猪肉的邬屠子用一把尖刀指着他笑:"哈哈,邢一杠,你混上鳖盖子车了,了不得!这是咱马蹄所的头一辆!"在青岛,没人知道邢昭衍的这个诨名,他现在听乡亲们叫,觉得时光回到了三十年前,脸上那道伤痕隐隐作痛,同时也觉得脸上有光，心花怒放。

他来到自己家门，将车停在门外，自己走进去。梭子坐在堂屋里，病恹恹看他一眼，又向他身后张望："大船呢？"邢昭衍说："他有事，没空回来。"梭子便唉声叹气："到了八月十五，一家人也不能团圆，他到底有多要紧的事？"邢昭衍说："儿大不由爷，管不了就甭管。梭子，咱买上车了，到门外看看吧。"梭子却说："我不想到街上见人。"

邢昭衍只好去叫母亲，母亲喜滋滋出来，摸摸这儿，拍拍那儿。邢昭衍说："娘，明天我带你和三板他娘去逛海疃城，好不好？"老太太说："好呀，俺也坐一回鳖盖子车！"邢昭衍苦笑道："你怎么也这样叫？太难听了！应该叫小轿车！"

他想赶紧看看花生收购情况，就上车穿过所城，直奔恒记商号。然而到了南门里面看看街东，忽然想到闺女杏花在那里成了一个渔妇，羞耻感又在他心间涌起。他谴责自己虚荣，开车回来炫耀，真是可笑、可耻。

恒记商号门外，车子、驮子排了长长一溜，上面都是装花生的麻袋。进院停车，姐夫迎出来，看着车啧啧称赞："他舅，你买上轿子车啦？真好！"邢昭衍问他收了多少花生，于嘉年说，能装一船了。邢昭衍心中欣慰，看了一圈之后，让姐夫和两个助手上车，到城里的"望海楼"一起吃晚饭。

车子停在街上，又引来许多人围观。小秦要在下面看护，邢昭衍说，没事，让他们看吧，咱们吃饭去。吃完饭下楼，发现车子旁边一个人也没有，两个车灯的玻璃都已碎掉，连里面的灯泡都没了。小秦气急败坏："这可怎么办？"邢昭衍此时明白，时至今日，马蹄所还有嫉恨他的人，而且手段恶毒。他本来打算，让小秦明天开车，带着母亲和梭子逛逛海疃城，顺便去海疃中学接小儿子回家过节，但是车灯让人砸碎，实在丢脸，没法去了。他吐出一口闷气，让姐夫带小秦去商号停车住宿,姐夫就从饭店借了一个灯笼,在车前照明,让车子慢慢开走。街角有几个小孩叫了起来:"鳖盖子车,瞎了眼!鳖盖子车,瞎了眼!……"

邢昭衍独自步行回家,冯嬷嬷刚把药熬好,送到堂屋走了。他拿过调羹,要喂给梭子,梭子没让他喂,自己喝一口说:"他爹,你不用惦记我,我试着还行,一年半载死不了。"听她这么说,邢昭衍很伤感,抓起她的手攥着。梭子有气无力道:"给我看病的先生说,病由心生,他说得一点不错。"邢昭衍问:"你不是说过,把那个丫头送走,你心里就轻快了吗?"梭子说:"是轻快一点了,可是,一想到杏花跟了个打鱼的,还是难受;一想到马蹄所的人都笑话咱,我想赶紧死了算了。"邢昭衍说:"你可别这样想。当年咱俩急急火火走到一起,马蹄所的人也都笑话咱,现在怎样?好多人都羡慕咱、嫉妒咱呢。杏花虽然叫咱丢了脸,她毕竟是咱的闺女,咱得帮帮她,叫她过上好日子。我考虑,甭叫大马古打鱼了,叫他去商号干点事。看看碌碡,我拉巴他这么多年,他一家不是过得很好?"梭子说:"我也想到了,也跟咱姐夫商量过,可是叫她妗子去问,你猜大马古怎么说?说他不识字,干不了生意上的事,他就喜欢打鱼,一天不去海里就难受。"邢昭衍听了长叹一声:"唉,人各有志,那就甭强求他了。有一条丈八船,也能养活全家。再说,人生在世,各有各的命运,杏花有她自己的日子,该承受的就承受吧。"梭子悲叹:"命呀,命呀,唉……"

三板兴冲冲进了门,一见爹就问:"爹,鳖盖子车呢?我刚才到了西门,就有人说我爹坐着鳖盖子车回来了。"邢昭衍气呼呼道:"鳖盖子车是骂人的,你也叫?车子放在商号里了。"三板吐一下舌头笑道:"嘿嘿,我明天去坐坐试试。"接着,他去娘的跟前,问她这几天怎样,他娘强笑着说,好多了。

邢昭衍发现,三板的个子比过年时高了许多。他从马蹄所完小毕业，到海暾中学读书，每个周末才回家一次。这孩子懂事，让邢昭衍很欣慰。他决定，让三板在本地上完中学，跟着他姑夫学做生意，以后把恒记商号这一摊子顶起来。

八月十六，邢昭衍让三板跟车回海暾中学。三板上车时看着车灯说："爹，我想把砸咱车眼的人找出来，把他的眼也弄瞎！"邢昭衍向他瞪眼："你找死呀？两个车灯值几个钱？可不要再想这事！"三板鼻子里哼一声，上车坐下。

回到青岛，邢昭衍本来估计邢为海会来找他，问问娘的身体如何，家中如何，但是，半个月过去，他没见上儿子一面。他猜测，邢为海可能又以山东大学毕业生、礼贤中学教师的身份做掩护，在策划什么行动，一旦实施就会爆个大响。看儿子的行事风格，很可能是共党成员了。想到这，他忧心忡忡，恐怕儿子出事。

真是怕什么来什么。初冬的一天，季欣跑到船行哭着告诉他，邢为海被抓起来了。他前一段去山大参加中华民族解放先锋队的活动，这几天又去日本人开的纱厂鼓动工人罢工，让日本特务盯上了。他们在富士纱厂门口抓住他，指使日本浪人把他打了一顿，又拉到警察局说他破坏治安，警察局把他关了起来。邢昭衍听了连连跺脚："我不让他闹事，他偏不听！"

翟蕙在隔壁听见动静过来，得知邢为海进了监狱，也十分着急。就问季欣，邢为海挨了打，伤着了没有，季欣说她不知道。她要跟着邢为海一起去纱厂，但他不让，和几个男生一起去的。季欣流泪道："邢叔，为海说您认识沈市长，您去求求他，把为海放出来吧？"邢昭衍说："你春天被抓，为海让我去求市长，没有求动，今天你又让我求他，我见了他怎么张口？"翟蕙想了想说："这样吧，我问问翟良哥，为海的案情重不重，能不能让他关照一下。"接着到她的办公室打电话。打完回来说，她堂哥知道为海被抓的事情，警察局向市长报告时，他在一边。沈市长很生气，说目前中日关系吃紧，他要千方百计掌控青岛局势，不能让这里出事，影响大局。所以，对于青年人的反日冲动，对共党分子渗入日本工厂煽动罢工的行为，要坚决制裁，不能手软。邢为海这几个人，必须关上一段时间，免得他们回到社会上继续捣乱。

季欣"哇"的一声哭了："这可怎么办？为海什么时候能重获自由呀？"翟蕙安慰季欣不要哭，先回学校，她和邢经理再想想办法。季欣这才擦擦眼泪走了。

季欣走后，邢昭衍搓着手说："为海假如身体好好的，蹲多长时间都行，关键是他受了伤，在监狱里得不到治疗和照顾，说不定就毁了。你替我约一下翟良，今天或明天晚上一起吃顿饭，把这事情商量一下。"翟蕙答应一声，又去打电话。邢昭衍跟过去听见，翟良说今天晚上没空，明天晚上可以。邢昭衍便让翟蕙打电话，到春和楼订一个雅间。

第二天晚上，邢昭衍带车去接翟良，到了市政府门前，翟良身边站着一个肿眼泡戴大盖帽的男人。翟良介绍说，他是警察局副局长袁平山先生，分管监狱。邢昭衍向他鞠了一躬，说久仰久仰。袁平山看着他道："邢老板，翟处长向我介绍你了，你能在青岛开船行，不简单！"邢昭衍笑道："就几条小破船，还请局长多多关照。"

上车后，袁平山问翟良："处长，听说日本总领事要找市长谈判？"翟良说："是，闹罢工的厂子到了七八家，日本人很着急。"袁平山说："赶紧谈，赶紧谈，工人再闹下去，我们这些穿警服的就累死了！"翟良说："其实工人也不想闹，是因为日本老板对工人太苛刻，一天工作十多个小时，工资又低。但是他们闹罢工，日本人就对政府不满，市长很为难。市长的态度就是委曲求全，息事宁人。"袁平山说："也只能这样。连南京的那些高官都不敢站着撒尿，他沈鸿烈又敢怎样？"

到了中山路名店"春和楼"，邢昭衍见袁平山脱大氅，急忙接过来抱着，往大氅的兜里装了一张百元银票。翟蕙已经在雅间里等着，邢昭衍指着她向袁平山做介绍，袁平山过去与她握手："翟妹妹好，我知道，你是邢老板的助手。妹妹你好眼力，找了个老板做靠山。"翟蕙尴尬地一笑，并不搭话。翟良急忙打圆场，招呼袁平山落座。

喝下两杯酒，袁平山指着邢昭衍说："我告诉你，你儿子在我那里关着，想把他放出来，胳肢窝里放屁——没有门儿！"见他如此粗鲁，邢昭衍十分反感，但还是赔着笑脸道："孩子年轻，不知天高地厚，让袁局长费心了。我不指望他能马上放出来，只是听说他叫日本浪人打伤了，想到监狱看看他，请您开恩。"袁平山点点头："可以，想看就看。明天我给欧人监狱的张所长打个电话，你下午过去。"邢昭衍急忙向他敬酒道谢。

第二天上午，邢昭衍让食堂厨师包了一些水饺，中午煮好后装进一个饭盒，他提到车上去了欧人监狱。他早就知道，当年德国人占青岛时建了两座监狱，一个在李村，用来关押中国人；一个在常州路，用来关押外国人，青岛人就把常州路上的这一座叫作欧人监狱。到那里一看，门口挂着"青岛市警察局看守所"的牌子，整个监狱像一座欧洲城堡。

他到门房说，要见张所长，一个看门的打了电话，接着把他领进去。走进所长办公室，一个目光如鹰的警官坐在那里。邢昭衍将名片托在手上，名片下面放了一张十元银票。所长接过去，熟练地将银票握在手中，只看他的名片。他接着打电话，让手下人安排邢为海与他家人会见，便有人进来将邢昭衍带到会见室。

儿子被两个看守押来，戴着手铐弓着腰，进门后叫一声爹，艰难地坐下。邢昭衍问他伤在哪里，儿子说，日本浪人踹了我的腰。邢昭衍心中剧痛，叹息一声说："为海，我问过警察局的长官，说一时半会儿不能放你们出去。我请所长派医生给你看看。"邢为海说："谢谢爹。"邢昭衍就把饭盒打开，送到儿子手上。儿子一看，立即抓过去吃，一口一个。吃完了又说："谢谢爹。"

看守押着邢为海离开，邢昭衍又去找所长说了儿子的伤情，请他关照。所长说："好吧，我叫狱医过去。"邢昭衍急忙向他道谢。回来后，他让翟蕙去山大找季欣说这事，翟蕙说："山大那么大，我到哪里找她？她如果真把邢为海放在心上，会主动过来问你消息。"果然，两天后季欣来了，听说邢为海短期内不可能释放，她黯然神伤。

邢昭衍比平时更加关注时事新闻，每天都把船行订的几份报纸仔细阅读。他看到，11月20日，日本总领事西春彦与沈鸿烈谈判；一周后看到，日本同意提高工人工资5%，饭后休息时间原则上停车，不无故解雇工人，不虐待工人。沈鸿烈也宣布了四条解决方案，警告工人不得罢工、怠工。过了几天，好几家工厂又出现罢工，原因是厂主开除工人。12月2日，青岛日本纺织同业公会决定，九座日本纱厂全部关闭。

12月3日，邢昭衍正在小港看经停青岛的昭焕号载了多少乘客，发现船上只下来二十来个人，不由得心焦。到了冬天，去东北的极少，来青岛的也不多，看来只能寄希望于春节前后的两拨了，那时好多人要回家过年，过完年再出门。

他百无聊赖地在码头上踱步，见几艘灰色军舰从胶州湾口过来，船头上都插着日本旗。他想，日本派海军来青岛干啥？他看到，军舰经过小港西面，向大港那边驶去，甲板上都有海军士兵列队站着。第二天看报纸，发现《平民日报》报道，日本派舰九艘来青，载有海军陆战队一千余人，以保护日侨生命财产为名武装登陆。但是再过一天，他就看不到《平民日报》了，打电话问报社，那边接电话的人压低声音说，昨天鬼子包围了报社，没法出报。邢昭衍打电话给翟良打听消息，得知日本兵还包围了国民党青岛市党部、胶济铁路党部以及各大纱厂。

局势竟然这般严峻！邢昭衍到了中午没去食堂，觉得胸腹发胀。

翟蕙下去吃完，带了两个馒头一盘菜上来，他才勉强吃了一点。他对翟蕙说，看来，邢为海出狱的可能性几乎等于零。翟蕙说，唉，急死人了，您经常过去看看他吧。

一周后，青岛市政府社会局强制工人复工，日本海军陆战队才撤出青岛。

邢昭衍又去监狱，拿钱买通张所长，与儿子见了面。儿子说，他的腰伤好多了，让爹放心，并转告季欣。邢昭衍回来后想告诉季欣，但是这个姑娘好久没有露面。直到腊月十八她才过来，说学校要放假了，问邢为海在里面怎么样。邢昭衍告诉她，为海的腰伤好了。她说，那我就放心了。

年关临近，邢昭衍决定船行在腊月二十三放假。回家之前他又去监狱看望了一次。儿子虽然消瘦了许多，却能直腰走路了。他告诉儿子，要回去过年，儿子说，爹你不要把我坐牢的事告诉家里人，就说我在青岛有事。儿子还问到季欣，邢昭衍安慰他说，小季一直牵挂着你，等着你出来。

邢昭衍坐船回到马蹄所，母亲和妻子正吃晚饭。梭子似乎胖了一点，精神头也好多了。她看看丈夫独自一人，就问大船怎么又没来。邢昭衍说，大船在青岛谈了个女朋友，两个人要去济南玩，就不回家了。婆媳俩听了都很高兴，打听小嫚是哪里人，长得俊不俊。邢昭衍说，俊呀，来年放了暑假，叫大船领着小季回来，你们看看。梭子听了，要冯嬷嬷给她再添一勺糊粥。冯嬷嬷说，哎哟，您饭量见长！梭子说，我得吃胖一点，不能叫儿媳妇见了我瘆得慌，说我是个瘦猴子。

吃完饭回到前院，小周来了。好长时间没见，邢昭衍发现他变得更加沉稳，眉宇间透着一股英气。他问，民团和乡农学校都怎么样了？小周说："民团还照样办着，乡农学校停了。因为马蹄所小学的一个年轻老师上课的时候讲抗日，叫区长知道了，区长就不让办了。"

邢昭衍很吃惊:"老师讲抗日,区长就把乡农学校停了?排日禁令真是贯彻得够彻底!"他想,为海要是知道了这事,肯定受不了。

邢昭衍又问小周,现在还有没有马子骚扰。小周说:"比前些年少了,今年有几股马子到过海瞰,杀人放火抢钱财,但是没有一股敢来马蹄所。因为刘黑七那年过来,您从青岛搬兵过来吓跑,他们都知道这事;再就是马蹄所民团有好多枪,训练有素,他们不敢惹。"邢昭衍说:"好,乡农学校停就停,但是民团不能停办,现在日本人一心想占全中国,说不定能派上用场。"小周说:"我也是这么想的。为海早就和我说过,马蹄所的民团不只是保家,还要卫国。"

第二天去恒记商号,听姐夫和碌磳他们盘点一年来的经营情况。看到账上还有一万多结余,邢昭衍给大家每人发了一份奖金。又问姐夫,三个灯塔看守的工资,是不是准时发放了,姐夫说,每月十号这天,他们必定派人过来领。邢昭衍思忖片刻,说要过去看看他们,于嘉年就陪他去了。

自从杏花闹出丑闻,邢昭衍再没来过灯塔。到了那里,见灯塔上没人,宿舍门前没人,却听到厨房里有人说话。到门口看看,原来三个洋人正围在一起包饺子,艾凡擀皮,另外两个人包。邢昭衍说:"过小年,你们也吃饺子呀?"贾里德笑道:"入乡随俗,我到中国的第二年就学会了包饺子,到这里又教会了他俩。"

贾里德放下手里包好的一个饺子,走出去与邢昭衍说话,于嘉年洗洗手接替了他。贾里德把邢昭衍领到灯塔底层,问道:"邢先生,我听说伊戈尔在青岛,箩子把他和杏花的孩子送给了他,是吗?"邢昭衍点了点头。贾里德又问:"伊戈尔现在在哪里?"邢昭衍说:"不知道,他说要把孩子送到哈尔滨,让他妈带,我再没见到他。"贾里德搔骚他那光秃秃的头顶说:"他和您的女儿相爱,我应该成全他们的,可是海关有纪律,我不得不开除他。"邢昭衍摆摆手:"过去的事,你就别提了。你们三位看守灯塔很辛苦,过年了,我来看看你们，祝你们春节愉快！"说罢就要告辞。贾里德要留他一起吃饺子，他没有答应。于嘉年说："他舅你先走吧，我帮他们包完了也回去。"

走到所城南门，城墙根蹲了一长溜晒太阳的老头。邢昭衍向他们打招呼，掏出烟给每人递一支。一个掉光牙齿的老头起身问他："邢大经理，你还认识我不？"邢昭衍端详了一下说："认得，你是戏勾子。当年我让你请来戏班子，在龙神庙前演过三天大戏。"戏勾子说："二十多年下去，你混得更阔了，到青岛发大财了，趁着过年，再慰劳一回马蹄所的人呗？"邢昭衍问："怎么慰劳？再去请戏班？"戏勾子说："不听戏，看电影。你要是同意，我给你去请田家电影！"他向邢昭衍解释，海暾城有叔侄俩，去年从济南买了电影机，回来放电影。因为他们姓田，就叫田家电影。邢昭衍道："原来是这么回事。海暾城通电了？"戏勾子说："不通，他们有个小发电机，用手摇的。当叔的放电影，当侄的摇发电机，放几个时辰就摇几个时辰。"邢昭衍笑了："这电影放得辛苦。"戏勾子说："他辛苦，大伙恣呀。他们不光在县城放，也下乡，哪里出钱去哪里。你也包一场，叫他们来吧！"旁边那些老头也都帮腔：俺快入土了，也没见过电影，你就叫田家来放吧！邢昭衍说："好，麻烦戏勾子大叔跑一趟。"戏勾子向他伸手："拿钱来，包一场是八块大洋。"邢昭衍就从兜里掏出九块给他，说多出的一块是他的跑腿费。戏勾子问他定在哪天，邢昭衍说："初三至初六，哪天都行。"问在什么地方，邢昭衍说："还是龙神庙前面吧。"戏勾子说："好，电影是个新鲜玩意儿，应该叫龙王爷一块儿看！"

当天下午，戏勾子到邢昭衍家回讯：跟田家叔侄说定了，初三晚上过来，放《渔光曲》。邢昭衍听后心里一动，立即想起了与翟蕙在青岛看这电影的情景，耳边也响起了电影插曲。

腊月二十四这天，区公所文书到邢昭衍家里说，接到县政府打到区公所的电话,今年新上任的程县长请邢昭衍先生到县政府一趟,有要事相商,邢昭衍立即骑自行车去了。

程县长年龄有三十多岁,看上去文质彬彬。他请邢昭衍到接待室坐下,寒暄一通,说自己来海暇履职,请邢先生多多关照。鉴于先生在商界的非凡业绩和崇高威望,请先生挑头创建海暇县商会,带领全县商界精英,增进民众福祉。邢昭衍急忙摆手:"县长过奖了,昭衍何德何才,敢当这个会长?再说,我在青岛,长年不在家,办事也不方便,您还是另请高明。"程县长说:"您如果坚辞不就,我只好考虑别人了。不过,海暇是您的桑梓之地,县政府希望您为家乡建设献计出力。"邢昭衍问:"是不是有什么事情要我效劳?"程县长吧嗒两下嘴,说道:"我来了之后,发现海暇县百废待兴,其中最重要的是,几条交通要道不够通畅。你肯定知道城南二十里的曲水河,河上的大木桥连接苏鲁通道,可是年久失修,汽车开上去摇摇晃晃,吱吱叫唤,应该尽快重修。我想请商界人士捐款,办成这件大事,您能否慷慨解囊?"邢昭衍想,县长叫我过来,原来是为了这件事,就说:"县长,修路补路是做功德,我必须添砖加瓦。出一千块钱行吗?"程县长说:"感谢邢先生支持。不过,重修这桥,耗资巨大,您能否出上两千?"邢昭衍说:"两千就两千,我明天叫人送来。"县长拱手感谢,要和他一起吃饭,邢昭衍婉拒,说他整天不在家,回来之后要多陪老娘吃几顿饭,就骑上车子走了。

邢昭衍后来得知,那座桥第二年夏天修好,秋天就炸掉了。因为国军庞炳勋部在河北沧县与日本军队打了一场血战之后,被调往第五战区,经海暇南下时,安排工兵断了后路。

邢昭衍那天从县政府回家时想,我没答应当县商会会长,但我还是马蹄所商会会长,就让于嘉年给商会会员下通知,依照往年惯例,正月初一这天下午举行团拜会。那天上午大家都给自己的长辈和亲友拜年,下午则去了恒记商号,陆陆续续到了五十多人,坐在一起喝茶聊天。邢昭衍给大伙拜年，说了一通过年的吉祥话、祝福语。他把"阖家幸福"这四个字说了多遍，但是心里始终飘荡着一团阴影。他惦记着还在青岛坐大牢的儿子，想着想着就忍不住叹气。坐在他身边的副会长侯老板悄悄问道，会长，你有什么心事？邢昭衍说，没有。于是强颜欢笑，把场面撑了下来。

三板一直为那场电影激动着。初三下午，他早早把家里的几个马扎抱去，占了地方。吃饭时，他奶奶说，前海太冷，她不去。邢昭衍说，娘，我也不去，在家里陪你，这个电影我看过了。三板问他娘去不去，他娘说，去。

母子俩走后，邢昭衍把老太太扶到后院堂屋的炕上，亲自将炕烧热，和她说话。老太太夸了一阵子三板，说他懂事，也喜欢念书。而后问儿子在青岛怎样，邢昭衍说，都挺好。老太太抓住儿子的手，瞅着他问："大船他爹，你在青岛十来年了，置的火轮船可不少，置的女人多不多？"听她这么说，邢昭衍急忙摇头："置什么女人？你甭这样想。"老太太将脸往瘦脖上一搋："你甭害羞，有中意的就置。别人要是混得你这么好，三妻四妾都有了。"邢昭衍不想跟娘讨论这种事，让她躺下睡觉，给她盖好被子就走了。

前院堂屋生着煤炉，他用火钩子捅开，炉火渐旺，屋内渐暖。他坐在炉旁边抽烟，脑际萦绕着母亲的话，眼前闪动着翟蕙的身影。回想与她在一起的美妙光景，心中生出无限的思念。

坐到九点，看电影的母子俩回来了。三板到屋里放下马扎，兴奋地向爹说，电影可好看了，龙神庙前坐满了人，姐姐也去了。邢昭衍问梭子："你看到杏花了？"梭子说："看到了。她抱着孩子到我跟前，叫了一声娘。我嫌丢人，摆摆手叫她走了。唉，看她那个样子，我真是心酸，电影演着，我的眼泪一直淌着……"说到这里，她的眼泪又下来了。邢昭衍心中难受，将烟蒂扔进炉子，拿火钩子猛捅几下说："甭伤心了，过来烤烤火，暖和暖和！"

第四十二章

在一个蝉声聒噪、闷热熬人的中午，邢为海来到了恒记船行。他全身精瘦，双眼眍䁖，进门后叫一声爹，一屁股瘫坐到沙发上大口喘气。邢昭衍喜出望外："你出来了？"邢为海说："出来了，鬼子快打过来了，沈鸿烈还关着我们干啥？"邢昭衍问："你从监狱走过来的？"邢为海点了点头。邢昭衍急忙喊来翟蕙，让她赶快到食堂里拿点饭菜，翟蕙应声而去。

邢为海如饥似渴，让父亲把中日局势讲给他听。邢昭衍就讲七七事变，讲事变引发的一件件大事，邢为海听了咬牙切齿。翟蕙端来一碗烩菜、四个馒头，他向她道谢一声，抓起馒头大口吃着，让父亲继续讲。讲到目前有多艘日本军舰到了青岛外海，邢为海拍着膝盖激愤地说："沈鸿烈不是也有军舰吗？跟鬼子打呀！"邢昭衍说："他得听南京的指挥，哪能随便开火？再说，日本人也不会轻易在青岛打起来，他们在这里有两万日侨，二百多家工厂，一旦开战不就完了？"邢为海说："青岛现在就完了！刚才我走在海边看到，浴场空空荡荡。往年这个时候，各地来避暑的人在海滩上密密匝匝，那是什么景象！"

邢为海问父亲，家里人怎么样，邢昭衍说："都还好，你回去住一段时间吧，养一养身体。"儿子摇摇头："我不回去，我找季欣去。"邢昭衍问："你到哪里找？山大已经放假了吧？"邢为海说：

"我到她家里。""那也得休养几天再去。你在这里住着,吃胖了再走。"邢为海还是摇头,说他先回礼贤中学看看。邢昭衍想让小秦开车送他,小秦却不在,昭光一早就带车去了港上,他便给儿子一百元钱,让他上街买一身衣服换上,再去澡堂洗一个澡。

儿子走后,邢昭衍不放心,第二天到礼贤中学看他。问门卫,邢为海来没来过?门卫说,昨天来过,但是他已经被学校除名,得知这件事他就走了。邢昭衍看了看一片静寂的校园,操场上他和儿子都玩过的单杠、双杠,满怀伤感离开了这里。

这段时间,到港上坐船的人多了起来。去大港的多是回国的日本侨民,拖家带口。好多人上船后,望着青岛市区擦眼抹泪。到小港的多是些在青岛讨生活的,听说日本鬼子要来,赶紧回家躲避。恒记船行的四条客轮,从青岛往南开行时都上满了人,而且多是海嶅老乡。邢昭衍每天都在港上观察动向,看到他的船满载乘客离开,空空荡荡回来,有一种末日来临的感觉。

几天后,他从报纸上看到,上海发生虹桥事件,接着就是中日两军开战。最让他吃惊的是,中国海军为阻止日军溯江而上,将一些舰艇和民用商船沉没于江阴要塞。没和日本海军直接交战,却将舰艇开到那里自沉,这是什么战术?他想象一下那个场面,耻辱感让他心如刀锉。

青岛也出事了。有几个日本兵在德县路圣功女子中学门前走着,被不明身份的人开枪打死一个,打伤两个。因为此事,四艘日本军舰开进大港,另有十多艘在前海,一齐将炮口对准市区。沈鸿烈立即成立青岛市防卫指挥部,自任总指挥,宣布全市戒严。二十多位日本记者自东京抵青岛访问,探视青岛当局"有无发生战争危险",沈鸿烈的答复是:青岛宣布戒严,实为保护中外人民,谋取和平,倘有甘冒不韪者,当与之"同归于尽"。看着这些新闻,邢昭衍对沈鸿烈敬佩有加,他想,这才是中国高官应有的姿态!

果然，日本人不敢轻举妄动。日本驻青岛总领事大鹰正次郎与沈鸿烈谈判，最后达成协约，日方以保证不对青岛发动进攻为筹码，换取沈鸿烈对日侨安全撤离及保护日侨财产的承诺。9月4日上午10时，日侨各方领袖一百余人在日驻青领馆举行降旗归国仪式。大鹰和最后一批日本人登轮撤离时，沈鸿烈率部下前往码头予以礼节性送行。

5日这天早晨，翟蕙拿着刊登这条消息的报纸送给邢昭衍，喜笑颜开："可好了可好了，日本人走光了！"邢昭衍接过报纸看看，面色凝重："这不是好事。把他们的人撤光，是准备把青岛当战场了。"

四天之后，翟蕙接到堂兄打来的电话，说市长明天召集各机关团体和工商金融界人士开会，报告应付时局的经过，说明今后的方针，他推荐邢昭衍参加。翟蕙到经理室转达了电话内容，邢昭衍兴奋地道："好！翟良是我老同学，也是你堂兄，所以才让我去开这么重要的会！"翟蕙说："你见市长要周正一点，穿中山装去吧。"邢昭衍笑着点头："遵命！"

次日秋风萧瑟，雨打胶澳，邢昭衍经过的几条街上都落满黄叶。来到市政府的大会议室，地面湿漉漉的，那是与会者伞上滴水所致。过了一会儿，座位全满，迟到者只好站在墙边。

铃声大作，沈市长走进会场，登上讲台。会议室里开着灯，他的眼镜片闪动着光亮。他看看全场，缓缓开口："各位，本月5号之后的青岛，与之前大不相同，市面上已不复见一个日本人，不复有一面日本旗，天空地上，澄明如洗。这几天，来自省城与南京的贺电甚多，这归功于青岛六十万市民之忠贞，海陆军之忠勇，能与政府同心同德，使日人知难而退。他们明白，若战端一开，日侨生命财产之损失，将不可胜数，故此日方不敢做局部战争之计划，不得不撤退回国。日本多位侨界首领对我讲，皆因一些少壮军人擅起衅端，致使他们不得不忍痛离开可爱的青岛。电灯公司经理乔光隆竟然向我讲，想留在青岛加入中国籍。你们说，我能留吗？所以我对乔光隆说，要走你们都走，我以礼相送！"讲到这里，全场掌声如雷。

沈鸿烈接着说："青岛之敌撤退，而全国抗战正在开始。青岛之和平不会长久，敌人一定会卷土重来。因此，我们必须积极做好御敌之准备！"接下来，他要求做好政治军事动员，包括调查户口、肃清汉奸、检查邮电、管制通信，成立义勇队、防护团、护士训练班、国民壮丁队、抗战后援会等等。最后强调，这些工作既要紧锣密鼓，又要井井有条，为未来抗日战争做好前奏准备。

讲完散会，沈鸿烈站在门外向与会者挥手致意，还和一些人握手说话。看到邢昭衍，沈鸿烈紧紧握住他的手，目光盯着他道："邢先生，等到紧急关头，还请您鼎力相助！"说完，沈鸿烈又去和别人握手。邢昭衍边走边想，市长这话，是什么意思？

这次会后，青岛人还过着和平日子，但是上海人正经历枪林弹雨。淞沪大战开打后，中日双方几十万人动用飞机大炮，并且一次次短兵相接，鲜血把黄浦江与苏州河染红。这段时间，上海港成了死港，中外商船出不来进不去。恒记商行收购的花生无法南运，便往大连送。哪知道，昭衍号和昭泰号先后过去，都进不了港，卸不了船，因为这时的大连港已经由商港变成军港，日军源源不断地向中国南方运兵员运装备，用于战争的大量进口物资也从大连上岸。昭衍号和昭泰号在大连湾等了半个多月，眼看卸货无望，便转回青岛将花生贱卖。邢昭衍让这两艘货轮泊在胶州湾，给船员发齐工资，让他们回家等待。家在江浙一带的船员无法走海路，只好从青岛坐火车去济南，经津浦线辗转回去。

四艘客货两用的小火轮还在运营，收入寥寥。好在去年买来昭泰号之后，船行收入大增，今年春天已将贷款全部还上，邢昭衍算是无债一身轻了。

想不到，船行内部出了问题。翟蕙这天见邢昭光不在，走进经理室把门关上。邢昭衍以为她想与他亲热，就起身等待。从上海回来之后，翟蕙因为公公的猝死谴责自己，再不敢与邢昭衍有枕席之欢，但在无人时亲一下抱一下还是有的。翟蕙这次到他面前站下，却面带愤慨："咱们船行，要出叛徒了！"邢昭衍不解："叛徒？谁是叛徒？"翟蕙将嘴凑近他的耳边："你那个弟弟。""啊？"邢昭衍低声惊叫，让她坐下说。

　　翟蕙坐到沙发上，讲了一个重要情况：昨天她到德华银行存款，政记船行的向经理也在那里。向经理早就认识她，对她有非分之想，多次打电话约她吃饭，她都没答应。昨天办完业务，向经理到她跟前说，有一件事，关系到恒记船行的命运走势，你如果想知道，就到对面的咖啡馆一起坐坐。翟蕙很想知道是什么事，就跟他去了。到那里点了两杯咖啡，向经理问，你们的副经理邢昭光要跳槽，你知不知道？翟蕙说，不知道呀，他要去哪？向经理说，到我们政记。翟蕙不相信，说他是我们经理的堂弟，干得也很好，为什么要去政记？向经理说，为什么？因为政记有日本人做靠山，往后会更加发达。翟蕙明白了，问向经理这事定了没有，向经理说，基本上定了。听说是去烟台，邢昭光不想在青岛港和他堂兄天天见面。向经理还说，因为日本人占了东北还要占整个中国，他很郁闷，正想离开亲日的政记，没想到邢昭光主动投靠，所以就告诉翟小姐一声，让你们经理有个数儿。

　　听到这里，邢昭衍怒火中烧，扭过头瞅着隔壁的方向切齿痛骂："这个杂碎，想作死呀？"翟蕙说："你和他谈谈，让他趁早改变主意。当叛徒，而且是叛变他哥哥；要跳槽，竟然是跳到汉奸公司，这还了得？"说罢起身走了。

　　邢昭衍在屋里走来走去，越想越生气。老辈人讲，一岁不成驴，到老是驴驹子，昭光就是这样的。当年我让他到上海坐庄，他抵挡不住女人勾引被绑票，只好动用巨资赎身。他先到大连，后到青岛，我照旧重用他。当然,他也成为我的得力助手,给我出了不少力气。但是,现在国家有难,船行受困,他不和我共渡时艰,却在背地里跟政记勾勾搭搭。政记轮船公司实力雄厚,总部在大连,烟台、青岛、天津、广州、香港等地都设有分公司,现有轮船三十艘,总吨位六万多,其中千吨以上的轮船占三分之二。日军侵占东北后,该公司调了许多船帮助日军运输物资,为此张本政受到日本天皇的接见,被授予勋章。昭光竟然要去烟台跟着他们干?我决不能叫他去成!邢昭衍决定,等到昭光回船行,要狠狠骂他一顿,让他回心转意。

等到晚上,昭光却没露面,第二天也没上班。邢昭衍惦记港上事务,打算坐车过去,但是去小秦的宿舍看看,里面没有人,连铺盖也没了。到走廊里往下看,院子里没有车。他想,也许是昭光带车去了小港,因为他和昭光说过,如果港上有急事,车子闲着,可以叫上小秦直接过去。

九点多钟,电话响了,翟蕙接听后马上过来说,昭光已经带着老婆孩子走了,给您留了一封信,向经理马上送过来。

过了一会儿,外面有人上楼,被翟蕙领进经理室,说这就是向经理。向经理穿西装,梳分头,向邢昭衍拱拱手,递来一封信:"邢总经理,这是邢昭光让我送给您的,请过目。"邢昭衍接过来拆开看,信上这样写:

三哥见字如晤:

请原谅我不辞而别。小弟对您这些年的栽培与重用没齿不忘,但我审时度势,还是决定离开恒记去政记,因为我要让老婆孩子过得更好,让自己有更大的发展。三哥,时局到了今天,您也应该想个明白。老辈人讲,百姓是群羊,谁来谁赶上。许多年来,中国人叫这个赶过,叫那个赶过,都没过上好日子。日本人来赶上,说不定会让中国人的日子变好，因为他们国力强大，想让东亚共荣。这个共荣，已经在东北得到证明。识时务者为俊杰，政记的张老板就是个俊杰，咱们应该学着点儿。

另外，因为一家人带着许多东西，坐船不方便，我让小秦开车送我。送到烟台之后，马上让他回来。

三哥保重！
小弟昭光敬上

邢昭衍看了，气得咯吱咯吱咬牙："气死我了！我们邢家老祖是抗倭英雄，没想到出了这么个败类！"向经理说："邢经理不要过分生气，这就是个出败类的时代。"他停顿一下，瞅着邢昭衍问："邢经理，政记现在臭名昭著，我不想在那里干了，过来给您当帮手行不行？"邢昭衍没想到他会提出这个要求，看了翟蕙一眼，想了想才说："感谢向经理的美意，但是现在因为打仗，船都停了，等到航线恢复，咱们再商量好不好？"向经理说："好的好的，我等着您的召唤。"说罢与邢昭衍和翟蕙告别。

等他下楼，邢昭衍瞅着翟蕙说："这个姓向的，他到底是想脱离汉奸的船行，还是想离你近一点，把你追到手？"翟蕙一笑："我这半老徐娘，值得他追？"说罢向他身上一扑，把脚一踮，亲他一下。亲罢又说："哎，我问你，小秦去烟台，和你说过没有？"邢昭衍说："没有。"翟蕙说："完了，人车两空！邢昭光肯定也把他策反了。"邢昭衍说："等两天看看吧。"

然而两天过去，小秦没有露面。四天过去，八天过去，也没有看到那辆海蓝色轿车出现。邢昭衍彻底断了念想，出门时只好步行或者租车。

让人心凉的消息，伴着秋风频频袭来。11月12日，上海沦陷。16日，韩复榘令第三集团军各部撤过黄河，并炸毁黄河大桥。23

日,日军进攻济南,韩复榘向泰安、兖州方向撤退。27日,孙桐萱的二十师撤走,日军占领济南。

青岛人心惶惶,坐船逃离的人日益增多,恒记船行的四条船每次南行都是满客。邢昭衍每天都在那里盯着,坚决不准超员,唯恐乱中出事。有些认识邢昭衍的老乡问:邢经理,你还不回马蹄所?邢昭衍说:这边一大摊子,离不开呀。

真是离不开。船行事务,原来由昭光具体负责,他几乎每天都来小港,不是在码头,就是在仓库。现在他投靠政记,没有人能够顶替他。向经理是个老码头,业务熟练,让他来也许能够支撑这个摊子,但是邢昭衍想到他对翟蕙的勾引,又打消了主意,只好带着船行的两个职员,天天守在这里。

这天下午,昭焕号从南线回港,有三个洋人站在甲板上,引人注目。邢昭衍仔细看看,竟然是马蹄所灯塔的三个看守。他想,是海关让他们回来的?

船往码头停靠时,看守们也望见了邢昭衍,一起向他招手。提箱子背包下船,贾里德与邢昭衍拥抱一下,脸上满是伤感:"邢先生,我们要回英国了,想下船后找你告别,没想到在码头上见到了你。"他告诉邢昭衍,海关考虑到战争已经在山东发生,决定分期分批撤离灯塔值事人,马蹄所灯塔为首批。他们昨天接到电报,今天就回来了。邢昭衍说:"十分遗憾,但是大敌当前,让你们撤离是对的。"他问贾里德,工资发齐了没有,贾里德说:"发齐了。虽然还不到12月的发薪时间,于先生也发给了我们。邢先生,感谢你建起马蹄所灯塔,让我有了这几年难忘的经历!"邢昭衍说:"我也感谢您几年来忠于职守,给马蹄所的来往船只提供了安全保证。"问他们怎么回国,贾里德说:"我们先去海关报到,看他们怎么安排。"说罢再与邢昭衍拥抱,带着两个同事走了。

三天后,陈务铖出现在小港。邢昭衍向他打招呼,他指着身边的妻子和两个女孩说，眼看青岛就要落在日本人手里，先让媳妇孩子回老家躲避一下。邢昭衍知道，他在青岛离过婚，现在的老婆是后妻，比他小十六岁，两个女儿都不满十岁。母女三个上船时哭哭啼啼，陈务铖安慰她们，说他把这边的事务处理完了也回去。

　　船走远了，陈务铖向邢昭衍苦笑道："这船原来是日本人的，到我手里几年，又成了你的。过一段时间，就不知是谁的了。"邢昭衍心中一惊，呆呆地看着他。陈务铖靠近他一步，小声道："你要小心，沈鸿烈可能会用你的船堵航道。"邢昭衍不相信："堵航道要用大军舰，小火轮用不上吧？"陈务铖说："怎么用不上？淞沪会战前，我老家陈家湾有十几条大风船去浏家港送货，都被国民党军舰堵在了长江里面。他们被逼着装上石头，去江阴要塞沉到了水里。"邢昭衍把眼瞪圆："哎哟，我不知道有这事，光看报上说，沉江的是军舰。"陈务铖打量一下小港，又望望北面的大港："我估计，沈鸿烈也会这么干。因为蒋介石发令了，实行焦土作战，为了阻挡日军，不惜毁掉一切。昭衍，我劝你早做安排。"邢昭衍问："怎么安排？"陈务铖说："赶紧把船开到别处去。"邢昭衍转脸看着海上："开到哪里能够保全？"陈务铖拍拍他的肩膀："你自己看着办吧。我得赶紧回去，安排工人放假。"

　　陈务铖走后，邢昭衍感觉胸腔里刮起了大海风，刮得五脏六腑凌乱不堪。他看着停泊在港外的昭衍号和昭泰号，再想想正在海上航行的另外四条船，心想，我半生创业，历尽艰辛，才有了这些船，难道真要沉到水下变成废钢烂铁？我真是不舍得呀！但是，陈务铖让我开到别处去，开到哪里为好？整个黄海、东海，都有日本军舰来往，哪里也不安全。

　　邢昭衍满怀焦虑，跑到附近的邮电局给翟良打电话，问他沉船有没有可能。翟良说，学兄不要听信谣言，没有这事！听翟良这么说，他的心才稍稍放下。再回到小港，见售票处窗口前许多人挤成一团，他想，灾难将至，大家都想回家与亲人在一起，我此时此刻不能让船停下，哪怕只剩下一个人要回家，我也要把他送回去！

有了这个念头，邢昭衍再不多想，让四艘客船继续航行。此后，大港那边的外国轮船有出无进，中国军舰有进无出。再看报上消息，日军已经占据了胶济线西段，青岛成了孤岛，便知道一直担心的那个时刻临近了。去年，海矅县通了电话，他捐资建起县城到马蹄所的线路，在恒记商号安了一部电话，现在想打个电话，把青岛的情况告诉姐夫，让他们做最坏的打算。然而拨通总机，话务员却说，青岛与外地的电话线已经全部断了。邢昭衍便让翟蕙把存在银行的钱全部提出来，给全体职员、海员发齐到年底的工资，以防万一。事实上，领工资的人已经不齐了，两艘货轮早已放假，四艘客轮的船员，已有三分之一离职回家。

这段时间，在船行住宿的人也不多，除了邢昭衍，只有两三个外地职员。邢昭衍要求他们，战事临近，不要随便上街。所以几个人到后院食堂吃罢晚饭，便各回宿舍。这天晚上，北边突然响起爆炸声，一个姓吴的年轻人跑到走廊大叫："鬼子来了！鬼子来了！"邢昭衍走出去望见，从近到远，有多处腾起火光，烈焰冲天。他急忙回屋打电话给翟良，问他是怎么回事。翟良说，市长下令，炸毁所有日本工厂。放下电话，邢昭衍出去继续观看爆炸，对两个职员说："这就是焦土作战！"

爆炸声到半夜才停止，但是许多地方继续燃烧，把夜空照亮。到了早晨往北看，许多地方还在冒烟。最远的只能望见细烟缕缕，估计那是沧口、四方一带的日本工厂。

这一场爆炸，让许多人心惊胆战，加快了外逃速度。两个港口人山人海，所有的客轮一票难求。有一些认识邢昭衍的老乡和熟人买不上票，求他帮忙。邢昭衍能帮就帮，尽力让他们上船，直到载客量达到极限。看着船离港时甲板上挤满了人，吃水线比平常深了许多,他的心提到嗓子眼里,忍不住双手合十,祈祷龙王爷和妈祖娘娘保佑。

这种情况持续了一个星期,戛然而止。这天早晨邢昭衍又去小港,发现码头上的人特别多,都望着胶州湾口的方向议论什么。他过去问了问,得知湾口被几艘国民党的炮艇拦住,只准进不准出。正不知所措,一艘军用快艇突然从大港方向开过来,上面有好多海军士兵,所有的人都看着他们。快艇靠上码头,当兵的提着枪跳下来,分别奔向小港内停着的一只只轮船。邢昭衍看到,停在小港外面的昭衍号和昭泰号,也有快艇过去了。

两个当兵的跳上昭焕号,大声叫喊:"船主在不在?赶快过来!"

邢昭衍明白,沈市长说的"紧要关头"到了。他努力抑制住心跳,走上船去。那个当兵的向他说:"我们是海军沉船队的,现在奉沈市长和谢司令之命,征用你的船,沉入航道,阻挡敌舰进港!"邢昭衍语气平静地道:"沈市长已经向我讲过,让我鼎力相助。"当兵的说:"你积极配合就好,等着吧。"

港务局长带着几个随从过来了。他认识邢昭衍,向他招手道:"邢老板下来,我跟你说话。"等到邢昭衍下船到他跟前,他说:"邢老板,青岛很快就要沦陷,市长决定放弃。在撤退之前,沉船封港。谢司令负责军用舰艇,我负责民用轮船。你看到了吗?那些军舰,还有港务局的几艘小火轮,都已经到团岛装满石头,准备封锁大港。在小港的民船就地解决,你马上把船开到航道中间,开动水泵灌水自沉。如果晚上六点还不能完成,谢司令就派工兵炸船。"邢昭衍说:"局长,我服从命令。"

四条客轮此刻都在小港,四个船长和船员也都站在邢昭衍身后。昭懿号船长小鲻鱼发问:"局长,这六条船,是我们老板打拼了半辈子才置下的,现在为国家捐出来,以后有没有赔偿?"局长说:"我们港务局会记录在案,等到抗战结束,由国家赔偿。"局长走后,邢昭衍对小鲻鱼和大伙说："这是强制命令，还指望国家赔偿？别的不要想了，叫咱们沉船就必须沉，不然到了鬼子手里，会用来运作战物资，助长他们的势力！"有的人还是不理解、不舍得，议论纷纷，大嚷大叫。邢昭衍高声道："不要再说，再说无用！军令如山，我们只能执行，不能违抗！大家赶紧上船收拾一下东西，然后把船开到他们指定的地方，打开水泵，沉得越快越好！"

邢昭衍先上了昭懿号，已经当了两年船长的小鲻鱼看着他声泪俱下："老板，当年我爹开你家的风船，是遇上大海风撞礁石沉没的，我万万想不到，今天我要亲手把我开的轮船沉到水里！"邢昭衍拍着他的肩膀道："什么也不要说了，动手吧！"

等到这船发动，在两个当兵的指挥下驶入进出小港的航道，小鲻鱼启动平时用来装卸压舱水的水泵，让海水灌入舱中。这时，从大港那边传来沉重而悠长的汽笛声。小鲻鱼听到后带着哭腔喊："发丧了呀！"跑进驾驶室也把汽笛拉响。接下来，大港、小港，汽笛声响成一片。

邢昭衍擦一把泪，走进驾驶室对小鲻鱼说，让别人看着这船灌水，我跟你去沉昭衍号，叫大副也去。小鲻鱼点点头，出来叫来轮机长，坐上舢板，让稳车吊起来垂到水面。

到了昭衍号前面，小鲻鱼抓住锚链爬到船上，操作稳车让他俩上来。生火烧炉，发动机器，让昭衍号进入航道后，小鲻鱼启动了水泵。邢昭衍看到舱内汹涌进水，走到驾驶室亲手拽响汽笛，为他的第一条轮船送终。

小港里，许多条小风船载满了人，升起篷帆，在航道之外的浅水区驶向港外。小鲻鱼看了说："老板，咱们回马蹄所只能坐丈八船了。"邢昭衍说："对，你和那些家在马蹄所的伙计，今天就走吧。"

等到船舱接近灌满，邢昭衍招呼小鲻鱼和大副下船。小鲻鱼摇着舢板，绕着昭衍号转了整整一圈，眼看着它慢慢下沉。彻底沉没时,波浪急聚,聚成一朵大白花。海水溅在他们脸上,与泪水交融在一起。

邢昭衍抹一把脸,又和小鲻鱼去沉昭泰号。打开水泵后,邢昭衍看看太阳已近中午,对小鲻鱼说:"让水慢慢灌,你走吧。"小鲻鱼答应一声,坐舢板去了码头。他招呼了一下,有十来个人坐着同一条丈八船走了。

因为昭泰号吨位重,船舱深,自身配备的两台水泵开动了三个小时,水深还不到一半。有一艘拖轮从大港开到昭泰号旁边停下,水手抱着两根粗大水管帮忙,往舱中猛灌。仅用半个小时,水就接近舱口。拖轮上的人让邢昭衍快撤,用小艇将他送往码头。他登上码头,转身回望,昭泰号已经不见了。

邢昭衍发现,他的船员都已走光,恒记船行的售票处也关了门。他到台阶上颓然坐下,怔怔地看着水面上没有一艘轮船的小港。

翟蕙来了,到他身边坐下,一种他熟悉的香气袭来。翟蕙抱着他的脖子哭道:"完了,完了……"邢昭衍揽着她的腰流泪:"毁了,都毁了……"

二人看着夕阳下坠,将小港染成一个大大的血池。

邢昭衍指着几艘还在等着拉客的丈八船,说他明天一早就坐这种船回去。翟蕙说,回船行吧,你再吃一顿我做的饭。他俩起身,顺着上坡路走,走几步就回头看看。此时,小港一片宁静,大港一片宁静。

来到船行前面,见整座楼都没有亮灯。翟蕙说,小吴他们都走了,房主也关了店回诸城老家了,下午她已经把工资发完,把房租付清。说罢,她挎着邢昭衍的胳膊,穿过楼底过道去了后院。

走进厨房,翟蕙倒一碗热水给邢昭衍喝,她洗洗手挽挽袖子,开始和面。她的头发垂下来,泪水一串串落进面盆。邢昭衍想,我今晚要吃翟蕙的眼泪饭了。

把面条擀好，煮好，二人面对面吃下。翟蕙问："知道吃面条的含义吗？"邢昭衍说："知道，常来常往。"说罢，他把翟蕙一扯，把电灯拉灭，一起走向前楼。

上楼后也不开灯，直接去了卧室的床上。翟蕙紧紧抱住邢昭衍，咬他的胸脯，咬他的脖子，又咬他的舌头。倒在床上后，一声声"lieb"，一阵阵抽搐。邢昭衍的泪水，也一阵阵洒到她的脸上、身上。

后半夜，他俩相拥着睡了一会儿，醒来后再次合二为一。邢昭衍喘息着说："蕙，今天跟我走吧！"翟蕙却摇摇头。邢昭衍问："为什么不答应我？"翟蕙说："我去了马蹄所算什么？算你的二房？我儿子、我婆婆怎么办？"邢昭衍说："我担心，你在青岛不安全。"翟蕙说："听天由命吧。但愿咱们今生今世还能再见。"邢昭衍便低下头来，与她长时间亲吻。

看看表到了四点，邢昭衍说，该走了。说罢起身穿衣，收拾箱子。翟蕙也起来了，她打开墙根的保险柜，取出一个皮包说："还有两千六百四十五元现金，你拿着。"邢昭衍瞥了一眼："我不要，你拿着。我家里有钱。"翟蕙就没再做声，放下包走到外间。她拖过一把椅子踏上去，将西墙上的船照一张张揭下。揭完后摞成一摞，递给邢昭衍："船不在了，留着照片做个念想。"邢昭衍默默接过去，放进箱子。

把该带的都带上了，二人下楼。走到馆陶路，邢昭衍停脚看着她："蕙，留步吧，保重！"翟蕙说："我把你送到码头上。"邢昭衍果断地说："不用。"说罢向取引所门前等客的黄包车招招手，叫来一辆。翟蕙泪落如雨，坐了上去。邢昭衍泪眼模糊，目送车子消失才转身。

天色微明，到小港坐船的人已经不少，拉客的丈八船也比昨天更多。他刚走上码头，就有一个中年人到他跟前说："大哥去哪？坐我的船吧。"邢昭衍看他粗皮糙肉,像个船老大,就说去马蹄所。那人说,光送你一个?三十块钱。邢昭衍说,三十就三十。老大带他上船后,船上的一个年轻人立即摇动大橹。

邢昭衍到舱里坐着,很快睡着。睡到中午才醒,露头看看,发现已到琅琊台东南。他感受一下风向,知道今天是顺风,船跑得快。

下午三点多,到了马蹄所。他看到海崖上矗立的灯塔,想到它夜间已经不亮,心中黯然。看看西边的龙神庙,感慨万千。

到了前海,邢昭衍付了船费,下船上岸。碌碡跑过来说:"姐夫回来啦?听说你的船都没了?"邢昭衍苦笑一下:"嗯,没了。"他把箱子交给碌碡,让碌碡送回家,他打算去龙神庙找道长说话。

走进庙里,穿过大殿,见柏道长坐在方丈室门口,便向他拱手:"方丈老爷慈悲!"柏道长捋着白了许多的胡子道:"我估算着你会来,果然来了。"邢昭衍说:"您早就估算着我命中无船,果然无船。我当年不服,现在服了!"

齐道长搬来一个凳子,柏道长让他坐下,而后慢悠悠说:"邢先生,你的风船没了,是因为天降横祸;轮船没了,是因为国运不济。"邢昭衍由衷信服:"您说对了。这个年头,这个世道,中国人的轮船航运不可能发展起来。"柏道长说:"等着吧,等个十年二十年,也许会好。"

喝几口齐道长送上的茶水,邢昭衍问:"鬼子快来了,道长们有何打算?"柏道长说:"没事,我们有龙神保佑。"听他这样说,邢昭衍不知如何接话,便起身告辞。

走进所城南门,忽听街东边一个院子里有人唱歌,而且是一个女声:"早晨太阳里晒渔网,迎面吹来了大海风……"邢昭衍像突然遭受电击,浑身哆嗦一下,转身往回急走。到了南门里面,他踏着斜斜的砖梯跑了上去。

往东走几步,便从一个渔家小院看到了他几年没见的闺女。杏花正坐在院中的树下结渔网,动作娴熟,边织边唱。她的身边是一堆结成的渔网,渔网上坐着一个小孩。

"……爷爷留下的破渔网,小心再靠它过一冬。"

邢昭衍转身面向大海,感受着海风,泪雨滂沱……

他再看杏花一眼,向东走去,再往北拐。眼中所见,是狂涛滚滚,一望无际。

走到北头,便看到了祖宗邢千总的坟墓。他向那边深深一揖,突然血脉偾张,一股豪气在胸间陡然生出。

回到家,院门紧闭。他从门缝里看到,两个儿子各端一杆步枪,半蹲半跪,正对着东墙瞄准。他既惊又喜,急忙叫门。三板过来把门打开,立即向堂屋里喊:"娘,奶奶,俺爹回来了!"邢昭衍三步并作两步进屋,发现母亲和梭子正坐在火炉边。母亲说:"俺儿来啦?"邢昭衍说:"来啦。"母亲说:"船没啦?"邢昭衍说:"没啦。"梭子说:"船没了不要紧,人回来了就好。一家人在一起,比什么都强。"

大儿子走进屋里,也坐到火炉旁。邢昭衍问他:"你几时回来的?"邢为海说:"两个月了。""找到小季了没有?"邢为海摇摇头:"没有。我到了青州找到她家,她父母说,季欣去了济南。我到了济南也没找到,就在一家报社当编辑。鬼子要过黄河的时候,我只好坐火车到高密,走了回来。"梭子道:"你爹说过,那个嫚真俊,可惜了。"老太太却说:"不可惜,咱大船长得好,找什么样的找不着?"

邢为海向她们笑了笑,将爹一扯,走出屋去。他将靠墙放着的那支"汉阳造"拎起来,拍了拍:"爹,你那年给民团买的枪,要中大用了。"邢昭衍眼睛一亮:"你准备拉队伍打鬼子?"邢为海点点头,目光炯炯:"我已经和周叔商量好了,过几天就带大伙进山。"邢昭衍拍拍儿子的肩膀:"没想到,你们走在了我的头里。很好,我坚决支持,跟你们一起干。"邢为海喜出望外:"太好了,爹,我没想到你是这个态度。"邢昭衍把眼一瞪:"你以为经商之人都是唯利

617

是图？就不能精忠报国？别忘了，咱们的老祖是抗倭英雄！"

他思忖片刻又说："为海，咱们的枪有点少。我到吕家山跟你二姑父他哥商量一下，能不能合在一起。吕信周办了多年大刀会，也托我买过枪，曾经跟马子打过仗，远近闻名。"邢为海说："那太好了。明天我跟你一起找他，我的鼓动能力比你强！"邢昭衍笑了："怎么鼓动？也像在青岛那样发表演讲？"邢为海撑一下双眉："您等着瞧，我保证把他说服！"

三板还在那里练瞄准，拉一下枪栓，再扣动扳机，一下下放空枪。邢昭衍看了看，拿过大儿子手中的枪掂了掂："我活到五十岁，还从来没有打过枪呢！我得赶紧学学。"说罢，他到三板旁边站定，把枪端起，对准了东墙上挂的靶子……

2021年2月至2023年12月初稿

2024年1月至3月二稿

2024年4月9日定稿

图书在版编目（CIP）数据

大海风 / 赵德发著. -- 北京：作家出版社，2025.1. --
ISBN 978-7-5212-3214-1

Ⅰ.Ⅰ247.5

中国国家版本馆CIP数据核字第2024VG2818号

大海风

作　　　者：	赵德发
责任编辑：	兴　安
装帧设计：	平　宇
出版发行：	作家出版社有限公司
社　　　址：	北京农展馆南里10号　　邮　　编：100125
电话传真：	86-10-65067186（发行中心及邮购部）
	86-10-65004079（总编室）
E-mail:zuojia@zuojia.net.cn	
http://www.zuojiachubanshe.com	
印　　　刷：	北京华联印刷有限公司
成品尺寸：	152×230
字　　　数：	550千
印　　　张：	39
版　　　次：	2025年1月第1版
印　　　次：	2025年1月第1次印刷
ISBN　978-7-5212-3214-1	
定　　　价：	82.00元

作家版图书，版权所有，侵权必究。
作家版图书，印装错误可随时退换。